EVIL'S HEAT

De la même autrice aux éditions Addictives

Indompté
Scottish Bastard

ANA K. ANDERSON

EVIL'S HEAT

addictives

À mes sœurs, à mes amies,
Celles de sang,
Celles de toujours,
Et celles que j'ai pu rencontrer
grâce à l'écriture dernièrement,
Vous êtes mon Clan…

Notes de l'autrice

Ceci est une œuvre de fiction. De ce fait, les rituels et coutumes de la réserve imaginaire de Golden Water ne peuvent être considérés comme réalistes ou représentatifs du folklore et de la culture des Cheyennes. Ils sont le fruit de mon imagination, inspirés de mes lectures sur les Premières Nations d'Amérique.

P.-S. 1 : Rock[1] présente ses plus plates excuses au peuple suisse. Oui, la raclette est originaire de leurs vertes et vastes contrées.

P.-S. 2 : #teamchocolatine

P.-S. 3 : #teamjacob

P.-S. 4 : #teamPQ

1. Héros de *Indompté*, paru aux éditions Addictives.

PROLOGUE

Judy

Bien souvent, nous aimons d'amitié avant d'aimer d'amour.

Nous nous faisons des copains à l'école, en camps de vacances, ou affublés de nos plus belles couches-culottes. Songer qu'il serait sympa de trouver cette âme sœur dont tout le monde parle arrive plus tard, lorsque nos hormones nous poussent à découvrir ce que la chair a fait de meilleur.

Certains de nos amis sont là depuis toujours, tels des repères fidèles pour garder le cap dans la tempête de nos vies. Telles de solides racines nous empêchant de perdre pied quand le monde souffle trop fort. D'autres deviennent et repartent au gré du vent et des embrouilles, tandis que certaines amitiés fleurissent tardivement mais persistent à jamais.

Quelques élus deviennent une seconde famille, parfois même notre seule famille. Ils nous pardonnent le pire, sont là pour le meilleur.

Grâce à eux, nous ne sommes jamais vraiment seuls.

Oui. Avant l'amour avec un grand A, il y a bien souvent l'amitié avec un grand A.

Mais si l'on est un peu chanceux, un peu audacieux, il arrive que l'on rencontre cette âme sœur, à la fois notre meilleure amie et notre meilleur amour. Les deux faces d'un tout, réunies en une seule personne rien que pour nous.

Cela vaut bien certains sacrifices et beaucoup de patience…

PARTIE I

OÙ TOUT COMMENCE

Dans le passé

1

HONTE

Max

Jeune ou vieux, il y a des sensations qui vous marquent au fer rouge pour la vie. Me concernant, il s'agit de la honte. Elle me poursuit depuis l'enfance et me façonne encore aujourd'hui, du haut de mes 17 ans. Mes uniques préoccupations devraient être de savoir si ma queue va encore grossir de quelques centimètres ou si ces chtars sur mon front vont finir par disparaître. Mais non, depuis toujours ma seule angoisse est ce handicap qui me pourrit l'existence. Il influe sur mes choix, sur mon comportement et ma relation aux autres. À cause de lui, j'ai l'impression de porter un vêtement trop petit et trop serré, peu à l'aise dans mon corps et mes mouvements. Alors, je préfère rester immobile pendant que les autres profitent de la vie en s'agitant à tout va autour de moi.

C'est d'ailleurs ce moment précis que choisit ce crétin de Derek sur ma droite pour tirer une boulette de papier humide avec son effaceur dans le cou de la nouvelle. Marissa ou Marisa, je ne sais plus. Cette dernière se retourne et, peu farouche, le gratifie d'un joli doigt d'honneur au vernis écaillé. Le reste des filles explosent de rire tandis que la prof réclame le silence avec difficulté pour débuter son cours. La pauvre va se faire péter l'artère temporale à beugler ainsi.

Je les observe, absent. Ce sont tous des ignorants, heureux car aucun d'eux n'a ce poids constant au creux du bide.

Je les envie.

Je leur en veux…

J'ai bien tenté d'échapper à la rentrée des classes cette fois-ci, profitant de l'absence de mes parents, mais me revoilà, assis derrière ce putain de bureau pour ma dernière année de lycée. Cet endroit est mon enfer personnel sur terre, et il y a dix jours, le retour au bahut a emporté avec lui les souvenirs cool de mon été passé aux côtés de mes potes.

Un été insouciant mais loin d'être innocent… Quand j'y repense, avec nostalgie, je me dis que nous avons beaucoup trop fumé et sûrement trop bu. Chaque nuit à la belle étoile, nous nous sommes raconté des conneries, refaisant le monde depuis le trou paumé où nous grandissons : Colorado Source.

Ensemble, on a rêvé d'évasion, de grandeur et surtout de nanas.

Alors malgré le stress qui m'envahit, je me sens sourire comme un con en me remémorant un soir en particulier : la nuit où j'ai couché avec Ashley Wyatt et Brittany Jones… L'excitation grandissante éloigne durant quelques secondes la honte que je ressens en permanence. Je perçois Rock bouger sur ma gauche tandis que je fixe les lignes vierges de mon cahier, le sourire aux lèvres. Bien qu'à l'étroit l'un à côté de l'autre, il était impensable que nous ne soyons pas assis à la même table. Lui et moi, c'est à la vie à la mort. Il est le seul à connaître en détail mes problèmes sans pour autant me regarder comme un infirme. Les autres n'ont qu'un aperçu minime de l'étendue de mon handicap et se montrent souvent cruels.

Rock a doublé de volume ces derniers mois, sa croissance atteignant son apogée, il culmine à presque deux mètres de haut désormais et n'a jamais aussi bien porté son prénom. En moins d'un an, il est devenu une espèce de montagne de muscles, maladroite et bourrue. C'est donc avec l'agilité d'un rocher qu'il se penche vers moi pour me murmurer à l'oreille :

– Pourquoi tu souris comme un con ? T'as enfin trouvé où se situe le point G chez une fille ?

Je relève la tête, ahuri, et il explose de rire.

– Point G ? Je croyais que c'était une légende, je lâche, sceptique.

– Nan. C'est véridique, ça existe. J'ai fait des recherches, mes sources sont fiables, me répond-il avec un immense sourire et un clin d'œil. Soraya m'a confirmé que c'est un endroit dans le vagin qui fait décoller la nana à coup sûr. J'ai passé la nuit dernière à chercher le sien… Je sais pas si j'ai réussi mais je te garantis qu'elle a apprécié l'expérience.

– Heureux de l'apprendre…

Rock ne saisit pas l'ironie de ma réponse et poursuit avec entrain :

– La technique, c'est de mettre son pouce comme ça, dans sa chatte vers le haut et… Attends, je te montre, ce sera plus simple.

Je l'observe, atterré, fourrer son doigt dans sa bouche et le coller à son palais. Rock fait des allers-retours avec son pouce, accompagnés de bruits de succion bizarres…

À l'instant, j'ai plus l'impression que mon pote suce son pouce de façon ridicule qu'autre chose et ce n'est pas vraiment une vision de rêve.

– C'est classe, ton truc…

Je finis par exploser de rire quand il essaye de parler en même temps.

– L'astuche, ché de maché avec ton pouche en chercle, comme cha, ajoute-t-il très sérieux.

Je vais pour lui répondre d'arrêter quand la voix de crécelle de Mme Peabody m'en empêche :

– Rock Christensen ! Mais que faites-vous, nom d'une pipe ?!

De toutes ses expressions de vieille chouette, il a fallu qu'elle choisisse de sortir celle-là. Imprimant définitivement des images étranges de Rock dans mon cerveau d'adolescent hormonalement perturbé. La classe se fige, puis se tourne vers nous.

– Justement madame, Rock explique à son petit copain comment lui tailler la meilleure pipe de sa vie.

Derek.

Ce con vient de l'ouvrir et je sens Rock se tendre.

– Retire ce que t'as dit, gronde Rock au crétin brun jouant les fiers en classe, mais qui une fois dehors nous suppliera de l'épargner.

– Ou quoi ? le provoque Derek.

– Ou je te ferai sucer ta propre bite, je crache à son intention.

Je dois paraître convaincant, car il ne réplique pas et a un mouvement de recul.

Bien.

Il lui reste encore un peu d'instinct de survie.

– Ça suffit ! hurle Mme Peabody. Vous me rejoindrez tous les trois chez le proviseur après les cours. Vos propos sont inadmissibles ! Je vais convoquer vos parents dès ce soir ! Hors de question que nous débutions l'année ainsi !

La prof a viré au rouge vif, ses paupières ridées sont agitées de tics nerveux, tout comme sa bouche tandis qu'elle nous fixe d'un œil mauvais. Nullement impressionnés, Rock et moi échangeons un regard complice, amusés à l'idée que nos parents soient convoqués au bahut. On a hâte qu'elle essaye…

Le silence revient progressivement dans la classe où chacun fait semblant de bosser. Quelques minutes s'écoulent ainsi, le temps que les tensions s'apaisent et que le cours puisse réellement débuter.

– Bon, reprend la vieille Peabody, moins nerveuse. Nous commençons cette nouvelle année par l'étude d'un roman incontournable de la littérature américaine. Vous allez lire les cinq premiers chapitres durant l'heure qui suit puis remplir la fiche de lecture.

Tout en disant cela, elle serpente entre nos tables et nous distribue une feuille avec des questions sur ledit bouquin.

– Comme vous pouvez le voir, notre première lecture sera donc *Moby Dick* d'Herman Melville. Derek, veuillez distribuer les exemplaires à vos camarades, ils sont dans le placard bleu, sur la première étagère. Merci.

Derek rechigne mais s'exécute d'un pas traînant en direction du fond de la salle de cours. Il serait dommage qu'il aggrave son cas. Pourtant, arrivé à notre niveau sur le retour, il nous balance deux livres au visage avec un sourire mauvais tout en murmurant :

– Il est temps de faire votre coming out, les mecs. Promis, personne ne vous jugera. Allez, bonne lecture de Rocky Dick[1]…

C'est une réplique puérile mais elle fonctionne à merveille sur Rock qui va pour se lever et attraper l'autre idiot par les cheveux. Je l'en empêche *in extremis* en le retenant par le coude.

– Laisse tomber. On s'occupera de son cas plus tard. J'ai pas envie d'être collé demain. On a des plans pour le week-end, souviens-toi, je lui souffle.

Rock acquiesce silencieusement puis, le regard noir, il passe un pouce en travers de sa gorge en direction de Derek qui pâlit sous la menace.

Quel crétin…

1. *Dick* signifie également « bite » en anglais.

Ma satisfaction est de courte durée lorsque la prof déclare sans préambule :

– Max Summerland, lisez-nous le premier chapitre à voix haute, s'il vous plaît. Cela vous évitera de proférer des insanités. Et M. Christensen lira le second en suivant. Ainsi peut-être arrêtera-t-il de faire le pitre derrière mon dos en pensant que je ne le vois pas.

C'est une requête anodine de sa part, mais pour moi elle représente une montagne à gravir. Mon stress grimpe en flèche, main dans la main avec l'humiliation que je ne vais pas tarder à éprouver quand les premiers mots sortiront de ma bouche.

J'ai chaud.

J'ai froid.

Je sens les regards de chaque élève peser sur moi, nombreux sourient déjà car ils savent... Ils connaissent cette partie de mon secret. Ce n'est pas glorieux, comme des superpouvoirs à la Peter Parker[2]. Non, le mien est ridicule. Mon genou se met alors à trembler tout seul, jusqu'à ce que Rock y pose sa main pour me calmer.

– Ça va aller. Stresse pas. Tu te débrouilles très bien quand on est que tous les deux, me dit-il. Oublie-les.

Malheureusement Rock a tort car je perds déjà mes moyens. Ce qui m'entoure est devenu flou. Mes oreilles bourdonnent et les mots sous mes yeux n'ont plus de sens. J'essaye de me concentrer, d'accoler les syllabes entre elles pour former des sons comme l'orthophoniste me l'a appris, mais c'est le néant. Rien ne franchit mes lèvres.

– Monsieur Summerland, on vous écoute. Vous nous faites perdre du temps ! insiste la professeure, agacée.

Mme Peabody ignore encore mon problème puisqu'elle a rejoint le lycée de Newton City cette rentrée, et j'ai trop honte pour lui expliquer la raison de mon silence.

– Je vais lire à sa place, déclare Rock.

Comme d'habitude, il vient à ma rescousse sans que j'aie demandé quoi que ce soit. Nos parents sont amis alors nous avons grandi ensemble, tels deux frères. Rock a même volontairement

---

2. Identité civile de Spider-Man.

redoublé une année pour que nous soyons ensemble en classe car nous avons un an de différence.

– Certainement pas. J'ai demandé à Maxime de lire en premier. Pas à vous, tranche la prof.

Je déteste quand on utilise mon prénom en entier, cela me déstabilise davantage, mais je réunis le peu de lucidité qu'il me reste et me lance…

Sans surprise, j'entends des rires accompagner ma lecture chaotique. Certains sont discrets, d'autres francs, comme celui de Derek. Je n'ose pas relever les yeux pour croiser leurs regards. Mes propres mots sonnent hachés ou hésitants à mes oreilles et je sais que c'est encore pire en réalité. Un enfant de 7 ans ferait mieux que moi.

La honte est là, amie fidèle. Elle est dévorante. Brûlante. Blessante.

Je ne voulais pas retourner au lycée. Chaque année est un calvaire car lire à voix haute n'est pas mon seul handicap, ma scolarité est semée d'embûches. C'est grâce au soutien sans faille de Rock que j'ai pu poursuivre mes études aussi loin, malheureusement même lui ne peut rien à l'instant. Je me noie seul, ma dyspraxie accrochée à mes pieds comme un boulet qui m'entraîne vers le fond. Je souhaite disparaître. Ne plus jamais les voir. Ne plus jamais les entendre rire de moi.

– Laissez tomber, madame. Cet idiot n'a jamais su lire, se moque Derek.

Puis il m'imite comme si je souffrais d'un retard mental. C'est la goutte de trop dans mon océan d'humiliation. Sans prévenir, j'explose sous leurs yeux effarés.

– Allez tous vous faire foutre ! je hurle.

Et je me rue dehors sans me retourner, attrapant mon sac au passage.

2

RAGE

Max

Je les hais ! Je me hais ! Je hais le destin pour m'avoir fait naître le cerveau monté à l'envers. Il m'a fallu des années pour arriver à lacer mes chaussures ou m'habiller seul sans galérer, là où il suffit de quelques semaines à un enfant normal pour y parvenir. Les médecins n'ont pas d'explications claires ou de traitements précis à me donner. Gamin, j'ai vu une batterie d'orthophonistes, de psychomotriciens, d'ergothérapeutes… Et même si mon trouble s'améliore en grandissant, je voudrais pouvoir avaler un cachet afin que tout rentre dans l'ordre comme par magie, sauf que c'est impossible. Ma dyspraxie reste une énigme.

C'est ainsi que certaines choses me posent problème alors qu'elles devraient être simples à apprendre, et à l'inverse, contre toute attente, je réussis haut la main là où les docs étaient persuadés que j'échouerais.

Je déambule hargneux dans le couloir central du lycée. Mon sang s'échauffe et ma colère bout pour devenir de la rage. J'ai besoin de l'exprimer ou je vais m'effondrer à même le carrelage sale de ce bahut merdique. Le pire, c'est que je sais lire, j'adore ça, mais je n'arrive pas à le faire correctement à voix haute…

Cette même voix qui me revient en écho, ne me laissant aucun répit. J'ai l'impression d'être schizophrène, elle résonne dans mon crâne et je hurle à pleins poumons pour qu'elle cesse. Mais le répit est de courte durée, le silence est alors remplacé par les moqueries de Derek et toutes celles que j'ai essuyées depuis l'enfance. Elles m'empoisonnent l'esprit jusqu'à ce que je craque.

Ma rage jaillit, je n'arrive plus à la contenir.

La victime est une rangée de casiers que je viens frapper de mes poings nus. Je les défonce en imaginant, à la place, la tête de ce connard de Derek et tous ceux qui m'ont humilié un jour. Je cogne encore et encore jusqu'à ne plus sentir la douleur et laisser des traces rouges sur le métal gris des portes. Le bruit assourdissant de la tôle malmenée tonne dans le couloir et commence à ameuter les curieux : des élèves comme des profs. Aucun n'ose m'approcher. Je hurle. J'enrage. J'en perds mon souffle. Je sais que j'ai l'air d'un fou mais je m'en carre. Je poursuis. Car pendant que je laisse la rage me consumer, la honte recule, s'estompe. Je ne leur fais plus pitié. Ils ne se moquent plus. Non, désormais ils ont peur de moi...

Il n'y a qu'une seule personne que je n'effraie pas et elle vient poser sa main sur mon épaule pour tenter de me calmer. Je l'ignore. Si j'avais encore 7 ans, je me retournerais et le supplierais d'aller nous planquer pour le reste de la journée dans la cabane que nous avons construite ensemble. Là, et uniquement là, je pourrais chialer ma rage en toute tranquillité. Rock sait trouver les mots pour me faire rire.

Quand nous étions gamins, il me disait que j'étais différent parce que je n'étais pas humain. Selon lui, en se posant sur Terre, le vaisseau spatial de mes parents aliens a subi de fortes turbulences et j'en suis tombé du berceau la tête la première. Bizarrement, cette histoire me faisait rigoler car Rock était persuadé qu'en contrepartie, un jour, je découvrirais les véritables pouvoirs dont j'étais doté. Mais les années passent et rien ne se manifeste. Je demeure Max Summerland, adolescent dyspraxique à problèmes.

Deux bras viennent soudainement m'attraper par-derrière et m'enserrent. La puberté m'a également attaqué pendant l'été, je n'ai plus rien d'un gosse. J'ai moi aussi la carrure et la musculature d'un homme à présent, mais Rock demeure malgré tout plus grand et plus puissant. Il m'immobilise sans trop de difficultés.

– Max. Calme-toi, me souffle-t-il à l'oreille. Le proviseur va débarquer.

Sa prise est si forte que je n'ai pas l'espace pour me débattre alors je crie :

– Je les hais !

– Je sais. Viens, on se tire. On va au lac.

– Je ne veux plus revenir dans ce trou. Je les hais tous !

– On ne reviendra pas... Je te le promets, me répond Rock avec fermeté.

À ces mots, un soulagement immense me saisit et je me calme, un peu. Rock n'a qu'une promesse alors je le crois. Peut-être que ce calvaire scolaire va se terminer aujourd'hui et que je vais enfin obtenir la paix tant convoitée. Chaque année, survivre à ma scolarité est de plus en plus compliqué. Je ne veux jamais revenir mais je le fais pour Rock, or cette fois je suis à bout et il ne peut plus le nier.

Le barrage de ma rage contenue a cédé.

***

Le trajet en voiture a été étrangement silencieux, Rock m'a laissé tranquille et a conduit sans rien dire pendant plus d'une demi-heure. Je m'assois au bord du lac, les genoux au creux des coudes, pensif et toujours sous le coup de l'émotion. Je redescends doucement en pression maintenant que je suis loin de ce lycée de malheur. Je détaille mes poings couverts de sang séché puis mes boots noires, à lacets, que j'arrive à faire désormais.

Encore heureux ! Alors pourquoi lire à voix haute reste si compliqué ?

Je shoote de rage, du bout du pied, dans un caillou qui n'a rien demandé. Il roule sur le sol sablonneux et ocre jusqu'à l'eau noire, avant d'y sombrer puis de disparaître. Moi aussi, j'ai parfois envie de me laisser couler au fond de ce lac. Sous l'eau, le monde est plus calme, silencieux et j'ai le temps de penser à mon rythme. Sous la surface, les gestes ne me posent pas de soucis et ma dyspraxie s'évanouit. Nager fait partie des choses étranges que j'ai réussi à faire du premier coup sans problème, à la surprise des médecins. Selon eux, mes émotions jouent un rôle important dans l'expression de mon handicap. Le plaisir et le jeu m'aident là où le stress et la peur me font échouer.

La porte de la voiture claque et Rock me rejoint, se laissant lourdement tomber par terre à mes côtés. Il me tend une clope que j'accepte, puis nous observons en silence le paysage, le temps de la fumer et d'en entamer une seconde.

Le coin est vraiment sec par ici. Il ressemble aux décors des vieux westerns. La terre dorée est parsemée de touffe d'herbes et d'arbustes couchés par le vent qui peut être violent sur les plateaux du Colorado. Sur la droite, un vieil arbre en bord de lac offre le seul coin d'ombre dans ce paysage lunaire et aride. Rien n'a changé d'un millimètre depuis que nous y venons.

– C'est cool que tu aies ton permis, je lâche, amer, entre deux lattes.

– Tu l'auras bientôt toi aussi, me répond-il calmement.

– Ouais… Je galère. Comme d'hab' quoi.

J'ai commencé la conduite il y a six mois et c'est compliqué, tandis que Rock a déjà obtenu son permis et peut conduire la voiture de ses parents. Une conséquence liée au fait que j'ai du mal à garder un regard fixe sur le monde qui m'entoure. Ma dyspraxie est inscrite dans mon dossier, en gros, en rouge alors je dois doublement faire mes preuves lors de l'examen final.

– Et comme d'hab', tu vas te surpasser, Max. Tu n'as jamais échoué… C'est peut-être ça ton superpouvoir finalement. Tu réussis tout ce que tu entreprends. Tu prends ton temps mais t'y parviens.

Il ponctue son discours d'une frappe amicale dans mon épaule gauche, mais rien n'y fait, j'ai toujours cette rage qui grouille en moi.

– C'est un superpouvoir de merde ça… je lui rétorque avec hargne.

– Bah, tu espérais quoi ? Une vision aux rayons X pour voir sous les fringues des nanas ?

– Oui, un truc du genre ! Ou je sais pas, me déplacer plus vite que la lumière. Bref, un truc cool. Et c'est faux, je ne réussis pas tout. Je lis en public comme un enfant de 7 ans…

– Quand tu lis devant moi, ça va. Je crois que ton stress empire le truc, tente-t-il de me rassurer.

– C'est ce que disent les médecins. Mais ça change rien. Ça craint. Sans compter tous les autres problèmes à côté. J'ai l'écriture d'un vieillard atteint de Parkinson. Les maths m'embrouillent le crâne. C'est mort pour moi, Rock. J'arrête là. Plus de bahut. Je vais demander à ton père de bosser pour le Clan.

– Alors j'arrête aussi, me répond-il déterminé.

– Non ! T'es pas obligé. Tu peux continuer. T'as des capacités.

– Nan. Ça me gave aussi. Moi ce que je veux, c'est voyager. Voir du pays avant de m'enterrer ici.

Je peux le comprendre. Si j'avais le courage, je ferais la même chose et le suivrais, mais m'imaginer ailleurs qu'ici m'angoisse.

Être dans un pays étranger, apprendre une nouvelle langue et tout ce qui va avec me semble insurmontable à cause de mon handicap. Je suis condamné à crever à Colorado Source. Heureusement, ça pourrait être pire. Hormis le lycée, j'aime être entouré de ma sœur, mes potes et Rock. Nos familles ont créé un truc unique sur ces terres, et je comprends déjà qu'il s'agit de quelque chose de précieux qu'il nous faudra protéger à notre tour un jour.

– Tu devras revenir. Ton père voudra que tu reprennes les rênes du Clan, je dis à Rock en expirant de la fumée.

Il hausse les épaules, le regard braqué sur l'horizon et ne me répond pas. Je sais qu'il y pense beaucoup dernièrement alors j'insiste :

– Tu feras un bon meneur. Tu as les qualités pour. Les gars t'écoutent déjà. En plus si tu te maries avec Soraya, c'est banco pour nous ! Un peu comme ces mariages arrangés de l'époque.

L'idée me fait rire mais, à voir sa tête, lui semble beaucoup moins amusé. Rock sort depuis plus d'un an avec la fille du chef de la réserve Golden Water. Réserve cheyenne avec qui nous partageons les terres et l'exploitation de l'or qui en est issu. Les pères de Soraya et Rock sont aux anges depuis qu'ils savent que leurs précieuses progénitures se frottent l'une à l'autre de façon régulière sous une couette… C'est un peu comme une consécration pour eux. L'alliance parfaite.

– Mais de quel mariage tu parles ? gronde-t-il.

– Toi et Soraya… Pourquoi ? Tu sors avec quelqu'un d'autre et je l'ignore ?

– Elle me couperait la queue si j'osais.

– Ça c'est certain. Elle en ferait une sorte d'onguent de sorcière dont elle a le secret et te le ferait avaler !

Rock rigole, puis grimace quand il visualise la scène et enfin retrouve son sérieux pour me dire :

– Je ne compte pas l'épouser. Sors-toi cette idée de ton crâne trop blond. J'ai pas le temps de penser à des trucs aussi dangereux ! Et si je voyage, mieux vaut que je sois solo pour en profiter…

Quoi qu'il dise, je vois bien qu'il est fou amoureux de cette fille. Il a peut-être l'apparence d'une grosse montagne, ou peut se montrer aussi violent qu'impitoyable au besoin, son cœur appartient à sa belle Cheyenne. Je sais qu'il prend soin d'elle et l'apprécie plus qu'il ne veut l'admettre.

Moi aussi, j'aime bien Soraya, elle est drôle et n'a peur de rien. Elle est d'ailleurs souvent la première à faire les conneries puis nous suivons généralement son exemple peu de temps après.

– En tout cas, reprend-il, songeur, j'accepterai de prendre la suite de mon père uniquement si toi tu acceptes d'être mon bras droit. T'en as conscience ?

– Tu voudrais d'un handicapé pour te seconder ?

– C'est pas comme ça que je te vois. T'es le seul à qui je confierais ma vie... Le seul en qui j'ai cent pour cent confiance. Et c'est ce qu'il faut pour faire tourner la boutique dans le coin.

– Bordel... C'est beau ce que tu dis. Fais gaffe ou je risque de te rouler une pelle avec Derek pour témoin, je raille en lui soufflant un baiser de façon ridicule.

– T'es con ! Ose approcher tes lèvres de ma joue et je t'en colle une.

D'ailleurs, il me la colle quand même. J'écope d'une grande claque dans le dos à m'en décoller les poumons et me mets à tousser. Une fois mon hoquet passé, je lui réponds d'une voix chargée de sous-entendus :

– Rassure-toi, t'es pas mon genre. T'es trop poilu entre les pecs. Je les préfère avec de jolis petits seins.

– Je vois... Mais je suis sérieux, Max. J'accepterai de prendre la relève à la tête des Evil's Heat que si tu me suis.

– Je sais pas si j'en serais capable.

– Tu l'es déjà... Car si je le suis, toi aussi.

Au fond de moi j'ai terriblement envie d'y croire, ce serait donner un vrai sens à ma vie. Je me sentirais utile et respecté aux côtés de Rock pour diriger notre communauté. Je pourrais reléguer les mauvais souvenirs loin dans ma mémoire et me forger une nouvelle identité, à l'image de l'adulte que je désire être, et non comme les autres élèves me voient : un mec stupide.

– Je suis désolé pour la scène de tout à l'heure dans le couloir. Je crois que, même si on voulait revenir au lycée, lui ne voudrait plus de nous...

– On s'en fout de ce qu'ils pensent, OK ? On ne reviendra plus, je te l'ai promis. Et puis tant mieux si les gens ont peur de nous. Ça les tiendra éloignés d'ici.

En effet, le lycée de Newton City est à quarante-cinq minutes de notre petite ville paumée. La majorité des élèves viennent d'ailleurs et nous prennent pour des bouseux, fils de bikers qu'il vaut mieux éviter de faire chier.

Sauf Derek, cet abruti…

Ils ignorent de quoi vivent en réalité le clan des Evil's Heat, les habitants de Colorado Source et ceux de Golden Water. Ils doivent s'imaginer qu'on fraye dans la drogue, les armes ou encore la prostitution. Ils ignorent qu'on n'est pas vraiment un club de bikers comme ils le pensent. Et cela nous va très bien. Ainsi, nous sommes tranquilles, oubliés de tous.

– Là, c'est certain. Ils ne sont pas près de rappliquer… Faudra quand même se venger de Derek une dernière fois. J'ai déjà des idées, je réplique, un sourire machiavélique aux lèvres.

– Ouais… Vas-y, expose-moi ton plan. Ce petit con doit payer, me répond Rock en écrasant sa cigarette encore incandescente dans la poussière.

Je sens enfin la rage se retirer par vagues successives et je peux respirer correctement à nouveau. Le lycée est fini pour moi. Je savoure la chaleur qui m'enveloppe, ayant hâte de piquer une tête dans l'eau calme du lac. L'été est presque terminé, mais le soleil brûle encore la peau à cette heure-ci de la journée et j'adore cette sensation, elle me fait sentir chez moi. Je me sens vivant et apaisé pour la première fois depuis longtemps.

3

CURIOSITÉ

Max

Nous passons le reste du vendredi après-midi à nager, parler, fumer, en repoussant le moment où nous devrons rentrer chez nous et où il nous faudra confronter nos parents. Je n'ai aucune idée de comment ils vont prendre notre décision d'arrêter définitivement les études.

Ceci dit, ils doivent déjà être avertis de nos exploits du matin.

Pour ma part, je vis avec mon grand-père et ma sœur, Susie, depuis quelques mois, car mes parents se sont installés dans la périphérie d'Atlanta pour y développer les activités du Clan en dehors de l'État du Colorado. Susie et moi avons préféré rester près de nos amis et de nos racines, ici même. Nous sommes donc dorénavant sous la responsabilité du père de ma mère : Le Vieux Maxime. Pour le moment, la cohabitation avec l'ancêtre se passe plutôt bien, mais cela ne m'empêchera pas de devoir appeler mon propre père demain pour lui expliquer que moi et le bahut on divorce irrémédiablement, cette fois-ci.

À la tombée de la nuit, nous sommes rejoints par plusieurs de nos potes : Soraya et sa cousine Dakota, les jumeaux Shawn et Bounce, Susie, et deux amis de Shawn accompagnés de leurs nanas. Ils ont tous eu vent de mon pétage de plombs au lycée, allant eux aussi à Newton City High. Selon Dakota, je vais être le sujet de conversation numéro un pour au moins six mois et mon coup d'éclat finira par devenir une légende dans ce maudit bahut puisqu'apparemment, on me surnomme déjà Mad Max[1].

---

1. *Mad* signifie « fou » en anglais. Titre d'un film sorti en 1979.

Génial...

Je m'attelle au feu de camp, pensif, pendant que les autres ont décidé de retourner dans l'eau, à l'exception de Soraya et Rock. Eux préfèrent se bouffer le visage à quelques mètres de moi seulement, sur une grande couverture. J'hésite à leur crier que leurs bruits de bouche dégueulasses m'empêchent de réfléchir correctement.

– Sérieux. Ils n'arrêtent jamais ? lâche Shawn avec dégoût après leur avoir jeté un coup d'œil appuyé.

Il vient de me rejoindre, enroulé dans une serviette de plage Pikachu ridicule, et tente de m'aider à faire grossir les flammes comme il peut. Je préférerais qu'il s'abstienne, Shawn n'est vraiment pas doué pour la vie sauvage, mais il y met tellement d'énergie que je n'ose pas lui dire d'arrêter. J'oublie parfois que lui et son frère sont un peu plus jeunes que le reste de notre bande, comme ma sœur Susie.

– À t'entendre, on pourrait croire que t'es jaloux, je le chambre.

– N'importe quoi ! Et puis Soraya ne s'intéresserait jamais à moi.

Je marque un temps d'arrêt. Sa réponse me met mal à l'aise alors je lui rétorque sèchement :

– Et même si elle s'intéressait à toi, on ne pique pas les nanas des potes.

– Whooo ! Tout doux. J'ai jamais dit ça ! Je ne ferais pas un truc pareil.

Il se redresse d'un bond et me toise de haut, l'air blessé.

– Bien, tant mieux, Shawn. Allez, faut lancer ce feu avant qu'il ne fasse complètement nuit. Va me chercher dans la voiture le petit bois qu'on a apporté si tu veux vraiment m'aider. Et où est ton frère ? je le questionne, inquiet de ne pas avoir vu Bounce depuis plus de vingt minutes.

Ce mec est un vrai courant d'air, disparaissant et apparaissant comme par magie.

– Comment veux-tu que je le sache ? Vous me demandez sans cesse ça, mais mon frère n'a pas un traceur dans le cul et moi, encore moins.

Shawn me dévisage. Je ne sais pas pourquoi il le prend ainsi, je n'ai rien dit de mal.

– Bah, j'sais pas, vous êtes jumeaux. Vous devez avoir une sorte de connexion bizarre entre vous, non ?

– C'est des légendes. Et même si c'était vrai, notre mère s'est assurée de détruire cette « connexion bizarre » entre nous, comme tu dis…

Je sens qu'il est peiné par la situation et c'est rare de l'entendre l'évoquer. Le duo de frères a une dynamique étrange. Ils forment un tout à la fois soudé et physiquement identique, mais ils sont diamétralement opposés lorsqu'il s'agit de leurs personnalités. Bounce cultive d'ailleurs déjà sa différence grâce à un look gothique tandis que Shawn fait dans le classique. J'imagine qu'au vu de leur histoire, c'est normal…

– Je vais pisser, je lâche finalement en me redressant. Je ramènerai le bois moi-même en revenant. Toi, fais en sorte que la flamme ne meure pas !

– Compte sur moi ! me rétorque Shawn avec sérieux avant de s'accroupir à son tour et de bouger les braises avec un bâton.

Je m'éloigne du lac afin de trouver l'endroit parfait pour me soulager, et choisir le bosquet qui aura l'honneur de se voir arroser de ma pisse de pseudo-super-héros. Les cris et rires de mes potes diminuent à mesure que j'avance. C'est agréable d'être au calme. Je n'ai pas été seul depuis ma crise de rage et je suis encore à vif par moments. Eux aussi, je les envie d'aller au lycée sans crainte, sauf Bounce peut-être, ça semble compliqué pour lui également mais il ne dit jamais rien. En fait, il parle peu.

Enfin bref, tout ça, c'est fini maintenant.

Marcher m'apaise, et ce qui devait être une escale technique de courte durée se transforme en balade nocturne. J'erre, les mains dans les poches. Songeur, je regarde le soleil se coucher et les étoiles apparaître dans le ciel encore clair, lorsque tout à coup j'entends un bruit. Une sorte de couinement régulier.

Sans m'en rendre compte, j'ai presque rejoint la route et quelqu'un est en train d'y pousser un vélo. En approchant, je devine une jeune femme de dos avec des cheveux blonds comme les blés, dont la natte lui tombe au creux des reins et y oscille en cadence. Je ne peux m'empêcher de la détailler, hypnotisé par cette tresse épaisse qui se balance au-dessus d'une paire de fesses rebondies.

Il faut que je sache à quoi ressemble le recto !

Alors, je me mets à courir dans sa direction sans trop réfléchir puis l'interpelle :

– Hey ! Toi ! Tu fais quoi toute seule par ici ?

Elle se fige quelques secondes avant de se tourner lentement vers moi sans jamais lâcher son vélo. Comme au ralenti, je découvre un joli visage mutin, une bouche pulpeuse, un nez décoré de taches de rousseur et enfin deux grands yeux.

Ils me fixent si intensément que j'ai l'impression qu'ils cherchent à voir à travers moi. Je suis stoppé net dans mon élan, transpercé par ce regard saisissant et ébranlé par une sensation profonde de déjà-vu qui me prend aux tripes et me noue l'estomac. Un frisson étrange me remonte le long du dos jusqu'au sommet du crâne. Je me raidis pour le contrôler et ne parviens plus à avancer. À croire que la belle inconnue vient de me lancer un sort, ainsi qu'au reste du monde, car il n'y a plus un bruit autour de nous. À l'exception de nos respirations respectives. La mienne pour avoir couru jusqu'à elle, et la sienne, saccadée par la surprise. Le temps s'est suspendu et elle ne m'a pas encore répondu. J'ignore son prénom, mais la connaître devient une urgence viscérale.

Toujours muette, elle m'observe lentement de bas en haut. Son regard scrutateur fait des allers-retours indiscrets, passant de ma tête à mon buste, lorsque je me souviens être resté torse nu.

– Désolé. On se baigne au lac avec des potes, je tente d'expliquer maladroitement.

Pas de réponse. Petit à petit, je reprends le contrôle de mon corps puis approche à nouveau, plus calmement cette fois-ci pour ne pas la faire fuir. Soudain, ses yeux s'écarquillent et fixent mon entrejambe.

OK, que se passe-t-il ?

Je vérifie à mon tour et constate que mon jean descend dangereusement bas sur mes hanches. Très dangereusement, à un poil (pubien) du scandale. Heureusement qu'il fait sombre et que ce buisson-là est entretenu avec soin, je songe. Rigolant tout seul à mes conneries, je remonte mon pantalon avec désinvolture. Le froid de la braguette au contact direct de ma queue me confirme que je n'ai pas renfilé mon boxer après m'être baigné. Au dernier rapport, il pendouille, trempé, à une branche du vieil arbre.

– C'est mieux ? je demande à la jolie inconnue, qui pique un fard tel qu'il est visible même dans la pénombre. Comme je te disais, on se baigne, un peu plus loin. Je ne me trimballe pas comme ça d'habitude.

Toujours pas de réponse. Gênée, elle détourne le regard précipitamment. Pour ma défense, je ne pensais pas croiser quelqu'un à cette heure-ci dans le coin. Nous sommes au milieu de nulle part. Le soleil couchant confère à l'endroit une ambiance de fin du monde. J'imagine que me découvrir à moitié à poil, humide et essoufflé d'avoir couru jusqu'à elle lui paraît bizarre.

– Tu t'appelles comment ? j'insiste.

La curiosité me consume à mesure que je la détaille avec plus d'application cette fois-ci. Mon inconnue ouvre la bouche mais la referme aussi sec en plissant les yeux. On dirait qu'elle tente de me passer encore une fois aux rayons X avant d'abandonner.

OK… Les filles peuvent vraiment être étranges.

Maintenant que je la vois de près, je la trouve encore plus belle. Troublé, j'ai un moment d'absence en lorgnant sa bouche aux lèvres charnues et roses. Je dois lui faire peur car elle respire vite et jette des coups d'œil anxieux à la route. Je crois qu'elle envisage sérieusement de fuir sur sa bicyclette sans rien me dire et je pourrais le comprendre.

– Je ne vais pas te manger, tu sais. Je m'appelle Max, j'ajoute de façon solennelle et avec, je l'espère, mon plus beau sourire.

Je ne pense pas la connaître et pourtant son visage m'est familier.

– Je m'appelle Judy, finit-elle par lâcher.

– Et tu fais quoi dans le coin, Judy ?

– Je revenais de balade mais j'ai déraillé à deux kilomètres. Je n'ai pas réussi à remettre la chaîne en place. C'est la galère !

Je jette un coup d'œil à ses mains couvertes de cambouis puis à son vélo qui n'a pas l'air récent. Je constate par la même occasion que son pneu avant est à plat.

– Désolé de te l'annoncer mais tu as crevé aussi… je lui explique en pointant sa roue.

Elle s'accroupit et vient la palper avant de lâcher :

– Fait suer. Il manquait plus que ça !

– T'habites encore loin ?

– Oui, je retourne à Colorado Source, me répond-elle dépitée. Mais je ne suis pas près d'y arriver.

Je me redresse, surpris. Pour le coup, je suis certain de ne l'avoir jamais croisée là-bas.

– Tu vis où à Colorado Source ? je la questionne, suspicieux.

Normalement peu de choses nous échappent, et elle est loin d'être peu de choses…

– Ce sont mes grands-parents qui y vivent. Ellie et Roger Jefferson. Tu les connais ?

– Pas vraiment, mais je vois qui ils sont. La petite maison bleue sur la route principale. La vieille Ellie laisse souvent des trucs à manger sur le rebord de sa fenêtre pour moi et mes potes.

Judy écarquille les yeux et, sans prévenir, explose de rire. Je ne suis plus très sûr de comprendre Ou alors cette nana est folle, échappée d'un hôpital psy. Elle passe d'un état à un autre en une seconde.

– Alors, c'est vous ! J'y crois pas ! s'exclame-t-elle en riant, tout en mettant sa béquille d'un petit coup de pied sec.

Elle sort également un petit paquet de mouchoirs de son sac en bandoulière et commence à se nettoyer les mains méticuleusement.

J'attends qu'elle ait terminé pour lui demander, perplexe face à ce revirement de situation :

– C'est nous qui quoi ?

– C'est vous qui lui chipez ses gâteaux ! Enfin on a l'explication !

– Mais de quoi tu parles ? On ne vole rien du tout ! Ellie les laisse exprès en vue. Avec un torchon dessus, même !

– Non, elle fait ça pour les laisser refroidir… avant de pouvoir les manger. ELLE. Pas vous. Elle pensait que c'était les chats, mais je lui avais bien dit que les chats ne savaient pas démouler des muffins.

– Ellie nous a dit qu'on pouvait, j'insiste lourdement.

Hors de question de me laisser traiter de voleur. J'ai des principes !

– Oh ! me répond Judy un poing sur la hanche, l'autre sur son guidon. Elle te l'a dit en face-à-face, comme toi et moi à présent ?

Elle arbore un air provocateur, assorti d'un sourire malicieux. Je réfléchis à toute vitesse avant de me souvenir du déroulé du truc.

– Alors non, en effet, elle ne me l'a pas dit à moi en personne, mais à mon pote, Bounce, avoué-je.

Au moment où je prononce ces mots, je comprends. Ce n'est pas la première fois qu'il nous fait le coup.

– Eh merde, je lâche.

– Laisse-moi deviner, me rétorque Judy. Ton pote n'est pas une source fiable. Donc oui, je t'annonce que toi et tes amis volez les gâteaux d'une vieille dame. C'est moche. Trèèès moche.

Un petit rire léger lui échappe et surprise, elle plaque ses mains sur sa belle bouche.

– Tu pourras dire à ta grand-mère que c'est une excellente pâtissière, je tente de l'amadouer.

Et ça fonctionne, Judy se redresse fièrement avant d'ajouter :

– La connaissant, elle va désormais en faire le double. Une fournée pour elle et une autre pour vous... Surtout avec des compliments de bonimenteur pareils.

Son regard s'attendrit à l'évocation d'Ellie et je la trouve touchante. Cela me fait penser à ma relation avec le Vieux Maxime. Même si je ne le lui dis pas, j'adore mon grand-père. J'adore l'écouter nous raconter ses histoires à propos de sa vie, de son enfance en France, des guerres qu'il a dû faire et qui l'ont marqué à jamais, de ce pays qu'il a fui. J'aime qu'il me raconte comment lui et le grand-père de Rock se sont rencontrés et ont créé le clan des Evil's Heat, pas tout à fait club de bikers cruel, pas tout à fait dans la loi... Je suis content de vivre avec lui. En plus, il est moins chiant que mes parents !

– Bonimenteur ? Qui parle encore comme ça ? T'as quel âge en réalité, 70 ans ? je la chambre, juste pour le plaisir de la voir rougir à nouveau.

La mission est réussie, ses joues virent au rose pêche. Décidément, cette Judy me plaît vraiment beaucoup.

– J'ai bientôt 17 ans, et toi ? me répond-elle avec hésitation.

– 18.

Je mens, je ne les aurai que dans deux mois, mais c'est un détail.

Un blanc suit ma réponse, Judy demeure muette. Elle attrape sa longue tresse et la rabat sur son épaule pour jouer avec de façon nerveuse en l'enroulant et en la déroulant autour de son poing. Moi aussi, je suis nerveux. Rien à voir avec ce matin, là c'est une bonne nervosité, de celle qui se transforme en audace et vous fait oser des trucs dingues. J'ai envie que Judy reste avec nous ce soir. Je veux continuer de lui parler pour assouvir cette curiosité dévorante qu'elle suscite en moi. Certaines personnes vous font bonne impression en quelques secondes seulement et c'est le cas avec elle. On dirait un ange surgissant au pire moment de ma vie. Ce matin, je n'aurais jamais imaginé pouvoir me sentir aussi bien qu'à cet instant face à une inconnue.

– On s'est installés près du lac et mes potes ont des voitures. On pourra te ramener chez toi, si tu veux ? je lui demande avec optimisme.

– Y a des filles parmi tes amis ? s'enquiert-elle.

– Absolument. Y a même ma petite sœur !

J'espère vraiment la convaincre grâce à cette précision.

Quel frère amènerait sa sœur dans un coin qui craint ?

Je sens déjà montrer la déception à l'idée qu'elle refuse et je prépare une liste d'arguments pour la persuader de me suivre. Je vois qu'elle hésite encore, sur la défensive, avant de m'avouer tristement :

– Mes grands-parents doivent être morts d'inquiétude. Je devrais être rentrée depuis plus d'une heure… Je ne sais pas comment faire.

– Tu connais leur numéro de téléphone par cœur ? je l'interroge.

J'exulte en mon for intérieur car je détiens le moyen de la garder avec moi un peu plus longtemps.

– Oui, pourquoi ? me répond-elle, curieuse.

– Alors, viens. Suis-moi. On va les prévenir, je dis en lui tendant la main à nouveau.

Elle hésite encore un peu, lançant un ultime regard à la route.

– Je vais t'aider à contacter tes grands-parents…

Cette fille a un don pour me tenir en suspens. Les secondes s'étiolent de nouveau entre nous et je prends mon mal en patience, car je ne veux pas qu'elle fuie dans la nuit. J'en serais trop déçu, surtout après cette journée merdique… Judy n'est pas comme les autres filles de mon lycée, elle est spéciale et je le ressens déjà, sans comprendre pourquoi. C'est irrationnel, elle vient seulement de me tomber dessus ! En attendant, je ne parviens pas à détacher mes yeux du bleu des siens.

Un peu plus et je vais finir par croire les histoires mystiques de Soraya sur les réincarnations et les vies antérieures.

4

TROUBLE

Max

Judy accepte enfin de me suivre et nous marchons côte à côte en direction du lac pendant les quinze minutes suivantes sans échanger un mot. Pourtant, je voudrais lui poser un millier de questions mais j'ai peur de la braquer ou de l'effrayer. Alors j'attends un signe de sa part, tendu et nerveux.

Le crépuscule me permet de l'observer en douce pousser son vélo, de détailler discrètement son visage puis son corps moulé dans une salopette en jean qu'elle a décorée avec des badges et des pin's. Il émane d'elle une innocence fragile et pourtant, je la trouve super sexy.

J'ai encore ce sentiment étrange de l'avoir déjà croisée sans arriver à me souvenir où.

Peut-être l'ai-je aperçue dans les rues de Colorado Source finalement ?

Après tout, ses grands-parents y vivent, ce serait logique.

– Tu veux que je t'aide à pousser ton vélo ? je lui demande tout à coup, dans le silence de la nuit tombante.

Je suis trop con de ne pas lui avoir proposé plus tôt ! Pour la peine, je m'inflige, en pensée, une volée de baffes.

Judy me regarde en biais avant de sourire :

– Je ne laisse pas n'importe qui pousser le vélo d'Ellie. Cette bicyclette est une vieille dame qui mérite le respect.

Sans le savoir, elle vient de me lancer un défi. J'ai désormais pour mission de lui prouver que je ne suis pas n'importe qui.

Je ne veux pas être n'importe qui…

Ma nervosité se transforme en férocité pour briser la prison dans laquelle ma dyspraxie m'enferme la plupart du temps. Avec

Judy, je pourrais recommencer à zéro. Elle ne me connaît pas au lycée, ignore mon handicap, et je peux me montrer sous mon meilleur jour. Celui que j'aimerais que tout le monde voie au quotidien, et pas seulement mes amis.

– Et que fait-on pour obtenir ce privilège ? je lui réponds en me rapprochant un peu plus d'elle.

J'ose même poser ma main sur le guidon et nos doigts s'effleurent pour la première fois. C'est furtif mais grisant. J'en veux plus. Je sens qu'elle aussi tressaille, mais ne recule pas pour autant.

– Il y a une liste de douze choses à réaliser, finit-elle par me dire avec malice après une longue réflexion. Comme les douze travaux d'Hercule. Alors là, et uniquement là, je saurai que tu es méritant.

– Je vois... Quel est le premier ? je m'emballe.

Cela fait éclater de rire Judy et son rire communicatif déclenche le mien. Je me sens léger, la matinée de merde me semble tellement loin à présent. Y a juste moi et cette fille à peine rencontrée.

– Du calme, jeune athlète grec ! Garde ton énergie pour la suite. Ce sont des épreuves redoutables, tu sais...

– Ah oui ? Comme arriver à t'ôter cette salopette ? Car là, clairement, je déclare forfait avant même de combattre.

Cette phrase est sortie toute seule et se solde par un long blanc entre nous. Je crains d'avoir ruiné mes chances pour ce soir et pour les quinze prochaines années.

Espèce de crétin fini au purin !

– Eh bien... On peut dire que tu sais draguer une nana, toi. Et au cas où, je te précise que c'est ironique, me lance-t-elle avec scepticisme.

Mais avant que je puisse m'excuser ou ajouter quoi que ce soit qui s'apparente à des excuses, elle poursuit, malicieuse :

– Tu n'as même pas idée de l'ultime épreuve...

Puis elle me regarde de haut en bas et surenchérit, histoire d'enfoncer le clou :

– En revanche, en ce qui te concerne, tu as tout du mec facile. Ton pantalon se fait la malle tout seul. Je préfère quand il y a plus d'enjeux. Désolée, Max.

Mon prénom roule sur sa langue de la plus douce des façons. Ou du moins c'est ainsi que je vis le truc. Je n'ai jamais eu autant envie de faire répéter mon prénom à une fille qu'à cet instant… Mais Judy ne me laisse pas le temps de fantasmer outre mesure car elle me plante là comme un con et accélère le pas, son vélo couinant plus que jamais entre nous.

Nous débouchons enfin sur le lac sous les regards ahuris de mes potes. Ils sont assis en cercle autour d'un immense feu de camp.

Quelqu'un est donc allé chercher le bois à ma place, finalement.

Ils rient et parlent avant que nous ne les surprenions en surgissant de l'ombre comme deux voleurs.

Deux voleurs et une bicyclette faisant un bruit atroce…

Judy abandonne son vélo infernal sur le côté et sans attendre, je leur déclare à tous :

– Hey ! Je ramène quelqu'un qui aurait besoin de notre aide.

Personne ne me répond. Quant à Judy, elle fixe ses pieds, mal à l'aise, alors je réitère :

– Voici Judy. C'est la petite-fille d'Ellie et Roger Jefferson, ceux qui habitent la maison bleue sur la route principale. Elle a déraillé en rentrant chez eux. Faudrait les prévenir.

Tout le monde lance un salut collectif avec plus ou moins d'entrain, sauf une personne qui évite mon regard car elle sait pertinemment ce que je compte lui demander.

– Soraya, prête-moi ton téléphone portable, je lance dans le vide.

Mes mots se perdent entre elle et moi sans qu'elle bouge d'un centimètre.

– Soraya. J'ai besoin de ton téléphone. S'il te plaît…

J'insiste sur la formule de politesse et la jolie brune ne peut pas m'ignorer davantage. Elle finit par tourner la tête dans ma direction pour me jeter un regard noir depuis l'endroit où elle est assise avec Rock.

– Soraya. Fais ce qu'il te demande, insiste Rock en ôtant son bras de son cou.

– Mais j'ai presque plus de forfait ! Mon père va me tuer si je lui réclame déjà de le recharger, se plaint-elle, faisant preuve de mauvaise volonté.

– Soraya… gronde Rock.

– Sérieux ! Il serait temps que vos parents vous en achètent un ! J'en ai marre qu'on se serve toujours du mien !

Enfin, elle se lève brusquement et me rejoint en grandes enjambées furieuses. C'est avec colère qu'elle place son Nokia 3310 à la coque rose dans la paume de ma main.

– Il n'était pas bleu avec des dauphins, hier ? je lui demande, surpris.

– Si, mais tu peux changer la coque. Bref ! Pas plus de cent cinquante-trois caractères si tu écris un texto. Sinon ça compte pour deux.

– Je sais… je lui réponds, agacé.

– Espaces inclus !

– Je sais, So ! Et je vais pas envoyer de texto, OK ! Judy va juste prévenir sa grand-mère.

– Merci, lui dit timidement Judy. C'est gentil de ta part. J'ai peur que mes grands-parents se lancent à ma recherche ou ameutent toute la ville pour me retrouver…

Soraya se radoucit face à l'inquiétude de Judy et elle s'enquiert :

– On ne t'a jamais vue dans les parages. Tu viens souvent chez Ellie et Roger ?

– Non, pas du tout. Mes parents n'aiment pas cet endroit. Ce sont plutôt mes grands-parents qui nous rendent visite. Mais cet été, j'ai bossé dans le coin pour la première fois, j'ai bien aimé alors je suis redescendue pour passer le week-end avec eux. Ils me manquaient…

– Et pourquoi tes parents n'aiment pas le coin ? lui lance Rock de là où il est assis.

Elle se tourne vers lui, le jauge longuement au point qu'un sentiment puissant de jalousie m'étreint la poitrine. Mon meilleur ami plaît un peu trop aux nanas à mon goût. Soraya doit penser la même chose car elle retourne auprès de lui et s'installe entre ses cuisses de façon possessive.

– Ils disent que Colorado Source n'est pas une ville sûre. Qu'un gang de bikers y fait la loi. Ils ne comprennent pas que mes grands-parents se soient installés là pour leur retraite, finit par répondre Judy.

Sa réponse déclenche des ricanements et des échanges de regards appuyés car sans le savoir elle parle de nos familles, de nous…

– Et toi, tu en penses quoi ? je lui murmure, me rapprochant d'elle.

Je lorgne sa nuque dégagée, l'arrondi de son épaule sous son tee-shirt. Elle tourne légèrement la tête sur le côté pour me regarder et me surprend en flagrant délit de matage.

– Je n'ai encore jamais eu d'ennuis… me souffle-t-elle du bout des lèvres.

– Et tu n'en auras pas avec nous. Promis, je lui réponds en posant ma main sur son avant-bras.

***

L'appel avec Ellie Jefferson est bref et me laisse pantois. Si Judy rassure la vieille dame dans un premier temps, j'assiste par la suite à un retournage de cerveau dans les règles de l'art. Sa grand-mère accepte sans difficulté que sa petite-fille passe la soirée avec nous. Je suis d'ailleurs surpris de sa demande, j'aurais cru que Judy veuille rentrer chez eux le plus vite possible. Je m'y étais préparé mais la tournure des événements me plaît bien plus ainsi. Je vais pouvoir discuter avec elle toute la nuit, alors peut-être qu'elle acceptera qu'on se revoie dans le week-end. Juste elle et moi.

– Tu aurais pu me demander mon avis, je déclare en souriant.

– À propos de quoi ? me rétorque-t-elle en relevant le menton.

Ses yeux bleus se plissent, de cette façon si particulière quand elle réfléchit.

– Du fait de rester manger avec nous. Peut-être que je ne voulais pas… Peut-être qu'eux non plus, dis-je en lui pointant du doigt mes amis.

Je ne sais pas pourquoi, je ne peux m'empêcher de la provoquer, mais Judy ne se démonte pas et s'approche de moi pour ne laisser que quelques centimètres entre nous. Nous n'avons encore jamais été aussi physiquement proches. Si bien que, cette fois, je peux compter les taches de son sur son nez et découvre que ses yeux sont en fait un camaïeu de bleus clairs et foncés, piqués de brun. Elle est tout en pointillé, comme ces vieux tableaux de peinture.

Sa bouche est tellement proche de la mienne…

Il me suffirait de tendre le cou pour l'embrasser. J'en ai terriblement envie. C'est la première fois que cela me prend si violemment, si ardemment, si… rapidement. Je sens mon cœur battre plus fort et mon souffle se saccader. J'ai chaud mais je frissonne. Mon torse se couvre de chair de poule et mon trouble fait écho au sien. Je le vois dans ses yeux. Je le ressens.

– Tu voulais que je rentre ? me susurre-t-elle.

– Non.

Trouve autre chose à lui dire, ducon, tu vois bien qu'elle espère une suite !

Je n'en ai pas le temps. Le charme est rompu brusquement par Shawn qui surgit à côté de nous en me criant :

– Va enfiler un tee-shirt, mec ! On dirait que t'as froid. Tu as les tétons qui pointent. C'est dérangeant.

Je vais le tuer.

– Dégage, l'enfant, je lui réponds, amusé malgré moi.

Judy pouffe, me sourit gentiment puis détourne le regard vers mes amis. Ma sœur, Susie, lui fait signe de la rejoindre avant de m'interpeller, son air de garce finie accroché à son joli visage poupin :

– Enfin, il se rhabille ! Amen. Voir son frère à demi nu ramener des nanas, c'est perturbant à force…

– Pourquoi ? Il fait souvent ça ?! s'exclame Judy en se tournant vers Susan.

Sérieux, j'aime ma sœur mais, à cet instant, j'ai juste envie de la bâillonner et de la jeter dans le lac. Je tente de lui lancer des regards explicites mais c'est Shawn qui décide d'en rajouter une couche :

– Le mieux est de demander à Ashley et Britta…

Il ne peut pas terminer sa phrase car je me suis jeté sur lui en esquivant le feu entre nous. S'ensuit un échange de coups retenus, plus par jeu que par bagarre, où Shawn rigole comme un débile. Puis, je me redresse en époussetant mon jean en grand vainqueur de ce combat amical.

– Ne les écoute pas, Judy. Ils sont juste jaloux. Sur ce, je vais m'habiller, je reviens. Ne crois pas un seul mot de ce qu'ils te diront en mon absence.

La jolie blonde hoche la tête, un peu gênée au milieu de toutes ces nouvelles personnes qu'elle découvre.

Quand je reviens, plus décemment vêtu – c'est-à-dire avec un tee-shirt sur le dos, un boxer sec sous mon jean et un sweat à la main –, je constate que Bounce est de retour parmi nous. Judy et lui sont en grande conversation, ce qui est surprenant le connaissant.

Les autres membres du groupe discutent entre eux et les potes de Shawn s'occupent de faire griller la viande et les légumes qu'ils ont apportés. Je réalise à quel point je crève la dalle, mais j'ai des choses plus urgentes à gérer que de me soucier de mon estomac qui gargouille.

– Hey, tu étais passé où ? je demande à Bounce. J'étais inquiet.

Il relève la tête et me fixe de ses yeux verts étranges comme s'il évaluait chacun de mes mouvements.

– Regarder les étoiles, me répond-il simplement.

Volontairement, je me place entre Judy et lui.

– Simplement regarder les étoiles ? je m'étonne.

– Ouais, et d'ailleurs j'ai vu ton cul quand tu te changeais derrière la voiture... Il est si blanc qu'il brille comme la pleine lune dans la nuit. Tu devrais penser à bronzer à poil l'été, déclare Bounce le plus naturellement du monde.

Judy explose de rire tandis que, de mon côté, j'ai envie d'étrangler un à un mes amis. Ils semblent se liguer contre moi ce soir pour me casser mon coup avec elle. Je décide d'être plus mature et de faire comme si de rien n'était.

– Et vous parliez de quoi à l'instant ? je leur demande, avec une décontraction feinte.

– Bounce me racontait que plus tard il voudrait être tatoueur ou croque-mort, rétorque Judy avec un grand sourire.

Je crois que c'est ça que je préfère chez elle : elle sourit presque constamment.

Il émane d'elle une bienveillance et une gentillesse innées. Rien ne paraît forcé. Comme à l'instant, alors qu'elle couve mon pote d'un regard tendre.

Je me tourne d'ailleurs vers ce dernier pour lui demander, étonné :

– C'est... particulier. Tu ne nous l'avais jamais dit. Pourquoi croque-mort ou tatoueur ?

– Tatoueur car j'aime dessiner et croque-mort car au moins les clients ne me parleront pas, lâche-t-il de façon laconique.

– OK...

C'est la seule chose sensée que je parviens à sortir face à l'aveu de mon pote. J'aurai le temps de cogiter et d'en reparler avec lui plus tard. D'ailleurs, il est déjà reparti dans son monde, le regard fixé sur les flammes.

En attendant, je me reconcentre sur Judy et lui tends le sweat que j'ai apporté :

– Je t'ai ramené une veste, si tu veux. Il va faire de plus en plus froid maintenant que le soleil s'est couché.

– Oh, merci. C'est gentil, souffle-t-elle en retour.

Je la regarde le passer avec un sentiment jouissif de possession. De cette façon, Judy m'appartient. Elle porte mon vêtement. Mon odeur…

Bien…

Je crois que je déraille grave, comme ce pauvre vélo abandonné derrière nous.

– Bon alors, tu vas finir par me dire en quoi consiste la première épreuve pour ne plus être n'importe qui à tes yeux ? je l'interroge de but en blanc.

On attrape chacun un *corn dog* que vient nous proposer Dakota, la cousine de Soraya, qui fait le tour avec son plateau de nourriture, et ma question reste en suspens.

Judy y croque dedans sans attendre. Je regarde sa belle bouche enrober cette espèce de saucisse panée en fermant les yeux et en arborant une expression de pur plaisir, jusqu'à ce que sa voix fluette me sorte de l'endroit indécent où je dérive.

– J'avais si faim. C'est trop bon. Merci à tous pour le repas ! lance-t-elle à notre petite assemblée.

Puis son regard bleu revient vers moi et elle répond enfin à ma question :

– Alors la première étape est de dompter Miss Fluffy.

– Miss Fluffy ? C'est qui ? je la questionne, intrigué.

– C'est ma chatte. Et je l'appelle comme ça car elle est super douce et poilue !

J'avale ma bouchée de *corn dog* de travers et manque de m'étouffer.

– Ta ch… chatte ? Poilue ? je répète incrédule.

Judy comprend alors le double sens de ses mots, qu'elle a lâchés sans réfléchir, de toute évidence. Elle vire au rouge et bégaye :

– Oui. Enfin. Tu sais. Ma chatte de la famille des chats. Enfin, je veux dire de la famille des félins… Oh, mon Dieu… conclut-elle super gênée.

Elle baisse le regard et fixe ses baskets. Ma stupeur se transforme en rire et je prends plaisir à la taquiner :

– Et elle est de quelle race, ta chatte de la famille des chats ?

– Persan. Je l'ai adoptée il y a trois mois, c'est encore un bébé, et c'est une vraie tigresse. Surtout avec les hommes.

– Je vois…

Puis elle repart à l'assaut de son *corn dog*, sans rien ajouter. Judy ne semble absolument pas consciente du charme qu'elle dégage lorsqu'elle parle, sourit, rougit ou soupire… C'est envoûtant autant que troublant. Je suis tenté de la fixer sans bouger, comme un con, oubliant ma faim, mes potes et l'endroit où nous sommes. Juste pour me nourrir de ces petites choses qu'elle laisse échapper malgré elle et qui me permettent de la découvrir à son insu.

5

ÉMOI

Max

Je jette des regards en coin à Judy que j'espère discrets, tout en me retenant de la dévisager ouvertement. La lumière changeante du feu de camp me complique la tâche car l'ombre des flammes danse sur son visage.

Cette impression de l'avoir déjà croisée ne me quitte plus, c'est en train de virer à l'obsession alors que je fourre trois chamallows fondus dans ma bouche, bien déterminé à me souvenir.

Je cherche un pauvre prétexte pour relancer la discussion car depuis sa tirade sur Miss Fluffy, sa *chatte* toute douce, nous n'avons plus échangé un mot. Judy mange en silence, observe ce qui l'entoure avec intérêt et rit discrètement aux blagues foireuses de Rock. Elle a l'air de bien s'amuser et a entortillé sa longue tresse dorée dans la capuche de mon sweat.

– Tu veux faire quoi plus tard ?

C'est la seule question sensée que je trouve à lui poser. On a fait plus audacieux en matière de drague, je sais, mais c'est un début.

Judy se tourne vers moi et rabat ses genoux contre elle avant de me répondre :

– Je ne suis pas encore sûre. J'adore chanter mais mes parents n'approuveront jamais que je tente d'en faire une carrière. Et je peux les comprendre. C'est une chose de chanter dans sa douche ou pour la chorale, c'en est une autre d'en vivre…

– Waouh, c'est cool ! je lui rétorque, surpris. Personnellement, je n'ai aucun don en chant, c'est même plutôt catastrophique.

Judy m'intrigue davantage et j'adorerais l'entendre chanter. Je me demande quel genre de voix elle a.

– Tu dois forcément être doué pour quelque chose, Max. Tout le monde a une botte secrète, il suffit de trouver laquelle.

– Alors disons que je me cherche… Tes parents n'approuvent pas ta passion pour le chant ? je la questionne, toujours plus curieux.

La seule fois où elle les a évoqués, ils ne m'ont pas fait bonne impression.

– Oui et non. Ils aiment que je chante à l'église ou pour les réunions de famille. Ils en sont fiers mais sinon, selon eux, être chanteuse n'est pas un métier. Ou alors un métier dangereux où circulent toutes sortes de tentations… Ils ont peur que je sois pervertie, à la longue. Ce sont leurs mots.

Lorsqu'elle parle, je sens bien que sa relation avec ses parents est tendue.

– Tes vieux n'ont pas l'air très sympas, j'ose.

– Mouais… Ils placent tous leurs espoirs en moi. Je suis fille unique. Ils ont une vision bien précise de mon avenir et je suis encore trop trouillarde pour m'opposer à eux. S'ils apprenaient que je suis là ce soir… avec vous, ils péteraient un plomb.

Judy ouvre de grands yeux en disant cela puis finit par en rire, avant de reprendre :

– Heureusement, ils ne le sauront jamais. Enfin, bref ! Je trouverai bien un métier qui me plaît, même si j'aimerais vraiment être chanteuse de country !

C'est le moment que ma petite sœur, Susan, choisit pour s'immiscer dans notre conversation sans prévenir :

– Moi je sais ce que je veux faire plus tard ! Je veux être institutrice pour aider les enfants qui en ont le plus besoin. Les enfants que l'on considère différents. Ceux avec un handicap…

Elle me jette un regard appuyé en disant cela. Son sous-entendu m'apparaît si peu discret que j'ai l'impression que des flèches imaginaires lumineuses clignotent au-dessus de ma tête, pointant dans ma direction. Ma sœur est révoltée par ce que j'ai pu subir à l'école avant de m'endurcir. Elle aurait souhaité le meilleur pour moi. Alors, à défaut de pouvoir changer le passé, Susie s'est mis en tête de changer les choses dans le futur, en devenant instit.

Judy me lance à son tour un regard curieux puis s'écarte, afin de répondre à l'intruse entre nous :

– C'est un métier que j'ai envisagé aussi, mais j'hésite encore.

Comme toi, je ne trouve pas le système actuel très juste. Mon petit cousin est autiste et c'est très compliqué. Il est déscolarisé. Ce n'est pas normal…

– C'est pour cela qu'il faut s'engager, Judy ! L'éducation pour tous ! surenchérit ma sœur, le poing levé. Si jamais t'as des questions, n'hésite pas à me les poser, j'ai créé une association : Les Laissés-pour-compte.

Du haut de ses 15 ans, ma sœur est complètement dévouée à la cause… Ma cause… C'en est presque flippant, comme à l'instant alors qu'elle sort de nulle part un prospectus de son association et le tend à Judy, qui l'accepte avec gentillesse.

Par chance, Susan se détourne de nous, interpellée par Soraya qui lui demande de venir lui tresser les cheveux.

– Ta sœur est adorable, me souffle Judy, une fois Susie partie.

– Ouais, elle me fatigue souvent, mais je suis content de l'avoir. Et donc, ton petit cousin a un handicap ? je l'interroge maladroitement.

– Oui. C'est difficile pour lui. Je trouve ça honteux que l'école ne soit pas adaptée à chacun. Susie a un joli projet, il faut l'encourager.

– C'est certain…

– J'aimerais tellement pouvoir faire quelque chose de concret, moi aussi. Quand je vois des gens se moquer de mon cousin, ça me rend triste. Il est complètement exclu. Même à l'église, ils l'ont mis de côté. Chercher à communiquer avec lui, se faire comprendre et le comprendre demande un effort que peu de gens sont prêts à fournir, pourtant c'est possible… J'y arrive. Déjà que son trouble l'isole, désormais il ne sort presque plus, pas même pour aller à l'école.

La passion que Judy insuffle à son discours me touche, profondément. Je déglutis avec difficulté. Ses mots s'insinuent sous ma peau et viennent décoller MA honte, MA différence, que j'ai enfouie sous des couches de colère ce matin. J'ai l'impression qu'elle remonte en surface pour s'inscrire en gros sur mon front.

Dyspraxie.

Je baisse les yeux puis fixe mes pompes sans répondre. Ses paroles sont belles mais elles me touchent trop intimement et me rendent vulnérable. Je me frotte la peau du cou, mal à l'aise. Le père de Rock répète sans cesse que les femmes préfèrent les hommes forts qui peuvent les protéger, pas les mauviettes…

Je ne veux pas que Judy pense ça de moi, alors je me contente d'une réponse brève :

– Je suis sûr que tes parents seront fiers de toi. Qu'importe la voie que tu choisis. Clairement, il n'y a pas que la country qui te passionne…

– Et toi ? J'ai bien compris que tu ne chantais pas, mais tu veux faire quoi plus tard ? me demande-t-elle.

Je hausse les épaules et gratte le sol avec mon bâton de brochette à chamallows.

– Je sais pas encore. Quelque chose de manuel. J'aime bien travailler avec mes mains. Je ne suis pas fait pour de grandes études, je lui réponds, honteux.

Des mains qui me trahissent trop souvent mais que je finis par dompter. Je parviens la plupart du temps à compenser mon handicap et ma lenteur, même si je vis toujours mal de ne pas réussir les choses du premier coup, contrairement à Rock.

– Tu sais, travailler en haut d'un gratte-ciel, dans des bureaux de verre, n'est pas mieux ou moins bien que d'être charpentier, me rétorque-t-elle.

– C'est sûr, mais je suis certain que c'est nettement mieux payé…

– Oui et c'est bien dommage, me lance Judy en se redressant.

Elle lâche ses genoux et se tourne franchement vers moi. Elle me sourit puis s'avance doucement. Nos cuisses sont à présent collées l'une à l'autre, je sens sa chaleur traverser mon jean. Je me raidis, dévoré par l'envie de poser la main sur sa jambe, d'être toujours plus proche d'elle. Sa peau doit être si douce et encore plus chaude sous le tissu…

Je divague.

J'imagine des trucs qui me font perdre pied, me percutent de plein fouet. Je tente de garder contenance mais c'est de plus en plus difficile alors que chaque contact volé me brûle la peau comme une décharge électrique.

De nouveau, je distingue ses pupilles mouchetées de bleu. Ce n'est pas comme d'habitude, lorsqu'une fille me plaît, et que par la force des choses, j'ai envie d'elle. Avec Judy, c'est à la fois plus diffus et plus violent. Cela me prend au ventre et irradie dans tous les sens. Je la connais peu, pourtant elle me plaît déjà tellement.

Elle me surprend en venant prendre ma main gauche dans les siennes. Je tressaille à son contact mais me laisse faire, curieux, en me demandant ce qu'elle cherche.

– Tes mains sont immenses comparées aux miennes, souffle-t-elle.

Elle détaille mes phalanges abîmées en fronçant les sourcils, mais ne dit rien. Alors j'étire mes doigts et les fais jouer au creux de ses paumes chaudes.

– Arrête, ça chatouille, s'exclame-t-elle en rigolant.

Judy finit par poser le dos de ma main sur sa cuisse et trace une à une, avec son index, les lignes qui strient ma peau, comme une diseuse de bonne aventure. En réaction à ce geste anodin, mon souffle se raccourcit puis se saccade. Son doigt fait de lents va-et-vient qui résonnent plus bas, beaucoup plus bas… Je commence à imaginer ses petites mains se faufiler ailleurs. La situation dégénère beaucoup trop vite et je passe d'un état fébrile à un état carrément explosif en moins de deux secondes.

– Tu as des mains de charpentier. Je valide ce choix de carrière pour toi, finit-elle par murmurer.

– Chante-moi un truc, je lui balance sans réfléchir.

Elle cille, surprise, puis hoche la tête :

– D'accord… Mais tu ne te moques pas.

– Jamais.

Elle plante son regard dans le mien et commence à fredonner un air mélancolique. Sa voix est légère et claire. Juste et belle, comme elle.

« I walked across an empty land
(« Je traversais un pays désert)
I knew the pathway like the back of my hand
(Je connaissais le sentier comme ma poche)
I felt the earth beneath my feet »
(Je sentais la terre sous mes pieds »)

Je retiens mon souffle à mesure que Judy chante, porté par la mélodie. Les mots, bercés par son timbre si particulier, m'ôtent les miens de la bouche.

« I came across a fallen tree
(« Je suis tombé par hasard sur un arbre abattu)
I felt the branches of it looking at me
(J'ai senti ses branches me regarder)

Is this the place we used to love?
(Est-ce l'endroit que nous aimions autrefois ?)
Is this the place that I've been dreaming of? »
(Est-ce l'endroit dont j'ai rêvé ? »)

Judy finit par fermer les yeux et prendre confiance. Elle oscille en rythme, vivant ce qu'elle entonne, et je le vis à mon tour par procuration.

« *This could be the end of everything*
(« Ceci pourrait être la fin de tout)
So why don't we go
(Alors pourquoi n'allons-nous pas)
Somewhere only we know? »
(À un endroit qui n'appartient qu'à nous ? »)[1]

Ce qui me touche le plus, au-delà du chant, ce sont les silences. Les moments où Judy retient sa respiration puis expire comme à bout de souffle. Ces moments où son visage exprime ce que les paroles ignorent.

La chanson se termine, Judy rouvre les yeux soudainement. Ils sont brillants, mais elle bat des cils à plusieurs reprises et retrouve son joli sourire. Je ne sais quoi dire sans ruiner l'instant, alors je reste là, comme un idiot, à la dévisager.

Je sens que ce pourrait être le moment de tenter quelque chose de plus osé. Tout chez elle m'y invite. Sa bouche se rapproche dangereusement de la mienne. Sa poitrine se lève et s'abaisse rapidement, son regard se voile.

Judy a envie de m'embrasser, elle aussi.

Les autres autour de nous ont cessé d'exister et le temps s'est suspendu.

Jusqu'à ce que des applaudissements retentissent et brisent la magie du moment. Là, je réalise que mes potes nous observent, avec, pour la plupart, de grands sourires jusqu'aux oreilles ainsi que des regards amusés. Le pire est celui de Rock… Ce dernier me fait un clin d'œil appuyé tout sauf discret, accompagné d'un

---

1. « Somewhere Only We Know » de Keane. Paroles : Tim Rice-Oxley. 2004.

signe de tête en direction de Judy.

Génial…

– Tu chantes trop bien ! lance Soraya à une Judy rouge pivoine.

– Carrément ! surenchérit ma sœur.

Puis le coup de grâce s'abat, enterrant définitivement cet instant d'intimité hors du temps, lorsque Rock bondit et balance :

– Putain, je sais enfin où je t'ai déjà croisée, Judy !

Je vais le tuer. Lentement. Doucement. Histoire qu'il partage mon supplice.

– T'as bossé cet été au drive du Wendy's[2] ! ajoute-t-il avec la tête d'un mec qui vient de gagner au loto.

Le charme est irrémédiablement brisé. Judy se rétracte sur elle-même et reprend ses distances. Je me sens amer, déçu, et je maudis mon meilleur pote sur plusieurs générations. Je lui souhaite de choper une chaude-pisse vénéneuse dans un pays glauque quand il ira faire son tour du monde à la con. Cela l'obligera à utiliser un peu plus son cerveau et beaucoup moins sa bite. L'humanité me remerciera…

– Mais oui, Max, souviens-toi, c'est Cul-nu. Bordel, j'en reviens pas, Judy est Cul-nu ! insiste Rock.

Je lui jette un regard si noir qu'il redescend direct en pression. Après un long silence, tout le monde lui demande des explications et je me tourne vers Judy qui bégaye. Même dans la pénombre du feu de camp je perçois la honte qu'elle éprouve.

Puis je comprends à mon tour. Je sais enfin pourquoi Judy me semble étrangement familière… Elle portait une casquette Wendy's ce jour-là, qui dissimulait en partie son visage, mais maintenant je me souviens ! C'est bien le même sourire. Et malgré moi, malgré son malaise évident, j'explose de rire.

– Judy, je suis désolé, je parviens à lui dire entre deux éclats de rire.

– C'est impossible, lâche-t-elle en enfouissant son visage dans ses mains. Ça ne peut pas être vous.

– Je crois bien que si…

– Je suis maudite.

---

2. Chaîne de fast-foods très répandue aux États-Unis.

– En tout cas, t'as un des plus beaux derrières que j'aie pu voir, lui balance Rock, hilare. C'était épique. Mes yeux te remercient.

Sa petite tirade lui vaut un sacré coup de la part de Soraya qui prend la mouche et commence à lui faire une scène de jalousie devant nous.

Je me tourne vers Judy qui s'est levée brusquement et marmonne en époussetant sa salopette :

– Je vais rentrer. Merci pour la soirée, Max…

– Non ! Ne pars pas. On s'en fout ! C'était drôle. Avoue. Mais, promis, on oublie tout ce qui s'est passé ce jour-là au Wendy's. Je te jure que plus personne ne t'en reparlera ce soir. Ni demain !

– Vous m'appelez « Cul-nu » dans mon dos !

– Mais on ne savait pas que c'était toi ! Et je te jure qu'on te surnommera plus comme ça. Reste.

Je regarde un à un mes potes. Si un seul ose me contredire, je l'enterre vivant sur-le-champ. Ils acquiescent, tous. Rock quant à lui est trop occupé à calmer Soraya qui a littéralement vrillé.

Bien fait.

J'espère qu'elle va faire grève du sexe pendant au moins deux semaines, histoire qu'il se souvienne ce que c'est que d'avoir les couilles bleues…

– S'il te plaît, je demande à Judy, un brin suppliant.

Je me fiche d'avoir l'air ridicule, littéralement à ses pieds alors qu'elle me toise de haut. Je ne veux pas qu'elle parte. J'aime parler avec elle et la soirée ne fait que débuter. Je la sens hésiter, puis elle redresse le menton, dévisageant chacun de nous d'un regard fier, nous mettant au défi de rire à nouveau d'elle. Personne ne bronche et elle se rassoit en tailleur, le dos droit.

– Je n'ai pas compris ce qui vient de se passer, finit par dire ma sœur.

– Susan, laisse tomber, tu veux, je lui réponds.

– Nous non plus, renchérissent Dakota et ses copines.

Je lance un coup d'œil inquiet à Judy. J'ai peur qu'elle prenne de nouveau la mouche, mais elle semble plutôt résignée, et avant que je puisse ajouter quoi que ce soit, elle leur répond de façon dépitée :

– OK. Je vous raconte ce qui s'est passé. Une seule fois ! Et on n'en reparle plus jamais…

– D'accord ! lui répondent les filles en chœur.

Elles se rapprochent toutes et tendent leurs têtes curieuses vers Judy.

– Mon père et ma mère m'ont autorisée à passer l'été chez mes grands-parents pour la première fois cette année. À la condition que je décroche un petit boulot. Ils étaient persuadés que je ne trouverais rien dans ce coin paumé à mon âge... Ou que j'abandonnerais, faute de motivation. Manque de bol, j'ai obtenu un job au Wendy's de Newton City. J'ai encaissé les clients du drive pendant deux mois non-stop dans la chaleur suffocante d'une cabine en plexiglas. Un vrai bocal, le truc.

– Oui, mais ton uniforme déchirait tout, j'ose lui souffler.

Judy ne me regarde pas mais me donne une tape sur la main, assortie d'un sourire en coin, plus amusée que vexée.

– Bref, un midi, alors que je terminais mon travail, j'ai encaissé une dernière commande en liquide. C'était une bande de potes qui parlaient de gros nichons et de petits minous serrés... Ils étaient bien planqués derrière leurs lunettes de soleil et leurs casquettes, mais je n'ai rien manqué de leur conversation si distinguée.

– Ça ne m'étonne même plus d'eux, lâche ma sœur de manière écœurée.

– Qui te dit qu'elle parle de nous ?

– Je parle de vous... précise alors Judy.

– On s'en fout, je veux connaître la suite de son histoire, nous coupe Dakota.

Susie m'épingle de son regard de peste et je le lui retourne.

– Bon, reprend Judy. J'ai décidé de leur rendre la monnaie en pièces de un centime, pour qu'ils payent leur sale façon de parler des filles...

– C'était donc pour ça ! je balance, surpris.

– Oui, sauf que ça s'est retourné contre moi... J'ai fait tomber la moitié des pièces entre la voiture et la cabine. Je pensais vraiment pouvoir les ramasser en me penchant par ma fenêtre. J'étais certaine d'y arriver.

– Je crains le pire, souffle Susie.

Je ne peux m'empêcher de sourire en repensant à la suite. C'est évidemment Rock qui conduisait ce jour-là, et donc lui qui était aux premières loges pour le clou du spectacle, mais j'étais juste à côté, avec un bon angle de vue également. *Béni soit l'Univers !*

– Je me suis penchée, penchée, et j'ai finalement basculé tête la première. Coincée entre leur voiture et ma cabine en un poirier bien droit[3], reprend Judy plus doucement. Voilà, vous savez tout…

– Mais pourquoi ils t'appellent « Cul-nu » ? lui demande ma sœur.

Judy souffle, prend une profonde inspiration avant de lui répondre. Je rigole malgré moi, le plus discrètement possible.

– Mon uniforme était une jupe. J'avais décidé de mettre un tanga ce jour-là…

– Non ! crient les filles de nouveau en chœur.

Cette fois, je ris franchement face à leurs mines atterrées tout en me repassant la scène en boucle. Je revois parfaitement les fesses de Judy, collées à la vitre de la portière de Rock, jusqu'à ce qu'elle parvienne à pivoter dans une roue disgracieuse pour reprendre pied sur la terre ferme. Je dois avouer que cette vision-ci a éclipsé sur le moment celle de son visage dans mon esprit…

– Sans compter que ma cabine était fermée de l'intérieur pour des raisons de sécurité. J'ai dû escalader par ma fenêtre pour reprendre mon poste, conclut-elle en fixant ses mains.

– Je compatis tellement, lui répond Dakota. Promis, on ne les laissera plus jamais t'appeler Cul-nu. Compte sur nous !

– Merci… murmure Judy.

Suite à cette discussion, Judy ne m'appartient plus. Les filles l'accaparent et elles passent leur soirée à parler et rire ensemble. Je me rapproche de Rock et des autres gars pour ne pas finir seul à ronger mon frein, mais je ne peux m'empêcher de la bouffer du regard. D'imaginer un million de scénarios qui n'auront définitivement pas lieu ce soir… Si Judy me surprend, je ne m'en cache plus.

---

3. Histoire réellement arrivée à quelqu'un dont je tairai le nom…

6

VERTIGE ET AMERTUME

Max

Plus les heures passent et plus je suis amer de voir la soirée se terminer ainsi. De son côté, Judy s'amuse comme une folle... Du moins c'est l'impression qu'elle donne. J'ai le sentiment qu'elle m'a zappé. Elle a ôté le sweat que je lui ai prêté et ne regarde plus dans ma direction toutes les deux minutes. Elle préfère rigoler aux blagues douteuses de Shawn et tresser les cheveux de ma sœur. Ça me rend dingue. Littéralement. Ressentir un truc aussi violent pour une nana à peine rencontrée me sidère. Je n'ose pas intervenir alors que les filles l'abreuvent de questions et que Rock me parle de ses problèmes de couple.

En temps normal, j'aurais été compatissant, j'aurais même tenté de le conseiller. Mais ce soir, rien n'a plus d'importance que la jolie blonde riant aux éclats de l'autre côté du feu de camp. Pourtant, je reste assis ici, le cul dans le sable, comme pétrifié, à ruminer mon échec, quand soudain Soraya se lève et lance sans préambule :

– Ça vous dit qu'on retourne nager une dernière fois avant de rentrer ?!

– L'eau n'est pas trop froide ? s'inquiète Judy.

En parlant, elle se retourne et plonge enfin son regard perplexe dans le mien après plus de deux heures à m'ignorer. J'aime ce que j'y lis. J'ai la sensation grisante d'être son point d'ancrage ici. De façon égoïste, je voudrais qu'elle ne parle et ne rie qu'avec moi. Que tout autour de nous disparaisse.

– Au contraire, l'eau du lac est bonne. Il fait meilleur dedans que dehors, je lui explique avec un sourire rassurant.

J'espère ardemment la convaincre de se joindre à nous. J'en serre tellement les poings que mes phalanges, déjà malmenées ce matin au lycée, craquent douloureusement. Si je parais calme pour le reste du monde, dans ma tête c'est une autre ambiance : l'apocalypse menace de s'y déchaîner. J'ai abandonné l'idée de comprendre pourquoi cette presque inconnue me fait tant d'effet. La seule chose que je désire, c'est que Judy vienne nager avec moi… Ce sera ma dernière chance de lui reparler, de lui proposer de se revoir demain, et qui sait, de l'embrasser.

Mes potes approuvent l'idée de Soraya sans se faire prier. Ils se lèvent et se déshabillent à vitesse grand V alors que j'en fais de même. Leurs corps sont éclairés par la lueur du feu de camp où l'on devine les choses plus qu'on ne les voit. Personne n'est gêné ou n'hésite. Nous nous connaissons depuis longtemps et nous passons nos étés ici, à nager, zoner ou flirter. Les filles n'ont donc aucun souci à déambuler en bikini entre nous et mes potes se foutent royalement de se retrouver en boxer face à elles. En revanche, Judy demeure assise et les détaille avec ahurissement, mal à l'aise.

– Je n'ai pas de maillot de bain, marmonne-t-elle faiblement, mais nous l'entendons tous.

– Mets-toi en sous-vêtements, lui lance Soraya. On s'en fiche, et si Rock te mate, je lui crève les deux yeux.

Face à l'absence de réponse de Judy, ma sœur ajoute :

– Tu peux aussi garder ton tee-shirt, si tu préfères. Perso, c'est ce que je fais quand j'oublie mon maillot de bain. Hors de question que mon frère connaisse la couleur de mes petites culottes.

– Susie… je râle.

– Et puis Rock et Max t'ont déjà vue cul nu, ça ne peut pas être pire, si ? lâche Shawn sans prévenir.

Un long silence suit cette déclaration jusqu'à ce que les filles lui tombent dessus tel un essaim d'abeilles, avec Soraya pour reine. Elles prennent la défense de Judy en le réprimandant et en le pinçant un peu partout. Il les supplie d'arrêter mais elles n'en font qu'à leur tête pendant cinq bonnes minutes, l'abandonnant par terre, haletant, en position fœtale.

Judy, qui est restée en retrait, rigole malgré tout avec le reste du groupe. Je l'observe inspirer profondément à plusieurs reprises pour se donner du courage. Puis, elle va se mettre à l'écart et commence à enlever ses chaussures et sa salopette en jean. Je fais de même de mon côté en lui lançant des coups d'œil curieux. À ma grande déception, elle garde son tee-shirt rouge comme le lui a conseillé ma peste de petite sœur.

Lorsque Judy avance prudemment vers le lac, les bras ballants et les jambes nues, je prends sur moi pour ne pas la regarder tel un mort de faim. Je garde une attitude de façade décontractée alors que tout sous ma ceinture abdominale se contracte…

Le reste de notre bande nous dépasse en courant puis se jette dans le lac sans détour, en riant et s'éclaboussant au passage. Une fois la tempête de bras et de jambes passée, je rejoins Judy et lui tends la main. Elle l'accepte volontiers en me lançant un sourire qui me noue le ventre à nouveau.

– Désolée, je suis une trouillarde. L'eau dans la nuit m'effraie un peu, m'avoue-t-elle.

– Ne t'inquiète pas, je suis là. Je reste avec toi. Tu sais nager au moins ? je m'enquiers, inquiet.

– Oui, oui.

– Alors tout va bien se passer. Il n'y a que du sable et des grenouilles dans ce lac.

La pente est douce et notre immersion dans l'eau, progressive.

– C'est vrai qu'elle est super chaude ! s'exclame-t-elle, surprise.

– Je te l'avais dit.

Du coin de l'œil, je devine Soraya s'approcher de nous après être allée chercher un truc dans son sac. Une fois à ma hauteur, la jeune Cheyenne me tend une sorte de baume dans un petit flacon sans rien dire. Et, tout aussi silencieux, j'accepte de m'en badigeonner les lèvres sous le regard curieux de Judy.

– T'en veux ? je lui propose.

– C'est quoi ? me demande-t-elle, suspicieuse.

– C'est un onguent un peu magique, lui souffle Soraya.

– C'est de la drogue ? murmure Judy, mi-effrayée, mi-impressionnée.

Soraya explose de rire avant de lui répondre :

– Non, pas du tout ! Juste un mélange de plantes dont le secret se transmet de mère en fille.

– Ça fait quoi ? l'interroge Judy. Car techniquement certaines plantes sont des drogues, voire des poisons…

– Ça ôte tes soucis. Ta culpabilité, ton stress et tes angoisses. Tu as une sensation de légèreté pendant quelques heures.

– Oui, donc, c'est hallucinogène, non merci ! conclut la jolie blonde en agrippant sa tresse nerveusement.

– Non, Judy, ce n'est pas ça ! Tu ne connais pas les fleurs de Bach dans la médecine occidentale ? s'impatiente Soraya en levant les yeux au ciel.

– Hey ! Tout doux, So… je la préviens.

Soraya est sanguine. Elle perd patience facilement et a souvent besoin d'être tempérée.

– Euh, nan, pas vraiment, marmonne Judy, penaude.

– C'est le même principe ici, reprend Soraya, avec plus de douceur cette fois-ci. Je te promets que tu ne perdras pas tes moyens ou ta conscience. Ce baume améliore tes émotions. Rien de plus. Cette sensation en nageant est trop coooooool.

– Oui, c'est un simple élixir floral sous forme de baume, Judy. Il n'y a rien d'autre dedans et on n'en devient pas accro, je lui explique à mon tour.

Judy me jette un regard pénétrant et je lui souris en lui tendant le pot.

– Tu me le jures ? souffle-t-elle.

– Oui, je te le jure. Je ne ferai rien qui puisse te blesser, je lui murmure. Essaye, c'est sympa.

Elle hésite encore et j'ajoute :

– Tu n'as pas envie d'atténuer la pression que tes parents t'infligent pendant les deux prochaines heures ?

Judy relève ses grands yeux bleus et, quand je surprends son regard douloureux, je sais que j'ai fait mouche.

Elle saisit alors le petit baume, y plonge son doigt et s'enduit les lèvres généreusement. Je la regarde faire, hypnotisé par sa bouche qu'elle remue dans tous les sens pour appliquer la matière comme un rouge à lèvres. Une fois que c'est fait, nous reprenons notre descente dans le lac tandis que Soraya va offrir son baume de sorcière aux autres.

– Ce truc a bon goût, admet Judy. Il y a de la sauge dedans, je crois.

– Sûrement. Soraya est super douée avec les plantes. Elle sait préparer un tas de trucs pour nous aider. Notamment quand on se blesse.

– D'ailleurs il est arrivé quoi à tes mains ? me demande Judy en fixant mes phalanges meurtries.

– Ma matinée au lycée a été mouvementée. C'est un sujet clos, je m'entends lui répondre plus sèchement que je ne le voudrais.

Judy hoche la tête, compréhensive, et n'ajoute rien. Le calme autour de nous revient. Puis sans prévenir, elle plonge sous l'eau. Elle ressort plus loin en riant, rabattant gracieusement sa tresse sur son épaule telle une sirène. Elle est simplement magnifique, naturelle et pleine de vie. Mon cœur s'emballe lorsque je remarque que son tee-shirt lui colle au corps et révèle chacune de ses courbes.

– Merci de m'avoir poussée à me baigner. Ça fait du bien ! s'exclame-t-elle.

– Judy, viens ! lui crie alors ma sœur.

Je préfère ne rien répondre pour le moment. Je crains que ma voix rauque me trahisse. Judy, quant à elle, obéit à Susie pendant que je demeure en retrait comme un idiot. Je l'observe de longues minutes interagir avec mes amis, guettant le bon moment pour m'approcher et reprendre nos discussions seul à seul.

– Tu as donc une sœur, toi aussi ? j'entends subitement Judy demander à Rock.

Perdu dans mes fantasmes, j'ai dû louper le début de la conversation entre eux... Rock a nagé jusqu'à Judy et tous deux sont un peu isolés du reste du groupe. Aveuglé par un flash de jalousie, je les rejoins le plus vite possible. Hors de question de les laisser seuls.

– Ouais, elle s'appelle Sunny, lui répond Rock tandis que je peine à accélérer.

– Pourquoi n'était-elle pas avec nous ce soir ? reprend Judy, curieuse.

– Elle est beaucoup plus jeune, explique mon meilleur pote. Sunny a seulement 11 ans.

– Je vois... lui répond Judy en souriant.

Lorsque j'arrive enfin à leur hauteur, je remarque que ma sœur est également dans mon sillage, accompagnée de Soraya.

Deux fichues sangsues !

Elles s'interposent entre Rock et Judy et ce dernier se tourne vers moi pour profiter de ce bref aparté.

– Finalement la journée se finit bien mieux qu'elle n'a commencé, me lance Rock en accompagnant sa phrase d'un coup d'épaule et d'un sourire complice.

– Je vois pas de quoi tu parles, je lui réponds, feignant l'indifférence.

– Pas à moi, Max. Je vois comment tu la regardes.

– De qui tu parles ?

Cette fois il se place franchement devant moi et me jette un sourire machiavélique.

– Bien, dans ce cas, tu ne verras pas d'inconvénient à ce que j'aille discuter avec Judy et lui propose mon…

En parlant, il s'est tourné et commence à nager dans sa direction. Un éclair de jalousie m'aveugle et sans réfléchir, je me jette sur lui pour l'attraper par l'épaule.

– Non ! je lui crie.

Rock se stoppe net, toujours souriant et fier d'avoir marqué un point.

– C'est bien ce qui me semblait, me charrie-t-il. Alors tu comptes l'embrasser ?

– Ouais, et sans vous, ce serait déjà fait, je râle.

Rock va pour me répondre un truc mais il est interrompu par ma sœur qui le saisit au bras et lui hurle :

– Viens là, espèce de grosse montagne ! Je suis sûre que je peux te faire boire la tasse.

Rock se laisse tirer sur plusieurs mètres en riant, puis, quand il estime que Susie a assez fait joujou avec son biceps, il la coule sans prévenir, d'un geste sec. Ce mec a la douceur d'un mur de briques…

– Hey, doucement avec ma sœur ! je m'écrie. Elle me pompe l'air mais j'y tiens !

Celle-ci réapparaît en toussant et en rigolant un mètre plus loin aux côtés de Soraya. Quant à Judy et moi, nous sommes enfin seuls, loin des autres. Elle me sonde d'un regard étrange, un sourire au coin des lèvres.

– Tu t'es bien amusée ce soir ? je lui demande.

– Comme jamais. Merci Max, susurre-t-elle.

– Bah, je n'ai pas fait grand-chose.

– Si. Tu as réussi, je ne sais comment, à me convaincre de te suivre…

– Tu n'avais pas trop le choix. Tu arriverais à peine à Colorado Source à cette heure-ci. Il aurait pu t'arriver plein de trucs affreux en chemin.

La perspective de la savoir blessée ravive ma colère sous-jacente alors je plonge sous l'eau à mon tour. Lorsque je refais surface, Judy a nagé jusqu'à moi et moins de vingt centimètres nous séparent. C'est à la fois peu et encore beaucoup trop à mon goût.

– Tu ressens l'effet des plantes de Soraya ? je m'enquiers, doucement.

– Oui, c'est étrange…

– Ça te fait quoi ?

– Je me sens incroyablement légère. Je ne ressens plus cette angoisse habituelle quand je pense à mes parents.

– Et quoi d'autre ?

– J'ai l'impression que tout est possible… Je me sens capable de les affronter et de leur dire à quel point la musique compte pour moi.

– Ça fait du bien, non ? j'insiste.

– Oui… si seulement ça pouvait durer, avoue-t-elle avec tristesse.

– Je demanderai à Soraya de te passer un baume si ça peut t'aider.

– C'est gentil. Pourquoi pas, après tout. Si tu dis qu'il n'y a pas de risque de devenir accro.

– Aucun risque. Tu pourras le garder pour les moments où tes parents sont trop chiants.

– Hum. Je risque de vite le finir alors…

Clairement, le sujet la peine alors je change de conversation sans transition ni subtilité.

– Fais la planche, je lui ordonne gentiment en approchant.

– Pourquoi ?

– Flotter accentue tout ce que tu ressens grâce aux plantes…

Je m'allonge sur le dos, restant en surface de l'eau, et Judy finit par m'imiter. La tête vers les étoiles, plus rien n'a d'importance. Il n'y a plus qu'elle est moi dans ce lac. J'attrape sa petite main et nous nous laissons ainsi dériver plusieurs minutes en silence.

– Tu la ressens ? je lui souffle.

– Quoi ?

– Cette sensation de vertige.

– Oui… C'est si agréable, me murmure-t-elle en retour.

À nouveau, nous nous taisons, savourant l'instant de calme. J'ai l'impression qu'un courant circule entre nos doigts joints. Je ne parviens pas à lâcher sa main et ressers ma prise. Cette sensation de vertige est addictive et me motive à prendre les devants. Lorsque j'ai compté pour la vingtième fois les sept étoiles visibles de la Grande Ourse, je me redresse, attirant Judy à moi d'un même mouvement. C'est maintenant ou jamais. Je saisis mon courage à deux mains, balayant ma nervosité et mon appréhension. Nous sommes seuls, loin de mes potes qui rient à l'autre bout du lac.

Judy se laisse faire. Je lis dans ses yeux une faim identique à la mienne. Elle a déjà le souffle court lorsqu'elle pose ses mains sur mes épaules nues. Sous l'eau, ses jambes frôlent les miennes. Son tee-shirt flotte légèrement autour d'elle avec sa longue tresse dorée. J'agrippe sa taille fermement et approche doucement mon visage du sien. Je lui laisse ainsi le temps de me repousser, mais Judy ne fait rien de tel, au contraire. Ses doigts remontent le long de ma nuque et se crispent à la naissance de mes cheveux. J'en ai la chair de poule et fixe ses longs cils où perlent de petites gouttes d'eau. Puis mon regard migre vers sa bouche, l'objet de toute mon obsession ce soir. Ce sourire m'a atteint en plein cœur du premier coup, après que ces yeux bleus m'ont fait prisonnier au bord de la route.

La sensation de vertige se décuple. Elle enfle dans mon ventre pour se répandre en moi telle une onde de choc brûlante, torpillant mes derniers doutes au passage.

Je dois cependant faire gaffe de ne pas effrayer Judy en m'emballant. Je sens qu'elle est en terre inconnue ou, du moins, très peu connue… Si je m'écoutais, là tout de suite, je ne me contenterais pas seulement de poser mes mains sur ses hanches. Non. Je partirais explorer chacune de ses courbes.

Alors je progresse avec précaution, et lorsqu'enfin mes lèvres entrent en contact avec celles, douces et tièdes, de Judy, je ferme les paupières pour savourer l'instant. Je suis exalté, heureux, loin de mon état d'esprit de ce matin au lycée. Je mémorise son odeur sucrée qui se mélange à celle si particulière de l'été. Je ne veux rien oublier de ce moment quand je reviendrai ici.

Sans la brusquer, je colle Judy contre moi et elle me surprend en m'enlaçant en retour, plaquant franchement ses lèvres aux miennes.

Finie la découverte, elle passe clairement en mode conquête de ma bouche. Je la laisse explorer ce qui semble nouveau pour elle. Je la guide parfois et lui rends ses baisers, souvent. Je viens prendre son visage entre mes mains pour caresser du pouce ses taches de rousseur et l'empêcher d'arrêter, même si pour le moment ses doigts sont fermement enroulés dans mes cheveux.

Le temps s'étire autour de nous, l'embrasser n'apaise rien, au contraire. Ma faim d'elle me broie les reins. Lentement, Judy finit par se détacher et plonge son regard perdu dans le mien.

– Tu accepterais qu'on se revoie demain ? je lui demande.

– Oui, murmure-t-elle.

Sans rien ajouter, on recommence à s'embrasser comme si la fin du monde était imminente. Cette fois, je suis plus entreprenant, c'est moi qui donne le tempo. Mes mains bougent de leur propre chef un peu partout sur son corps.

– Je ne fais jamais ça d'habitude, susurre alors Judy entre deux baisers.

– De quoi ? je fais, essoufflé.

– Embrasser un presque inconnu le soir même. Ce n'est pas bien…

– Je n'ai pas vraiment l'impression qu'on est des inconnus.

– Non, en effet.

Et sur cette phrase Judy me tend à nouveau ses lèvres et nous ne nous arrêtons que pour reprendre nos souffles respectifs, puis lorsque Rock nous crie qu'il est temps de rentrer.

Toutes les bonnes choses ont une fin, malheureusement. Cette sensation de vertige devenue douce-amère ne me quitte plus. Ni le goût des lèvres de Judy sur les miennes.

***

Nous ramenons Judy chez Ellie et Roger après avoir chargé son vélo dans le pick-up de Rock. Mon meilleur ami reste au volant tandis que je la raccompagne à la porte sans parler. On a convenu de repasser la prendre demain vers quinze heures pour profiter de nouveau de l'après-midi au lac, en espérant que ses grands-parents acceptent.

– Merci, Max. J'ai passé un super moment ce soir, finit-elle par me dire alors qu'on se jauge face à face.

Je sens bien qu'elle non plus ne veut pas partir. Nos yeux ne se lâchent plus, et Judy triture la fermeture Éclair de mon sweat qu'elle a remis. Je lui avoue sur le seuil de la porte :

– J'ai hâte d'être à demain. Et toi ?

Mais elle n'a pas le temps de répondre, ladite porte s'ouvre brusquement.

– Judy ! l'interpelle une femme blonde que je n'ai encore jamais vue sur Colorado Source.

Derrière cette femme, je devine Ellie et Roger qui se tiennent en retrait, lançant des regards désolés à leur petite-fille.

– Maman ? Mais qu'est-ce que tu fais là ? rétorque Judy avec surprise.

– J'ai appelé ta grand-mère vers vingt heures pour te souhaiter bonne nuit avant d'aller me coucher et figure-toi que je n'ai pas pu te parler ! Elle a fini par m'avouer que tu passais la soirée avec des jeunes du coin. Ce n'est pas ce qui était convenu, jeune fille !

La conversation ne me dit rien qui vaille et j'interviens pour défendre Judy :

– Désolé, madame. C'est notre faute…

– Vous, je ne vous ai rien demandé ! Je parle à ma fille. D'ailleurs lâchez-la, m'interrompt la femme qui commence à virer au rouge foncé.

Instinctivement, je fais l'opposé et saisis la hanche de Judy pour la coller à la mienne. Les yeux de sa mère, prête à me sauter à la gorge, menacent de jaillir de leurs orbites. Un peu plus et elle me montre les crocs pour se mettre à grogner.

– Vous êtes qui, d'abord ?! me crache-t-elle. Vous venez de ce club de bikers, je parie, vu votre accoutrement.

Je la vois détailler mon Perfecto, mon jean troué et mes boots noires avec dédain. Là elle commence à m'échauffer sévère. J'ai eu une matinée à chier, je ne suis pas dans de bonnes dispositions pour supporter les préjugés d'adultes trop cons. Judy fixe le sol, honteuse. Elle a clairement peur de sa mère. La voir ainsi a raison de moi, et de ma politesse.

– Ouais, ça se pourrait bien, m'dame, je réponds, affichant un sourire de petit enfoiré.

– Je t'avais interdit de traîner avec eux ! explose finalement la mère de Judy.

– Et tu as fait trois heures de route depuis Colorado Springs pour venir me dire ça ? lui demande prudemment sa fille, ahurie.

– Je t'avais prévenue, Judy, tu avais le droit de voir tes grands-parents seulement si tu ne traînais pas n'importe où ! Tu as désobéi ! Je ne te fais plus confiance. C'est fini. Tu rentres avec moi illico !

Sa mère avance vers nous et attrape Judy durement par le bras pour la tirer vers elle.

– Non ! C'est n'importe quoi, j'ai rien fait de mal, proteste Judy dans un sursaut de courage.

Elle se libère en tirant de toutes ses forces mais, emportée par son mouvement, elle bascule et je la rattrape *in extremis* dans mes bras.

– Mais tu es trempée, ma parole ! éructe sa mère. Qu'est-ce que tu as fait avec eux ?!

Judy n'ajoute rien, alors sa mère reprend avec davantage de violence :

– Je t'interdis de traîner avec cette racaille ! Tu ne connais pas leur réputation… Tout ça, c'est de votre faute ! Il a fallu que vous veniez habiter ici ! Je savais que ça se terminerait comme ça ! Ma fille ne finira pas en pute à bikers ! J'en fais le serment !

C'est du grand n'importe quoi ! Je sens une colère sourde se réveiller, accompagnée d'un sentiment de protection viscérale pour les miens, pour Judy qui tremble comme une feuille contre moi et qui s'est mise à pleurer. J'entends la portière du pick-up s'ouvrir et Rock me rejoindre à grandes foulées.

– Tu es folle, maman. Tu me fais honte devant mes amis.

– Ce ne sont pas tes amis ! Maintenant viens ici ou j'appelle ton père… Et ce sera une autre histoire.

La menace flotte dans l'air, je sens qu'elle fonctionne. Judy doit craindre son père encore plus que sa mère car elle finit par lâcher ma main, y laissant imprimer la chaleur de ses doigts.

– Qu'est-ce qui se passe ici ? tonne la voix de Rock dans mon dos.

Je lui jette un regard l'informant que je gère et de rester en retrait. Pour le bien de Judy, je tente une dernière fois la diplomatie :

– Madame, on n'a rien fait de mal. On a pris soin d'elle.

– Tais-toi ! Et ne repose plus jamais tes sales pattes sur ma fille !

OK. Ça suffit. J'avance de deux pas vers cette femme hystérique et elle recule instinctivement, apeurée. Je vais pour l'envoyer chier mais sa fille s'interpose entre nous. Judy me prend par surprise en me déposant un léger baiser sur la bouche. C'est timide, humide de larmes et trop rapide à mon goût, mais c'est un baiser que je n'oublierai jamais, comme le premier.

– Ça ira, Max. Je me débrouille et merci encore pour cette soirée. Je suis désolée, sanglote-t-elle.

– Sois pas désolée. On se reverra, Judy.

– Oui, promis, murmure-t-elle.

– Certainement pas ! persifle sa mère.

Et sur ce, elle emporte sa fille dans la maison, nous claquant la porte au nez.

– C'était quoi, ce bordel ? finit par lâcher Rock en soufflant alors que je fixe toujours la porte, triste, déçu et en colère.

Je ne trouve pas la force de lui répondre. Je doute de revoir un jour Judy et j'en ai le bide rongé par l'amertume. Les adultes peuvent être si cons ! Mon seul espoir est qu'elle est partie avec mon sweat.

Peut-être cherchera-t-elle à me le rendre en personne. Je l'espère…

La main de Rock s'abat sur mon épaule. Il tente de me réconforter, car il a compris, sans que je dise quoi que ce soit. Consumé par un excès de rage désespéré, je shoote de toutes mes forces dans une poubelle. Le coup est si fort qu'elle vole jusqu'à la maison voisine.

Pourquoi faut-il que tout foire lorsqu'un truc bien m'arrive enfin ?

PARTIE II
OÙ TOUT S'EFFONDRE
De nos jours

7

MAL-ÊTRE

Max
Dix ans plus tard

Muni d'un torchon, je frotte le dessus du comptoir d'un geste machinal, parcourant des yeux la foule de clients. La soirée bat son plein au CSB[1] et je suis à l'affût. L'ambiance est en train de changer dans la salle, des tensions apparaissent, car l'alcool et d'autres substances moins légales se mélangent.

En tant que boss, je veille à ce que mes serveuses puissent continuer de faire leur boulot sans être emmerdées.

Je veille aussi à ce que la table la plus au fond sur ma droite ne soit jamais dérangée, par quiconque.

Presque tous les membres décisionnaires des Evil's Heat, dont je fais partie, y sont attablés : Rock, notre meneur, et sa femme Olivia, mais aussi Vince, Loris et Eddy. Seuls Shawn et son jumeau Bounce sont absents. Shawn car il est détaché sur New York à plein temps pour y gérer nos affaires depuis plusieurs années maintenant. Il rentre parfois lorsque cela est nécessaire mais ne reste jamais très longtemps ici. S'il fait partie intégrante des Evil's Heat, il n'a absolument pas l'âme d'un biker dans son costume trois pièces. Shawn n'a pas non plus le goût pour les coins paumés comme Colorado Source.

Il a fui l'endroit dès qu'il a pu.

Et tant mieux, tous nos membres sont différents. Chacun finit par trouver sa place d'une manière ou d'une autre au sein de notre communauté un peu particulière, et la nourrit de son individualité.

---

1. Colorado Source Bar.

Quant à Bounce, je souris en y pensant. Il est en mission à haut risque ce soir, quelques rues plus bas. Il garde la fille de Rock et Liv, la petite Nini dont je suis le parrain. Bounce est à l'opposé de son frère. Il est une baby-sitter atypique dont quatre-vingts pour cent du corps sont recouverts de tatouages. Dans une vie antérieure, avant de rejoindre la gestion du Clan aux côtés de Rock et moi, il a d'abord été tatoueur puis croque-mort…

L'un des meilleurs embaumeurs du sud de l'État.

Oui, vraiment, il est le baby-sitter idéal pour votre rejeton !

Mon regard se reporte sur Olivia, encore. Elle est assise sur les genoux de Rock et rit à gorge déployée aux blagues foireuses de Vince, qui secoue ses dreadlocks dans tous les sens. Liv est sa première fan et l'encourage à persévérer dans sa voie de roi des comiques.

Aujourd'hui, comme chaque jour depuis sa rencontre avec Rock, Olivia rayonne, amoureuse et passionnée. Elle capte l'attention par sa joie de vivre, sans même en avoir conscience.

Quelle ironie…

J'ai été son premier ami lorsque Liv a déboulé dans le coin, seule, perdue, à la dérive.

Pourtant ce n'est pas moi qu'elle a choisi pour compagnon…

J'astique un peu plus violemment le bois du comptoir en y repensant. Malgré les efforts, j'ai toujours du mal à avancer. Une fois de plus, j'ai échoué là où Rock a réussi du premier coup.

J'aspirais à tout ça : la femme, le gosse, la jolie maison. Je n'ai pas honte de l'avouer. Au bout du compte je n'ai rien, je demeure seul, dans mon appart au-dessus du CSB. Rock, lui, ne voulait rien de cela mais il a tout obtenu.

Olivia l'a sauvé des ténèbres qui le bouffaient à l'époque, lui l'a protégée en retour, et maintenant, c'est à mon tour d'être suspendu au-dessus du vide, prêt à chuter. Je sens qu'il ne me faudrait pas grand-chose pour basculer, alors je m'accroche à la routine comme à un radeau de survie. Les affaires du Clan et la gestion du bar rythment mes journées puis mes nuits.

Point.

Et parfois quelques nanas de passage. Mais c'est bref. Futile. Rien ne semble vouloir durer ou se fixer. La seule chose qui persiste ici, c'est ce sentiment de mal-être au fond de mon bide et dont je n'arrive pas à me défaire.

– Hey, tu m'écoutes, Max ?

Je pivote sur la gauche et découvre Eddy qui m'observe bizarrement de l'autre côté du comptoir. Je ne l'ai pas vu quitter la table, et encore moins s'approcher. À ce stade, c'est assez grave. Je ne sais absolument pas ce qu'il m'a demandé alors je tape dans le plus probable :

– C'est bon, va te rasseoir, Ed, j'envoie Jenna te servir ta pinte ! je lui crie tout en feignant être occupé par la tireuse à bière.

– Je ne t'ai pas demandé une pinte.

C'est net. Précis.

– Tu ne m'as pas entendu, reprend-il face à mon mutisme.

Il s'approche pour s'accouder au bar, et je finis par avouer :

– Ouais, désolé. J'étais perdu dans mes pensées.

Eddy jette un coup d'œil par-dessus son épaule, vers la table où Rock et Liv s'embrassent comme s'ils étaient seuls au monde…

– Si tu le dis, me répond-il avec un sourire que je ne suis pas certain d'apprécier.

Loris et lui sont les plus âgés de notre groupe. La vie et les épreuves qu'ils ont traversées leur accordent parfois des fulgurances de perspicacité dont nous, plus jeunes, sommes dépourvus. Je les redoute car je n'ai pas envie d'entamer une conversation sur mes problèmes existentiels. Pas maintenant. Pas ici.

Je m'approche à mon tour afin de ne plus avoir à crier pour parler.

– Du coup ? Tu venais pour quoi ? je m'enquiers.

– Je crois que Bounce et Loris ne vont vraiment pas bien depuis leur retour de mission en Russie. Shawn t'a parlé de quelque chose vu qu'il les accompagnait ?

– Je ne sais pas, Ed. Perso, j'ai rien remarqué. Chez aucun des trois. J'ai eu Shawn hier au téléphone et tout allait bien. Soraya lui prend la tête parfois mais il gère New York comme à son habitude.

– Mouais… souffle-t-il, peu convaincu.

– Écoute, en général, je sens assez bien ce genre de choses. Ils en sont sortis abîmés, c'est certain. Qui ne le serait pas ? Mais ils savent que le Clan est là au besoin.

Je balance mon torchon sur l'épaule, rince rapidement une

série de verres et commence à les remplir de Kilkenny[2]. J'anticipe la commande de la table face à moi.

– Y a un truc qu'ils ne nous disent pas, reprend Eddy, toujours soucieux.

Il s'installe plus confortablement sur un tabouret et pioche dans un reste de cacahuètes sur sa droite. Il a donc prévu de faire durer cette conversation…

– Ouais. Un peu comme tout le monde. Y a sûrement plein de choses qu'ils ne te disent pas, je lui réponds.

– Max. Je suis inquiet pour eux. Je suis sérieux.

– Et je le suis aussi, Ed. Mais ils sont adultes, tu veux faire quoi ? Les torturer pour les forcer à parler ?

– Pourquoi pas ?

– Ed…

– OK, peut-être pas les torturer mais ils ne nous ont jamais vraiment dit ce qu'il s'était passé là-bas. Il faut arriver à leur tirer les vers du nez, insiste-t-il.

– On peut aussi leur laisser le temps. Ils parleront quand ils seront prêts, je lui suggère calmement.

Je sais que ce sujet est important mais je ne parviens pas à lui accorder l'attention qu'il mérite.

– Ça fait plus d'un an qu'ils sont revenus de Russie, Max. Le temps, ils l'ont eu.

– Nan, c'était…

Juste avant la naissance de Nini et elle va avoir 1 an…

– Putain… je lâche, stupéfait.

Je n'ai pas vu l'année passer, pourtant paradoxalement les journées et les nuits me paraissent interminables. À croire que j'évolue dans une espèce de torsion de l'espace-temps.

– Ouais, comme tu dis, confirme Eddy en hochant son crâne rasé. Au risque de me répéter, il est temps qu'on sache exactement ce qu'il s'est passé là-bas.

– Le problème, c'est que le Clan ne fonctionne pas comme ça, j'objecte.

– Eh bien, il est peut-être temps que le Clan change ! Qu'on apprenne de nos erreurs passées…

---

2. Bière rousse irlandaise.

– Écoute, Ed, ici n'est pas le meilleur endroit pour avoir cette discussion. J'entends tes craintes mais on doit en parler avec Rock d'abord. Au calme.

– OK. Lundi après notre réunion au QG, affirme Eddy sans me laisser le choix.

Il n'a pas l'air satisfait de l'issue de la conversation mais je ne peux guère faire mieux à l'instant, dans un bar bondé et bruyant.

– D'accord, lundi. Et j'insiste, Ed, on en parle d'abord avec Rock avant de faire quoi que ce soit. Deal ?

– Deal.

– Mais je persiste à croire qu'on se livre quand on en ressent le besoin. On ne peut pas commencer à obliger nos membres à s'épancher s'ils n'en ont pas envie.

– Et ça t'arrange bien ça, hein ? me rétorque Eddy avec amertume.

– Tu veux dire quoi par là ? je grince en lui jetant un regard noir.

– Tu le sais très bien, Max. Tu crois que j'ai rien remarqué ? Toi aussi tu as des choses à déballer. Et il va falloir que tu le fasses car tu n'es plus toi-même. Tu ne vois rien de la souffrance de tes frères alors qu'il y a un an à peine ça aurait été ta priorité. Bounce, Loris et Shawn nous doivent des explications au sujet de la Russie si cela met les Evil's Heat et la ville en danger.

J'ai envie de l'envoyer se faire foutre avec sa psychanalyse à deux balles, mais je puise dans mes dernières ressources pour prendre sur moi. Je réglerai ça avec lui lundi, en tête à tête et sans témoin. En revanche, je ne peux pas le laisser insinuer des trucs pareils concernant les autres.

Je contre-attaque :

– Ils ont juré que non ! Que la situation était close et je les crois. Ils ont gagné ma confiance depuis longtemps. Ce qui s'est passé en Russie reste en Russie si c'est ce qu'ils veulent !

– Max, on a vu ce que les mensonges ont fait à ton père et celui de Rock ! Ça a failli détruire le Clan. Ça a coûté la vie de la sœur de Rock…

Le ton monte, on attire quelques regards surpris de clients. Eddy vient de mettre le doigt juste là où ça fait mal. Sur une plaie qui ne parvient pas à guérir. Sur des maux et des pensées sombres qui ne veulent pas partir. Oui, Sunny, la sœur de Rock, est morte. Oui, je ne digère pas la trahison de nos pères. Mais tout le monde semble oublier que Sunny était également ma sœur. On me vole le droit de la pleurer correctement depuis un an et demi…

La mère de Rock a choisi de s'envoyer en l'air avec mon père à l'époque. Les deux trahissant leurs meilleurs amis respectifs au passage. Finie la belle et longue amitié entre nos parents ! C'est d'ailleurs pour cela que les miens sont partis à Atlanta pendant mon adolescence, et pas seulement pour accroître le business des Evil's Heat. C'était ça ou le Clan implosait en vol. Et de cet adultère est née Sunny, la petite sœur de Rock, mais aussi la mienne et celle de Susan. Sauf que nos chers parents ont décidé de le cacher pendant des années ! Quand nous avons appris la vérité, il y a un an et demi, il était trop tard… Sunny était déjà morte. Elle est et restera à jamais la petite sœur de Rock et non la mienne.

La leçon de morale d'Eddy sur le mensonge a donc le don de me mettre les nerfs encore plus à vif, alors je dérape :

– Je sais ! Mais Loris ou Bounce ne mentent pas ! Ils gardent simplement pour eux leurs blessures. Comme toi tu gardes les tiennes. Tu vas me faire croire qu'on sait tout de ta vie passée ? Dans mes souvenirs, tu ne nous as jamais dit d'où te venait cette cicatrice qui te barre la gueule en deux ! Et on ne t'a jamais fait chier avec ça !

Eddy accuse le coup. Instinctivement, il passe la main sur sa joue abîmée, là où sa peau noire est fendue d'une longue balafre plus claire. Sa cicatrice boursouflée part du coin de sa bouche pour remonter vers l'oreille et lui donne un drôle de sourire en permanence.

– Je dois protéger mes filles.

– Je sais, Eddy ! Et on les protège aussi ! Comme chaque personne du Clan ou de cette fichue ville. En attendant, il n'y a aucune menace. On est tranquilles, la dernière embrouille a pris fin en Russie justement grâce à Loris, Bounce et Shawn. Ils méritent qu'on les laisse en paix avec ça.

– J'espère que t'as raison. Ton jugement est sacrément faussé ces derniers temps, lâche-t-il blasé.

– Je vais faire comme si tu n'avais pas prononcé cette dernière phrase. Et on a dit qu'on en reparlait lundi, avec Rock. Faut que je bosse maintenant, Jenna me fait signe.

Ed me lance un rapide coup d'œil soucieux. J'ai du mal à comprendre pourquoi il est si angoissé, alors j'ajoute :

– Toutes les pages d'un livre ne sont pas faites pour être lues à voix haute. Certaines doivent rester là-dedans.

Je tends le bras et appuie mon index sur son front pour illustrer mes propos. Je ne suis peut-être qu'un patron de bar mais je suis également le second de Rock. Si tout le monde a la parole libre dans notre communauté, nous devons garantir le respect de nos valeurs fondamentales. Les craintes d'Eddy pour ses deux filles, bien que compréhensibles, ne doivent jamais briser cela...

Ed quitte enfin son tabouret à contrecœur puis retourne à la table d'où Loris me lance un regard curieux. Je l'ignore avant de rejoindre Jenna, ma serveuse, en grande difficulté avec un client aux mains baladeuses.

N'ayant plus de patience à ce stade, je ne fais pas dans la dentelle et vire le type du CSB par la peau du cou, un coup de pied au cul en prime. Je l'avais déjà mis en garde deux fois, celle-ci est donc celle de trop.

De nouveau à l'intérieur, Jenna me rattrape et je ne peux m'empêcher de lui rappeler :

– Je t'avais dit d'arrêter de le servir y a une heure.

– Je t'ai écouté, Max ! proteste-t-elle. C'est l'autre, Barbitch, qui l'a resservi. Je ne sais pas pourquoi tu gardes cette nana dans l'équipe. C'est une plaie aussi béante que sa chatt...

Jenna s'interrompt brusquement tandis que je pose les yeux sur Pam, la collègue en question, affublée de ce charmant surnom. Je souffle, agacé, car dans le fond Jenna a raison.

Pour le côté « plaie », pas « chatte béante »...

Pam n'est pas vraiment douée pour ce job, elle oublie une commande sur deux et a réussi l'exploit de se mettre toutes les filles à dos en aguichant leurs mecs.

Mais je sais aussi que ma serveuse a quatre enfants à charge et si elle ne travaille pas chez moi, je les condamne à vivre dans la rue...

– Je ne la laisserai partir que si elle trouve un autre boulot décent. Elle a quatre gosses à nourrir et loger. Donc, va l'aider avant qu'elle ne renverse son plateau trop chargé sur mes clients.

Ce n'est pas une question mais un ordre que Jenna ignore, encore. Elle ne me lâche pas d'une semelle, me regarde avec étonnement puis chuchote :

– Elle a quatre enfants ?

– Ouais… Tu vois, tout n'est pas toujours ce qu'il paraît être. D'ailleurs, arrête de l'appeler Barbitch. Et sa chatte n'est pas béante, ajouté-je rapidement.

Jenna pousse un petit cri de surprise et se plaque les mains sur la bouche :

– Quoi, t'as vérifié ? J'y crois pas, tu as couché avec elle !

– Non ! Bien sûr que non ! Mais j'aimerais plus de respect entre vous ! La solidarité féminine, ça vous dit quelque chose ?

– C'est Liv qui l'a surnommée comme ça… désolée.

– Liv me les brise ! Vous me les brisez tous, retourne bosser !

Je commence à craquer, et Jenna n'arrange pas la situation. Cette fois elle s'exécute enfin, à mon plus grand soulagement.

Fatigué, tiraillé par cette sensation de ne plus être plus à ma place sans savoir non plus ce que je souhaite réellement, je retourne derrière mon comptoir, fidèle à mon poste.

Je tente de regarder ailleurs mais mes yeux finissent toujours par se poser sur Rock, Olivia et leur bonheur conjugal qu'ils étalent à la vue de tous.

Je suis maudit !

Dépité, je me sers un whisky bien corsé pour me détendre. J'en enquille finalement deux autres, jusqu'à ce que mon esprit retrouve une quiétude feinte. Je suis plus calme lorsqu'une voix féminine familière et grave me tire de mes pensées :

– Salut, Max…

Dakota, une amie de longue date, s'approche du bar. Elle et moi franchissons de temps à autre les limites de la simple amitié. Je l'apprécie beaucoup car c'est une nana tranquille qui ne m'a jamais réclamé quoi que ce soit que je ne puisse offrir. Nous savons passer du bon temps entre adultes consentants, ni plus ni moins. Je me demande pourquoi mon cœur ne veut pas d'elle et s'obstine à désirer autre chose. Je l'observe mais demeure silencieux.

– Chez moi, les anciens disent que nos yeux sont de la couleur de notre âme. Tes yeux sont gris orage, Summerland… reprend la belle Cheyenne avec un sourire.

– Ce qui veut dire ? je lui réponds, sans conviction.

– Que quelque chose gronde en toi. C'est quoi ? me demande-t-elle de but en blanc.

Je regarde le fond de mon verre, l'esprit pensif et le cœur tourmenté. Accoudé à ce bar, j'espère bêtement que l'alcool m'aide à tout faire disparaître : la honte que je ressens depuis que je suis gosse, ainsi que la colère qui m'empoisonne et la jalousie qui me consume. Je voudrais être seul encore un peu mais Dakota me dévisage de ce regard intelligent qui me met mal à l'aise.

– Allez, Max, crache le morceau. On a toujours été honnêtes l'un envers l'autre et je ne te sens pas vraiment bien en ce moment.

Décidément, entre Eddy et elle ! Qu'est-ce qu'ils ont tous, ce soir ?

Je finis mon verre cul sec et reporte mon attention sur cette femme qui ne sera jamais la bonne mais que j'apprécie énormément. Malgré moi, je lui lâche froidement :

– J'en sais rien, mais ça va finir par éclater et je te conseille de ne plus être dans les parages à ce moment-là.

Dakota hausse les sourcils, intriguée mais pas effrayée, puis éclate de rire et me répond à nouveau en souriant :

– Je n'ai pas peur de l'orage.

– Ouais… On verra bien le moment venu.

Lorsqu'elle repart, interpellée par des amis, j'ajoute sans réfléchir :

– Hey. Tu fais quoi dans une heure ?

– Rien, à moins que tu aies mieux à proposer… murmure-t-elle, le sourire aux lèvres.

8

DOUTE

Judy

La messe est sur le point de se terminer et contrairement à d'habitude, je ne me sens pas sereine. Encadrée de mon père sur ma droite et de ma mère à gauche, je fixe mes mains et demeure impassible. Perdue.

Lorsque je vais à l'église, j'y trouve habituellement la paix. C'est un temps de repos que j'accorde à mon corps, mon esprit et mon âme pour être de nouveau en phase. Mais depuis un moment le doute a planté une graine dans ma chair. Il y a pris racine, a poussé encore et encore, et du haut de sa cime, je porte un regard changé sur le monde qui m'entoure. Une prise de hauteur soudaine qui me déstabilise.

Non, je ne suis plus sereine.

Je relève les yeux et les pose sur la nuque de l'homme devant moi qui chante en chœur avec le prêtre et le reste des fidèles. Cet homme est dans ma vie depuis dix ans environ. Je pensais le connaître et pourtant, depuis une semaine, je rumine en silence après avoir découvert la vérité.

– Tu ne chantes pas aujourd'hui, ma chérie ? me souffle ma mère.

– Non, j'ai mal à la gorge depuis hier soir, je lui murmure en retour.

Un mensonge dans la maison du Seigneur… J'espère qu'Il me le pardonnera.

Je repose mes yeux sur cette nuque masculine familière devant moi, pensive.

Quand nous sommes-nous perdus de vue tout en vivant sous le même toit ?

Car le constat est là, et si je mens à ma mère sans vergogne, je me dois d'être enfin honnête avec moi-même. Je n'aime plus Derek depuis longtemps, découverte à son sujet ou pas. Pire, je commence à le détester et à haïr sa présence à force de nous disputer, au point de douter l'avoir aimé un jour passionnément.

Ma grand-mère, Ellie, ne l'a jamais senti. Elle ne voulait même pas que je sois amie avec lui à l'époque et je crois bien qu'elle avait raison…

Et juste parce que je repense à Ellie, alors que je fais tout au quotidien pour m'emplir l'esprit et la pousser loin dans mes souvenirs, un tsunami de culpabilité me submerge.

Elle et moi ne nous parlons plus depuis très longtemps, malheureusement. J'ai arrêté de compter les années car les larmes me montent aux yeux à chaque fois que je repense à notre dernière dispute.

Mais aujourd'hui, les souvenirs de ma grand-mère persistent à hanter mon cœur plus que d'habitude. Je repense à elle. À nous.

Les longs mois de maladie précédant la mort de mon grand-père l'ont transformée. Nous étions si proches auparavant et nous nous sommes éloignées l'une de l'autre. Ellie s'est refermée sur elle-même, ce que j'ai terriblement mal vécu à l'époque, me sentant abandonnée par ma mamie. Elle seule m'encourageait à vivre pleinement ma passion : le chant, et pas uniquement pour la chorale du dimanche. Sauf que fourbue de chagrin, Ellie n'est plus venue à mes répétitions. Elle n'a pas non plus assisté à mon spectacle de fin d'année. Et surtout, elle n'a pas pris ma défense face à mes parents lorsque j'ai souhaité poursuivre une carrière musicale après le lycée. Je lui en ai tant voulu alors qu'elle n'y était pour rien, seulement j'étais à cet âge ingrat où tout vous est dû mais où vous ne devez rien à personne.

Dans la foulée, pleine de rancœur, je n'ai pas assisté à l'enterrement de mon grand-père, ce qui l'a profondément blessée en retour.

La brèche entre ma grand-mère et moi est alors devenue un gouffre infranchissable.

Quant à mes parents, trop heureux de ne pas me voir retourner à Colorado Source, ils ont pris mon parti et l'histoire, elle, a pris de l'ampleur. Tout a viré au drame familial, créant deux clans : nous contre Ellie.

J'ai tellement honte.

Si honte que je n'ai pas osé implorer le pardon de ma grand-mère jusqu'à aujourd'hui.

Pourquoi ai-je mis tant de temps à me remettre en question, à remettre en question mes parents, leur éducation, ou même ma vie avec Derek ?

Je n'en sais rien. J'envie ces personnes qui savent prendre des décisions rapidement, faire les bons choix du premier coup et vivre pour leurs convictions sans faillir. Je ne suis pas de ceux-là. Je fais partie de ceux qui ouvrent les yeux un jour soudainement après des années à se fourvoyer. De ceux qui se retrouvent perdus, seuls. De ceux qui disparaissent du jour au lendemain, qui plaquent tout brusquement car ils ont fini par atteindre leur point de rupture.

Pour moi, c'est ici et maintenant.

Au milieu de fidèles, dans cette petite église en périphérie de la très grande ville de Colorado Springs où j'ai grandi et où je vis encore avec Derek, à trois pâtés de maison de chez mes parents.

Ma bulle de déni choisit ce moment précis pour m'exploser au visage, et je n'ai jamais autant ressenti de honte et de solitude qu'à cet instant.

Je suis la pire petite-fille du monde.

Mais aujourd'hui, je me dis qu'il est peut-être enfin temps que ça change. Je peux encore me repentir, m'excuser et avouer à Ellie qu'elle avait probablement raison concernant Derek.

Il n'est jamais trop tard, non ?

– Maman ? je susurre sur ma gauche.

– Oui ? me répond ma mère sur le même ton.

– Tu n'as jamais reparlé à grand-mère en sept ans ?

Ma mère me lance un regard surpris et me répond sans discrétion cette fois-ci :

– Judy, la messe est bientôt finie, ça ne peut pas attendre ?

– Réponds-moi, s'il te plaît, j'insiste.

J'ai un besoin viscéral de savoir, contrairement à d'habitude où moins j'en sais mieux je me porte.

– Pourquoi cette question ? reprend ma mère. Tu sais que ta grand-mère nous a reniés, toi comprise. Surtout toi d'ailleurs.

Aïe…

– Oui, mais lui as-tu parlé ? Sais-tu si elle va bien au moins ? je m'enquiers, un peu désespérée.

– Depuis quand tu t'en soucies ?

– Maman ! Tu ne m'aides pas là…

Ma mère souffle, se redresse et ajoute avec agacement :

– Oui, ta grand-mère va très bien. C'est bon, tu as fini avec les questions ? Les gens nous regardent.

Je n'en ai rien à faire que les gens nous regardent. Plus rien ne me semble vraiment important hormis cette idée fixe et soudaine qui m'habite :

– Je crois que je vais essayer de reprendre contact. Cette embrouille a pris trop d'ampleur. C'est ridicule, Ellie me manque…

– Mais qu'est-ce qui te prend tout à coup ? lance ma mère, surprise.

Mon père se tourne vers nous et nous jette un regard assassin éloquent. Nous reprenons le plus doucement possible en chuchotant. Cela ne rend pas la conversation facile.

– Quoi ? Tu n'es pas heureuse que je veuille faire la paix avec grand-mère ? je m'étonne.

– Bien sûr que non, Judy ! Elle nous a dit des choses horribles, nous a déshérités et ne nous considère même plus comme sa famille. Elle ne peut s'en prendre qu'à elle d'être seule. Elle hait Derek ! Et je ne la comprends pas car il est adorable et parfait pour toi. Elle ne peut pas te demander de choisir entre ta grand-mère et l'homme de ta vie. Derek, lui, est ton futur, il sera un jour ton mari, le père de tes enfants…

Ce n'est pas la première fois qu'elle me dit ceci, mais aujourd'hui elle n'y met aucune rondeur et je suis choquée. Peut-être car j'ai changé et qu'enfin j'ouvre les yeux sur ceux qui m'entourent. Peut-être car pour la première fois je sais avec certitude que non, Derek ne sera jamais mon mari ni le père de mes enfants. Et j'ai perdu trop de temps à essayer de m'en convaincre.

– Mais c'est ta mère, lui dis-je.

– Et alors ? Vraiment, Judy, laisse tomber cette idée de vous rabibocher… Cela ne va apporter que plus d'ennuis. La situation est très bien ainsi. Chacun a retrouvé son équilibre.

– Et donc la prochaine fois que je la reverrai ce sera quand ? À son enterrement ?

Car c'est aussi à ça que je pense dernièrement. Les gens meurent, ma grand-mère n'est pas éternelle. Il était temps que je le réalise et que j'arrête de faire l'autruche. Un malaise flotte entre ma mère et moi, je me demande bien ce qu'elle va pouvoir répondre à ça… Face à son silence, je lui murmure :

– Ellie a peut-être changé.

Ma mère lâche alors un rire nasal dédaigneux lui valant de nouveau des regards excédés, même Derek nous jette un coup d'œil intrigué par-dessus son épaule. Puis elle me répond avec froideur :

– Non. Ellie est une vieille dame têtue au crépuscule de sa vie.

***

Enfin la messe se termine. J'ai hâte de sortir prendre l'air et penser tranquillement à mon avenir. Je me fais la promesse en acceptant l'hostie de la main du prêtre de prendre les décisions nécessaires pour remettre ma vie sur les rails. Plus de doute, plus de honte, plus de rancœur qui sont comme des cailloux dans la poitrine. Il est temps de donner un coup de pied dans la fourmilière ou je risque de resigner pour huit ans d'un quotidien décevant aux côtés de Derek.

Hors de question !

– Judy ?

Mon introspection est brusquement interrompue par la voix forte et grave de Derek résonnant dans l'église. Je redresse la tête, le cherche du regard, mais il n'est plus dans la rangée juste avant moi. Non, désormais, il se tient près du prêtre sur les marches de l'autel, souriant, un micro devant sa bouche. Mes parents et moi sommes encore près de notre banc alors que l'église se vide difficilement. Chacun en profitant pour parler à son voisin et lui raconter son week-end.

Mais qu'est-ce que c'est que ce…

– Judy, mon amour. Peux-tu approcher, s'il te plaît ? s'empresse Derek.

Des gouttes de sueur perlent sur son front et cela ne me dit rien qui vaille. Je n'ai jamais vu Derek stressé en huit ans de vie commune. C'est un sportif, calme en apparence, et méticuleux. Il est toujours dans le contrôle de son environnement. Moi y compris. Surtout moi en fait…

La foule se stoppe net et se tourne vers lui, puis les regards curieux se posent sur ma petite personne, dont celui de ma mère. Je hausse les épaules, ne sachant pas quoi faire.

– Va le rejoindre ! me presse mon père.

– Papa, tu sais ce qu'il veut ? je le questionne, inquiète.

– Oui, me répond-il avec un grand sourire.

Mon trouble s'intensifie car c'est la première fois que je vois mon paternel aussi souriant et heureux. J'avance en pilote automatique entre les gens qui s'écartent pour me laisser passer. Sans m'en rendre compte, je me retrouve face à Derek, yeux dans les yeux, devant l'ensemble de la paroisse. Angoissée, je me retourne vers le prêtre. Ce dernier me lance un sourire apaisant, mais je suis tout sauf rassurée.

La suite des événements me donnera raison…

– Judy, reprend Derek de façon solennelle dans son micro. Nous nous sommes rencontrés il y a presque dix ans, grâce à nos pères, et je suis tombé amoureux de toi au premier regard ce jour-là.

– Derek, je tente de l'interrompre, redoutant où tout cela va nous mener.

– Laisse-moi finir, me coupe-t-il. On a parlé, tu as fini par rire et juste comme ça, tu m'as eu. La suite, toi et moi la connaissons. Tu voulais qu'on soit d'abord amis, alors j'ai patienté deux longues années interminables jusqu'à ce que tu sois prête à me confier ton cœur…

La foule lâche un « Oh » en chœur et mon malaise grandit. C'est à mon tour de transpirer à grosses gouttes. Je tente de descendre les marches pour me dérober mais c'est ce moment que choisit Derek pour poser un genou à terre et rendre le micro. Il attrape une de mes mains dans la sienne puis de l'autre fouille dans la poche de sa veste et en sort un écrin. Je lance des regards à présent désespérés à qui veut bien les voir, mais personne ne comprend.

Surtout pas Derek qui reprend, toujours plein d'assurance :

– Tu m'as confié ton cœur. Je me sens si chanceux à tes côtés. On voulait des fondations solides avant d'y bâtir notre famille. Nous avons pris notre temps, mais à présent je pense que le moment est venu.

Il marque une pause, ménageant son suspense. La foule retient son souffle. Il n'y a plus aucun bruit sous les hauts plafonds de l'église. Ma mère pleure de joie, mon père également. Quant à moi, je suis pétrifiée sur place. Même lorsque Derek lâche enfin ma main pour ouvrir l'écrin qui révèle un énorme diamant, je ne bouge plus.

– Judy Myers, veux-tu m'épouser ? lâche Derek.

Je suis glacée par ces mots et ce qu'ils impliquent. Je revois ma grand-mère. Je repense à ce qu'elle m'a inculqué gamine mais que j'ai oublié en chemin en atteignant l'âge adulte. Et même si ce que je vais dire n'est pas simple et aura une avalanche de conséquences, je le dis :

– Non.

– Pardon ? grogne Derek.

– J'ai dit non. Je ne veux pas t'épouser…

Le choc garde la foule silencieuse quelques secondes supplémentaires avant l'explosion de toutes parts. Je doute encore sur beaucoup de choses concernant la suite des événements, mais de cela je suis certaine. Je ne veux pas me marier avec cet homme. Je ne veux plus de cette vie qui me tue à petit feu.

9

TRAHISON

Judy

Les voies du Seigneur sont impénétrables.

C'est ce que ma mère répète sans cesse face à un problème auquel elle n'a pas de réponse. Et ils sont nombreux car Isabella Myers se satisfait d'une vie insouciante dans sa jolie maison, briquée comme un sou neuf. Elle me lance un énième regard de reproche par-dessus la dinde dominicale, affublée de son tablier rose et blanc à volants, puis se tourne vers mon père pour lui servir son traditionnel verre de vin rouge.

Je les observe religieusement en me demandant à quel point je leur ressemble.

J'ai à peine touché à mon entrée mais personne ne semble l'avoir remarqué. Ils ne cessent de parler et le bruit de leurs mots m'empêche de réfléchir correctement.

C'est comme si ce qui s'était passé dans l'église n'avait jamais eu lieu, ou presque, car mon père ne m'adresse plus la parole depuis. Je suis sortie en courant après mon « non » tonitruant. Derek m'a rattrapée alors que je me glissais dans notre voiture pour y trouver refuge. Il m'a juré qu'il ne m'en voulait pas, qu'on parlerait de tout ça posément, une fois seuls chez nous, mais ses yeux me criaient le contraire. J'ai même eu peur d'être giflée pour l'humiliation que je lui ai infligée. J'ai vu passer dans son regard cet éclair de colère froide et j'en frissonne encore, mais je ne me laisserai plus faire.

– Judy, passe le sel à Derek, cela fait trois fois qu'il te le demande, m'ordonne ma mère avec une grosse pincée de reproche dans la voix.

Je reprends pied avec la réalité, l'insulte en pensée, et lui retourne un sourire de convenance.

– Oui, mère, pardon.

– Ne m'appelle pas comme ça. C'est d'un ridicule, râle-t-elle.

Selon ma très chère maman, une femme a trois maîtres dans sa vie. Son père, son mari et le Seigneur. Elle s'attend donc à ce que je serve corps et âme Derek bien que nous ne soyons pas mariés. Je jette un coup d'œil anxieux à ce dernier en lui tendant la salière et en prenant soin de ne pas effleurer ses doigts des miens.

– Hey, ne réagis pas comme ça, mon cœur. Tu ne peux pas m'en vouloir d'essayer, me lance-t-il.

– Tu dois arrêter, je lui réponds. Ça ne nous aide pas, au contraire...

– Ne recommence pas, Judy, gronde mon père sur ma gauche ! Ta petite scène dans l'église nous a déjà suffisamment embarrassés pour les vingt prochaines années.

Comme si je pouvais l'oublier...

J'ignore mon paternel et me mets à picorer ma salade en silence, lassée de leurs « ne fais pas ci, ne fais pas ça ». Là, j'ai juste envie de leur dire d'aller se faire foutre, mais les mots ne franchissent pas mes lèvres. Je m'insupporte d'être si lâche lorsqu'il s'agit de leur avouer qu'ils me rendent malheureuse.

Je souris cependant en repensant à l'*incident*. Ce moment où j'ai osé lancer un « non » haut et fort dans un sursaut de bravoure. L'enjeu était trop important pour que je me débine une énième fois...

Derek a dû croire que je serais prise au piège face à une assemblée de fidèles et donc forcée d'accepter.

Sauf que j'ai dit non.

Nos tentatives d'améliorer les choses ont échoué les unes après les autres et je veux désormais faire route seule pour me retrouver, renouer avec ma grand-mère... La distance qui me sépare de Derek à présent est infranchissable. Il m'étouffe, cherche à me coincer pour que je ne le quitte jamais. Je suffoque et j'en ai profondément mal à l'âme.

Aux yeux de mes parents je suis la fautive, celle qui les couvre de honte et repousse le gendre idéal : la sans-cœur. Ils n'ont pas compris qu'au contraire mon cœur me semble bien trop grand et bien trop vide en ce moment.

Derek sourit à mes parents, imperturbable et fier comme un paon, même après s'être fait rejeter devant la paroisse tout entière une heure plus tôt, mais plus rien ne me surprend.

– Laissez, Bob, intervient-il en réponse à mon père. Judy est simplement éprouvée par ses élèves. C'est une institutrice dévouée !

Comme d'habitude, il parle à ma place, pense pour moi, et mes parents l'adulent, le prenant pour un saint de supporter une fille comme la leur. Mais Derek est tout sauf sanctifié…

– De toute façon, reprend ma mère, tu devras bien finir par dire oui à Derek. Vous êtes parfaits l'un pour l'autre. C'est une perle. Il supporte tous tes caprices depuis si longtemps, Judy.

– Merci, Isabella, lui répond Derek. Mais Judy aussi est une perle. Je ne suis pas toujours facile non plus. Pas vrai, mon ange ?

Il vient poser sa main sur la mienne et me couve d'un regard étrange. Avant il me semblait que c'était de l'amour, mais je n'en suis plus sûre à présent. On dirait plus un prédateur avec son immense sourire forcé, sa tête légèrement penchée sur le côté et ses yeux noirs.

– Ta mère a raison, Judy, embraye mon père. Et il est hors de question que tu tombes enceinte sans être mariée. Ce serait un scandale pour notre famille et notre paroisse. D'ailleurs, c'est pour quand ? Tu as bientôt 30 ans. Le risque de maladies comme la trisomie 21 augmente de façon exponentielle passé ce cap.

Oh. Mon. Dieu.

– Ce cap… Vas-y, papa. Dis que je suis bonne à jeter aussi…

Je me sens perdre le contrôle. Voilà qu'ils repartent sur le sujet qui me rend dingue. Car être mère, je le désire énormément, mais pas dans ces conditions. Surtout pas dans ces conditions !

– Oui, j'ai lu un article dans le journal la semaine dernière. On parle de grossesses gériatriques, il me semble, surenchérit ma mère.

– Charmant… et non, c'est à partir de plus de 40 ans. Et même là, ce terme est odieux, je rétorque blessée.

– Ne vous inquiétez pas, Bob. Judy et moi y songeons. J'ai si hâte d'être père ! lance Derek enjoué.

C'en est trop ! Le monde se met sur pause et je prends une grande inspiration. Mes parents ont toujours été ce qu'ils sont et j'ignore comment j'ai fait pour rester si soumise tout ce temps. Sûrement car ce sont les seuls parents que j'aurai jamais et aussi insupportables soient-ils, au fond ils ne veulent que mon bonheur. Ou ce qu'ils pensent être bien pour moi.

– Je vais aux toilettes, je déclare la voix brisée.

Sans rien dire de plus, je me lève et prends la direction de l'étage. J'entends mes parents s'offusquer de mon comportement mais Derek, encore une fois, me défend avec ce ton mielleux que je ne supporte plus.

Après mon bref passage aux toilettes, je ne suis pas prête à redescendre et à les affronter de nouveau alors je me dirige vers mon ancienne chambre. Rien n'a bougé d'un iota depuis que je suis partie. Ma mère y fait régulièrement le ménage et prend soin de tout replacer exactement au même endroit, au centimètre près. Gamine, cela me rassurait, aujourd'hui je me sens oppressée, que je sois ici dans cette chambre rose et surchargée de décorations, ou en bas, face à mes parents. Ou pire désormais : aux côtés de Derek…

Je constate amèrement que je ne vaux pas mieux que ma mère que je critique en silence. Chacun porte ses propres œillères, moi comprise. Le quotidien m'a embarquée. Mon travail à l'école me demande beaucoup d'énergie et passe avant tout. Je me suis oubliée au point de me perdre, de laisser Derek et mes parents me porter, c'était bien plus facile que de trouver le courage de tout plaquer.

Jusqu'à ce que Monica Davis m'apprenne il y a une semaine qu'elle avait surpris Derek et Louise Parker s'embrasser en cachette dans le presbytère.

Alors mes yeux se sont rouverts pour la première fois sur l'homme qui partage ma vie… Une prise de conscience douloureuse suivie d'une sorte de renaissance laborieuse. Je n'ai pas fait d'esclandre, pas encore. Derek ignore donc que je suis au courant.

Et ce goujat a eu l'audace de me demander en mariage ce matin !

Assise sur mon lit d'adolescente, je fais mentalement le tour des amis qu'il me reste, des choses vraies auxquelles je pourrai me raccrocher lorsque j'aurai tout plaqué. L'idéal serait de déménager loin mais cela veut dire abandonner mes élèves… Le bilan n'est pas vraiment positif.

Punaise, je suis complètement paumée !

Je repense à ma grand-mère. Ellie aurait su me conseiller…

En fixant le mur avec désespoir, je pose mes yeux sur un cadre que j'ai toujours aimé. Il représente deux femmes de dos qui contemplent le rivage. C'est ma grand-mère qui l'a peint et me l'a offert pour mes 12 ans. J'en avais presque oublié son existence avant de le redécouvrir à l'instant. J'évite de me rendre dans cette chambre habituellement et j'ignore ce qui m'a poussée à venir m'allonger sur mon vieux lit aujourd'hui. La nostalgie, assurément…

Ma mamie me manque.

Avant même que je réfléchisse trop encore une fois, guidée par une pulsion bizarre, je sors mon portable et appelle ma grand-mère sur son fixe dont je n'ai jamais supprimé le numéro. Après tant d'années, je ne sais absolument pas ce que je vais dire si Ellie décroche. Mais dès la première tonalité la voix robotique d'une femme m'annonce que le numéro n'est plus attribué. Ce sentiment d'angoisse ne me quitte plus et j'en ignore la raison. Ellie a simplement dû changer de numéro de téléphone. Ce ne serait pas surprenant, au contraire.

– Qu'est-ce que tu fous là ?

Je sursaute au son de la voix de Derek qui me prend par surprise puis je bondis hors du lit en rangeant mon Smartphone sous son regard étrange. Sa posture accusatrice me donne l'impression d'avoir été prise en faute.

– On t'attend pour le dessert depuis quinze minutes. Tu sais, je fais un maximum d'efforts mais je commence à en avoir marre de te sauver la mise devant tes parents.

Son ton est condescendant au possible, il arbore une moue pleine de dédain comme souvent dernièrement dès que nous sommes tous les deux.

Avant que je puisse lui répondre, Derek enchaîne :

– Et faudra aussi que tu trouves un moyen de te faire pardonner pour m'avoir humilié devant toute l'église ce matin…

– Tu as dit ne pas m'en vouloir, et qu'on parlerait de ça quand on serait rentrés chez nous, je balbutie, prise de court.

– J'ai changé d'avis… Je pense qu'une petite pipe dans mon bureau la semaine prochaine fera l'affaire.

Pardon ?

Ahurie, je reste bouche bée avant de me ressaisir :

– Mais qui es-tu devenu, Derek ? je lui demande, horrifiée.

– Ça va… Je blague. Où est passé ton sens de l'humour, chérie ?

Il tente de me voler un baiser mais je l'esquive. Le problème est que ses mots disent le contraire de son regard. Il ne plaisante pas et n'apprécie pas que je le repousse… encore.

– Judy. Embrasse-moi, gronde-t-il en approchant dangereusement.

– Non… je souffle à demi-mot.

– J'ai dit : embrasse-moi !

– Et j'ai dit non. Je n'en ai pas envie ! je lui rétorque sur le même ton.

C'est alors qu'il saisit à deux mains mes avant-bras et m'attire à lui. Il serre si fort que j'en aurai des bleus dans quelques heures. Je ne peux me débattre dans sa poigne de fer sans laisser des lambeaux de peau sous ses ongles. Usant de mon infériorité physique, Derek vient écraser sa bouche sur la mienne dans un baiser odieux, gluant et goulu. Il force sa langue entre mes lèvres, prend le temps d'explorer. Je suis pétrifiée, ayant l'horrible impression qu'à cet instant Derek me vole bien plus qu'un baiser. Le sentiment de trahison s'accentue lorsque son pubis cogne contre le mien et que je le sens dur sous son jean.

J'ai peur.

Si je dors à ses côtés ce soir, qu'exigera-t-il de moi ?

Lorsqu'enfin il me lâche, je recule, tremblante, avant de crier :

– Tu es fou, ma parole !

– Je prends ce qui me revient de droit, Judy. Tu me devais bien ça pour ta fuite de ce matin.

– Et tu es surpris de ma réponse à ta demande en mariage ? Qui n'était pas du tout sincère d'ailleurs ! Mes parents et les autres n'y ont vu que du feu, mais moi non ! C'est merdique entre nous depuis longtemps !

– J'étais sincère, Judy ! Tu m'as brisé le cœur devant témoins ! éructe-t-il en réponse.

– Tu n'as plus de cœur ! J'ai juste été trop aveugle et conne pour m'en rendre compte plus tôt ! Tu rends notre quotidien invivable ! Maintenant, laisse-moi. Sors de cette chambre !

– Et à qui la faute ? crie-t-il de nouveau, ignorant ma demande. Je t'ai aimée comme un fou ! J'ai renoncé à mes rêves pour toi. J'ai dit non à toutes les autres alors que j'aurais pu avoir n'importe quelle pouffe de sororité à l'université. Mais je t'ai choisie, toi ! La douce et fragile Judy Myers…

Derek lâche un rire amer après avoir prononcé mon prénom avec ironie. Il approche, approche un peu plus, approche encore et je me retrouve coincée contre le mur, son visage trop près du mien. Je sens son souffle chargé de vin rouge me brosser les lèvres et je retiens un haut-le-cœur.

– Je ne t'ai jamais demandé de renoncer à tes rêves, je lui murmure. Si j'avais su…

– Eh bien, maintenant tu sais… Je suis resté à Colorado Springs comme un con alors que l'équipe nationale de natation me voulait. Je suis devenu flic pour t'offrir la baraque que tu désirais tant ! Tout ce que j'ai fait, je l'ai fait pour toi car je t'aimais. J'ai attendu que tu sois prête. Et voilà comment tu me remercies ? En me disant non ! En m'humiliant ? En refusant de m'embrasser…

– Mais je n'ai rien demandé de tout ça ! C'est faux ! Tu ne peux pas me le reprocher. C'est trop facile !

– Si, tout est de ta faute, Judy !

– Non. Et tu le sais. Tu n'arriveras plus à me faire culpabiliser.

– Je ne te laisserai pas me repousser… Je te le jure sur la tête de nos enfants à naître.

– Je ne porterai jamais tes enfants ! Je vais te quitter, Derek. C'est décidé. J'aurais dû le faire il y a longtemps. Tu as dépassé les bornes…

Je crache mes mots comme du venin. Je ne veux pas avoir peur de lui. Mes parents sont en bas, il ne tentera rien de plus que ce baiser forcé… Mais voilà à quoi nous sommes rendus : nous lancer les pires horreurs au visage. Nous avons atteint la fin de notre chemin commun. Je sens qu'il bout et rêve de me gifler. Son visage est rouge de colère et ses paupières s'agitent de spasmes incontrôlables. Il n'a plus rien de l'homme que j'ai cru aimer un jour.

– Et tu iras où ? Hein ! Tu n'as rien ! hurle-t-il alors.

– Si, j'ai mon travail. J'ai mes parents ! Ils ne sont pas parfaits mais ils ne me mettraient jamais à la rue !

Et lorsqu'on parle du loup…

– Mais que se passe-t-il ici ? clame mon père en entrant dans ma chambre d'ado à son tour.

Pris dans notre dispute, nous ne l'avons pas entendu monter. Ma mère se tient dans l'ombre de son mari, comme toujours. Elle me lance des regards angoissés alors que mon père tente de comprendre ce qui se joue entre son gendre et sa fille. Ce dernier redevient agneau en un claquement de doigts et recule enfin.

– Derek et moi ne sommes plus heureux ensemble depuis

longtemps. Nous allons nous séparer, je déclare de but en blanc et de façon monocorde.

Finis les faux-semblants. Je me sens usée par les mensonges et lorsque je plonge mes yeux dans ceux de Derek pour y trouver du soutien dans cette épreuve, je ne découvre aucune empathie. Comme si mes mots glissaient sur lui sans pénétrer sa peau. Il est là sans être là. En soi, il n'en a rien à foutre de moi malgré ce qu'il m'a crié au visage quelques minutes plus tôt. Ce qui compte à ses yeux ce sont uniquement les apparences, que je viens de briser en une seule phrase.

– Judy, c'est quoi encore ces bêtises, rouspète mon père.

– Ce ne sont pas des bêtises. Je ne suis plus une gamine. Et j'ai décidé que je ne voulais pas me marier avec Derek, ni aujourd'hui, ni demain, ni jamais. Je veux être seule et repartir à zéro, je riposte. J'en ai besoin.

– Tu ne sais plus ce que tu dis, ma chérie, objecte ma mère à son tour. Toi et lui, vous vous aimez. Souviens-toi au début. Vous étiez fous l'un de l'autre. C'est normal dans un couple d'avoir des hauts et des bas.

– Non maman, nous vivons dans le mensonge.

Cette fois personne ne parle. Depuis l'arrivée de mon père, Derek a sombré dans le mutisme. Il est concentré à livrer sa meilleure prestation de théâtre, arborant un masque de douleur et de tristesse tandis que je suis celle qui détruit tout encore une fois.

Mais c'est son problème, je ne veux plus vivre ainsi alors je reprends :

– La vérité est que ma relation est un leurre. Derek m'a trahie.

– Mais qu'est-ce que tu racontes ? intervient-il enfin.

– Je suis au courant de tes petites réunions nocturnes au presbytère avec Louise Parker.

Je vois un flash de compréhension traverser son regard et pour la première fois, je le sens désarçonné. Derek me fixe la bouche ouverte, ne sachant plus quoi dire.

– Judy, chérie, on ne comprend plus rien de ce que tu dis. Je crois que tu es surmenée. Tu as besoin de vacances…

Ma mère s'approche en disant cela et tente de prendre ma main mais je ne la laisse pas faire. Je me sens prise au piège face à eux trois, toujours acculée contre le mur. Mon père me jette un regard de déception suprême qui m'aurait mise à genoux auparavant, mais aujourd'hui je relève le menton et le défie en retour de me dire le fond de sa pensée.

– Derek m'a trompée avec une amie de la paroisse, et qui sait s'il ne l'a pas déjà fait avec quelqu'un d'autre ? Monica Davis les a surpris en pleine action, j'explique un peu plus calmement à mon auditoire.

– Derek ? De quoi parle Judy ? interroge mon père, inquiet.

– Ne l'écoutez pas, Bob. Je suis désolé de vous l'avouer de cette façon mais votre fille n'est pas toujours saine d'esprit. J'envisageais de vous en parler mais c'est délicat comme sujet. La semaine dernière, je l'ai aperçue pleurer, presque nue, dans notre jardin et en pleine nuit…

Je reste sonnée par cette révélation. Il m'avait donc bien vue et n'est même pas venu me consoler. Il a fait comme si de rien n'était… Je pensais que Derek ne réalisait peut-être pas ce qui se passait entre nous et qu'il ne voulait pas voir la vérité en face : que notre couple était mort. Mais au contraire, il est très conscient de mon mal-être et l'a encouragé.

En même temps, pourquoi suis-je encore surprise ?

– ARRÊTE DE DIRE ÇA ! je hurle. Arrête !

– Vous voyez… lance Derek avec dédain à l'attention de mes parents. Ce n'est plus notre Judy. Quant à cette histoire avec Louise, c'est n'importe quoi. Monica n'est qu'une commère.

– Menteur ! Tu n'iras pas au paradis avec ça sur la conscience, je te le promets !

Maintenant que la digue a cédé, je suis prête à me jeter sur lui pour le gifler.

– Judy ! gronde mon père. Ne dis pas de telles choses, voyons. Derek a raison, tu sais comment est Monica. Ses paroles sont du venin et elle se délecte de voir les gens souffrir à cause de ses prétendues révélations.

Derek sourit alors, de façon machiavélique. Il se réjouit de voir mon père prendre son parti. Sidérée et blessée par leurs propos, je rétorque :

– Comment j'ai pu vivre tout ce temps avec toi, Derek ? Comment j'ai pu t'aimer sans jamais me rendre compte de rien ? Ellie avait raison depuis le début… Ellie avait raison à propos de vous tous !

– Ellie n'était qu'une vieille folle, Judy. Et clairement tu empruntes le même chemin, ma chère fille.

Les mots de ma mère me giflent. Ce coup-là, je ne l'ai pas vu venir... Et je sens les larmes rouler sur mes joues.

– Comment peux-tu parler de ta propre mère ainsi ? je balbutie. Tu sais quoi, je vais aller la voir demain et m'excuser. Elle ne mérite pas qu'on la traite ainsi. Et je vais aussi quitter Derek, que ça vous plaise ou non !

– Non. Tu n'iras certainement pas voir Ellie ! gronde mon père.

– Oh que si ! Et tu ne m'en empêcheras plus. J'y vois très clair à présent. Toi et Maman avez toujours tout fait pour qu'on ne se réconcilie jamais. Vous jetiez même de l'huile sur le feu. Surtout ces derniers temps. Je ne sais pas pour quelle raison idiote mais je m'en fous désormais. Je vais voir Ellie Ça a trop duré.

– J'ai dit non, Judy !

Ma mère et Derek se lancent des regards étranges puis échangent des messes basses. Derek vient alors me barrer le chemin en se mettant dans l'encadrement de la porte, bras dépliés en croix sur les chambranles. Cette situation prend vraiment un virage effrayant. On dirait qu'ils sont tous les trois de mèche et qu'ils se liguent contre moi.

– Laisse-moi passer, Derek. Je vais rentrer chez nous, faire mes valises et voir Ellie.

– Non, déclare-t-il.

– Vous êtes tous devenus fous, particulièrement toi, maman, je lâche en me tournant vers ma mère qui baisse les yeux.

Soudain elle relève la tête, son regard noir me glace le sang :

– Tu ne pourras jamais revoir Ellie...

– Et pourquoi ça ? je m'enquiers, craintive. Vous ne pouvez pas m'en empêcher à moins de me séquestrer...

– Parce que ta grand-mère est morte il y a un an et demi. Ces sauvages de Colorado Source l'ont enterrée eux-mêmes. Elle repose entourée de ceux qu'elle mérite !

Ce qu'elle dit est si surréaliste que j'explose de rire. Puis au bout de quelques secondes, comme personne n'ajoute rien, je me retourne vers Derek :

– Elle ment. C'est un stratagème pour me faire rester, c'est ça ? C'est toi qui lui as demandé de me dire ça ?

– Non, Ellie est bien morte et enterrée, Judy, me répond-il. On a décidé pour ton bien qu'il était mieux que tu ne saches rien à l'époque. Et ensuite, il est devenu difficile de t'avouer la vérité.

– Mais tu m'as dit qu'Ellie allait bien ce matin dans l'église, je crache à ma mère.

Je ne comprends plus. Son regard demeure dur et froid.

Leurs mots ne témoignent d'aucune sympathie, d'aucune culpabilité face à l'énormité de ce qu'ils m'annoncent. Il me faut des preuves car je ne peux pas croire Derek sur parole. Mon cœur et ma raison ne veulent pas accepter l'impensable. Pourtant quelque chose au plus profond de moi me murmure que Derek me dit la vérité cette fois-ci. Je me sens trahie, vulnérable et avant tout détruite. C'est une partie de mon âme d'enfant qui suppure d'une plaie béante.

Dans un sanglot d'agonie, je me laisse retomber sur le lit. Je compose frénétiquement le numéro de téléphone d'Ellie. Mes doigts tremblent, se couvrent de larmes et j'ai du mal à respirer. Je dois m'y reprendre à plusieurs reprises. Les appels sont tous un échec comme la première fois.

Ellie est morte.

Ellie a été enterrée sans moi.

Sans que nous nous soyons réconciliées.

Sans que je l'aie prise une dernière fois dans les bras et lui dise à quel point je l'aimais. Jamais je ne pourrai me le pardonner.

10

DÉCEPTION

Max

Biiiiiiiiiiiiiiiiip !!!

Il est l'heure de se lever et tenter de survivre à une nouvelle journée : une lutte acharnée contre mes pensées à la con du moment. M'envoyer en l'air avant-hier, pendant une bonne partie de la nuit puis du matin, ne m'aura accordé qu'un bref répit. Le soulagement est de plus en plus court à chaque fois. Ce n'est pas de la faute de Dakota, elle est toujours aussi… investie et généreuse lorsqu'elle s'invite dans mon lit. Non, le problème vient de moi. Comme si user du stratagème pour oublier ce qui me ronge en avait estompé l'effet avec le temps.

Biiiiiiiiiiiiiiiiip !!!

Je frappe du poing mon réveil en jurant pour faire taire l'alarme stridente, mais dans la foulée, il tombe par terre dans un bruit de plastique brisé. Je viens probablement de gagner le droit d'en acheter un nouveau.

Merde…

Noël est dans un mois, je l'ajouterai à la liste de cadeaux qu'Olivia nous a demandé de faire. En attendant, nous sommes lundi matin, et c'est jour de réunion des membres décisionnaires au QG.

Remerde…

Je saute du lit la tête dans le cul et me dirige tel un zombie vers la cuisine pour me faire un café bien serré. C'est l'unique chose me permettant de survivre à la lumière du jour. Puis je fonce me préparer avant que Vince ne débarque pour nous rendre ensemble au QG. Alors que j'enfile mon jean, on frappe à ma porte d'entrée à plusieurs reprises. J'avise mon téléphone, surpris. Je pensais avoir encore un peu de temps devant moi. Vince est sacrément en avance pour une fois et il insiste en tambourinant à nouveau de toutes ses forces contre le battant.

– Ouais, c'est bon, j'arrive ! Du calme !

Je ne la sens pas cette journée…

Dans la précipitation, je n'ai pas eu le temps d'enfiler mon tee-shirt et j'ouvre brutalement ma porte, torse nu, en balançant :

– Sérieux, Vince, insiste encore une fois et je te rase les dreadlocks !

Mais ce n'est pas Vince qui se tient sur le palier. C'est une petite blonde qui me pourrit l'existence depuis sa naissance : Susan Summerland, alias ma sœur.

– Salut, frangin ! On est de bonne humeur ce matin à ce que je vois, piaille-t-elle joyeusement.

Elle arbore un grand sourire et vient me secouer un sachet kraft taché de gras devant les yeux.

– Je t'apporte des beignets, reprend-elle en entrant dans mon salon sans y avoir été invitée.

Susie est une vraie tornade. En à peine une minute, elle a jeté son sac sur mon canapé, ses chaussures dans l'entrée, son manteau sur ma table basse et elle s'approprie ma cuisine en se préparant un cappuccino. Je comprends pourquoi elle et Liv s'entendent si bien. Elles sont pareilles.

– Fais comme chez toi… je lui lance avec sarcasme.

En réponse, elle se tourne vers moi et me tire la langue de façon puérile.

Certaines choses ne changeront jamais.

Je détaille avec tendresse son beau profil derrière sa cascade de cheveux tandis qu'elle se concentre pour ouvrir une brique de lait. Susie est aussi indépendante et seule que moi, nos parents nous ont rapidement appris à nous débrouiller par nous-mêmes, et à ne compter que l'un sur l'autre ou sur le Clan. Elle adore son job d'instit et l'exerce avec passion, comme tout ce qu'elle entreprend d'ailleurs. C'est elle, avec l'aide d'une amie, qui a créé la petite école élémentaire de Colorado Source pour les enfants de 3 à 11 ans. Cela leur évite, ainsi qu'aux parents, de devoir aller à Newton City, à quarante-cinq minutes d'ici. Pour le collège et le lycée, un système de navette financé par le Clan a été mis en place grâce à Susie, encore une fois. Vivre dans un endroit paumé a des avantages mais aussi beaucoup d'inconvénients, dont les études font partie.

– Tu comptes mettre un tee-shirt un jour ? me provoque-t-elle avec un sourire malicieux. On est en automne, tu sais.

– Je devais mais j'ai été interrompu par une sale petite emmerdeuse, je râle.

– Fais pas ton grognon. Je sais que tu m'aimes. Surtout quand je t'apporte des beignets pour le petit déjeuner.

– Tu ne m'apportes jamais de beignets, c'est la première fois !

Ce qui est suspicieux et je commence à voir cette visite d'un autre œil. Une sorte de mauvais pressentiment m'envahit.

– Eh bien, je trouve que c'est une bonne idée. On devrait faire ça plus souvent, reprend Susie, joyeusement.

– Ou pas… J'aime boire mon café tranquille. D'ailleurs tu n'as pas une vie ? Ce mec-là, Joshua, que tu ne nous présentes pas, il n'habite pas chez toi en ce moment ? Il va dire quoi si tu maternes ton frère tous les jours ?

– On n'est plus ensemble, me souffle-t-elle un peu tristement.

Bien joué, Max… Les deux pieds dans le plat.

– Susie, je suis désolé. Je…

– Ne le sois pas. C'était un con. Il ne me méritait pas, me coupe-t-elle en fronçant les sourcils. Et il ne méritait pas de vous rencontrer.

Je suis fière de ma sœur, de sa force de caractère et je viens la prendre dans mes bras par-derrière. Susie se laisse aller contre mon torse en épluchant une orange. Elle et moi, on ne s'épanche pas trop sur notre vie sentimentale, mais nous avons tous les deux du mal à trouver cette moitié qui nous complétera. Je sais que comme moi, elle y aspire profondément. Elle rêve de fonder une famille bien à elle, car nos parents ne sont plus très présents dans notre quotidien depuis leur départ pour Atlanta il y a plus de dix ans.

– Allez, avoue la vraie raison de ta venue. Je sais que les beignets ne sont qu'un prétexte… je lui souffle doucement.

Je la sens prendre une grande respiration et après plusieurs secondes elle me confesse :

– J'ai vu Dakota hier soir et…

Je me raidis d'un coup. Susie est là car elle est persuadée que je vais mal. Ce qui n'est pas entièrement faux, mais je n'ai pas envie d'en parler. Dakota s'en est rendu compte et elle a cafté. Je lâche ma sœur puis retourne vers mon lit, sentant déjà la colère affluer.

– Max, attends ! me crie-t-elle en me poursuivant.

– Laisse-moi tranquille. Sérieux, j'ai pas la tête à ça !

Susie se stoppe net avant de me lancer, les deux poings sur les hanches :

– Tu n'as jamais la tête à ça. Ça fait un an et demi que ce n'est pas le bon moment. Ça suffit, Max !

– Mais de quoi tu parles ?

– Je parle de ce qui te bouffe de l'intérieur. Tu as prononcé son prénom dans ton sommeil. Dakota l'a entendu...

Je jure comme un charretier en réalisant que ma fixette débile sur Liv n'est peut-être pas terminée comme je le pensais.

– Écoute, je te jure que je ne ressens rien pour Liv. Je les envie juste, elle et Rock, c'est tout. Ouais, je rêve de connaître ce qu'ils partagent. Et alors ? Qu'est-ce que ça change de l'avouer à voix haute ? Rien ! Nada ! Que tchi ! Hormis me faire encore plus sentir comme un mec raté qui bave sur les autres.

Ma sœur me lance un regard surpris :

– Je ne parle pas de Liv...

– De qui tu parles alors ?

– De Sunny, Max ! S.U.N.N.Y ! C'est son prénom que tu baragouines dans ton sommeil.

Ah...

Ma colère retombe et une immense tristesse me transperce, comme à chaque fois que j'entends son fichu prénom. Ma sœur, celle toujours en vie, celle officiellement reconnue de tous et qui se tient devant moi s'approche pour saisir mes mains et me regarder droit dans les yeux.

– Ce que tu ressens est normal, me murmure Susan. Je le ressens aussi. Ce qui est arrivé à Sunny est tragique, injuste. Elle était la plus jeune de nous. Elle était le bébé de la bande. Souvent, je m'en veux de ne pas avoir pu l'aider. De ne pas avoir su la protéger. Et on le ressent tous, tu n'es pas seul.

Pendant une fraction de seconde, je laisse ses mots franchir le mur de protection que je me suis construit.

– C'est juste que... je marmonne.

– Oui ?

– Sunny est morte sans savoir que moi aussi, j'étais autant son frère que Rock, j'avoue, honteux, dans un seul souffle.

– Max… Tu crois vraiment qu'elle t'aimait moins pour autant ?

– Ça, je n'en saurai jamais rien ! je lui crie brusquement.

Ma sœur fait un bond en arrière sous le coup de la surprise. Ma colère n'est pas dirigée contre Susan ; elle l'est contre le destin, l'existence, la fatalité. Bref, contre le concept métaphysique à la con responsable de mon chagrin. Je me blinde à nouveau puis repousse Susie. Elle me fixe avec les yeux brillants de larmes et remplis de pitié.

Voilà pourquoi je me tais. Pour ne pas croiser ce regard-là. Il est pire que tout.

***

Après mon coup d'éclat, Susan a fini son café en silence puis est sortie, abattue, de mon appartement. Quarante minutes plus tard, Vince est arrivé à son tour. Il a capté directement mon état d'esprit orageux et s'est abstenu de faire sa blague pourrie du lundi matin.

Lui et moi pénétrons dans la réserve du bar au rez-de-chaussée et refermons à clé derrière nous en laissant cette dernière dans la serrure. Ainsi personne ne pourra y entrer tant que je n'en serai pas sorti. Précaution supplémentaire au cas où… La pièce sert de stockage pour ce qui est utile au bon fonctionnement du CSB. Nous tirons une étagère en fer sur laquelle je range les produits d'entretien et autres trucs du genre. Sans trop de difficultés, elle se meut sur la dalle de béton. Cette étagère en fer est un peu particulière, elle est faite pour dissimuler ce qui se cache en dessous et donc faite pour être déplacée… Encore faut-il le savoir.

Une sorte de trappe blindée apparaît encastrée dans le sol. Je m'accroupis et tape mon code sur le pavé numérique en son centre. Un bruit de décompression se fait entendre ainsi qu'une voix robotique m'indiquant que l'accès est autorisé. Sans attendre, j'ouvre, me glisse à l'intérieur et descends le long d'une échelle métallique. Mes gestes sont assurés et automatiques, les ayant faits et refaits des centaines de fois, si ce n'est des milliers. Vince me suit en silence, prenant soin de refermer et reverrouiller la trappe au-dessus de nos têtes. L'obscurité et la fraîcheur des lieux nous enveloppent. Puis, la lumière des néons, déclenchée par nos mouvements, clignote avant de se figer. Se déploie alors devant nous un long couloir étroit et bétonné, sinuant sous terre.

– Faut qu'on se bouge. On va être à la bourre, me presse Vince en s'engageant dans le tunnel de manière décidée.

Je lui emboîte le pas et nous progressons, sans parler, vers le cœur bien gardé de notre communauté. Il y en a pour une quinzaine de minutes de marche environ, pendant lesquelles j'ai le temps de trop penser.

Il s'agit des galeries d'une ancienne mine de cuivre laissée à l'abandon puis rachetée pour une bouchée de pain à l'époque par mon grand-père et celui de Rock. Mais lorsque lui et moi avons pris les commandes des Evil's Heat à notre tour, succédant à nos pères qui eux-mêmes avaient succédé aux leurs, nous l'avons réhabilitée et transformée... Nous avons eu l'incroyable surprise de découvrir que le vieux réseau de tunnels serpentait sous Colorado Source et ses alentours, s'étendant ainsi sur des kilomètres à la ronde. À ce moment-là, les affaires du Clan explosaient grâce à Shawn revenu parmi nous. Il avait procédé à plusieurs placements fructueux en Bourse de nos bénéfices. Ce mec est un génie : il flaire les bons plans financiers comme un chien flaire un os à moelle sous trois mètres cubes de terre.

Cette réussite soudaine nous a cependant fait peur. Il était hors de question qu'on perde l'essence même de ce que nos grands-pères, tous deux vétérans de guerre, avaient construit ici. Sur ce point, Rock et moi sommes toujours d'accord et intraitables. Nous avons donc eu cette idée complètement dingue d'enterrer le QG et nos bureaux grâce à l'ancien réseau de galeries de la mine.

Pour vivre heureux, il faut souvent vivre caché.

Nous gérerions le Clan comme une véritable entreprise et sa valeur serait connue de peu de personnes.

Nous nous sommes donc entourés des meilleurs pour y parvenir, ceux dont la confiance nous était garantie : Vince, Loris, Bounce, Eddy et les jumeaux. Et plus tard, Olivia.

Quant à Rock et moi, nous nous sommes juré que tout ce fric servirait notre communauté, la nourrirait mais jamais ne la briserait.

Jusqu'à présent, nous y sommes parvenus. Il y a eu des épreuves bien sûr, pour autant le Clan est toujours là, plus prospère que jamais.

Alors pourquoi je me sens si mal ?

C'est une sensation difficile à décrire, presque douloureuse à force de la ressentir quotidiennement. Mais rien ne sort, je n'arrive pas à l'exprimer.

Cela me rappelle mon adolescence, quand j'avais l'impression de porter des vêtements trop serrés constamment. Sauf que les vêtements en question sont ma peau et ce corps qui me limite, même adulte.

Les gens ne le perçoivent plus car j'ai appris à donner le change après tant d'années à vivre avec ma dyspraxie. J'ai lutté contre mon handicap pour ne pas paraître ralenti, maladroit, différent. Mais c'est éreintant et je crois que je suis arrivé au bout…

Finalement, ce sentiment ne m'a jamais vraiment quitté, je l'avais simplement oublié pendant un temps. Heureux de voir les autres heureux.

À présent, ce mal s'intensifie, il est désormais pire lorsque je suis proche de ceux que je considère comme mon unique famille. S'ajoute alors à cela la culpabilité de me sentir mieux seul plutôt qu'avec eux.

C'est un bourdonnement incessant et de plus en plus fort dans mes oreilles depuis l'arrivée de Liv parmi nous il y a deux ans et demi. Il me répète en boucle que je ne suis pas assez bien, que je ne le serai jamais, contrairement à Rock.

Je n'arrive plus à le faire taire. C'est à rendre fou.

Je détaille le cuir de Vince qui marche devant moi, je porte le même. Le nom des Evil's Heat y est inscrit en gros, sur une tête de mort entourée de flammes. Avant aujourd'hui, ce blouson représentait tout pour moi. Il matérialise notre appartenance au Clan et à ses valeurs. Lorsque tu acceptes de le porter, ce sont des responsabilités que tu enfiles sur tes épaules et pas un simple morceau de cuir. Mais à l'instant, je ne suis plus sûr de pouvoir l'assumer ni d'en avoir le droit.

Vince et moi arrivons enfin au QG. Une porte blindée sécurisée s'ouvre sur un sas qui lui-même s'ouvre sur un grand open space aux allures de start-up de la Silicon Valley. On en oublie instantanément l'absence de lumière naturelle et l'endroit insolite. La plupart de nos employés sont déjà en train de travailler, concentrés. Clairement, nous contrastons avec les lieux, mais qui a dit que tous les clubs de bikers devaient vivre d'activités illégales dans un vieux garage à motos plein de cambouis ?

Nous nous dirigeons vers le fond en remontant l'allée centrale. Nous saluons tout le monde au passage et pénétrons dans la salle de réunion, nous attendant à trouver les autres déjà assis et prêts à commencer.

C'est donc surpris que je découvre Olivia, seule, installée à cette grande table ovale, en train de… pleurer discrètement. Elle regarde fixement son téléphone, une paire d'écouteurs dans les oreilles.

– Liv ? Ça va ? s'enquiert Vince, inquiet.

Elle redresse la tête au son de sa voix, des larmes plein les yeux.

– Oui, c'est juste que je regarde une vidéo de bébés pandas roux trop mignonne sur YouTube. Désolée, lui répond-elle doucement.

Je ne peux m'empêcher de sourire et Vince de rire. Ce dernier ajoute alors :

– Depuis quand tu es si sensible ? C'est d'être devenue mère qui t'a rendue guimauve ?

Olivia rigole à son tour en haussant les épaules puis me jette un regard de connivence. Elle et moi savons qu'elle se donne des airs de dure, mais qu'au fond elle est encore cette gamine orpheline fan de licornes qui n'a pas vraiment eu d'adolescence. J'ai envie d'aller vers elle, d'être là pour elle. Qu'on déconne ensemble comme avant, mais une force invisible me muselle. Alors je reste comme un con devant l'entrée, à bonne distance de Liv. Je sais qu'elle ne comprend pas mon comportement dernièrement, et moi non plus.

– Où sont les autres ? je lui demande comme si de rien n'était. Je pensais qu'on serait les derniers arrivés.

– Vous l'êtes, comme d'habitude. Mais Eddy a demandé que Loris et Bounce le suivent dans le bureau de Rock pour parler. Moi j'attends un coup de fil de la nourrice, Nini avait un peu de fièvre ce matin quand on l'a laissée.

Je n'entends pas la suite de la phrase de Liv ni la réponse de Vince. Je suis trop énervé pour ça lorsque je comprends ce qui se passe.

Eddy ! Espèce de petit…

Malgré notre discussion au bar vendredi soir, il a choisi d'outrepasser mon avis. Ni une ni deux, je me rue vers le bureau de Rock.

Je le savais, cette journée se passerait mal !

11

CHOC

Max

– Max ! Qu'est-ce qui se passe ? me demande Olivia, en essayant de m'attraper par le blouson sans y parvenir. Pourquoi tu vires en mode Hulk tout à coup ?

Je l'esquive et continue d'avancer. Elle et Vince se sont lancés à ma poursuite dès que j'ai franchi le seuil de la pièce.

J'accélère le pas en jurant, sans lui répondre. Je leur donne certainement l'impression d'être erratique car ils ignorent ma discussion avec Eddy, mais je vis l'attitude de ce dernier comme un bon gros doigt d'honneur en pleine tronche. Celui de trop.

Je déboule dans le bureau sans frapper, Liv et Vince sur les talons. Eddy se lève alors brusquement de la chaise où il était assis face à Rock. Quant à Bounce et Loris, ils sont tous deux appuyés contre un mur, bras croisés et visages fermés.

J'attaque sans aucune forme de politesse :

– Je pensais qu'on était d'accord sur la façon de faire, toi et moi, Ed, vendredi soir…

Mon ton est menaçant, empli de reproches. Eddy contre-attaque sur-le-champ :

– Oui mais comme d'hab', t'es en retard alors j'ai décidé de prendre les choses en main.

– Va te faire, Ed, balance Loris. Y a rien à prendre en main. Je comprends pas ce que tu nous cherches.

Je suis surpris, Loris est discret et rarement injurieux.

– Ça suffit ! tonne Rock.

Il frappe du poing et chacun ravale ce qu'il allait dire. Rock laisse passer quelques secondes avant de reprendre :

– Explications.

Un seul mot. Un seul ordre. Eddy et moi échangeons un regard dur.

– Tu le dis ou je le fais ? je questionne Ed avec provocation et amertume.

– C'est quoi le souci ? nous coupe Liv. Vous avez une poussée soudaine de testostérone ? Ah, laissez-moi deviner, c'est encore une sombre histoire pour savoir qui a la plus grosse quéquette ? Je pensais qu'on avait tranché à ce sujet. Rock a la plus grosse. Fin du débat, tout le monde rentre chez soi !

Liv a beau être petite, se retrouver entre six bikers costauds ne l'effraie absolument pas ; et ce, dès le premier jour où elle nous a rencontrés au CSB. Elle n'a jamais eu l'ombre d'un a priori nous concernant. Elle nous a pris tels que nous sommes, avec nos cuirs, nos tatouages et nos sales caractères. En retour, nous l'avons adoptée avec sa folie douce et ses fractures. Elle a su se faire une place au sein du Clan et mérite de siéger à nos côtés, car Olivia a traversé l'enfer pour nous prouver sa confiance. Parfois, je suis persuadé qu'elle s'imagine plus grande qu'elle ne l'est en réalité. À l'instant, elle jette un regard réprobateur à chacun de nous, les mains sur les hanches. Je sais ce qu'elle cherche à faire, désamorcer le conflit. Et ça marche, un peu. J'entends Vince rire derrière moi et les autres esquissent un sourire.

– Sérieusement, je veux des explications, maintenant ! intervient Rock, avec beaucoup moins d'humour que sa femme.

J'avance donc à mon tour pour me placer au centre et déclare :

– Vendredi soir, Ed est venu me trouver au bar. Il est persuadé que Bounce, Loris et Shawn nous cachent un truc au sujet de la Russie. Ce à quoi j'ai répondu que je leur faisais entièrement confiance. Quant au reste, on ne peut pas les forcer à parler… On avait convenu de venir te voir ce matin APRÈS la réunion mais apparemment Eddy n'a plus de parole et se la joue solo.

– Ed… le réprimande Olivia, un peu choquée.

– C'est pas tout à fait ça ! riposte-t-il en se levant de nouveau. Si je veux qu'on parle c'est uniquement parce que je suis inquiet et pas pour foutre la merde.

– Mais inquiet de quoi, Ed ? je gronde.

– Je vais finir par vraiment mal le prendre, surenchérit Loris. C'est n'importe quoi cette histoire…

Après quelques secondes de réflexion. Eddy finit par clamer :

– Bounce ne parle quasiment plus. Loris est complètement renfermé et Shawn n'est venu qu'une fois à Colorado Source en un an ! Même pour eux ce n'est pas normal ! Suis-je le seul à le remarquer ?

Un silence de malaise flotte entre nous en guise de oui à sa réponse.

Soudainement, Bounce se manifeste, alors qu'il demeurait muet depuis le début. Il s'avance face à Eddy, ne laissant que quelques centimètres entre eux, dans une posture menaçante :

– Je vis pour ce clan. Chacune de mes décisions est pour le protéger. C'est l'unique endroit qui m'a accepté tel que je suis. Que tu en doutes m'insulte, prononce Bounce si froidement que chacun ici présent retient son souffle.

Eddy vacille mais se reprend avant de répondre :

– Je sais ça. Mais je sais aussi que vous êtes changés depuis la Russie. Un truc vous ronge. Et si vous n'êtes plus vous-mêmes, ce sont tous les Evil's heat qui sont en danger. Alors dites-nous ce que vous gardez pour vous et on portera ce fardeau ensemble. Moi aussi, je vis pour ce clan.

– Tu ne veux pas savoir, le coupe Bounce.

– Donc il y a bien quelque chose…

– Rien qui ne nous nuise si on ne le dit pas, au contraire ! s'agace Bounce.

– Mais ne pas le dire vous abîme, lui rétorque Eddy sur le même ton.

– Peut-être. Mais c'est mieux ainsi, crois-moi, Ed.

– Bounce ! râle Loris. Tais-toi, maintenant !

– Vous voyez, j'avais raison ! nous lance Eddy. Je propose donc que nous mettions ça au vote. Ça concerne le Clan, nous devrions avoir le choix de savoir ou non ce qu'ils taisent. On a trop souffert par le passé des non-dits et des mensonges…

Rock nous jauge d'un regard sombre les uns après les autres en silence, puis il finit par déclarer :

– OK. Votons. Qui est pour savoir en détail ce qui s'est passé en Russie ?

– Mais on vous a dit tout ce que vous deviez savoir ! rage Loris.

Une à une les mains se lèvent. Celle d'Eddy. Celle de Liv. Celle de Vince et, contre toute attente, celle de Rock. Seules celles de

Loris, Bounce et moi restent baissées. Quatre contre trois. Les jeux sont faits et j'enrage de ne pas avoir été écouté, tout en redoutant la révélation qui va suivre.

– Shawn n'est pas là pour voter, lance alors Loris en dernier recours.

– Shawn me donne son droit de vote quand il est à New York, lâche Rock. Cela fait donc cinq voix contre trois. Bounce, crache le morceau, qu'est-ce que vous ne nous dites pas ?

Il faut savoir que Sunny, notre sœur, a disparu du jour au lendemain il y a six ans. Elle était devenue ingérable à l'adolescence, enchaînant connerie sur connerie malgré notre aide et notre écoute. On a su pourquoi il y a deux ans environ… Mais à l'époque, suite à une énième dispute avec Rock, elle a tout plaqué et a abandonné le Clan, laissant mon meilleur pote sans nouvelles, dans un désespoir total jusqu'à l'arrivée providentielle de Liv.

Nous avons finalement appris qu'après sa fugue du Colorado, Sunny a trouvé refuge en Europe où elle s'est foutue dans la merde jusqu'au cou avec un gang proxénète de la mafia russe. Quand on réside illégalement dans un pays, il n'y a pas trente-six mille métiers que vous pouvez exercer ou trente-six mille personnes vers qui vous tourner… Sunny était débrouillarde, grande gueule, et elle a fait des choix et des rencontres qui lui ont coûté la vie. À présent elle repose en paix dans le petit cimetière de Colorado Source et cette histoire douloureuse pèse encore sur chacun de nous.

On se demande ce que nous aurions pu faire pour éviter ça. Ou comment le Clan, avec ses valeurs, a pu se louper à ce point et laisser tomber l'une de ses membres les plus précieuses ? Tant de regrets et de questions…

Évidemment, après avoir enfin appris la vérité, nous avons cherché à venger la mort de Sunny, Rock en première ligne. Mais on ne se débarrasse pas d'un gang de la mafia russe si facilement. Bien que nous soyons armés, entraînés et animés par la haine, c'est un peu le pot de terre contre le pot de fer.

Nous avons donc frayé de longs mois sur le darknet pour saisir une opportunité qui tenait la route et qui ne nous enverrait pas six pieds sous terre à coup sûr. Puis un jour, cette opportunité s'est présentée. La mafia russe, comme beaucoup d'autres réseaux mafieux, est rongée par des querelles intestines. Un gang rival cherchait à engager incognito un groupe de mercenaires pour s'en prendre aux Aigles rouges de Moscou, ceux-là mêmes qui avaient fait assassiner notre Sunny.

Les ennemis de mes ennemis sont mes amis...

Nous avons donc répondu présents et ce sont Bounce et Loris, accompagnés de Shawn comme interprète car il se débrouille en russe, qui sont allés sur place remplir le contrat. Rock allait être père, il était donc hors de question qu'il abandonne Liv enceinte. Eddy avait également deux petites filles à charge. Vince, lui, n'était pas encore assez entraîné. Quant à moi... avec mon handicap, je n'apparaissais pas comme le meilleur candidat, apparemment. Rock ne me l'a jamais dit de cette façon mais c'est ainsi que je l'ai ressenti et que je le ressens toujours.

J'aurais dû aller venger Sunny moi-même. Elle était aussi ma sœur.

La mission était simple sur le papier : il nous suffisait de nous inviter à un enterrement et d'y mettre l'ambiance... Loris, ancien marine et expert en explosifs de toutes sortes, devait poser une bombe dans le cercueil du défunt roi des Aigles rouges de Moscou. C'était l'occasion rêvée, l'ensemble des membres clés, dont le successeur à la tête des Aigles rouges de Moscou, étaient réunis pour dire un dernier au revoir à leur aïeul.

La mission a fonctionné avec quelques ratés. Loris a été brûlé au visage mais globalement ce fut un succès. Sunny était vengée et nos cœurs, apaisés, en partie. Nos frères sont rentrés de Russie puis nous avons pu reprendre notre vie ou presque... Car cette mission désespérée est loin des valeurs que nous partageons ici. Nous nous autorisons à nous défendre mais n'attaquons jamais les premiers. Nous vivons discrètement le plus loin possible des embrouilles et des magouilles. C'est la paix et la rédemption que l'on vient chercher à Colorado Source au sein de Evil's Heat, comme nos grands-pères l'ont souhaité à la création du Clan en 1956, et pourtant nous sommes partis en guerre à notre tour. Contre des méchants et pour la bonne cause, certes, mais acculés, nous n'avons pas eu d'autre choix.

Et ceux qui jugent sont ceux qui n'ont jamais eu à faire de choix difficiles, voire impossibles.

Nous en payons le prix aujourd'hui. Le Clan est profondément abîmé depuis cette histoire. La preuve en est sous nos yeux.

C'est donc avec crainte que j'attends la réponse de Bounce qui tarde. Il cherche ses mots et ce n'est pas bon signe.

Enfin sa voix s'élève de façon monocorde :

– Il ne devait y avoir personne d'autre que des enfoirés à cet enterrement. Et c'est ce qu'on a vu depuis notre planque. Pas de femmes, pas d'enfants, que des enfoirés de mafieux russes. De vrais clichés. Même leur prêtre était un pourri. D'après notre enquête, il était à la tête d'un immense réseau pédophile… Ensuite, tout s'est déroulé comme on vous l'a déjà raconté. Les Aigles rouges de Moscou n'existent plus. Leur business et territoire sont passés dans d'autres mains aussi sales que les premières. L'histoire avec eux est terminée. Mais…

Cette fois sa voix se brise et je n'ai jamais vu Bounce aussi perturbé. Lui qui est toujours stoïque, comme vivant hors de ce monde, semble rattrapé par ses émotions. Olivia quitte alors Rock pour rejoindre Bounce et lui prendre la main. Il se laisse faire et elle l'encourage à continuer.

– Mais quoi, Bounce ? Dis-nous !

– On a appris qu'il y avait un petit garçon parmi les victimes, lâche-t-il avec précipitation.

– Quoi ?! s'exclame Eddy, choqué.

– On a jamais compris comment. Avec Loris, on avait tout vérifié. On aurait avorté l'opération si on l'avait vu, mais on a merdé. La vérité c'est qu'un môme innocent a été tué par notre faute.

C'est la plus longue discussion de Bounce depuis des mois. Personne ne bouge. Le silence a remplacé les mots et les disputes. Chacun intègre l'information à son rythme.

– Mais comment ?! Mais… balbutie Liv.

– On l'a appris le lendemain à l'hôpital alors que Loris se faisait soigner pour ses brûlures. Une infirmière en parlait avec des collègues et Shawn a surpris la conversation…

Olivia se tourne vers Loris brutalement, le visage ravagé par la multitude d'émotions qui la traversent simultanément : tristesse, effroi, douleur…

– Et vous n'avez pas cherché à en savoir plus ? Vous êtes partis comme ça ? assène-t-elle, en agrippant le bras de Loris.

– On était sous le choc, Liv ! J'étais blessé et on nous posait déjà beaucoup trop de questions sur l'origine de mes brûlures. Je suis sorti sur décharge contre l'avis des médecins, ça m'a coûté mon œil, je te rappelle.

– OK, mais… reprend-elle, tandis que nous assimilons la nouvelle.

– Et je reste persuadé qu'il n'y avait pas d'enfant. Je sais faire mon job. Shawn se trompe, la coupe Loris. Il a dû mal à comprendre, son russe n'est pas parfait.

– Shawn est formel sur ce qu'il a entendu, réplique Bounce, tout aussi glacial. L'infirmière a parlé d'un petit garçon parmi les victimes ! Elle est là la vérité dont on voulait vous protéger…

Et cette vérité est insupportable, intolérable, je le lis sur chacun des visages. Ils ressentent tous la même chose : l'horreur. Les Evil's Heat sont responsables de la mort d'un gamin. Peu importe les raisons qui nous ont poussés sur ce chemin en Russie, nous ne nous le pardonnerons jamais. Les problèmes du passé semblent dérisoires au regard de ce que l'avenir nous réserve…

Atterré, je me tourne vers Rock. Ce que je ressens fait écho dans ses yeux : le désarroi.

Il désirait venger la mort de notre sœur de toutes ses forces, mais certainement pas au prix de la vie d'un môme. Notre chagrin nous a aveuglés il y a deux ans.

Pendant un bref instant, je retrouve ce lien qui nous unit et qui s'est étiolé ces derniers mois, où l'on devine l'état d'esprit de l'autre en un seul coup d'œil.

– Qu'est-ce qu'on va faire ? ose Liv pour briser le silence.

– Dans un premier temps, chacun va rentrer chez soi, j'ai besoin de réfléchir au calme, lui répond Rock avec un reste de sang-froid.

Il recouvre ses esprits et reprend le contrôle tandis que je n'arrive pas à me stabiliser. Tout semble s'effondrer peu importe où je regarde.

– Sauf toi, Max, ajoute Rock. Reste. Demain même heure, on reprend cette réunion. On doit faire la lumière sur cette affaire avant de conclure quoi que ce soit hâtivement.

Alors que les autres hochent la tête d'approbation, un truc se rompt en moi. Je dois sortir d'ici. Vite. J'étouffe.

– Désolé… dis-je à bout de souffle.

Et sans un mot de plus, je me rue vers le tunnel, vers la surface. Mon cuir semble peser une tonne sur mes épaules. Je cours, sors par la trappe de la réserve puis traverse la salle du bar pour enfin jaillir à l'air libre dans la rue où j'inspire profondément pour la première fois depuis quinze minutes. Il me semble qu'une journée entière s'est écoulée et non quelques heures. Sur le trottoir, je percute quelqu'un dans la précipitation.

– Pardon, lâché-je à l'inconnu vêtu d'un sweat à capuche.

Pendant un bref instant nos regards se croisent et je jurerais la connaître, car il s'agit d'une femme, blonde, habillée d'un survêtement gris, et non d'un homme. Ses yeux s'écarquillent quelques secondes, puis elle replace correctement sa capuche sans rien dire et je fonce en direction de ma moto.

12

DÉCISION

Max

Alors que je me laisse tomber dans le canapé, encore chaussé de mes boots et mon blouson sur le dos, la colère m'envahit. Mon tour à moto n'a rien arrangé. Je n'avais jamais ressenti quelque chose d'aussi intense depuis mon départ définitif du lycée. C'est même pire. Cette rage a pris de l'ampleur en devenant adulte, comme si les années passées à la contenir l'avaient nourrie en secret. Et me voilà à renouer avec ce sentiment qui a bercé mon adolescence : le dégoût de moi-même.

Il suffit d'ouvrir les yeux pour le comprendre.

Si je résume mon existence ces derniers mois, le constat est à chier. J'envie à en crever la relation de Rock avec Liv. Je bave sur la vie stable et heureuse qu'ils se sont construite. Je n'ai pas vu que Loris, Bounce et son frère Shawn portaient un fardeau toxique, au contraire, je les ai même encouragés à ne rien dire. Je suis devenu jaloux de ceux que j'aime et aigri. Perdu, ne sachant plus qui je souhaite être vraiment, me sentant mal constamment.

Je n'étais pas grand-chose auparavant. J'ai échoué dans ce que j'ai entrepris ou désiré à cause de mon handicap, mais avec le Clan, je pensais tenir ma réussite.

Vous savez, celle qui donne sens à votre existence.

Je me suis senti utile pendant un temps. Lorsque j'aidais ces femmes et ces hommes à s'en sortir, leur permettant ainsi d'obtenir autre chose que l'échec inéluctable promis par notre société. Le Clan est un refuge pour ces abîmés de la vie tels que l'étaient nos grands-pères. Nous sommes une deuxième chance, une troisième, voire une quatrième pour certains.

Et cela vient de m'être arraché à son tour.

Nous sommes devenus des tueurs d'enfants.

Désabusé, j'allume la télé. Peu importe ce que je regarde tant que ça comble le vide que je ressens et qui m'avale. Pour m'y aider, je vais chercher de quoi boire. En espérant que le feu du whisky dans ma gorge me fasse oublier celui qui ravage ma poitrine.

***

Ce sont les coups à ma porte qui me réveillent en sursaut. J'ai perdu la notion du temps. J'évolue dans une brume alcoolique épaisse mais je parviens à atteindre l'entrée. Pendant un instant, j'hésite, j'ai l'impression que les coups que j'entends sont une hallucination et ne sont que l'écho de ceux frappés à l'intérieur de mon crâne. Cependant la voix tonitruante derrière le battant est familière et bien réelle.

– Max ! Ouvre ou je défonce cette putain de porte !

Discret. Subtile. Délicat. Rock.

J'obéis et lui ouvre sans rien dire. Rock comprend dès qu'il m'aperçoit que rien ne va plus.

Je me décale et le laisse entrer. Il embrasse du regard la pièce en lâchant un sifflement réprobateur.

– Bon, moi qui venais pour avoir des conseils, je pense que je tombe mal… me reproche-t-il.

– Pourquoi des conseils ? je trouve la force de répondre en me laissant retomber dans le canapé.

– Peut-être parce que tu es mon bras droit ? Et qu'on a une crise à gérer. J'aurais aimé avoir ton avis.

– Depuis quand suis-je utile à quelque chose ? je lui demande avec provocation.

– Depuis toujours. Pourquoi tu dis ça ?

Rock semble réellement médusé par ma question. Je ne suis donc pas le plus aveugle des deux.

– Dernièrement ce n'est pas vraiment l'impression que j'ai. Et c'est peut-être mieux ainsi. Eddy semble être devenu le plus clairvoyant de nous tous. Va le voir.

Je cherche à le faire sortir de ses gonds. J'en ai besoin, ça me dégrise. Avant qu'il rencontre Liv, c'était assez facile. Rock était instable suite à la disparition de Sunny. Maintenant, j'ai l'impression qu'il est devenu une sorte de moine bouddhiste inébranlable et ça me rend dingue.

– Je n'ai pas envie de parler à Eddy. Je veux parler à mon meilleur pote. Alors c'est quoi le problème, Max ? Je sens qu'il y a plus, reprend-il avec calme en s'approchant.

J'éclate d'un rire sans joie, absurde.

– Tu veux dire plus que d'apprendre qu'on a tué un gosse pendant notre dernière mission ?

– Écoute, j'ai réfléchi à ce sujet. Shawn doit rentrer en urgence après-demain pour me répéter exactement ce qu'il a entendu ce jour-là à l'hôpital. Mais avant d'arriver à une quelconque conclusion, je vais enquêter. Je veux une preuve irréfutable. Tant que je ne l'aurai pas, je refuse de croire qu'on ait pu commettre une telle erreur et qu'un gamin soit mort par notre faute.

– Tu penses que les gars mentent ?! je m'exclame, surpris.

– Bien sûr que non, mais j'espère qu'ils se trompent. Parce que si ce n'est pas le cas…

Si ce n'est pas le cas, ce sera fini des Evil's Heat. Je vois mal comment on pourrait assumer et se relever de ça.

– Et si c'est le cas, tu vas faire quoi ? Filer de la thune à la famille du gamin pour nous racheter une conscience ?

– On n'en est pas là, Max, bordel ! Pour le moment, je reçois Shawn, et on va creuser. Je veux encore nous croire innocents. J'ai confiance en Loris et Bounce, je sais qu'ils ont bien fait leur boulot. Y a forcément une explication et je la trouverai. J'irai en Russie moi-même s'il le faut.

– Certains diraient que tu te voiles la face. Mais bon pourquoi pas, tu as toujours aimé voyager…

– Sérieux, c'est quoi ton souci ? Depuis quand tu es devenu aussi cynique ? Je viens pour avoir du soutien et toi, tu es là, complètement torché, à nous enfoncer plutôt que d'aider ! me reproche Rock.

– Et depuis quand toi tu es devenu si raisonnable, hein ? Depuis quand ?! J'ai passé quatre ans de ma vie à te maintenir au-dessus du vide après l'abandon de Sunny. À être celui dont tout le monde avait besoin et pour quoi au final ?

Je sens la rage affluer.

– OK, ça n'a rien à voir avec la Russie. Vas-y, crache le morceau ! Je sens bien que tu es distant depuis un moment, me défie-t-il.

– Ça a tout à voir avec la Russie !

– Bah explique-moi car je comprends plus rien !

Déconcerté, sans savoir par où commencer, je me frotte rageusement le visage. Y a un millier de choses que j'aimerais lui crier mais rien ne sort plus. Rock me regarde bizarrement, un mélange de colère identique à la mienne mais aussi de profonde tristesse.

Je ne veux plus la voir.

– Je ne partirai pas. Tu vas devoir parler, Max, me dit-il en approchant.

– Arrête.

– Les non-dits se stoppent ici et maintenant. On arrête les conneries.

Il avance encore d'un pas, puis d'un autre. Il sent que je suis instable, au bord de l'implosion. Il me teste, perce mes défenses.

– Arrête. Reste où tu es.

– Pourquoi ? gronde-t-il.

– …

Cette fois, Rock perd patience.

– Pourquoi ?! Max, on se connaît depuis toujours ! Qu'est-ce que tu n'arrives pas à me dire ? Je peux tout entendre. C'est à cause d'Olivia ? Tu l'aimes toujours ?

– Non !

– Alors quoi ? éructe-t-il.

– Sunny ! C'est à cause de Sunny ! je crie en retour.

Au prénom de sa défunte sœur son regard se fait atrocement douloureux, mais au moins il recule de deux pas.

– Eh bien, quoi Sunny ? D'ailleurs, tu crois qu'elle penserait quoi de toi, si elle te voyait dans cet état aujourd'hui ?! Bourré et inutile alors que j'ai besoin de toi ! Que le Clan a besoin de toi.

Ce sont les mots de trop, ma rage explose, comme au bon vieux temps, et je bondis du canapé. L'instant d'après, je lui colle mon poing en plein visage. Rock laisse échapper un râle grave de douleur et me dévisage avec effroi. Cette fois, je dégrise pour de bon et réalise petit à petit ce qui vient de se passer.

– Max ! lâche Rock sidéré.

– Je suis désolé. Je ne voulais pas. Je…

Mais rien d'autre ne sort de ma bouche et on reste comme deux cons à nous fixer pendant plusieurs secondes, jusqu'à ce qu'il aille se chercher un pain de glace, l'enroule dans un torchon et le place sur sa pommette. Contre toute attente, Rock s'assoit dans le canapé et je le vois respirer profondément pour maîtriser sa colère.

– Je ne te frapperai pas en retour, même si c'est ce que tu cherches, finit-il par me dire.

– Ce n'est pas ce que…

– Alors c'est quoi ? Explique-moi, car j'ai l'impression d'être entré dans une autre dimension. Tout le monde se comporte n'importe comment depuis ce matin !

Résigné, je viens m'asseoir à ses côtés et cherche mes mots. Plusieurs minutes silencieuses s'écoulent à nouveau.

– Tout part en vrille, reprend Rock avec amertume. Le Clan, toi et moi. Regarde-nous ! On dirait un vieux couple en pleine crise qui n'arrive plus à se parler.

– C'est un peu ça… je souris malgré moi.

L'atmosphère se détend très légèrement.

– J'imagine que traverser l'existence avec quelqu'un, ami ou autre, est plus compliqué que ce qu'on nous laisse entendre, avoue Rock dans un souffle.

– Ouais. J'en suis arrivé au même constat, je concède.

Au ton de reproche dans ma voix, Rock se tourne vers moi, surpris :

– Max, je sais que je suis moins disponible depuis que je suis père. Mais je pensais que tu saurais me trouver pour parler.

– T'as rien à te reprocher. Je ne voulais pas parler de toute façon. Le problème c'est moi… et le Clan.

– Quoi ? T'en as plus rien à foutre et tu n'oses pas me le dire ? demande Rock de but en blanc. Vas-y, balance, je peux tout entendre.

– Non ! Au contraire. Les Evil's Heat, c'est toute ma vie ! C'est bien le souci. Ma vie se résume au Clan et on risque de tout perdre avec cette histoire en Russie. Il me restera quoi si ça arrive ? Toi, tu as Liv, ta fille. Tu as voyagé. Ta mère t'a enseigné un tas de trucs utiles. Moi, je ne sors de l'État du Colorado que pour aller voir mes parents deux fois par an à Atlanta. Je vis dans le même appart depuis six ans, seul, au-dessus d'un bar.

– Pas un bar. TON bar. Et tu as ta sœur, Susan. Tu as tes potes, tente-t-il de me raisonner.

– Ouais, mais vous n'avez pas trop le choix. J'ai toujours été là. Je fais partie des meubles.

– Et quel est le souci ? Moi aussi. On n'est pas des meubles mais des racines solides pour notre communauté. Ton aide est inestimable pour les nouveaux comme pour nos vétérans, argumente Rock très sérieusement.

– C'est faux. Toi, tu es parti. Tu as vu autre chose en dehors de cette ville. Bounce et Shawn aussi. Susie également pendant ses études. Même Soraya est à New York avec Shawn à présent. Eddy, Loris et Vince ont eu une vie avant d'atterrir à Colorado Source. Je suis le seul à ne jamais être parti d'ici…

– L'herbe n'est pas plus verte ailleurs, je te le garantis et on ne t'a jamais retenu.

Je sens que Rock est piqué par mes propos mais il garde son calme.

– Je sais. Je n'en veux à personne d'autre que moi pour ça.

– Max. Ton plus gros handicap, ce n'est pas ta dyspraxie. Simplement, parfois tu l'as laissée te définir et choisir pour toi. C'est ça qui t'emprisonne, rien d'autre…

– Non.

– Si, insiste Rock. Et je ne te juge pas. Je n'aurais certainement pas fait mieux. Mais sache que personne ne la voit quand on te regarde. Liv l'ignore ! Je ne lui ai jamais dit et elle n'a jamais rien vu en presque trois ans. Alors si tu veux faire des choses, fais-les. Les gens, on les emmerde.

Savoir qu'Olivia ignore mon handicap m'apaise un peu. Pas car je souhaite le lui cacher, mais parce que cela veut dire que ce n'est pas à cause de ça qu'elle a préféré Rock, finalement. Parfois j'avais tendance à le penser. Mon fardeau s'allège un peu plus. Cependant ce n'est pas suffisant, il me reste encore beaucoup de questions et de doutes.

– Alors pourquoi je me sens comme si on ne voyait que ça ? Surtout ces derniers temps. Je pensais que j'avais dépassé ce truc mais j'ai l'impression d'avoir fait un retour dans le passé, direction mes années lycée merdiques !

Rock s'installe plus confortablement dans le canapé et fixe le plafond, pensif. Sa joue est en train de gonfler à vue d'œil sous le torchon.

Putain, qu'est-ce qui m'a pris ?

– Tu as parlé de Sunny, finit-il par murmurer.

Je ne sais pas si c'est une question ou une affirmation alors je dis simplement :

– Ouais.

– On n'a jamais vraiment discuté d'elle, toi et moi, depuis qu'on sait qu'elle est…

– Morte.

Rock retient son souffle, je le sens en proie à un tas d'émotions contradictoires tandis que les miennes refluent, me permettant enfin de lui dire ce qui me hante depuis des mois :

– Tu as conscience que Sunny est autant ma sœur que la tienne ? je le questionne.

– Je… Bien sûr ! Pourquoi tu me demandes ça ? s'exclame-t-il avec surprise.

– Tu ne l'as jamais dit, je réponds simplement. Personne d'ailleurs. À chaque fois qu'on parle d'elle c'est : « la sœur de Rock ».

Il me dévisage silencieusement, autant que le lui permet sa pommette gonflée et difforme.

– J'étais là pour elle quand elle était au plus mal. Avant qu'elle ne fuie pour l'Europe et pendant que toi tu voyageais, je continue sur le même ton plat, dénué de reproches.

– Je sais. Et je t'ai remercié des centaines de fois pour ça.

– Alors pourquoi ce n'est pas moi que tu as envoyé en Russie pour la venger ? Toi, Liv était enceinte, je comprends. Mais moi rien ne me retenait ici… J'aurais pu y aller. J'aurais pu venger Sunny !

Cette fois c'est bien un reproche, un gros même et je le crache enfin.

– Oui… murmure-t-il.

– Mais tu as préféré y envoyer Loris, Bounce et Shawn… Shawn qui déteste les armes à feu et le sang.

– Il se débrouille en russe, ils avaient besoin d'un interprète. En plus Shawn et Sunny ont toujours eu cette relation étrange. Ils pensaient que je ne voyais rien mais je savais tout, tente de s'expliquer Rock.

– Alors c'est à cause de mon handicap ?

– Non ! Max, tout n'est pas lié à ta dyspraxie. Je viens de te le dire ! Ce n'est pas ce que je vois quand je te regarde.

– D'accord, mais c'était aussi ma sœur… insisté-je avec douleur et rancœur. C'était mon droit d'aller la venger de mes propres mains.

– Et toi, tu es comme un frère pour moi ! J'avais besoin de toi à mes côtés. Olivia était malade et enceinte. Sunny était morte ! J'allais devenir père et il y avait cette haine bouillante en moi qui m'aurait fait faire n'importe quoi. J'avais besoin de toi, Max. Liv aussi. Je ne pouvais pas t'envoyer en Russie.

Rock fait une pause avant de reprendre plus posément :

– J'aurais perdu le contrôle, seul, sans ton aide, comme d'habitude. Alors j'ai été égoïste et tu as le droit de m'en vouloir pour ça. Mais jamais je ne t'ai pensé incapable de venger notre sœur.

Son aveu reste un temps entre nous. Je réalise à quel point j'en ai voulu à Rock pour cette décision sans arriver à le comprendre plus tôt. Cela m'a tenu à l'écart d'Olivia également ces derniers mois. Elle et Sunny étaient amies en France. C'est ainsi que Liv est remontée jusqu'à nous et est entrée dans nos vies d'ailleurs.

– Tu aurais dû me le dire dès le début, je réprouve. J'aurais compris !

– Faut croire que dernièrement la communication au sein du Clan n'est pas ce qu'on réussit de mieux, lâche-t-il avec humour. On ne vaut pas mieux que nos vieux, finalement…

– Non, eux ont franchement merdé. Surtout ton père.

– Arrrgh. Ne me parle plus de lui. Il est mort pour moi.

Je ne lui fais pas remarquer qu'il est le premier à avoir évoqué le sujet de son père. Je me contente de nous imaginer assis tous les deux dans ce vieux canapé, lui avec son pain de glace sur la tronche et moi, le poing douloureux, bourré. La situation m'arrache un rire nerveux et Rock se joint à moi. La pression retombe enfin complètement en réalisant à quel point nous sommes ridicules.

– On est vraiment cons… lâche Rock.

– Comme dirait Liv : aussi durs que la pierre, aussi têtus que des cailloux.

– Ma femme est une philosophe.

– Ouais… C'est aussi elle qui t'a offert une vaginette prénommée Paulette. Alors laisse-moi en douter.

Rock rit puis se tourne soudainement vers moi, me lançant avec détermination :

– Tu dois quitter le Clan.

– Quoi ? je m'exclame. Tu m'exclus car je me suis foutu de la gueule de Liv ?

– Non, mais tu dois partir. Tu l'as dit toi-même. Tu n'as rien vu d'autre que ce coin paumé et Atlanta. Il est temps.

– Je ne pense pas que ce soit le bon moment. On est en pleine crise. Tu as oublié ? je lui rappelle.

– Ce ne sera jamais le bon moment. Y aura toujours quelque chose. Je peux gérer avec les autres. C'est pour ça qu'on est huit à la tête du Clan, rétorque-t-il.

– Je ne sais pas Rock… Et le bar ?

– On gérera aussi. Pars. Profite. Oublie tout ça un temps.

– … Tu es sûr de toi ? insisté-je, hésitant.

– Saisis ta chance maintenant ou je risque fort de changer d'avis.

– Je reviendrai, je lui promets.

– Je sais.

En revanche, je ne sais pas encore de combien de temps j'aurai besoin.

Un mois ? Trois ? Six ?

– Et prends le temps qu'il faut, ajoute Rock comme s'il avait lu dans mes pensées. Même six mois, si nécessaire. Mais quand tu nous reviens, je te veux avec nous à trois cents pour cent !

Je n'ai pas les mots pour le remercier ni exprimer ce que je ressens. Il vient de me donner l'impulsion dont j'avais besoin pour aller définitivement mieux alors que je suis insupportable depuis des mois. Puis sans prévenir, je reçois un violent coup de poing dans le bras. Juste ce qu'il faut pour me faire râler de douleur mais sans non plus me briser l'humérus

– Mais qu'est-ce que… je gronde, en le dévisageant ahuri.

– C'est pour ma joue. Je n'arrive toujours pas à croire que tu m'aies frappé !

Il est clair que mes proches me manqueront, le temps de ma remise en question, aussi cinglés soient-ils… Mais ma décision est prise. Je dois partir, pour mieux revenir.

13

LIBERTÉ

Judy

Je conduis sans m'arrêter, malgré les larmes qui brouillent ma vue, malgré la pluie qui cingle le pare-brise de ma voiture. Depuis une heure, le temps est à l'image de mes tourments : déchaîné, violent, chaotique. Je ne devrais sûrement pas conduire dans cet état et encore moins par cette météo, mais j'ai un besoin viscéral de voir la tombe d'Ellie pour admettre qu'elle ne fait plus partie de ce monde. En attendant, c'est irréel, ce ne sont que des mots dans le vide, venant de personnes en qui je n'ai plus foi.

Il m'a fallu moins de trente minutes pour préparer un sac et prendre la route. J'ai quitté la maison de mes parents dans la précipitation lorsque j'ai repris mes esprits sur mon lit d'adolescente. Ils ont bien tenté de me retenir avec l'aide de Derek, mais le regard haineux que je leur ai lancé les en a dissuadés.

Ce sac sur ma banquette arrière est donc la seule chose que j'ai « préparée » dans cette fuite. Je ne sais même pas si je rentrerai ce soir, ni où je compte dormir si ce n'est pas le cas.

Peu importe, j'improviserai.

Lorsque j'arrive enfin à Colorado Source après trois heures de conduite laborieuse, l'orage semble se calmer un peu. Je me gare en trombe à l'entrée de la ville près d'un bar à la devanture défraîchie, appelé modestement le Colorado Source Bar. Puis je finis à pied jusqu'au cimetière sous un crachin de novembre, luttant contre le vent et me battant pour garder sous clé les souvenirs qui m'assaillent. Ce n'est pas le moment de m'effondrer en chemin, je suis presque arrivée. J'aurais pu choisir de me rendre chez Ellie directement mais son absence ne m'apporterait pas la preuve irréfutable dont j'ai besoin. En revanche, une tombe ne ment pas, ce qui est inscrit dessus non plus.

Je presse le pas et quand j'arrive enfin devant un haut portail en fer rouillé, je suis surprise de me trouver face à un si grand cimetière pour une si petite ville.

Colorado Source doit compter plus de morts que de vivants…

Je réalise alors que je n'ai aucune idée de comment est la tombe de ma grand-mère, ni dans quelle allée elle se trouve. En revanche, je suis certaine qu'elle aurait demandé à être enterrée aux côtés de son mari. Malheureusement, je ne suis pas allée à son enterrement non plus. Puis il y a eu les querelles familiales et je ne suis jamais revenue me recueillir ici en sa mémoire…

Enfouissant ma honte et ma culpabilité profondément en moi, je remonte chaque allée de façon méthodique. Aucune tombe ne porte le nom de mes grands-parents. Je reprends espoir, quand soudain, dans l'avant-dernière allée, deux stèles en granite rose me paraissent étrangement proches. Mon cœur s'accélère, et lorsque j'arrive devant les deux plaques funéraires, il se brise pour la seconde fois dans la même journée.

Mon grand-père est enterré sur la gauche, et à droite, sa femme : Ellen, Penelope, Catherine, Jefferson.

Son décès remonte bien à un et demi comme ont fini par l'avouer mes parents.

Un an et demi…

À bout de souffle, je perds pied. Seul un immense chagrin, teinté de toutes les nuances de regrets possibles, m'habite. Je m'enroule dans mes bras pour me réchauffer. Mes sanglots sont douloureux, mes larmes salées se mélangent à la fine pluie automnale et je reste presque une heure ainsi, à fixer ces deux tombes sans bouger, meurtrie à jamais. La seule chose que je parviens à faire est de murmurer en boucle « Over the Rainbow ». J'espère que mes grands-parents m'entendront depuis là-haut, au-delà des arcs-en-ciel, et qu'ils me pardonneront.

Je comprends trop tard et avec violence une leçon essentielle à la vie : rien ne sert de fuir ni de courir, les responsabilités finissent toujours par nous rattraper.

Une fois mes sanglots calmés, je repars le cœur gros en direction de ma voiture, les mains au fond des poches de mon vieux sweat.

Je ne peux pas rentrer chez moi, toujours endeuillée, j'ai trop peur de ce que je pourrais faire à mes parents – et à Derek – à cause de la rage qu'ils m'inspirent.

Il me faut absolument trouver un motel pour dormir dans le coin ce soir. J'opte pour Newton City, une ville bien plus grande, à quarante-cinq minutes d'ici. Je la connais assez pour y avoir travaillé tout un été.

Sur le chemin du retour, j'hésite à faire un détour par la petite maison bleue de Roger et Ellie, mais à quoi bon s'infliger ça par-dessus tout le reste aujourd'hui ? Je n'ai plus de forces et rêve seulement d'aller m'allonger pour continuer à pleurer mes grands-parents en paix.

***

Je suis réveillée par la lumière du jour qui vient de se lever et par les cris incessants de la chambre voisine. La tempête a laissé place à un soleil radieux qui filtre à présent à travers les rideaux défraîchis du seul motel disponible hier soir : Le Cactus Lodge. Nous sommes très loin d'un palace quatre étoiles et la clientèle que j'ai pu y croiser m'a donné envie de désinfecter le couvre-lit usé avant de m'y étendre.

Le point positif de tout ça, c'est que la nuit m'a porté conseil. J'ai l'esprit clair à nouveau, ainsi qu'un regain de détermination. Je ne peux pas changer le passé mais je peux choisir un futur meilleur pour briser le schéma répétitif dans lequel je me suis enfermée.

Je ne veux plus de ma vie telle qu'elle est alors j'ai pris la décision radicale de démissionner de mon travail, de partir de Colorado Springs pour tenir Derek et mes parents à distance, et de m'installer ici quelque temps. J'aime Newton City, j'y ai de bons souvenirs et c'est exactement ce dont j'ai besoin.

Tant pis si je dois recommencer à zéro, j'ai quelques économies qui me permettront de réfléchir à ce que je veux faire sur le long terme, que ce soit ici ou ailleurs. Et puis, je pourrai toujours trouver un petit boulot en attendant, comme au bon vieux temps.

C'est donc pleine de courage que je décide de me rendre devant l'ancienne maison de mes grands-parents. Il est temps de tourner cette page. Je remballe mon petit sac et repars en direction de

Colorado Source. Cette fois, le trajet passe plus vite. J'ai toujours le cœur serré et meurtri mais la perspective d'un avenir meilleur me donne l'énergie d'avancer.

De nouveau, je me gare devant ce bar un peu vieillot qui est pour l'heure fermé. S'il fait beau, il fait aussi très froid, alors je remonte la fermeture Éclair de mon sweat jusqu'en haut et rabats ma capuche sur les oreilles.

Revenir ici me procure des sensations étranges...

Les vieux souvenirs sont là, ils se pressent à l'entrée de mon esprit, lourds et oppressants. Maintenant que j'ai extériorisé une partie de mon chagrin hier, je m'autorise à penser aux belles choses que j'ai vécues à Colorado Source avant que tout ne parte en vrille. Je repense à mes grands-parents, heureux dans leur petite maison bleue, mais surtout à un été en particulier.

Il était question d'une route, d'une bicyclette, d'un lac, et...

Et je suis percutée de plein fouet sur le trottoir par un homme élancé, jaillissant du bar que je pensais pourtant clos. Je redresse la tête puis plonge mes yeux dans les siens. Ils sont gris orage. Je connais ce regard. Tout comme je connais ce visage et cette bouche. L'homme en question a les traits plus bruts, plus durs que dans mes souvenirs d'ado. Sa mâchoire est également davantage carrée, à l'instar de sa carrure sous son blouson de cuir. Il a dû prendre vingt centimètres supplémentaires depuis cette fameuse nuit au lac. Ses cheveux blonds ont poussé eux aussi, et frôlent désormais ses larges épaules.

Max.

Trois lettres pour résumer un million d'émotions passées, se révélant être toujours aussi flamboyantes dans le présent. Je cligne des yeux, éblouie. La dizaine d'années à tenter de l'oublier est réduite à néant car en le voyant sur ce trottoir dans son blouson de cuir et son jean délavé, j'ai de nouveau 16 ans, les mains moites et le cœur qui tambourine sous mes côtes.

Les souvenirs me font suffoquer :

Max qui avance vers moi torse nu dans la nuit.

Moi qui ai l'audace de prendre sa main immense et chaude dans la mienne.

Son regard brûlant en m'entendant chanter.

Mon premier baiser, puis celui qu'il me rend.

Je ressens ces papillons au creux du ventre et cette légèreté qui m'avaient envahie ce soir-là. De nouveau, la chaleur des flammes lèche ma peau, le goût des chamallows grillés se déverse sur ma langue et l'odeur masculine de son sweat envahit mon nez.

La mémoire est comme une rivière bouillonnante, elle vous emmène là où bon lui semble, qu'importe que vous pagayiez de toutes vos forces pour aller à un endroit précis. C'est elle le seul capitaine à bord…

– Pardon, s'excuse-t-il.

Je ne sais pas quoi répondre, trop abasourdie par cette apparition presque angélique. Lui ne semble pas me reconnaître. Son visage est déformé par une telle souffrance que je peux la sentir m'envelopper. Je rabats un peu plus ma capuche, paniquée, et lui reprend sa course. Je le vois grimper sur une énorme moto Triumph, sans même prendre la peine d'enfiler un casque puis il démarre en trombe et disparaît aussi soudainement qu'il m'est apparu.

À tel point que je me demande si je n'ai pas rêvé ce qui vient de se produire.

PARTIE III

OÙ TOUT SE RECONSTRUIT

Quatre mois plus tard

14

RETOUR AUX SOURCES

Judy

Appuyée contre la fenêtre de ma chambre, je contemple la vue, pensive. Elle donne sur un parking glauque où j'évite de traîner lorsque je rentre le soir après le travail. Par ce temps maussade, c'est un camaïeu de gris qui s'étend sous mes yeux. Le gris orage du ciel, le gris anthracite du sol bétonné ou encore le gris clair des bâtiments d'en face. Rien ne bouge si ce n'est la danse désynchronisée de véhicules sur le parking qui viennent et repartent du motel.

Je suis de retour au Cactus Lodge, mais cette fois pour une durée indéterminée.

Beaucoup de clients sont comme moi : des résidents de longue durée, en transit, un peu paumés. On finit par se reconnaître dans les couloirs et se sourire poliment, voire parfois même s'entraider.

Hier, par exemple, j'ai surveillé pendant une heure les jeunes enfants de ma voisine le temps qu'elle aille faire quelques courses. C'est une mère célibataire absolument adorable. Il suffit de passer outre sa façon vulgaire de s'exprimer et de s'habiller pour apprendre à la connaître.

Ce que n'auraient jamais fait ma mère ou mon père…

Bien que nous soyons encore en hiver, peu de vêtements recouvrent son corps lorsqu'elle sort travailler le soir. Elle est le plus souvent enroulée dans des matières synthétiques brillantes faisant saillir ses seins et couvrant à peine ses fesses. Pas besoin d'être un génie pour comprendre comment elle gagne sa vie, mais je m'en moque. Elle m'a si gentiment accueillie ici, le premier jour, et m'a montré le fonctionnement des lave-linge au sous-sol. Nous allons souvent à la laverie ensemble, pour ne jamais y être seules. Selon ses dires, une femme s'y est fait violer il y a six mois sans que personne ne bronche.

Cette angoisse me fait penser au baiser forcé et odieux de Derek, le jour où tout a basculé. J'en ai la chair de poule et l'envie de vomir à chaque fois. Je n'ose imaginer s'il avait été plus loin…

Je chasse ce souvenir pénible en songeant à autre chose. Quelque chose qui me fasse sentir bien, instantanément. Ce n'est pas évident avec le deuil d'Ellie qui hante mon esprit constamment, lorsque ce ne sont pas mes parents ou Derek qui s'y invitent. Tourner la page et recommencer à zéro n'est pas si simple. J'étais persuadée que partir serait le plus compliqué. Après tout, cela m'a pris plusieurs années pour y parvenir. Mais plus grand encore est le challenge de se reconstruire, car vivre seule dans ce motel glauque n'est pas une sinécure et j'ai régulièrement des coups de mou. Comme à l'instant…

Un mouvement dehors capte mon attention, dissipant mon humeur maussade. En effet, je devine sur la droite une moto sortir du parking et s'insérer dans le trafic de la nationale. C'est une *cruiser* rutilante et non une de ces sportives aux lignes aérodynamiques fuselées. Je retiens ma respiration en plissant les yeux pour détailler son conducteur, en vain. Il n'est rapidement plus qu'un petit point à l'horizon ; quant à moi, j'expire de déception. Je ne sais pas ce que j'espérais, ni dans quel but.

Enfin si, je sais…

Il se pourrait bien que, depuis quatre mois, j'espérais recroiser par inadvertance un certain biker blond aux yeux gris…

Mais pour lui dire quoi ? Alors que notre dernière discussion remonte à l'époque où je portais des salopettes en jean et des colliers ras du cou élastiques. Quant à notre première « vraie » rencontre, si on omet l'épisode « Cul-nu » du Wendy's, elle n'a duré qu'une toute petite soirée au final désastreux.

Merci maman…

Oh ! Et l'on peut ajouter à cela le fait que Max ne m'a absolument pas reconnue lorsque nous nous sommes percutés devant ce bar de Colorado Source en novembre… Donc oui, il est évident que je vire zinzin, car depuis je repense à lui régulièrement après des années d'oubli, prise dans les affres de mon quotidien.

Judy, ta détresse émotionnelle atteint des sommets ce soir.

Je suis tirée de mes pensées par trois coups secs frappés à ma porte. Étonnée, je vérifie l'identité de mon visiteur par le judas, puis, rassurée, je lui ouvre.

Ma voisine, maquillée et enrubannée dans une tenue de latex bleu électrique, me sourit.

– Hey, Pam, je marmonne.

– Salut, voisine ! elle lance en retour.

– Les enfants vont bien ? Tu as besoin que je les surveille ? je lui demande, un peu surprise de sa visite.

– Non, c'est bon. J'venais simplement t'apporter ça, elle me répond, enjouée.

Elle tend alors les mains et je découvre une assiette en carton sur laquelle est posée une part de gâteau avec une bougie.

– Les mômes et moi on l'a fait c't'aprèm. Si j'me goure pas ça fait deux mois qu't'es là aujourd'hui. Et puis ce soir est important pour toi. Tu m'as pas dit c'que t'allais faire exactement, mais tu as dit que c'était nécessaire pour que t'avances, alors… voilà !

– Oh merci, je suis super touchée. Là je dois me préparer, mais promis je viendrai faire un bisou aux enfants pour les remercier.

Je lui prends doucement l'assiette des mains en souriant et les larmes me montent aux yeux. C'est adorable de sa part. Pam a l'air ravie de me voir si touchée par son geste sincère et amical.

Ce qui est clairement le cas car lorsque j'ai décidé de quitter Derek, il y a quatre mois environ, ce ne fut pas aussi simple que je l'espérais. Cela m'a pris quarante-neuf jours exactement pour réussir à partir physiquement de notre maison après mon retour du cimetière de Colorado Source.

Nombreux sont les amis et collègues à m'avoir tourné le dos. Peu ont compris pourquoi *j'abandonnais* cet homme, un policier respecté et dévoué de la grande ville de Colorado Springs. Le gendre idéal.

Voilà donc deux mois que j'ai posé mes valises dans ce motel miteux de Newton City, en attendant de trouver mieux et de me stabiliser dans mon nouveau job. Je remplace une institutrice en congé maternité et j'espère être gardée après son retour. Cette ville est suffisamment loin des gens qui m'ont blessée. Il y a des boutiques sympas, des parcs, et même un grand centre commercial avec un cinéma, mais surtout, je suis proche d'Ellie à ma façon.

Je n'arrive pas à me résoudre à l'abandonner de nouveau. En étant ici, j'ai pu retourner sur sa tombe quand j'en ressentais le besoin, sans parvenir pour autant à me rendre devant son ancienne maison. J'ai bien essayé plusieurs fois, mais je ne suis jamais allée au bout de ma démarche, prise d'une angoisse indicible. Cette petite maison bleue est tout ce qu'il reste de mes grands-parents, de leur amour, de leur vie dont j'ai trop peu fait partie… Cependant, j'espère que ce soir ce sera enfin différent, car je refais une tentative.

– Bon, eh bien, j'te laisse, me dit Pam. À demain !

– Oui, je lui murmure. Et encore merci à toi et aux enfants pour le gâteau. Je vais le savourer.

Sur ce, je referme la porte et pars me changer pour ma nouvelle excursion à Colorado Source.

Il est temps de savoir enfin ce qu'est devenue la maison de ma grand-mère et d'affronter mes souvenirs là-bas.

***

Il fait nuit désormais et j'ai garé ma voiture le long de la rue, dans l'ombre d'une maison non éclairée par les réverbères. Après quarante minutes de route depuis Newton City, je cherche encore le courage d'en sortir et d'aller sonner chez de parfaits étrangers. Je n'ai jamais été aussi proche d'y parvenir.

Ellie ne nous a rien légué. Elle nous a préféré une inconnue dont mes parents ne connaissent pas le nom. Ils savent simplement que ma grand-mère s'est trouvé une petite-fille de substitution quelque temps avant son décès, m'évinçant officiellement de sa vie. Ce sont les mots sciemment choisis par mon père pour me blesser. Et cela fonctionne, c'est douloureux. Aussi douloureux que de ne plus jamais revoir Ellie.

Fredonnant un air de « Rise » de Katy Perry pour me donner du courage, je me décide enfin à sortir de la voiture. Puis je remonte la rue d'un pas hésitant, le souffle court, bien emmitouflée dans mon manteau à capuche. Concentrée sur le numéro, je manque de louper l'adresse.

Et pour cause…

Je découvre avec désarroi que la petite maison bleue de ma grand-mère a complètement changé.

Si elle est toujours à flanc de rue, en revanche, elle n'a plus rien à voir avec mes souvenirs d'enfance. C'est ce que je redoutais au plus haut point. Voilà encore un morceau de mon passé arraché violemment comme un vieux lé de papier peint.

La structure a été surélevée et un étage ajouté. La maison a été repeinte dans des tons plus neutres que le bleu vif choisi par Ellie. Les huisseries et la toiture ont été modernisées. On lui a même rajouté un porche et un bow-window sur le devant !

On dirait une maison fraîchement construite, sans histoire, sans souvenirs.

Un sanglot m'étreint la gorge lorsque j'aperçois un couple à l'intérieur. Ils semblent préparer une fête. La jeune femme tient un bébé dans les bras et rigole, tandis qu'un homme immense fixe une sorte de banderole au plafond.

En m'approchant je peux lire ce qu'il y a écrit dessus : « *Welcome back !* »[1]

Quelle ironie !

C'en est trop.

C'était une idée absurde de ma part de venir ici en pensant pouvoir parler avec ces personnes. Je ne sais même pas s'il s'agit de la jeune femme à qui Ellie a légué la maison : la fameuse petite-fille de remplacement. Je suis perdue. Je me sens en quelque sorte trahie, même si c'est injuste de ma part envers Ellie car je suis celle qui l'a laissée tomber la première.

Alors que je tourne les talons en rageant contre moi-même, seule responsable de ce fiasco, on m'attrape par le cou et je suis tirée en arrière. Mon premier réflexe est de me figer, faisant la morte tel du petit gibier pris dans la gueule d'un prédateur.

Puis une voix d'homme, grave et profonde, s'élève dans mon dos, à quelques centimètres de mon oreille :

– Tu observes quoi comme ça ?

Son ton est menaçant et je manque de m'évanouir, apeurée. Sa prise tire sur ma capuche et je ne vois plus rien. Sans réponse de ma part, car j'ai littéralement perdu l'usage de la parole, il insiste :

– Réponds-moi. Tu veux quoi à ma famille ? Pourquoi tu l'espionnes depuis cinq minutes ?

Je n'avais pas réalisé être restée tant de temps face à la maison sans bouger.

D'un geste sec il me retourne avec une facilité déconcertante et hôte ma capuche. Je découvre alors son visage, stupéfaite.

---

1. « Bon retour parmi nous ! » en anglais.

15

SOUS HAUTE TENSION

Judy

– Max ? je parviens à bredouiller.

Entendre son prénom le surprend et il desserre légèrement sa main de mon épaule. L'air hagard, je vois qu'il cherche à comprendre qui je suis et comment je peux le connaître. Tout à coup, ses yeux s'écarquillent en grand lorsqu'il se souvient.

– Judy ? hasarde-t-il. Mais je croyais que…

Il n'a donc pas complètement oublié qui je suis a priori. Nous sommes interrompus par le bruit d'une porte qui s'ouvre et la clameur d'un début fête.

– Max ? Qui est avec toi ? lâche une puissante voix d'homme sur le côté.

Le silence se fait et nous nous tournons vers la maison. Je découvre alors une assemblée hétéroclite, faite de cuirs, de jeans et de tatouages, sous le porche éclairé. La jeune femme brune aperçue par la fenêtre tient toujours son bébé, une fillette avec des couettes, chaudement contre sa poitrine. Elles sont entourées de plusieurs hommes qui se resserrent autour d'elles comme une meute de loups les protégeant. À la tête de ce pack étrange domine l'homme immense qui accrochait la guirlande au plafond. Il passe un bras protecteur autour des épaules de la jeune femme, l'attirant contre lui, et me toise avec méfiance, sans bouger.

Je suis alors certaine qu'il était au feu de camp ce soir-là.

– Ça va, ce n'est rien, lance Max.

Soudain un autre homme perce le groupe et s'approche nonchalamment. Lui aussi, je suis convaincue de le connaître et c'est réciproque puisqu'il lâche sans préambule :

– R.A.S. C'est Cul-nu !

Oh, mon Dieu !

L'homme menaçant et massif, resté en retrait, explose alors de rire :

– Improbable !

– OK. Je n'y comprends plus rien, finit par dire la jeune femme brune. Mais peut-on en discuter à l'intérieur ? Il fait froid dehors. Nini va tomber malade et j'ai un *coq au vin* sur le feu.

Elle a un léger accent et prononce *coq au vin* avec aisance, comme si le français était sa langue natale.

Abasourdie par ce retournement de situation, je ne proteste pas lorsque je sens Max poser sa main dans mon dos et me pousser vers la maison sans que j'aie mon mot à dire.

Après tout, je suis venue pour ça…

Je tourne la tête pour le regarder, et malgré l'éclairage orange de la rue qui ne sied à personne, je le trouve aussi beau que dans mes souvenirs. Mon cœur manque un battement, comme lorsqu'il m'a percutée sur le trottoir il y a quatre mois.

La pression de sa main dans mon dos me désarme. Mon ventre se noue et je sens ma température corporelle grimper en flèche dans le froid de la nuit.

Suis-je condamnée à ressentir cette explosion d'émotions à chaque fois que je vais le croiser ?

Je me laisse entraîner jusqu'à l'entrée, hébétée par la tournure des événements et dépossédée de tout bon sens.

L'atmosphère chaleureuse de la maison m'accueille dès l'instant où j'entre, brisant mes dernières réticences. C'est le genre d'endroit où l'on se sent bien instinctivement et où les occupants paraissent heureux.

Pas comme chez mes parents, ni là où je vivais avec Derek.

Nous débouchons dans une grande pièce de vie, composée sur la gauche d'une cuisine ouverte, étincelante de modernité, puis d'une salle à manger sur la droite. Les effluves de nourriture embaument les lieux et m'ouvrent l'appétit.

Mais passé l'effet de surprise, je réalise avec douleur que la maison d'Ellie n'a plus rien à voir non plus de l'intérieur. Peut-être est-ce mieux ainsi. Je n'ai d'autre choix que d'avancer. Tout a été rasé pour être réécrit par d'autres.

Silencieuse, impressionnée, je suis le mouvement. Je sens qu'on ôte mon manteau. Un coup d'œil rapide et je constate que Max est toujours à mes côtés. Avoir vieilli lui va à merveille. Son visage n'a plus rien de celui d'un adolescent, il est brut, moins lisse, marqué par certaines épreuves comme cette petite cicatrice à l'arcade gauche ou encore celle sur sa pommette droite.

– Merci, je lui souffle en le regardant poser mes affaires sur un banc, près de la porte.

Max va pour me répondre mais il est coupé par une tornade de cheveux blonds. Une inconnue vient de lui sauter dans les bras et s'enroule autour de lui telle une liane en criant et sanglotant. Il la réceptionne sans difficulté ni effort, enfouissant son visage dans la crinière dorée de son assaillante. Il lui murmure alors à l'oreille des mots inaudibles.

Je sais que c'est ridicule, j'ignore quel genre d'homme Max est devenu, mais je ressens une vive déception. L'envie m'envahit en le voyant enlacer cette femme ainsi.

Peut-être car cela ne m'est jamais arrivé. Je n'ai jamais eu ce genre de démonstration d'affection avec Derek, même au début.

Je m'éloigne pour leur donner de l'espace, détourne les yeux et détaille l'assemblée. La plupart ressemblent à ce que ma mère exècre au plus haut point : une bande de bikers dans toute sa splendeur. Pourtant, je ne me sens pas en danger, au contraire, comme à l'époque près du lac.

Lorsque Max repose enfin la jeune femme blonde, les personnes présentes affluent tel un raz de marée et viennent une à une lui donner une accolade amicale.

Je n'ai même pas le temps d'avoir un aperçu de la furie blonde qui s'est jetée dans les bras de Max que je me retrouve coincée dans un angle, un peu perdue et spectatrice, quand tout à coup quelqu'un s'écrie :

– Hey. Max ne rentre pas les mains vides de son petit voyage, dis donc ! Il nous rapporte un joli paquet surprise ce soir ! Quelqu'un peut me la présenter ?

– Vince. Tu es irrécupérable ! le gronde la petite brune en harnachant sa fillette dans une chaise haute.

– Haaaa Olivia, que veux-tu, la solitude me pèse…

OK. Donc cet homme métis, coiffé de dreadlocks s'appelle

Vince, et la petite brune à l'accent chantant, Olivia. Eux deux, je suis certaine qu'ils n'étaient pas présents ce soir-là au lac, il y a plus de dix ans.

De façon étrangement protectrice, Max pivote devant moi, me bouchant la vue sur le reste de la pièce. Cela me permet de souffler et de reprendre contenance.

Il plonge son regard gris dans le mien et me demande :

– Ça va ?

– Oui, oui. Je ne m'attendais pas à ça, c'est tout. Il y a beaucoup de monde.

– Tu peux encore t'échapper… Je te couvre, s'amuse-t-il.

Cela m'arrache un sourire et je sens le stress s'amenuiser.

– Non, c'est bon. J'étais venue sonner à la porte de toute façon…

– OK.

Nous échangeons un long regard et Max se tourne vers le reste du monde pour déclarer :

– Je vous présente Judy. Certains doivent se souvenir d'elle…

Prise d'un courage soudain, et parce que je ne veux laisser à personne l'opportunité de reparler de l'épisode « Cul-nu », je poursuis :

– Je me suis invitée à votre feu de camp, il y a pas mal d'années… Je suis la petite-fille d'Ellie et Roger Jefferson. Ils vivaient ici. Peut-être les avez-vous connus ?

Un silence s'abat brusquement dans la pièce. Chacun me fixe d'un regard étrange.

De la pitié ? Bon…

– Je ne faisais que passer, j'avais quelques questions à propos de ma grand-mère, j'ajoute, de nouveau incertaine. Max m'a surprise sur le trottoir.

En train de me défiler, devrais-je ajouter.

La fameuse Olivia s'avance jusqu'à moi, pâle comme un linge, les mains tremblantes.

– Ellie avait une petite-fille ? bredouille-t-elle.

En disant cela, elle jette un regard ahuri à Max, puis au reste de l'assemblée. Personne ne répond.

OK, il y a officiellement un problème.

– C'est à toi que ma grand-mère a légué ses biens ? Je veux dire, mes parents m'ont dit qu'Ellie considérait une jeune femme comme sa petite-fille. Il s'agit de toi ? je lui demande doucement.

Je ne lui en veux pas, je cherche simplement à comprendre. Si elle et Ellie ont été proches, peut-être pourra-t-elle me parler de ma grand-mère.

– Oui, mais je... Si j'avais su qu'elle et Roger avaient eu des enfants, jamais je n'aurais... bégaye-t-elle confuse.

– Ils ont bien eu une fille : ma mère. Mais je ne parlais plus à Ellie depuis des années et mes parents non plus, je bredouille, honteuse.

– Je suis vraiment désolée.

– Non, non. Ne t'inquiète pas. Je ne t'en veux pas. Tout ça, c'est ma faute. Je suis soulagée de savoir qu'Ellie était entourée et qu'elle n'est pas morte seule.

– Non, en effet... lâche-t-elle, perplexe, en me dévisageant.

– J'ai simplement des questions, mais je crois que ce n'est pas vraiment le moment. Je vais vous laisser profiter de votre soirée, je pourrais revenir dans la semaine, m'excusé-je, au comble du malaise.

– Non, reste ! s'écrit-elle en attrapant mes mains dans les siennes. J'insiste. En revanche... ajoute Olivia.

Elle se tourne en prononçant ses derniers mots, tel un avertissement, puis je la vois se transformer sous mes yeux. Elle passe soudain de la douceur à la colère :

– Pourquoi vous m'avez menti ?! Vous m'aviez dit qu'Ellie n'avait pas d'enfants ou, pire encore, de petite-fille !

Entendant sa mère hausser le ton, sa fille se met à pleurer. Olivia affiche un air coupable et court auprès d'elle pour la réconforter.

– Perso, j'en savais rien, Liv, lui répond Vince ahuri. Je découvre ça avec toi ce soir.

– Rock... reprend Olivia dont la voix se brise en se tournant vers l'homme brun immense. Son compagnon et le père de la fillette de toute évidence.

C'est ça ! Rock ! Comment ai-je pu oublier leurs prénoms étranges ?

– C'était la volonté d'Ellie, intervient Max. Elle ne voulait plus en parler. On ne pensait pas te revoir un jour, Judy, ajoute-t-il dans ma direction.

– Je n'en veux à personne, je marmonne. Ne vous disputez pas à cause de moi... par pitié.

– Olivia, tu sais qu'ici on respecte les choix de chacun, conclut Rock. Ellie disait ne pas avoir eu d'enfant. Alors elle n'en avait plus. Point. Et c'était à elle de te le dire, pas à nous.

– Oui mais Ellie est partie trop tôt, elle n'en a pas eu l'occasion ! riposte Olivia. Vous auriez pu me le dire après son décès ! Vous auriez même dû !

Cette vérité directe, sans fioriture, m'assène un coup. Je reçois une pluie de regards compatissants par-dessus le marché. Je ne sais plus où regarder pour qu'on ne voie pas mes yeux emplis de larmes. Je lutte pour ne rien laisser paraître, car à l'intérieur, je m'effondre sur moi-même.

Olivia, toujours furieuse, récupère sa fille qui hurle à présent et se dirige vers l'étage. Du haut des premières marches de l'escalier, elle lance à l'assemblée :

– Cette discussion n'est pas finie ! Je vais coucher Nini et tenter de me calmer. En attendant, surveillez le repas !

– Je ne voulais pas gâcher la fête, m'excusé-je piteusement.

– Ce n'est pas de ta faute, Judy, me rassure-t-elle. Les fautifs, ce sont eux. Cette bande d'hommes cailloux qui ont l'empathie d'une brosse à chiottes et qui, du coup, prennent des décisions de merde.

Elle s'arrête brusquement et regarde sa fille avec culpabilité.

– Tu n'as rien entendu, Nini. Oublie ce que maman vient de dire. Simplement, ton père et ton parrain ont parfois le quotient émotionnel d'un bulot… On fait avec, même si ça me rend furieuse.

La petite, dont les hurlements ont cessé sous la stupeur, la dévisage avec des yeux ronds surpris, un peu comme moi en fait.

Puis Olivia reprend :

– Judy, je suis navrée, je ne savais rien. Je le promets. J'aimerais vraiment qu'on parle toutes les deux. Ne pars pas.

Je hoche la tête, surprise, et elle me sourit en retour. Un sourire sincère, radieux, qui la sublime, puis enfin, elle disparaît dans l'escalier tel un ouragan.

Après le départ d'Olivia, il y a un moment de flottement dans la grande pièce bondée et dans mon cœur. Je suis partagée par des émotions contradictoires. Max finit par s'approcher dangereusement. Il donne l'impression de vouloir m'empêcher de fuir. Et il a raison de se méfier car je lance des coups d'œil intéressés à la porte d'entrée depuis trente secondes.

– Viens, je vais te présenter à tous. Tu en connais déjà certains, m'interpelle-t-il.

– C'est si étrange d'être ici, je lui souffle en le suivant. Rien n'est plus pareil et pourtant…

– Et pourtant Ellie vivait ici. Rock et Liv ont choisi de rénover. Ils n'ont pas rasé la maison.

Mais c'est tout comme, pensé-je.

– Ils n'ont pas gardé l'accès à la cave. C'est dommage, c'était pratique.

Max se tourne brusquement et je manque de le percuter. Pendant une fraction de seconde, il me regarde avec difficulté. C'est furtif mais j'en suis certaine, avant qu'il ne se reprenne.

– Non, il n'y a plus de cave. Elle a été condamnée et remblayée.

– Pourquoi ? j'insiste.

– Liv a la phobie des caves, répond-il un peu trop vite pour que cela ne sonne pas de façon suspicieuse.

Il ne me laisse pas le temps de poser plus de questions et commence à me présenter à chacun. Je retrouve une grande partie de ceux qui étaient présents au feu de camp. Ils font tous plus ou moins partie d'un clan qu'ils appellent les Evil's Heat, apparemment. J'imagine la tête de mon père s'il savait où je suis ce soir et je ne peux m'empêcher d'en tirer un certain plaisir de provocation. Il était persuadé qu'en traînant dans le coin plus jeune, je finirais, je le cite : en pute à biker avec les tétons percés.

Dans un premier temps, j'échange avec Rock. Il me confirme être le papa de l'adorable fillette et le conjoint de Liv. Il n'est donc plus en couple avec la jeune autochtone de l'époque : Soraya. Cette dernière est d'ailleurs également là ce soir, accompagnée de sa cousine, Dakota. Ils ont su garder de bons rapports et c'est plutôt cool.

Ce qui ne m'arrivera jamais avec Derek !

Toutes deux me reconnaissent et viennent me parler gentiment en me proposant une bière que j'accepte. J'ai besoin d'un peu d'alcool pour me sentir moins empotée ou stressée.

Arrivée à la fin des présentations de la trentaine de personnes présentes, je ne garantis pas avoir tout retenu. Max s'en rend compte et se penche vers moi :

– C'est presque fini, mais avant, il y a une dernière personne que je dois te présenter, me souffle-t-il.

Je sais, ta petite copine, pensé-je très fort.

Et en effet, Max me traîne dans la cuisine, vers la jeune femme blonde de tout à l'heure qui surveille une énorme marmite sur le feu. Étrangement, son visage m'est aussi familier. En me voyant, son regard s'éclaire.

– Judy, je suis si heureuse de te revoir ! C'est fou ! Qui aurait cru après tout ce temps ? s'exclame-t-elle.

Donc on se connaît… c'est bien ce qui me semblait. Elle abandonne tout et me surprend en me prenant dans les bras. J'essaye de ne pas renverser ma bière alors qu'elle m'étreint un peu trop fort.

– Je suis désolée, je ne me souviens pas de tout le monde, je lui avoue penaude.

Elle me lance un regard malicieux avant de répondre :

– C'est vrai que tu n'avais d'yeux que pour mon frère, ce soir-là…

À cette phrase, lâchée comme si de rien n'était, je me sens rougir de honte. Je comprends enfin qui est cette jeune femme blonde si proche de Max. Il s'agit de Susan, sa petite sœur. La distributrice de tracts engagés pour les enfants souffrant d'un handicap… Elle a énormément changé et n'a plus rien d'une gamine.

J'ose un regard sur la droite pour apercevoir le visage de Max stupéfait par l'audace de sa sœur. Le truc, c'est qu'elle a entièrement raison.

Et je ne trouve rien d'intelligent à lui répondre. Heureusement, Max s'en charge :

– Ouais et j'ai le souvenir que ma sale peste de frangine faisait tout pour me casser mon coup…

Entendre Max évoquer à voix haute ce fameux soir près du lac me serre l'estomac. Non, je n'avais pas rêvé à l'époque, tout ce que j'ai ressenti il l'avait aussi éprouvé d'une certaine manière : ce feu au creux du ventre, ces bulles dans la poitrine et ce désir dévorant.

Mais là, je dois dire rapidement quelque chose car c'est un peu à mon tour de parler !

– Oh, mais bien sûr ! Tu es Susie ! Pardon, je pensais que tu étais… Enfin bref, passons ! Qu'est-ce que tu deviens ? je la questionne.

J'avale une gorgée de bière pour endiguer le flot de mots s'apprêtant à jaillir de ma bouche. J'ai failli gaffer, emportée par mon allégresse, comme lorsque j'étais adolescente. Merci bien, Susie est toujours aussi bavarde et se charge de faire le reste de la conversation.

Voyant sa sœur me monopoliser sur la façon dont j'entretiens mon blond, Max part de son côté, renouer avec ses frères de clan et attaquer le buffet chargé de nourriture. J'ai une grosse pointe de déception lorsqu'il me tourne le dos. Je reste quelques secondes à fixer ses larges épaules et son blouson de cuir noir griffé du logo des Evil's Heat. Je ne peux m'empêcher de laisser traîner mon regard un peu plus bas... Encore un peu plus bas... Encore, encore un peu plus bas... et constate en rougissant que Max a la plus belle paire de fesses que j'aie eu le loisir de mater. Son jean moule juste ce qu'il faut, là où il faut.

– J'ai l'impression que certaines choses n'ont pas changé en dix ans, me murmure Susie dans l'oreille.

– Hein ! Quoi ? je lui demande dans un sursaut.

Elle éclate de rire en secouant la tête :

– Rien. Laisse tomber et suis-moi.

Susie me prend par la main et nous rejoignons Dakota et Soraya. Je passe l'heure suivante à les écouter, principalement. Elles ont le tact de ne poser aucune question au sujet d'Ellie. Nous sommes rejointes entre-temps par Olivia et je lui avoue la façon dont j'ai fait la connaissance de Max et des autres à l'époque. Je gagne le droit de raconter encore une fois cette histoire rocambolesque de « Cul-nu », et de nouveau, je fais rire l'auditoire à mes dépens. La bière fait son effet. Trop. À moins que ce soit autre chose... Je ne vois pas le temps passer.

Le repas se déroule dans une bonne humeur incroyable. Je suis surprise par leur convivialité et leur générosité, jamais je n'aurais imaginé que la soirée prenne un tel tournant. Un instant, j'espionne depuis le trottoir et celui d'après, je suis ici, au centre de l'agitation. Chacun se sert du délicieux plat de Liv et mange en continuant de bavarder aux quatre coins de la pièce.

Je croise le regard de Max à plusieurs reprises. Parfois il me surprend, parfois il m'observe déjà. Il me semble que nos échanges sans paroles durent de plus en plus longtemps ; sont de plus en plus fréquents. Et moi j'ai de plus en plus de mal à m'en détourner.

Petit à petit, les sourires qu'il m'adresse se changent en quelque chose d'autre. Quelque chose qui fait accélérer mon cœur et oublier ce qu'on me raconte ; oublier pourquoi je voulais sonner à cette porte en premier lieu. Je ne suis plus certaine que l'alcool soit la raison de cette sensation de chaleur et de lourdeur dans mon corps. C'est un peu comme si ce biker aux yeux gris parvenait de là où il est à souffler sur des braises tapies au creux de mon ventre. C'est lancinant, lascif, sensuel.

Je repense à lui et moi, jeunes devant ce feu de camp. J'avais aimé sa personnalité et ce qu'il me faisait ressentir pour la première fois : l'émoi, le désir, l'imprudence… Apparemment rien n'a changé, je constate avec ahurissement. C'est même pire à présent.

Et ce premier baiser…

Je pince les lèvres en me souvenant de sa langue se glisser contre la mienne et de ses grandes mains saisissant mon visage pour me montrer comment faire.

Je me demande ce que ce serait d'embrasser ce Max-là… Celui devenu homme.

La nostalgie est un poison divin et puissant pour mon corps en manque d'affection. Max adulte dégage une aura d'interdit. Il est tout ce que mes parents ne voudraient pas pour gendre, mais tout ce que de nombreuses femmes désireraient dans leur lit : les tatouages qui s'échappent des manches de son tee-shirt pour recouvrir ses biceps ; son blouson de cuir posé négligemment sur le dossier de la chaise où il est assis, signe d'appartenance à son clan ; ses cheveux blond cendré mi-longs et la légère barbe sur sa mâchoire carrée ; ce jean brut élimé par endroits qui lui tombe de façon indécente sur les hanches. Pour ça, il n'a pas changé… Je pique un fard lorsque Max se lève en direction de la cuisine puis tend les bras pour attraper le sel en hauteur, dévoilant une grande partie de son ventre musclé.

Je suis certaine que Rock m'a prise en flagrant délit de reluquage d'abdos saillants et dorés de son pote. Il me lance un sourire étrange puis il se penche vers Max lorsque ce dernier se rassoit près de lui. Avec stupeur, je vois Rock murmurer quelque chose à l'oreille de Max, qui instantanément redresse la tête et regarde dans ma direction. Je n'ai pas le temps de détourner les yeux des siens, ni de répondre à Liv qui me demande depuis quand je suis dans le coin, je suis figée dans l'instant, suspendue au-dessus du vide par ce gris orage. Mon cœur tambourine derrière mes côtes, à m'en faire vibrer de l'intérieur.

Le monde autour de moi se résume à un brouhaha en arrière-plan et à cette connexion instinctive, viscérale et énigmatique entre nous. Lorsque je bifurque vers sa bouche, les lèvres de Max semblent prononcer mon prénom.

OK. Faut que j'aille prendre l'air, je suis victime d'hallucinations sensorielles.

Sur un coup de tête, je m'excuse auprès de Liv et des autres filles dans le canapé, je récupère mon manteau et sors par la porte de derrière pour déboucher, à bout de souffle, dans un jardin.

Je suis agréablement surprise, le vent est tombé et je vais m'asseoir dans une balancelle près d'un petit kiosque.

Levant la tête vers le ciel étoilé, je pense à ce que ma vie aurait été si j'avais accepté l'offre de ma grand-mère de venir vivre avec elle à l'époque…

Elle me l'avait proposé après l'esclandre de ma mère, le soir où cette dernière était venue en personne me chercher ici par la peau des fesses.

Le soir où j'ai rencontré Max.

Mes parents s'y étaient farouchement opposés, bien entendu, et de toute façon je devais rentrer à l'université de Colorado Springs, alors j'ai décliné l'offre d'Ellie, à contrecœur.

Pardonne-moi, Ellie, songé-je en regardant l'étoile du berger briller plus que les autres.

Pardonne-moi d'avoir été si égoïste. Pardonne-moi d'avoir été ingrate. Pardonne-moi de m'être perdue en chemin.

Le bruit de la porte par laquelle je suis sortie me fait baisser la tête et une silhouette en ombre chinoise se dessine dans l'encadrement. Elle approche lentement jusqu'à ce que je réalise qu'il s'agit de Max.

Il s'assoit en silence à côté de moi, sa cuisse chaude contre la mienne, et mon pouls s'affole à nouveau.

Ce que j'éprouve en sa présence est la preuve que le temps est relatif. Il n'a rien de linéaire, ni de constant ou d'absolu. À l'image de la mémoire, le temps s'étire et se déforme. Il crée même parfois des boucles, nous retenant prisonniers. Alors, lorsque j'observe le profil de cet homme devenu sauvage, ces dix dernières années loin de lui se compressent pour être réduites à un battement de cils, et les quelques heures de cette nuit au lac deviennent perpétuelles.

– Eh bien, Judy, où étais-tu passée pendant tout ce temps ? interroge la voix profonde de Max dans le noir de la nuit.

– Je me suis perdue… et toi ? Tu reviens d'un long voyage apparemment ?

– Oui, je me suis retrouvé…

16

CALL ME BLONDIE

Max

Judy est là. Assise à côté de moi.

Je demeure immobile et l'écoute reprendre bruyamment son souffle.

Tout ce que je ressens converge en cet unique point de pression entre nous : sa jambe contre la mienne. Le contact est insoutenable, presque douloureux. Notamment après avoir passé le repas à la bouffer du regard au lieu d'apprécier la nourriture de mon assiette.

C'est juste irréel.

Je n'avais plus songé à elle depuis très longtemps et je ne pensais pas la revoir un jour… La surprendre ce soir sur un trottoir c'est comme recevoir un uppercut dans le bide. J'ai l'impression d'avoir à nouveau 17 piges, et un millier de questions à lui poser. Je décide donc de commencer par la plus évidente :

– Eh bien, Judy, où étais-tu passée pendant tout ce temps ?

Je la devine tournée vers moi lorsqu'elle me répond :

– Je me suis perdue, et toi ? Tu reviens d'un long voyage apparemment ?

– Oui, je me suis retrouvé…

Et comble de hasard, je t'ai retrouvée aussi, pensé-je.

À nouveau un silence épais nous enveloppe pendant de longues secondes jusqu'à ce que Judy le brise, anxieuse :

– Désolée d'avoir ruiné cette fête en ton honneur, susurre-t-elle, incertaine.

– Tu ne l'as pas ruinée, au contraire.

– Je l'ai quand même bien perturbée.

– Peut-être un peu, mais dans le bon sens.

– Oui… murmure Judy en me sondant de ses yeux bleus étranges.

Et comme cette nuit-là au lac, il y a dix ans, je sens ce truc dans l'air entre nous, immédiat et instinctif.

– Au fond, je devrais plutôt te remercier. Je n'aime pas être au centre de l'attention, je tente de la rassurer.

Car en vérité, j'attendais ce retour parmi les miens autant que je l'appréhendais, et l'arrivée de Judy lui a donné de nouvelles perspectives.

– Alors pourquoi avoir organisé tout ça si ce n'est pas ton truc ? elle s'enquiert, un brin craintive.

– Parce que c'était important pour mes proches. Et parce que Liv a tendance à n'en faire qu'à sa tête.

– Oui, elle a l'air d'avoir un sacré caractère, me répond Judy en souriant.

– Effectivement… Mais je m'estime heureux, elle aurait pu faire pire !

Je repense aux fêtes surprises qu'Olivia organise régulièrement pour Rock ou leur fille dès qu'une occasion se présente. Ouais, au moins elle m'a épargné les licornes et autres espèces de poney dégueulasses sous LSD.

– Et sinon, tu t'es absenté combien de temps exactement pour avoir droit à autant d'honneur à ton retour ? reprend Judy doucement en se penchant davantage.

Je m'avance aussi vers elle et impulse du mouvement à la balancelle où nous sommes assis.

– Quatre mois, avoué-je.

Quatre mois intenses, difficiles mais salvateurs. Aujourd'hui je suis de retour avec la conviction que ma vie est ici et nulle part ailleurs. J'ai obtenu sur la route les réponses à mes doutes.

– Oh… Je comprends mieux leur joie de te revoir. Voyage pour raison professionnelle ? me demande-t-elle en souriant.

– Non, pour loisirs. J'avais besoin de changer d'air.

– Je vois… Parfois il est nécessaire de prendre du recul. Tout plaquer pour mieux recommencer ou revenir.

J'ai l'impression qu'elle se parle davantage à elle-même, levant le visage vers le ciel et serrant les poings sur ses cuisses. Un sentiment puissant de protection me serre le ventre en l'observant ainsi. Je me demande ce qu'elle a vécu durant ses dix dernières années pour que la jolie adolescente gaffeuse laisse place à une adulte sur la réserve et craintive. J'ai comme l'impression que Judy s'est éteinte en chemin.

Puis, sans transition, elle se retourne vers moi et me demande :

– Rock t'a soufflé quoi à l'oreille ?

– Quand ça ?

Je sais où elle veut en venir, mais j'aime tourner autour du pot. Je veux faire durer ce moment, au calme, sans personne pour nous interrompre.

– Tu sais… Avant que je sorte. Il t'a dit un truc en me regardant.

– Ah ça ! je feins. Il m'a seulement dit que tu semblais aimer mon tee-shirt.

Ce n'est pas tout à fait vrai… Le ton qu'il a employé a donné à la phrase un autre sens, mais je me garde bien de l'avouer à Judy. Le contexte également. J'ai encore en mémoire le regard avec lequel elle m'observait à cet instant précis. Une sorte de faim curieuse. Y penser me replace sur un fil dangereusement fragile pouvant casser à tout moment.

– Moi aussi, j'aime bien ton tee-shirt, mais… je lui souffle, suspendant ma phrase en attendant sa réaction.

– Mais quoi ? me demande-t-elle, surprise.

– Mais… j'ai une préférence pour les salopettes avec des pin's et les tee-shirts rouges mouillés.

Ma déclaration est suivie d'un blanc, je crains d'avoir été trop loin, de la regarder avec trop d'insistance. En retour, Judy cligne des yeux, elle retient sa respiration puis finit par me sourire. Je retrouve instantanément cet air ingénu qu'elle avait autrefois et qui m'a fait l'apprécier au premier coup d'œil.

Enfin elle se redresse pour lancer sur un ton espiègle :

– La mode évolue, que veux-tu. Mais pas pour tout le monde a priori…

– Je dois me sentir visé ? je lui demande, amusé par son audace.

Sa cuisse presse davantage contre la mienne et je résiste pour garder les bras croisés et les mains solidement coincées contre mon torse.

– Absolument. Tu portes toujours tes boots à peine lacées, un blouson en cuir noir, et surtout… cette espèce de jean qui tient sur tes hanches par je ne sais quel miracle ! À croire qu'il défie les lois de la gravité, comme à l'époque !

– Cela n'a rien d'un miracle… je lui chuchote, luttant contre l'envie d'attraper sa fichue tresse qui lui pend dans le dos et dont elle ne s'est jamais départie non plus.

– Ah oui ? Alors si ce n'est pas un miracle, il tient grâce à quoi ton jean ?

– C'est un secret… je rétorque avec un clin d'œil.

Cette fois Judy recule un peu, et je sens la chaleur émanant de son corps m'envelopper, tout comme son foutu parfum. Clairement, elle ne sait pas quoi répondre à ça et cherche ses mots. Après plusieurs secondes de galère, je décide de lui venir en aide, satisfait de savoir que je la trouble autant qu'elle me fait de l'effet.

– Et tu as tort sur un point, j'ajoute mystérieusement.

– Lequel ? me demande-t-elle, à bout de souffle en se penchant de nouveau vers moi.

– L'été, j'innove un peu niveau fringues.

– Vraiment ? Tu mets des lunettes de soleil ?

– Non, j'ai un cuir sans manches.

– Waouh ! En effet, quelle révolution ! me charrie-t-elle.

– On est d'accord.

On rit ensemble quelques minutes puis Judy reprend avec sérieux :

– Et sinon, je te remercie pour l'effort.

– Quel effort ? je l'interroge, étonné.

– Tu as pris la peine de mettre un tee-shirt cette fois-ci pour nos retrouvailles…

Je me tourne vers elle lentement après avoir fixé le ciel. J'aime ce mot dans sa belle bouche : retrouvailles. Certaines personnes vous marquent à jamais en l'espace d'une seule rencontre et c'est le cas de cette petite nana blonde. Peut-être parce qu'à l'époque Judy est apparue à un moment si particulier et décisif de ma vie. Comme aujourd'hui d'ailleurs… L'atmosphère, au lieu de s'alléger, s'épaissit encore plus et l'air devient difficile à respirer.

– Et le tien de tee-shirt est sec ce soir, malheureusement… je lui murmure.

– Oui… la saison n'est pas propice aux baignades nocturnes. Quel dommage !

– Et si elle l'était ? Tu t'embêterais à le garder sur toi pour aller nager, cette fois-ci ?

Je la vois hésiter. Son regard plonge vers ma bouche pour revenir vers mes yeux à plusieurs reprises.

– Je ne sais pas, bredouille-t-elle. Peut-être que j'aurais osé l'enlever si j'étais revenue ici à l'époque.

– Mais tu n'es jamais revenue comme promis… Tu m'as mis un plan, Blondie. Je t'ai attendue l'été suivant et celui d'après et celui encore d'après.

J'ai envie d'ajouter « pourquoi » mais je me retiens. En soi, elle ne me doit aucune explication. Il y a prescription après tant d'années.

– Blondie ? s'étonne Judy.

– Tu préfères peut-être « Cul-nu » ?

– Non ! s'exclame-t-elle mi-scandalisée, mi-amusée.

Elle n'ajoute rien d'autre et attrape sa tresse nerveusement pour jouer avec.

– Tu n'as jamais coupé cette natte ? je l'interroge, curieux.

– Nan. Mais qui sait, un jour peut-être.

– Le changement a parfois du bon.

– Je sais, j'y travaille, articule-t-elle doucement.

La fragilité contenue dans cette simple phrase m'ébranle et je me tourne vers elle, surpris. Judy est là, calme, elle plonge son regard dans le mien. Je suis décontenancé par ce que je ressens : un mélange d'appréhension et d'excitation.

– Tu as laissé pousser tes cheveux. J'aime beaucoup, ça te va bien, elle reprend avec timidité.

Je vois sa main se lever entre nous mais elle retient son geste au dernier moment. Je n'ai jamais trop réfléchi à mon look avant cette remarque, mais son approbation me procure un certain plaisir. Rock se foutrait de ma gueule s'il me savait à deux doigts de bomber le torse simplement parce que Judy aime mes cheveux.

Un nouveau blanc pesant s'installe entre nous. Il est aussi lourd que le truc non identifié oppressant ma poitrine à l'instant où j'ai reposé les yeux sur elle. Judy est devenue une femme, sans l'ombre d'un doute. Elle a perdu les dernières rondeurs de l'enfance pour gagner de nouvelles courbes bien moins innocentes…

– Et toi, tu es toujours aussi belle que dans mes souvenirs, je lui avoue yeux dans les yeux après de longues minutes silencieuses.

– Oh, euh… merci.

Clairement, les compliments francs la déstabilisent, je devrais y aller plus en douceur mais c'est comme si cette dizaine d'années ne s'était jamais écoulée. Tout me revient en force, violemment. Je nous revois immergés jusqu'à la taille dans l'eau tiède du lac, son corps plaqué au mien, sa bouche collée à la mienne. Tout le reste a disparu ce soir. Particulièrement mon bon sens.

– Tu chantes encore ? je m'enquiers pour changer de sujet avant de devenir fou ou pire…

– Non, plus vraiment.

– C'est dommage. T'étais douée.

– Et toi ? Tu es devenu charpentier ?

– Pas vraiment non plus, je lui avoue.

– Mais tu utilises tes mains quand même ? elle lâche, curieuse.

Amusé, je hausse les sourcils d'étonnement.

– Ça dépend pour quoi et ça dépend aussi de comment on me le demande, mais effectivement je peux en faire bon usage…

J'étire lesdites mains entre nous puis fais jouer mes doigts. La perche était trop belle pour ne pas être saisie et mon ton est lourd de sens. Judy quant à elle se fige, fixe mes paumes de longues secondes avant de lâcher un petit rire accompagné d'un soupir qui, dans un autre contexte, pourrait me rendre dingue.

– J'imagine bien, oui… Non… Enfin si… Bref, je voulais seulement savoir si tu faisais un travail manuel, se rattrape-t-elle maladroitement. Tu as des mains de pâtissier ou de sculpteur.

Ça, je ne l'avais pas vu venir !

– Tu trouves que j'ai une gueule à être pâtissier ou artiste ? je la questionne en explosant de rire.

Judy me jauge de haut en bas puis ses yeux s'arrêtent sur mon blouson de cuir un moment avant de revenir sur mon visage.

– Non, pas vraiment… finit-elle par admettre. En fait, je ne sais pas ce que font les bikers pour gagner leur vie.

– Vaste question et trop de réponses, j'élude.

Je sens Judy anxieuse tout à coup à mes côtés, et avant même de réaliser mon geste, je lui attrape les doigts pour la calmer, car ses mains s'agitent dans tous les sens sur ses cuisses. Judy soupire à nouveau et ne me repousse pas, au contraire, elle presse ma paume encore un peu plus contre la sienne en retour. Le contact m'apaise autant qu'il enflamme ma peau. Si la glace entre nous semble brisée, le feu, lui, brûle plus que jamais. J'ai l'impression que rien n'a changé et pourtant tout est différent. Je ne sais rien de Judy, ni la personne qu'elle est devenue, ce qui me rend… triste, d'une certaine manière.

A-t-elle quelqu'un ? A-t-elle des enfants ?

Puis, sans prévenir, elle délie nos mains et libère mes doigts, les laissant orphelins.

– Tu voulais dire quoi tout à l'heure par « Je me suis perdue » ? je reprends avec sérieux.

Judy inspire, prend son temps et finit par m'expliquer :

– J'ai laissé mes parents régenter ma vie. C'est en partie pour ça que je ne suis jamais revenue ici avant aujourd'hui. Ils ont gagné…

– Je vois.

– Et je sais que je n'ai aucune excuse. Je n'ai rien fait pour les stopper, murmure-t-elle.

– Tu étais une ado. C'est jamais évident.

– Mais je suis devenue adulte et les choses n'ont pas changé pour autant. Je suis restée terrée à Colorado Springs et je ne suis pas devenue chanteuse…

Tout ce temps, elle n'était qu'à trois heures d'ici. Savoir ça me provoque un vaste sentiment de gâchis. Je pensais que la vie l'avait portée loin, à l'autre bout du pays. Du moins je me consolais avec cette idée.

Sans l'avoir totalement oubliée, je ne pensais plus à elle quotidiennement. Pas par indifférence, au contraire, mais je m'étais résigné. Pendant l'année qui a suivi ma rencontre avec Judy, j'avais espéré la recroiser dans les parages un millier de fois. J'étais persuadé qu'elle me rapporterait mon sweat et que je pourrais saisir l'occasion pour l'inviter à sortir car j'étais déjà ce genre de mecs. De ceux qui croient au destin.

Mais Judy n'est jamais revenue. Pas même quand son grand-père est décédé.

J'ai harcelé sa grand-mère durant des mois pour obtenir des infos. Sans succès. La vieille femme était évasive jusqu'au jour où elle m'a franchement dit que Judy ne reviendrait jamais et qu'elle ne lui parlait plus. Son regard plein de chagrin m'avait dissuadé d'insister. Mon ego aussi. Il en avait pris un coup. Et puis le temps est passé.

– Du coup, si tu n'es pas devenue star de country, tu fais quoi ? je lui demande, intrigué.

– Un travail que j'aime malgré tout : je suis institutrice. Je me suis spécialisée dans les formes d'enseignement alternatives. Tu sais, Montessori et tout le tralala.

– Oui, je vois.

Et pour cause, mes parents avaient tout tenté avec moi… Je reste muet. Les mauvais souvenirs me plombent le moral. Heureusement, l'entrain de Judy est communicatif lorsqu'elle continue :

– Souvent aussi, je récupère les élèves que mes collègues n'arrivent plus à gérer. C'est un défi mais j'adore ! C'est super gratifiant.

– C'est un beau métier… Ma sœur aussi est devenue instit.

– Oui, Susie me l'a dit ! Je suis contente pour elle ! Elle est vraiment passionnée.

– Comme toi, apparemment. Et donc tu vis toujours chez tes vieux, à Colorado Springs ?

Je suis curieux de connaître ce qui l'a poussée à revenir ici après tout ce temps.

– Non, pas chez eux exactement, mais pas loin… Enfin, jusqu'à ce que je plaque tout, il y a quelques mois. Je suis repartie à zéro. Je vais m'installer dans le coin un temps.

– Ah oui ? je la questionne calmement.

Je suis impressionné par le flegme que ma voix laisse supposer, car en vrai je ne ressens rien de raisonnable ni de calme.

Judy va frayer dans les parages. Pour un certain temps.

Je dois intégrer cette info inattendue, mais ce soir, avec la fatigue et mon retour, ça commence à faire beaucoup. L'idée me séduit autant qu'elle me perturbe. À tel point que je ne sais plus quelle question poser ensuite.

– J'aime bien Newton City, acquiesce-t-elle.

– Pourquoi ?

– Pourquoi quoi, Max ? s'étonne-t-elle.

– Bah pourquoi avoir tout plaqué et revenir par ici après tout ce temps ? Y a de meilleurs endroits pour recommencer quelque chose quand on est une jeune instit. La côte ouest par exemple, ou encore le New Jersey…

Judy s'enfonce dans la balancelle et vient y mettre ses jambes repliées sur le côté. Elle est pensive et je ne la brusque pas. Cela me permet à moi aussi de reprendre pied.

Mec, t'as plus 17 piges ! Ressaisis-toi !

– Parce qu'apparemment c'est une spécialité chez moi de débouler sans prévenir dans ta vie, Max, et dans vos soirées privées.

– Ouais, je vais finir par croire que tu le fais exprès, je lui réponds.

– Plus sérieusement, j'ai encore du mal à comprendre, finit-elle par m'avouer. Je pense que j'étais arrivée à bout, tout simplement. Et puis j'ai besoin d'être proche d'Ellie à ma manière. Je me pose tellement de questions et ce ne sont pas mes parents qui vont m'aider à y répondre, alors qu'ici, peut-être…

Une alarme s'allume dans mon cerveau au nom d'Ellie, mais je l'ignore. Je passe outre cette sensation de malaise, focalisé sur Judy et la tristesse dans sa voix, lorsqu'elle reprend :

– J'ai réalisé à quel point j'étais en train de passer à côté de ma vie. Je n'avais plus l'impression d'être libre ou moi-même. Fallait que je réagisse…

– Tu as enfin compris que tes choix n'étaient toujours pas les tiens.

Je la devine surprise, elle hoche la tête d'approbation. Je ne sais pas si c'est la nourriture de Liv, mais je suis touché par le Saint-Esprit de la réflexion ce soir.

– Exactement ! C'étaient encore ceux de mes parents… ou de mon conjoint.

– Ah, t'as un mec ? je grogne, malgré moi.

La douche est froide et le retour à la réalité, cinglant. Notre échange jusqu'à présent laissait sous-entendre que Judy était seule… Or les nanas prises, même pour des trucs pas sérieux, j'ai déjà donné et ça part toujours en couille. Donc merci, mais non merci.

– Oui… enfin mon ex-conjoint désormais. Ça aussi, ça m'a aidée à partir. J'ai appris qu'il me trompait, entre autres choses, avoue Judy, peinée.

– Je suis désolé, dis-je, bizarrement satisfait que ce crétin ait merdé en beauté.

– Ne sois pas désolé. C'est un abruti fini. Heureusement, je m'en suis rendu compte avant qu'on ait eu des enfants ensemble… Et cela m'a donné l'impulsion qui me manquait pour tout plaquer. Me voilà à nouveau dans les parages !

Parfait ! Je devrais peut-être remercier ce type finalement.

– Eh bien, je te souhaite d'y trouver ce que tu cherches, Blondie.

– Merci, on verra bien. J'ai décidé de ne plus trop planifier ma vie pour le moment, marmonne-t-elle.

Un silence s'installe à nouveau entre nous, nous le laissons s'étirer, chacun perdu dans nos pensées.

– Et toi ? finit par dire Judy, après plusieurs minutes de calme.

– Moi quoi ?

– Si tu n'es pas devenu charpentier, tu fais quoi dans la vie ?

– Je tiens un bar.

Judy lâche un petit « oh » de surprise que je ne suis pas sûr de bien comprendre.

– Ouais, je sais, y a mieux dans la vie, je lance avec humour.

– Pourquoi tu dis ça ? Tenir un bar, c'est loin d'être une tâche aisée et c'est plutôt cool. Enfin, je trouve… Tu n'aimes pas ce que tu fais ? s'enquiert-elle très sérieusement.

– Si, même si j'en ai douté un temps. Ma place est ici et nulle part ailleurs.

– Alors sois fier, Max. J'aimerais comme toi savoir que je suis au bon endroit et avec les bonnes personnes, pour une fois, car finalement c'est tout ce qui importe. Peu de gens ont cette chance.

– Il paraît en effet que ce n'est pas la destination du voyage qui compte, mais les personnes qui nous accompagnent, je concède.

Judy se met alors à rire sans prévenir.

Que j'aime ce son ! Il n'a pas changé.

– J'ai dit quelque chose de drôle ? je grogne.

– Non, c'est juste que je repensais à… Enfin, bref, serais-tu devenu psy, Max, après avoir été jeune exhibitionniste ?

– Exhibitionniste ?

– Ouais… Ce jean était indécemment porté la première fois qu'on s'est…

Judy se stoppe net dans sa phrase, laissant en suspens le reste de ses pensées, mais je peux les sentir. Les deviner. Elles n'ont rien d'innocent. La petite Judy a des idées impures à l'évocation de mon vieux jean. Et moi aussi, en songeant encore à sa salopette.

Le plus indécent entre nous, c'est surtout la rapidité avec laquelle nous reconnectons. Ou la faim qu'elle m'inspire…

Judy s'éclaircit la voix et reprend de façon trop détachée pour être crédible :

– Personnellement, je pense que tenir un bar c'est être un peu psychologue. Les gens bourrés doivent venir pleurer leurs problèmes sur ton comptoir. Quant aux tiens, ils n'en ont sûrement rien à faire.

– Effectivement…

Dans le clair de lune, nous échangeons un regard de connivence. J'impulse de nouveau du mouvement à la balancelle et nous restons quelques minutes ainsi à fixer les étoiles.

– Et sinon, du coup, tu crèches où désormais ? T'es pas à la rue ? je m'inquiète.

– J'espère trouver un appart, à terme. En attendant, j'ai une chambre au mois dans un motel à l'entrée sud de Newton City. Le Cactus Lodge. Tu connais ?

Elle me lâche ça comme s'il s'agissait d'un *resort* quatre étoiles, alors que je sens un malaise m'envahir.

– Blondie, t'es pas sérieuse ?! Bien sûr, je connais… et c'est un vrai taudis !

– Nan, pas tant que ça !

– …

– OK. Peut-être un peu, avoue-t-elle.

– Une femme s'est fait violer là-bas, il n'y a pas longtemps ! C'était partout aux infos !

– Je sais ! Mais on s'entraide avec ma voisine. On ne reste jamais seules.

– Je n'aime quand même pas te savoir là-bas… je gronde, inquiet.

– C'est provisoire. Et vraiment, ma voisine est adorable, insiste-t-elle, têtue.

– Ouais, mais fais attention à qui tu donnes ta confiance dans le coin… Les gens ne sont pas toujours ce qu'ils paraissent.

– Je vois… Tu as raison. Et donc, si je comprends bien, je dois me méfier de toi et du Clan également ? me questionne Judy sur le ton de la provocation.

Malgré moi, je souris avant de lui répondre plus sérieusement :

– Non. Tu peux avoir confiance en moi. Tout comme tu peux avoir confiance en toutes les personnes qui sont dans cette maison. Tu es la petite-fille d'Ellie après tout…

Je pèse mes mots car je les pense sincèrement.

– À propos d'Ellie, reprend alors Judy. Je ne sais pas ce qu'elle a raconté à mon sujet, mais j'aimais ma grand-mère. J'ai tout fait capoter entre nous, on ne se parlait plus, mais je l'aimais.

– Alors pourquoi ne s'intéresser à elle que maintenant ? je lâche un peu trop rapidement, si bien que j'ajoute précipitamment :

– Je ne te juge pas. Je cherche simplement à comprendre.

– Je sais. Je me pose la même question…

Je la laisse souffler puis elle reprend :

– Je ne vais pas rentrer dans les détails ce soir, je n'en ai pas la force. Mais pour faire court, j'ignorais qu'Ellie était morte. Je l'ai appris il y a quatre mois seulement en voulant renouer avec elle, justement. Mes parents me l'ont caché pendant tout ce temps avec l'aide de mon ex… Ça aussi, ça m'a décidée à partir et à venir ici.

Je suis sans voix. La sienne tremble, oscille entre tristesse, désarroi et colère.

– Je ne pourrai jamais lui reparler, lâche-t-elle en se retenant de pleurer. Ma grand-mère est morte dans son sommeil et je n'ai jamais rien su…

Putain !

La réalité me colle une gifle bien sentie et me rappelle qu'elle n'a pas prévu de fin heureuse à mon histoire.

Car en même temps que Judy s'autorise à laisser couler quelques larmes timides à côté de moi, ce sont mes espoirs qui sont réduits à néant. Dans l'euphorie de cette soirée étrange, j'ai oublié une information cruciale. Ellie Jefferson n'est pas morte paisiblement dans son sommeil. Ça, c'est la version des faits que le Clan a fournie. Seules les personnes dans cette maison savent de quoi est réellement décédée la vieille femme, à l'exception de Judy. Judy que je viens d'encourager à me faire confiance.

La vie est cruelle, car il est hors de question que je lui avoue l'indicible. Elle serait anéantie et nous haïrait sûrement. Et il est impossible que je reste trop près d'elle sans pouvoir la regarder dans les yeux avec franchise.

– La vie est vraiment bizarre, reprend Judy en essuyant ses joues. Jamais je n'aurais cru en me levant ce matin que ma soirée prendrait cette direction. Que je serais assise ici à parler avec toi de ma grand-mère…

– Moi non plus, est la seule chose que je parviens à répondre.

– Et toi ? Tu as quelqu'un dans ta vie ? Tu as des enfants ? me demande-t-elle doucement en remuant de façon maladroite.

Je ne peux m'empêcher de sourire malgré tout.

– Non Judy, je n'ai personne, hormis mon clan.

– Oh, d'accord.

– Pourquoi ?

– Nan, comme ça, pour savoir…

Ma tête me crie de fuir, d'arrêter de poser des questions qui nourrissent de faux espoirs, mais mon corps refuse de bouger alors je décide de faire durer l'instant encore quelques minutes avant de rentrer rejoindre les autres.

Je dois être maso sur les bords et franchement con au milieu pour m'infliger ça alors que je sais pertinemment que cette histoire va mal finir si je persiste.

17

COLORFUL COLORADO

Max

Je raccompagne enfin Judy à l'intérieur et nous traversons ensemble la salle à manger sous le regard lourd de mes frères de clan.

Ils ne sont absolument pas oppressants…

En particulier Rock qui me fixe, immobile depuis sa place de Président en bout de la table.

– Eh bien… finit-il par lâcher haut et fort. J'ai cru qu'on allait devoir vous porter disparus. J'étais à deux doigts de lâcher une patrouille de vétérans à vos culs.

– Inutile. Il te suffisait de regarder par la fenêtre, je rétorque sur le même ton.

Il esquisse un sourire, constatant que rien n'a changé entre nous durant mon absence.

– Je suis vraiment désolée. J'ai accaparé Max, s'excuse Judy, prenant tout ça au premier degré.

Le regard de Rock se porte alors sur elle et je la vois se raidir. Sans la lâcher des yeux, il sort un couteau à cran d'arrêt de sa poche puis commence à peler une pomme avec une lenteur exagérée.

– Pas de mal, gronde-t-il. J'ai l'habitude à présent que tu t'invites à mes soirées pour t'approprier mon pote. Et apparemment, il aime ça…

Judy pivote légèrement avant de me lancer un regard atterré.

– Laisse, il n'est pas sérieux, je lui assure en riant.

Cependant, un rapide coup d'œil à mon téléphone me confirme qu'effectivement nous sommes restés plus d'une heure à parler dehors. Blondie ici présente me fait clairement perdre la notion du temps et des priorités, alors je me tourne vers elle pour la dévisager. J'aimerais comprendre comment une telle chose est possible.

C'est dingue. Ça l'était déjà il y a dix ans et ça l'est encore davantage aujourd'hui.

Je ne lui ai parlé que trois fois dans ma vie si on compte l'épisode du Wendy's !

Et pourtant, à chaque fois, j'ai l'impression que ces rencontres sont un nœud dans mon existence. Une sorte de moment charnière bizarre par lequel je dois passer…

Mes questionnements métaphysiques sont stoppés net lorsque ma sœur jaillit devant nous comme un de ces clowns flippants montés sur ressorts.

– Suis-moi, Judy, j'ai encore une tonne de questions pour toi ! lui lance Susie. Max t'a suffisamment eue pour ce soir. À mon tour.

Elle saisit Judy sans ménagement par le bras pour l'entraîner dans la cuisine, Olivia sur les talons. Ces deux-là sont vraiment incroyables, et c'est pire quand Soraya se joint à elles.

Clairement, Judy n'a pas son mot à dire quant à la suite de la soirée…

Lorsque ma main lâche son dos à contrecœur, nous échangeons un dernier regard. Sa belle bouche esquisse un sourire et je peux lire un « merci » sur ses lèvres, puis je reste planté comme un con à côté du canapé, où Vince et Bounce sont en pleine conversation.

– Tu préférerais avoir les dents jaunes mais alignées ou les dents blanches mais complètement tordues ? demande Vince à Bounce.

– Je m'en fous, lui répond nonchalamment ce dernier. Je veux juste bouffer en paix.

– Max ! Mon frère, toi qui as un sourire Colgate, tu en penses quoi ? m'interpelle alors Vince.

Je l'ignore, toujours captivé par Judy qui à présent rit avec le reste des filles dans la cuisine.

– Laisse-le tranquille, intervient Bounce. Tu vois pas qu'il est encore en train de mater le cul de Cul-nu qui n'est malheureusement pas cul nu ce soir.

– Arrête de l'appeler comme ça. Sérieux, je déconne pas, je le rembarre sèchement.

Bounce lâche sa fourchette dans son assiette et me dévisage avec un sourire étrange de psychopathe dont il a le secret.

– Je vois ça, on dirait que tu es à deux doigts de venir me frapper, finit-il par me dire. Et peut-être que ça ne me déplairait pas… J'aime les fessées.

– T'es toujours aussi dingue, ma parole.

Bounce ne me répond pas mais se met à manger sa part de gâteau sans couverts, à même l'assiette, tel un chien. Vince explose alors de rire en le voyant faire et l'encourage à poursuivre ses conneries.

OK. J'abandonne…

– J'avais oublié votre lourdeur pendant quatre mois… je souffle en me laissant tomber sur le canapé à leurs côtés.

Je me passe la main sur le visage, épuisé. Trop de choses se sont produites ce soir.

Une nouvelle fois, Judy débarque sans prévenir dans ma vie pour en dévier son tracé et me laisser dérouté. Je jette ma tête en arrière sur le dossier du divan en matant le plafond, pensif : Comment cette nana peut-elle autant m'embrouiller le crâne en si peu de temps après plus de dix ans de silence radio ?

– T'es quand même content d'être rentré parmi nous ? me demande tout à coup Vince, inquiet. Car là tu me donnes plutôt l'impression de vouloir partir…

– Oui ! Je suis content d'être revenu !

Mon cri vient du fond du cœur et lui fait plaisir.

– Bien. Alors prépare-toi à des représailles.

– Des représailles ?

– Ouais. Là on te sert la version « le retour du roi ». C'est la teuf, on boit en ton honneur, on festoie comme des princes. Liv te laisse tranquillement savourer ta soirée, mais sache que demain sera un autre jour. Je l'ai entendue parler avec Soraya, prépare-toi au pire, mon frère… m'explique Vince très sérieusement.

– Pourquoi ça ? je lui demande, inquiet.

– Tu le sauras bien assez vite, me coupe Bounce. En attendant, continue de mater Cul-nu tant que tu le peux, pas sûr que tu aies toujours tes deux yeux demain matin pour le faire.

Il explose alors de rire et se tire vers la cuisine en me faisant un doigt d'honneur sorti de nulle part.

Non, rien n'a changé ici pendant mon absence, si ce n'est moi ou Blondie.

Je me sens partagé entre la joie d'être rentré, accueilli à bras ouverts par les miens, et rongé par l'amertume, car tant que Judy ignorera la vérité pour Ellie, elle demeurera intouchable.

À peine retrouvée mais déjà hors de portée !

***

Judy reste encore une heure avant de décoller et lorsqu'elle a dit au revoir à tout le monde, je la raccompagne à la porte où elle marque un temps d'arrêt sur le seuil :

– Encore merci, Max.

– J'ai pas fait grand-chose.

– C'était agréable de reparler avec toi. Et gentil de ta part de m'écouter me plaindre...

– Y a pas de quoi.

Elle plonge son regard bleu et étonnant dans le mien. Elle espère que j'ajoute quelque chose d'autre et qu'on échange, peut-être, nos numéros de téléphone. Pour ma part, je ne préfère pas. C'est mieux ainsi si je veux garder le contrôle de la situation.

– On doit se revoir avec Liv pour parler d'Ellie. J'espère reconnecter un peu avec ma grand-mère de cette façon, reprend-elle.

– Parfait.

Je sens sa déception. Je peux la voir se peindre sur son visage mais je reste droit et lui ouvre la porte. Qu'elle reparle d'Ellie de cette façon me donne raison et me conforte dans mon choix. Qu'est-ce que je peux espérer d'une relation avec elle alors même qu'on est responsables de la mort de sa chère grand-mère ?

Rien.

C'est donc sans rien dire de plus que je l'observe se résigner à son tour, puis sortir et traverser la rue en direction de sa voiture : une New Beetle décapotable bleu clair.

Je manque de la rappeler au dernier moment, de la retenir, mais je me mords la langue pour m'en empêcher. Judy restera dans le coin, le temps d'échanger avec Liv au sujet d'Ellie, puis elle passera à autre chose comme elle l'a déjà fait la fois dernière.

***

En chemin pour le QG, je presse l'allure. Le bruit de mes pas résonne dans le tunnel de béton serpentant sous terre. Un tunnel cependant différent de celui que j'avais l'habitude d'emprunter avant mon départ, il y a quatre mois…

Lorsque je pénètre en trombe dans la salle de réunion, ils sont déjà tous là en train de discuter : Rock, Liv, Loris, Vince, Eddy, Bounce et même Shawn qui retournera demain à New York, accompagné de Soraya.

En les voyant, je réalise à quel point j'ai hâte de réintégrer ma place au sein du Clan et de m'y réinvestir pleinement pour en faire quelque chose de meilleur.

– Ah enfin, le voilà ! Et toujours le dernier arrivé, me chambre Vince.

Je lui lâche un immense sourire et ôte mon cuir pour aller vers eux. Nous nous sommes déjà dit beaucoup de choses hier soir chez Liv et Rock, mais c'est autre chose de se retrouver ici… au QG.

– J'aime me faire désirer, que veux-tu ?

– Je vais me répéter, mais on est heureux que tu sois de retour parmi nous, m'avoue Rock avec un grand sourire et une accolade fraternelle à m'en décoller la plèvre.

Je dois d'ailleurs tousser trois fois avant de pouvoir reprendre mon souffle pour lui répondre :

– Moi aussi, je suis content d'être rentré ! Le monde dehors est trop fou !

– On te l'avait dit, me rétorque Bounce. J'espère que tu ne repartiras plus.

– Seulement pour prendre des vacances de temps en temps, je lui promets.

– Tant que ça ne dure pas quatre mois à nouveau et que tu donnes de tes nouvelles, cette fois-ci.

– Ça fait du bien de faire un break, tu devrais essayer, je lui conseille en faisant le tour de la grande table ovale pour aller saluer les autres.

– Non merci, je n'apprécie pas la race humaine sauf vous, ou sauf pour baiser quand j'en ai besoin, m'explique Bounce calmement.

– Charmant… Tu peux aussi voyager et être seul. Juste toi, ta moto et la route. C'est ce que j'ai fait pour rejoindre la côte ouest, c'était plutôt cool.

– Je le fais déjà tous les week-ends, mais dans le coin et c'est suffisant. Pourquoi aller plus loin que l'État du Colorado où on trouve tout ce qu'il faut ?

– The Colorful Colorado[1] ! crie Vince avant de se transformer en agence de voyages et d'énumérer : ses déserts, ses fossiles de dinosaures, ses canyons, ses plateaux rougeoyants, ses hautes montagnes verdoyantes, ses pics enneigés !

– Merci, Vince, le coupe Bounce avec satisfaction.

– OK, j'abandonne ! dis-je, levant les deux mains en signe de capitulation. Fais ce que tu veux, Bounce. Conduis en cercle autour du panneau de Colorado Source si ça te chante ! Moi je compte bien changer d'air de temps en temps pour mieux revenir.

Je ne peux cependant m'empêcher de lui ébouriffer les cheveux en passant près de lui. Cela me vaut un méchant coup de poing de sa part dans l'épaule.

– Hey ! Je n'aime pas qu'on touche mes cheveux, t'as oublié ?! râle-t-il en se recoiffant.

– Non. Mais j'aime te faire chier, tu te souviens ? je rétorque du tac au tac.

Alors que son frère jumeau marmonne et tente de replacer sa mèche de cheveux en arrière, Shawn intervient :

– Heureusement que t'es rentré. Sans toi, ils sont devenus fous. Olivia nous a tricoté des pulls de Noël avec ta tête dessus à force de ne pas avoir de tes nouvelles. Eddy s'est inscrit à une compétition de lancers de couteaux à vingt minutes d'ici où tu gagnes ton poids en bière. Bounce, lui, s'est acheté un lit en forme de cercueil la semaine dernière et…

– Et Rock envisage de vendre sa Harley… l'interrompt Bounce, placide.

Ou devrais-je dire à présent, Dracula.

– Quoi ? je m'exclame, ahuri.

Il est clairement plus choquant que Rock se sépare de sa moto que Bounce s'achète un lit cercueil.

– Le but est d'en racheter une autre ! intervient Rock en marmonnant. Sérieux, Bounce… Je peux encore changer de moto sans te demander ton autorisation. T'es qui ? Ma mère ?

---

1. Surnom de l'État du Colorado en raison de la diversité de ses paysages.

– J'aime pas le changement. On roule ensemble avec ces motos depuis le début. Pourquoi tu voudrais en acheter une autre ? Elle fonctionne très bien ! lui oppose Bounce, pragmatique.

– La nouveauté, tu connais le concept ? gronde Rock, qui perd patience.

– Donc si je comprends bien, quand tu voudras de la nouveauté au pieu, tu changeras de meuf aussi ?

– Mais les personnes ne se traitent pas comme des objets ! s'exclame Rock, atterré cette fois-ci par la logique sans nuance de notre frère de clan.

Bounce peut être parfois si littéral dans sa compréhension du monde. Je me suis toujours demandé s'il n'avait pas une sorte de trouble cognitif ou un truc du genre. Je le vois hausser des épaules et croiser les bras sur son tee-shirt des Judas Priest[2]. Il secoue la tête de désapprobation. On dirait d'ailleurs qu'il a trouvé le moyen de se faire de nouveaux tatouages dans le cou pendant mon absence, l'un entame à présent sa mâchoire et son oreille droite.

Je n'écoute pas la suite de leurs embrouilles et me tourne vers Loris, calme, discret, mais efficace et toujours présent quand on a besoin de lui. D'où le surnom de Chuck Loris dont Liv l'a affublé. Je dois reconnaître qu'il lui va parfaitement. Loris a la pommette droite toujours aussi brûlée que lorsque je suis parti et sa ressemblance avec le catcheur Kevin Nash est un peu moins évidente depuis qu'il porte ce cache-œil pour couvrir son œil abîmé par l'explosion.

– Ça va ? me demande-t-il. Prêt à réintégrer nos rangs ?

– Je ne les ai jamais vraiment quittés. J'avais juste besoin de prendre du recul.

– Je sais, me rassure Loris avec une tape paternelle sur l'épaule.

Puis j'avance vers Eddy, le seul de mes frères avec qui j'appréhende les retrouvailles. Lui et moi ne nous sommes pas expliqués suite à notre embrouille avant mon départ, néanmoins dès que nos regards se croisent, je sais que tout est revenu à la normale. Parfois des explications ne sont pas toujours nécessaires pour tourner la page, il suffit juste d'un peu de bon sens. Ed me sourit autant que le lui permet sa cicatrice sur la joue et me fait signe de m'asseoir

2. Groupe de heavy metal.

à ses côtés pour le reste de la réunion. J'accepte sa proposition mais juste avant je me dirige vers celle qui n'a toujours pas ouvert la bouche depuis mon entrée dans la pièce, pas même lorsque Bounce l'a comparée à la moto de Rock.

Ce qui est surprenant, surtout après la mise en garde de Vince la veille sur de possibles représailles !

Olivia se terre derrière Rock en fixant le plafond pour ne pas avoir à me regarder droit dans les yeux, j'imagine.

– Liv ? je lance.

Pas de réponse.

– Olivia ! j'insiste.

Cette fois, elle est bien obligée de se tourner vers moi et je découvre qu'elle a les yeux brillants de larmes ainsi qu'un air fâché.

– Hey. Pourquoi tu te mets dans un tel état ? Hier soir, tout allait bien.

– Hier soir, je devais faire bonne figure… Je ne voulais pas gâcher la fête. Tout le monde était si content de te revoir ! Mais j'ai à peine pu te parler, proteste-t-elle.

– Eh bien, on peut parler maintenant. Qu'est-ce que tu voulais me dire ?

– Que je t'en veux à mort d'être parti si longtemps !

– Et quoi d'autre ? je demande en riant, amusé par sa moue enfantine.

– Je ne sais plus ! J'avais écrit un discours avec Soraya mais je l'ai oublié. Alors pour ça aussi, je t'en veux !

– Je vois…

Sans prévenir, Olivia se jette sur moi et je la réceptionne maladroitement dans mes bras.

– Je t'ai maudit, Max Summerland ! sanglote-t-elle dans mon tee-shirt.

Elle resserre son étreinte et presse fort sa joue sur mon torse. Sa réaction peut sembler excessive mais quand on connaît son passé, tout s'explique. Liv a été abandonnée, plusieurs fois. Elle a été seule, trop longtemps, trop souvent. Elle est avide de contacts, de rires, de joie, d'amour…

– Tu étais pourtant d'accord pour que je parte, il y a quatre mois, je lui murmure en lui caressant les cheveux pour l'apaiser.

– Non, pas vraiment… C'est Rock qui était d'accord avec cette idée moisie !

– Ça m'a fait du bien, Liv. J'en avais besoin.

– Je sais, mais j'ai cru que tu ne reviendrais peut-être jamais, m'avoue-t-elle tristement.

– Je suis revenu… Je suis là.

– Tu ne nous as pas donné de nouvelles pendant plus de deux mois ! Deux longs mois ! On a dû partir à ta recherche en Europe, mais impossible de te mettre la main dessus.

– Ça, c'était excessif ! J'ai envoyé un e-mail à Rock. Tout allait bien mais je suis désolé que tu te sois inquiétée pour moi.

– On a passé Noël dans un manoir en Écosse chez des étrangers et loin de Nini pour essayer de te retrouver…

– Encore une fois, je suis désolé. Vraiment. Dis-moi comment je peux me rattraper.

– Promets-moi de ne plus jamais faire ça ! m'assène-t-elle en me frappant le torse de son petit poing rageur.

– Je te le promets.

– J'étais si inquiète. Tu m'as manqué, Blondinet…

– Toi aussi, tu m'as manqué. En revanche, ce surnom, pas vraiment.

Elle m'ignore puis reprend avec hésitation :

– Tu ne me tiendras plus à l'écart ?

Je sais qu'elle fait référence aux mois qui ont précédé mon départ et pendant lesquels ma tête et mon cœur étaient un vrai sac de nœuds. Je réalise à quel point j'ai été difficile à vivre pour mon entourage.

– Non, Liv, je ne te tiendrai plus à l'écart, je lui réponds doucement.

Tout s'est enfin éclairci. Je me sens con de m'être fourvoyé à ce point. C'était trop de souffrance inutile d'avoir tant sinué pour au final arriver à cette évidence : Colorado Source est ma seule maison, je l'ai choisie il y a bien longtemps, pas à cause de mon handicap, mais parce qu'ici il y a l'espoir de quelque chose de différent. Il a fallu que je sois vraiment seul pour le comprendre. J'ai tout un clan avec moi, une famille, un but dans la vie et je suis le parrain de Nini. Il serait temps de redevenir digne de ce titre, d'ailleurs.

– Nini se souvient toujours de moi ? je questionne Liv, un peu inquiet.

– Bien sûr ! Tu es son tonton préféré, mais ne répète pas à Bounce que je t'ai dit ça. Il ne le tolère pas très bien, me chuchote-t-elle en retour.

Je la sens rire contre mon torse. Mon monde retrouve son équilibre. Je la relâche enfin et les quelques minutes de silence envahissant la pièce me confirment que les choses rentrent dans l'ordre progressivement.

18

DEREK

Max

Durant l'heure suivante, je leur raconte encore une fois ce que j'ai fait pendant ces quatre derniers mois. Ce que j'ai vu et visité. Je leur explique qu'être allé sur les traces de Sunny en France m'a apporté une forme de paix et a amené une fin à cette histoire. J'ai toujours traité Sunny comme une sœur bien avant de savoir que nous partagions réellement une moitié d'ADN. Rock l'a toujours pensé également puisqu'il m'avait laissé veiller sur elle lorsqu'il est parti faire son tour du monde plus jeune. Sa sœur était aussi la mienne, tout comme il aurait pris soin de Susan si les rôles avaient été inversés. Le savoir plus tôt n'aurait rien changé à nos sentiments.

Sunny a fait des choix hasardeux qui l'ont menée à une fin tragique. Les responsables ont été punis, nous nous sommes vengés et même si cela n'éteint pas la douleur de son absence, cela permet en revanche d'aller de l'avant ; de se souvenir d'elle avec dignité.

Après ma visite sur le vieux continent, je suis revenu aux États-Unis pour longer la côte ouest, puis remonter la route 66. J'ai planifié peu de choses et j'ai beaucoup improvisé nuit après nuit. Jour après jour. Au début, ce n'était pas évident, puis c'est devenu de plus en plus facile et même grisant. J'ai appris à lâcher prise, composer avec mes peurs pour réaliser qu'il n'y a rien que je ne puisse pas entreprendre, qu'importe si j'échoue, cela fait partie du chemin vers la réussite.

– Tu apprécies ton nouvel appartement ? me demande Rock, avant d'entamer la réunion, une fois que nous sommes tous assis et enfin prêts à commencer.

– Ça fait bizarre de ne plus utiliser *mon* tunnel pour venir ici après toutes ces années, mais je reconnais que cette nouvelle piaule à ses avantages. L'écran télé est insensé, tout comme la cuisine, d'ailleurs.

– La Batcave[1] est incomparable ! J'en ai des souvenirs mémorables, pas vrai, Brutus ? s'exclame Olivia en regardant son compagnon.

– Ouais, d'ailleurs je n'ai pas pris votre ancienne chambre mais la seconde… Hors de question que je dorme dans votre lit, je leur réponds.

Y a des risques que je préfère éviter de prendre…

Et les sourires salaces qu'ils échangent à l'instant devant nous, sans gêne, me prouvent que j'ai bien fait

À mon retour, Rock m'a proposé d'emménager dans son ancien appartement vide, maintenant que lui et Liv ont leur maison. Et j'ai accepté. J'y ai dormi pour la première fois hier et nous devons finir de déménager mes affaires cet après-midi.

– Bah, c'est clair que ça aura plus de gueule que ton vieil appart quand tu ramèneras cette petite Judy dans ton lit, lâche Vince en rigolant.

Je me tourne vers lui, surpris, et déclare sans hésitation :

– Je ne ramènerai pas Judy dans mon lit.

Je reçois une avalanche de regards sceptiques et moqueurs. Même de la part de Liv et Loris.

– Ça va, on vous a vus vous regarder… Sérieux, c'était chaud bouillant. J'ai même été surpris de vous voir revenir. Je pensais que vous vous étiez enfuis, ni vus ni connus, dans le jardin pour vous envoyer en l'air entre les bûches de l'abri à bois de Rock, reprend Vince.

– C'est clair, intervient Bounce avec beaucoup d'utilité.

– Rien ne vaut un bon ramonage de cheminée pendant l'hiver, surenchérit Eddy.

– Très drôle et délicat, vraiment, j'adore, les mecs ! je leur réponds. Vous semblez juste oublier un détail. Judy pense, tout comme le reste du monde, que sa grand-mère est décédée paisiblement dans son sommeil.

---

1. Batcave : repaire caché de Batman.

– Merde, lâchent Loris et Shawn en chœur.

– J'aurais pas dit mieux. Donc non, Judy et moi, c'est mort. Je ne me vois pas lui mentir.

– Je suis désolée, Max, tente de me réconforter Olivia. On n'avait pas oublié. Jamais on ne pourrait oublier. Ellie me manque tellement. Ça a été une année si noire. Je préfère ne pas penser à sa fin, mais à tous les moments heureux qu'on a partagés elle et moi.

– Je sais, mais tu comprends pourquoi, même si Judy me plaît, y a pas moyen.

– Je ne serais pas si extrême, me répond Liv. Il est toujours possible de trouver une solution.

– Entièrement d'accord, la soutient Eddy. Y a pas de mal à se faire un peu de bien. Tu es adulte, elle est adulte, clairement tu lui plais… C'est suffisant pour prendre du bon temps sans prise de tête. Pas besoin de vouloir constamment aller en profondeur des choses. T'es trop cérébral, mec. Relax.

– Faux, Ed ! intervient Vince. Physiquement, c'est mieux que Max aille en profondeur de Judy… Enfin si vous voyez ce que je veux dire.

– Oui, on voit très bien. Merci Vince, pour cette remarque subtile et pertinente, je le coupe pendant que le reste du groupe explose de rire.

– Si tu ne fais rien, Max, Judy et toi serez consumés par un désir inassouvi, brûlant, destructeur ! Vous allez vous déchirer. Tels Roméo et Juliette… reprend Olivia de façon un peu théâtrale.

Je la dévisage, puis m'étonne :

– Donc, selon vous, je peux la voir sans jamais rien lui avouer ?

– En effet, gronde Rock. On ne se sait pas à quel point on peut lui faire confiance.

– Tu insinues quoi là ?

– Avoue, Max, que la coïncidence est étrange, intervient Loris. Elle a l'air gentille mais…

– Mais Judy réapparaît pile le soir où toi tu reviens, finit Rock.

– Et donc ?!

– Donc peu importe ce que tu fais ou ne fais pas avec elle, j'allais justement te demander de la garder à l'œil tant qu'elle est dans le coin et que Liv et elle échangent sur Ellie, conclut Rock.

Au fond, je comprends cette décision mais je suis partagé. J'ai des principes ! Ou du moins j'en avais car je sens que si on pousse un peu trop, je pourrais bien m'en inventer des nouveaux…

C'est d'ailleurs ce moment que choisit Liv pour enfoncer le clou :

– À ce sujet… J'ai préparé un carton pour Judy avec des affaires que j'ai retrouvées au grenier. J'espérais que tu les lui apportes aujourd'hui après cette réunion. C'est dimanche, elle doit être là. J'ai son numéro de portable au besoin.

Moi qui ai lutté pour ne pas le demander à Judy hier et garder ainsi mes distances, voilà qu'on m'offre une nouvelle opportunité de l'obtenir et cette fois, cela semble beaucoup plus compliqué de refuser.

Ce serait utile. J'aiderais le Clan.

En les observant chacun à leur tour, j'ai l'impression qu'ils s'amusent de la situation.

– Génial… C'est une sorte de vengeance pour me punir d'être parti ?

– Non. Tu es juste le meilleur à ça, tranche Rock, sans négociation possible.

– Le meilleur à quoi ?

– À jauger les gens. Savoir s'ils sont dignes de confiance. Les mettre à l'aise pour faire tomber leurs barrières. C'est inné et instinctif chez toi, me répond Eddy.

Je rêve ou on dirait qu'ils se sont tous mis d'accord sur la question avant de m'en parler ?

– Ça n'existe pas un tel instinct, j'objecte. Je suis simplement moins parano que Rock qui s'imagine des complots à chaque coin de rue ou dès qu'une coïncidence se produit.

Cette fois, c'est Bounce qui intervient et me surprend :

– Faux. C'est scientifiquement prouvé. T'es empathique, Max. Bon, pas quand tu pètes les plombs comme en novembre. Là tu étais un ami à chier, mais en temps normal c'est ce que tu es : empathique.

– Tu divagues complètement, Bounce, est la seule chose que je parviens à dire.

– Absolument pas. Et ça s'appelle les neurones miroir du cerveau. C'est prouvé. Grâce à eux, tu ressens ce que les autres ressentent. Tu peux anticiper leurs gestes ou leur choix.

Face au silence qu'a provoqué son petit cours de sciences naturelles, il avoue :

– Moi, j'ai un souci à ce niveau, c'est pour ça qu'on me trouve étrange.

– Et tu le sais comment ? je lui demande, intrigué.

– On a fait des tests, enfants, intervient son frère, Shawn. Bounce rencontrait des problèmes à l'école pour s'intégrer alors que moi non.

– Mais vous êtes jumeaux, vous devriez être pareils ! s'exclame Eddy.

– Sauf qu'on n'a pas été traités de la même façon, petits…

C'est rare que l'un des jumeaux parle de leur enfance, et c'est toujours avec un regard de haine qui vous glace le sang.

– Eh bien… On en apprend des choses aujourd'hui, lâche Vince.

Chacun se dévisage, sans rien dire jusqu'à ce que Liv intervienne de façon enthousiaste.

– Waouh ! Max, tu es un peu notre Sascha Duncan[2]…

– Sascha qui ? on lui demande tous en chœur.

– L'héroïne du fantastique que je lis. Elle a le don d'empathie ! Elle peut aussi te parler par télépathie… Tu entends des voix dans ta tête parfois ? me demande-t-elle très sérieusement en me fixant bizarrement.

– Tu veux dire à part celle qui me souffle de remonter sur ma moto et de fuir loin d'ici ? Car clairement, tu disjonctes. Vous disjonctez tous d'ailleurs et on a sûrement plus important à discuter en réunion que ma supposée empathie ?

Et pour cause… Il y a un sujet de taille que nous n'avons pas encore abordé depuis mon retour. Je repousse l'instant où je vais le déterrer car j'ai peur de la réponse.

Mais ce moment est inéluctable alors je lâche de but en blanc :

– Vous avez eu des réponses pendant mon absence concernant le môme en Russie ?

Pas besoin de plus d'explications, tout le monde comprend ce à quoi je fais référence. Et à l'évocation de ce souvenir douloureux, chacun redevient sérieux illico et Rock reprend la parole :

2. *Psi Changeling*, tome 1, de Nalini Singh. Romance fantastique mêlant métamorphes, humains et individus aux capacités extraordinaires : les Psi.

– Oui, le sujet est clos.

– Comment ça le sujet est clos ?!

– Loris avait raison. Il n'y avait pas de petit garçon lors de l'explosion.

À l'annonce de Rock, je sens un poids immense s'envoler de ma poitrine mais ma tête, elle, se remplit de mille questions se cognant les unes aux autres. Je ne sais pas par où commencer et je bafouille :

– Co… Comment ?

– C'était un quiproquo dans les règles de l'art. Shawn a entendu l'infirmière parler d'un petit garçon victime d'un accident de voiture avec ses parents. Aucun n'en est sorti vivant et il a cru que cela concernait l'explosion du cimetière… m'explique Rock, le regard grave.

– Vous êtes retournés là-bas pour en avoir le cœur net ? j'insiste, car j'ai besoin d'être sûr. J'ai encore du mal à y croire.

L'histoire de ce petit garçon et de ses parents est terriblement triste, mais je préfère savoir que le Clan n'est pas responsable de son décès parce que sinon…

– Nous ne sommes pas allés en Russie, mais Claude oui, me lance Loris.

Claude est une de nos vieilles connaissances et notre indic en Europe. Il nous a aidés lors de nos recherches après la disparition soudaine de Sunny. Nous gardons régulièrement contact avec lui car c'est un type en or qui a notre entière confiance. Il est fiable et honnête. Si la vérité avait été moche pour les Evil's Heat, il nous l'aurait dite sans hésiter. Claude est aussi un enquêteur hors pair lorsqu'il s'agit de déterrer des secrets et son seul et unique échec fut de retrouver Sunny à temps…

Je prends donc une grande inspiration pour intégrer cette nouvelle information, et non des moindres. Ce sujet me hante depuis mon départ de Colorado Source, cette nuit encore je faisais un cauchemar en imaginant que la victime était ma filleule, la petite Nini, et non ce garçon sans visage…

– Ça va ? me demande Liv, inquiète.

– Ouais, c'est juste que je réalise à quel point cette histoire me bouffait de l'intérieur depuis des mois.

– Bien sûr, comme nous tous ici. Dur de se réjouir de quoi que ce soit… reprend-elle, profondément peinée.

Un blanc suit sa déclaration et nous tenons une minute de silence en mémoire de cette famille avant d'être à nouveau happés par notre quotidien. Oui, le sujet est clos. Nous ne sommes pas des tueurs d'enfants, mais cela ne veut pas dire que nous sommes des saints pour autant, et lorsque je croise le regard de chacun, j'y lis la même chose : que ceci nous serve de leçon…

La réunion se poursuit et je suis briefé sur tout ce que j'ai pu louper d'autre pendant mon voyage, à commencer par les activités de nos carrières et de la mine d'or. En effet, le Clan vit de l'exploitation de roches à une dizaine de bornes d'ici où nous possédons un immense site d'extraction supervisé par Loris et Bounce. Il est d'ailleurs convenu que je délègue une partie de la gestion du CSB à Jenna, ma serveuse, pour me réinvestir dans la gestion des carrières de minerais avec Rock. J'avais pris trop de distance par rapport à tout ça avant mon départ, par manque de temps et de motivation.

Lorsque nos grands-pères ont commencé l'exploitation du site, il y a deux générations, ils l'ont fait avec l'aide de la réserve cheyenne propriétaire des terres. Cela a permis de créer de l'emploi autant pour eux que pour nous. Le business est lucratif, intéressant, surtout depuis que nos grands-parents sont tombés sur un filon d'or.

***

C'est avec un mal de crâne atroce que je frappe à la chambre 216 du glauquissime Cactus Lodge, un peu avant midi. J'ai les bras encombrés d'un vieux carton poussiéreux et j'entends des cris derrière la porte. Je reconnais immédiatement la voix de Judy, elle semble être au téléphone. Clairement, j'arrive au mauvais moment, et je maudis Liv de m'avoir embarqué dans ce plan foireux. Cette livraison pouvait attendre mais elle a tant insisté que j'ai fini par craquer.

Tout à coup, un bruit de verre brisé retentit, suivi de la voix tonitruante d'un homme qui hurle à pleins poumons. Judy n'est pas seule dans cette chambre et la dispute est bien réelle. Lorsque je l'entends implorer à l'aide, je passe en mode automatique, guidé par l'inquiétude et la colère.

Je ne tente même pas d'ouvrir la porte, au risque de prévenir de ma présence si elle est verrouillée. Je souhaite garder l'effet de surprise sur celui qui s'en prend à Judy et rien de mieux qu'une entrée fracassante pour marquer les esprits.

Je repose à la va-vite le carton sur le palier, prends de l'élan et donne un coup de pied dans le battant de toutes mes forces. La porte cède avec une facilité déconcertante.

Ce motel est vraiment une ruine…

Là je découvre Judy, plaquée contre le mur par un homme brun en tenue de flic. Il lui hurle dessus, enragé, la main collée sur la bouche de Blondie.

Cette vision provoque des sifflements à mes oreilles, transformant mon inquiétude en rage. Judy est la première à tourner la tête et je lis sur son visage un soulagement immense lorsque nos regards se croisent.

Je me rue sur l'inconnu si furieux qu'il ne s'est encore rendu compte de rien. Lorsqu'il tourne la tête à son tour, c'est trop tard, je le percute et il s'effondre plus loin sur le sol. Sonné, il cherche son arme de service à tâtons puis redresse la tête. Je peux enfin l'observer correctement et je crois halluciner.

Ce mec, je le connais, ou du moins je l'ai connu. C'était il y a longtemps, mais je n'ai pas oublié son visage de petit con et je ne pensais jamais le revoir un jour.

Derek ! Cet enfoiré de Derek qui m'a pourri la vie au lycée !

OK.

Là, ça fait beaucoup de coïncidences et je commence à croire que Rock n'a peut-être pas tort… Le peu d'espoir d'avoir une quelconque relation avec Judy s'envole, me laissant plus amer que jamais.

19

L'HEURE DE LA RÉVOLUTION

Judy
Quelques heures plus tôt

Je me réveille ce dimanche matin le cœur gonflé d'espoir, et si tout n'est pas encore parfait dans ma vie, ni pardonné, dans l'ensemble je me sens mieux. Mon deuil, ma confiance en moi ou encore mon installation ici s'accélèrent. J'ai d'ailleurs hâte de vivre cette journée à fond, ainsi que toutes les suivantes, loin de Derek et de mes parents. Sans eux derrière moi, je ne suffoque plus ni ne lutte pour exister. Tout est plus facile et je deviens celle que j'aurais toujours dû être, à l'image de la soirée d'hier avec le Clan.

C'était irréel, imprévu, mais cela m'a fait un bien fou de profiter de l'instant présent en lâchant prise.

J'y repense avec un immense sourire, l'âme légère. Max quitte difficilement mon esprit depuis la veille et je revis en boucle nos conversations et nos regards.

Contrairement à avant, je ne cherche pas à décortiquer les choses ni à comprendre si ce que je fais est bien ou mal, ou même logique. Je me laisse simplement guider par mon ressenti. J'ai aimé cette soirée de bout en bout alors oui, je souhaiterais beaucoup le revoir, continuer de lui parler et le connaître davantage. Je veux aussi revoir Olivia et ses amies pour discuter à propos d'Ellie mais pas uniquement. Elles ont toutes été adorables avec moi et leur sollicitude m'a beaucoup touchée.

J'entre dans ma minuscule salle de bains en esquissant des pas de danse ridicules et je pousse Bishop Briggs à fond sur mon enceinte portative. Je relève ma tresse à l'aide d'une pince pour qu'elle ne soit pas mouillée et je chante à tue-tête « White flag » sous la douche, savourant l'eau chaude sur mon corps. Le rythme et les paroles de la chanson me donnent envie de lancer une révolution. Une révolution pour moi-même…

Une fois lavée, je sors, enveloppée de ma serviette moelleuse et de la condensation de la douche. Je retourne prudemment dans ma « chambre-salon » désuète en fredonnant encore l'air de la chanson. Là, je sursaute de surprise car une silhouette familière m'attend, nonchalamment assise sur le canapé.

– Derek ! je crie. Mais qu'est-ce que…

– Tout doux, Judy, me répond-il. Je viens avec de bonnes intentions. Promis.

Je suis ahurie de le voir ici et loin d'être rassurée. Ses pseudo-promesses, il peut se les fourrer là où je pense…

– Qu'est-ce que tu fais ici ? C'est chez moi, sors d'ici ! je lui ordonne.

Il ne me répond pas tout de suite et prend le temps de me détailler de haut en bas avec un regard concupiscent qui me fait frissonner de malaise.

– J'ai frappé mais tu ne répondais pas, finit-il par expliquer avec une normalité effrayante, tout en se levant du canapé.

– Oui, car j'étais sous la douche. Mais ce n'est pas une raison ! Alors je répète : sors d'ici.

De façon inattendue, son attitude change. Il abandonne son masque d'arrogance et son faux sourire. Ses épaules s'affaissent tandis qu'il paraît abattu et triste :

– Judy. Écoute… J'ai fait plus de trois heures de route depuis Colorado Springs pour venir ici.

– Ce n'est pas mon problème. Sors.

– Juste, écoute-moi, bordel ! gronde-t-il en se passant une main lasse sur le visage.

– Et ce n'est pas en me criant dessus que je finirai par t'écouter. Encore moins en entrant chez moi par effraction !

– Ta porte n'était pas verrouillée… Techniquement, ce n'est pas une effraction, rétorque-t-il.

– OK. J'appelle tes copains policiers. On va voir ce qu'eux en pensent !

En disant cela, je me rue sur mon téléphone mais Derek m'intercepte et me bloque le passage vers mon sac resté sur le lit. Mes mouvements sont limités car je tiens toujours fermement ma serviette d'une main.

– D'accord Judy ! D'accord. Tu as raison. Je n'aurais pas dû entrer sans y avoir été invité. Mais tu ne réponds pas à mes appels, ni à ceux de tes parents. Je suis terriblement inquiet. Et tu me manques ! Chaque jour que Dieu fait !

Son ton est suppliant. Son regard presque convaincant…

Presque…

Je déteste être si proche de lui car il me dégoûte viscéralement. Il a cette aura sombre qui me donne la chair de poule à présent que je vois clair dans son jeu.

– Comment m'as-tu retrouvée ? est la seule chose que je réussis à articuler, car une colère noire monte en moi progressivement.

J'ai mérité ma tranquillité et ma liberté, nom d'un chien ! Mais Derek me les refuse. Il s'acharne si bien que je n'arrive pas à passer à autre chose.

– Personne n'est plus vraiment introuvable de nos jours, tu sais… Et je suis policier.

– Donc tu avoues me harceler…

– Non ! Judy, écoute-moi à la fin !

Je n'en ai pas envie, mais je suis seule ici avec lui, nue et vulnérable sous ma serviette de bain molletonnée. Je ne suis clairement pas en position de force. Je dois être plus intelligente que lui pour arriver à le faire partir d'ici. Ensuite, seulement, j'aviserai afin qu'il ne me retrouve plus jamais.

– Je te donne dix minutes. Mais avant laisse-moi m'habiller, je concède avec difficulté.

Accepter ça m'écorche la gorge.

– Bien sûr, prends ton temps. Et merci… me murmure Derek.

Je redresse la tête, surprise, en attrapant mes vêtements.

– Tu ne m'as jamais dit merci, je lui rétorque.

– Je sais. Mais ces derniers mois loin de toi m'ont permis de me remettre en question.

Un peu désarçonnée par cet aveu, je fonce vers la salle de bains où je m'enferme à double tour.

Putain !

Il est rare que je jure mais là, c'est de circonstance. Toute l'énergie positive qui m'habitait ce matin au réveil a quitté mon corps. Je m'habille comme un robot en songeant à la stratégie que je dois déployer pour le faire partir d'ici le plus rapidement possible. Car pire qu'un Derek en colère ou manipulateur, il y a le Derek désespéré…

Une fois habillée, je libère ma tresse de sa pince, et je prends le temps de mettre une touche de maquillage. C'est comme un masque que je revêts, telle une guerrière amazone se parant pour le combat.

Hors de question que je perde !

Derek lâche un petit sifflement approbateur quand je ressors. Je ne réagis pas. Lui plaire n'est pas le but de la manœuvre mais si ça peut le déconcentrer…

– Tu es très belle, Jude. Et tu te maquilles désormais ?

– Ne m'appelle plus comme ça, je grogne en éludant sa question.

Je demeure froide et distante. Mode reine des glaces activé !

– Je t'ai entendue chanter sous la douche tout à l'heure. Cela faisait longtemps que je n'avais plus eu cette chance.

– Oui, j'avais perdu l'envie depuis plusieurs mois…

– Judy, j'essaye de faire de mon mieux là. Sois un peu gentille avec moi.

– Et pourquoi ça, Derek ? Je ne te veux pas ici et je ne t'ai rien demandé. Donc non, je ne te dois rien, pas même ma gentillesse.

Je vois qu'il s'agace et puise loin en lui pour garder son calme.

– D'accord alors, je vais aller droit au but. Je t'aime toujours. Tu me manques et j'ai merdé grave. Dis-moi ce que je dois faire pour que tu reviennes. S'il te plaît, ajoute-t-il au dernier moment.

– Il n'y a rien que tu puisses faire. Je suis bien comme ça. Loin de toi et de mes parents.

– Tu veux de l'espace, je le comprends. Mais dis-moi que ce n'est pas définitif. Que tu vas revenir…

Cette fois, je le sens plus sincère que d'habitude. Ma décision ne changera pas mais je m'adoucis un chouïa.

– Je ne reviendrai pas.

– Pourquoi ? Je ne comprends pas, insiste Derek.

– Parce que je ne t'aime plus. Et ce depuis longtemps.

Je doute même t'avoir vraiment aimé un jour…

Il me semble le lui avoir dit de nombreuses fois déjà ces quatre derniers mois, mais il ne voulait pas l'entendre. Là, quelque chose a changé car Derek tressaille à ces mots. Peut-être tout simplement parce que j'ai moi-même changé depuis que je suis installée ici, et ce plus que je ne le pensais. Je ne me laisse pas déborder par la colère comme auparavant. Mon ton est posé, direct, et Derek n'a d'autre choix que de prendre mes mots pour ce qu'ils sont : la vérité.

– Je ne t'aime plus, je répète. Et je ne suis pas certaine de vraiment savoir ce qu'est d'être aimée en retour. Tu m'as blessée, tu as été méchant, égoïste, menteur et manipulateur. Alors même si là tu me parais un peu plus honnête que d'habitude, que tu as fait plus de trois heures de route et que tu me complimentes, ça n'a plus aucune importance. Je veux m'aimer moi avant tout et me pardonner pour Ellie.

– Judy, je suis vraiment désolé pour Ellie... reprend-il en s'avançant vers moi, mais je recule d'autant.

– Nos chemins se séparent ici. Et si tu m'aimes encore comme tu le prétends, tu dois me laisser partir. Tu dois me laisser me reconstruire.

– Mais...

– Adieu, Derek, je le coupe. Pars maintenant. Si tu insistes, je serai obligée de prendre des mesures plus radicales...

– Ne me menace pas ! gronde-t-il en haussant le ton.

En un quart de seconde, après avoir battu des cils plusieurs fois, Derek redevient le Derek de ces dernières années. Énervé, il reprend une posture menaçante et s'impose dans mon espace vital. L'homme plein de remords qui cherchait à me reconquérir s'est envolé.

Cela a le don de me faire perdre mon self-control et je réplique :

– Toi, ne me menace pas ! Et sors immédiatement ou je hurle !

– Tu es malade, Judy. Mentalement malade... J'ai essayé d'être gentil mais vu que tu ne veux rien entendre.

– Tu racontes n'importe quoi...

– Non, j'ai vécu avec toi et je t'ai vue sombrer. Tout ça, c'est une crise passagère et je ne te laisserai pas te faire du mal.

Cette fois, je ne peux m'empêcher d'exploser d'un rire sans joie, plein de dédain. Je perds patience avec l'envie terrible de saisir la lampe de chevet et de l'assommer pour le traîner dehors, inconscient. Mais il est hors de question que je lui donne raison. Je vaux mieux que ça.

– Tu sais, le plus ironique dans cette situation, c'est d'être traitée de folle par un fou, je lui oppose. Car celui qui est malade ici, c'est toi. Regarde-toi. À te présenter devant moi, dans ton uniforme de la veille. Tu es sale, tu parais épuisé et tu empestes la bière… Il est temps que tu acceptes que je t'aie quitté.

– Personne ne me quitte ! Tu entends ?! Personne !

Sans prévenir, Derek explose. Il me saisit le poignet avec force mais je reste calme en grimaçant de douleur. Me débattre n'est pas la solution.

– C'est donc ça qui te dérange, au fond. Que je sois celle qui soit partie… Hein ? Car personne ne quitte le grand Derek Taylor. Eh bien, pourtant il va falloir t'y faire.

Acculé, il perd complètement pied et devient odieux. Son visage se crispe, il lâche mon poignet pour frapper la table avec rage.

– Je me fiche que tu m'aies quitté ! Tout le monde pense que je suis mieux sans toi, m'attaque-t-il d'un doigt accusateur.

– Ah, c'est étonnant car j'ai eu ta mère au téléphone juste après mon départ. Elle m'a dit que j'étais ta plus grande qualité… Elle est triste de ne plus m'avoir comme belle-fille.

– Ma mère est une conne !

– Et après tu te demandes pourquoi je suis partie… Tu ne respectes personne d'autre que toi.

Je souffle, résignée et déjà épuisée par cette énième dispute. Vivement qu'il parte.

– Surtout ne reviens jamais, plus personne ne veut de toi à Colorado Springs, m'assène Derek avec un sourire mauvais.

On dirait un petit enfant acculé qui cherche à blesser par tous les moyens possibles. Mais ça ne m'émeut pas le moins du monde, au contraire.

– Ça tombe bien, je ne comptais pas revenir… Je te rappelle cependant que c'est toi qui as débarqué ici en me suppliant de te reprendre. Il y a à peine cinq minutes, tu disais encore m'aimer.

– Ouais. Un instant de faiblesse stupide. Te reparler m'a remis les idées en place.

– Eh bien, c'est parfait ! On est deux ! Tu peux donc partir maintenant et me laisser tranquille pour toujours !

– Non. Je partirai quand je l'aurai décidé.

– Tu as un sérieux problème, Derek, mais je n'entrerai pas dans ton jeu. Je suis passée au-dessus de tout ça. Alors reste ici si ça te chante, moi je pars. J'ai autre chose à faire de ma journée !

– Tu sais, Judy… Vers la fin, je me forçais pour coucher avec toi ! Qui voudrait d'une nana complexée et silencieuse au lit ? crache alors Derek en me bloquant de nouveau le passage.

Je l'ignore et pars dans l'autre sens récupérer mon sac à main. Cette situation tourne au ridicule.

– Je m'imaginais avec d'autres femmes pour parvenir à bander, reprend-il.

Il y a un an, ses paroles m'auraient anéantie. Aujourd'hui, elles me révoltent. Je relève donc le menton avec défi et ose lui sourire sans rien dire. Quant à lui, il guette la preuve que ses mots font mouche.

Il peut attendre longtemps !

Hors de lui face à mon flegme, Derek attrape un verre sur la table et le jette à travers la pièce en hurlant… C'en est trop, je rassemble mon courage et tente de le pousser physiquement vers la sortie. Seulement, je suis bien trop frêle comparée à lui. Il ne bouge pas d'un iota, massif et campé sur ses appuis.

– Pars, Derek ! Laisse-moi tranquille ! je m'égosille.

– Jamais. C'est moi qui décide quand et où ça se finit !

Sans prévenir, tout dérape à la vitesse de l'éclair. Il se retourne, m'attrape les poignets et me plaque contre le mur. Mon crâne fait un bruit sourd en percutant la cloison. Je prie pour que Pam, ma voisine, soit là et vienne voir ce qu'il se passe. Derek a le regard fou à présent. Il est comme possédé et les insultes se remettent à pleuvoir à moins de cinq centimètres de mon visage :

– Tu es frigide. Aussi froide qu'un iceberg ! Personne ne voudra jamais de toi, surtout avec ton gros cul…

Pourtant, lorsqu'il colle son pelvis contre le mien, je peux sentir son érection dressée entre nous comme une arme capable de me blesser au plus profond de mon intimité. À cette sensation, je commence à paniquer pour de bon, terrorisée par ce qu'il pourrait se passer. Cet homme n'est plus celui que j'ai connu à l'université. C'est devenu un monstre. Alors avec désespoir, je me mets à hurler à l'aide. J'ignore si quelqu'un peut m'entendre, et la seconde d'après Derek me fait taire en appuyant sa paume de main sur mes lèvres. Plus aucun son ne sort de ma bouche, ma respiration devient difficile et douloureuse. J'essaye de le mordre pour le faire lâcher prise mais c'est un échec. La seule chose que je récolte, c'est le goût immonde de sa peau sur ma langue. J'en ai des haut-le-cœur et Derek appuie encore plus fort, bouchant à présent mon nez.

Alors que je commence à avoir des petits points noirs devant les yeux, la porte de ma chambre s'ouvre avec fracas et une grande silhouette sombre apparaît sur le seuil.

20

DALLAS, TON UNIVERS IMPITOYABLE !

Judy

Mon cœur manque un battement lorsque je reconnais Max. Je ne pensais pas le voir débarquer aujourd'hui, mais c'est bien lui dans l'encadrement de ma porte.

Je croise son beau regard acier qui vire à l'orage en apercevant Derek. Ce dernier me hurle toujours dessus, me maintenant au mur. Il est devenu aveugle et sourd à ce qui l'entoure. La réalité le rattrape cependant à l'instant où Max le percute de plein fouet.

Je reste muette sous la violence du choc.

Derek vole littéralement à travers la pièce pour s'échouer deux mètres plus loin, au pied du lit.

– N'essaye même pas, Derek, le menace Max alors qu'il tente d'attraper son arme de service.

– Va te faire foutre, Summerland !

J'écarquille les yeux.

Ils se connaissent ?

J'en suis abasourdie. Cette journée vire de l'épouvante à l'étrange en deux battements de paupière.

Max rejoint alors Derek, haletant au sol, puis pose sa Ranger noire sur la main de ce dernier, l'empêchant ainsi de sortir son revolver. La pression doit être forte car Derek grimace et lâche un grognement de douleur.

– J'ai dit non… Insiste et je te brise les doigts dans la seconde ! reprend Max.

– Je serais toi, je ne ferais pas ça, lui rétorque Derek. T'as pas vu comment je suis habillé ?

– J'en ai rien à foutre de ce que tu es ! Comme j'en avais déjà rien à foutre à l'époque ! Maintenant tu dégages illico ou je m'assure que tu ne lèves plus jamais la main sur elle, que tu sois déguisé en flic ou en putain de clown ! Dans ton cas, c'est la même chose.

– Je ne reçois aucun ordre de personne, certainement pas de toi !

– Dégage ! éructe Max, en écrasant franchement la main de Derek cette fois-ci.

Derek hurle de douleur et se liquéfie sur la moquette sale du motel. L'homme violent qui m'insultait se transforme en un pantin ridicule. Il rampe vers la sortie, puis, sans un regard derrière lui, il se relève pour déguerpir en boitant. La porte béante pend sur ses gonds, le froid envahit la pièce d'un coup, et je me mets à trembler alors que l'adrénaline retombe brutalement. Max fait un rapide état des lieux des dégâts et va refermer la porte comme il peut avant de se tourner vers moi, soucieux. Pour ma part, je réalise à quel point j'ai eu peur et à quel point cela aurait pu mal finir. Enfin certaine que Derek est bien parti, j'explose en sanglots, chancelante. J'ai été forte face à lui mais là, je rends les armes, lasse… Dans ma chute, je devine le visage de Max et croise son regard alarmé tandis qu'il accourt dans ma direction. Deux bras musclés et un torse chaud me rattrapent au vol quelques secondes avant l'impact contre le sol.

– Judy… me susurre Max à l'oreille, tout en m'aidant à marcher jusqu'au petit canapé.

Blottie contre lui, je m'agrippe à son blouson, en quête de réconfort. J'ai besoin qu'on me tienne ou je crains de voler en éclats. J'ai passé quatre mois à être forte, à lutter contre mes peurs, contre mes parents et Derek pour me retrouver seule dans ce motel pourri. Je tente de me reconstruire mais c'est si dur. Tout recommencer à zéro demande une résilience du corps et de l'esprit que j'ai sous-estimée, particulièrement quand votre ex vire en mode fou furieux en débarquant à l'improviste. Je ne me suis jamais sentie aussi fragile qu'à cet instant.

– Ne me lâche pas, je lui murmure.

Sans rien ajouter, il obéit. Il me serre encore plus fort contre lui. J'ai conscience que la situation est ahurissante. J'ai joué la forte tête devant Derek mais au fond je suis terrorisée par cet homme que j'ai côtoyé pendant des années ; et je trouve du réconfort dans les bras d'un presque inconnu. Sauf que je n'arrive pas à considérer Max comme un étranger, ni près de ce lac à l'époque, ni aujourd'hui après tout ce temps. Ce sentiment me trouble…

– Je suis désolée, je reprends, une fois plus calme.

– Désolée de quoi ? s'étonne-t-il.

– Pour tout ça. J'ai honte. On dirait un mauvais épisode de *Dallas*.

– Tu n'as pas à être désolée, ce mec est un taré, doublé d'un enfoiré. Ce n'est pas de ta faute ! Et tous les épisodes de *Dallas* sont mauvais, Blondie…

Sa réponse me fait sourire.

– C'est vrai.

– Faut plus que tu le voies. La prochaine fois, il n'y aura peut-être personne pour t'aider. Et il ira sûrement plus loin, me dit Max avec inquiétude.

– Je sais, mais Derek m'a prise par surprise. Il sait où je loge. Jamais je n'aurais cru qu'il viendrait sans prévenir après deux mois, ni qu'il soit si violent. C'est du délire complet.

– Alors, va ailleurs. Prends un autre motel. Et surtout ne lui donne pas ta nouvelle adresse !

– C'est le seul dans mes moyens pour le moment. Et je ne peux pas fuir éternellement à moins de quitter l'État, et encore… Il finira toujours par me retrouver.

– Il t'a déjà frappée auparavant ? me questionne Max, de but en blanc.

– Non, jamais ! Enfin, on s'est déjà disputés, plein de fois. Verbalement il est odieux. Derek peut être oppressant, agressif, menaçant, mais non, il ne m'avait jamais frappée. C'est la rupture qui a tout déclenché, il a vraiment vrillé depuis.

– Ce n'est pas une raison… Ne lui trouve pas des excuses.

– Je ne lui trouve pas des excuses. Je t'assure. Y a juste une fois où il…

Je m'arrête net. Le souvenir m'est revenu brusquement en mémoire, c'est douloureux. Je l'avais pourtant bien enfoui pour ne pas être hantée par ça mais la question de Max m'a prise au dépourvu et ravive la flamme de mes souvenirs.

– Une fois quoi, Blondie ? insiste-t-il.

– Tu vas trouver ça sûrement exagéré de ma part, mais une fois il m'a embrassée de force… C'était… horrible.

Je sens la main de Max dans mon cou me serrer la nuque un peu trop fort. Son torse ne bouge plus, il retient sa respiration.

– Faut qu'on trouve un moyen de te faire déménager. Je ne le sens pas, finit-il par lâcher d'une voix glaciale.

– Non. C'est bon. Je vais gérer. Ce n'est pas le problème du Clan ni le tien…

– Tu ne gérais rien du tout quand ce connard te plaquait au mur en tentant de t'étouffer. Et maintenant, je suis au courant, alors si, c'est devenu notre problème. On ne peut pas fermer les yeux.

Le ton de sa voix ne laisse aucune place au débat. Et quand bien même, je n'en ai ni la force ni l'envie. Accepter de l'aide ne fait pas de vous quelqu'un de faible, mais quelqu'un de sensé.

– D'accord, si tu as des solutions je suis preneuse, je finis par consentir.

– Parfait. Déjà tu vas commencer par porter plainte pour le tenir à distance. Ça devrait le calmer un temps.

– Mais il est policier ! je lui rétorque.

– Et alors, ce n'est pas une immunité diplomatique.

– Je ne sais pas, Max…

– Je viendrai avec toi s'il le faut. Ils devront enregistrer ta plainte. Je témoignerai au besoin.

– Tu lui as écrasé la main ! Tu risques aussi quelque chose.

– Je ne vois pas de quoi tu parles… En revanche on va prendre des photos de la pièce et de tes poignets.

– Max…

– Judy… T'as accepté mon aide, tu te souviens ?

– OK. OK, je concède avant de me souvenir d'un truc important. Au fait ! Comment tu connais Derek ?

Je reprends mes distances, un peu gênée à présent. Max me relâche avant de passer un bras sur le dossier du canapé derrière moi et de se mettre à jouer avec ma tresse. Cela me surprend mais ce n'est pas désagréable, au contraire, alors je le laisse continuer. Je le devine perdu dans ses pensées tandis qu'il réfléchit, sans réaliser ce qu'il est en train de faire. La sensation de ses doigts puissants tirant doucement sur ma tresse m'apaise et j'accepte tout ce qui peut me faire me sentir mieux après cet épisode traumatique.

Lentement, Max prend la parole :

– On a été dans la même classe jusqu'en dernière année de lycée. Ensuite il a poursuivi ses études à l'université de Colorado Springs, pas moi.

– Mais non ?! je m'exclame. Moi, mon père connaît son père. Ils étaient eux aussi au même lycée et ont gardé contact via leur association d'anciens élèves. Du coup Derek m'a prise sous son aile quand j'ai fait ma rentrée l'UCCS[1]. Cette coïncidence est dingue !

– Ouais, c'est ce que je me dis… répond Max sur un ton étrange.

– Imagine, si tu avais continué après le lycée, on se serait peut-être retrouvés à l'université nous aussi.

– Pour faire bande à trois avec Derek ? Non merci. D'ailleurs, sans vouloir te vexer, Blondie, comment as-tu pu finir avec ce type ? T'es intelligente, bienveillante et lui est… un enfoiré de première. Au bahut, il harcelait les plus faibles et humiliait ceux qui avaient le malheur d'être différents.

J'accuse le coup. Je sais que Max ne me ment pas. Je vois bien quel genre de personne horrible se révèle être Derek, mais je n'aurais jamais cru cela possible, même vers la fin de notre relation. À l'instant, je prends pleinement conscience de l'expression « se sentir comme une moins-que-rien ».

Avec une nostalgie douloureuse, je tente donc de justifier l'injustifiable :

– Derek n'était pas comme ça avec moi au début. Il était gentil et attentionné. Comme il avait un an de plus, il m'a aidée à m'intégrer et à profiter de la vie étudiante. J'ai adoré mes années universitaires en grande partie grâce à lui. On a d'abord été amis pendant deux ans, avant de devenir plus. Puis les choses ont lentement dégénéré vers du grand n'importe quoi quand on s'est installés ensemble.

– Désolé. Je ne voulais pas te faire sentir mal, Judy. J'ai juste du mal à réaliser comment… Toi et lui…

– Y a plus de moi et lui, Max. C'est fini. À présent, j'aimerais reléguer cette histoire aux oubliettes et avancer.

Max plonge ses yeux dans les miens et relâche ma tresse. Je suis perdue sans la chaleur de sa paume à proximité, mais retenue telle une funambule au-dessus du vide par ce regard incroyable qu'il a.

– Derek doit rester loin de toi. Il est dangereux.

---

1. University of Colorado – Colorado Springs.

– Je sais, je bredouille.

– Bien. Et il faisait quoi dans sa tenue de flic un dimanche matin, car clairement il n'était pas en service ?!

– Aucune idée. Peut-être qu'il pensait que ça m'effraierait davantage.

– Quel enfoiré, sérieux ! tonne Max.

– Oui… Heureusement que tu passais par là, je lui murmure en saisissant sa main.

Max se tend avant de refermer ses doigts sur les miens. Et simplement ainsi, ce qui vient de se passer me semble loin. L'essentiel est ce que je construis aujourd'hui. Derek, quant à lui, appartient au passé, il finira par lâcher prise avec le temps.

– C'est grâce à Olivia si j'étais là ce matin. Elle m'a demandé de te déposer un carton avec des affaires d'Ellie, m'explique Max.

– C'est très gentil de sa part, je l'appellerai pour la remercier.

Nous restons silencieux quelques secondes, l'un à côté de l'autre. Max fixe le mur face à lui, concentré. Je l'observe à la dérobée. On dirait qu'il livre une bataille intérieure encore plus violente que mon altercation avec Derek. J'en profite pour suivre des yeux la ligne brute et saillante de sa mâchoire. Elle trace un chemin jusqu'à sa bouche et ses lèvres pleines. Je me demande ce que je ressentirais si j'osais caresser sa barbe courte, ou encore si je passais mes doigts dans ses cheveux blonds savamment décoiffés. Il a un profil aux proportions harmonieuses et son corps entier est affûté telle une lame dont il a su parfaitement user face à Derek. Soudain, Max se tourne vers moi et me surprend en flagrant délit de matage.

Je rougis tandis qu'il me demande, un peu distant :

– Tu as de quoi noter ?

– Oui, pourquoi ?

– Je vais te laisser mon numéro en cas d'urgence. Surtout n'hésite pas. Je suis sérieux, Judy, qu'importe l'heure ou le jour, si ce mec se repointe, tu m'appelles.

– …

– Ça va ? s'inquiète Max alors que je le fixe sans respirer.

Je hoche la tête sans rien dire et consens à baisser les yeux pour enregistrer le numéro qu'il me dicte dans mon téléphone en essayant de demeurer impassible. Du moins d'un point de vue extérieur. Pour cela je puise dans des réserves insoupçonnées de stoïcisme car en moi ça explose de partout en mode carnaval de Rio. Désormais, Max ne sera jamais plus très loin. J'ai un moyen de le contacter et je suis à deux doigts de brandir mon téléphone au-dessus de ma tête en criant « Mon précieux ! » façon Gollum.

– Tu vas aller porter plainte quand ? J'aimerais t'accompagner.

Sa question me ramène illico dans le monde réel.

Adieu Terre du Milieu.

– Je pense y aller demain matin avant le travail, mais…

– Oui ?

– Je voudrais y aller seule, Max. C'est quelque chose que j'ai besoin de faire par moi-même, je veux me prouver que j'en suis capable. Mais que tu t'en soucies me touche ! j'ajoute précipitamment en voyant son visage se fermer.

Max me sonde du regard quelques secondes, à la recherche de je ne sais quoi puis il se détend.

– OK. Si jamais tu as besoin, n'hésite surtout pas.

– D'accord. Merci…

Puis Max se lève et je comprends qu'on en restera là pour aujourd'hui. Ma porte d'entrée est remise en place tant bien que mal et après un coup de fil express, il m'informe qu'Eddy passera dans l'après-midi pour la réparer. Max m'apporte également un carton resté dehors sur le palier et le dépose à mes pieds, doucement.

– Les affaires d'Ellie, de la part d'Olivia, souffle-t-il.

Je hoche la tête en signe de remerciement, avant qu'il ne m'embrasse une dernière fois sur le front dans un geste maladroit.

C'est avec un pincement au cœur que je le regarde partir sur sa moto depuis ma fenêtre avec vue sur ce parking déprimant.

Finalement, je ne bougerai pas aujourd'hui, j'ai mieux à faire que du lèche-vitrine. Je m'assois donc à même le sol et tire entre mes jambes le carton regorgeant de souvenirs d'Ellie. Lire le prénom de ma grand-mère sur le dessus de l'emballage me serre le cœur. Je l'entrouvre fébrilement, hésitante. Je ne sais pas ce que je crains, rien ne va en surgir, ni me hurler au visage. Ellie n'est plus là. Elle est partie de sa belle mort, entourée par des gens qui l'aimaient, mais sans moi… Je donnerais n'importe quoi à l'instant pour remonter le temps afin de profiter d'elle avant qu'elle ne me quitte pour toujours. Je retiens un sanglot puis commence à déballer ses affaires avec courage. Je tombe d'abord sur un paquet de vieilles lettres qu'elle a échangées avec mon grand-père au début de leur relation J'en lis quelques-unes, un sourire niais accroché aux lèvres. Leur amour naissant mais profondément sincère suinte des pages. Jamais je n'ai ressenti ce que mes grands-parents y décrivent, ou peut-être un peu mais pas avec Derek... Puis des photos, jaunies par le temps, tombent d'une enveloppe mal cachetée. Roger et Ellie y posent, l'air joyeux, devant leur maison en construction de Colorado Source. Je fouille encore et découvre un foulard de soie que je m'empresse de sentir.

Elle est là. Son odeur.

Celle qui accompagne chacun de mes souvenirs avec Ellie, les plus heureux comme les plus tristes. Le foulard a le parfum du début d'automne, quand les feuilles commencent à chuter et que l'air se charge d'humidité. Un effluve de nostalgie avant le froid de l'hiver. Cette fois, je me mets à pleurer.

Je revois le sourire d'Ellie et sa mince silhouette derrière le comptoir de la cuisine de mes parents alors qu'elle s'affaire à préparer le repas. J'entends son rire et l'intonation particulière de son accent du sud-est des États-Unis dont elle était originaire. Je sens sa main dans mes cheveux, lorsqu'elle les tressait avec amour et patience...

« *– Tes cheveux sont si beaux, Judy. Promets-moi de ne jamais les couper.*

– Oui, mamie, c'est promis.

– Comme ça, je pourrai toujours te les tresser. »

Un sanglot douloureux et profond s'échappe de ma gorge, et je continue de fouiller dans cette espèce de boîte de Pandore qui me révèle des secrets doux-amers.

21

EFFET DOMINO

Judy
Deux semaines plus tard

Courageusement et comme promis, j'ai porté plainte contre Derek au commissariat de secteur, le lundi matin suivant avant le travail. Grâce aux photos prises par Max, je suis entendue plutôt facilement et je dois attendre désormais qu'ils reviennent vers moi.

Dans la foulée de cette première réussite, je cherche à me reloger et là, les choses se corsent… Soit les logements disponibles sont de vrais taudis qui font passer le Cactus Lodge pour un palace, soit ils sont hors budget.

Ce n'est pas demain que Miss Fluffy et moi allons pouvoir être réunies !

J'ai un pincement au cœur en pensant à mon vieux chat resté dans mon ancienne maison, avec Derek, le temps que j'en trouve une nouvelle. Malgré l'échec de mes recherches, la semaine s'écoule tranquillement, suivie d'une seconde. Puis le week-end arrive à nouveau, sans encombre, sans incident, sans Derek… Je commence à croire qu'il ne reviendra plus, et c'est pleine d'espoir que je rentre des courses. Je me suis autorisé un peu de shopping et une séance de cinéma ce samedi matin.

Je n'ai pas osé écrire à Max pendant ces deux semaines. Après tout, il m'a donné son numéro pour les urgences et non pour un : « Salut, ça va ? Il fait beau aujourd'hui. » J'ai commencé une centaine de SMS sans succès, je les ai finalement supprimés les uns après les autres…

[Coucou, c'est Judy.
Comment tu vas ? Moi, ça va mieux.]

Trop ennuyeux.

[Salut, c'est Judy.
Alors on se revoit quand ?]

Trop direct.

[Hey. Salut ! C'est Judy Myers.
Tu sais, la nana qui déboule
dans ta vie sans prévenir tous
les dix ans et dont les proches sont cinglés !
D'abord ma mère, puis mon ex…]

Non. Trop bizarre !

[Hey ! C'est moi, Blondie. Je sais
faire le grand écart. Et toi,
c'est quoi ton talent caché ?]

… Sans commentaire.

J'abandonne !

Heureusement, Olivia et moi n'arrêtons plus d'échanger et c'est une chose qui égaye mon quotidien. Textos, appels, e-mails, Instagram, Facebook… tout y passe. Mieux encore ! On a découvert les messages vocaux sur WhatsApp. Cela a sonné le début de la fin de mon isolement et de ma solitude.

Tout est parti de mon SMS de remerciements pour les affaires d'Ellie. Il a ensuite donné lieu à une conversation sur les bébés phoques, puis à une autre sur les cactus, et encore une autre sur comment faire disparaître un cadavre sans laisser de traces après lui avoir parlé de Derek et de mes parents.

Bref, nous voilà à présent en train de débattre d'épilation sans transition !

Liv est sans filtre, je l'apprécie déjà beaucoup. Ce genre de discussions entre filles me manquaient car Derek m'a coupée du peu d'amies que j'avais à Colorado Springs. Quant à mon nouveau job, j'ai plus sympathisé avec Olivia par texto en quinze jours qu'en deux mois avec mes nouvelles collègues. Elle est donc d'une certaine façon ce qui se rapproche le plus d'une copine en ce moment.

D'ailleurs, mon portable vibre alors que je sors mes courses du coffre sur le parking du Cactus Lodge. Je checke mon Smartphone, ignore les cinq appels manqués de ma mère et lis le texto de Liv en souriant.

[OK. Je me suis épilé le sif toute seule à la cire
comme sur cette vidéo tuto que Soraya m'a envoyée.
Plus jamais ! C'est une catastrophe !]

[Le sif ???]

[Sillon interfessier… Un vrai carnage,
on dirait une zone de guerre. J'ai trop mal,
je ne peux plus m'asseoir. Clairement, ça restera
un no man's land pour un petit moment.
C'est Brutus qui va râler…]

[Entre Brutus et des fesses cactus,
tu devais faire un choix… :-)]

[Oui. Pas sûre d'avoir fait le bon. Du coup ce sera :
No Anus for Brutus jusqu'à nouvel ordre !]

J'explose de rire, lui envoie le GIF le plus bizarrement drôle possible pour recevoir en retour :

[Ce soir on se rejoint au CSB entre filles.
Y aura Susie et Soraya, tu viens.]

[C'est quoi le CSB ?]

[Le Colorado Source Bar. Je t'envoie l'adresse.
C'est Max qui tient l'endroit. C'est super cool.
Tu viens.]

Mes mains tremblent subitement, je balance entre excitation et appréhension.

[Je ne sais pas. Ça fait longtemps
que je ne suis pas sortie. Je ne suis
plus certaine de savoir comment faire.]

[Ce n'était pas une question.
Où est-ce que tu as vu des points
d'interrogation dans mes messages ?]

OK. Cette fille est un tyran d'un mètre cinquante-cinq, mais je ris malgré moi. J'ai besoin d'être bousculée de la sorte pour parvenir à sortir de cette espèce de catatonie sociale. Je souris et pense à la robe que j'ai achetée ce matin même. Moi qui voulais une occasion de la porter, de me faire jolie, de me sentir séduisante.

Allez, Judy, il est temps de recommencer à vivre.

J'ai fait tous ces efforts pour ça, après tout.

Et puis tu pourras revoir ce fichu biker qui parasite tes pensées…

[D'accord. Je viens. Je serai la nana
qui rase les murs et marche à reculons.]

[Tant que tu ne viens pas cul nu…
C'est nickel.]

[Liv !!!!!]

[Judy !!!!!]

Elle me le paiera…

Je passe la porte de ma chambre de motel en riant et le cœur plus léger.

***

Lorsque je me gare devant le fameux bar, parée de ma jolie robe fleurie, de mes boots de cow-girl et de mon Perfecto noir, je ne suis plus sûre de rien. Le CSB, avec son néon rouge clignotant, est la seule source d'animation dans la rue principale de la petite ville de Colorado Source. Je devine une foule dense à travers la grande vitre de la façade. De nombreuses motos sont alignées en rang d'oignons le long du trottoir. Évidemment le bar est un repaire à bikers…

En même temps, qu'est-ce que j'espérais ?

J'essaye d'oublier les préjugés de ma mère sur le sujet et me raccroche à ce reportage que j'ai regardé il y a deux ans. Seulement un pour cent des clubs sont vraiment hors la loi et considérés comme dangereux par le FBI. Ce qui laisse les quatre-vingt-dix-neuf pour cent restants fréquentables…

Bien. Ça devrait le faire.

Pourtant j'ai le trouillomètre à zéro, ce qui est absurde. Il s'est passé pire et stressant dans ma vie dernièrement. Peut-être que ce qui m'angoisse réellement c'est de *le* revoir, lui. Olivia m'a confirmé que Max serait là ce soir. La tension monte en moi et j'oscille entre divers états : peur, excitation, trac, envie… Un véritable cocktail Molotov, en somme. Je laisse finir la chanson « Domino » de Jessie J à fond dans ma voiture, puis je prends mon courage à deux mains, attrape mon sac, mon écharpe et sors.

Je vais revoir Max.

Je vais passer une soirée sympa avec des nanas sympas.

Je vais revoir Max…

Coiffure ? Check.

Tenue ? Check.

Maquillage ? J'ai oublié de mettre du rouge à lèvres ! Arghhhh.

Toutes les excuses sont bonnes pour repousser le moment où je franchirai la porte du CSB. Je farfouille dans ma besace rapidement et trouve un gloss qui fera le job mais pas mon petit miroir. J'avise le rétroviseur d'une Harley-Davidson sur ma gauche.

Parfait !

Armée du mode lampe torche de mon Smartphone et de mon gloss, je me penche prudemment à côté de la moto pour parfaire mon maquillage. Je veux me sentir au top. Cela fait si longtemps…

Je constate assez fièrement ne pas avoir perdu la main, et dessine le contour de ma bouche comme une pro du premier coup, jusqu'à ce que quelqu'un me surprenne en me parlant dans l'oreille :

– Alors Cul-nu, ta porte s'ouvre bien ? Eddy l'a correctement réparée ?

Je pousse un cri de terreur et découvre le fameux Bounce habillé tout en noir, dans la nuit noire. Seul le blanc de son visage est visible, puis celui de ses dents lorsqu'il me sourit enfin.

Mais le mal est déjà fait…

Dans ma panique, j'ai donné un sacré coup de hanche à la première moto sur ma gauche, qui bascule puis fait tomber celle d'à côté, qui fait tomber celle d'à côté et ainsi de suite. Elles se fracassent toutes par terre comme une rangée de dominos et dans un vacarme infernal.

Oh.

Mon.

Dieu.

La porte du bar s'ouvre alors et des hommes effrayants en sortent tandis que je ne bouge plus, comme pétrifiée. Je tiens mon gloss dans une main et mon téléphone dans l'autre.

– Putain, ma moto ! crie un homme inconnu.

Je regarde à gauche. Puis devant moi. Puis à gauche de nouveau. Les motos sont les unes sur les autres, étalées sur le sol.

– Je… Je… bégayé-je, mais rien d'autre ne franchit mes lèvres.

Avoir vécu sans trop de vie sociale en dehors de mon travail durant ces dernières années a eu un avantage majeur. Je n'ai plus vécu de situations à mourir de honte telles que celle-ci. La dernière remonte à mes années d'université lorsque j'ai vomi sur le doyen à cause du stress lors de la remise des diplômes. Depuis, plus rien. La lourde machine bien huilée de ma vie avec Derek s'est mise en place, écrasant au passage l'imprévu, les instants de folie et ce genre de moments embarrassants…

Ce n'était peut-être pas plus mal pour le dernier point.

– Qui a fait ça ? hurle un autre homme.

Je vais mourir ce soir… ils vont me tuer.

– Moi ! intervient Bounce avant que je ne puisse répondre et me dénoncer.

Il se place devant moi et me bouche la vue de ses larges épaules. Je devine des tatouages dans son cou qui remontent jusqu'à la naissance de ses cheveux courts mais je ne saurais dire ce qu'ils représentent dans la pénombre de la nuit. La lumière qui filtre de la vitre du bar n'est pas suffisante et éclaire à peine les visages de chacun. En revanche, le métal brillant des motos couchées sur le sol, lui, attire tous les regards. Soudain une main agrippe mon bras et me tire vers l'entrée du CSB sans que je puisse protester. Il s'agit de Max qui me dévisage avec effarement sur le seuil.

– Va rejoindre les filles. On gère, me souffle-t-il.

L'instant d'après, je suis projetée à l'intérieur. L'ambiance est tamisée mais bruyante… Le lieu est étrange et des serveuses peu vêtues naviguent entre les tables, les banquettes, portant des plateaux chargés. La clientèle, elle, est hétéroclite. Il y a des vieux, des jeunes, des groupes, des hommes seuls, quelques femmes dont une table de nanas qui rigolent au fond : Liv et les filles.

J'y fonce sans réfléchir et sans me retourner. J'ai un élan de culpabilité de laisser derrière moi Max et Bounce gérer le chaos que j'ai provoqué par maladresse.

Je passe tête baissée devant le comptoir sur la droite. Il est en bois, assorti à certains murs recouverts de lambris. Derrière lui courent des rangées d'étagères supportant toutes les bouteilles d'alcools possibles. Il y a également une sorte de scène sur la gauche avec une barre et un plot de danse, mais aucune danseuse ne s'y tortille. De lourds regards pèsent sur moi et je tire sur ma petite robe fleurie, soudainement trop courte à mon goût.

Enfin, j'arrive à la table des filles et je me laisse choir sur la première chaise accessible en reprenant ma respiration. J'étais en apnée tout au long de ma traversée.

– Judy ! s'exclame Liv face à moi. Tu es venue ! Trop bien !

Trois autres femmes sont là. La première est Susie, la sœur de Max. La seconde, Soraya, est l'ex de Rock. Et la dernière, plus âgée, était présente à la fête pour le retour de Max. Elle s'appelle Mary si je me souviens bien. Elle est la compagne de celui que tout le monde surnomme : Le Doc.

Je les salue une à une et elles me sourient en retour, toutes ont l'air déjà bien pompettes.

– Pourquoi tu as un trait de rouge à lèvres qui te traverse la joue ? me questionne Susie gentiment.

Chiottes !

Je me frotte le visage à deux mains frénétiquement en lui répondant :

– Il se pourrait que j'aie fait une entrée, disons… fracassante.

Les filles me regardent avec de grands yeux, et après une longue expiration, je leur raconte ma mésaventure d'une traite, la rendant bien réelle. Cela déclenche des cris de stupeur et des éclats de rire de leur part.

– Ah, c'était donc ça le mouvement de foule… s'étonne Mary.

– Oui, j'ai trop honte. Que va-t-il se passer à votre avis ? Je ne peux pas payer des réparations, j'avoue, inquiète.

Je jette un coup d'œil vers l'entrée mais un groupe de motards me bloque la vue.

– Ne t'inquiète pas, mon frère va gérer. Il est doué pour ça, me répond Susie avec un grand sourire rassurant.

– D'accord… Bon, je crois que j'ai besoin de boire un truc fort pour oublier.

– Eh bien, Judy, tu viens de me battre, lance Olivia en rigolant.

– Pourquoi tu dis ça ?

– Mon premier soir au CSB, j'ai tenté de frapper Rock. Je me suis brisé la main sur sa mâchoire de Terminator en acier brossé. Ce fut le début très romantique de notre histoire. Ensuite, il a essayé de me noyer et tout s'est enchaîné. Et pouf ! Nous voilà avec un bébé à vivre ensemble.

– C'est si bien résumé, ricane Soraya en buvant cul sec son fond de verre de Martini.

– Mais s'en prendre à leurs motos chéries, c'est une idée de génie ! J'aurais dû y penser… reprend Liv très sérieusement en se tapotant le menton du doigt. En tout cas, bienvenue parmi nous, Judy !

– Oui enfin, je n'ai pas fait exprès, je proteste alors que Susie me glisse un verre de *je ne sais quoi* dans les mains.

– Peu importe. Ils passent trop de temps avec ces engins. C'est pire que des maîtresses, râle Liv. Ils les bichonnent, les lustrent, les caressent et leur donnent même des petits noms ! Qu'elles brûlent.

Je la dévisage, ahurie, seule, car les filles viennent trinquer une à une avec elle en explosant de rire.

Les conversations repartent bon train. Les verres s'enchaînent et j'y succombe moi aussi lorsqu'Olivia me précise que je pourrai échouer dans son canapé pour la nuit au besoin.

Tant qu'à vivre les choses, autant y aller à fond dès le premier soir !

C'est une sorte de pied de nez aux années de doctrine austère de mes parents. Ma retenue s'évapore grâce à leur gentillesse et leur humour. Enfin j'oublie Derek, les mensonges de mes parents, et ma culpabilité vis-à-vis d'Ellie. Je profite simplement de la vie et ça me fait un bien fou.

Les heures passent sans que je le réalise, une fois à l'aise et détendue. J'ôte mon Perfecto car j'ai chaud puis soif et je ris.

Plusieurs fois, je croise le regard de Max. Je prie pour qu'il vienne jusqu'à nous. J'aimerais m'excuser quant au carnage devant le bar, mais il reste derrière son comptoir, et je ne suis pas encore assez audacieuse, ni éméchée, pour aller l'y rejoindre. Peut-être dans une heure et après trois margaritas supplémentaires… Alors, en attendant, nous échangeons des regards de plus en plus lascifs au point que je ne vais pas tarder à prendre feu sur ma chaise.

Je n'ai jamais connu ça. C'est encore plus puissant que dans mes souvenirs du feu de camp.

– Va lui parler, me souffle tout à coup Susie en sirotant son mojito.

Je suis apparemment démasquée. En même temps, je me doutais ne pas être très discrète.

– Non. Il doit m'en vouloir à mort pour les ennuis que je lui ai causés en arrivant, je rétorque, angoissée.

– N'importe quoi, intervient alors Olivia. S'il veut quelque chose ce n'est pas ta mort, ou éventuellement ta petite mort…

– Ma petite mort ? C'est quoi ?

– Te faire jouir, lâche-t-elle de façon indolente, sans sourciller.

– Oh… Tu crois ?

– Oui ! La façon dont il te bouffe des yeux nous donne chaud à toutes !

– Carrément ! surenchérissent les trois autres femmes.

– Je suis à deux doigts de vous abandonner pour retrouver Rock, reprend Liv. Avec un bébé ce n'est pas toujours évident de garder la flamme du désiiiiiiiiiiir allumée. Et là clairement, grâce à vous deux et vos petits jeux de regards, je brûle comme la torche olympique ! Personne ne pourra m'éteindre ce soir, à part M. Caillou.

Quand elle est soûle, son accent français est particulièrement marqué.

– Et y a de quoi avoir chaud… nous souffle alors Soraya sur le ton de la confidence. D'après ma cousine Dakota, Max est un des meilleurs coups au lit qu'elle ait eu. Il a une botte secrète…

Un éclair de jalousie me transperce lorsque je comprends ce qu'elle dit. Je vois très bien qui est Dakota et je les imagine ensemble instantanément. C'est ridicule car je n'ai aucun droit sur lui, mais mon corps répond à sa propre logique absurde. Mon ventre et ma poitrine se serrent de déception en chœur. Malgré tout, je dois être maso sur les bords, parce que je ne peux m'empêcher de faire la curieuse et de me demander quelle est cette botte secrète dont elle parle.

– Une botte secrète ? je marmonne, tiraillée entre deux états.

– Oui, il est le roi des cun…

– Stop stop ! Et stop ! On parle de mon frère, là, ça va trop loin pour moi ! Je ne veux pas entendre la suite ! intervient Susie en faisant mine de se boucher les oreilles. Viens, Mary, allons nous ravitailler.

La fameuse Mary opine en riant. Elle est assez discrète et toutes deux se lèvent pour foncer vers le comptoir.

– Donc ta cousine sort avec Max ? je demande le plus posément possible à Soraya.

Je suis à la fois gênée et consumée par la déception.

– Non, ils sont simplement sex friends, me répond-elle avec désinvolture.

Cela ne me rassure absolument pas, au contraire. Je me tortille sur ma chaise, mal à l'aise.

– Sex friends ? je m'étonne. C'est quoi exactement ?

– Bah tu sais. Ils prennent parfois du bon temps ensemble sans conséquence, entre adultes consentants. Pas de prise de tête, pas d'engagement, juste du plaisir quoi. Mais Dakota m'a fait quelques confidences croustillantes…

– Vas-y, partage, l'encourage Olivia en se rapprochant de nous. Je suis tout ouïe !

Moi non. Je dégrise d'un coup. Je ne veux pas savoir ce que Dakota et Max font ou ont fait ensemble. Mon enthousiasme de début de soirée s'envole car je réalise le fossé immense entre elles et moi, entre Max et moi. Je ne juge personne, bien au contraire, je suis admirative des gens libérés et à l'aise avec leur sexualité. Je les envie même mais me concernant je me sens à des années-lumière de leur féminité si librement assumée. Je n'ai connu que Derek et mon champ de connaissances en matière de sexe est assez restreint. Je repense d'ailleurs aux mots odieux qu'il m'a crachés au visage il y a quelques semaines : frigide, iceberg… Ils ont fini par m'atteindre malgré moi.

Avec amertume, je constate que jamais je ne serai capable d'offrir à Max ce que cette Dakota lui donne. En plus, je lutte contre cette croyance qu'il n'est pas bien de « fréquenter » quelqu'un de nouveau après seulement quatre mois de rupture… Mes parents n'approuveraient pas, c'est certain. Selon eux, je devrais être en deuil de ma relation, me morfondre et ne laisser de la place pour personne d'autre.

Pff, tout cela me paraît si compliqué.

Les filles se rendent comptent que quelque chose ne va plus et tentent de me rassurer :

– Pas d'inquiétude, ma cousine est sur un coup sérieux depuis deux semaines et Max lui a toujours fait comprendre que c'était mort pour être plus que des sex friends, argumente Soraya.

– Oui et clairement, Max n'a d'yeux que pour toi depuis son retour. Je ne l'avais encore jamais vu comme ça, renchérit Liv.

– Ce n'est pas tant ça, je leur avoue mal à l'aise. C'est plus que…

– Que quoi ? lâchent-elles en chœur.

J'inspire profondément et finis la moitié de mon verre d'un coup. L'effet est instantané sur ma retenue. C'est maintenant ou jamais de glaner des conseils. Liv et Soraya semblent maîtriser le sujet, elles sont gentilles et ne me paraissent pas être dans le jugement.

– Je n'ai connu que Derek… je leur chuchote, mal à l'aise.

– Oh ! Il était ton premier ? me dit Liv en posant sa main sur la mienne pour m'encourager à poursuivre.

– Ouais et le dernier… Et je ne me sens pas de taille à satisfaire un homme comme Max. Ou n'importe quel homme d'ailleurs. Sauf que si je rencontre quelqu'un qui me plaît, le sexe finira par arriver et j'angoisse déjà. Alors qu'au fond, j'en ai envie. J'aimerais bien connaître autre chose…

– Judy… me murmure Olivia. On ne se côtoie pas depuis très longtemps, mais on parle beaucoup depuis deux semaines. Ce que je vois, c'est une belle jeune femme qui se rouvre enfin au monde après une histoire compliquée. Ce Derek Le Fennec ne méritait pas autant d'années de ta vie et rassure-toi, tu as plein de choses à offrir à un homme ! Sois bienveillante avec toi-même et surtout, prends confiance. Et puis tu sais, chaque partenaire est différent. On recommence tous à zéro dès qu'on en change, d'une certaine manière. Ceux qui te disent le contraire sont assurément des mauvais coups au pieu, fuis-les comme la peste.

Elle termine sa tirade par un hoquet…

– Certes, mais je rêve d'être plus à l'aise à ce niveau-là et avec mon corps.

– Liv a raison et la clé du succès au lit, c'est le lâcher-prise, ajoute Soraya. Si tu cogites trop tu vas te bloquer… Un bon amant, que ce soit pour une nuit ou pour une vie, saura te mettre en confiance. Toutes tes angoisses s'envoleront comme par magie !

– Sans compter que les hommes adorent jouer les professeurs, conclut Liv. Rock par exemple a pris très à cœur mon initiation au côté obscur de la force. Il a été étonnamment patient. Ce qui relève de l'exploit le concernant. Alors n'aie pas peur d'être débutante ou hésitante.

– Le côté obscur de la force ? je marmonne.

Je n'y comprends plus rien. Comment passe-t-on du sexe à *Star Wars* en une phrase ? Face à mon regard interrogatif, Olivia précise :

– La sodomie.

Ma bouche s'ouvre en grand et je me sens devenir rouge tomate. Là on touche à un tabou chez moi. Liv et Soraya explosent de rire devant ma réaction.

– Tu es trop marrante, Judy. On peut presque entendre ce que tu penses. Faut qu'on fasse plus souvent ce genre de petites réunions. On sera un peu comme tes maîtres Yoda.

– Je me sens tellement naïve… je leur réponds.

– Ne t'inquiète pas, jeune padawan. Chaque chose en son temps. Et là, la première étape pour toi est d'aller parler à ce biker qui te bouffe du regard depuis son comptoir. Tu dois lui dire qu'il te plaît, intervient Soraya.

– D'accord, j'abdique… Mais dans ce cas, il me faut un mojito, voire deux…

– Yeah baby yeah ! Laisse-moi appeler Jenna ! crie Liv.

Je ne sais pas de qui elle parle mais je suis trop paumée pour lui demander.

– Ça va aller, Judy. Max est vraiment quelqu'un de bien. Tu peux lui faire confiance à ce niveau-là, me rassure Soraya.

– D'accord…

– Pourquoi je sens qu'autre chose te tracasse ? reprend-elle pendant que Liv tape un texto avec frénésie sur son téléphone.

– Non, non, y a rien d'autre, je bredouille.

– Mouais… Donc tu déchires en mille morceaux cette pauvre serviette en papier qui n'a rien demandé pour le plaisir ? me demande-t-elle en riant.

– OK. Y a autre chose. Tu crois que c'est trop tôt ? je lâche de but en blanc.

– Trop tôt pour quoi ?

– Pour fréquenter quelqu'un ? Moi, Max… Je veux dire même si ce n'est rien de sérieux et qu'on ne fait que flirter. Je ne devrais pas ressentir tout ça pour un autre homme après seulement quatre mois de rupture. Désolée mais j'ai aucune comparaison, je suis paumée. J'ai l'impression d'être une boule de nerfs, ou de feu, ou les deux en même temps !

Je lâche ma tirade d'un seul coup sans respirer et sans cligner des yeux, les doigts accrochés au rebord de la table.

– Ouh là, tout doux, Judy. Primo, on se détend, et deuzio, où as-tu lu ce qui était bien ou pas bien de faire ? Y a un code des bonnes pratiques de l'après-rupture que j'ignore ? me taquine-t-elle.

– Non, mais… bon.

– OK. On va faire plus simple, reprend Soraya. As-tu trompé Derek ?

– Jamais ! je m'offusque.

– Alors là, vois-tu, tu es déjà plus réglo que quatre-vingts pour cent des humains qui foulent cette planète.

– Mais lui oui, il m'a trompée ! je grogne. Avec cette pimbêche de Louise Paaaarker de la paroisse !

– Donc, raison de plus ! Tu ne lui dois plus rien. Ni à personne d'ailleurs. En plus ça fait combien de temps que tu étais embourbée dans cette relation ?

– Environ huit ans, enfin au début ça me semblait bien, mais finalement je ne suis plus certaine de rien. Il m'a menti sur tellement de trucs… Et je n'ai jamais vraiment pu comparer.

– Bah voilà, le moment est venu de comparer et de vivre, Judy ! La vie peut être courte, alors pourquoi attendre ? Imagine, demain tu te fais renverser par un bus en sortant du travail. Bam !

Soraya joint le geste à la parole et me claque les doigts sous le nez me faisant sursauter au passage.

– Tu n'auras jamais reposé ta bouche sur celle de Max Summerland. Dommage coquillage, mon capitaine ! conclut-elle théâtralement.

– Vu sous cet angle effectivement... J'ai assez attendu et passé ma vie à satisfaire les désirs d'autres.

– Alors, tu sais ce qu'il te reste à faire !

– Il me reste à faire quoi ? je lui retourne avec un sourire.

– Tu vas m'engloutir ce mojito comme si c'était la dernière flaque d'eau de l'univers. Ensuite, tu vas marcher vers ce bar comme si tu étais Miss Univers, et enfin tu vas embrasser ce biker blond qui nous sert de barman comme si l'univers allait disparaître demain ! Car qui sait, ce sera peut-être le cas... plaisante-t-elle.

– Merci, Soraya.

– Mais de rien et appelle-moi So.

– D'accord, *So* !

– Tu sais, je te comprends. J'ai été comme toi avant de pouvoir aller vivre à New York avec Shawn. Mon père est le chef de notre réserve. C'est pas facile d'être sa fille et surprotégée par deux frères. MAIS ! Le temps des regrets est révolu. Aux chiottes les bien-pensants ! Les gens trouveront toujours un moyen de te juger ou de te critiquer, alors ne le fais pas à leur place en te dévalorisant.

– Je vais garder ça en mémoire, acquiescé-je, heureuse de la voir se confier à moi en retour.

– Et puis s'il le faut ce sera le début d'une longue histoire avec Max, ou peut-être pas ! Peut-être que vous allez juste mettre un point final à un pauvre petit chapitre ouvert quand vous étiez ados. Mais ce qui est sûr, c'est que si tu n'essayes pas, tu ne le sauras jamais.

C'est pendant ce moment de haute philosophie que Mary et Susie décident de revenir parmi nous avec un plateau chargé de cocktails en tous genres.

– Ravitaillement ! clame Mary.

– Vous pensez que je dois envoyer à Rock la photo de mon décolleté avant ou après celle de ma bouche ? Je veux le rendre fou à distance, intervient Olivia, sortie de nulle part, après plus de dix minutes d'absence, absorbée par son téléphone.

Je ne peux m'empêcher de rire, et Soraya fait de même.

– Liv, quoi que tu fasses, même si tu prenais une photo de tes orteils recroquevillés, Rock serait comme un dingue. Bon sinon, vous avez fini de parler de mon frère de façon impure ? se rassure Susie.

– Oui, oui, je lui réponds. Puis portée par la bonne humeur ambiante, j'ajoute avec malice : Même si seule dans ma chambre d'ado, j'ai souvent rêvé qu'il était le premier. Pas Derek. Mais Max.

L'expression choquée de Susie est hilarante, mais avant qu'elle ne puisse me répondre une grande main se pose sur mon épaule. Je me fige et me tourne lentement vers son propriétaire.

– Le premier à faire quoi, Blondie ? me demande une voix grave.

Je découvre Max debout sur ma droite. On ne l'a pas entendu approcher et il me toise avec un sourire en coin étrange. Je ne réponds rien alors il s'appuie sur notre table et se penche pour se mettre plus à ma hauteur.

Il plonge ses yeux dans les miens et insiste :

– Le premier à te faire quoi ?

– À rien du tout, je baragouine.

Je m'entends à peine répondre tellement mon cœur est devenu bruyant dans ma poitrine et résonne dans mon crâne. Les filles, quant à elles, ne me sont d'aucune aide.

– Je finirai par savoir… En attendant, suis-moi. Je veux te montrer un truc, reprend Max.

Ce dernier me tend à présent la main. J'ai une impression de déjà-vu sauf que lui et moi étions beaucoup plus jeunes, au bord d'une route paumée.

Après dix ans, ses épaules se sont élargies, son visage s'est durci, mais ce regard qui avait conquis ma confiance, lui, a peu changé. Il a gagné en profondeur, en nuances mais surtout en assurance. Alors cette fois, je ne réfléchis pas autant, je me lève et glisse mes doigts dans les siens.

Lorsque nos paumes entrent en contact, j'entre dans une bulle où personne d'autre que Max n'a sa place. Les clameurs des clients sont étouffées, aspirées dans le vide que nous venons de créer autour de nous grâce à ce lien. Une poussée d'adrénaline brutale m'électrise, me faisant sentir vivante comme jamais. Mes problèmes se sont envolés et seul l'instant présent demeure. Puis, le cœur battant la chamade, nous nous dirigeons vers le fond du bar.

22

SENTIMENTS TROUBLÉS

Judy

– On va où ? je demande en suivant Max dans un long couloir étroit.

Le bruit des clients et de la musique s'atténue progressivement pour devenir un bourdonnement de fond. Main dans la main, nous passons devant plusieurs portes closes, avant d'arriver au pied d'un escalier menant je ne sais où.

– Tu verras… me rétorque-t-il, l'air mystérieux.

– Ce n'est pas vraiment une réponse ça.

– Je te promets qu'il s'agit de quelque chose d'honnête, Blondie.

Il se tourne vers moi et me lance un sourire rassurant par-dessus son épaule, si bien que je me laisse conduire jusqu'en haut des marches où se trouve une porte d'entrée. Max lâche alors mes doigts pour la déverrouiller puis entre dans la pièce et y allume la lumière. Après une demi-seconde d'adaptation à cette luminosité soudaine, je découvre un vaste appartement sobrement meublé et équipé d'une cuisine. Il y a des poutres de bois au plafond et un joli mur de briques face à nous. L'ensemble, avec ces grandes fenêtres donnant sur la nuit noire, dégage une ambiance très sympa de loft new-yorkais. Pour autant, personne ne semble vivre ici, les étagères des bibliothèques sont vides et le lit, dans un angle, n'a plus de draps.

Max me laisse tranquillement détailler les lieux dans un silence religieux avant de finir par le rompre :

– Ça te plaît ? s'enquiert-il.

– Oui, mais je ne comprends pas. Où sommes-nous ?

– J'ai vécu ici pendant six ans mais j'ai emménagé ailleurs à mon retour il y a deux semaines. J'avais besoin de changement. Cet appartement est libre, me répond-il de sa voix grave et profonde.

– Oh… Je vois.

La mienne tremble sous l'intensité de son regard acier qui m'épingle au vol. Je suis incapable de le soutenir trop longtemps et je détourne les yeux pour tenter de garder le contrôle de mes émotions.

– Olivia m'a dit que tu ne trouvais pas d'appart pour quitter le Cactus Lodge… Peut-être que celui-ci pourrait te convenir ? reprend Max.

Il garde respectueusement ses distances et je ne sais pas si cela me rassure ou m'agace. Au fond, je voudrais franchir les quelques mètres qui nous séparent et l'enlacer pour le remercier de m'avoir défendue contre Derek, et à présent, pour le remercier de se soucier de l'endroit où je vis.

– Ça pourrait me plaire… parvins-je uniquement à lui répondre, à la fois touchée par son attention et troublée par sa présence.

– Derek ne débarquera jamais à l'improviste ici. On y veillera.

– On ? m'étonné-je.

– Le Clan, m'explique Max telle une évidence. On protégeait Ellie. Tu es sa petite-fille…

Cela me paraît une raison un peu légère mais je m'en contenterai pour l'instant. Savoir que je serais enfin en sécurité, loin de Derek qui m'a foutu la trouille de ma vie la fois dernière au motel, me fait sérieusement envisager la proposition. En temps normal, j'aurais fait une longue liste de pour et de contre. J'aurais demandé à Max plusieurs jours de réflexion, peut-être même plusieurs semaines. Sauf que ce temps, je ne l'ai plus, car si je continue de vivre le plus normalement possible, une ombre plane constamment sur mon quotidien. J'ai cette crainte de voir Derek surgir à tout moment et je fais des cauchemars où j'étouffe nue sous son corps.

– Je serai à seulement quarante-cinq minutes de mon travail… Cela m'éloignerait encore un peu plus de mes parents et de Derek. Pourquoi pas… mais si j'accepte, je ne veux pas de faveur. Je paierai un loyer.

Max esquisse ce sourire en coin qui me fait craquer et hoche la tête :

– OK. Ce que tu payes pour le Cactus Lodge me conviendra.

– Merci. C'est important pour moi.

– Je sais… Je l'ai bien compris.

On est loin de Derek et de sa façon autoritaire de m'imposer les choses pour me garder sous sa coupe. J'en reste coite de surprise, puis ne trouvant rien à ajouter, je fais un tour de l'appartement en imaginant déjà la déco si j'habitais ici.

Bien sûr cela ne serait pas définitif car je rêve d'une maison avec un petit jardin mais ce serait clairement un bon début dans la poursuite de mon bonheur. Je pourrais enfin récupérer Miss Fluffy des griffes de Derek et créer un chez-moi douillet ailleurs que dans un vieux motel pourri.

Et cerise sur le gâteau... je vivrais là où ma grand-mère vivait. D'une certaine manière, je serais à nouveau près d'elle avec l'impression ténue de recréer un lien entre nous.

Face à mon silence, Max reprend :

– Tu as mon autorisation pour repeindre les murs ou y accrocher des trucs. Je veux que tu t'y sentes bien.

À chaque fois que cet homme ouvre la bouche, il m'atteint un peu plus. Son apparence sauvage et désinvolte contraste tellement avec ce qu'il est à l'intérieur.

– Merci, Max, ça me touche beaucoup. Je crois qu'Ellie aurait apprécié me savoir vivre ici si elle était toujours de ce monde.

À l'évocation de ma défunte grand-mère, Max semble troublé, mais c'est tellement fugace que je finis par douter de ce que j'ai vu : un regard coupable. Je m'imagine sûrement le pire dès qu'il est question d'Ellie à cause des affreux mensonges de mes parents.

Il devient vital que je passe à autre chose.

– L'appartement est insonorisé et il y a une entrée à l'arrière du bâtiment. Tu ne seras pas obligée de traverser le bar à chaque fois pour rentrer chez toi, précise-t-il.

– Cela me paraît vraiment bien et en effet, je n'entends rien. Peut-on découvrir le reste ? je lui demande en pointant du doigt deux portes sur la gauche.

– Bien sûr. Ce sont les toilettes et la salle d'eau, mais tu ne veux pas voir correctement la cuisine avant ?

– Si, si...

Je me dirige donc vers la fameuse cuisine, ouvre un à un les placards et les inspecte à plusieurs reprises sous le regard attentif de Max, immobile derrière moi. À mesure que les minutes s'égrènent entre nous, l'air de la pièce s'épaissit, mes mouvements deviennent difficiles et ma concentration s'effiloche. Je pose mes mains sur le plan de travail en inspirant profondément. Fébrile, je m'imprègne du froid du carrelage sous mes doigts et cela me raccroche à la réalité encore quelques instants car je me sens glisser.

Lui et moi sommes seuls ici. Il n'y a personne d'autre pour parasiter l'instant...

Cette idée s'est insinuée sournoisement dans mon esprit comme une drogue. Lorsque j'en prends conscience, il est trop tard, l'effet est déjà là, à son paroxysme.

Mes pensées s'emballent à la vitesse de mon cœur qui accélère. Je sens Max approcher dangereusement dans mon dos jusqu'à entendre sa respiration, lourde, près de mon cou. Puis, il se fige et nous demeurons ainsi à quelques centimètres l'un de l'autre. Mon point de bascule n'est plus très loin, il suffirait d'un contact pour tout déclencher. J'imagine sa grande main chaude venir caresser ma nuque et j'en frissonne d'avance. Ce n'est plus seulement l'alcool qui me donne ce sentiment de plénitude et de légèreté.

Non.

C'est cet homme et mon désir grandissant pour lui depuis que l'on s'est retrouvés. Je ressens alors des choses étranges : l'écho d'anciennes sensations mais aussi de nouvelles. Max incarne à lui seul les expériences dont m'ont privée mes parents, à l'exception de cette nuit au lac, adolescente. Un moment dérobé aux nez d'adultes bien trop étroits d'esprit.

Mais me revoilà à présent, dos à lui, devenue femme et libre...

– Tu ne m'as pas appelé ni écrit pendant ces deux dernières semaines, Blondie, me murmure-t-il alors près de l'oreille.

Cela me fait l'effet d'une décharge électrique et mes doigts se mettent à trembler. Son souffle chaud chatouille la peau de mon cou. Il est si proche que si je tournais la tête sans faire attention je suis certaine que nos lèvres se rencontreraient. Imaginer ce baiser finit de m'achever.

– Je n'ai pas eu d'urgence, je lui réponds avec difficulté, haletante.

– Tu n'avais pas besoin d'urgence...

Soudainement, ses mains se déposent sur ma taille. Le contact est brûlant à travers le tissu léger de ma petite robe fleurie. Pendant plusieurs secondes, Max guette ma réaction, et lorsqu'il sent que je me laisse aller contre son torse, il me fait pivoter face à lui. La respiration coupée, je me retrouve coincée entre son corps et le plan de travail. Je n'ai d'autre choix que de plonger mes yeux dans les siens et d'inspirer son odeur entêtante. Notre échange muet dure, s'étire… Aucun de nous n'ose le briser, savourant cet instant grisant qui précède la chute. Tout en moi est tendu à l'extrême. C'est une douce exaltation qui agite mon ventre telle une nuée de papillons, tandis que Max fixe ma bouche avec une faim identique à la mienne.

Cet homme me plaît au point que les conséquences n'ont plus d'importance. Ni ce soir ni demain. Seul l'instant compte. Je me raccroche aux paroles pleines de bon sens de Soraya. Vivre, éprouver, ne plus réfléchir. L'aura de Max est à la fois solaire et mystérieuse. Elle m'enveloppe et je suis sous le charme. Doucement il vient presser son corps au mien, ses mains toujours agrippées à mes hanches.

– Judy… souffle-t-il comme une plainte douloureuse contre mes lèvres.

– Oui ?

– Je te jure que mes intentions étaient honnêtes quand j'ai décidé de t'emmener ici.

– Et maintenant ? je lui chuchote.

– Je n'en sais plus rien.

Il se serre encore un peu plus durement contre moi et je passe mes bras autour de son cou. Enfin, je peux le toucher à ma guise. Ma paume glisse sous ses cheveux et entre en contact avec sa nuque chaude. J'y sens son pouls battre un tempo rapide prouvant qu'il est aussi nerveux que moi.

– Je ne veux pas que tu te comportes de façon honnête…

À ces mots, une de ses larges mains se détache de ma hanche et vient saisir ma tresse. Max l'enroule autour de son poing et tire doucement dessus, me cambrant contre lui.

– Blondie…

L'instant d'après, sa bouche recouvre la mienne et je reçois le baiser le plus brûlant jamais éprouvé par mon corps avide de caresses. Je laisse Max mener la danse et me montrer ce qu'il aime. Il se fait d'abord patient puis petit à petit plus envahissant. Je lui cède du terrain, vaincue. Ses lèvres et sa langue caressent les miennes dans un lent mouvement de va-et-vient ce qui m'arrache un gémissement de plaisir.

Tout à coup, je suis décollée du sol et Max me repose avec précaution sur le plan de travail de la cuisine. Sans attendre, il se love entre mes cuisses car ces traîtresses se sont écartées d'elles-mêmes, lui laissant champ libre. Pas une seconde il n'a cessé de m'embrasser ni de me toucher, et pas une seconde je n'ai résisté. À présent, ses mains se faufilent lentement sous ma robe où ses doigts tracent des sillons incandescents sur la peau nue de mes cuisses. Ils passent et repassent partout, se rapprochant dangereusement de mon tanga.

Alors, sous ses caresses, je m'enhardis. Progressivement, je passe moi aussi à l'attaque. Je m'accroche à ses larges épaules, me hisse contre lui puis fourrage dans ses cheveux. Il a l'air de particulièrement apprécier lorsque je tire dessus.

Je décide ensuite de suivre du bout des doigts le tracé de ses biceps et le tatouage qui les orne.

Max grogne quand j'enfonce de plaisir mes ongles dans ses bras tandis qu'il effleure mon entrejambe à travers le tissu de mon sous-vêtement. Il en oublie toute retenue et nous commençons à onduler l'un contre l'autre. D'abord doucement puis de plus en plus sauvagement. Nos corps s'entrechoquent mais jamais nos bouches ne se lâchent.

Je n'aurais pas cru possible qu'un simple baiser puisse prendre une telle dimension, pas même en rêve. J'en suis éblouie et j'en brûle de l'intérieur car j'aime le sentir perdre le contrôle contre moi. J'aime la sensation de pouvoir que cela me procure. C'est un million de fois plus puissant que dans mes souvenirs au lac.

À nouveau, ses doigts partent à l'assaut de mon tanga mais sans ambiguïté possible quant à leur destination finale.

Max en soulève le tissu…

Approche de mon sexe…

Et je panique brusquement !

Bien que consumée par le désir, je ne me sens pas encore prête à aller au bout de *ça*.

Je me raidis dans ses bras lorsque ma raison reprend le contrôle et met un coup de frein brutal à notre étreinte. Puis, l'âme en peine, je me détache de sa bouche pour saisir ses poignets et le stopper.

– Ça va ? s'inquiète-t-il, le regard surpris, un peu douloureux.

– Oui, oui, c'est juste que… je… pas ici, pas maintenant.

Je crains qu'il ne me repousse, s'énerve, me reproche de l'avoir chauffé comme un dingue pour finalement le laisser en plan, mais Max me répond par un sourire rassurant.

– D'accord, Blondie.

Je vois bien que cela lui coûte de reprendre ses distances afin de calmer le jeu. Il a encore le regard avide et la respiration haletante, mais il finit par me déposer un doux baiser sur les lèvres. Soulagée, je m'appuie contre lui, l'oreille collée à son torse où j'entends battre son cœur à toute vitesse. Je suis terriblement déçue d'avoir pris peur de la sorte, c'était si bon…

– Je suis désolée, je confesse penaude. C'était vraiment bien, même plus que bien. C'est juste que…

– Hey, ne sois pas désolée. Non, c'est non. Je le comprends.

Je me recule ahurie, et cligne des yeux rapidement en le regardant.

– Tu n'as pas aimé ? je m'inquiète.

– Si ! Au contraire… ma queue menace de transpercer mon pantalon.

Son aveu cru me fait virer au rouge tomate dans la seconde.

– Oh ! Pourtant tu acceptes mon non un peu facilement, j'avoue à demi-mot.

Max s'assombrit face à ma réponse.

– Derek était à ce point un connard pour que tu sois si surprise de ma réaction ?

– Il… Comment dire, mon avis avait rarement voix au chapitre. Mes envies non plus d'ailleurs, j'admets.

– Sérieusement ?!

– Mais s'il te plaît, arrêtons de parler de lui…

– Judy…

– Pitié, Max.

– D'accord.

– C'était complètement fou, je murmure pour repartir sur une note plus légère.

– Oui…

– Ça valait le coup d'attendre plus de dix ans pour recommencer, je finis par admettre en riant.

– Tu m'as attendu tout ce temps ? me demande-t-il étonné, avec une certaine fierté dans le regard.

– Disons que je me suis souvent demandé ce qui se serait passé si on s'était revus le lendemain…

– Ouais, moi aussi.

Max me lance alors un coup d'œil étrange puis se penche pour m'embrasser à nouveau avant de me demander :

– Ça, ça va ?

Oui. Les baisers, je gère.

J'acquiesce en souriant, touchée par sa prévenance. Il ne me presse pas pour obtenir davantage dans l'immédiat, ce qui m'apaise et me rassure. Rasséréné, il saisit alors mon visage entre ses mains puis repart à la conquête de ma bouche. En quelques secondes, je suis de nouveau sur le fil du rasoir et pour le moment cette sensation me satisfait pleinement.

Le portable de Max, vibrant sans discontinuer dans sa poche, nous fait revenir sur terre ; sinon nous aurions très certainement poursuivi sur le même rythme toute la nuit.

– Désolé, je dois redescendre… Je crois qu'on me cherche, confie-t-il avec un regard d'excuse.

– Je comprends.

– Je n'avais pas prévu de disparaître aussi longtemps.

– Moi non plus… je murmure.

À contrecœur, nous décidons de quitter l'appartement pour rejoindre le reste du monde en ébullition. Cette fois, je marche derrière Max sans crainte, avec un immense sourire vissé au visage. J'ai l'impression d'être une ado de 16 ans qui a réussi à mettre le grappin sur son *crush* de lycée.

C'est un peu le cas…

Lorsque nous atteignons enfin le bar, main dans la main, il est encore plus bondé qu'à notre départ.

– N'hésite pas à m'écrire, Blondie. Tu as mon numéro ! me crie-t-il pour couvrir le bruit ambiant.

– Oui. Promis !

Max me lance un dernier sourire, lâche mes doigts, puis fonce dans la foule qui l'engloutit, et nos chemins se séparent ainsi. Simplement. Sans malaise. De mon côté, je retourne à ma table le pas léger mais fatiguée et me retrouve face à quatre paires d'yeux scrutateurs. À l'instant où je suis à portée de voix, les filles m'assaillent de questions. Clairement, elles n'ont pas ralenti sur les cocktails pendant mon absence. Elles parlent toutes en même temps et c'est une véritable cacophonie alors je botte en touche :

– Si je vous promets de répondre à chacune de vos questions demain, sans exception, vous acceptez de me laisser rentrer dormir ?

Le regard de Liv s'adoucit en me dévisageant.

– Oui, bien sûr, me répond-elle. D'ailleurs, je vais rentrer avec toi. Je crois que je ne tiens plus aussi bien l'alcool qu'avant…

– Hors de question ! crie Soraya. Je veux chaque détail croustillant.

– En même temps, tu en es à ta septième margarita, sans compter le reste à côté, lance Susie à Olivia.

– Certes.

– Et il est plus deux heures du matin, je conclus.

Ma révélation met un terme définitif à cette soirée entre filles. Mary et Susie décident elles aussi de rentrer se coucher tandis que Soraya râle, nous traitant de vieilles.

Je donne le bras à Liv pour l'aider à marcher droit tandis qu'elle déclame en rigolant :

– *No Anus for Brutus tonight !*

– Tu parles, dans cet état il va faire ce qu'il veut de toi, lui rétorque Soraya.

– J'y compte bien ! répond Olivia du tac au tac.

Des clients nous observent avec amusement et lorsque je passe devant le bar, direction la sortie, mes yeux croisent ceux de Max, posté derrière son comptoir. Notre échange muet vaut davantage que mille mots prononcés et l'effet sur ma personne est immédiat… J'ai à nouveau le souvenir de sa bouche sur la mienne, de ses mains sous ma robe et le souffle court.

J'en veux encore.

– Bah ! Peu importe ce que vous avez fait là-haut, ça n'a pas apaisé ce truc bouillant entre vous, lâche Soraya. Heureusement pour moi, Robert m'attend.

– Robert ? Ton mec ? la questionné-je en détournant le regard à regret.

– Non, encore mieux ! Mon sextoy. Il est rouge et doré, et fait de la lumière comme Iron Man[1].

Je la fixe, les yeux ronds, ne sachant quoi répondre à ça.

---

1. Super-héros issu des comics Marvel, rôle interprété par l'acteur Robert Downey Jr.

– J'espère que Max t'a mis la fessée pour avoir fait tomber toutes ces motos tout à l'heure, ajoute Liv en riant.

– Oui, vive la fessée !

– Surtout en levrett…

– OK ! On sort et vite ! les coupé-je.

Nom d'un chien, elles sont intenables. Je prie pour que Max n'ait rien entendu de ce magnifique échange.

Une fois dehors, juste devant le CSB, nous renfilons nos vestes et nous souhaitons bonne nuit. Liv et moi allons rentrer chez elle à pied de notre côté pendant que le reste des filles se dirigent vers un 4x4 noir.

– Vous allez conduire dans cet état ?! je m'exclame.

Elles ne me répondent pas mais la voiture en question démarre et avance jusqu'à elles. La vitre côté conducteur s'ouvre alors et laisse apparaître Bounce, l'air placide. Il pose son bras tatoué jusqu'au bout des ongles sur la portière, me dévisage de son regard vert intense, puis me sourit bizarrement avant de proposer :

– Je suis leur chauffeur, ce soir. Je vous dépose ?

Je jette un coup d'œil à Liv qui lutte pour garder les yeux ouverts, mais surtout qui tente de retenir des haut-le-cœur.

– Non merci, c'est gentil. Je gère. Je crois que marcher lui fera du bien. Je crains qu'elle ne vomisse dans ta voiture.

– C'est même certain, me répond-il en la détaillant. Je préviens Rock que vous êtes en chemin.

– D'accord, merci.

– De rien, Cul-nu.

– Hey ! Plus personne n'était censé m'appeler comme ça, je râle, mi-amusée, mi-agacée. Vous aviez promis !

Bounce hausse les épaules puis redémarre en silence une fois les filles chargées à l'arrière de son 4x4. De mon côté, je n'ai pas le temps de me tourner vers Liv qu'un bruit sourd se fait entendre et déchire l'air froid de la nuit. Simultanément, un liquide chaud éclabousse mon visage et mon cou. Je ferme les yeux par peur et par réflexe en m'accrochant désespérément à la main de Liv. Des hommes autour de nous se mettent à hurler tandis que le liquide pénètre ma bouche. Il a un goût âcre et ferreux.

Du sang !

23

GARDER SON SANG-FROID

Max

J'ai merdé. Royalement.

Je m'étais promis de ne rien tenter avec Judy. Peu importe que ce soit pour un baiser, pour une nuit ou pour tout le temps qu'elle restera dans le coin. Je me le suis répété une bonne centaine de fois depuis qu'elle a ressurgi dans ma vie sans que je puisse lui dire la vérité au sujet de sa grand-mère.

Malheureusement une voix insidieuse dans mon crâne me murmure un nouveau code de conduite…

Ce n'est pas vraiment un mensonge.

Si, c'en est un.

Le moment venu, tu pourras lui avouer.

Et elle le prendra comment ?

Judy comprendra pourquoi tu as gardé un temps le secret.

Y a peu de chances.

Il n'y a rien entre vous.

Pas encore…

C'est une simple attirance qui disparaîtra dès que vous y aurez succombé.

…

Petit à petit. Jour après jour. Sans réellement m'en rendre compte, j'ai donc repoussé les limites que je m'étais fixées au sujet de Judy, pour finir par carrément les transgresser ce soir. J'ai eu la brillante idée de me retrouver seul, face à elle, dans mon ancien appartement et à peine ai-je passé la porte d'entrée que mes dernières barrières se sont purement évaporées.

Je ne comprends pas ce qui m'arrive, avec n'importe quelle autre nana j'aurais tenu bon.

Bien joué, mec. À croire que ton cerveau a migré dans ta queue, main dans la main avec ton sens moral.

La sentir perdre le contrôle d'elle-même m'a fait déraper... Si seulement elle n'était pas si réceptive.

J'en veux plus.

Tout ça c'est de la faute de Rock aussi !

C'est lui qui m'a demandé de surveiller Blondie quelques heures par jour pour s'assurer de ses intentions envers le Clan et Olivia. Ce mec a un sérieux souci avec les théories du complot et tout ce qui concerne la sécurité de sa femme et de sa fille ; bien qu'en un sens, je le comprenne au vu de nos péripéties passées. D'autant plus que, comme moi, Rock trouve ça ahurissant que cette ordure de Derek devenu flic soit l'ex de Judy.

Y avait quoi ? Une chance sur un million que ces deux-là finissent ensemble. D'ailleurs, le simple fait de l'imaginer poser ses sales pattes sur elle me rend fou.

J'ai donc gardé Judy à l'œil durant les deux dernières semaines ; et sous couvert d'une mission pour les Evil's Heat, sa surveillance rapprochée a viré à l'obsession...

Assis en planque sur ma moto, je l'ai espionnée se rendre à son travail, faire ses courses, lire sur un banc public : toujours le même, celui face au jardin japonais de Newton City. J'ai pu noter ses habitudes et ses petites manies. Comme celle de tourner régulièrement son visage vers le soleil en fermant les yeux pour profiter de la chaleur des rayons. Elle va également souvent à l'église et donne la pièce à chaque SDF sur son chemin.

Chaque. SDF.

Par la même occasion, j'ai pu m'assurer que Derek avait bien compris le message de la dernière fois au motel. À savoir ne plus approcher Blondie de près ou de loin.

Je commence à être convaincu qu'elle est simplement ce qu'elle prétend être et Olivia le pense aussi. Elles se sont énormément rapprochées toutes les deux ces dernières semaines ; d'où le fait que Rock me presse à ce point pour être sûr et certain des bonnes intentions de Judy à l'égard du Clan.

Bref, à cause de cette filature, la voix dans mon crâne est devenue un horrible cri persistant, et j'ai découvert que la fille à la bicyclette avait peu changé. Elle semble toujours aussi douce, peut-être un peu moins souriante, mais elle est encore plus belle que dans mes souvenirs.

Soudain, un mouvement de foule parmi les clients me fait relever la tête brusquement, m'extirpant ainsi de mes pensées. Une tension inattendue sature l'air ambiant alors que Judy, Liv et le reste des filles viennent tout juste de partir.

Certains habitués se pressent contre l'immense vitre du bar, d'autres tentent de sortir précipitamment par la porte. Pendant un court instant, je demeure immobile avant de comprendre que quelque chose de grave vient de se produire. Je me tourne alors vers Jenna, ma serveuse, et lui crie pour couvrir le brouhaha :

– Reste là. Qu'aucune de vous ne sorte !

J'abandonne mon torchon puis me rue dehors à mon tour. On me laisse passer assez facilement et si besoin, un coup de coude bien senti dans les côtes me dégage une voie royale vers l'extérieur.

Je débouche ainsi sur le trottoir mais l'air vient à me manquer en découvrant la source de l'agitation : Olivia est allongée sur le sol, immobile, tandis que Judy est agenouillée à ses côtés, effrayée. Blondie ne cesse de la secouer en implorant son prénom et les deux sont recouvertes de sang.

Presque trop… La scène me semble étrange.

Malgré mon trouble, je n'ai pas le temps de paniquer, et il me faut agir au plus vite. Au loin je vois Bounce courir vers nous, son 4x4 arrêté en travers de la route, puis Loris et Eddy surgissent sur ma gauche comme par magie.

– J'ai enfermé Soraya, Mary et ta sœur dans la voiture, me lance Bounce une fois à ma hauteur.

– T'as bien fait. Mais qu'est-ce qui s'est passé ?! je demande à un de nos vétérans sur le trottoir.

– Je ne sais pas. Elles étaient seules, dehors. Enfin je crois. Faut appeler les secours ? me répond-il.

– Appelle le Doc ! Dis-lui de venir avec l'ambulance. C'est un code rouge ! Et préviens Rock aussi au passage.

Il va vriller… Il va réduire ce monde en cendres si Liv a quoi que ce soit.

L'homme acquiesce puis sans perdre plus de temps je me précipite sur Olivia et Judy, prêt à leur prodiguer les premiers soins. À mon approche, cette dernière relève la tête, l'air affolé.

– Liv ne me répond plus ! Elle est tombée en arrière d'un coup ! sanglote-t-elle.

J'inspecte minutieusement le corps d'Olivia sans pour autant trouver l'origine de tout ce sang alors j'ordonne à Eddy de faire de même avec Judy. Si Liv respire correctement, elle demeure inconsciente et je la place en position latérale de sécurité le temps que le Doc arrive.

– Bounce, va chez Rock le remplacer auprès de Nini ! Garde ma sœur, Soraya et Mary avec toi pour le moment. Ne les quitte pas des yeux !

– OK, me lâche-t-il en s'exécutant.

– Loris, va checker les caméras de sécurité du bar pour comprendre ce qui a pu se passer, je reprends, en luttant pour garder mon calme.

Loris lui aussi obéit sur-le-champ.

– Judy n'a rien. Aucune blessure, me rassure Eddy.

– Liv non plus, je lui réponds. Elle semble simplement dans les vapes.

– Alors d'où vient tout ce sang ?

– J'en sais que dalle ! Blondie, tu te souviens de quoi que ce soit ? la questionné-je plus doucement.

Elle secoue frénétiquement la tête avant de murmurer :

– Il y a eu un drôle de bruit, ensuite tout ce sang nous est tombé dessus.

C'est à n'y rien comprendre.

Tout à coup, Liv se met à papillonner des yeux et un soulagement intense me saisit. Je réalise alors à quel point j'étais inquiet pour elle.

– Ro… bert. Roooo… bert, baragouine-t-elle en bougeant la tête de droite à gauche.

– Robert ! Elle parle d'un Robert ! s'enflamme Eddy. Elle a dû reconnaître le mec qui leur a fait ça.

– Non, Robert n'est pas vraiment une personne, marmonne Judy, gênée mais elle aussi soulagée.

– C'est quoi alors ?

– Un surnom pour un truc à Soraya. Rien d'important, on parlait simplement de ça en sortant, élude-t-elle.

Je n'ai pas le temps de creuser le sujet, nous sommes interrompus par Loris qui revient en courant.

– Tu as pu voir quelque chose ? je lui demande.

Cette histoire de Robert devra attendre, d'autant plus que le regard fou de Loris m'effraie.

– Il n'y avait rien ni personne face au bar ou sur le trottoir, hormis les filles et le 4x4 de Bounce. C'est comme tombé du ciel dès que la voiture s'est éloignée. On voit Liv et Judy dehors et tout à coup le sang se déverse sur elles.

Comment ?

Puis je lève les yeux et comprends.

– Sur le toit ! Ils sont sur le toit ! j'éructe. Chopez-moi ces enfoirés !

Eddy se met en mouvement, avec dans son sillage une dizaine d'hommes. Ils se ruent ensemble vers l'échelle de service tandis que Loris s'approche de moi et panique :

– Faut les laver de cette merde ! Max, faut les doucher ! Et vite !

Je sais à quoi il pense. Loris est lui-même séropositif depuis plus de dix ans maintenant et les événements de ce soir sont la seule chose pouvant ébranler son self-control légendaire. Au fond, je ne sais pas si ce qu'il imagine est possible mais dans le doute, il attrape Liv et moi Judy, puis nous les entraînons vers une salle de bains réservée au personnel du CSB. Sur le chemin, j'ordonne à plusieurs hommes de quadriller les alentours et de prévenir le Doc ou Rock de l'endroit où nous allons. Je me dis que si Loris a raison, alors il est déjà trop tard…

24

DOUCHE-MOI

Judy

Un chaos indicible nous encercle à présent tandis qu'une foule compacte s'agglutine au-dessus de nos têtes. Debout sur ma droite, Max vocifère des ordres à ses hommes et rapidement les rugissements de motos se font entendre, puis l'odeur de l'essence vient couvrir celle du sang.

Au bout de plusieurs minutes, les curieux se lassent et s'effacent, permettant à Max de me remettre doucement sur pied. Je m'accroche alors à lui, effrayée, et nos regards se scellent l'un à l'autre au milieu de ce tumulte. Pendant cette fraction de seconde, je n'ai plus peur et je trouve même le courage d'avancer.

Ça va aller, je me répète en boucle. *Ça va aller. Personne n'est blessé.*

Loris prend Olivia contre lui à son tour et ensemble nous pénétrons dans le CSB, puis nous nous dirigeons vers le fond de la salle. Les serveuses, toujours sous les ordres de Max, rallument les lumières et éteignent la musique avant de mettre dehors les derniers clients récalcitrants.

L'heure n'est plus à la fiesta.

– Judyyyyyyyy… marmonne Liv.

– Je suis là, je lui réponds en lui prenant la main.

– Je crois que j'ai trop bu.

– Je pense aussi…

– Plus jamais, râle-t-elle.

– Je tâcherai de te le rappeler si tu dérapes à nouveau.

– Merci, t'es une bonne amie.

Olivia referme les yeux en souriant puis repart ailleurs, calée dans les bras de Loris telle une enfant qu'on va mettre au lit. Savoir qu'elle me considère comme une amie me touche profondément car le sentiment est réciproque. En peu de temps, je lui ai confié de nombreuses choses sur ma vie et en échange Liv me parle d'Ellie tous les jours, parfois même jusqu'à tard dans la nuit.

Nous nous stoppons brusquement face à l'une des portes closes au pied de l'escalier, menant à l'ancien appartement de Max. Il la déverrouille à l'aide d'un passe-partout et lorsqu'il s'écarte pour me laisser entrer à mon tour, je découvre une vaste salle de bains, désuète mais propre, faisant office de vestiaire pour les serveuses. Derrière nous, Loris dépose Liv précautionneusement à même le sol et la fraîcheur du carrelage la fait gémir d'inconfort.

– Tu vas pouvoir la doucher ? me demande Max, inquiet.

– Oui ça ira, je vais me débrouiller.

– Tu as des serviettes de bain dans le placard de droite, et du savon dans la douche, sers-toi, précise-t-il.

– Merci.

– Fais-moi passer vos vêtements souillés dès que tu peux, le Doc voudra sûrement les analyser.

– Les analyser ?

– On doit savoir d'où vient ce sang et s'il contient… des trucs…

Loris, sur le seuil, hoche vigoureusement la tête à cette affirmation.

– D'accord, bégayé-je. Je mettrai nos habits tachés juste derrière la porte. Vous pourrez les récupérer.

Dans la panique, j'ai omis ce détail inquiétant. Malheureusement pour moi comme pour Liv, nous sommes couvertes de sang de la tête aux pieds, et lorsque je le réalise, je suis prise de violentes nausées.

– Ça va aller. On trouvera qui a fait ça et pourquoi, s'inquiète Max.

– D'accord. Faut juste que je prenne sur moi. J'ai toujours eu horreur de cette odeur.

– Ah oui ?

– Ça me rend malade. Une fois avec Derek, on était au zoo et…

Max redresse la tête soudainement et me coupe :

– C'est lui !

– Quoi ?

– C'est Derek qui a fait ça ! J'en suis certain. Et moi qui pensais qu'il t'avait laissée tranquille ! Il préparait son coup !

Max s'embrase devant mes yeux. Son beau visage inquiet arbore à présent une colère incendiaire.

– Je ne sais pas, tenté-je de le calmer en posant ma main sur son avant-bras.

– Judy, sérieusement ? s'énerve-t-il. C'est si gros et peu subtil à peine deux semaines après l'incident du motel.

– Certes, mais de là à l'accuser comme ça, sans preuve…

– Et qui d'autre veux-tu que ce soit ? Hein ?

OK. Là il m'agace. Je conçois qu'il enrage, qu'il ait eu peur pour Liv, mais jusqu'à preuve du contraire je suis celle couverte d'hémoglobine. Or, j'ai décidé en quittant Derek de ne plus me laisser faire par quiconque…

Judy 2.0 est en cours de mise à jour.

– Parce que ton clan n'a aucun ennemi peut-être ?! lancé-je en haussant le ton.

Max me jette un regard surpris, puis se renferme et devient pensif.

Je souffle un bon coup pour redescendre en pression avant de reprendre :

– Écoute, Max…

– Non, désolé. Vivement que le Doc arrive et qu'on aille se coucher, on en a tous besoin je crois, s'excuse-t-il en se frottant le visage d'épuisement.

Il a les traits tirés tandis qu'il jette un coup d'œil à Olivia, s'agitant dans son coin. Elle s'est réveillée et est à présent assise contre le mur.

– Ne criez pas par pitié, grogne-t-elle. Ça résonne dans mon crâne. Mes neurones sont en pleine soirée disco. Gloria Gaynor est en train d'y chanter en canon avec les Bee Gees.

Sans transition, elle se met à fredonner une sorte de mélange bizarre entre « Stayin' Alive » et « I Will Survive ». Olivia et son medley improbable parviennent à m'arracher un sourire dans ce contexte tendu, puis j'ajoute à l'attention de Max afin de clore le débat :

– Tu sais, Derek a clairement un souci, même plusieurs. Je ne lui cherche aucune excuse, mais ça ressemble plutôt à une blague de très mauvais goût. On va sûrement découvrir demain qu'il s'agit de gamins qui cherchaient à flirter avec le danger en provoquant le club de bikers du coin.

Au fond de moi, je n'envisage pas que cela puisse être autre chose…

– Elle n'a pas complètement tort, intervient Loris. Il nous faut plus de preuves avant d'agir. Attendons de voir si les gars ont trouvé quelque chose sur le toit ou autour.

Loris est discret et parle peu, mais j'apprécie son intervention.

– L'alcool te brouille la mémoire, Blondie. Tu oublies ce que Derek a failli te faire dans cette chambre de motel… gronde Max.

– Non, rien ne peut me faire oublier, je lui rétorque en plongeant mes yeux dans les siens.

Son regard gris trahit sa soif de vengeance envers Derek et il semble lutter contre pour ne pas m'effrayer davantage, avant de reprendre plus posément :

– OK, j'irai chercher des preuves dès demain. En attendant, là, je dois vous trouver des vêtements de rechange, je reviens vite. Loris, garde la porte en mon absence !

Ce dernier acquiesce, sort de la pièce puis Max le suit, sans se retourner… Épuisée, je me retrouve donc seule en compagnie d'une Liv complètement bourrée. Les yeux fermés, elle lance alors d'une voix cassée :

– Merci, Chuck Loris !

Je m'accroupis auprès d'elle en essayant de ne pas prêter attention au sang qui empeste, car si l'une de nous vomit, l'autre suivra et il en est hors de question.

– Bon, faut se doucher. Tu penses pouvoir y arriver ou tu as besoin d'aide ? je lui demande.

– Je crois qu'un peu d'aide serait bienvenue, avoue-t-elle penaude.

– OK, je vais commencer par te déshabiller, ça te dérange ?

Olivia se met à rire avant de lâcher :

– Pff. T'inquiète pas. Ma pudeur a été atomisée le jour où j'ai accouché devant des inconnus en blouses blanches qui regardaient fixement mon vagin alors que je me faisais caca dessus en poussant pour expulser mon bébé.

– En effet. Vu sous cet angle…

– Oui justement, tout était une question d'angle de vue ce jour-là…

Sur cette image magnifique, remettant en question mon désir de maternité, je nous déshabille et installe Liv sur une chaise que j'ai placée dans la douche au préalable. Ce sera bien plus simple ainsi. Les premières minutes sont maladroites, mais finalement je trouve mon rythme. Liv lutte pour garder les yeux ouverts et fixe le plafond pendant que je lui savonne les cheveux. J'essaye d'être douce et lui masse le crâne alors que les Bee Gees prennent totalement possession de son corps. La voilà à présent qui chante à tue-tête sous la cascade d'eau brûlante. Malgré la situation, je ris de l'entendre enchaîner les fausses notes et les sons qui ne veulent rien dire. Je nous lave ainsi pendant une bonne demi-heure, jusqu'à ce que Liv aille mieux ; et jusqu'à ce que l'eau rougeâtre s'échappant du bac à douche redevienne parfaitement translucide, entraînant nos peurs avec elle.

Je songe à Max, à tout ce qu'il a provoqué en moi en si peu de temps. Je me gonfle de sensations chaudes et positives pour repousser le froid des angoisses.

Tandis que je termine de nous rincer, la porte s'entrebâille légèrement et une main discrète récupère nos vêtements souillés au sol, puis réapparaît pour nous en déposer des propres en échange.

Liv trouve ensuite la force de se sécher elle-même puis nous enfilons nos nouveaux habits, si je puis les désigner ainsi, car il s'agit en réalité des tenues ultra-sexy des serveuses du CSB.

Je me retrouve donc vêtue d'un tee-shirt blanc ultra-moulant et d'une minijupe taille basse. Heureusement, j'ai eu la présence d'esprit de mettre de côté nos sous-vêtements, plutôt épargnés par l'attaque d'hémoglobine…

Porter cette jupe sans culotte et ce crop-top sans soutif n'était pas une option envisageable.

– Si mes parents me voyaient dans cette tenue… je lâche en riant. Il ne me manque plus qu'à me faire percer les tétons…

– Judy, il est temps d'arrêter d'y penser. On s'en fout d'eux. Vis ta vie. On en a peut-être qu'une.

Les mots d'Olivia sont brutaux mais vrais. Mes parents sont encore trop présents dans mes pensées. Peut-être parce que j'ignore leurs appels depuis trois mois et que j'en culpabilise malgré moi.

– Bien. Tu as l'air d'aller vachement mieux, je rétorque en tentant de tirer sur ma jupe trop courte.

– Oui, cette douche m'a requinquée, merci. Ça ira encore mieux quand j'aurai pu vomir un bon coup et bu de l'eau. Beaucoup d'eau ! Je soûle aussi vite que je dessoûle.

En effet… Elle se tient devant moi plutôt correctement à présent alors qu'il y a moins d'une heure elle gisait presque inconsciente sur le trottoir.

– En tout cas, j'en connais un qui va se rincer l'œil… Cette tenue te va très bien. Tu es canon, reprend-elle en souriant.

Ses cheveux humides lui collent au visage et elle paraît tellement jeune sans maquillage.

– Tu parles, y a rien à voir… je lui réponds, gênée, en tirant sur mon haut à présent.

C'est peine perdue, si je cache mon nombril, ce sont mes seins qui jaillissent du décolleté de l'autre côté.

– Tu plaisantes, j'espère ?!

– Je suis loin d'avoir la taille mannequin comme Dakota, je marmonne.

– Et qui dit que les hommes n'ont qu'un style de nanas ou qu'ils n'aiment que les tailles mannequin ? Je fais un mètre cinquante-cinq, mon ventre est aussi dur que de la gelée à la fraise et mes cuisses sont pleines de vergetures depuis ma grossesse. Pourtant Rock me regarde encore comme si j'étais la septième merveille du monde. C'est la seule chose qui importe. Crois-moi, tu plais à Max. Je le vois dans son regard de biker, Blondinet.

– J'ai des hanches si larges ! Et mes cuisses ont l'air de deux poteaux dans cette jupe. Hors de question que je sorte comme ça.

Mais le choix ne m'appartient plus, le fameux Rock fait irruption dans la pièce sans frapper ni prévenir. Il a le regard fou et se stoppe net lorsqu'il découvre Liv, douchée et souriante, debout devant moi.

– Hey, tu pourrais frapper, espèce d'homme des cavernes ! lui lance Liv en fronçant des sourcils. On aurait pu être nues !

Liv est officiellement de retour parmi nous, c'est certain !

Rock ne l'écoute plus et se rue vers elle L'instant d'après, Olivia disparaît littéralement au creux de son étreinte.

– Putain, Poucelina. Ne me refais plus une frayeur pareille ! J'ai cru crever deux fois quand Bounce m'a prévenu. Tu vas bien ?

– Mmmfnmfrm.

– Quoi ? lui demande-t-il.

Rock la relâche un peu et Liv reprend sa respiration avant de lui répondre :

– Je vais bien mais tu m'étouffes. Nini est avec qui ? Tu l'as laissée toute seule chez nous ?

– Non. Elle dormait. Mary, Soraya, et Susie sont chez nous et veillent sur elle. Shawn était en chemin pour les rejoindre aussi.

Je les laisse renouer en toute intimité puis m'éloigne comme je peux dans cette jupe de similicuir qui couine à chacun de mes pas, me cisaillant le cuissot. Et alors que je rase les murs de façon ridicule, je tombe nez à nez avec Max de l'autre côté de la porte. En fait ils sont tous là, derrière lui ; Eddy le grand balafré ; Loris le vieux sage pirate au visage brûlé ; Vince, l'homme aux dreadlocks et Bounce qui, sans ses tatouages, pourrait être mannequin pour Calvin Klein. Il suffit de voir son jumeau à la peau immaculée pour comprendre.

– Hey… lancé-je timidement.

Ils m'observent avec des yeux ronds.

– Faut que tu l'embauches, déclare soudainement Vince sans forme de préambule. C'est un avion de chasse dans cette tenue. Je prédis une augmentation de ton chiffre d'affaires de trente pour cent. La clientèle veut du moelleux comme un bon fondant au chocolat. Bouffe et sexe, y a que ça de vrai dans la tête d'un homme.

Oh, mon Dieu !

Je me sens virer au rouge tomate illico et prie pour disparaître de la surface de cette terre.

TOUT DE SUITE !

– Vince ! Ta gueule, intervient Max, énervé et un brin… jaloux.

– Dans la tienne peut-être, personnellement je pense aussi beaucoup à la mort, renchérit Bounce.

– On s'en fout à quoi vous pensez. Circulez, y a rien à voir qui vous concerne. Je l'emmène auprès du Doc, reprend Max.

– C'était un compliment… ajoute Vince sur un ton d'excuse. T'es belle, Judy.

Max se place alors devant moi pour leur boucher la vue et ignore Vince en grommelant. Puis il ôte son cuir qu'il a dû revêtir après le départ des clients car il ne le portait pas ce soir. Je réalise à cet instant que Loris, Eddy et Max ont aussi fait un brin de toilette et changé leurs vêtements souillés de sang. Il me tend alors sa veste en déclarant :

– Enfile-le. Il fait froid dehors. Je n'avais que ça comme tenues à vous passer, désolé.

Je ne me fais pas prier et passe le lourd blouson de cuir sur mes épaules. Je suis tout de suite plus à l'aise, il est chaud et porte l'odeur entêtante de Max que je tente de renifler discrètement...

– Tes serveuses doivent vraiment porter ce genre de tenues pour travailler ? je lui demande, perplexe.

– Non, plus maintenant. Elles mettent ce qu'elles veulent. C'est pour ça d'ailleurs que j'en ai plein les placards...

– Tu m'étonnes, je murmure.

– Je vous ai dit de circuler, ajoute-t-il, agacé, à l'attention des autres qui nous observent toujours avec un sourire étrange.

Ils finissent par obéir et se dispersent en silence tandis que Max m'entraîne dehors où une sorte de fourgon nous attend. Lorsque j'approche, je comprends qu'il s'agit en réalité d'une ambulance qui a été repeinte en vert kaki comme ces véhicules militaires.

– Le Doc va t'examiner, d'accord ? me murmure Max.

Je hoche la tête docilement, épuisée et ahurie, puis grimpe à l'intérieur du véhicule par-derrière, où l'homme qui se fait appeler le Doc commence à m'ausculter dans tous les sens. Il prend ma température, ma tension, prélève je ne sais quoi dans ma bouche à l'aide de coton-tige, me fait une prise de sang pour remplir plusieurs tubes qu'il étiquette avec minutie. Pendant tout ce temps, Max me rassure depuis l'extérieur :

– Ce ne sont que de simples formalités. On veut s'assurer que tout va bien.

– Je sais. Je te crois.

Je me concentre sur les appareils médicaux qui tapissent cette ambulance étrange. Je pense que les pompiers ne sont pas mieux équipés que le Doc, ce qui me laisse pantoise.

Pourquoi diable le Clan a besoin d'un tel véhicule ?

À cet instant, Liv nous rejoint, elle aussi enroulée dans l'immense blouson de Rock. Ce dernier la hisse dans le véhicule et elle vient se serrer contre moi. Le Doc nous explique alors les risques encourus par une telle exposition au sang. Je préfère décrocher de sa longue liste aux termes médicaux barbares pour ne pas dégoupiller, et de toute façon, il est trop tard. Avec Liv, nous décidons d'un commun accord de ne paniquer que si ces résultats d'analyse reviennent mauvais. En attendant, il est hors de question d'imaginer quoi que ce soit.

– Vous avez trouvé quelque chose sur le toit ? je demande à Max lorsque le Doc s'intéresse à Olivia en silence.

– Oui. Il y avait plusieurs seaux remplis de sang. Apparemment ils n'ont pas eu le temps de tout vous balancer dessus.

– Je suis confiant, conclut le Doc. La quantité de sang est énorme pour remplir autant de seaux. Alors à moins de dévaliser une banque de sang d'hôpital, et encore, je pense que ceux qui ont fait ça ont saigné du bétail. Ça écarte certains risques graves pour l'homme, mais pas tous… Il faudrait rendre une petite visite aux fermes des alentours.

– Je m'en occupe, lui répond Max.

– Il n'y avait rien d'autre ? gronde Rock dans le noir de la nuit.

Max me lance un coup d'œil anxieux.

– Non rien, finit-il par dire.

– Alors retrouve-moi qui a fait ça ! C'est ta seule mission pour le moment. On gère le reste, déclare Rock sur un ton chargé de colère.

– Je sais, j'ai déjà ma petite idée sur le sujet…

25

MAUVAIS RÊVES

Max

Les clients du bar, habitués comme occasionnels, sont enfin rentrés chez eux tandis que nous nous retrouvons tous chez Rock une heure plus tard. Gérer ce merdier et son nettoyage n'a pas été simple à cause de la fatigue collective, et certains de nos membres ont eu du mal à redescendre en pression suite à cette provocation au sein même de notre ville. J'ai immédiatement envoyé un groupe de vétérans quadriller les alentours du CSB dans l'espoir de choper un début de piste.

Affaire à suivre donc…

Et si l'animation de la nuit a fini par se tarir, ce n'est pas le cas de nos craintes ni de notre colère. En effet, le Doc en a remis une couche concernant Judy et Liv. Selon lui, une exposition au sang par les yeux, la bouche ou même une petite plaie se doit d'être prise très au sérieux. Or nous ignorons pour le moment comment ce sang a été obtenu, comment il a été stocké, depuis combien de temps…

Là encore il va falloir s'armer de patience et attendre les résultats des fichues analyses du Doc pour en savoir un plus.

Enfoiré de Derek !

Car je suis certain qu'il est derrière tout ça. Je le sens dans mes os et dans mes tripes, et je me jure de le prouver…

– Tout le monde dort ici ce soir ! gronde Rock depuis les escaliers.

Olivia, quant à elle, est déjà montée à l'étage pour calmer la petite Nini qui s'est mise à pleurer en nous entendant rentrer. Nos regards se croisent avec Rock et j'acquiesce. Dormir ici ou ailleurs, tant que je me pieute… Judy est appuyée contre moi, elle somnole et lutte pour ne pas tomber de sommeil.

– Je dois rejoindre mes filles et relever la baby-sitter, annonce Eddy calmement.

– Je pars avec toi, ajoute ma sœur précipitamment.

– Non, Susie. Hors de question. Tu ne restes pas seule cette nuit, j'interviens.

– Max… On va être trop serrés ici, proteste-t-elle.

Je vais pour lui répondre que je m'en carre, que je dormirai à même le sol si nécessaire, mais Eddy reprend et me devance :

– Elle peut dormir chez moi. J'ai un peu de place.

Susie approuve et remercie Ed pour l'offre à laquelle je n'ai rien à redire. Eddy est un spécialiste du combat rapproché, si quelqu'un peut veiller sur ma petite sœur, c'est bien lui.

Nos réactions peuvent paraître excessives mais le passé et nos erreurs antérieures nous hantent. Nous ne voulons plus jamais perdre quelqu'un par manque de prudence ou par excès de confiance.

Comme Sunny, ou comme Ellie Jefferson…

– Bien, c'est entendu, tranche Rock. Susie et Ed partent, les autres vous restez. On y verra plus clair demain.

– De toute façon, je suis trop crevé pour rentrer à cette heure-ci, balance Vince.

– Parfait ! Faites comme chez vous !

Le ton ferme de Rock ne laisse plus la place à la négociation. Au top départ, chacun se rue vers une surface permettant de passer une nuit relativement confortable.

Loris met une option sur l'immense canapé d'angle, tandis que Soraya et Shawn lui piquent des coussins, un plaid et s'allongent à même l'épais tapis du salon. Puis je vois Bounce et Vince monter à l'étage, suivis par le Doc et Mary.

– Dépêchons-nous ou il n'y aura plus de lits dispos, lancé-je à Judy.

Silencieuse et épuisée, elle me suit dans l'escalier mais ce que je redoutais arrive. Bounce et Vince ont pris la première chambre d'amis. Mary et le Doc, la seconde.

– On va dormir où ? murmure Judy.

– Il y a un lit dans le grenier. Ça te dérange de le partager avec moi ?

Judy redresse la tête et écarquille les yeux de surprise :

– Je… Euh…

– Je ne tenterai rien.

– OK, finit-elle par dire avec un sourire timide.

Je la prends alors par la main et nous grimpons les escaliers d'un étage supplémentaire. Nous débouchons sur un vaste espace de combles sous les toits, où Liv et Rock entreposent quelques meubles. Au centre, sous deux velux, un matelas avec le nécessaire pour dormir est posé à même le sol.

– Ce sera très bien, souffle Judy.

Je la sens encore incertaine et tente de la mettre à l'aise :

– Au pire, je peux dormir sur la moquette et te laisser le lit…

– Non, vraiment, Max, y a pas de soucis. Et puis ça veut dire quoi de dormir avec quelqu'un ? Rien du tout.

– Faux, Blondie. Quand on dort, on est vulnérable et c'est pas anodin…

– J'avais l'impression que tu essayais de me rassurer. J'ai dû me tromper, réplique-t-elle en rigolant.

– Oui, c'était le but. Tu peux me faire confiance, je m'excuse un peu confus.

– Pour tout t'avouer, c'est en moi que je n'ai pas confiance… murmure Judy en me lançant un regard lourd de sens, les joues roses.

Elle me prend de court et, déstabilisé, je repense à ce qui s'est passé entre nous dans mon ancien appartement.

Génial. Timing parfait, comme d'habitude !

Il ne manquait plus que ça pour conclure cette journée : me souvenir du goût des lèvres de Judy sur les miennes et de ses mains baladeuses sous mon tee-shirt. Dans la foulée un relent de culpabilité refait surface car j'ai merdé en beauté ce soir et si Judy continue de me fixer de la sorte, je risque fort de recommencer.

La situation vis-à-vis du décès d'Ellie serait tellement plus simple si sa petite-fille me laissait de marbre…

Je m'éclaircis alors la voix pour cacher mon trouble et lui propose :

– Laisse-moi t'enlever ça.

J'attrape mon blouson par les manches et l'aide à en sortir avec une pointe de regret, car je trouve Judy parfaite dans mon cuir… Je voudrais lui renfiler sur-le-champ lorsque l'image d'elle, nue, ne portant que ça, intoxique un peu plus mon esprit déjà gravement atteint. Cette fille est un poison puissant pour mes sens au point que ni ma culpabilité ni ma morale ne semblent suffisantes pour me sevrer d'elle. Alors après avoir déposé mon précieux cuir sur un carton, je la détaille le plus discrètement possible.

Si je n'ai jamais eu de type de nanas auparavant, Judy est pourtant tout ce que j'aime. Depuis un coin de la pièce, je ne peux m'empêcher de fixer son dos puis le bas de ses reins dans cette minijupe noire. Sa silhouette tout en courbes provoque un truc charnel et primitif en moi…

Stop !

Heureusement, mon salut vient d'Olivia qui s'annonce en apparaissant dans l'escalier :

– Excusez-moi. Je ne voulais pas vous déranger, mais j'ai pensé que Judy aurait besoin d'un pyjama pour la nuit.

– Oh oui, merci ! s'écrie Judy en se précipitant vers Liv.

Un blanc s'ensuit. Je devine alors Judy déplier une sorte de bout de tissu rouge et brillant.

– Mais c'est quoi ça, Olivia ?! s'exclame-t-elle à nouveau.

– Un pyjama, lui répond la petite brune de façon espiègle.

Je crains le pire.

– Il n'y a presque pas de tissu mais de la dentelle partout ! baragouine Judy.

– Je suis certaine que ça t'ira très bien. Max adore le rouge… Il y a un dos nu et le petit short rentre un peu dans le popotin. C'est fait exprès. Effet soooo sexy garanti !

Amusé, mais aussi à deux doigts de péter les plombs en imaginant Judy dans cette tenue, j'interviens :

– Liv, on apprécie ton investissement, mais on n'en a pas besoin. File-lui un tee-shirt et un legging.

Olivia me jette un regard déçu, voire menaçant, si bien que j'en ris.

– Si c'est ce que tu veux, râle-t-elle. Je voulais simplement aider.

– Je n'en doute pas, je lui rétorque.

Elle disparaît à nouveau dans l'escalier pour revenir avec un grand tee-shirt blanc presque immédiatement.

– Désolée, tous mes leggings sont au sale. Ça va te suffire Judy ? Sinon j'ai une combinaison intégrale en pilou-pilou Lilo et Stitch…

Judy déplie le vêtement, qui, vu la taille, appartient à Rock.

Pourquoi la savoir dormir avec ses fringues sur le dos me fait grave chier ?

– Non, c'est bon, ça fera l'affaire. Merci, lui souffle Judy.

– Mais de rien, les tourtereaux.

Nous ignorons cette dernière phrase, trop pressés d'aller nous coucher, enfin.

– Liv ne perd jamais le nord. Elle en est parfois exaspérante... j'admets en m'asseyant sur le lit.

Je retire mes boots et les lance dans un coin de la pièce.

– C'est ce qui la rend attachante, me répond Judy en souriant.

– Oui. Assurément. J'ai du mal à croire qu'elle était bourrée au point de s'évanouir sur le trottoir, y a quoi ? Deux heures à peine ?

– Je me disais justement la même chose.

– Où va-t-elle chercher toute cette énergie ?!

– Je l'ignore mais je compte bien lui extorquer son secret demain, conclut Blondie avec un petit rire.

Je me tourne pour la laisser se changer et une fois cela fait, j'éteins la lumière. C'est seulement dans le noir que j'ôte à mon tour mes vêtements pour finir en boxer car je ne supporte pas de dormir avec un tee-shirt.

– Ça va, Blondie ? Pas trop secouée ? je lui demande, une fois allongé.

– La soirée a été mouvementée, mais j'ai passé un super moment si on en occulte la fin sanguinolente.

– Désolé pour ça.

– Pourquoi tu t'excuses ? s'étonne-t-elle.

– C'est mon bar, je suis responsable de ce qui se passe dedans ou juste devant... Je voudrais pas que tu aies peur d'y remettre les pieds à cause de ça.

– Je n'ai pas peur. Enfin, j'ai eu peur sur le moment car j'ai cru qu'Olivia était blessée mais maintenant ça va. Je suis certaine qu'il s'agit d'une mauvaise blague. Les analyses du Doc le prouveront et on pourra reprendre nos vies comme avant.

– Peut-être... Mais je compte bien trouver celui qui a fait ça.

– Et je suis certaine que tu y arriveras, susurre Judy, la voix ensommeillée.

Malgré cette boule au creux de mon ventre, bercé par la pluie tombant sur les vitres au-dessus de nos têtes, je m'endors en rêvant d'une femme blonde, bien plus jeune, poussant une bicyclette le long d'une route perdue.

Pourquoi ressurgit-elle dans ma vie ?

Pourquoi maintenant ?

***

Je suis réveillé dans la nuit par des tremblements qui secouent le matelas. Instinctivement je tends le bras et devine Judy recroquevillée sur elle-même, secouée de spasmes. Je me précipite pour allumer la lumière, m'attendant à la trouver en train de convulser, mais non. Elle semble simplement en proie à un mauvais rêve. Je n'ose pas la réveiller mais lui remets le drap dessus et la veille. Les traits de son beau visage finissent par s'apaiser et la lumière du plafond la réveille enfin.

– Max ? C'est déjà le matin ? interroge-t-elle la voix sourde et endormie.

– Non. Tu tremblais, je pensais que tu avais froid...

– Oh, désolée de t'avoir réveillé, s'excuse-t-elle en se protégeant les yeux avec son bras. Ça fait quelques mois que j'ai un sommeil agité.

– Tu veux en parler ?

Je suis parfaitement alerte, la savoir si proche sans oser la toucher réduit à néant l'espoir de me rendormir d'un sommeil profond. Alors autant parler de ce qui semble la hanter. Judy se redresse sur le lit et colle ses genoux contre sa poitrine après avoir glissé ses jambes sous l'immense tee-shirt de Rock. Elle commence un léger balancement d'avant en arrière, pensive.

– En fait, je ne me souviens jamais très bien ce dont je rêve. Je suis juste profondément triste au réveil, avoue-t-elle dans un murmure.

– Ça a commencé quand ?

– Peu de temps après avoir appris la mort d'Ellie. Pas besoin d'avoir fait dix ans de psychologie pour comprendre. Je suis rongée par la culpabilité. La journée je lutte contre, mais la nuit... Y a rien à faire, je revis nos disputes en boucle. J'ai pourtant tout essayé. De m'épuiser avec du sport, de prendre des plantes, de lire un truc joyeux avant de m'endormir. J'ai même tenté l'hypnose et l'acupuncture.

– Blondie…

– Y a rien que tu puisses dire qui m'aidera, me coupe-t-elle un peu brusquement. C'est comme ça. Je dois l'accepter. J'aurais pu retourner la voir des milliers de fois. Je ne l'ai pas fait. J'ai cru mes parents. J'ai écouté Derek… Je suis responsable.

Je la vois cligner des yeux douloureusement et me lève à nouveau pour éteindre la lumière.

– C'est mieux comme ça ?

– Oui, merci, murmure-t-elle.

Je me rallonge à ses côtés. Les mains sur mon torse, je fixe le Velux. Judy respire lourdement elle aussi. Cette tension entre nous est à nouveau là, peu importe l'heure ou le contexte. C'est juste là.

– Alors pourquoi rester dans le coin ? je tente en espérant penser à autre chose que nous deux. Je comprends que tu sois retournée sur sa tombe mais maintenant ? Tu devrais peut-être partir loin. Repartir de zéro.

Ce n'est pas ce que je voudrais ! Mais ce serait certainement le mieux pour elle. Je sens Judy se tourner vers moi mais je persiste à fixer le plafond dans le noir. Lorsqu'elle reprend la parole, elle est bien plus proche.

Trop proche…

– Parce que c'est ce que tu ferais toi ? Fuir ?

– Non. Pas définitivement, en tout cas.

Et c'est vrai. Certes je suis parti quatre mois pour trouver des réponses à mes questions mais j'ai toujours su au fond que je reviendrais, ma maison et ma famille sont ici.

– Moi non plus, susurre-t-elle.

Toujours bien trop proche de moi, sa chaleur corporelle se diffuse jusqu'à la peau nue de mon torse. Je sens Judy m'observer dans la pénombre tandis que je reste raide et crispé. Elle joue nerveusement avec le drap, et le frottement du tissu sur mon bas-ventre n'aide en rien ma situation…

– Tu as une question, Blondie ? je lui demande, amusé malgré la tension qui a pris possession de mon corps.

– Je me demandais… Ma mère m'a raconté des trucs… Et…

– Vas-y, crache le morceau, je t'écoute.

– Grâce à Liv, j'ai cru comprendre que vous viviez pour la plupart des activités du Clan dans le comté. Une sorte de business…

– Oui et ?

– Est-ce que ce sont des trucs illégaux ? finit-elle par lâcher en se rapprochant encore un peu plus de moi. Genre de la drogue ou des armes ?

– Non pas du tout. Nos activités sont clean.

Je ris en imaginant sa moue surprise.

– Oh ! D'accord.

– Par contre, dis-je en reprenant plus sérieusement, on reste en marge de la société, Blondie. Ce n'est pas toujours évident de nager à contre-courant sans se noyer. Alors parfois, malgré notre bonne volonté, on fait des choix impossibles. On brise les règles et on doit vivre avec les conséquences.

– Je ne suis pas sûre de comprendre, murmure-t-elle.

– Le business du Clan est clean, pour ce qui est de nos actes, pas toujours…

– Peut-être mais en tout cas je suis soulagée que tu ne gagnes pas ta vie en vendant des armes à des terroristes, lâche-t-elle sérieusement.

Je ne peux m'empêcher de rire franchement à présent :

– Non, si tu veux tout savoir, on vit de l'excavation de roches et de minerais dans les montagnes et sur les plateaux. On a plusieurs sites dans l'État du Colorado et en dehors. C'est nos grands-pères qui ont lancé le truc il y a un moment maintenant.

– Mais alors la moto et tout ça ? Votre logo ou je ne sais pas comment on dit. Ça veut dire quoi ?

– C'est une passion et des valeurs communes qui nous réunissent. Nos grands-pères sont des vétérans de la guerre du Vietnam et d'Indochine. Ils ont monté ce clan pour s'entourer de personnes qui partageaient leur façon de voir la vie. Et à côté, il fallait bien gagner sa vie. Tout simplement.

– Je vois, murmure Judy.

– En soi, on n'est pas vraiment un club de bikers comme beaucoup l'imaginent mais plus une communauté.

– Je commence à le comprendre… Vous aidez réellement votre prochain par des actes concrets. Pas comme mes parents qui se contentent de donner l'aumône le dimanche à la messe.

– Oui mais comme je te l'ai dit, Blondie, on a aussi fait de très mauvaises choses… Ne nous prends pas pour des saints.

À mon tour je pivote sur le flanc, vers elle, et je m'approche jusqu'à sentir son souffle sur ma joue mal rasée.

– Quoi comme mauvaises choses ? chuchote-t-elle timidement.

Je m'imagine ses yeux bleus, grands ouverts et fixes sur moi, dans l'attente de ce que je vais lui révéler

– On s'est battus, on a blessé, on a fait du mal pour se défendre et pour se venger. On n'attaque jamais les premiers, mais on ne reste pas non plus sans rien faire si on s'en prend à nous.

– Ah…

– Alors, Blondie. Tu m'apprécies toujours autant ?

Elle reste silencieuse un moment. J'imagine que son esprit pédale à vive allure, en revanche sa réponse sur un ton provocant me surprend :

– Tu peux raconter ce que tu veux, je pense que tu es une bonne personne, Max. Et moi, je ne suis pas une oie blanche complètement naïve. Je serais capable de faire ce qu'il faut pour protéger quelqu'un que j'aime. Ça, je peux le comprendre et vivre avec.

– En tout cas, je n'irai pas au paradis.

– Dieu est le seul à décider de ça, Max.

– J'en suis certain, j'aime trop le sexe pour ton Dieu…

Contre toute attente, Judy se met à rire.

– Quoi ? je lui demande, un peu piqué dans ma fierté.

– J'apprécie ta spontanéité, ça fait du bien. Et pour ça tu n'as pas changé. Tu étais déjà ainsi à 18 ans.

Je demeure silencieux car je ne me fais plus confiance à cet instant… Pas alors qu'elle ravive nos vieux souvenirs d'ados. La chaleur qui émane de Judy est comme la flamme d'une bougie. Je sais que je ne dois pas en approcher au risque de me brûler, et pourtant dans le noir de cette chambre, elle m'attire tel un papillon de nuit. C'est une lutte contre moi-même. Nos visages ne sont plus qu'à quelques centimètres l'un de l'autre. Nos corps, eux, se frôlent dangereusement sous les draps à présent mais je ne dois plus céder.

Et tandis que je me raisonne, puis me bats contre mon désir dévorant pour elle, Judy lâche la phrase suivante, le plus innocemment du monde :

– J'ai aimé ce qui s'est passé entre nous dans l'appartement tout à l'heure… Je voudrais bien recommencer.

Ne lui réponds pas. Tourne-toi.

– Je n'avais jamais ressenti ça en embrassant quelqu'un... ajoute-t-elle avec candeur face à mon silence douloureux.

Fais le vide dans ta tête. Regarde le plafond.

– Ça t'est déjà arrivé ? Oui j'imagine... Moi je suis tellement novice dans tout ça. Je crois que j'ai beaucoup à apprendre.

Anesthésie ton corps. Ça va passer.

– Il n'y a eu que Derek, mais j'aurais aimé que tu sois le premier. Je l'ai souvent rêvé après notre rencontre...

Oh, bordel !

Judy est tout proche et vient poser sa main sur mon bras. Elle a sa bouche près de ma joue. Je suis alors assailli d'images incontrôlables, où Judy se donne du plaisir en pensant à moi dans sa chambre d'ado. Elle y gémit mon prénom pendant que je l'observe dans l'ombre d'un recoin. Elle voulait que je sois le premier, elle l'a fantasmé et à cette pensée je dépose les armes.

– Ah oui ? je lui demande, la voix rauque de désir.

– Oui...

– Et tu imaginais quoi ?

Je me tourne vers elle à nouveau. Nos visages sont sur le point d'entrer en collision.

– Malheureusement rien qu'on puisse faire ce soir à cause de cette histoire de seau de sang. Ce ne serait pas sage.

La sentir si déçue finit de m'achever. Elle a tant à apprendre. Elle est si naïve. Je pourrais être une sorte de prof. Juste pour cette nuit. Je laisserais mon empreinte sur elle et effacerais celle de ce connard de Derek... Cette idée est si tentante.

– Je crois qu'il est trop tard pour être sage, Blondie...

– Ah oui ?

– Et tu sais, on peut toujours faire d'autres trucs qui n'impliquent aucun échange de salive ou autre.

– Comme quoi ? s'étonne-t-elle avec une réelle surprise.

– Derek devait être un gros naze au pieu si tu me poses cette question... je viens lui murmurer au creux de l'oreille.

Elle tressaille contre moi avant de me répondre :

– Non. Enfin, oui. Disons que je n'ai jamais osé, et lui prenait ce qu'il voulait.

– Alors juste cette nuit. Si tu l'acceptes. Je veux bien t'apprendre...

Je me redresse et retire le drap. Je me place à genoux entre ses jambes, alors qu'elle reste allongée, la respiration saccadée.

– Oui, dit-elle tout doucement.

– Je n'ai pas bien entendu, Blondie. Répète. Je veux être certain que tu le veuilles autant que moi.

– J'ai dit oui ! lance-t-elle plus fort cette fois en se redressant sur ses coudes. Apprends-moi, Max.

Putain !

Voilà, je perds pied définitivement et j'oublie ma promesse de ne pas faire ce que je compte faire. Mais bon, à défaut d'être honnête avec Judy, je devrais peut-être l'être avec moi-même. La concernant je n'ai aucune volonté, on gérera la culpabilité demain au réveil.

26

LEÇON N° 1

Judy

Une légère lueur perce à travers les fenêtres et je devine la silhouette de Max se mouvoir. Je peux aussi le sentir. Sentir sa peau effleurer la mienne ou son souffle lorsqu'il s'approche. Sentir son poids quand il se déplace sur le lit ou sa présence lorsqu'il avance. Alors, quand il retire ce drap, je suis déjà sur le fil du rasoir.

Max Summerland est mon premier *crush* d'ado. Il est ce truc déraisonnable qui, passé l'âge de la raison, vous donne des frissons.

– Il consiste en quoi cet… apprentissage ? j'expire à bout de souffle alors que Max est agenouillé, immobile, entre mes jambes.

– Trop tard pour les questions. Tu as déjà accepté…

Je désire tellement de choses mais je sais aussi que je ne suis pas encore capable de faire tout ce à quoi j'aspire.

– Ne t'inquiète pas, reprend-il. J'ai bien compris ce que tu m'as dit dans l'appartement tout à l'heure. On va juste reprendre les bases… En douceur.

– Les bases de quoi ?

– Des préliminaires…

– D'accord…

Les préliminaires sont pour moi comme le Père Noël, tout le monde en parle mais personnellement je ne les ai jamais vus !

– Tu me dis si je vais trop loin, surtout, me souffle Max.

– Oui, je lui murmure en retour.

Je reste pétrifiée sur le lit en le sentant approcher. Le matelas plie sous son poids et lorsque ses mains saisissent mes chevilles une onde de chaleur remonte le long de mes jambes. Max reste ainsi quelques secondes puis commence lentement à faire courir ses doigts sur ma peau en direction de mes genoux. Il le fait avec une extrême lenteur, jaugeant mes réactions. Le souffle saccadé, je plisse les yeux pour apercevoir son corps et je ressors frustrée de ne pas le voir correctement. D'un autre côté, la pénombre m'oblige à me concentrer sur les sensations que me procurent ses caresses.

– Tu sais, il y a plein de façons de se faire du bien ou de faire du bien à quelqu'un, prononce-t-il, un sourire dans la voix.

Ce sourire, je n'ai aucun mal à l'imaginer, c'est son atout charme ultime. Je ne lui réponds pas, trop distraite par ses doigts qui viennent de passer la hauteur de mes genoux et qui se glissent toujours plus haut sur ma peau sensible. Les petites décharges électriques que je ressens se transforment alors en un grondement sourd au creux de mon ventre.

Max remonte entre mes jambes. Toujours à genoux, ses cuisses viennent écarter les miennes. J'essaye de me souvenir de son corps frisant la perfection lorsque la lumière était allumée… Il est bien trop beau pour moi. J'ai un moment de doute. Je me dis qu'il va sentir ma peau d'orange. Pire, il va finir par entrer en contact avec ce bourrelet sur mes hanches qui me fait préférer les jeans taille haute…

– Ça va ? me demande-t-il.

– …

– Je te sens moins avec moi tout à coup, Blondie. Crache le morceau.

– Je ne suis pas aussi mince que Dakota, je finis par avouer.

– Pourquoi tu me parles de Dakota ?!

– Toi et elle… Enfin tu vois.

– Non, éclaire-moi.

Il se joue de moi et je viens lui pincer la cuisse ou du moins j'essaye. Car lui n'a pas une once de graisse. Je ne rencontre que du muscle.

– Ne te moque pas de moi, Max. Je sais. Et je m'en fiche. Je viens juste de débarquer dans ta vie, j'ai aucun droit mais…

– Mais tu te compares à elle.

– Oui. Elle est élancée, toute menue, brune, la peau mate et je suis…

– Tout aussi belle, me coupe-t-il. Je te trouvais déjà très belle dans cette salopette de gamine avec tous tes pin's, alors maintenant, presque nue…

– Vraiment ?

– Vraiment.

Sa réponse franche me rassure et je repousse mes complexes dans un coin de mon esprit. Je peux le faire. Je peux me laisser aller.

– Dis-moi un truc que tu aimes chez toi ? reprend Max sans cesser ses caresses sur mes cuisses.

À chaque va-et-vient, il monte un peu plus haut.

– Je ne sais pas.

– Fais un effort, Judy. Ou cette petite leçon coquine s'arrête là…

Non !

– C'est moche le chantage !

– Réponds, insiste-t-il toujours avec douceur.

– OK. OK. Alors j'aime bien mon nez. Il est petit et mignon.

– C'est vrai. Et ensuite ?

– La couleur de mes yeux.

– J'adore tes yeux, ils ressemblent à ces tableaux peints en pointillé.

– Tu trouves ? je m'étonne, amusée par cette comparaison.

– Oui. De loin, on pense qu'ils n'ont qu'une seule couleur, pourtant quand on t'approche, on découvre qu'il y a plein de points de différentes couleurs en réalité. Mais dis-moi un truc que tu aimes sur ton corps, pas ton visage.

Je prends une grande inspiration pour me donner du courage, et lâche d'une traite la phrase suivante :

– J'aime bien mes seins. Ils ne sont pas énormes mais je trouve qu'ils ont une jolie forme.

– Ahhh.

– Quoi ? je m'inquiète.

Ce « ahhh » ne me dit rien qui vaille.

– Eh bien, maintenant je me vois obligé de vérifier…

– Il fait tout noir ! Tu n'y verras rien, je proteste, un peu paniquée.

– Pas besoin de voir…

Sa main droite abandonne alors ma cuisse et remonte doucement sur mon ventre, sous le tee-shirt. Elle ne rencontre aucun obstacle puisque j'ai enlevé mon soutien-gorge avant d'aller me coucher. J'ai parfois des éclairs de génie.

Au fond j'espérais ardemment ce qui est en train de se passer.

Max se penche au-dessus de moi et prend appui sur sa main gauche près de ma tête. Nos deux visages se frôlent à présent. Il me laisse le temps de le stopper avant de poursuivre la conquête de ma poitrine. Je sais que mon regard est plongé dans le sien. Je le sens. Son odeur masculine m'enivre. Puis, n'essuyant aucune protestation de ma part, sa paume immense et brûlante se pose enfin sur mon sein. Doucement, il commence à jouer avec mon téton si durci que c'en est presque douloureux. Mais je ne veux pas qu'il s'arrête, le plaisir l'emportant sans conteste.

Cette fois je déconnecte pour de bon. C'est doux, sensuel et tellement, tellement excitant. Je le laisse faire et lui donne libre accès à mon corps. Max ne réclame rien en retour, il est patient. Quand il sent que j'aime particulièrement quelque chose, il recommence. Comme lorsqu'il saisit fermement le galbe de mon sein dans sa main et viens titiller mon téton avec son pouce. J'en recroqueville les orteils de plaisir. Il joue ainsi avec mon corps jusqu'à ce que je sois haletante et commence alors à embrasser mon cou. Puis il descend plus bas. Encore plus bas... Toujours plus bas, pour mordiller mon autre téton, à travers le tissu de ce tee-shirt informe. Soudain, sans prévenir, il abaisse son bassin et je sens son érection appuyer contre mon pubis. Nos sous-vêtements sont la seule barrière entre nous. La pression est divine. Juste ce qu'il faut pour que je commence à lâcher quelques gémissements de satisfaction. Je le presse de continuer. Max ondule légèrement. Il ne cesse de me caresser les seins de sa main libre, d'embrasser toute la peau accessible de mon corps : le creux de mon cou, mon épaule dénudée, le coin de ma bouche, sous mon oreille, le bout de mon nez.

– Touche-moi aussi, Blondie...

C'est une supplique plus qu'un ordre, susurrée près de mon oreille, et je suis trop contente d'y obéir.

Je commence à le toucher timidement en retour. J'enlace son torse et fais courir mes mains sur ses abdos puis sur les muscles puissants de son dos. Je descends sur ses reins, tendus sous l'effort.

Sa peau est douce, et parfois je devine une cicatrice çà et là. J'aimerais savoir ce que chacune raconte. Je les dessine du bout de l'index et Max frémit contre moi. Son souffle s'accélère dans mon cou. Il pèse un peu plus lourdement sur moi tandis que la pression sur ma culotte augmente. Dans un élan de témérité, je viens lui saisir les fesses à pleines mains et l'attire davantage contre moi. J'enroule mes jambes autour des siennes. Je nous imbrique le plus possible l'un à l'autre pour augmenter la friction entre nous qui me donne tant de plaisir.

Il lâche un râle rauque et profond.

Je pourrais rester ainsi une heure entière, c'est certes nouveau pour moi, mais j'adore. Je joue avec mes nerfs et ma patience. À mon tour je recommence à l'embrasser dans le cou et sur le haut du torse. Je crève d'envie de dévier vers ses lèvres mais je ne peux pas…

Max est immense au-dessus de moi, et en penchant la tête je devine son téton à portée de mes lèvres. Sans réfléchir, je viens donner plusieurs coups de langue. Je fais ce qu'il me fait, ou presque. L'effet est immédiat, il se tend davantage et gronde mon prénom :

– Judy…

Je recommence, encore et encore, jusqu'à ce qu'il m'enfonce d'un coup de reins violent dans le matelas. Il m'attrape alors par les épaules et se redresse. Sa main droite trouve mon visage et le caresse plusieurs fois. Puis je sens son pouce dériver vers la commissure de mes lèvres que j'entrouvre, en grand. Sa respiration se bloque lorsqu'il le plonge doucement dans ma bouche et que je commence à le suçoter. Je me surprends à oser ça. J'ai l'impression de mimer une fellation et je sais pertinemment que c'est ce qu'il s'imagine. Alors j'en rajoute, je prends de l'assurance, je m'amuse à faire courir ma langue sur son doigt de haut en bas. Son bassin recommence à se mouvoir en rythme, de plus en plus vite et de plus en plus fort contre le mien. J'écarquille les yeux en réalisant la puissance des sensations qui dévorent mon entrejambe. Je n'avais encore jamais ressenti ça. Ce sont de sourdes pulsations qui montent, qui montent… Je ne sais pas à quel moment je perds pied et le contrôle nous échappe définitivement. Nos corps se meuvent d'eux-mêmes et nous sommes au diapason sans avoir à nous parler. Lorsque je me cambre, Max s'abaisse afin de ne jamais rompre le contact de nos bassins, ondulant l'un contre l'autre. C'est une danse torride mais parfaitement fluide entre nous et tout s'accélère. Je ne libère toujours pas son doigt, il est prisonnier de ma langue et de mes lèvres avides. Quant à moi, je suis suspendue aux râles de plaisir de Max et à ses coups de reins, frottant mon clitoris. Ses mouvements ne faiblissent pas et perdurent. Le temps s'étire et le plaisir monte. Il irradie mon ventre d'une chaleur presque insoutenable, depuis ce point si sensible sous le tissu de ma culotte. C'est si bon... Je m'agrippe au biceps de Max quand je me sens partir car le plaisir devient trop intense. J'enfonce mes ongles dans sa chair et ne peux m'empêcher de lâcher un gémissement de satisfaction à mon tour.

– Je vais me jouir dessus si on continue, lâche alors Max à bout de souffle.

L'entendre me dire ce truc cru a raison de moi et sans prévenir ni pouvoir l'empêcher, je bascule dans le vide. J'en perds ma voix. Ma respiration se coupe. Le temps s'arrête tandis que j'ai la sensation d'exploser en un million de particules. Mes sens sont décuplés l'espace de quelques secondes et je suis consciente de chaque point de contact avec le corps de l'homme qui me surplombe.

C'est une avalanche de sensations à laquelle je n'étais pas préparée et que je vis pour la toute première fois.

C'est donc ça un orgasme.

C'est divin mais aussi beaucoup trop intense. Les émotions qui me traversent me dépassent et je sens une larme couler et rouler jusqu'à la main de Max sur ma joue.

– Ça va, Blondie ? s'inquiète-t-il alors. Je t'ai fait mal ?

– Non. C'est juste que...

– Que quoi ? me murmure Max.

– Je n'avais jamais... enfin tu vois... je lui réponds, un peu gênée.

– Tu n'avais jamais eu d'orgasme avant ? s'étonne-t-il.

Je fais oui de la tête et je sais qu'il le sent même s'il ne me voit pas très bien dans la pénombre.

Alors, doucement, silencieusement, Max se dégage et vient s'allonger contre moi. Je me blottis entre ses bras car je me sens si vulnérable et fragile à présent. Comme mise à nu. Il resserre son étreinte formant une cage protectrice autour de mon corps et pose son menton sur le haut de ma tête.

– Alors je suis ton premier ?

– Oui.

C'est la seule réponse que je parviens à formuler.

Il est le premier.

Après de longues minutes je finis par dire :

– Et toi, tu as… ?

– Non, mais c'était moins une, me répond Max un sourire dans la voix.

– Oh. Tu veux qu'on… Enfin, tu veux que je m'en occupe ? je m'inquiète.

– Non. Je ne te cache pas que là c'est douloureux, mais c'est mieux ainsi. En plus je n'ai rien pour me changer.

– Mais tu dis que tu as mal !

– Ça va passer et puis, parfois, c'est aussi sympa de donner sans rien attendre en retour.

Son ton est catégorique, le débat est clos et sans négociation possible. Je suis bouche bée. Cet homme vient de me donner le premier orgasme de ma vie, moi qui pensais que c'était une légende ou alors réservé à quelques femmes suffisamment sûres d'elles. Mais Max ne désire rien en contrepartie, il me fait cadeau de cet instant d'intimité et jamais je ne l'oublierai… Le simple fait d'y repenser me donne chaud aux joues et je me sens sourire béatement.

Non seulement j'ai la conviction que Max Summerland est quelqu'un de bien, mais en plus je découvre qu'il est généreux à beaucoup de niveaux.

A-t-il seulement des défauts ?

Sur cette pensée, le sommeil me gagne et je n'ai qu'une chose à ajouter avant de succomber et d'oublier :

– Je vais accepter ta proposition pour l'appartement. J'ai besoin d'un vrai chez-moi, je lui confie.

– Parfait, me répond Max.

Il me semble qu'il vient embrasser mon front mais le sommeil me cueille avant que je puisse en être complètement certaine…

27

RETOUR À LA RÉALITÉ

Judy

Je me réveille avec la sensation désagréable d'être observée. J'ouvre un œil puis l'autre. La pièce est baignée de lumière, et j'entends des chuchotements accompagnés de rires étouffés. Je me redresse d'un coup pour surprendre les têtes d'Olivia et de Soraya dépasser du sol par la trémie d'escalier.

– Salut Judy ! me lance Liv comme si tout était parfaitement normal alors qu'elles nous regardent dormir depuis je ne sais combien de temps.

Ahurie, je dévisage Olivia mais son sourire s'agrandit encore plus.

– Je le savais… lâche-t-elle. T'as vu, Soraya, comment ils ont dormi emboîtés l'un à l'autre ? Je suis sûre qu'ils l'ont fait ! Tu me dois vingt dollars.

– C'est trop cher payé. Et rien ne prouve qu'ils aient fait des trucs, lui répond Soraya, ignorant la main tendue de Liv dans sa direction.

– Vous êtes folles ma parole, je leur souffle de peur de réveiller Max.

– Allez, pas de malaise entre nous. Tu peux tout nous dire ! Surtout n'hésite pas si tu as besoin de conseils ou autre, me rétorque la petite brune infernale et maîtresse des lieux.

Cette fois j'attrape mon coussin et le leur lance dessus de toutes mes forces. Olivia se le prend en pleine poire et je la vois disparaître brusquement dans l'escalier. Puis son rire explose et Soraya se joint à elle.

– Beau tir, Judy… Elle le mérite souvent. N'hésite pas à recommencer, me félicite la jolie Cheyenne.

– C'est quoi ce bordel ? On ne peut plus dormir en paix ? gronde soudainement la voix rauque de Max dans mon dos.

Je me retourne mais je ne suis pas prête pour ce spectacle. Il est allongé nonchalamment dans le lit, un bras sur son front pour se protéger de la lumière crue du jour. Le drap a glissé lorsque je me suis redressée et il lui arrive en bas des hanches, offrant tout ce qui se situe au-dessus à mes yeux curieux. On dirait un mannequin de magazine mais en version bien plus grunge…

Le plus indécent n'étant pas ses abdos parfaits, mais cette légère ligne de poils dorés sur sa peau hâlée traçant le chemin vers « vous savez quoi ». Je fixe d'ailleurs la chose en question un peu trop longtemps et quand je redresse la tête, je tombe immédiatement sur Max qui me prend en flagrant délit. Étrangement son visage n'exprime rien…

Dire que je me sens rougir serait un euphémisme, à ce stade j'ai carrément atteint mon point d'ébullition. De la vapeur doit sortir de mes oreilles.

– En fait, on est venues pour vous dire que le petit déjeuner est servi. Il est onze heures passées. Eddy et Susie sont là. On vous attend, intervient Liv alors que je fixe mes mains, mal à l'aise.

– D'accord, on descend, lui répond Max sur un ton neutre.

Il y a comme une atmosphère lourde tout autour de nous et j'ignore pourquoi. Ça nous est tombé dessus brusquement, comme un orage d'été.

Olivia et Soraya disparaissent et avant d'avoir eu le temps de bouger un orteil, Max part enfiler ses vêtements à la vitesse de l'éclair. Il s'apprête à quitter le grenier sans un regard mais au dernier moment il se retourne vers moi. Arborant un air coupable, il glisse ses mains dans ses poches avec nervosité. Je n'y comprends plus rien !

– Je vais demander à Liv de te prêter des vêtements. Tu seras plus à l'aise que dans la tenue du CSB.

– Merci.

Et sur ce, il attrape son cuir et disparaît à son tour dans l'escalier.

C'était quoi ça ?

***

Tandis que je descends les marches discrètement, enfin prête, les discussions vont bon train dans la cuisine mais les voix graves de Max, Rock et Bounce se détachent du lot. Elles remontent le long de l'escalier où je me fige.

– Je ne le sens pas… Cette situation avec Derek pue, dit Rock.

Ils doivent se penser discrets avec le reste de leur joyeuse troupe qui piaille à côté d'eux. Sauf que rien ne m'échappe.

– Rock, sérieux. Je lui loue juste mon appart, lui rétorque Max.

– Tu aurais dû m'en parler avant.

– Ça s'est fait comme ça. Derek est encore plus taré qu'auparavant, tu aurais dû le voir au motel… Je ne peux pas la laisser là-bas.

– Ouais, eh bien, raison de plus pour que Judy ne vienne pas vivre ici près de ma femme et de ma fille…

Je me sens terriblement mal. Est-ce que Liv pense la même chose ?

– Perso, je trouve que ça met un peu d'ambiance dans nos vies, lâche Bounce. Ce flic à deux balles cherche à nous faire peur mais il n'ira pas beaucoup plus loin. Ça se voit qu'il n'a pas de couilles. On peut gérer.

– Excuse-moi de ne pas vouloir prendre le risque, gronde Rock à Bounce, avant de se tourner vers Max pour ajouter :

– Je vois à quel point elle te plaît, et je comprends. Je suis même content pour toi, mais on ne la connaît pas encore assez pour lui ouvrir grand nos bras comme ça. OK, c'est la petite-fille d'Ellie mais c'est aussi l'ex de Derek ! On pourrait la protéger de lui à distance de Colorado Source, la changer de motel dans la nuit si tu veux…

– Il la retrouvera, râle Max.

Je suis tétanisée au milieu de l'escalier, partagée entre l'envie d'entendre la suite et celle de stopper cette torture.

– Je te rappelle, Rock, reprend Bounce, que tu as amené Liv au hangar le soir même de votre rencontre, contre notre avis… Donc t'es mal placé pour dire quoi que ce soit aujourd'hui. Cul-nu est ce qu'elle prétend être : une petite nana de province qui a raté sa vie et cherche désormais du renouveau et du frisson.

Il est sérieux ?

Cet homme n'a aucun filtre, ma parole ! Au fond il n'a pas tort si je dois être honnête avec moi-même, mais bon sang, un peu de diplomatie ne nuit à personne.

– Bounce, surveille tes mots… gronde Max.

– Quoi ? Je prends sa défense ! Je suis de ton côté, mec.

– Et qu'est-ce qui te rend si sûr de toi ? lui demande très sérieusement Rock. Car elle arrive, et voilà que les ennuis se pointent…

– Max et moi l'avons espionnée, tu te rappelles ? Sur tes ordres ! À part aller à son boulot, lire des livres sur le même banc presque tous les jours, se rendre à l'église ou au cinéma, elle ne fait pas grand-chose.

Je confirme ; cet homme recrache ses pensées sans les avoir un minimum digérées au préalable. Le résultat est acide et brûle.

Mais lorsque je comprends ce que Bounce insinue, à savoir que lui et Max m'ont prise en filature depuis je ne sais quand, je vois rouge. Mon cœur bat violemment dans ma poitrine au rythme de ma colère alors je surgis dans l'escalier avec dignité pour les surprendre en plein conciliabule.

Leurs trois visages étonnés se tournent vers moi, autour le reste s'efface, et je réponds à cette question muette qu'ils se posent :

– Oui, j'ai entendu une grande partie de votre charmante conversation.

– Judy… commence Max.

Le beau biker blond s'avance, l'air coupable et je lui lance :

– Laisse tomber. Je ne veux plus de ton appartement. Je me débrouillerai autrement.

– Blondie… essaye-t-il une deuxième fois.

– Non, l'arrêté-je en plaçant mes mains devant moi comme un rempart. Reste où tu es !

Il ne doit pas trop approcher car il a cet effet déraisonnable sur ma personne qui va m'embrouiller le cerveau.

– Et pour votre gouverne, JE n'ai rien à cacher ! En revanche, VOUS… Premier soir que je vais dans votre bar et j'en ressors baptisée au sang de je ne sais quoi avec le risque d'avoir chopé le choléra ou pire ! Les ennuis, ce n'est pas moi qui les attire !

Mon ton est cinglant mais j'en ai ma claque des cachotteries et d'être traitée comme la dernière des idiotes.

Mes parents, puis Derek et maintenant eux !

Quant au reste du groupe au centre de la cuisine, il se fige à son tour et nous jette des regards curieux en m'entendant exploser.

Même la petite Nini me fixe avec de grands yeux ronds depuis sa chaise haute, le visage couvert de chocolat.

– Qu'est-ce qui se passe par ici ? intervient alors Liv en nous rejoignant.

– Tu savais, toi, que Max et Bounce m'avaient prise en filature ? je lui lance, furibonde.

À son regard coupable, je comprends que oui. Bien sûr qu'elle savait. Chacun ici présent a une place importante dans leur communauté à la mords-moi-le-nœud.

– Génial… Sinon la notion de vie privée, vous connaissez ? je m'insurge, toujours aussi énervée.

– Judy, du calme, tente-t-elle doucement. Ils sont un peu méfiants, c'est tout.

– Mais vous craignez quoi au juste ? C'est tant le Far West ici pour qu'on me suive comme un repris de justice ? Et tout ça à cause de mon ex qui est flic ?

Je m'attarde sur Max qui soutient silencieusement mon regard de ses yeux gris. Rock, quant à lui, intervient à nouveau :

– Appelle ça comme tu veux, mais la vie n'est pas longue et tranquille pour tout le monde. Des gens mauvais, on en attire à la pelle dans le coin, et surtout des flics véreux. Alors ouais, je suis méfiant.

Cet homme est immense mais, du haut des marches où je suis campée, nous sommes presque au même niveau. Cela m'aide à rester droite dans mes bottes et à soutenir son regard. Son air dur me donne envie d'en découdre. C'est la première fois que je ressens ça avec tant de violence et le temps où je me serais écrasée fond comme neige au soleil. Du coin de l'œil, je surprends Liv jeter un regard meurtrier à son conjoint. Cela me rassure qu'elle réprouve la façon dont Rock me parle. Et si elle ne dit rien face à nous, je suis certain que M. Caillou, comme elle l'appelle, va en baver en privé.

Bien !

Max s'avance alors doucement et puisque je ne fuis pas vers l'étage à son approche, il ajoute à la suite de Rock :

– On t'a simplement suivie de loin pendant deux semaines après avoir découvert que Derek était ton ex. C'est de lui qu'on se méfie.

– Ça reste abusif, Max… je marmonne, toujours énervée.

– C'était aussi pour être sûrs qu'il ne te touche plus…

Cette fois ma colère reflue un peu face à son aveu même si je déplore les moyens mis en œuvre.

Le silence s'étire jusqu'à ce qu'Eddy s'avance à son tour. Il a l'air sérieux et très triste. Sa cicatrice est plus visible que jamais, elle accentue sa moue douloureuse. Il dépasse Max et Rock, jusqu'à ce que nos visages soient extrêmement proches. Encore une fois, je me surprends à ne pas reculer de peur ou de malaise comme j'aurais pu le faire auparavant. Être ma propre ombre ou celle de Derek était devenu un réflexe. Ici et maintenant, je plonge mon regard dans le sien sans équivoque. Eddy jette alors un coup d'œil aux deux fillettes qui jouent aux poupées Barbie sur le tapis du salon avant de reporter son attention sur moi. Elles sont si sages que je ne les avais pas remarquées. Il m'a montré une photo d'elles lorsqu'il est venu réparer ma porte du Cactus Lodge. Il en est fier et leur voue un amour inconditionnel comme j'aurais aimé que mon père en éprouve pour moi.

– J'imagine que tout ça doit te paraître disproportionné. Mais il y a deux ans ma propre femme nous a trahis. Je n'ai rien vu venir. Ça lui a coûté la vie et a failli coûter celle de mes filles. Je recommence à peine à dormir correctement sans les veiller la nuit. Alors ouais, on est méfiants sur qui s'installe ici, me dit Eddy calmement, sa balafre bougeant comme une seconde bouche sur sa joue abîmée.

– Vous… Vous avez tué ta femme pour trahison ? je bégaye, estomaquée.

– Non ! s'insurge Eddy. D'autres s'en sont chargés et on n'a pas pu la sauver, ni protéger mes filles.

– Je suis vraiment désolée…

– Ne le sois pas, ça mène nulle part. C'est la rage de vivre qui te fera avancer, me répond-il en me fixant intensément.

– Mais vous avez prévenu la police de ce qui lui est arrivé au moins ? Les coupables ont été arrêtés et punis ?

Pour seule réponse, je reçois des rires un brin moqueurs.

– Cul-nu, finit par intervenir Bounce. Si tu comptes vivre dans le coin, va falloir accepter qu'ici les règles de ta jolie banlieue bourgeoise n'existent plus.

– Mais ne t'inquiète pas, les coupables ont été « punis », reprend Eddy avec un sourire et un regard qui m'interpellent.

Mon cœur se remet à battre vite, je ne veux pas en savoir plus pour le moment. Max m'a prévenue hier soir que leurs actes n'étaient pas toujours en accord avec la loi lorsqu'ils devaient se défendre. À moi de voir si je peux digérer cette idée…

– Ça suffit ! intervient Rock. Elle en sait assez pour le moment ! Vous voulez quoi ? Qu'elle aille tout balancer à son flic ?

Oh punaise, il me chauffe !

– Derek n'est pas *mon* flic et je le hais ! Je n'irai rien cafter. Tu me prends pour qui ? je m'énerve.

– Rock, lâche-la maintenant, râle Max. On a compris ton point de vue.

– J'en ai pas l'impression. Et la confiance, ça se gagne ! riposte le colosse.

– Oui, eh bien, vous devez aussi gagner la mienne. Et clairement je ne suis plus sûre de vous la donner. Vous devez me promettre de ne plus me suivre !

– On n'a rien à te promettre, crache Rock. Tu es ici chez nous, pas l'inverse !

– Rock ! gronde Max en venant se placer entre nous.

La tension est à son paroxysme dans la pièce et un échange muet fait de simples regards a lieu entre les deux hommes. Le blond contre le brun. Rock est vraiment borné, je commence à penser qu'Olivia a bien du courage de le supporter au quotidien.

– Le message est très clair. Dans ce cas, je refuse ton appartement, Max, et Liv, j'arrêterai de t'embêter avec mes questions sur Ellie. Vous ne me verrez plus, je ne vous importunerai plus.

Au fond ça me crève le cœur de renoncer à cela, mais il est hors de question que je perde à nouveau le contrôle de ma vie. Je sais ce que je vaux, et je ne laisserai plus personne m'en faire douter.

– Non ! lâchent en chœur Olivia et Max.

Lui me fixe d'un regard intense, il n'est plus froid et distant comme au réveil si bien que je ne comprends pas ce qu'il attend de moi. Il semble vouloir que je vive ici, semble se soucier de moi suffisamment pour souhaiter me protéger mais joue les hommes de glace depuis ce matin, et ce après la nuit brûlante que nous avons partagée…

– Le prends pas mal, Judy, intervient le fameux Bounce. Rock est pas hyper doué pour communiquer et moi non plus.

– Je n'en ai rien à foutre, Bounce ! je crie.

Oups. C'est sorti tout seul. Je suis un brin tendue !

Mais trop c'est trop. Je ne suis pas venue ici pour devoir supporter qu'on me traite ainsi.

Chaque personne dans la pièce me fixe avec ahurissement. Leur surprise me donne le courage de poursuivre plus calmement et de laisser parler mes émotions :

– Derek et mes parents ont fait de ma vie une prison pendant des années. J'étais constamment surveillée, contrôlée… Je ne l'accepterai plus jamais, je leur explique, la voix brisée.

Cela a pour effet de faire redescendre la tension dans la pièce, même Rock me donne l'impression de ne plus être insensible à ma cause.

– Mais tu as besoin de quitter le Cactus Lodge, intervient Max, soucieux.

– Pas au prix de ma liberté.

– Tu n'y es pas en sécurité, insiste-t-il.

– Je me débrouillerai.

Une petite voix à l'accent chantant s'élève alors :

– Tu sais, Judy, ce n'est pas seulement pour toi que j'accepte de parler d'Ellie, avoue Olivia. Ça me fait aussi du bien. Je ne veux pas qu'on arrête.

– Liv… je marmonne. Ton mari ne veut pas de moi dans votre ville, ou alors sous certaines conditions que je ne peux pas accepter. Tu aimerais, toi, te savoir surveillée de la sorte ?

– Non, absolument pas, lâche-t-elle, en lançant un regard noir à Rock. Mais il est maladroit… Il a peur pour moi et Nini… Et comme souvent, Rock se montre déraisonnable concernant notre protection. En vrai il est gentil et je suis certaine qu'il finira par t'accepter si tu lui en laisses l'opportunité.

– Liv… gronde Rock. Je t'entends, tu sais.

– En fait on vous entend tous, balance Soraya depuis l'îlot central de la cuisine en compagnie de Shawn et Susie.

Le regard de chacun pèse lourd sur ma petite personne à cet instant, et celui de Liv est particulièrement larmoyant. Punaise, elle pourrait me faire craquer…

– C'est parfait que vous nous entendiez, reprend-elle alors en redressant la tête. Nous sommes en démocratie et le Clan est basé sur l'expression de l'opinion de chacun, je propose donc que nous votions. Tout simplement…

– Tu n'oserais pas, râle Rock.

– Oh que si ! Que tu ne fasses pas encore entièrement confiance à Judy, soit, mais tu dois lui laisser la chance de te prouver que tu as tort. Tu l'as déjà fait suivre deux semaines sans résultats… Judy n'est que Judy. J'en suis moi-même convaincue.

– Moi aussi, intervient Bounce.

Je ne peux m'empêcher de lui sourire et en retour il hausse les épaules. Ce type est vraiment étrange…

– Alors, qui vote pour que Judy habite à Colorado Source ? reprend Olivia.

– Sans être espionnée ? j'ajoute.

– Sans être espionnée, conclut-elle.

Une à une les mains se lèvent. Celle de Vince, de Shawn et de Soraya, de Loris, de Susie, de Bounce, de Max… sauf celle de Rock et d'Eddy. Bien qu'encore énervée, je souris de cette victoire écrasante.

– Je crois que le résultat est sans appel, claironne fièrement la petite brune. Judy va vivre au-dessus du CSB !

– Si c'est ce que vous voulez… abdique Rock. Mais à la moindre erreur je te vire, c'est compris ? m'assène-t-il en se tournant vers moi.

Puis il souffle, résigné, et ajoute :

– Ton ex, Derek, va nous causer de gros ennuis. Je le sais d'expérience. J'espère que tu es prête à en assumer les conséquences…

Je hoche la tête, satisfaite de l'issue de cette « conversation » matinale. Pour la première fois, je ne me suis pas dégonflée, j'ai campé sur mes positions et j'ai gagné. Mais je peux m'empêcher de penser aux dernières paroles de Rock concernant Derek…

Suis-je en train de faire entrer le loup dans la bergerie ?

28

MON AMIE L'AUBERGINE

Judy

Rock et Max n'ont pas décroché un mot au reste du groupe, pourtant joyeux, durant le petit déjeuner. Ils se sont contentés d'échanger entre eux de façon animée, leur gestuelle révélant leur état d'esprit ombrageux et leurs désaccords. Je les ai observés à la dérobée avec culpabilité car je ne souhaite aucunement semer la zizanie dans leur amitié, D'un autre côté, je n'ai rien à me reprocher. Rien ne justifie que je me fasse suivre comme une ennemie accusée de haute trahison envers l'empire ! Et puis, j'ai cette opportunité de récupérer mon chat, de poser mes bagages dans un endroit que je pourrai appeler « chez moi » sans odeurs de marijuana ou de décrépitude humaine… À la rigueur, quelques soûlards en bas les week-ends, mais Max m'a dit que l'appart, meublé, était parfaitement insonorisé.

Punaise, plus j'y pense et plus je veux cet appartement !

Ma chambre du Cactus Lodge pourrait tenir deux fois rien que dans la partie salon.

Et fini les toilettes dégoûtantes sur le palier partagées avec tout l'étage.

Alors peu importe que cela soit une décision rapide. Je sens dans mes tripes que c'est la bonne, ou du moins, elle ne peut pas être pire que ma situation actuelle.

– Dans ce cas, Max, on doit le faire aujourd'hui !

La voix de Rock tonne, stoppant net les conversations de chacun dans la cuisine et le salon.

Je redresse la tête, arrachée à mes pensées et surprise par ses propos.

– Vous parlez de moi ? je m'enquiers innocemment.

– Oui, me répond Max. On réfléchit à ton déménagement.

– Je peux me débrouiller seule… Je n'ai pas grand-chose, je lui réponds en soufflant sur ma tasse de café brûlant, adossée à l'îlot central.

– Pourtant, tu m'as dit que tu avais encore des affaires dans ton ancienne maison. Et ton chat ?

– Oui, mais rien que je ne puisse pas rentrer dans le coffre de ma voiture. Mes cartons comme Miss Fluffy peuvent attendre encore quelques jours. Rien ne presse. Vraiment, ne vous embêtez pas pour moi.

– Pour prendre le risque que tu te retrouves à nouveau seule face à Derek ? Jamais, déclare Max en croisant les bras.

– …

– Et ce n'est pas du flicage, Blondie, ajoute-t-il avant que je riposte. Tu crois qu'il va réagir comment en te voyant embarquer tes dernières affaires ? Les derniers trucs qui te lient à lui ? Ce mec a toujours eu un problème avec la notion de possession.

Sur ce, Rock enchaîne à son tour :

– Y a que comme ça que je serai certain que cet abruti ne te suivra pas jusqu'ici. On ne peut pas se le permettre.

– Mais…

– J'ai accepté de ne plus te mettre sous filature, me coupe Rock. Alors je te demande d'accepter ça en retour.

Puis il s'approche de moi, lance un regard anxieux vers Olivia qui tient dans ses bras la petite Nini et me murmure :

– Fais-le pour elles.

Cette fois Rock ne me crie plus dessus, pourtant j'en ai la chair de poule. Il me transmet ses peurs via son regard noir tourmenté. La sécurité de sa femme et de sa fille est une chose qui le ronge et qui explique, en grande partie, son comportement défensif excessif de ce matin. Au fond j'aimerais qu'on se soucie de moi de la sorte.

– D'accord, je concède. Vous pouvez venir avec moi si ça vous rassure.

Rock ne me remercie pas, mais le sourire qu'il lance à Olivia me le dévoile sous un jour nouveau. C'est Max qui, posant sa main chaude sur mon bras, me souffle à l'oreille :

– Merci…

Mon souffle à moi se coupe net. Troublée, je parviens néanmoins à lui répondre :

– Je le fais surtout pour Olivia et les autres, je m'en voudrais si Derek commençait à leur chercher des noises par ma faute.

– Je sais. Et j'apprécie. On sera là avec toi, ce connard ne t'emmerdera plus non plus.

Sans me laisser le temps de rétorquer, Max reprend ses distances, arborant le même regard pensif et soucieux que ce matin au réveil.

– Bien, on décolle dans vingt minutes ! claironne Rock de sa voix grave et forte.

– Pourquoi si vite ? je demande à Bounce qui a pris la place de Max à mes côtés contre l'îlot central. J'accepte votre aide mais vous avez sûrement autre chose à faire un dimanche. Ça peut attendre le week-end prochain.

– On doit s'absenter dès demain pendant une dizaine de jours, répond-il de façon monocorde en mangeant une pomme.

– Ah !

– C'est pour ça que Rock est sur les nerfs à ce point depuis ce matin. Ça et le seau de sang… Ce sera la première fois qu'il laisse Liv et la petite seules aussi longtemps. Il veut que le cas Derek soit réglé avant notre départ.

– Oh, je vois… Bon, eh bien, dans ce cas, allons-y !

Il est convenu que Rock, Vince, Bounce et Max soient mes déménageurs de l'extrême pendant que les autres restent ici, pas besoin non plus d'affréter un convoi de vingt bikers pour une dizaine de cartons, un vieux chat et un ex-compagnon abruti. À moins de vouloir créer une émeute et des ragots pour les quinze prochaines années dans mon ancien quartier huppé de Colorado Springs.

Nous nous dirigeons dehors sous le regard scrutateur de Liv et de la petite Nini. Olivia semble saisir la complexité de ce qui m'attend : tirer un trait définitif sur le passé. Elle m'a d'ailleurs un peu raconté le sien et j'ai relativisé sur ma vie grâce à elle. Dans quelques heures plus rien ne me reliera à Derek et aux dix dernières années que j'ai menées. Si j'en suis heureuse, l'inconnu m'effraie encore un chouïa. Alors je me raccroche à mon instinct qui me dit que je suis au bon endroit, au bon moment et avec les bonnes personnes. Liv me frotte le bras de sa main libre dans une tentative de réconfort amical.

– Ça va aller, Judy, répète-t-elle.

La petite Nini se penche vers moi et pose ses doigts potelés sur mon épaule pour imiter sa mère :

– Zuuudy !

Je lui souris en retour. La ressemblance avec Olivia est frappante, à l'exception de ses yeux noirs incroyables, agrémentés de cette tache mordorée sur son iris droit. Un « défaut » qui rend cette petite fille encore plus irrésistible, au regard unique et captivant.

– Je dois d'abord récupérer ma voiture là où je l'ai laissée hier soir, je glisse à Rock.

Puis je caresse la joue de la petite Nini avec douceur.

– Dans ce cas, toi et Max vous allez récupérer ta caisse au CSB, intervient Rock. Moi, Bounce et Vince on prend le pick-up. Rendez-vous au Cactus Lodge. Ensuite on se suivra jusqu'à Colorado Springs pour le reste des affaires. Derek y sera ?

– Y a de grandes chances. Il n'est de service qu'un dimanche par mois.

– Parfait, on va pouvoir mettre les choses au clair, lui et moi.

La façon dont Rock prononce cette dernière phrase me fait ciller, j'appréhende la rencontre…

– Sois prudente, Poucelina, murmure Rock à Liv en l'embrassant. Et toi, sois sage, ajoute-t-il à l'attention de sa fille.

– Papaaaaaaaaa, gazouille la petite en retour.

Je m'éclipse discrètement pour attendre sur le trottoir pendant que chacun se dit au revoir. J'observe alors Max prendre sa filleule dans les bras et la faire rire avant de la rendre à sa mère. La petite chouine et rappelle son parrain qui la câline une dernière fois puis me rejoint d'un pas décidé.

Les Evil's Heat sont décidément bien plus que la première impression qu'ils vous laissent si vous les croisez au CSB. Ils sont une sorte de meute protectrice et gare à celui qui les attaquera. Songeuse, je me demande sérieusement ce que cela serait d'en faire partie…

Appartenir à un clan, un vrai. Et pas une pseudo-famille dysfonctionnelle comme la mienne.

– Prête ? me lance Max une fois arrivé à ma hauteur.

Je hoche la tête et nous marchons dans un silence pesant pendant la quinzaine de minutes qui nous sépare du CSB et de ma voiture. J'en profite pour redécouvrir la petite ville de jour et sobre…

Je m'attends à une réflexion de la part de Max quand ma Volkswagen bleu nuage apparaît, garée le long du trottoir. Il la détaille avec scepticisme. Plus *girly* que ma New Beetle décapotable, tu meurs, je le reconnais, et j'ai moi-même du mal à imaginer ce grand biker vêtu de son cuir grimper dedans.

– Elle s'appelle Skye. Je la bichonne comme mon propre enfant, je lance pour alléger l'ambiance en caressant amoureusement le rétroviseur.

Ça fonctionne. Un peu. Max me sourit et s'avance vers la portière côté passager tandis que je cherche mes clés dans ma besace fourre-tout.

– Tu es passionnée de voitures ? me demande-t-il.

– Non. Par la mienne uniquement. C'est une des rares choses que j'ai choisies moi-même sans l'avis de personne, alors je la bichonne. Je l'ai vue un jour en vente en bord de route en rentrant du travail et je l'ai achetée sur un coup de tête avec une grande partie de mes économies. Derek et mes parents étaient fous furieux mais je ne me suis jamais sentie aussi bien que ce jour-là.

– J'ai acheté ma première moto de la même façon. Je te comprends.

Nos regards se croisent. Pendant l'ombre d'une seconde, je retrouve notre complicité, puis nous nous installons dans la voiture et l'ambiance pesante revient aussi sec.

Avoir Max à mes côtés me fait perdre mes moyens et j'espère arriver à démarrer sans caler. Skye a été importée d'Europe par sa précédente conductrice et c'est une boîte manuelle qu'il m'a fallu apprendre à dompter. J'ai parfois encore des ratés, alors avec lui si près à mes côtés…

– Bon, eh bien, c'est parti. Nouvelle vie me voilà ! je claironne dans l'habitacle pour me convaincre.

– Tu prends la bonne décision, Blondie.

– Je sais. C'est juste si soudain.

– Vraiment ? Au final ça fait combien de temps que tu rêves de tout plaquer ?

– Certes… je concède en mettant le contact.

Je branche mon iPhone à mon poste de radio, lance une playlist de Ray Lamontagne, ajuste mon siège et mon rétro sous le regard amusé de Max dont la tête frôle le toit décapotable. Il emplit l'espace de sa large carrure et de sa présence. Je ressens quelque chose de bizarre de le savoir assis là. Rares sont les personnes que j'autorise à monter dans Skye. Derek, par exemple, n'a jamais posé ses fesses sur un seul de ces sièges en deux ans car je suis un brin possessive lorsqu'il s'agit de ma voiture.

– Rassure-moi, tu sais la conduire ?

– Oui pourquoi ? je m'étonne en me tournant vers Max.

– Tu ne sembles pas décidée à enclencher la première…

Je lui prouve le contraire et nous voilà partis direction le Cactus Lodge, sans caler et sans rien se dire, simplement bercés par la voix envoûtante de Ray.

Au bout de vingt minutes de route, à échanger quelques broutilles, je n'y tiens plus et décide de rompre le silence :

– Ça va ?

– Oui pourquoi ? me répond Max en fixant les paysages qui défilent sur sa droite.

Il a le culot de sembler surpris par ma question.

– Tu es bizarre depuis ce matin et tu parles à peine… je marmonne.

– Je réfléchis à des trucs.

– Hum, je vois. Tu regrettes ce qu'on a fait hier soir et tu ne sais pas comment me le dire. Je ne suis plus une gamine. Vas-y, crache le morceau, ça te soulagera.

Contre toute attente il rigole et froisse un peu plus mon ego déjà malmené.

– Non, Judy, je ne regrette pas, finit par me dire Max en retrouvant son sérieux.

– Mais je te fais rire…

– Ouais…

– Sympa, je grimace avec mauvaise humeur.

– Hey ! Je ris car je te trouve assez mignonne en colère.

– Je ne suis pas en colère, je râle. Ce matin, quand j'ai découvert que vous m'espionniez, là j'étais vraiment en colère !

– J'avoue que tu m'as surpris. Te voir tenir tête à Rock comme ça, c'était assez… impressionnant. Je pense que tu as gagné le respect de beaucoup. Peu oseront encore t'appeler Cul-nu à présent.

– Sauf Bounce…

– Oui sauf lui. Mais il vit dans son monde, ne le prends pas mal.

– D'ailleurs c'est quoi son histoire ? Il est un peu étrange comme personne, j'ose ajouter.

– C'est pas à moi de te le dire. Et qui n'est pas étrange ici ? me rétorque Max.

Max répond souvent à mes questions par d'autres questions, résultat : je perds le fil de la discussion.

– Sinon, c'est quoi ce truc qui te rend comme ça depuis le réveil ? je reprends, essayant de faire durer cette conversation.

– Laisse tomber. Je trouverai la solution par moi-même.

Sa réponse est assez sèche mais je ne veux pas laisser tomber si facilement.

– Faux. Clairement, ça a l'air de te ronger alors accepte un coup de pouce. Je pourrais peut-être t'aider, qui sait ?

Je m'attends à un nouveau refus mais contre toute attente, après plusieurs secondes de réflexion, il me lâche abruptement :

– OK.

– Bien, donc ? Je t'écoute, l'encouragé-je.

À nouveau Max prend quelques secondes pour répondre :

– Penses-tu qu'il faille toujours dire la vérité ?

– Ou… commencé-je à formuler avant d'être interrompue.

– Attends, j'ai pas fini. Donc, penses-tu qu'il faille toujours dire la vérité même si cette vérité est insupportable à entendre ? reprend-il.

– Bien sûr. Regarde mes parents et leur mensonge sur la mort d'Ellie. Jamais je ne leur pardonnerai. On ne peut pas cacher des choses à quelqu'un qui compte pour soi. Cela rompt pour toujours la confiance qui existait…

– Même si c'est pour protéger la personne en question ? ajoute Max en fixant l'horizon.

– Même ! On ne protège aucun être cher en lui cachant des informations importantes, aussi dures soient-elles à entendre, car la vérité finit toujours par éclater.

Je fixe moi aussi droit devant, les mains crispées sur mon volant car parler de cela me fait repenser au moment où j'ai appris pour le décès d'Ellie, un an et demi trop tard. Depuis, mon cœur brisé n'a jamais repris sa forme initiale. Telle de la porcelaine cassée, je peux éventuellement recoller un à un les morceaux mais jamais les brisures ne disparaîtront. Elles seront toujours là, striant mon âme en surface comme en profondeur.

– Et si on ne doit rien à la personne en question ? Du moins pas encore… reprend Max.

– C'est-à-dire ? je murmure, incertaine de la direction prise par cette discussion. Je pensais qu'il me parlait de Rock ou éventuellement d'Olivia mais là…

Je lâche la route des yeux pour lui jeter un coup d'œil furtif et son regard gris capture le mien. Profondément troublée par ce que j'y lis, je me résigne à fixer de nouveau l'asphalte, l'esprit fusant à mille à l'heure.

– Eh bien, si cette personne n'est pas *encore* quelqu'un d'important. Pourquoi lui dire la vérité tout de suite ? C'est mieux d'attendre un peu ? me questionne Max, clairement déchiré par son raisonnement.

Je souffle un bon coup et articule lentement pour tenter de maîtriser mon timbre vacillant :

– La question que tu dois te poser alors c'est : cette personne peut-elle devenir importante ? Ou sans être encore importante, mérite-t-elle la vérité ?

– Je pense que oui…

Le regard scrutateur de Max est posé sur moi, je le sens, j'en ai la chair de poule, mais cette fois, je demeure droite et immobile tandis que je cogite plus vite que je ne roule.

Que pourrait cacher Max qui le fait douter autant ?

– Dans ce cas, la vérité est nécessaire, je lui souffle du bout des lèvres.

– Oui mais quand ?

– Le plus tôt possible. Si c'est grave, alors il n'y aura jamais de bon moment de toute façon, j'explique en tentant de maîtriser ma respiration saccadée.

– Je vois…

– Max, puis-je savoir de quoi on parle ? je finis par lâcher, anxieuse.

Enfin, je le sens détourner les yeux avant de répondre :

– Juste un truc sur lequel on débat, Rock, Bounce et moi. D'ailleurs je vais leur partager ton avis. Merci.

Je reste coite, remuée par cette conversation des plus étranges où j'ai senti Max s'éloigner à chacune de mes réponses. À présent, il pianote frénétiquement sur son téléphone tandis qu'un silence lourd et épais refait surface. J'ai l'impression d'être concernée par la discussion sauf que je ne vois vraiment pas comment. Je n'avais pas revu le Clan depuis plus de dix ans ; Ellie, mon seul lien avec eux, est morte et enterrée. Enfin, j'ai déjà appris ce matin qu'ils m'avaient espionnée donc il n'y a plus rien à révéler.

Je dois vraiment arrêter d'être parano ! Je ne suis certainement pas le seul sujet de discussion des Evil's Heat.

Le silence s'étire entre nous jusqu'à ce que mon poste radio connecté me signale l'arrivée d'un SMS. Siri[1] me demande alors haut et fort :

– Olivia vous a envoyé un message aujourd'hui à dix heures et trente-quatre minutes. Voulez-vous l'écouter ?

– Oui ! j'accepte sans réfléchir, par automatisme, avant de regretter aussitôt ma réponse.

Mais il est trop tard, Siri reprend de sa voix robotique et hachée :

– D'accord. Olivia a dit : « Dis-moi au moins que tu l'as vue même si elle n'est pas entrée en toi. Émoticône aubergine. Émoticône aubergine. Émoticône aubergine. Émoticône aubergine. Émoticône aubergine. Émoticône aubergine. Émoticône aubergine. Je veux des détails, tu me dois bien ça, Judy ! Moi, j'étais trop soûle pour faire quoi que ce soit. J'ai même vomi dans les rangers de Rock. » Voulez-vous lui répondre ?

– Non ! je crie, paniquée.

Moment de gêne avant que Siri ne m'informe :

– D'accord. Vous n'avez pas d'autres messages non lus.

Encore heureux !

La musique s'est arrêtée pendant l'écoute de ce somptueux SMS. Je ne respire plus. Fixe la route le plus loin possible, les mains crispées sur mon volant. Je supplie Dieu de me foudroyer sur-le-champ. J'hésite même à nous envoyer dans le décor en braquant d'un coup sec. Avec un peu de chance le traumatisme fera oublier à Max cette dernière minute.

Je sens son regard lourd sur moi et je pince les lèvres, déterminée à l'ignorer.

Liv, je vais te tuer !

– Judy ? demande Max.

---

1. Intelligence artificielle Apple.

– Je te jure que je n'ai rien dit ! je croasse. Liv et Soraya se sont mis en tête de savoir certaines choses.

– Je vois…

– …

– Eh bien, tu peux leur dire que ma queue ne ressemble pas à une aubergine, reprend Max avec un sourire en coin.

J'ai envie de lui répondre du tac au tac : « Elle ressemble à quoi alors ??? » mais j'opte pour plus prudent vu mon état de malaise.

– Je leur ferai… hum… passer le message.

– Merci, Blondie. Pour le reste, ignore-les, elles sont infernales quand elles sont ensemble.

– Nan, à peine ! je lui réponds avec ironie, puis je me terre dans le silence en espérant que cela dissipera ma honte.

J'ai surtout trop peur d'aggraver mon cas en rouvrant la bouche.

– En tout cas, je sais maintenant pourquoi Rock a dû mettre de vieilles pompes aujourd'hui, conclut Max en riant.

Olivia, je te jure de te frapper avec un kilo d'aubergines la prochaine fois qu'on se voit !

29

CULOTTES DANS LE VENT

Judy

Grâce à Rock, Bounce et Vince, la vieille chambre miteuse du Cactus Lodge est vidée en moins de quinze minutes. Ils se sont organisés avec Max en chaîne humaine pendant que je les regarde, effrayée, se jeter mes affaires de l'un à l'autre pour les entasser sur le plateau du pick-up.

– Doucement, c'est fragile ! je crie alors que Bounce, à la réception, manque de louper un petit carton contenant mes bibelots fétiches.

– Y a quoi dedans ? me demande-t-il.

– Des souvenirs offerts par Ellie pour la plupart. J'y tiens beaucoup.

– Tu pourras me les montrer ?

Je suis surprise par sa demande et le regard enfantin qu'il me jette dans l'expectative de ma réponse.

– Euh oui, d'accord.

– Merci, Cul-n…

Mais Bounce n'a pas le temps de finir sa phrase, il est d'abord interrompu par un lourd sac s'écrasant violemment à ses pieds, suivi presque instantanément par une pluie de petites culottes atterrissant sur son visage. Mortifiée, je me tourne vers Vince qui, lui, me fixe d'un regard ébahi.

– Désolé ! Le sac était mal fermé, s'excuse-t-il.

Qu'ai-je fait pour mériter ça ?!

– Je ne savais pas que les femmes pouvaient avoir autant de lingerie, ajoute-t-il en rigolant.

– Je n'en ai pas tant que ça, je baragouine plus pour moi-même que pour mon auditoire.

Sans attendre, trébuchante, je me rue vers Bounce pour récupérer mon sac et y remettre ma lingerie à toute vitesse.

Je ne pense pas sortir indemne des prochaines heures car clairement les planètes ne sont pas alignées en ma faveur aujourd'hui.

– N'oublie pas celles que j'ai sur moi, me lâche Bounce stoïquement.

L'homme recouvert de tatouages, au regard étrange, se tient immobile avec plusieurs tangas sur le crâne et sur les épaules. J'ai beau être gênée par la situation, la scène est si surréaliste que je lâche un petit rire aigu aux frontières du réel.

Je viens de passer dans une autre dimension.

– Je te rassure, elles sont propres, lui dis-je en les récupérant pour détendre l'atmosphère.

– Le contraire ne m'aurait pas dérangé, me rétorque-t-il du tac au tac avec un clin d'œil.

Puis il me plante là pour se mettre au volant du pick-up.

OK…

– Blondie, il manque celle-ci.

Au son de cette voix grave faisant écho en moi comme à chaque fois, je me fige, foudroyée. Puis lentement, très lentement, je me tourne pour découvrir Max me tendant ma plus grande et ma plus moche culotte. Celle trouée, qui a fait la guerre et dont les petites pâquerettes d'origine sont devenues de gros tournesols délavés. Celle qui a survécu à tous les tris de vieux vêtements car elle est hyper confort quand je suis ballonnée ou que j'ai mes règles…[1]

Max aurait pu trouver ce joli string en dentelle bleue que j'ai acheté la semaine dernière, mais non, il a fallu qu'il tombe sur ça !

Alors, avec ce qu'il me reste de dignité, je marche vers lui la tête haute et récupère ma vieille culotte, à l'élastique effiloché distendu.

– Je comptais la jeter, je ne la porte plus, je marmonne en espérant qu'il me croie.

– L'avantage de ces vieilles culottes, me répond Max, c'est qu'on a aucun scrupule à les déchirer.

Je cligne des yeux et rougis jusqu'à la racine des cheveux car à présent, je l'imagine en train d'arracher mes vêtements.

---

1. Une pensée sincère et émue à toutes ces culottes, tombées au combat, sacrifiées pour la patrie.

Bien, magnifique !

Sans un mot, je tire ma révérence et pars mettre mon sac dans le coffre de Skye. Ils se débrouilleront avec les derniers cartons, j'abdique… Je n'ai plus l'esprit clair.

***

Une fois sacs, cartons et valises chargés, mais surtout une fois l'incident « culottes dans le vent » derrière nous, nous revoilà partis pour trois heures de route en direction de mon ancienne maison sur les hauteurs de Colorado Springs. C'est la première fois que j'y retourne depuis mon départ définitif et à mesure que l'on se rapproche, je deviens nerveuse. Mon courage se fait la malle en Papouasie et mon stress atteint son apogée lorsqu'un panneau routier vert m'indique que nous sommes à moins de dix miles de la ville.

D'angoisse, je suis en train d'attaquer les petites peaux autour de mes ongles avec mes dents, au point que, bientôt, on devrait voir l'os…

Lorsque je repère la voiture de service de Derek garée dans l'allée face au garage de notre ancienne maison, je ralentis brusquement.

Il est bien là, comme Rock l'espérait.

Inspire… Expire… Inspire… Expire…

– Ça va aller. On est là, tente de me rassurer Max.

– Je n'ai pas eu de nouvelles de ma plainte contre Derek, je lui murmure.

Je ne sais pas vraiment pourquoi je pense à cela maintenant. Peut-être parce que la dernière fois que nos routes se sont croisées, mon ex m'a plaquée contre un mur en tentant de m'étouffer ?

– On verra ça après, OK ? Là on vient prendre tes affaires. Dans trente minutes, c'est terminé.

– D'accord.

Vacillante, je me gare derrière Derek et coupe le contact.

– Fait chier… lâche Max.

– Quoi ? je m'inquiète en le dévisageant, la main sur ma ceinture de sécurité.

– Je hais ce genre de mecs. Tu ne devrais pas être dans cet état. Et dire que tu comptais faire ça seule.

– J'aurais choisi un jour où il aurait été absent, je lui murmure. Je me serais débrouillée, j'ai encore les clés, ne t'inquiète pas.

– Bien sûr que je m'inquiète. Tu devrais te voir. Tu es toute pâle.

Cette phrase me fait l'effet d'un électrochoc car ce n'est pas l'image que je souhaite donner de la Judy 2.0. Derek Le Fennec, comme l'appelle Liv, n'est plus rien à mes yeux ni dans mon cœur. Avoir peur de lui, c'est garder une sorte de lien de pouvoir entre nous et il en est hors de question. Je suis la même Judy que celle qui s'est réveillée ce matin et qui a tenu tête à Rock. La même à avoir pris un seau de sang en pleine poire sans paniquer, à avoir dormi avec Max, à l'avoir embrassé…

Alors j'inspire un grand coup, rassemble mes esprits et plonge mes yeux dans ceux de cet homme que je redécouvre depuis plus de deux semaines. J'y puise le reste de la bravoure dont j'ai besoin et sors de la voiture, bien décidée à passer à autre chose. Max me suit, ainsi que Rock, Vince et Bounce qui jaillissent du pick-up derrière nous, telle une armée de gladiateurs-bikers.

Mon armée…

Déterminée, je sors mon vieux trousseau de clés et tente d'ouvrir la porte mais sans succès, la serrure a apparemment été changée.

La petite ordure !

Donc lui peut s'introduire sans mon autorisation dans ma chambre de motel mais il s'assure que je ne puisse pas faire de même. La colère me monte au nez en un battement de cils. Derek savait pertinemment que je devais encore récupérer des cartons et mon chat, après quoi je lui aurais rendu ces maudites clés.

Avec appréhension, je jette un coup d'œil à Max qui me retourne un regard signifiant : « On a bien fait de venir. »

– La confiance règne, lâche Vince. Il a fait changer la serrure !

– Il voulait surtout s'assurer d'être là quand Judy viendrait chercher ses affaires, reprend Max.

Je me résigne et frappe avec force à la porte qui s'ouvre sur Derek après de longues secondes. Ce dernier sourit dans un premier temps en me découvrant sur le seuil, puis il déchante en détaillant les quatre hommes dans mon dos.

– Vous vous foutez de ma gueule ? lâche-t-il crûment.

– Je viens chercher mes derniers cartons, mon chat et tu ne me reverras plus jamais, je lui rétorque en avançant. Laisse-nous passer.

– Tu te souviens de moi ? intervient Rock avec ironie par-dessus mon épaule.

– Hors de question qu'eux entrent ! reprend Derek en lançant un regard haineux à Max et Rock mais sans répondre à la question posée. En plus, celui-là, Bob Marley, je ne le connais même pas !

– Mon prénom c'est Vince, et je te conseille de rester poli…

Vince, d'ordinaire léger et drôle, ne plaisante pas face à cette remarque puant le racisme et je découvre une nouvelle version de lui. Je le voyais constamment comme le rigolo de la bande, le pensant, à tort, moins dangereux que Bounce par exemple. Mais le regard qu'il lance à Derek me rappelle que les membres recueillis par le Clan, même s'ils ont décidé de changer de vie, ont tous un passé compliqué, sombre et violent. Celui de Vince vient de ressurgir au travers de l'expression meurtrière de son visage. Je n'ai pas le temps de réagir que Max crache à son tour :

– On ne quittera pas Judy d'une semelle si tu es là.

– Vous ne pouvez pas entrer si je ne vous y autorise pas ! Franchissez le seuil d'un doigt de pied et j'appelle du renfort.

Bounce éclate alors de rire, ce qui désarçonne Derek, et moi également au passage.

– Tu es toujours le même trou du cul. Uniquement courageux en présence de tes petits copains…

Je me reprends et ajoute à cette charmante déclaration de Bounce :

– Le bail est encore à nos deux noms, Derek, puisque tu refuses de faire les démarches nécessaires… Donc je peux entrer sans ta permission et accompagnée de qui je veux. Vraiment, ne joue pas au plus débile et pousse-toi.

Derek reste muet mais je sens la rage suinter par chacun des pores de sa peau. À contrecœur, il finit par s'écarter et nous laisser passer.

– Prends tout ton temps, Judy, me lance Rock en souriant et en s'installant dans le salon comme si de rien n'était. Comme ça, je vais pouvoir discuter et renouer avec ce bon vieux Derek. On a pas mal de choses à se dire lui et moi. À commencer par savoir où il était hier soir…

– Ça marche, je lui réponds avec un sourire en coin, identique au sien.

Pendant quelques nanosecondes j'échange même un regard de connivence avec cette immense armoire à glace qu'est Rock et... j'apprécie. Clairement, il y a quelque chose à explorer sous toute cette couche de méfiance.

Puis, face au regard furieux de Derek, je tourne les talons et me dirige vers le fond de la maison. Max, quant à lui, fait le choix de m'accompagner, scrutant comme un enquêteur du NYPD ce qui l'entoure, et laisse Rock, Bounce et Vince avec mon crétin d'ex.

– Je hais vraiment ce type. Il m'a pourri la vie au lycée, m'avoue Max en s'appuyant au mur de la chambre d'amis où j'ai entreposé mes derniers cartons.

Je m'approche alors de lui, au point que nos bras et nos mains se frôlent, avant de souffler :

– J'ai du mal à croire que quiconque ait pu chercher à te pourrir la vie. Déjà à l'époque, Rock ressemblait plus à Hulk qu'à l'adolescent moyen boutonneux et gringalet, et tu n'étais pas en reste.

Max va pour me répondre un truc mais se reprend au dernier moment, un flash de tristesse passe sur son beau visage puis il finit par sourire. C'est un sourire un peu différent de celui auquel je suis habituée car il ne monte pas jusqu'à ses beaux yeux gris.

– Allez, Blondie, dépêchons-nous. Je sais déjà que ça va mal finir si on traîne trop. Rock est à cran et Derek ne pourra pas s'empêcher de le provoquer.

Rapidement, il se dégage du mur puis reprend ses distances avec moi. Il le fait subtilement mais je sens que retourner dans le salon pour surveiller Rock n'est pas sa seule motivation. Max semble fuir ma proximité depuis ce matin et j'en suis peinée.

Résignée, je prends les cartons les plus légers et Max se charge des plus lourds, direction le pick-up. Je constate, en retraversant le salon, que Derek est toujours vivant malheureusement, bien campé dans le canapé, pendant que Rock le questionne durement sur ses activités d'hier soir. En revanche, je n'écoute pas ses réponses... Pour tout avouer, l'histoire du seau de sang est le cadet de mes soucis à cet instant car autre chose me tracasse. En traversant la maison, j'ai cherché Miss Fluffy du regard, je l'ai appelée en lui promettant des friandises mais elle ne s'est pas manifestée. Aucun vieux chat persan n'est venu se faufiler entre mes jambes en ronronnant. Alors après avoir déposé à la hâte mes cartons sur le plateau du pick-up, je retourne en courant dans le salon, le ventre noué, craignant le pire.

– Où est Miss Fluffy ? j'interpelle Derek, lui coupant la parole tandis qu'il jure à Rock avoir été de service toute la nuit dernière.

Je n'obtiens aucune réponse de sa part, seulement un regard froid.

– Où est mon chat ?! je répète, paniquée. Si tu lui as fait du mal, je te promets que…

Mais je n'ai pas le temps de finir cette fois, Derek bondit du canapé et me hurle :

– Tu promets que quoi, hein ?! Que tes nouveaux potes ici présents vont me casser la gueule ? C'est avec cette racaille que tu traînes désormais ? Vraiment ? Tes parents auraient honte s'ils savaient !

– Cette racaille ? Quelle blague ! Ce n'est pas eux qui se sont introduits dans ma chambre de motel sans mon autorisation, ni eux qui ont été violents avec moi ou qui m'ont menti au sujet d'Ellie… Ce n'est pas eux non plus qui me rendent misérable depuis tant d'années. En fait, c'est de toi que mes parents auraient dû me protéger ! Tu es la seule personne dangereuse dans cette pièce ! Je vais donc récupérer mon chat et je ne veux plus jamais te revoir ni entendre parler de toi. Jamais.

Je tremble d'émotion pendant cette tirade à cœur ouvert, toujours autant inquiète pour Miss Fluffy.

Que lui a-t-il fait ?

– Espèce de petite péta… commence Derek en avançant dans ma direction, le regard noir.

Mais il ne peut finir sa phrase, ni son mouvement, car Max s'interpose entre nous avec une rapidité folle. Derek se heurte à un mur de muscles et Max le chasse d'un revers, telle une vulgaire mouche dans son champ de vision.

– Je pensais avoir été clair la dernière fois que tu as osé la toucher… Maintenant dis-nous où est le chat, qu'on se tire d'ici.

L'injonction de Max est tranchante, autoritaire et hautement menaçante. Rock, Vince et Bounce sont là eux aussi, en fidèles gardiens prêts à intervenir au besoin.

– Bien, si c'est ce que tu veux, Judy… reprend plus calmement Derek en recouvrant son équilibre.

– Ce que je veux, c'est mon chat. Où est-il ?! je crie, les larmes au bord des yeux.

– Cette chatte idiote est dans le garage, lâche-t-il laconiquement après plusieurs secondes interminables.

– Quoi ? Mais pourquoi ?!

– Elle n'arrête pas de miauler toute la journée, elle me les brisait sévère.

– Je vais te tuer ! j'éructe.

Toute l'angoisse que j'ai ressentie jusqu'à présent explose, et les vannes de ma colère s'ouvrent à cet instant précis. Plus rien ne me retient. Enfin si, une personne…

Max me rattrape *in extremis* alors que je me jette sur mon ex, les deux poings brandis et avec la volonté de lui faire du mal.

Max m'enserre dans ses bras et mon dos se plaque durement contre son torse chaud. Je halète de peur et écume de rage mais mon rythme cardiaque erratique finit par se calquer au sien, rapide et régulier. Je sens sa joue tiède contre la mienne lorsqu'il me murmure :

– Non, Blondie. Nous, on se bat, mais toi tu vaux mieux que ça, ne le laisse pas t'atteindre.

– Il lui a fait du mal. Elle est vieille et lui l'enferme dans le noir, j'espère que…

– Je suis certain que Miss Fluffy est une coriace. Comme sa maîtresse.

Je sens le sourire de Max dans mon cou et je souris malgré moi en retour. Le monde autour a presque disparu jusqu'à ce que la voix de Derek fende dans l'air :

– Je parie que tu te le tapes.

Je relève les yeux vers lui sans rien dire. Ce qu'il pense, je m'en cogne ! Contrairement à lui je n'ai trompé personne, même vers la fin alors que plus rien n'allait entre nous.

– Depuis combien de temps ? reprend Derek furieux. C'est chez lui que tu vas vivre ?!

– Je n'ai plus de comptes à te rendre. Passe à autre chose. Toi et moi, c'est terminé.

– Bien répondu, Blondie, me murmure Max à l'oreille, ce qui m'arrache un nouveau sourire mais agace Derek de plus belle.

– Alors laisse-moi te dire que tu es tombée bien bas ! D'ailleurs c'est quoi qui te plaît chez lui ? Qu'il bégaye comme un gosse de 4 ans ? crache-t-il alors.

Max se raidit derrière moi et je l'entends gronder :

– Ta gueule, Derek.

– Tu racontes n'importe quoi... Max ne bégaye pas, je rétorque sans comprendre.

– Bah vas-y. Demande-lui de te lire une histoire avant de te mettre au lit la prochaine fois. On se foutait tous de la gueule de cet illettré au lycée.

Je jette un coup d'œil à Rock puis à Max, cherchant une explication, et je me heurte à leurs regards assassins. L'un comme l'autre luttent à présent pour ne pas sauter à la gorge de Derek, qui lui ricane, heureux de l'effet de ses horribles mots.

– Oups, j'ai fait une erreur peut-être ? Judy ne sait pas que t'es un handica...

Mais Derek n'a pas le temps de terminer sa phrase cette fois-ci car Max me lâche sans prévenir et se jette sur lui. Son étreinte chaude est remplacée par une peur glaciale et je crie pour le retenir en tendant la main dans un geste désespéré. Son blouson me glisse entre les doigts, en vain, Max est bien trop véloce. L'impact entre les deux hommes est violent, et Derek lâche un râle de douleur en recevant un premier coup de poing dans le ventre. Heureusement, Rock intervient en un quart de seconde, déployant toute la puissance dont il dispose du haut de ses deux mètres. Il est précipitamment rejoint par Bounce et Vince pour empêcher Max de démolir Derek, car clairement le biker a l'avantage sur le policier. Il est plus grand, plus large et plus rapide.

J'ai du mal à reconnaître l'homme qui me raisonnait il y a quelques secondes à peine, m'empêchant de faire exactement... *ça* : frapper Derek. De toute évidence, mon ex et lui ont un passif chargé, au-delà de ce que j'avais pu imaginer. Cette histoire de bégaiement semble avoir atteint le biker en plein cœur, au point de perdre totalement pied.

Je dois intervenir. Comme lui a su le faire pour moi.

Sans trop réfléchir, au risque sinon de renoncer à mon projet, je m'approche du groupe d'hommes avec précaution et me place dans le champ de vision de Max, derrière Derek. J'ignore les cris et les insultes qui fusent de toutes parts, puis je parle suffisamment fort pour être entendue :

– Max ! Je me contrefous de ce qu'il dit sur toi !

Les hommes se figent, même Derek. On dirait qu'ils redécouvrent ma présence et m'avaient oubliée sous l'effet toxique de leur testostérone à la noix.

Enfin, après une longue seconde, je capte ce regard gris acier et je répète à son attention :

– Je me moque de ce qu'il dit sur toi.

Max recule d'un bond, recouvrant ses esprits, puis lance un regard chargé d'aversion à Derek, avant de reposer les yeux sur moi. Je profite de ce bref moment d'accalmie pour progresser doucement vers lui sans rompre notre contact visuel. J'avance lentement comme pour apprivoiser un loup sauvage car c'est ce à quoi il me fait penser à l'instant : un immense loup meurtri qui ne connaît que l'attaque en guise de défense.

Une fois arrivée face à lui, je tends une main et la pose sur son bras. Max tressaille à mon contact mais ne se dérobe pas. Il me fixe toujours avec autant d'intensité et un brin de surprise. Je me hisse alors sur la pointe des pieds et approche mon visage du sien. Désormais mes intentions sont évidentes, et lorsque j'aperçois les yeux de Max descendre sur ma bouche, je clos les miens pour l'embrasser.

Mes lèvres se posent sur les siennes et j'établis un contact afin de l'ancrer ici, avec moi, dans cette réalité. Je l'empêche ainsi de retourner exploser les dents de Derek sur la moquette du salon. Cela fonctionne au-delà de mes espérances. Max agrippe alors durement ma tresse pour tirer ma tête en arrière et me plaque contre lui, moulant son corps au mien. Il saisit ma joue dans son autre main et me rend un long baiser possessif, brutal, visible de tous. Il prend plus qu'il ne donne, envahissant ma bouche et forçant mes lèvres. Je l'accepte et le laisse faire jusqu'à ce qu'il se détende contre moi. L'expérience est très différente de nos précédents baisers où il me traitait comme si je pouvais me briser entre ses doigts. Ici, l'étreinte de Max m'insuffle une sensation brûlante de pouvoir et exalte chacune de mes terminaisons nerveuses : il a besoin de moi, de ma force. Essoufflé, il finit par me relâcher, me laissant comme vidée de toute substance.

– Un jour quelqu'un d'intelligent m'a dit : « Tu vaux mieux que ça, ne le laisse pas t'atteindre », je lui murmure en souriant.

Max me rend ce sourire et je sais que j'ai réussi, il est à nouveau parmi nous et maître de lui-même.

– Va chercher Fluffy, qu'on se tire, me souffle-t-il à l'oreille.

J'opine de la tête avant de l'abandonner à contrecœur et de me diriger vers le garage. Au passage j'avise Derek, le visage déformé par la haine, mais fort heureusement toujours maintenu par Bounce et Vince. Il me lance un regard de dégoût qui me fait frissonner de la tête aux pieds malgré moi. Il n'a pas besoin de m'insulter à voix haute, ses yeux parlent pour lui.

Une fois dans ce fichu garage, je me maudis d'avoir laissé mon chat seul avec cet homme tout ce temps. Jamais je n'aurais cru Derek capable de lui faire subir ça, je pensais qu'il l'aimait lui aussi. Ma vision est trouble à cause de la peur et mon cœur bat la chamade. Je n'ose pas allumer la lumière, de crainte de ce que je pourrais découvrir alors je me contente du halo lumineux qui perce par la porte où je me tiens. Puis soudain, je sens quelque chose me passer entre les jambes.

C'est furtif mais Miss Fluffy est bien là, elle miaule à la mort entre mes chevilles.

Le soulagement m'envahit au point que je me mets à trembler, mais je déchante aussi vite quand je constate à quel point elle a maigri.

Je la soulève avec précaution du sol, et la prends dans mes bras pour la blottir contre moi. Elle se laisse faire en me léchant les mains et se met à ronronner.

Elle est si légère !

Je retourne dans le salon silencieux où règne une atmosphère lourde et électrique à vous enserrer la gorge. Je dois dire ce que j'ai sur le cœur avant de ne plus jamais revoir cet homme ignoble ayant partagé ma vie trop longtemps :

– Sois certain qu'un jour tu paieras pour le mal que tu fais, Derek ! Tu es peut-être du côté de la loi ici. Tout fier avec ton uniforme, mais là-haut tu n'auras aucun pouvoir quand ton jugement viendra !

Au son de mes cris, les griffes de Miss Fluffy s'enfoncent dans ma peau à travers mes vêtements mais elle ne bouge pas plus, trop heureuse d'avoir retrouvé sa maîtresse.

Derek quant à lui souffle de dédain, mais ne dit rien de plus, c'est Rock qui reprend la parole :

– Sa dernière heure risque d'arriver plus vite que prévu s'il décide de revenir rôder à Colorado Source. Donc je vais me répéter une dernière fois. Si je te vois dans le coin, sois sûr que tu ne remarcheras plus. Tu oublies Judy, tu nous oublies, compris ?

Pas de réponse.

– Compris ?! gronde Rock de nouveau en frappant du poing sur une table.

– Ouais, c'est bon. Maintenant dégagez de chez moi, abdique Derek un peu trop facilement à mon goût.

Sans plus attendre, je me dirige vers la sortie et lance au passage mes anciennes clés sur le comptoir de la cuisine en gardant Miss Fluffy contre moi. Lorsque le trousseau quitte définitivement ma poche j'ai l'impression qu'un poids s'envole de ma poitrine. On y est. Cette vie est bel et bien révolue, je n'ai aucun regret si ce n'est d'avoir pris trop de temps pour le faire. Je jette un ultime coup d'œil autour de moi non pas par nostalgie mais par fierté, je veux que Derek la voie : ma victoire.

Dehors le soleil ne m'a jamais paru aussi radieux et ma voiture aussi bleue. J'installe précautionneusement Miss Fluffy sur la banquette arrière avant de me retourner et de lancer aux quatre hommes qui m'accompagnent :

– Il faudra s'arrêter en chemin dans une animalerie. Je n'ai rien pour elle.

– Pas de soucis, me rassure Rock. Et merci, souffle-t-il.

– Pour ?

– Pour avoir sorti Max de sa rage… Je n'y arrivais pas.

– Eh bien, désormais tu sais comment faire. Il te suffit de l'embrasser, et avec la langue c'est préférable.

Je suis épatée de ma propre audace et contre toute attente Rock explose de rire, ce à quoi je n'avais encore jamais assisté. Je doutais même qu'il sache se servir de ses zygomatiques ! Son rire grave extrêmement communicatif me surprend et je me joins à lui pendant que les autres nous observent, atterrés, car ils n'ont rien entendu de la fin de notre échange.

– Je commence à comprendre pourquoi ma Liv et toi vous vous entendez aussi bien !

Et moi je commence à comprendre pourquoi Olivia t'aime tant…

Le Rock taciturne est bel homme, mais le Rock qui rit et lâche prise a clairement un truc en plus qui vous chope au ventre.

Fort heureusement, rien de comparable à ce que je ressens en présence de Max. D'ailleurs je jette un coup d'œil au fameux biker blond qui se tient silencieux, à l'écart, et nous jauge la mine sévère.

– Tu crois que ce Derek va vraiment nous poser des problèmes ? demande alors Vince à Rock.

– Oui, mais il devrait nous laisser tranquilles un moment avant de revenir à la charge. Et je ne pense pas qu'il aille se vanter auprès de quiconque de ce qui vient de se passer.

– En tout cas il ne t'a pas menti, intervient Bounce.

– À propos de quoi ? s'étonne Rock.

– Y avait son planning affiché sur le frigo. Hier soir il était bien de service jusqu'à cinq heures du mat.

– Donc si ce n'est pas lui qui a balancé les seaux, qui est-ce ?

Chacun reste silencieux, pensif, puis nous finissons par remonter dans nos voitures respectives.

Max n'a plus prononcé un mot depuis qu'il m'a ordonné de récupérer mon chat et il a la mine de plus en plus sombre. Il s'installe sans rien dire côté passager tandis que je démarre Skye.

– Max ? Tu veux en parler ? tenté-je doucement.

– Laisse tomber, Judy.

– Je pense ce que j'ai dit. Je me fiche de ce que Derek raconte à ton sujet. Tu n'es pas illettré ou quoi que ce soit de ce genre. Tu es…

– Stop. Vraiment. Je ne veux pas en parler. Pas ici et pas avec toi, tranche Max fermement.

La conclusion est rude et je ravale ma salive, peinée. Peinée pour le fossé que cela creuse entre nous. Max serre et desserre ses poings nerveusement sur ses cuisses, le regard dur. Décidément, Derek aura su me pourrir la vie jusqu'au bout.

30

LA CABANE

Max

Derek. Ses paroles. Son attitude de connard. Cela ne devrait pas m'atteindre car je n'ai plus 18 piges, et pourtant me revoilà terré ici, à ressasser ces dernières heures. Je ne m'apitoie pas sur mon sort mais je m'enferme pour ne pas rebrousser chemin et retourner lui exploser les dents ! Heureusement Judy était là, avec nous... Elle a su percer ma rage et m'a permis d'entrevoir de la lumière dans le noir de ma colère.

Lorsque je repense à notre baiser juste devant la tronche de Derek, j'en tire une satisfaction ultime, mais je ne suis pas certain d'en être fier au fond. Je vaux mieux que ça. Judy surtout vaut mieux que ça. Elle n'est pas un trophée à conquérir ou à brandir. Certainement pas après le courage dont elle a fait preuve dans ce salon. J'ai le ventre serré de songer à son regard inquiet posé sur moi. Ce que j'ai ressenti en prenant sa bouche aussi violemment me déstabilise. Je ne maîtrisais plus rien. J'ai absorbé ce dont j'avais besoin à cet instant et elle m'a laissé faire sans retenue, en totale confiance. Par ce baiser, Blondie a aspiré ma colère ainsi que toutes les pensées violentes qui m'habitaient.

Devrais-je m'inquiéter de son pouvoir sur moi en moins d'un mois ? Très certainement... Ce n'est pas normal.

Alors une fois arrivés au CSB après un retour long et silencieux à ses côtés, il a suffi d'un seul coup d'œil avec Rock pour se comprendre. Grâce à son signe de tête, j'ai su qu'il aiderait Judy à décharger ses cartons dans son nouvel appart, m'autorisant au passage à prendre l'air sur ma moto, seul.

Me voilà ainsi retranché dans cette planque en pleine cambrousse, construite lorsque nous avions 14 ans pour échapper à nos parents, et faire toutes sortes d'expériences sans qu'ils n'en sachent jamais rien. Nous l'avons agrandie et améliorée au fil du temps au point de l'utiliser encore aujourd'hui pour s'isoler et réfléchir.

Après quelques heures d'introspection au calme dans cette cahute, j'arrive à plusieurs conclusions dérangeantes :

1) Les mots de Derek m'atteignent trop.

2) J'ai terriblement peur de ce que Judy pourrait penser de mon handicap.

3) Elle a beaucoup trop d'effets sur moi en peu de temps.

4) J'ai cru que j'allais frapper Rock dans les couilles quand je l'ai vu rire avec elle comme ça en aparté.

Ouais, pendant un instant ma vision a viré au rouge vermillon en les regardant partager ce moment de complicité dont j'étais exclu. Ce matin, Rock et Judy s'affrontaient et à présent ils semblent en passe de devenir meilleurs potes, c'est vraiment génial… Je sais que j'exagère. Ce sont seulement de vieilles peurs refaisant surface pour me polluer l'esprit, alors je lutte.

Fait chier !

Ce serait tellement plus simple si je pouvais être entier avec Judy et lui dire de quoi est vraiment morte sa grand-mère. Malheureusement je ne peux pas encore, je n'y arrive pas, et c'est pire à présent… Elle ne croira jamais que je n'y suis pour rien après m'avoir vu péter les plombs de la sorte face à son ex. D'ailleurs, ce type est devenu pire avec les années sûrement par la faute de cet uniforme lui donnant le sentiment d'être quelqu'un…

Je ne sais combien d'heures je reste là, allongé sur le lit de camp à fixer les planches de bois du plafond quand j'entends qu'on frappe à la porte.

– Max. Ouvre.

J'aurais dû savoir que Rock finirait par me trouver. Je suis même certain qu'il sait où je suis depuis le début, il m'a juste laissé le temps de redescendre en pression. Je me lève donc pour aller ôter le verrou et m'assois à la table bancale, récupérée à l'époque dans une décharge pour meubler les vingt mètres carrés de cette cabane en bois. Le plastique grisâtre est brûlé par endroits, et couvert d'inscriptions que nous avons laissées au fil des années à venir squatter ici : Rock, mais aussi Bounce et Shawn, Soraya, ma sœur et même la petite Sunny.

Paix à son âme.

La mienne saigne à chaque pensée pour elle, le temps n'y fait rien, on apprend simplement à vivre avec l'absence, la peine et les regrets.

Rock vient s'asseoir en silence près de moi et je suis surpris qu'il n'engage pas la conversation. Il pose simplement deux packs de bières et des sandwichs sur la table.

– On part demain pour Atlanta et pour quinze jours. Tu as sûrement mieux à faire que passer ta soirée ici, je lui lance.

– Olivia et mini-pouce vont bien. Elles n'ont pas besoin de moi dans l'immédiat, toi en revanche... déclare-t-il en ôtant son cuir.

– Moi en revanche, j'ai besoin d'aide comme souvent ces derniers temps.

– Et alors, en quoi c'est mal ? Tu m'as soutenu pendant les années où Sunny avait disparu et où je perdais pied. Laisse-moi te retourner la faveur, râle Rock en décapsulant sa bière d'un coup sec sur le dos de ma chaise.

– Je ne perds pas pied. C'était le cas il y a quatre mois, mais là ça va. Je ne compte pas me barrer à nouveau si c'est ce que tu redoutes.

Et c'est vrai, ma tête menace d'exploser à force de brasser un million de pensées depuis le réveil mais je ne mens pas à Rock.

– Je ne redoute rien. Je veux juste être là pour mon frère, me corrige-t-il. Donc on va se boire ces bières et manger ces délicieux sandwichs que ma femme a faits. Avant d'aller se confronter à la réalité merdique du monde extérieur demain.

– Olivia a fait ces sandwichs ?

– Ouais, et elle a mis des tomates séchées dans le tien...

– J'adore les tomates séchées, j'avoue, la faim au ventre.

– Elle le sait... rigole Rock en me tendant ledit sandwich.

– Sa cuisine est la huitième merveille du monde.

– Ça, c'est moi qui le sais. Alors savoure ce sandwich comme il se doit !

Je ris à mon tour face à son ton faussement sérieux et j'attrape une bière.

– Tu sais, ne laisse pas Derek t'atteindre. Judy a raison. Ce qu'il dit n'a aucune importance pour le Clan ni pour moi. On sait tous ce que tu vaux, finit par dire Rock après quelques minutes de silence.

On revient donc dans le vif du sujet…

– Ouais, mais il n'avait pas à balancer ça comme ça, surtout devant Judy.

– Tu as peur de ce qu'elle pourrait penser de toi hein ?

– Y a des chances. Et puis même, ça m'appartient. C'est à moi de choisir quand je le dis et à qui. C'est déjà suffisamment compliqué comme ça.

– Oui, mais c'est pas nouveau, Derek est une raclure de chiottes. Clairement il n'a pas changé avec les années. Et tu sais, au fond, je pense qu'il a toujours été jaloux de toi ! C'est pour ça qu'il insiste sur le seul truc qui t'atteint.

– Jaloux de quoi ? je m'étonne.

– Max… T'es sorti ou tu as couché avec toutes les filles qu'il convoitait au collège puis au lycée. Toutes sans exception.

– Je ne m'en souviens pas.

– Eh bien, moi si et je te le dis. Il est con et envieux, cherche pas. Mais surtout ne le laisse plus t'atteindre comme ça.

Nous attaquons nos sandwichs en silence et je cogite sur ce que Rock vient de me dire à propos de Derek. Rapidement mes pensées bifurquent sur une belle blonde aux yeux bleus. Je repense à la façon dont on s'est quittés et ce que je lui ai dit dans la voiture…

J'ai merdé grave !

Elle m'a aidé et moi en retour je l'ai envoyée chier, pire, je la tiens à distance.

– Tu crois que je lui ai fait peur ? je m'enquiers, inquiet, auprès de Rock.

– Peur à qui ?

– À Judy ?

– Je ne crois pas. Elle semble plus coriace qu'elle n'en a l'air. J'ai l'impression qu'elle a eu peur *pour toi* et non *de toi*, me répond Rock la bouche pleine.

– Et toi, tu as l'air de ne plus la détester autant que ce matin… je lui fais remarquer avec sarcasme.

– Max, je ne la déteste pas. Il est évident que Derek lui a fait vivre un enfer dont elle a eu du mal à se défaire et c'est tout à son honneur de vouloir repartir de zéro ailleurs. J'aurais juste préféré que cet ailleurs ne soit pas à un kilomètre de chez moi. Je crains pour la sécurité de ma fille et de ma femme. Tu comprends ? Avec tout ce qu'on a déjà traversé...

– Ouais, mais d'un autre côté, avec ce qui est arrivé à Ellie, on lui doit bien de veiller sur sa petite-fille...

Rock me lance un regard peiné puis résigné :

– T'as pas tort, concède-t-il du bout des lèvres.

S'il y a une chose chez Rock qui passe outre son besoin de protection, c'est son sens du devoir et de l'équité. Il sait que j'ai raison et je viens de marquer un gros point, car la façon dont Ellie est morte était injuste. Ce ne serait donc que justice d'aider Judy en retour à présent, même si les deux femmes avaient coupé les ponts depuis de nombreuses années. Tout le monde a le droit à une seconde chance.

Ressassant ces pensées, nous buvons tranquillement nos bières avant que je ne brise le silence :

– Au fait, toi et Judy, vous rigoliez de quoi tout à l'heure ?

– Ah ça, c'est notre petit secret...

– T'as pas le droit d'avoir des secrets avec elle !

Cette phrase sort de ma bouche avec bien plus de véhémence que je ne le souhaitais.

– T'es jaloux ?! s'exclame Rock, mi-amusé, mi-surpris de ma réaction.

– Non.

– Oh que si ! Mais laisse-moi te rappeler une chose : tu partages plein de petits secrets avec Liv... Et j'ai jamais rien dit à propos de ça. Faudra t'y faire, mec.

– Ouais, eh bien, j'en partagerai aussi avec ta fille quand elle saura parler. Je suis son parrain, je serai son confident préféré... Tu sauras t'y faire, à ça ? je lui lance avec provocation.

– Va crever. Ma fille est à moi. Et le premier qui tente de me l'enlever, je le tue.

J'explose de rire quand je réalise qu'il prend ma blague beaucoup trop sérieusement.

– Tu réalises que ta réponse est excessive et bizarre ? je demande en lui riant au nez.

– Va ! Rigole, Max ! Ma réaction pour ma fille est normale, en revanche toi...

– Moi, quoi ?

– Ta jalousie envers Judy est le signe que tu es dans la merde jusqu'aux couilles, mon frère. Je te souhaite bon courage vu qu'apparemment tu as décidé qu'il ne se passerait plus rien entre vous... Mais elle ne t'attendra pas indéfiniment, j'espère que tu en as conscience. Elle vient de perdre pas mal d'années avec un pauvre type, je suis pas sûr qu'elle soit prête à recommencer.

– Tu me traites de pauvre type ou je rêve ? Sinon je sais déjà tout ça, mais merci pour ton aide et ta franchise ! je lui réponds avec ironie.

– Mais y a pas de quoi. La famille, c'est fait pour ça, non ?

Sur ces belles paroles, je préfère garder le silence et finir de déguster religieusement mon sandwich. Quand je mange, j'arrive à ne plus trop penser et ça fait un bien fou ! Cependant, la pause est de courte durée, car Rock reprend la parole, soucieux :

– Je suis sûr que Derek est derrière cette connerie de seaux pleins de sang, d'une façon ou d'une autre. Reste à le prouver...

– C'est certain, et je te promets que je finirai par trouver comment il a fait pour être soi-disant en service et à trois cents bornes de là, sur le toit de mon bar.

– Je sais. C'est bien pour ça que je t'ai confié l'affaire. D'ailleurs, c'est quoi ton plan ? me questionne Rock, en se rinçant le gosier de bière. Parce que perso, je n'ai rien pu en tirer cette aprèm.

– J'ai mis Mike en repérage pour quinze jours pendant notre voyage à Atlanta. Il va suivre Derek incognito et nous faire un topo sur ses habitudes. Y aura forcément un truc utile qui va ressortir.

– Et il pourra alerter le reste du Clan si Derek s'approche trop près de Colorado Source...

– Exactement...

– Bien vu pour Mike. Tu gères, me félicite Rock.

Mike est l'un de nos meilleurs pisteurs. Dans une autre vie, avant de nous rejoindre, cet homme traquait les mauvais payeurs d'un prêteur sur gages violent et sadique de Los Angeles. Il n'avait jamais vraiment eu d'alternative de carrière avant de croiser notre chemin.

Enfin, après plusieurs minutes sans un mot, j'avoue à Rock ce que j'ai en tête depuis le début, bien avant l'incident du seau de sang ou l'accrochage de cet après-midi :

– Je me suis juré de mettre Derek K.-O. d'une façon ou d'une autre quand je l'ai découvert, la main sur la bouche de Judy, dans ce motel pourri. Tu aurais dû le voir, il essayait de l'étouffer, il aurait pu la tuer… On doit être certain qu'il ne lui fera jamais de mal. Ni à personne d'autre.

– Sur ça, on est d'accord, conclut Rock.

Je n'ajoute plus rien et la discussion est en pause le temps que nous finissions nos bières respectives, jusqu'à ce que quelqu'un frappe de nouveau à la porte. Rock part ouvrir, laissant entrer Loris, suivi de Vince et Bounce.

– Tu vois, je te l'avais dit, lance Vince, conquérant, à l'attention de Bounce. Je savais qu'ils seraient là !

Je regarde mon téléphone et avise, coupable, la vingtaine d'appels en absence de leur part.

– Donc vous faites une petite soirée dans votre coin avant le départ pour Atlanta sans nous y convier ! Sympa l'esprit d'équipe ! claironne mon frère de clan aux dreadlocks.

– Non, en fait j'espérais rester tranquille, mais Rock m'a retrouvé… je maugrée.

– On t'a suffisamment laissé tranquille pendant quatre mois, intervient Bounce. Tu nous auras toujours sur le dos à présent.

– Je vois ça…

– Maintenant on se dit les choses sur le moment, ajoute-t-il, lançant un regard à chacun si sérieux qu'il me fait sourire.

– D'accord, Bounce. Et tu es venu pour me dire quoi alors ? je lui réponds.

Il s'avance, redresse haut le menton, dévoilant son cou couvert de tatouages puis ouvre la bouche à plusieurs reprises sans qu'un son n'en sorte. On dirait une carpe hors de l'eau. Bounce finit par abdiquer et se tourner vers Loris :

– Chui pas doué pour ça. Fais-le.

Loris sourit à son tour, donne une tape paternelle sur l'épaule de Bounce en guise d'encouragement pour sa tentative avortée et prend sa place au centre de la pièce. Il ressemble à un pirate bodybuildé avec son cache-œil et son bandana rouge. Nous le voyons tous plus ou moins comme un père de substitution, un pilier inébranlable du Clan. Il s'éclaircit la gorge avant de s'adresser à moi et je suis surpris de le sentir ému, lui d'ordinaire si calme et discret.

– Les gars m'ont raconté pour cette aprèm. Je n'étais pas là mais je parle en notre nom à tous, commence-t-il. On se fout de ce que Derek a pu dire sur toi, Max. On se fout de ce que quiconque peut penser de toi, ou même de nous. Ça a toujours été le cas. On ne t'a jamais vu comme un illettré. Au contraire, tu es de loin le plus intelligent parmi nous. Sans toi, le Clan aurait bien plus d'emmerdes et je sais même pas si on existerait toujours !

– Loris… tenté-je de l'interrompre mais il m'ignore et poursuit :

– Le Clan n'était plus le même sans toi pendant quatre mois, hors de question que tu repartes ! Donc l'autre con, tu l'emmerdes ! Ah et Eddy partage aussi cet avis. Il s'excuse de ne pas être là mais il passe la soirée avec ses filles avant le départ.

– Je comprends et merci, je lui réponds, simplement. Et sachez que je ne compte pas repartir.

On se dit rarement de telles choses, alors je suis touché et honoré de les considérer comme ma famille. Vince se charge d'alléger l'atmosphère et de changer de sujet avec deux blagues bien pourries dont il a le secret puis ils prennent tous les trois leurs aises dans les vingt mètres carrés qui n'en paraissent plus que dix. Eux aussi sont venus avec du ravitaillement liquide autant que solide.

Ma vie n'est peut-être pas parfaite, elle ne le sera sûrement jamais d'ailleurs, mais je ne l'échangerais contre rien au monde. C'est la conviction que j'ai acquise après ces quatre mois loin d'eux, constatant la fausseté dans laquelle nous vivons. Ici, lorsque je regarde chacun de mes frères de clan, capables d'amitiés loyales mais incapables de s'intégrer dans cette société bancale, je me dis que c'est une bonne chose. Les gens dehors ne les méritent pas. Ce sont eux, les fous. Pas nous.

– Et sinon, tu comptes nous raconter ce qui s'est passé dans le grenier cette nuit avec la petite Judy ? Parce que ce roulage de pelle juste devant la gueule de Derek, je ne l'ai pas vu venir ! C'était chauuuuud. Vous vous êtes crus dans un film ou quoi ? s'exclame Vince en ouvrant une bière.

Sans commentaire…

31

CORY

Max

Après plus de deux jours de route et une escale dans le Missouri, nous arrivons enfin au chapitre d'Atlanta tenu par mes parents. Nous avons laissé Colorado Source sous la surveillance de nos vétérans, aidés de jeunes recrues et d'Olivia. Ils feront tourner les affaires correctement en notre absence, j'en suis certain. Car sous ses airs fantasques, Liv est une redoutable femme d'affaires rigoureuse et organisée.

Seul Shawn manque à l'appel et a repris un vol pour New York hier, trop heureux de retrouver la folie de la mégalopole, ce que je ne comprendrai jamais. Quant à Soraya, elle ne l'a pas suivi cette fois-ci et le rejoindra dans un mois, parce qu'après avoir pris une distance salutaire avec son père, le chef de la réserve de Golden Water, elle a besoin de repasser encore un peu de temps auprès des siens.

– On a trop tardé à venir. Notre dernière visite remonte à presque un an, je lance.

– Plus pour moi, me répond Rock. Je n'ai pas vu tes parents depuis la naissance de ma fille.

– Et tu n'étais pas obligé de les revoir. Je comprendrais. Je peux me charger de gérer Atlanta désormais, tenté-je de le rassurer.

– Je sais et j'apprécie, mais on doit faire ça ensemble.

Rock, Vince, Loris, Bounce, Eddy et moi, nous nous tenons, stoïques, devant le magasin de motos de mes parents qui n'a pas changé depuis ma dernière visite de courtoisie…

Là encore nous sommes loin des clichés et du garage miteux tenu par des bikers crasseux. L'enseigne, moderne, vend autant de motos routières vintage que de sportives, ainsi qu'une montagne d'accessoires. Le business a explosé ces dernières années à cause des campagnes de pub du gouvernement sur la sécurité, en particulier pour les motards. Ma mère est en charge du magasin pendant que mon père dirige l'atelier où il assure les réparations et l'entretien des motos qu'ils vendent. L'endroit est si impeccable que vous pourriez lécher le sol sans avoir une trace de cambouis sur la langue.

Ce n'est pas le business des Evil's Heat qui dégage le plus de profits, en même temps dur de rivaliser avec le commerce de minerais et d'or, ou avec les placements boursiers lucratifs de Shawn, mais c'est un business rentable. La seule chose importante ici est de faire tourner la boutique et capter des gamins dans le besoin car tous n'ont pas pour projet de s'enterrer à Colorado Source. Il est donc indispensable d'avoir des activités comme celles de mes parents dans des grandes villes.

J'ouvre la marche et nous entrons dans l'atelier par la porte sectionnelle grande ouverte. L'endroit sombre est calme mais en avançant je discerne deux silhouettes affairées sur une Indian Springfield[1] rouge. Rapidement je reconnais Jack, un petit jeune volontaire qui bosse ici depuis que nous l'avons recueilli, il y a deux ans environ. Sa mère est une accro au crack et n'arrivant pas à s'en sortir, ils vivaient tous les deux dans la rue. C'est par le biais de Loris que nous avons eu vent de leur situation.

En revanche, le second type aux cheveux courts, un peu moins fluet que Jack, m'est inconnu. Il doit s'agir de la nouvelle recrue dont mon père m'a parlé, un certain Cory. Cette visite est donc également l'occasion de le rencontrer pour la première fois et de confirmer ou non son embauche. Les deux jeunes gens portent leurs bleus de travail griffés au nom du garage et, penchés sur la moto, ils ne nous ont pas encore remarqués.

– Je t'ai dit d'utiliser cette clé de treize pour visser, Cory ! s'agace Jack.

Le fameux Cory, encore de dos, souffle ostensiblement et replonge tête la première sur l'Indian en partie désossée.

– Tu me broies les ovaires, Jacky Boy ! Je préfère commencer à visser avec les doigts. Je prendrai ta clé à la fin.

1. Marque et modèle de moto routière.

Mon cerveau marque un temps d'arrêt le temps de digérer une information capitale : Cory n'est pas un mec comme nous le pensions tous. La voix est clairement féminine, à l'instar de son visage qui finit par se tourner vers nous en entendant l'exclamation de Vince :

– Je pensais que Cory était un mec !

– Moi aussi, lui répond Bounce.

– Le garage est fermé ! Vous n'avez pas vu le panneau ? On rouvre à quatorze heures, crache la très douce et jeune Cory.

J'ai envie d'exploser de rire quand je vois Jack se décomposer et qu'il se met à marmonner :

– Cory, bordel. Tu sais au moins à qui tu parles ?

– M'en fiche que ce soit des clients riches, lui retourne la jeune femme en croisant les bras et en relevant le menton. Ici, tout le monde est logé à la même enseigne. Ordres du patron ! On s'occupera de vous à quatorze heures, messieurs, vous pouvez attendre dehors.

Un silence suit sa déclaration, et mes frères de clan restent pantois devant autant d'aplomb dans un si petit corps.

Aplomb ou inconscience… Question de point de vue.

– Bien. Je lui mets un zéro pointé pour l'accueil clientèle, mais un A+ pour le respect des ordres de la hiérarchie. Tu en penses quoi, Max ? me demande Rock avec humour tandis que nous arrivons face aux deux jeunes.

Je peux enfin détailler Cory avec précision dans la pénombre de l'atelier. Son visage est souillé de cambouis mais le contraste reste subtil sur sa peau noire. Le plus saisissant est sans nul doute la parfaite symétrie de ses traits mis en valeur par la coupe courte de ses cheveux. Elle a une bouche pulpeuse, tordue en une moue désapprobatrice. Ses beaux yeux sombres en forme d'amande scrutent chacun de nous avec méfiance, voire provocation. Je ne m'en formalise pas. Beaucoup des jeunes que nous recrutons ici sont de vrais chats sauvages au début et nous ne voulons pas les adoucir, seulement leur apprendre à faire de nouveau confiance tout en respectant les anciens.

– J'en pense que je vais devoir avoir une discussion avec mon père sur ses choix de recrutement, je réponds à Rock en plongeant mon regard dans celui de Cory et en croisant à mon tour les bras sur mon torse.

Je fais deux pas vers elle et la toise de haut, mimant sa posture combative autant que son attitude. Cory flanche. C'est subtil mais perceptible. Sa peau perd de ses tons chauds et sa bouche s'entrouvre.

– Votre père ? me demande-t-elle les yeux arrondis.

– Ouais. Tate Summerland, ton patron, c'est mon paternel. Et ce garage où tu bosses appartient au clan que je dirige avec eux.

Pour illustrer mes propos je pointe du pouce les gars sur ma droite. Vince fait un salut militaire amical à Cory tandis que les autres demeurent immobiles et silencieux.

– Ah… répond la jeune femme lorsqu'elle comprend enfin.

Je me penche alors vers elle et lui souffle fermement en souriant :

– Va prévenir Tate de notre arrivée, tu veux bien ?

Cory hoche la tête puis reprend du poil de la bête lorsque Jack se remet à parler :

– Tu vas te faire défoncer ! Tate t'avait prévenue que les Evil's Heat devaient venir, mais tu n'écoutes jamais. Comme d'hab'…

– C'est moi qui vais te défoncer, Jacky Boy, si tu continues de toucher mon bras sans autorisation !

Cory se défait alors de la prise de Jack et fonce sans un regard vers les bureaux, en jetant théâtralement un torchon plein de cambouis sur son épaule. Lorsqu'elle est hors de portée de voix, nous explosons de rire et Vince, comme toujours, a le mot de la fin :

– Je l'aime déjà cette gamine.

***

Cela fait plus d'une heure que nous sommes en plein conseil en présence de mes parents. Les retrouvailles ont été rapides pour rentrer au plus vite dans le vif des discussions, nous nous rattraperons ce soir après la réunion. Ma mère a prévu un grand repas avec quelques fidèles clients devenus des amis, et des membres volants du Clan qui vivent dans le coin.

– Si on ne fait rien, ce gang de merdeux continuera de dealer dans le quartier, lâche mon père.

– Oui et c'est bien pour ça qu'on est là, Tate, s'agace Rock. Maintenant il est temps d'avancer et de trouver des solutions. Qui a une idée ?

– Il faut frapper fort le plus vite possible, insiste mon paternel en cognant la table du poing.

– Non, intervient Loris avec fermeté. On doit d'abord prendre la température pour savoir à quoi on a affaire exactement.

– Mais je vous l'ai dit ! Il s'agit juste de petits cons qui revendent du crack et de la meth aux jeunes du quartier. Sauf que je ne veux pas que ça tombe entre les mains de mes pupilles ! Certains sont encore fragiles, aboie mon père.

– Bien, alors si c'est si simple, pourquoi n'as-tu rien fait encore ? je le questionne sèchement pour le remettre à sa place.

Mon père pince les lèvres et me lance un regard réprobateur dont je me contrefous. Cela fait longtemps qu'il n'a plus aucune autorité quelconque sur moi, ou même sur ma sœur. Mes parents ont renoncé à leurs droits le jour où ils nous ont confiés au Vieux Maxime pour venir s'installer ici en amoureux et sauver leur mariage. De toute façon, l'éducation de leurs gosses n'a jamais été leur fort. Ils ont toujours été dans cette mouvance hippie à nous laisser nous débrouiller par nous-mêmes la plupart du temps.

– Je n'ai pas le temps. On croule sous le boulot en ce moment et Cory est en formation. C'est pas toujours évident, c'est qu'elle a son petit caractère, la môme.

Je dois admettre que Tate Summerland a pris un coup de vieux depuis ma dernière visite et semble plus fatigué, mais cela ne tient qu'à lui de déléguer à ses seconds d'atelier, ce qu'il refuse. Chaque fois que nous venons à Atlanta, nous essayons de le lui faire comprendre, en vain, comme aujourd'hui. D'où sa mauvaise humeur et la nôtre.

– Ouais, on a fait la connaissance de Cory. On a eu un aperçu du spécimen, réplique Vince avec un sourire.

– C'est une chouette gamine, reprend Tate avec tendresse. Et je ne veux pas que ces sales types rôdent près d'elle avec leur came.

– Dans ce cas, laisse-nous gérer, j'interviens. Tu nous as fait venir ici en urgence, on décidera de la marche à suivre.

Mon père se renfonce dans son fauteuil et lève les mains en signe d'acceptation. Mes parents n'ont pas été des modèles plus jeunes, loin de là, mais avec le temps ils tentent de se racheter une conduite auprès des membres qui passent par chez eux. Je pense qu'ils essayent également de faire amende honorable pour ce qui s'est passé avec Sunny…

– Je partage l'avis de Loris, reprend haut et fort Rock en se levant. Voici donc ce que je propose… On va pister cette bande de merdeux pendant la semaine et s'assurer qu'ils n'appartiennent pas à un gang beaucoup plus dangereux. Parfois certains petits groupes s'affilient à plus gros pour s'acheter une protection et je ne veux pas de représailles. S'il s'agit juste de quelques types isolés qui ignorent que ce quartier est le nôtre et qu'il y est interdit de dealer, pas même des plantes aromatiques, alors on passera à l'action en leur foutant une bonne dérouillée. Si ce n'est pas le cas, on leur foutra aussi une bonne dérouillée mais avec un plan bien plus solide en amont. Max, tu valides ?

– Je valide. Passons au vote maintenant, je conclus sobrement.

La proposition est acceptée à l'unanimité et Rock procède au dispatch entre chacun de nous pour le quadrillage de la zone durant la semaine de surveillance précédant le passage à l'action. Nous ajustons encore quelques détails logistiques puis échangeons enfin sur les affaires courantes de l'atelier et du magasin de mes parents. Notamment l'embauche de Cory.

Mon père nous confirme qu'elle vaut le coup et qu'elle est fiable. Contrairement aux apparences, elle s'entend très bien avec Jack et vice versa. Ces deux-là aiment simplement se chercher et ont l'amour vache. Malgré tout, Rock et moi allons la recevoir en tête à tête pour juger par nous-mêmes de ses réelles motivations, puis comme chaque nouvelle recrue, elle devra passer plusieurs mois à Colorado Source avant de revenir définitivement à Atlanta. C'est une sorte de période d'intégration obligatoire qu'on a mise en place depuis trois ans.

Alors que nous sommes sur le point de finir la réunion, Bounce intervient, sortant de la dimension alternative dans laquelle il évolue la plupart du temps :

– Je voudrais me joindre à vous pour questionner Cory, demain.

– Et pourquoi ça ? s'étonne Vince, surpris, tout comme nous.

D'ordinaire, Bounce ne s'engage pas dans ce genre de tâches collectives impliquant de nombreux échanges verbaux.

– Parce que j'ai envie, lâche-t-il sans plus d'explications.

– Je ne suis pas certain que ce soit une bonne idée. Soyons honnêtes, parfois tu fais peur aux gens… je lui lance, intrigué par son intérêt soudain pour Cory.

– Je saurai me tenir, me rétorque Bounce, toujours inébranlable.

– Bien, après tout pourquoi pas, finit par accepter Rock en haussant les épaules et en me jetant un regard interrogateur.

– D'accord, je concède, me ralliant à Rock sur ce coup-ci. Mais je t'interdis de lui dire que tu dors dans un cercueil ! Le but n'est pas de la faire fuir... Je suis sérieux, Bounce.

Gérer ce groupe de mecs abîmés n'est pas toujours une sinécure. Je pensais que le coup du lit cercueil de Bounce était une blague mais non, il en a vraiment acheté un pour l'installer dans sa chambre et y faire, je le cite, « des microsiestes ».

Et dire que je pensais avoir tout vu et entendu...

Alors que nous quittons la pièce où nous nous sommes réunis, je m'approche d'Eddy à qui je n'ai pas encore eu l'occasion de parler depuis ce matin. Je le trouve distant depuis quelque temps et particulièrement hier soir lorsque nous avons fait escale dans le Missouri. J'espère que nos différends avant mon départ il y a quatre mois n'en sont pas la raison.

– Hey, tu as des nouvelles de tes filles ? Elles vont bien ? je l'alpague en lui tapant sur l'épaule.

– Ouais, nickel. Elles m'ont réclamé hier soir mais dans l'ensemble ça a été. Je pense que c'est plus dur pour moi au final, me répond-il en souriant.

– D'ailleurs, qui les garde ? je m'enquiers.

D'habitude c'est Mary, la femme du Doc, mais cette fois tous deux se sont également joints à nous pour cette virée à Atlanta. Eddy évite mon regard et marmonne un truc dans son coin quand ma mère surgit devant nous, radieuse, un sourire immense accroché aux lèvres.

Sans prévenir, elle saisit Ed dans les bras et le serre de toutes ses forces :

– Oh, Eddy, je suis si heureuse que tu fasses partie de la famille. Susie m'a dit pour vous. Félicitations !

Mon cerveau bug. Je comprends les mots qui sortent de la bouche de ma mère mais la phrase, elle, ne fait pas sens. D'ailleurs ma mère se tourne vers moi.

– Tu ne trouves pas ça merveilleux, Max, que Susie et Eddy sortent ensemble ?!

Je me tourne à mon tour vers Ed qui rase le mur et cherche une échappatoire. Sans succès. Ma mère lui bloque le chemin et les autres sont loin devant nous.

Je sens la colère remonter le long de mon dos pour venir me brouiller la vue.

– Depuis quand ? est le seul son audible à sortir de ma bouche.

32

RETOUR VERS LE PASSÉ

Max

– Depuis quand ?

J'attends la réponse d'Eddy qui finit enfin par me regarder droit dans les yeux après de trop longues secondes. Ma mère recule de deux pas, et comprend qu'elle vient de lâcher une bombe. C'est tout elle. Avec ses longs cheveux blonds striés de reflets argentés, ses pantalons hippies à fleurs colorées et son air éthéré, elle ne vit pas dans le même monde que nous. Elle parle à tue-tête et réalise après coup qu'elle aurait mieux fait de se taire.

– Trois mois à peu près, avoue enfin Eddy.

– Trois mois ?! j'éructe, sidéré.

– J'allais te le dire, Max, commence-t-il.

– Mais tu ne l'as pas fait… je riposte, énervé.

– Je sais et je comptais profiter de ces deux semaines ici pour le faire ! tente-t-il de se justifier.

Je lâche un rire narquois. Mon état d'esprit oscille entre déception et vexation.

– Ce n'est pas toi qui me faisais un topo avant mon départ sur le fait de tout se dire ?

– Si. Mais tu n'es rentré que depuis quelques semaines alors tu voulais que je te le dise quand, hein ?

– Tu as eu plein d'occasions, Ed. Vraiment plein… On parle de ma petite sœur là !

Je repense aux fois où je me suis trouvé seul avec lui, ou avec Susie, depuis mon retour. Et ils ne m'ont rien dit. Ils se sont cachés pendant tout ce temps comme deux gamins immatures.

Ils ont cru que j'allais leur faire quoi ?

– On a pris peur, reprend Ed. C'était pas prévu entre elle et moi. C'est arrivé comme ça…

– Les autres sont au courant ? Est-ce que je suis le dernier con à l'apprendre ?

– Non ! On devait te le dire en premier mais apparemment Susie a lâché le morceau à ta mère. J'ignore pourquoi.

– Elle avait besoin de conseils, intervient alors ma mère, penaude.

Elle se tord les mains dans tous les sens et nous couve de son regard gris larmoyant.

– Susie sait qu'elle peut tout me dire. Tu racontes n'importe quoi, je riposte durement à ma mère. On a pas besoin de tes conseils. On en a jamais eu besoin d'ailleurs.

– Max, doucement… intervient Eddy.

Sa tentative reste vaine, je dois dire ce que j'ai sur le cœur ou cette situation va prendre trop d'ampleur. Je me tourne vers ma mère et lui demande de nous laisser, ce qu'elle accepte sans se faire prier, trop heureuse de fuir un conflit.

Une fois que nous sommes seuls, je reprends à l'attention d'Eddy :

– Ces gamineries me rendent fou. Susie sait qu'elle peut se confier à moi. Tu sais que tu peux te confier à moi, je lance à l'attention d'Eddy. Alors pourquoi ce secret comme si j'allais vous empêcher d'être ensemble ?

Eddy recule et s'adosse au mur, il se passe les mains sur son crâne sombre et lisse. Sa cicatrice lui distend la joue et il la frotte machinalement. Je n'aurais jamais cru cela possible venant de lui.

– Je l'admets, j'ai flippé grave, finit-il par lâcher en fixant le plafond.

– Mais à cause de quoi ?!

– J'avais peur que tu ne me trouves pas assez bien pour ta sœur… murmure enfin Ed, au comble du désarroi.

Je peux lire dans son regard noir une terreur immense qui résonne en moi car je la connais. C'est une vieille amie, elle a rythmé mon enfance et mon passage à l'âge adulte : la peur du rejet. Elle prend racine dans un sentiment d'infériorité puissant et s'en nourrit. Aujourd'hui, cette peur ronge Eddy à son tour.

– Tu es l'un des meilleurs parmi nous, Ed. Je ne penserai jamais ça de toi, je déclare avec force.

– Bah, j'ai déjà deux gamines, je suis veuf, j'ai dix ans de plus que Susie, aucune économie et j'ai cette gueule cassée. Je ne voudrais pas de quelqu'un comme moi pour mes filles…

– Tu dis de la merde. Tu le sais ça au moins ? Y a que toi qui te vois de la sorte. Et Susie est assez grande pour savoir avec qui elle veut sortir.

– J'ai pas su protéger Rhonda… J'ai pas été un bon mari, murmure Eddy, brisé.

Il me fait de la peine à se tenir ainsi prostré et perdu en parlant de la mère de ses filles.

C'est la première fois que je le vois craquer sur ce sujet mais je me dois d'être franc pour lui ouvrir les yeux :

– OK. J'ose te le dire maintenant parce qu'il est temps que tu passes à autre chose. Ton ex était une garce. Elle ne te méritait pas. Rhonda a fait ses choix, elle nous a trahis et l'a payé de sa vie en se fourrant dans les emmerdes. Tu n'aurais rien pu empêcher. À cause d'elle, on a tous failli y passer, même tes filles. Mais tu t'es relevé et tu as été là pour tes gamines chaque jour depuis la mort de leur mère. Y a pas plus courageux que toi.

Eddy reste muet et intègre mes mots sans que je parvienne à saisir s'il les prend bien ou mal. Enfin, après de longues secondes, il me gratifie de son légendaire demi-sourire tordu et d'un regard reconnaissant.

– Donc Susie et moi, on a ta bénédiction ? me lance-t-il.

– La seule chose qui m'importe, c'est que ma sœur soit heureuse. L'est-elle ?

– Oui, je crois bien.

– Et toi tu l'es ?

– Oui !

– Alors, j'ai rien à redire, mais si tu lui fais du mal… je le menace pour la forme.

– Ça n'arrivera pas !

– Je sais.

– Du coup pour répondre à ta toute première question, reprend-il. C'est ta sœur qui garde mes filles… Les petites l'adorent.

– En même temps, qui n'aime pas ma sœur ?

La discussion est close mais il faudra tout de même que je touche deux mots à Susie. Je ne comprends pas pourquoi elle ne m'en a pas parlé.

***

La soirée chez mes parents bat son plein. Tate et Louise Summerland vivent dans une maison nichée le long de la rivière Chattahoochee, à trente minutes au sud-ouest d'Atlanta. Avec Susie, nous n'y avons jamais vécu puisque nous sommes restés à Colorado Source à l'époque du déménagement de nos parents, sous bonne garde du Vieux Maxime. Hormis une unique photo de famille sur le linteau de la cheminée, il n'y a aucune trace de notre existence dans cette baraque, je ne m'y sens donc pas chez moi. J'aurais dû capter que mes parents tentaient de tourner la page sur quelque chose en venant s'installer ici précipitamment. Mais j'étais jeune, et naïf.

Comment aurais-je pu comprendre du haut de mes 16 ans que mon père avait couché avec la femme de son meilleur pote et l'avait mise enceinte par-dessus le marché ?

Cela dit, je reconnais que ma mère a fait les choses en grand pour fêter notre venue ce soir. La bouffe est délicieuse, l'ambiance sympa : une trentaine de personnes a envahi le sous-sol car les températures du mois de mars ne permettent pas encore de profiter du jardin. Rock et moi saisissons l'occasion pour parler aux membres du Clan qui vivent dans le coin et que nous ne pouvons pas souvent voir en chair et en os.

Après plusieurs heures à palabrer sans arrêter, je m'éloigne et vais me chercher une nouvelle bière. Le bruit des conversations et des rires m'enveloppe toujours mais une solitude étrange m'envahit progressivement. Je n'ai pas pris le temps de penser à autre chose qu'au Clan depuis trois jours. Au début, cela m'a donné l'opportunité de me changer les idées et de renouer avec mon bon sens, mais à présent, tout me rattrape.

Une certaine nana blonde émerge à la surface de mes pensées troubles et elle s'invite partout où je regarde comme un fantôme ! C'est ainsi que je me demande en boucle ce qu'elle est en train de faire ou dire.

Mange-t-elle ?

Est-elle déjà couchée ?

Est-elle bien installée dans mon ancien appart ?

J'attrape mon portable pour lui envoyer un texto mais me ravise au dernier moment… Je me remémore la façon dont on s'est quittés et je ne suis pas certain qu'elle veuille me parler de la pluie et du beau temps. Mieux vaudrait d'abord que je m'excuse.

Je choisis d'aller m'isoler à l'étage pour réfléchir au calme et souffler mais je découvre que mon père a fait de même. Il est assis dans le canapé du salon et sirote sa bière, pensif. Sans un mot, je le rejoins et me laisse tomber à ses côtés.

– Toi aussi, tu fatigues ? me demande-t-il alors.

– En quelque sorte, je lui réponds laconiquement.

– La journée au garage a été longue, j'aurais préféré faire cette petite soirée ce week-end mais ta mère a tenu à ce que ce soit ce soir.

– Des ennuis au garage ?

– Ouais. Pas évident de tout gérer. Il y a le deal de drogue dans le quartier et beaucoup de boulot à l'atelier en plus de la formation de Cory. Cette gamine aura ma peau, souffle-t-il, exténué.

– Cette *gamine* a 19 ans… Peut-être faudrait-il arrêter de la traiter comme une gamine, justement ? je suggère avec sarcasme.

Certes les affaires du garage tournent très bien, mais je comprends mieux pourquoi le Clan était si mal géré et si mal en point lorsque mon père et celui de Rock tenaient les rênes. Mon père sature déjà alors que ma mère et trois autres employés l'aident six jours sur sept… Quand je vois la charge de travail que nous abattons collectivement à Colorado Source, je me retiens d'ajouter une autre remarque acerbe. Sans compter la gestion d'emmerdes phénoménales, ces deux dernières années, à cause de nos parents et de leurs histoires de cœur et de cul. Je remonte en pression rien que d'y penser…

– On en reparlera une fois que Cory aura passé du temps avec vous, me rétorque mon paternel, piqué au vif.

– Je suis certain que tout ira bien.

– C'est bien de te voir si sûr de toi à présent.

– Et ce n'est pas grâce à mon père, je lui lance avec provocation en avalant une gorgée de bière.

– Max…

– Oui, Tate ?

– Je me suis déjà excusé des milliers de fois de ne pas avoir été un père plus présent.

– Tu veux dire un père carrément absent.

– Ouais, eh bien, on a fait ce qu'on a pu avec ta mère ! conclut-il l'air mauvais.

Je décide de ne pas polémiquer davantage sur le sujet. En effet, ils ont fait ce qu'ils ont pu, c'est-à-dire pas grand-chose. Enfin, je suis un peu injuste. Ma mère a été plus présente que mon paternel, notamment pour comprendre l'origine de mon retard scolaire et trouver des solutions, puis il y a eu leur déménagement soudain et la distance. Un mal pour un bien, j'imagine, car j'ai fait de plus gros progrès en trois ans avec le Vieux Maxime grâce à ses techniques d'apprentissage étranges qu'en dix ans avec mes parents.

– On vous avait proposé de venir avec nous à Atlanta, me rappelle alors mon père.

– Et abandonner nos potes, notre vie à Colorado Source ? Vous nous avez bien fait comprendre qu'il valait mieux pour nous ne pas vous suivre.

– C'est faux ! Toi et ta sœur, vous nous manquiez terriblement ! argue-t-il en frappant l'accoudoir du canapé de son poing.

– Si tu le dis…

– Qu'est-ce qu'il y a, Max ? Je sens de la colère en toi. Je pensais que ces quatre mois loin de tout t'avaient fait du bien ?

– Oui, c'est le cas. Je me suis retrouvé. Je sais où je veux être et avec qui.

– Alors c'est quoi le problème ? Pourquoi remuer le passé à coups de sous-entendus comme ça ? insiste Tate.

– J'ai justement eu le temps de réfléchir pendant ces quatre mois, vois-tu.

– Et ?

– Et j'ai beau retourner la situation dans tous les sens, chercher toutes les explications possibles, je ne comprends toujours pas comment tu as pu coucher avec la femme de ton meilleur ami. La foutre enceinte et fuir toutes responsabilités des années plus tard en venant te terrer ici.

– Je… Je… Ça ne s'est pas passé tout à fait comme ça. La situation était compliquée, Max.

– Là je veux bien te croire, je rétorque avec ironie.

– Écoute, j'ai pas d'excuses pour avoir trompé ta mère et je n'en ai pas cherché. Heureusement elle a un grand cœur et a accepté de me pardonner. Il est temps que tu en fasses de même et passes à autre chose.

– Passer à autre chose ? T'es sérieux ?! Sunny est morte ! C'était ta fille, je te rappelle ! C'était ma sœur et je l'ignorais ! Elle ne passera jamais à autre chose, elle ! Tu ne la pleures donc pas ?

– Et je n'ai su tout ça que trop tard ! Joe Christensen était le père de Sunny ! Rock était son frère ! C'est Joe qui l'a élevée et qui aurait dû prendre soin d'elle quand elle en a eu besoin, tout comme Rock... Je n'avais aucun droit sur elle !

– Aucun droit peut-être, mais des putains de devoirs ! je lui crie. Dont celui d'assumer les conséquences de tes conneries pour commencer ! Parce que tu vois, Joe a renié Sunny quand il a compris que ce n'était pas sa fille biologique mais la tienne ! Il a fait de sa vie un enfer pendant toutes les années qui ont suivi ! Il l'a traitée en paria. Toi et Louise, vous auriez dû le voir.

– Oui, eh bien, on ne pouvait rien voir ! Tout le problème est là ! Ta mère et moi avions quitté Colorado Source pour Atlanta, je te rappelle ! éructe mon père après s'être levé du canapé pour me surplomber.

– Partir loin ne vous empêchait pas de nous dire la vérité ! Ce ne sont que des foutues excuses !

À présent, je hurle sur mon père sans retenue. Enfin j'ai l'occasion de lui dire le fond de ma pensée après m'être si longtemps retenu. Pourquoi ? Je l'ignore. En apprenant la vérité, Rock a banni ses parents des Evil's Heat sur-le-champ, en revanche il ne m'a rien imposé concernant les miens. Il m'a laissé le choix et au vu de leur travail ici à Atlanta, j'ai toujours pensé que nous aurions gros à perdre de les voir partir. Mais cette dispute me rend dingue et je puise en moi pour ne pas vriller comme face à Derek.

– Vas-y, fais-le ! Je sens que tu en meurs d'envie, lâche mon père soudainement.

– Envie de quoi ?! je lui crache au visage en me levant à mon tour.

– Me bannir du Clan, tout comme Rock a banni Joe et Annie. Ses propres parents !

– Non, je ne le ferai pas.

– Fais-le !

– Non !

– Pourquoi ? Ose me dire que tu n'en as pas envie, me provoque Tate.

– Ouais j'en crève d'envie ! J'y pense depuis plus de six mois ! je lui réponds en me rapprochant de lui, yeux dans les yeux.

J'ai l'impression de me regarder dans un miroir car ses iris sont identiques aux miens. Un point commun de trop…

– Alors qu'est-ce que tu attends, Max. Vire-moi ! Frappe-moi !

– Ce serait beaucoup trop facile, je préfère te laisser croupir dans ta culpabilité…

Mon père cille et fait deux pas en arrière. C'est ce qu'il espérait au fond, que je le bannisse pour repartir la conscience allégée. Il me dégoûte et je reprends froidement :

– Toi, Louise, Joe et Annie vous avez chié sur les valeurs du Clan avec vos mensonges et vos choix merdiques. Vous avez le sang de Sunny sur vos mains. Tous les quatre. Vivez avec !

Et sur ces derniers mots je me tire en claquant la porte d'entrée, chopant mon cuir au passage. Je dévale à toute vitesse les marches du perron et préviens Rock par texto que je rentre au motel où nous créchons :

[Je rentre, si je reste,
il y aura un mort ce soir…]

[Tu t'es engueulé avec Tate ?]

[Ouais… mon père est un con.]

[Et que dire du mien…
Tu veux en parler ?]

[Non. Je rentre me coucher.
Je suis crevé. Peut-être demain.]

[OK. Bonne nuit. Je suis là
si tu as besoin. Tu le sais ?]

[Oui. Merci.]

La réalité c'est que j'ai envie d'en parler, mais pas avec lui, car ce sujet est encore trop douloureux. Le visage de Rock se transforme quand je lui parle de Sunny et il ne peut le dissimuler. Il a mal autant que moi. Parfois, deux âmes en souffrance ne sont d'aucune aide l'une pour l'autre, il leur faut aller chercher l'oxygène ailleurs et plus loin.

Sur ma moto et pendant le trajet jusqu'au motel, j'ai le temps de me torturer l'esprit. Je ne décolère pas contre mon père mais je commence à ressentir la même rancœur vis-à-vis de moi-même. Car je suis là, faisant la leçon à Eddy pour son manque de franchise à propos de Susie, ou blâmant Tate pour ses mensonges, alors qu'à la fin de la journée, Judy ne sait toujours rien de la mort d'Ellie. Finalement je ne vaux pas mieux qu'eux… J'ai beau essayer de garder mes distances avec elle, pour le moment, c'est un échec cuisant.

Blondie m'inspire un désir profond, irrationnel et féroce. C'est comme une faim constante et dévorante qui annihile tout sur son passage. Malgré la culpabilité, je l'ai embrassée, caressée, touchée et je n'ai clairement pas envie de m'arrêter à ça. Je veux plus. Je veux tout, mais cela doit attendre la vérité à présent ou je ne pourrai plus me regarder dans un miroir.

Alors une fois arrivé au motel, et en dépit de ce que Rock en pensera, je compose le numéro de téléphone de la seule personne dont j'ai envie d'entendre la voix.

Qu'importent les conséquences et qu'importe le timing.

Si ici il est une heure du matin, il n'est que onze heures du soir à Colorado Source. Pourvu qu'elle décroche…

33

CONFESSIONS NOCTURNES

Judy

Cela fait un peu plus de trois jours que Max et les autres membres décisionnaires du Clan sont partis pour Atlanta. Il règne dans la petite ville de Colorado Source une atmosphère étrange en leur absence, comme si le temps avait ralenti en attendant leur retour.

Olivia et les filles s'affairent à leur quotidien, tout comme moi. Nous essayons de rester en mouvement pour que les journées passent plus vite, mais rien n'y fait, les minutes s'égrènent et les heures s'étirent.

Pourtant, cela ne fait que trois jours…

Liv m'a expliqué gérer, entre autres choses, la comptabilité des diverses sociétés détenues par les Evil's Heat. Susie, quant à elle, est institutrice pour la petite école de la ville et s'occupe également des fillettes d'Eddy en son absence. Enfin, Soraya profite de sa famille avant de repartir à New York rejoindre Shawn d'ici quelques semaines.

Concernant mon installation dans l'appartement meublé de Max, elle demeure pour le moment rudimentaire mais je compte bien m'approprier les lieux avec l'aide des filles le week-end prochain. Ma priorité cette semaine est de m'habituer à mon nouveau rythme de vie et au trajet pour me rendre au travail à Newton City, à quarante-cinq minutes de là.

Au fond, la distance ne me dérange pas tant que ça, je suis trop heureuse d'avoir retrouvé mon chat et de ne plus être en transit dans une chambre de motel à l'hygiène douteuse.

J'ai enfin un endroit rien qu'à moi !

Le premier de ma vie et cela me fait un bien fou. Jusqu'à peu, j'avais toujours vécu chez mes parents, puis avec Derek à la fin de nos études.

Finalement, le seul point noir à ce joli tableau plein de renouveau est la façon dont Max et moi nous sommes quittés dans ma voiture dimanche dernier. J'y repense souvent, tout comme le reste d'ailleurs : le lac, le premier soir chez Liv et Rock, ici dans cette cuisine, au Cactus Lodge, et puis ce baiser d'une rare intensité devant Derek. J'ai déjà beaucoup de souvenirs dont bien trop me donnent chaud.

Physiquement chaud…

Et c'est avec cette douce chaleur au creux du ventre que je tente vainement de trouver le sommeil ce soir dans le canapé. J'y suis presque parvenue quand, soudain, mon téléphone se met à vibrer sur la table basse du salon. Curieuse, j'avise qui m'appelle à une heure si tardive et mon cœur manque un battement lorsque je vois le nom s'afficher sur l'écran. Je laisse sonner plusieurs fois pour ne pas paraître désespérée puis je décroche feignant la fatigue alors qu'en moi c'est un feu d'artifice de fête nationale qui explose.

– Max ? je murmure.

– Hey, Blondie… Je ne te réveille pas ?

– C'est trop tard pour s'en inquiéter, je crois.

Il perçoit le sourire dans ma voix et me répond sur le même ton :

– C'est pas faux.

– Et sinon, que me vaut l'honneur de cet appel nocturne ?

Je l'entends prendre une profonde respiration à l'autre bout de la ligne avant de se lancer :

– Je tenais à m'excuser. J'aurais pas dû te parler comme ça dans la voiture l'autre jour. Surtout après ton aide devant Derek.

– Mon aide ? C'est comme ça que tu l'appelles ?

– Bah c'est plus sympa que le terme employé par Vince. Je te le garantis.

– Pourquoi ? Il appelle ça comment ? m'inquiété-je.

– Vince parle de « baisage de bouche public ».

– Je vois… Ceci étant, je dois admettre que c'est tout de suite plus imagé !

Je ne peux m'empêcher de rire et de sentir, par la même occasion, un frisson de plaisir me parcourir le dos en repensant à ce baiser. D'une certaine façon, Vince a parfaitement résumé la situation et le souvenir que j'en ai.

Max et moi gardons un temps le silence avant qu'il ne reprenne moins sûr de lui :

– Alors, Blondie. Tu acceptes mes excuses ?

– Je ne sais pas, j'hésite…

– Je te promets que je ne suis pas comme ça d'habitude.

– En effet…

– Tu ne vas pas me faciliter la tâche, c'est ça ?

– Très certainement…

– OK, j'ai compris. C'est une partie de « ni oui ni non » ? demande Max soudainement en riant.

– Non, m'amusé-je. J'avais simplement envie de t'embêter un peu.

Je m'attends alors à ce qu'il ajoute quelque chose, mais il n'en fait rien et l'atmosphère entre nous s'alourdit à mesure que les secondes défilent.

Je finis par rompre le silence, inquiète :

– Max, est-ce que tout va bien ?

– Non… ou peut-être que oui… Laisse tomber, c'était une erreur. Je n'aurais pas dû… Bonne nuit, Blo…

– Max !

– Ouais ?

– Si tu raccroches ce téléphone sans avoir craché le morceau, je te jure que je n'accepterai pas tes excuses.

– Tu n'es pas sérieuse ?

– Si. Très même !

– …

– Alors ? Je t'écoute. Quel est le souci ? insisté-je.

– Bien, du coup je ne sais pas trop par où commencer, c'est compliqué, hésite-t-il.

– Le début me semble une bonne option…

– Mais c'est que Blondie a de l'humour !

– Oui, un vrai clown… mais n'essaye pas de faire diversion ! Je suis tout ouïe, prête à t'écouter et bien installée dans le canapé où je n'arrivais pas à trouver le sommeil de toute façon. Donc vas-y !

– Pourquoi tu dors dans le canapé ? Je t'ai laissé un lit, réagit Max, surpris.

Oups…

Je viens de commettre un faux pas bêtement et je vais devoir faire diversion car j'ai trop honte de la vérité.

– Oui. Effectivement mais… je reprends.

– Mais quoi ? me presse Max.

– Mais j'attends que tu me racontes ce qui te tracasse !

– Si tu veux connaître mes problèmes, tu dois me dire pourquoi tu dors dans le canapé alors que je t'ai laissé un lit avec un matelas tout neuf…

– Ooooooh ! Le matelas est neuf ? je m'exclame malgré moi.

C'est l'instant où je me sens vraiment idiote, pour ne pas dire conne.

– Bien sûr, tu croyais quoi ? s'étonne Max. Je n'allais pas louer l'appart avec un vieux matelas qui a déjà servi.

– Désolée, je pensais qu'il était usé et comptais en racheter un ce week-end, mais du coup pas besoin !

Je tente de noyer le poisson avec cette explication et prie pour que Max passe à autre chose.

– Blondie, pourquoi ai-je l'impression que tu ne me dis pas la vérité ? reprend-il, suspicieux.

– Je… Heuuu…

– Alors c'est quoi qui te dérange avec mon lit ? Je vais finir par me vexer si ça continue.

– C'est juste que… Il se peut, éventuellement, dans un monde purement hypothétique… je bafouille.

– Accouche.

– OK, ça va ! Voilà ! Alors je n'ai pas voulu dormir sur ce matelas car je pensais que Dakota et toi vous y aviez fait des trucs… Content ?

Je loue le Seigneur pour que nous passions rapidement à un autre sujet, parce que, dit à voix haute, je reconnais que mon aveu est ridicule.

Sans grande surprise j'entends Max rigoler à l'autre bout de la ligne, mais avant que je ne puisse me vexer il ajoute avec beaucoup de douceur :

– Merci Blondie.

– De ? je lui rétorque un peu circonspecte.

– D'arriver à me faire rire et rendre cette soirée moins merdique.

Mon petit cœur fond à cet aveu, et le ventre noué, je reprends :

– Oh, eh bien, de rien. Maintenant à ton tour de parler et d'avouer… Et commence par le début, n'oublie pas.

– Ouais le début… Alors, je me suis engueulé avec mon père.

– Je vois…

– Lui et ma mère ne sont pas les personnes que je croyais. Ils m'ont menti et ça me hante depuis que j'ai appris la vérité ! lâche Max de but en blanc avec une violence soudaine.

Ses mots résonnent en moi :

– Je te comprends ! Tu connais mon histoire avec mes parents et Ellie.

– Ouais. C'est aussi pour ça que je voulais te parler… À ce sujet, faut que je te dise… Ellie, elle…

Max ne finit pas ses phrases et cherche ses mots. Je peux sentir qu'il fait les cent pas de son côté, puis un silence s'installe :

– Oui ? je l'encourage.

Enfin, il se racle la gorge avant de reprendre avec assurance :

– Comment tu fais pour avancer après le mensonge de tes parents sur Ellie ? Tu leur as pardonné ?

Max semble un brin perdu, ce qui me peine profondément.

– Certainement pas ! je m'insurge. Pour le moment, je ne veux plus entendre parler d'eux, on verra dans quelque temps. Mais toi, ils t'ont menti à propos de quoi tes parents ?

– Rock et moi, on a une sœur… souffle Max avec difficulté.

– Oui je sais. Tu as Susie et Rock a… Mais ouiiiii, c'est vrai ! Je me souviens maintenant. Il m'en avait parlé au lac à l'époque ! Elle est beaucoup plus jeune que vous alors elle n'était pas venue. Elle s'appelle comment déjà ? Elle devient quoi ?

– Elle *s'appelait* Sunny et elle est morte…

La tristesse dans la voix de Max m'enserre la poitrine et me fait monter les larmes aux yeux.

Bien joué, Judy. Non vraiment bravo…

– Je suis sincèrement navrée. C'est pour cette raison que tu t'es disputé avec tes parents ? j'ajoute plus doucement.

– En quelque sorte. C'est pas évident.

– Explique-moi. Je peux essayer de comprendre.

Max prend son temps avant de me répondre. Je le sens organiser ses pensées et refouler ses émotions pour se lancer :

– C'est mon grand-père et celui de Rock qui ont créé le Clan, ses valeurs, son ADN.

– D'accord. Et ils ne sont plus avec vous aujourd'hui ? je m'enquiers.

– Le mien si, mais il est très vieux et n'est plus vraiment lui-même. Celui de Rock est décédé il y a un petit moment d'une crise cardiaque. Ce sont deux vétérans de guerre. Mon grand-père est français à l'origine, il a immigré plus tard aux États-Unis.

– Oh… je l'ignorais. Ils ont combattu où ? je le questionne, curieuse.

– Mon grand-père a fait la guerre d'Indochine. Ça l'a profondément traumatisé, au point qu'il est parti de l'autre côté de l'océan se reconstruire. C'est là qu'il a rencontré le grand-père de Rock qui lui avait fait le Vietnam et en est sorti tout aussi brisé.

– J'imagine…

– Ils se sont liés d'une amitié profonde. Ensemble, ils se sont exilés au sud du Colorado et ils ont créé leur monde à eux. Leur communauté, leurs règles, leur idéal. Ils se sont juré de ne plus être l'instrument d'une société cruelle et cupide. C'est comme ça que sont nés les Evil's Heat.

– Oh, juste grâce à ton grand-père et celui de Rock donc ?

– Oui, ils n'étaient que deux au départ et ils ont racheté pour une bouchée de pain une vieille carrière de cuivre et des terres sur le comté paumé de Colorado Source. Puis ils ont sympathisé avec la réserve cheyenne voisine et petit à petit d'autres âmes en peine les ont rejoints pour développer le business d'excavation de roches. Et bien sûr, ils avaient une passion commune pour les motos !

– C'est une très belle histoire bien que triste en un sens avec la guerre et tout ça.

– Oui, me répond sobrement Max.

– Mais j'aime y voir le positif qu'ils ont su tirer du pire dont est capable l'homme, je reprends plus enjouée. Et donc tu parles français ?

– Absolument pas !

– Mince… Moi qui pensais que tu pourrais m'apprendre quelques mots, je lui rétorque faussement déçue.

– Pour ça, mieux vaut demander à Olivia, me conseille-t-il en souriant.

Je laisse Max souffler quelques secondes avant de lui redemander :

– Et donc ? Tes parents ?

– Ouais… Alors eux, comment dire. Mon grand-père a eu une fille, Louise. Et le grand-père de Rock un fils, Joe. On aurait pu croire qu'ils finiraient ensemble mais non. Je pense que ma mère est beaucoup trop perchée pour un type aussi terre à terre que Joe Christensen.

– Ce sont des choses qui arrivent, j'admets en souriant. Et puis j'imagine qu'ils ont été élevés comme frère et sœur par vos grands-parents, comme toi avec Rock. Ça complique aussi les choses pour la suite…

– C'est clair ! Remarque pertinente, Blondie… Bref, Louise et Joe ont chacun trouver quelqu'un : Tate, mon père ; et Annie, la mère de Rock. Avec le temps, ils sont tous les quatre devenus inséparables.

– Et je suppose qu'ils ont repris la gérance du Clan par la suite ?

– Oui et ça, c'est encore une autre histoire… Clairement, ils ont pris le Clan comme un dû et non comme quelque chose qu'il faut protéger. Les Evil's Heat ne se portaient pas bien quand on a décidé d'en prendre la tête avec Rock. C'est ce qui nous a motivés d'ailleurs.

– Mais j'ai l'impression que ça va beaucoup mieux maintenant, non ?

– Carrément ! Nous sommes à présent prospères et à l'abri de soucis financiers pour un bon bout de temps grâce au travail de chacun. Ceci étant, on a également des valeurs et tout n'est pas question d'argent même si ça aide, m'explique Max.

– Bien sûr ! Ce n'est pas ce que je voulais dire.

– Je sais. Enfin bref. Bon, nos parents ont eu des gosses et c'est là que tout a basculé… Déjà, clairement, ils n'étaient pas prêts. Ni pour reprendre la gérance des Evil's Heat, ni pour avoir des enfants. Rock et moi nous avons souvent été livrés à nous-mêmes, gamins.

– Tout le contraire de moi. Mes parents ont scruté le moindre de mes mouvements du jour où je suis née… je lui oppose.

– Ouais, je ne sais pas ce qui est le mieux au final.

– Ni l'un ni l'autre, j'imagine. Personne n'aime être ni délaissé ni étouffé. Mais vas-y, continue, désolée pour l'aparté… je m'excuse, amusée.

Je sens Max sourire puis il reprend plus sérieusement :

– Après moi, mes parents ont eu Susan mais ceux de Rock n'ont pas réussi à avoir de deuxième enfant. Jusqu'à l'arrivée miraculeuse de Sunny un peu sur le tard. Tout le monde était si heureux. Une vraie princesse. Elle a été pourrie gâtée par Annie et Joe. Enfin, seulement au début !

– Pourquoi « seulement au début » ? Que s'est-il passé ? je m'inquiète, peu rassurée.

– Il s'est passé que la vérité a éclaté…

– Ah…

– Ouais, le conte de fées a pris fin brutalement. Ma mère et Joe ont découvert qu'Annie s'était envoyée en l'air sans scrupule avec mon père pendant plus de deux ans. Ils ont arrêté les coucheries clandestines quand Annie est tombée enceinte de la petite Sunny.

– Oh la vache… C'est moche pour ta mère et le père de Rock… Mais comment ils ont su ? je lui demande accaparée par l'histoire.

– Ils l'ont appris dix ans plus tard, en pleine réunion. La mère de Rock a tout balancé après une embrouille. Annie a aussi avoué au passage que Sunny n'était pas la fille de Joe mais bien celle de Tate, mon père…

– Max ! lâché-je, sidérée. Donc ton père et la mère de Rock n'ont rien dit à leurs meilleurs amis pendant dix ans ? Ils ont réussi à vivre avec ça sur la conscience pendant tout ce temps ?

– Précisément… Je te laisse imaginer le tremblement de terre que ça a été.

– Oui…

– Joe a vrillé à cette révélation, et ma mère a fait l'autruche comme elle sait si bien le faire.

Je demeure sans voix un instant avant de réaliser une information capitale :

– Mais Max, si Sunny est la demi-sœur de Rock… c'est aussi la tienne et celle de Susan !

– Ouais… Et elle est morte sans que je le sache.

– Je ne sais pas quoi dire, je m'attriste, sidérée.

Toute cette histoire tourne au sordide et je sens que ce n'est pas fini. Décidément je n'aurais jamais imaginé ça du Clan.

– Y a rien à dire, Blondie, reprend Max. Et, en soi, Rock et moi on s'en fout ! C'est ça, le pire ! On aurait été hyper contents à l'époque de savoir qu'on avait une sœur en commun ! Au fond leurs histoires de cul les regardent même si je n'approuve pas. Mais nos parents ont choisi d'enterrer le truc et de nous mentir…

– Pourquoi ? m'étonné-je, en quête d'explications.

– Va savoir… Toujours est-il qu'Annie est restée avec Joe, et mon père avec ma mère. Quant à Rock et moi, nous n'avons jamais rien su pour Sunny. Mes parents sont allés ouvrir un nouveau chapitre des Evil's Heat à Atlanta pour régler le problème de cohabitation entre les deux couples… C'était ça ou ils étaient bannis et le Clan implosait au passage. Finie, la belle amitié. À l'époque avec Susan on ne s'est pas posé de questions sur le départ soudain de nos parents. On est simplement restés avec mon grand-père à Colorado Source et c'est lui qui nous a élevés.

– Et ça s'est bien passé avec ton grand-père ? l'interrogé-je.

– Ouais. C'est peut-être même la meilleure chose qui nous soit arrivée à Susie et moi…

– Et Rock ?

– Lui a commencé à être formé pour reprendre la relève du Clan car son père ne pouvait pas tout gérer seul après le départ de mes parents. Il a voyagé pendant quelque temps pour voir du pays avant sa prise de fonctions.

– Mais du coup, quand je vous ai rencontrés au lac, cet été-là…

– Mes parents venaient de partir pour Atlanta et Rock a commencé à voyager l'été d'après. Ni lui ni moi ne sommes allés à l'université.

– D'accord, je vois. Max, excuse ma prochaine question mais qu'est-il arrivé à Sunny ?

J'essaye de mettre le plus de sollicitude dans ma voix en lui demandant ça.

– Ça, c'est le clou du spectacle, Blondie, et c'est la raison pour laquelle j'en veux tant à mes parents. Et aussi pourquoi Rock a banni les siens du Clan, il y a un an et demi…

– Je crains le pire…

– Tu peux. Tu vois, quand Joe, le père de Rock, a appris que Sunny n'était pas sa fille biologiquement parlant au bout de dix ans, il l'a reniée. Elle est passée du statut de petite princesse à paria en un claquement de doigts. La pauvre n'a rien compris, surtout qu'en parallèle Joe mettait Rock sur un piédestal comme étant le fils prodigue qui allait prendre sa succession.

– Mais personne n'a rien vu ? je m'enquiers.

– Joe est malin, il faisait ça habilement. En plus Rock voyageait beaucoup, moi j'avais d'autres soucis… Mes parents étaient à Atlanta. Ma sœur, Soraya et les autres avaient quitté Colorado Source le temps de leurs études à l'université, si bien que Sunny, la petite dernière de la bande, a vécu un enfer dans l'indifférence la plus totale. Sauf avec Shawn, il sentait qu'y avait un truc. Lui et Sunny avaient une sorte de lien spécial en l'absence de Rock. Shawn a bien tenté de nous alerter mais on ne l'a pas pris au sérieux à l'époque pour certaines raisons qui avaient entaché sa crédibilité. Enfin bref, on a mis, à tort, les angoisses et l'attitude de Sunny sur le compte de l'adolescence. Elle a commencé à enchaîner les conneries et à sombrer. Elle a perdu pied et nous avec… On ne savait plus comment l'aider ! Pire, on est la cause de sa chute à bien y réfléchir…

– Pas toi, Max ! j'interviens. Les responsables ce sont vos parents et surtout le père de Rock ! Ne te blâme pas pour leurs erreurs.

Je suis révoltée par ce que j'apprends et touchée par l'histoire de cette jeune femme que je n'ai jamais connue. Je me retrouve un peu en elle d'une certaine manière, car je sais exactement ce que ça fait d'avoir l'impression d'être l'incarnation de la déception perpétuelle de ses parents. De porter leurs peurs, leurs échecs et de se l'entendre répéter à longueur de journée…

– Parce que toi, tu ne te blâmes pas pour Ellie ? reprend Max avec culpabilité.

– Si…

– C'est bien ce qui me semblait. Enfin voilà, un jour Rock est rentré à cran, lui et Sunny se sont disputés comme jamais. Le lendemain, elle avait disparu et pendant quatre ans on l'a cherchée désespérément sans savoir ce qu'elle devenait. Rock a frôlé la folie, il était sur le fil constamment. Il s'en est voulu et s'en veut encore. Ça a vraiment été une période noire pour les Evil's Heat.

– Et que s'est-il passé au bout de quatre ans ? je demande prudemment, sentant la chute de cette histoire arriver.

– On a enfin découvert toute la vérité à notre tour… On a fini par savoir que Sunny était notre sœur et pourquoi elle allait si mal. Joe lui avait fait vivre un enfer psychologique pendant des années et c'est pour cette raison qu'elle a fui en Europe… où elle est morte loin de nous, déracinée, abandonnée.

La voix de Max se fait lointaine, son souffle se coupe, et mon cœur se brise pour eux et pour cette jeune femme qui restera éternellement jeune. Max ne me précise pas la raison exacte du décès et je n'ose pas demander. En revanche je suis surprise qu'ils soient encore tous debout après un tel drame. Je comprends d'un coup beaucoup de choses, dont l'instinct de protection excessif de Rock envers sa fille, sa femme et son clan.

À côté, mon histoire avec mes propres parents paraît dérisoire. Je ne connais pas Annie, Joe, Louise et Tate, mais je les hais déjà d'avoir causé autant de souffrances à leurs enfants pour des raisons aussi égoïstes.

– Je n'ai pas de mots, Max. Mais sache que je suis là et que je comprends, un peu, je le rassure maladroitement.

– Merci… Maintenant tu sais pourquoi je m'engueulais avec mon père ce soir. Je l'ai enfin confronté à ses conneries et ses réponses ne me conviennent pas. Nos parents ont vraiment chié sur les valeurs du Clan et sur tout ce que leurs propres parents ont construit avant eux. Comment on peut faire une telle chose à une gamine ? Elle n'y était pour rien !

– J'en sais rien, Max, je lui souffle. J'imagine de la même façon qu'on peut cacher à sa fille la mort de sa grand-mère pendant un an et demi…

– Ouais…

– Parfois nos enfants nous ressemblent et parfois le fruit tombe loin de l'arbre.

– Tu ne crois pas si bien dire. Ils sont tous aussi responsables à mes yeux ! Parfois je me dis que mes parents mériteraient d'être bannis eux aussi ! Tout comme Joe et Annie.

– Pourquoi tu ne le fais pas ? je lui demande doucement.

– Parce qu'au fond ce serait trop facile, Blondie, je veux qu'ils vivent et portent ce poids avec nous.

– Quel est ce poids que tu portes, Max ? je murmure, pensive.

– Le Clan a coûté la vie à notre sœur… Ce n'était pas censé se passer comme ça et je me lève tous les matins avec ce fardeau, me répond-il la voix saturée d'une telle souffrance que les larmes me montent aux yeux.

– Je ne suis pas d'accord, parvins-je à articuler difficilement. Ce n'est pas le Clan qui est responsable de la mort de Sunny. Ce sont vos parents. Le Clan est à l'image des hommes et des femmes qui le composent. Il a connu une ère sombre sous la gérance de Joe, Annie, Tate et Louise, mais vous en avez fait autre chose de meilleur. Et je t'assure que ça crève les yeux. Vous avez gagné ma confiance en si peu de temps. Vous m'avez prise sous votre aile sans que je demande quoi que ce soit. Vous êtes droits dans vos convictions. Alors vous n'êtes peut-être pas parfaits, mais qui l'est ?

– Judy…

– Quoi ?

J'entends Max expirer de soulagement dans le téléphone avant de reprendre :

– Mademoiselle Myers, vous êtes trop bien pour traîner avec un mec comme moi !

– Ça, c'est à moi d'en décider. Puis, j'aime traîner avec un mec comme vous, monsieur Summerland…

Un blanc suit ma déclaration et Max se racle la gorge avant de reprendre :

– Merci. J'avais encore jamais parlé de tout ça.

– Pas même avec Rock et Olivia ? je m'étonne.

– Non, pas vraiment. Ils sont assez pris depuis la naissance de leur fille et il y a eu beaucoup, beaucoup de merdes à gérer pour réparer les conneries de nos parents ces deux dernières années. C'est toutes nos fondations qui ont été ébranlées quand la vérité a éclaté. Et Sunny est encore un sujet douloureux pour Rock. Je le vois à son visage quand je prononce son prénom.

– Et Susan, c'est aussi la demi-sœur de Sunny ?

– Pareil, il y a encore quelques mois elle explosait en sanglots au prénom de Sunny.

– Bien, sache en tout cas que tu peux m'en parler à n'importe quel moment, je ne répéterai jamais rien. Faut pas porter ce genre de choses seul. C'est bien trop lourd. Et c'est à ça que servent les amis, en plus.

– Parce que c'est ce qu'on est ? Des amis ? me questionne Max, la voix plus grave qu'il y a quelques secondes.

– On pourrait l'être pour commencer si ça te va ?

Ma réponse est un peu maladroite mais je suis sincère. Je ne suis pas seulement attirée par l'emballage frisant la perfection morphologique de cet homme, ce qu'il y a à l'intérieur me plaît encore plus.

– D'accord, accepte Max avant de changer de sujet. Et sinon tout va bien à Colorado Source ?

– Oui, oui, je lui réponds plus légère. Enfin, si on occulte le fait qu'Olivia a pris le commandement de la ville en votre absence… Nous sommes officiellement une dictature jusqu'à votre retour. Hier elle a déclaré que tout le monde devait être habillé en bleu pour apprendre la couleur à Nini. Je me suis vu attribuer le bleu ciel, je suis donc assortie à ma voiture. C'était très discret pour aller au travail, mes collègues ont apprécié…

Max explose de rire franchement cette fois-ci.

– Les mecs doivent être fous !

– C'est un euphémisme. D'ailleurs tout le monde est très gentil. J'ai pu faire la connaissance de quelques-uns de vos vétérans. Je ne pensais pas que vous étiez autant ! Et la petite supérette d'Alfred est hyper pratique.

– Ouais, c'est un chic type.

– Oui, adorable et très serviable.

Un temps de silence se fait après ma réponse mais ni moi ni lui ne semblons prêts à raccrocher. D'ailleurs, Max finit par me redemander :

– Et sinon t'as prévu quoi ce week-end ?

– Soraya va me faire visiter la réserve et ensuite ta sœur et Olivia doivent m'aider à décorer l'appart. Acheter deux, trois trucs…

– Ça me paraît être un bon programme. N'hésite pas à repeindre des murs au besoin, et garde les factures, je te rembourserai.

– C'est gentil, mais non, ça ira, je peux payer mes peintures, je lui rétorque.

– C'est pas une question, Blondie. Garde les factures, je te rembourse.

Son timbre de voix grave me donne la chair de poule dans le bon sens du terme. Si j'aime lorsqu'il est doux et prévenant j'aime aussi cette version plus sauvage de lui…

– Je devrais peut-être te laisser, tu bosses demain et tu as de la route. D'ailleurs ce n'est pas trop loin de l'appart ? reprend Max.

– Non, non, les quarante-cinq minutes passent vite. Et encore merci pour l'appartement. Je revis, tu n'as même pas idée.

– C'est normal, tu es la petite-fille d'Ellie après tout…

Bizarrement sa réponse me laisse un goût amer en bouche, elle me rappelle qu'il m'aide avant toute chose pour Ellie et non pas parce que cela lui plaît de me savoir près de lui, juste au-dessus de son bar. Cette idée me trouble beaucoup trop car, au fond, n'être qu'amie avec Max ne me convient pas, je le sais…

– Au fait, pour répondre à ta question du début. Je t'excuse… je lui souffle timidement.

– Je ne suis plus certain de mériter ta gentillesse.

– Pourquoi tu dis ça ?

– Parce que…

Son ton est étrange, je m'attends à ce qu'il ajoute quelque chose, mais non, sa phrase reste en suspens.

– Je vais devoir te laisser. Rock arrive, finit par dire Max.

– D'accord, je murmure, pensive.

– Embrasse ma filleule pour moi.

– Je n'y manquerai pas. Et Max ?

– Oui ?

– Je commence à comprendre pourquoi Ellie et Roger aimaient vivre à Colorado Source…

– Je suis heureux de l'entendre.

Un silence s'étire puis à contrecœur je me résous à clore cette discussion :

– Bonne nuit.

– Bonne nuit, Blondie. Et si y a le moindre souci, tu m'appelles.

– Oui…

– C'est un ordre, pas une proposition, gronde-t-il en percevant mon hésitation.

Sur ce, Max raccroche et je reste agrippée encore quelques secondes à mon téléphone, suspendue à l'écho de sa voix.

Je me résigne à aller dormir, dans le lit cette fois-ci, en tirant derrière moi ma couette et mon coussin. Je mets du temps à trouver le sommeil car je repense à tout ce que m'a confié Max : Sunny, Rock, leurs parents…

Tant de drames et de souffrances, mon cœur se serre pour eux.

Finalement, au bout d'une heure la fatigue a raison de moi. Elle me cueille alors que je me demande à quoi ressemble Sunny L'éternelle. C'est comme ça que je l'appellerai désormais.

Puis sans prévenir, je suis projetée dans un rêve où un grand loup blanc aux yeux gris me tient compagnie. Nous sommes assis près d'un lac, seuls au monde, et il vient poser sa tête sur mes cuisses. Je n'ai pas peur de lui, au contraire, à ses côtés je me sens entière.

34

SUNNY

Judy

Treize jours…

Treize jours que Max, Rock et les autres sont partis pour Atlanta pendant qu'ici, le quotidien se déroule sans incident.

À Colorado Source, où habitait Ellie, je suis entourée de personnes accueillantes qui souhaitent mon bonheur et y contribuent quotidiennement chacune à leur façon. Soraya, Olivia et Susie m'ont énormément aidée dans mon installation ces deux dernières semaines. Soraya un peu plus que les autres, puisque Liv était prise par son travail et par sa fille, tout comme Susan qui garde les petites d'Eddy en son absence.

Grâce à notre amitié naissante et à ma liberté durement acquise, je reprends goût aux plaisirs simples. Je renoue ainsi avec ma passion pour le chant et me suis inscrite à des cours deux fois par semaine à Newton City après le travail. Je dois les débuter dans quelques jours et j'en trépigne d'impatience !

Mon cœur s'est également allégé d'un poids après le retour des résultats d'analyses du Doc la semaine dernière. Olivia et moi allons parfaitement bien. Quant aux seaux, il s'agissait de sang de porcs.

Charmant… Reste encore à savoir qui les a jetés et d'où ils venaient.

C'est donc joyeuse, mais avec un soupçon d'appréhension, que je sonne à la porte d'Olivia ce samedi, en tout début de soirée. Elle et Soraya ont prévu une fête entre filles avant le retour des hommes.

Elles souhaitent célébrer au passage mon emménagement et Liv m'a avertie qu'une surprise me serait réservée pour l'occasion, d'où ma légère inquiétude…

– Judy ! s'exclame Olivia, tout sourire en ouvrant la porte. Entre !

Puis elle s'efface aussi vite qu'elle est apparue sur le seuil. Je la suis à l'intérieur, et si cela me provoque une sensation étrange d'être ici, dans l'ancienne maison rénovée de mes grands-parents, ce n'est plus douloureux comme au premier jour.

Grâce au nouvel espace de vie complètement ouvert, je devine depuis l'entrée une pile de cadeaux sur l'îlot central de la cuisine alors que le rez-de-chaussée embaume les effluves de nourriture en tous genres. Olivia semble s'être surpassée car la table de la salle à manger a disparu sous une profusion de plats.

Il y trône une montagne de cupcakes, une fontaine de chocolat avec des fruits à croquer, un chariot à pop-corn, ou encore un mini-mur de donuts…

Je baisse les yeux vers mon pauvre gâteau au chocolat que j'ai eu tant de mal à faire mais qu'il me semblait convenable d'apporter, et je me sens à présent ridicule de venir avec si peu.

– Oh, tu as amené un gâteau ! se réjouit Liv en venant prendre mon manteau.

– Oui…

– Merci, c'est adorable, pose-le près du four. Je vais aller le couper et le servir.

J'ai envie de lui répondre qu'elle peut s'en abstenir vu la quantité astronomique de nourriture déjà à disposition, mais je m'exécute.

– Liv, on est combien au juste ce soir ? je lui demande en ôtant à présent mes chaussures.

– Six ! claironne-t-elle fièrement.

– Nan parce que tu as conscience que tu as fait à manger pour tout un régiment…

– Les garçons rentrent demain, tu verras, tout va disparaître à la vitesse de la lumière. Leurs ventres sont des trous noirs intergalactiques.

– OK, je réponds en riant. Et du coup, qui est là ?

– On est au complet. Il y a Susie, Soraya, Judith, une amie que tu ne connais pas encore, et Dakota !

Joie dans mon corps.

– Ne t'inquiète pas, Judy, tout va bien se passer. Dakota est vraiment très gentille, s'empresse d'ajouter Olivia à voix basse en comprenant mon malaise.

Là est bien tout le problème. Dakota est indétestable et c'est d'autant plus rageant.

– Les filles sont dans le canapé, on t'attendait pour commencer, ajoute Liv.

En effet, j'entends des rires et une discussion animée provenant du salon.

– Tu as fait garder Nini ? je l'interroge en cherchant la fillette des yeux.

– Oui, elle est avec les petites d'Eddy, chez lui. Elles y font une contre-soirée grâce aux baby-sitters puisque je leur vole Susie.

– Oh, c'est trop mignon, elles font comme nous…

– Oui, enfin pas tout à fait, rétorque Liv en riant. Leur heure de couvre-feu ne sera pas la même. Ni leurs jouets…

– Les jouets ? je m'étonne sans comprendre.

– Tu verras…

Son sourire en coin et l'étincelle de malice dans ses yeux mordorés ne me disent rien qui vaille. Je préfère donc la suivre en silence et nous rejoignons le reste des filles déjà installées dans l'immense canapé d'angle.

– Hey ! lancent Susie et Soraya en me voyant approcher, puis elles se lèvent et me serrent dans leurs bras chacune à leur tour.

Nous avons mangé ensemble hier midi près de mon travail, pourtant leur accolade enjouée me donne l'impression de retrouvailles après une longue séparation. Judith et Dakota sont elles aussi accueillantes mais plus discrètes. Elles me saluent de leurs places assises et je leur réponds de la même façon. Si je me souviens bien, Judith est une amie d'enfance de Soraya que Liv et Susie côtoient de temps en temps et que je n'avais encore jamais eu l'occasion de croiser.

C'est une grande rousse, dont la peau diaphane contraste avec celle, brune et chaude, de Dakota. Je détaille d'ailleurs cette dernière rapidement et constate à nouveau à quel point l'ancienne « sex friend » de Max est une beauté.

Elle a revêtu une jolie robe noire parfaitement ajustée à sa silhouette pour la soirée, tandis que je me suis contentée d'un jean brut et d'un chemisier blanc, terriblement basiques.

Infériorité, quand tu nous tiens !

Réticente, je croise donc le regard de Dakota, néanmoins, elle me sourit de façon sincère en retour.

Si seulement elle était méchante, ce serait beaucoup plus simple.

Olivia m'a expliqué une centaine de fois ces dix derniers jours que Dakota avait trouvé quelqu'un de sérieux, alors je tente de faire taire ma jalousie irrationnelle, puis je m'installe dignement sur le canapé entre Susie et Soraya.

Liv, heureuse, se presse de revenir les bras chargés d'un plateau de verres, qu'elle dépose sur la table basse avant de mettre de la musique, puis d'abaisser l'éclairage de la pièce, créant une atmosphère plus feutrée.

– Voilà pour l'ambiance. Maintenant place au fun ! claironne-t-elle, en nous distribuant des mojitos.

Je me demande dans quel état je vais finir la soirée si nous attaquons déjà l'alcool, sans même avoir encore mangé quoi que ce soit au préalable…

– Alors, Judy, tu es bien installée dans ton nouvel appartement ? me questionne Judith, gentiment.

– Oui, il me reste un peu de déco à mettre par-ci par-là, mais les filles m'ont déjà bien aidée, je lui explique en sirotant doucement ma boisson.

– Sa déco est canon ! C'est un peu bohème avec des plantes, du bois et des macramés. Tu adorerais ! intervient Soraya, enthousiaste. On ne reconnaît plus l'ancien appart de Max. Judy a peint le salon en beige et blanc, et le mur du fond, derrière le lit, en terracotta. Tu sais, celui à côté de la salle de bains.

– Oui je vois très bien lequel, déclare alors Dakota avec un clin d'œil dans ma direction.

– Mmmm… je marmonne, mal à l'aise.

Elle a beau être sympa, je n'ai pas vraiment envie de me souvenir qu'elle a fixé ce mur à chaque fois qu'elle chevauchait Max de ses longues jambes interminables !

– J'ai vu Soraya te faire visiter notre réserve la semaine dernière. Ça t'a plu ? reprend Dakota.

– Oui, c'était un privilège, je n'en avais encore jamais eu l'occasion. Je ne pensais pas c'était possible, je lui réponds, soulagée de changer de sujet.

– Ça ne l'est pas. Le cœur de notre communauté est normalement réservé à ceux qui en font partie, rétorque-t-elle. Mais quand il s'agit de nos amis, nous savons faire des exceptions.

Pour le commun des mortels, seul l'espace « musée » est accessible.

En effet, la réserve de Golden Water possède à son entrée ouest, un village autochtone reconstitué et le seul visitable par les touristes. Il y a même une ou deux boutiques proposant des bijoux artisanaux et autres objets faits main.

Après m'avoir tout montré, dans les moindres détails, Soraya m'a présenté à son père, le chef de la réserve, et à ses deux frères, avec qui nous avons dîné le soir même.

Ces derniers m'ont expliqué fièrement que Golden Water ne dépendait pas des maigres aides de l'État américain pour survivre.

Leur communauté est autonome et prospère grâce à l'élevage de bétail d'exception, mais aussi et surtout grâce au business avec les Evil's Heat.

– Et tu te plais ici ? me demande Judith.

– Oui beaucoup, bien que ce soit très différent de Colorado Springs.

– Tu m'étonnes, lance Liv en riant. Moi aussi, ça m'a changé de Paris !

Je ne connais pas trop l'histoire d'Olivia et sa réponse éveille ma curiosité.

– D'ailleurs, comment as-tu atterri ici ? je la questionne.

Le visage d'Olivia se fait pensif et elle échange un regard rapide avec les filles avant de se lancer.

– Hum, c'est une longue histoire, explique-t-elle doucement.

Je sens l'ambiance légère et fun du début de soirée s'étioler, remplacée par une sensation de malaise dans la pièce. Les filles, excepté Liv, fixent leur verre de mojito.

– Liv, la coupé-je. Tu n'es pas obligée de répondre. Je ne voulais pas plomber la fête.

– Tu ne plombes rien, vraiment. Je crois même que j'ai envie d'en parler. Enfin si tu le veux bien, Susie ? ajoute Olivia en se tournant vers Susan.

Je ne comprends pas cet échange entre les deux femmes et je suis encore plus perdue lorsque je découvre que Susie a la mine défaite face à son verre de mojito qu'elle n'a pas entamé.

– Vas-y, souffle-t-elle à Olivia. Il n'y a rien de tabou et nous avons toute la soirée devant nous…

Olivia opine de la tête et se tourne à nouveau vers moi. Après une grande gorgée de mojito, elle plonge ses beaux yeux dans les miens et commence à se livrer :

– Quand j'étais petite, mes parents étaient ma seule famille, mais ils sont décédés dans un accident de voiture juste après Noël quand j'avais 10 ans. Je me suis retrouvée seule au monde et j'ai été placée en famille d'accueil.

– Oh mince, je suis navrée ! Liv, vraiment, cette histoire peut attendre, je comprendrais, commencé-je à paniquer sous l'effet de la culpabilité.

– Ne t'inquiète pas. Je suis en paix avec ça, me rassure-t-elle.

– D'accord... Dans ce cas, à quel moment ta route a-t-elle croisé celle du Clan et de Rock ? je balbutie, tiraillée entre remords et curiosité.

– C'était il y a bientôt trois ans déjà. Avant cela, j'étais hyper solitaire du fait de mon histoire familiale. Je bossais pour un grand groupe comme analyste financière. Ma vie se résumait à des tailleurs gris austères, des cocktails professionnels ennuyeux et à un rythme de boulot effréné.

– J'ai dû mal à t'imaginer ainsi, je lui souffle, ahurie. Et tu parles vachement bien anglais en seulement trois ans !

– Mon père était américain, ça aide. Mais oui, j'étais chiante à mourir à l'époque et surtout obsédée par mon job.

– Bah maintenant tu es obsédée par Rock, je ne sais pas ce qui est mieux, la taquine Soraya.

Liv lui tire la langue comme une enfant, et j'ai vraiment du mal à croire qu'elle ait pu un jour être quelqu'un d'autre que cette femme souriante et pétillante.

– Enfin bref, reprend Liv. Jusqu'à un certain point, cette vie m'a convenu, mais pour te la faire courte, sinon il nous faudrait tout un week-end... Un soir, dans un bar à Paris, j'ai rencontré une fille aussi seule et paumée que moi à sa façon. Une Américaine arrivée en France depuis peu. Elle a réussi à percer mes défenses avec deux, trois blagues pourries et nous sommes devenues amies. Elle était autant libérée et insouciante que je pouvais être coincée et chiante. On se prenait souvent la tête pour des broutilles mais elle a m'a permis de m'ouvrir à autre chose que mon boulot.

Olivia fait une pause le temps de se resservir un verre d'eau cette fois-ci.

– On rêve tous d'avoir une telle amitié, je réponds en souriant à Liv. D'ailleurs, avant de vous rencontrer, ma vie était également ennuyeuse… Alors merci de votre aide les filles, vraiment.

– Mais de rien, me répond Soraya. C'est sympa d'avoir une nouvelle recrue, je commençais à tourner en rond avec ce même banc de morues !

Nous rigolons ensemble quelques secondes le temps de trinquer, puis Olivia reprend tout naturellement son récit, la mine soucieuse :

– Oui, j'avais une amie précieuse. Elle me posait peu de questions sur mon passé et je faisais de même concernant le sien. Nous vivions dans l'instant présent. Enfin surtout elle. Elle brûlait la vie par les deux bouts et ça l'a tuée… Je l'ai retrouvée assassinée chez elle.

La voix d'Olivia se brise et ses beaux yeux noisette s'emplissent de larmes à l'évocation de sa défunte meilleure amie. J'en ai mal au cœur pour elle. Je tente, sans succès, de trouver les mots pour la réconforter tandis que Soraya lui passe un bras amical sur les épaules. Quant à Susie, quelques larmes roulent sur ses joues et elle fixe ses mains, les lèvres tremblantes. Elle a abandonné son cocktail sur la table basse et ce sont Judith et Dakota qui la réconfortent. Je me sens de nouveau perdue.

– Je propose que l'on passe à quelque chose de plus fort qu'un mojito, suggéré-je dans une tentative maladroite d'alléger l'atmosphère.

– Je m'en charge ! décrète Dakota en se levant du canapé et en déployant son corps de liane, souple et gracile, devant moi.

Elle fonce alors droit vers la cuisine pour préparer un ravitaillement à la hauteur des émotions qui nous traversent. Une fois Dakota revenue, Liv me sourit et me dit :

– Je sens que tu as une question. Vas-y, pose-la.

– Tu… Tu sais qui a tué ton amie ?

– Oui, murmure Olivia.

– D'accord. Et justice lui a été rendue ? je m'enquiers, sentant la colère affluer en moi contre les responsables.

– Oui. Elle a été vengée…

Sa réponse me laisse perplexe, justice et vengeance ne sont pas la même chose, mais je choisis de ne pas insister.

– Sa disparition m'a dévastée, reprend alors Liv. J'ai disjoncté et j'ai tout envoyé valser ! Je voulais tout recommencer à zéro, loin de Paris. Tu comprends, j'étais de nouveau sans personne, sans famille.

Bien sûr que je comprends. J'ai moi-même eu ce besoin, il y a quelques mois, et je n'ai pas traversé un dixième de ce qu'Olivia a enduré.

– Comme toi avec Ellie, j'ai eu envie de me reconnecter à ma meilleure amie alors je suis partie sur ses traces, murmure Olivia. Je savais peu de choses de son passé, mais elle m'avait confié, un jour, venir de Colorado Source. C'est comme ça que j'ai débarqué ici, que j'ai rencontré le Clan et sa famille.

– Sa famille ? À Colorado Source ?! je m'étonne.

– Oui, ma meilleure s'appelait Sunny. C'était la sœur de Rock, entre autres choses…

Sunny l'Éternelle ! Nom de D… !

Je reste sans voix. Mon cerveau bugge le temps d'intégrer cette information capitale, puis tout clique et fait sens. Sunny, la demi-sœur disparue de Max, Susan et Rock, celle qui a fui à cause d'un père maltraitant, était la meilleure amie d'Olivia.

J'observe alors Olivia et Susie en me disant que la vie est vraiment cruelle. Belle, mais cruelle. Car sans Sunny, sans sa fuite en Europe, puis sans sa mort, Olivia ne serait alors jamais venue ici chercher des réponses. Elle n'aurait sûrement jamais connu le Clan, ne serait jamais devenue la jeune femme épanouie face à moi, entourée d'amies fidèles en passe de devenir les miennes…

Sans la mort de Sunny, Liv n'aurait surtout jamais rencontré Rock et la petite Nini n'existerait pas.

Une vie pour une autre, pensé-je. Une balance constante entre ceux qui nous quittent et ceux qui nous rejoignent.

Soudain, je me lève, mue par un élan d'amour et de compassion pour mes nouvelles amies. Je prends Olivia mais aussi Susie dans mes bras et je les serre contre moi le plus fort possible.

– Sunny était également ma sœur, me confie Susan. Voilà pourquoi je me transforme en fontaine humaine en écoutant Olivia raconter cette histoire, c'est encore compliqué…

– C'est dur pour nous tous, ajoute Soraya. J'ai vu Sunny grandir moi aussi. On est une famille à notre façon ici. Le Clan, la réserve… Nous sommes liés les uns aux autres.

Un silence nous enveloppe le temps de reprendre le contrôle de nous-mêmes et de nos émotions.

Judith et Dakota en ont profité pour aller chercher un grand saladier de pop-corn et quelques donuts.

– Je propose que nous trinquions à la mémoire de Sunny ! C'est un peu grâce à elle que nous sommes ici réunies, conclut Olivia, ravalant ses dernières larmes.

– À Sunny ! clamons-nous toutes en chœur, nos verres dressés vers le plafond.

Doucement, les discussions plus légères repartent une à une pour finir dans de grands éclats de rire à nouveau, laissant nos cœurs en peine souffler un peu. Du moins jusqu'à ce que Liv se lève du canapé et décide enfin de nous révéler le programme de la soirée.

– Il est temps de passer aux choses sérieuses, les filles ! claironne-t-elle.

– Et c'est quoi ces choses sérieuses ? je la questionne en dévorant un mini-donut au chocolat.

– Une soirée sextoys ! D'ailleurs, je vous demande de mettre vos téléphones en mode avion et d'enfiler les jolis serre-tête que j'ai posés sur la table de la salle à manger. C'est non négociable. Je veux toutes vous voir avec.

Une soirée sextoys… avec Dakota… Génial…

Pour ma part, je n'en ai jamais fait, cependant ma curiosité s'en trouve piquée malgré moi et malgré la présence de ma « rivale ». Il serait dommage de mourir ignare à ce sujet, alors pourquoi pas essayer si cela me permet de revivre ce que Max m'a fait découvrir dans ce grenier : l'orgasme.

– Vu mon état d'abstinence ces derniers mois, cela me sera plus utile qu'une réunion Tupperware, c'est certain, s'amuse Soraya.

– Ah oui ? Pourtant c'est sympa aussi, les boîtes pour organiser son tiroir à épicerie, lui rétorqué-je amusée.

– Peut-être, mais là, j'ai plutôt besoin d'être déboîtée dans les règles de l'art, vois-tu, me lance-t-elle avec un clin d'œil.

Magnifique ! Moi aussi, ceci dit…

35

LE C***I, C'EST LA VIE !

Judy

Lorsque Liv revient de la cuisine, nous sommes chacune affublées de magnifiques serre-tête pénis mauves. Les trucs en question s'agitent dans tous les sens, montés sur ressorts. Je n'arrive pas à garder mon sérieux face à Soraya remuant la tête d'avant en arrière pour que son pénis en caoutchouc frappe Susie en plein front, entre les deux yeux. Judith et Dakota, elles aussi hilares face à ce spectacle, se chargent de ne jamais laisser nos verres vides.

Elles remplissent leur mission avec brio si bien que j'ai pu finir un second mojito et entamer un troisième plus chargé en rhum qu'en eau gazeuse… Je me sens donc déjà guillerette, moi qui bois peu d'ordinaire, notamment l'estomac vide. Et ce n'est pas ma poignée de pop-corn et un donut qui contrebalanceront l'effet de l'alcool ingurgité.

Il va donc être temps de s'attaquer à la fontaine à chocolat…

– Parfait ! J'ai eu les baby-sitters, les petites vont bien, précise Liv en revenant dans le salon après son coup de fil.

Son sourire devient immense lorsqu'elle nous découvre en rang d'oignons avec nos serre-tête :

– Vous êtes magnifiques… So, passe-moi le mien, s'il te plaît ! Et je te laisse présenter la soirée à nos invitées.

Soraya se lève donc à son tour et prend la parole de façon théâtrale pour succéder à Liv face à nous :

– Les filles ! L'heure est graaaave… Après moult discussions, Olivia et moi avons réalisé que nous avions chacune encore beaucoup de complexes ou de tabous autour de la sexualité.

Soraya me lance un regard appuyé et je ne peux m'empêcher de rire à son air entendu. OK, cela m'est particulièrement destiné…

Puis elle poursuit :

– On a donc décidé d'organiser des soirées à thème de temps à autre où l'on pourrait parler de sexe sans complexe entre nous.

– Parfait ! Je suis partante, lance Susie, enjouée. C'est quoi du coup le thème de ce soir ?

– Eh bien, étant donné l'absence de nos hommes depuis presque quinze jours, ou le célibat récalcitrant de certaines ici présentes, le thème est « les sextoys ou comment s'occuper de soi-même » !

Pour illustrer leurs propos, Liv et Soraya lancent le refrain de « All By Myself » de Céline Dion sur la chaîne stéréo.

« All byyyyyyyyy myyyyyyself
Don'twanna beeeeeee
All byyyyy myyyyyyyself
Anymooooooooooooooooooooore »[1]

– Avouez que vous vous êtes entraînées pour ce petit discours, je rigole.

– Absolument, me retourne Liv. Sachez que quatre-vingt-dix pour cent de la réussite d'un événement résident dans sa préparation.

– Un peu comme les préliminaires avant pénétration, surenchérit Soraya.

OK, il me faut plus d'alcool pour survivre à cette conversation, et en même temps c'est MA chance de leur poser les questions que je n'ai jamais osé poser avant, de peur de me sentir stupide. Je dois glaner des infos précieuses pour la suite avec Max…

– Par contre, règle *numero uno* ! reprend Liv très sérieusement, son index pointé devant mon visage. Ces moments entre filles doivent se faire dans la bienveillance, l'amour de sa prochaine et avec humour. Il n'y aura ni jugement ni moquerie entre nous. Que ce soit clair. Si le sexe est un sujet sérieux, il ne mérite pas qu'on se prenne la tête pour ça.

– Ouais, en revanche ça mérite de se prendre un bon coup de bit… la coupe Soraya, mais elle est elle-même interrompue par la sonnerie de la porte d'entrée.

---

1. « Toute seule, je ne veux plus être toute seule désormais »

J'imagine que n'est pas plus mal vu ce qu'elle s'apprêtait à dire. Cette nana ne connaît pas la retenue, les mots sortent de sa bouche en moins de temps qu'il me faut pour formuler une idée.

– On attendait quelqu'un ? s'étonne alors sa cousine.

– Non, répond Liv, surprise.

Ensemble nous nous levons et nous dirigeons vers la porte d'entrée. Olivia, en tête de notre peloton, ouvre cette dernière sans réfléchir et nous découvrons un homme barbu sur le seuil. Il s'agit de toute évidence d'un membre du Clan et lorsqu'il fait un pas en avant, se plaçant ainsi dans la lumière de l'entrée, je le reconnais pour l'avoir croisé ces deux dernières semaines sur sa moto, sillonnant Colorado Source. Il fait partie de ceux qui veillent sur nous en l'absence de Max et des autres.

– Harvey ! Qu'est-ce que tu fais là ? lui demande Olivia, suspicieuse.

Le Harvey en question nous fixe avec deux grands yeux ébahis et sa bouche s'entrouvre sans émettre le moindre son. Je me rends alors compte que nous nous tenons devant lui, en meute, nos cocktails à la main et nos pénis mauves dressés sur le crâne.

– Je… Je venais voir si tout allait bien, s'empêtre-t-il dans sa réponse.

– Bien sûr que ça va. Pourquoi ce ne serait pas le cas ? lui rétorque la petite brune infernale, autoproclamée cheffe de gang en l'absence de son homme.

– Rock n'arrive pas à te joindre, Liv. Ni toi ni aucune de vous d'ailleurs. Il tombe directement sur vos messageries.

– Eh bien, tu diras à M. Caillou que sommes au milieu d'une petite fête entre filles. Les seuls pénis autorisés à pénétrer cette maison ce soir sont ceux sur nos têtes. Alors oust, du balai !

Olivia joint le geste à la parole et pousse Harvey en arrière.

Le biker se laisse faire en riant puis abdique :

– OK, OK ! Je lui dirai que vous allez toutes bien mais sache que Rock et les autres rentrent plus…

Harvey n'a pas le temps de finir sa phrase, Liv lui claque la porte au nez sans hésitation ni une once de culpabilité. Grisées par l'alcool, nous explosons de rire avec elle.

– Je crois qu'il allait te dire un truc important, je fais tout de même remarquer dans une seconde de lucidité.

– Non, non, râle Liv. J'avais prévenu Rock qu'on faisait une petite fête ce soir. Il n'a aucune raison de s'inquiéter. Ça là, dit-elle en pointant la porte du doigt, c'est son côté possessif qui prend le dessus. *Monsieur* envoie ses chiens de garde pour fouiner. Je le connais par cœur. Qu'il nous laisse tranquilles et ronge son frein !

– En parlant de frein, embraye Soraya en rigolant, il est temps de retourner à nos sextoys !

– Je ne suis pas certaine de saisir la transition, lâche Judith en sirotant son cocktail.

Moi non plus, pensé-je, mais je me tais pour ne pas passer pour l'ignare de la bande.

– Bah, « ronger son frein »... « frein pénien »... explique Soraya comme si c'était évident pour le commun des mortels.

Mais Judith la fixe toujours avec des yeux ronds.

– Aucun de tes mecs ne s'est un jour rompu le frein du pénis en y allant un peu trop fort trop souvent ? lui demande Dakota.

Bien sûr, Dakota sait ce qu'est le frein pénien.

Madame est une experte sexuelle. Gnagnagna.

Bon, clairement, j'ai l'alcool mauvais ce soir, je dois impérativement manger un truc.

– On peut s'attaquer à la fontaine de chocolat ? proposé-je en levant le nez de mon mojito.

Ma suggestion obtient un accueil chaleureux de la part de mes copines à serre-tête phalliques et Olivia nous installe autour de la table afin que nous puissions goûter autre chose que des pop-corns. Je choisis une place stratégique où je peux à la fois tremper facilement mes fruits dans le chocolat fondu mais aussi me réapprovisionner à volonté en donuts. Liv finit par nous distribuer une boîte à chacune, piochée parmi les cadeaux empilés sur l'îlot central de la cuisine. En revanche, elle nous ordonne d'attendre son feu vert pour l'ouvrir et l'excitation nous gagne. On dirait une bande de gamines à l'approche de Noël.

– Il nous faudrait un nom, lâche alors Soraya, de but en blanc.

– Un nom pour quoi ? s'étonne Dakota.

– Pour notre clan de nanas... Les mecs ont bien un nom, eux. On devrait faire pareil. Sauf qu'au lieu de monter des motos, nous, on montera des godes !

Cette fois j'explose de rire franchement, Liv également, puis elle ajoute :

– Tu sais quoi, So ? C'est une très bonne idée !

– De quoi ? De monter des godes comme des motos ? intervient Judith.

– Non, enfin oui pourquoi pas si ça vous fait plaisir ! Mais je veux dire, c'est une bonne idée de se choisir un nom, s'embrouille Olivia.

– Je ne comprends plus rien, ajoute alors Dakota en trempant des fraises dans le chocolat. On parle de quoi là ?

Olivia est en train d'être dépassée par les événements, je le vois à son regard vide. Elle finit sa bière d'une traite pour se donner du courage ou pour certainement oublier la vision de Soraya gobant à l'instant une demi-banane chocolatée sous les yeux ébahis de Judith.

– Waouh, lance cette dernière. Et tout ça sans t'étouffer ou avoir un haut-le-cœur...

– La pratique, que veux-tu, lui rétorque Soraya avec un clin d'œil.

– Bon, So, quand tu auras fini d'épater la galerie avec tes gorges profondes à base de banane, on pourra revenir dans le vif du sujet ? reprend Liv, autant amusée qu'exaspérée.

– Mais bien sûr, après toi, la taquine Soraya.

Nous pouffons de rire et je constate que je n'ai pas passé un moment aussi déjanté depuis... En fait, cela ne m'était encore jamais arrivé. Je me sens lâcher prise et vivre le moment présent sans savoir de quoi était fait hier ni de quoi sera fait demain. C'est aussi grisant que trois mojitos !

– Parfait, reprend Olivia avec un sourire. Maintenant que Soraya n'a plus la bouche pleine, je disais donc : nous comptons faire régulièrement ce type de soirées. Nous sommes en passe de devenir une sororité. Et qui dit sororité dit, effectivement, avoir un nom ! Des idées ?

– Les chattes en chaleur ? suggère alors Soraya hilare, les lèvres barbouillées de chocolat.

– J'imaginais un truc un chouïa plus subtil, lui répond Liv en riant. Du genre The Dark Roses, tu vois...

– Mouais... C'est moins accrocheur. Je valide pas. Sinon Les Cochonnes gloutonnes ? lui oppose So.

– J'aime beaucoup The Dark Roses. Je vote pour ! j'interviens précipitamment, le bras levé.

Soraya est officiellement en roue libre. Elle a dû boire plus que je ne l'ai vue faire et je porte secours à Liv. Il est hors de question qu'on se fasse appeler les « Cochonnes gloutonnes » ou toutes autres variantes animales... Après un long débat, le nom des Dark Roses est enfin adopté, nous permettant d'entrer dans le vif du sujet de la soirée.

– Bon, poursuit Olivia. Dakota, tu passes la première, vas-y, ouvre ta boîte mystèeeeeere.

Dakota prend un temps qui me semble infini pour défaire son colis emballé dans un papier cadeau brillant. Désormais, avec l'aide de l'alcool, des reparties de Soraya et de l'humour des filles, j'avoue avoir hâte de découvrir ce qu'il y a à l'intérieur. La belle Cheyenne dépose devant elle différents objets qui me semblent tout droit venus de l'espace à cause de leurs formes, de leurs couleurs mais surtout de leurs tailles...

– Pourquoi y a-t-il un marteau ? je m'exclame, ahurie. Je pensais qu'il s'agissait de sextoys, pas d'une soirée bricolage.

– Et c'est quoi ça ? nous interpelle Susie en attrapant le plus gros de tous.

Elle brandit devant son visage une énorme main dorée me laissant sans voix.

– C'est la gamme de sextoys Avengers assortis à mon Robert ! commente alors Soraya, enjouée. Le marteau c'est Thor, j'avais hésité à me l'acheter ! C'est le manche qui est utile... Ensuite tu as le poing de Thanos et ce gros truc vert là, c'est Hulk.

– Judy, je te sens perplexe, m'interpelle Liv. Dis-nous tout. Nous sommes là pour échanger.

– OK... Alors... Bon, je sais que je suis l'élève en difficulté parmi vous. Mais comment est-ce que *ça*...

Je saisis des mains de Soraya l'énorme sextoy en plastique vert appartenant à Hulk.

– ... peut entrer en quelqu'un sans la ou le pourfendre en deux ?! je termine.

Puis, pour faire comprendre le fond de ma pensée, je frappe fort avec sur la table.

– On pourrait enfoncer des clous ! Nan, désolée, mais ça non. Hein, hein, jamais en moi... je désapprouve en secouant la tête de gauche à droite.

– Pourtant Max n'en est pas loin, lâche alors Dakota le plus naturellement du monde avec un sourire.

Je deviens livide et je sens ma bouche s'ouvrir en grand sous le choc de la révélation. Je croise le regard de Liv qui capte ma panique sur-le-champ :

– Du calme, Judy. Et Dakota, tu exagères. Même celle de Rock n'est pas aussi grosse et pourtant…

– Celle de Max est quand même vachement épaisse, insiste Dakota en caressant amoureusement « Hulk ».

Ma jalousie envers Dakota ne fait que croître et je me venge sur mon verre de mojito pour m'occuper les mains. Si seulement elle pouvait fermer sa grande bouche. Dire que celle-ci a embrassé Max, pire, elle lui a sûrement fait des trucs hyper cochons dont je ne veux rien savoir. Malheureusement mon inconscient n'est pas de cet avis et me projette en cascade des images de Max et Dakota…

Stop !

Je lance un regard noir à Dakota mais elle continue de me sourire naïvement, ignorante de ce que je ressens à son encontre. Le petit être sournois au fond de moi rêve de lui sauter à la gorge pour lui griffer le visage.

Canalise-toi, Judy… Laisse couler. Elle et Max, c'est fini. FINI ! La seule chose qu'elle gobera en présence de Max désormais, ce seront des mouches.

– C'est parfait que vous réagissiez sur ça ! reprend Liv enjouée. Cela nous donne une transition vers notre premier sujet de la soirée : l'utilisation que fait un homme de son aubergine compte-t-elle plus que la taille de l'aubergine en question ? J'attends vos avis.

Cette déclaration fait immédiatement trembler l'assemblée de filles et elles se lancent dans un échange passionné d'anecdotes sur le sujet. Quant à moi, qui n'ai connu qu'un seul type d'aubergine pour le moment, je les écoute de loin en mangeant…

– Je te sens inquiète, me souffle alors Liv au bout d'un moment, délaissant le reste des filles toujours en pleine discussion pour s'asseoir à côté de moi. Qu'est-ce qui te tracasse ?

L'alcool me rend loquace, et je n'hésite même pas pour lui répondre :

– Et si Max et moi étions incompatibles ? Je veux dire d'un point de vue anatomique, tu vois.

– Je vois… Mais sache que lorsque l'on a du désir pour quelqu'un, on trouve toujours un moyen. Au pire, ce qu'il faut c'est de la patience et éventuellement un peu de lubrifiant, réplique-t-elle en riant. Tu peux faire confiance à Max, il sera patient, je n'ai aucun doute sur votre « emboîtabilité ».

Sa réponse m'arrache un sourire :

– Tu es sûre ?

– Oui. J'ai appris la semaine dernière que notre vagin double de dimension avec l'excitation. Ce qui explique pas mal de choses…

– Intéressant, je lui murmure.

– Très, en effet ! Tu sais, Judy, si j'ai réussi à faire rentrer Rock en moi, alors tout est possible.

– OK. J'ai besoin d'un autre mojito, lui avoué-je en riant.

– Mais avec plaisir !

– Plus sérieusement, Liv, y a vraiment des personnes qui utilisent ces sextoys ? Parce que, excitation ou non, ils sont vraiment énormes et le délire Avengers ce n'est pas *mon* délire… Je ne trouve pas ça très excitant, osé-je lui avouer.

Olivia finit de me servir un verre avant de me répondre :

– Et tu as le droit. Chacun son truc. Si je les ai pris ce soir, c'était surtout pour le fun et car je savais que ça vous ferait réagir, personnellement je n'utilise pas ça non plus.

– Ah et tu utilises quoi ? je l'interroge, curieuse.

Elle me sourit puis se lève pour reprendre la parole, haut et fort :

– Je vais ouvrir mon colis, faites place !

Après avoir arraché le papier cadeau théâtralement, Liv sort de sa boîte des choses qui me paraissent cette fois humainement acceptables par mon corps.

Il y a de nouveau des sextoys mais de tailles raisonnables, certains sont même tout mignons. Il y a également des lubrifiants parfumés, et d'autres choses comestibles qui attisent ma curiosité. J'écoute avidement les explications des filles et prends des notes pour poursuivre des recherches de mon côté.

– Oh celui-là se ventouse ! lâche alors Soraya après avoir ouvert son paquet.

Avec sidération, je la regarde aller jusqu'à la cuisine et « fixer » en totale décontraction un long sextoy rose à la porte du réfrigérateur de Liv.

– Hey, mais ça tient hyper bien ! nous lance-t-elle en essayant de l'enlever, sans succès.

Finalement Soraya abandonne et revient vers nous en riant :

– Je te le laisse, Liv, tu pourras y pendre ton torchon à vaisselle, se marre-t-elle.

– Les filles, c'est quoi ce truc ? nous hèle Susie en nous montrant une sorte de balle ronde et noire de la taille de sa paume de main.

– Ahhh, alors ça, je suis tombée dessus par hasard en faisant mes recherches sur Internet. J'étais super intriguée du coup je l'ai commandée, lui répond Olivia. De ce que j'ai compris, tu la places sur ton clitoris et ça mime un cunnilingus. Il y a comme une petite langue qui bouge dedans.

– Mais non ?! s'écrie Soraya. Montre-moi !

Elle vole l'objet des mains de Susie, insère le bout de son index à l'intérieur et allume le truc.

– Ah oui, effectivement. Franchement c'est à tester, conclut-elle après plusieurs secondes, puis elle me le tend pour que j'essaye à mon tour.

– Désolée, Soraya, je ne saurais dire, je n'ai pas de point de comparaison, m'excusé-je en refusant.

Je la vois cligner des yeux et les filles se taisent soudainement pour se tourner vers moi tel un seul homme.

Flippant…

– Tu veux dire que Derek le Fennec n'a jamais visité ton sous-sol ? me questionne Olivia.

– Nope. Jamais. Il trouve ça sale.

– Hannn, mais toi, tu le suçais ? s'exclame Soraya avec tact et poésie.

– Oui, dans ce sens-là, il n'a jamais eu de soucis.

Ma réponse déclenche alors un torrent de réactions de la part des filles, allant de l'indignation à la colère, en passant par la révolte. Je crois bien avoir provoqué la troisième guerre mondiale…

– Judy, finit par dire Olivia. D'un, notre corps n'est pas sale et de deux, la réciprocité, c'est important dans un couple. J'entends qu'il ne faut jamais forcer quelqu'un, homme ou femme, à faire quelque chose qui lui déplaît mais… mais… vraiment, le cunni, c'est la vie ! Aucune femme ne devrait être avec quelqu'un qui lui refuse ça. C'est trop cruel !

Je n'ai pas le temps de répondre ni d'en penser quoi que ce soit que Dakota enchaîne :

– Heureusement, tu as rencontré Max. Ton existence va prendre tout son sens.

– Et pourquoi ça ? je l'interroge, sidérée.

– Parce que c'est le roi des cunnis ! C'est sa botte secrète. Je pense que le grand Wakan Tanka l'a fait venir sur cette terre uniquement pour cette raison. Tu verras, on en reparlera toi et moi.

Euh non, je ne crois pas car tu vas bientôt devenir muette…

La petite bête sournoise en moi se réveille. Elle gratte sous ma peau pour sortir et attaquer Dakota à la jugulaire, alors je lutte comme je peux contre mes pulsions.

– Punaise, les filles, on parle de mon frère là ! Stop ! Continuez et je vous étrangle avec ces boules de geisha !

Susie s'est levée de sa chaise, le bras tendu, elle tient une longue chaîne de petites boules roses à paillettes reliées les unes aux autres. Je renonce à en comprendre l'utilité et je dévisage Dakota, tiraillée entre deux possibilités :

Choix 1 : je laisse ma jalousie prendre le dessus et je l'étouffe avec l'énorme gode Hulk… Je le lui fourre dans la bouche le plus loin possible jusqu'à ce qu'elle ne puisse plus prononcer le prénom de Max, ni me raconter ce qu'elle a fait avec lui.

Ou alors choix 2 : je laisse ma curiosité l'emporter et je la harcèle de questions.

Finalement, je prends l'option 3 : je bois cul sec mon fond de verre et j'ouvre à mon tour mon colis en ruminant. J'en sors une quantité de choses noires faites de chaînes, de métal et de cuir.

– Oh, il semblerait que tu sois tombée sur la box bondage, Judy.

Fantastique…

– Il y a un bâillon dedans ? interrogé-je Olivia avec une idée bien précise en tête.

– Très certainement, pourquoi ?

– Pour Dakota, je souffle doucement, si bien que seule Liv l'entend.

Elle rit puis s'extasie devant ce que je suis en train de déballer :

– Alors ça, c'est une balançoire sexuelle, j'ai toujours rêvé d'en tester une !

Je n'ai pas le temps de comprendre de quoi il retourne que Judith me la prend des mains.

– On peut l'essayer ? demande-t-elle à Olivia.

– Bah non, intervient Soraya. Tu voudrais l'accrocher où ?

Elle examine un peu plus longuement le paquet et ajoute dépitée :

– En plus ce modèle-là se fixe à des crochets au plafond, c'est mort pour ce soir à moins que l'une de nous soit bricoleuse ou magicienne ?

– Grâce à Thor on a déjà un marteau, il ne manque plus que les crochets, dis-je en riant tout en attrapant l'énorme sextoy à côté de Susie.

Les filles rigolent avec moi jusqu'à ce que Liv, ménageant son effet, intervienne :

– Attendez, j'ai tout prévu. Vous me sous-estimez.

Nous la regardons alors se diriger vers sa buanderie, derrière la cuisine, et après une minute à l'entendre se débattre avec quelque chose de bruyant, Olivia réapparaît en portant une sorte d'arceau métallique aussi grand qu'elle. Là encore elle doit faire preuve d'ingéniosité pour faire passer ce truc noir par la porte. Ça ne semble pas lourd mais c'est encombrant. Un peu comme le portique d'une petite balançoire pour enfant.

Après tout l'idée de départ est la même : se balancer. Seule la finalité diffère…

– Je l'ai monté cet après-midi avant que vous arriviez, nous explique Olivia fièrement.

Elle place alors le portique et ses quatre pieds au centre de la pièce puis Judith y suspend les harnais face à nos visages concentrés.

– Je vais essayer de me faxer dedans, lance Judith.

– Fais attention quand même, la balançoire n'est pas fixée au sol, la reprend Liv.

– T'inquiète, je gère.

De mon point de vue, plus aucune de nous ne gère quoi que ce soit.

Olivia vient de se verrouiller une paire de menottes au poignet droit et de faire tomber la clé au sol par maladresse. Dakota quant à elle est en train d'enfiler par-dessus sa robe un énorme sextoy accroché à une ceinture.

Sous mes yeux écarquillés, elle m'explique en riant :

– C'est un *strap-on*.

OK… j'abdique. Je ne veux pas plus de détails.

Enfin, Susie, de son côté, se lance dans l'essayage d'une sorte de collier en cuir attaché à une laisse…

Les filles sont clairement en roue libre, éméchées, à l'exception de Susie justement qui semble sobre et vient donc de mettre ce collier en pleine possession de ses moyens. Une fois qu'elle en a fini avec le collier-laisse, je la regarde se resservir le plus normalement du monde du coca, dans lequel elle n'ajoute ni rhum ni vodka.

– Tu dois conduire ? Tu ne dors pas là ce soir ? je m'enquiers, intriguée.

– Si, et on peut dormir ensemble si tu veux ? élude-t-elle évasive.

Je n'ai pas l'opportunité de creuser la question qu'Olivia me place un autre truc sous le nez tandis que Judith se débat avec la balançoire de son côté.

– Ce sont des pinces à tétons, m'explique Liv, les menottes toujours accrochées à son poignet.

J'observe l'objet qu'elle me tend et qui me semble être plutôt source de douleur que de plaisir. Je reste figée ainsi un moment à détailler puis c'est la goutte de trop dans ma soirée. La fatigue a raison de moi. J'explose de rire, sans vraiment trop savoir pourquoi. Enfin si je sais, et c'est surréaliste. Je n'arrive plus à m'arrêter, sentant les larmes me rouler sur les joues. C'est un rire incontrôlable provenant du plus profond de mon être. Plus j'essaye de le maîtriser et plus je repars de plus belle. Je commence à en avoir de douloureuses crampes au ventre.

– Je t'avais dit que ce serait trop pour elle, confie Soraya à Liv. On l'a perdue…

– Judy, ça va ? s'inquiète Olivia en approchant.

Je secoue la tête et tente de respirer profondément. Il me faudra plusieurs minutes sous les regards ahuris de mes amies pour retrouver mon calme. Épuisée, je me laisse choir sur ma chaise, le visage trempé de larmes.

– Bah alors ? Que s'est-il passé ? me demande Susan.

La voir avec ce collier-laisse qui lui pend entre les seins ne m'aide pas à retrouver mon sérieux, tout comme le *strap-on* que Dakota porte encore.

– Je ne sais pas, je lui réponds en haussant les épaules. Mais en tout cas, ça fait un bien fou.

– C'est les tétons qui te mettent dans cet état, surenchérit Olivia, amusée.

– Oui, en fait, ça m'a fait penser à mes parents.

– Par contre, Judy, tu vires bizarre, même pour moi, me rétorque Soraya.

Je ris à nouveau puis finis par trouver la force d'expliquer :

– Ils ont toujours eu peur qu'en traînant ici, plus jeune, je finisse en, je les cite : pute à biker avec des piercings aux tétons… Avant, ça me rendait triste d'entendre ça, mais je réalise que j'en ai plus rien à faire de ce qu'ils pensent ! Je me sens liiiiiiiibre !

– Et donc tu es arrivée à tout ce développement personnel en contemplant une chaîne pince-tétons SM pendant dix secondes ? s'étonne Soraya.

– Oui ! Et c'est ça qui m'a fait rire ! Désolée, les filles, je crois que je suis vraiment soûle.

– Moi, je crois plutôt que tu devrais te faire percer les tétons, juste pour faire un doigt d'honneur à tes parents… renchérit Soraya.

– Non.

– Franchement ce serait drôle, insiste-t-elle.

– Je ne crois pas, So.

– Il paraît que ça procure des super sensations une fois cicatrisé. Faut juste oser le faire.

– Ah bon ? lâché-je malgré moi. Et comment tu sais ça d'abord ? Tu as les tétons percés ?

– Non mais j'ai eu une discussion avec Bounce il y a quelques semaines. Du coup j'y songe et tu devrais y songer aussi…

Alors que je vais pour lui répondre, une voix s'élève derrière nous et nous interrompt :

– J'ai réussi ! crie Judith. Je suis dedans !

Nous nous retournons et en effet nous la découvrons parfaitement installée dans le harnais de la balançoire, les jambes écartées, les chevilles et poignets sanglés.

– Et tu comptes en sortir comment ? lui demande Dakota en riant.

– Pour l'instant j'y suis bien, j'y reste. Continuez sans moi, nous lance la grande rousse depuis son harnais.

Nous rions toutes ensemble face à Judith puis je me tourne vers Soraya en me souvenant d'un truc, laissant les autres s'extasier sur la balançoire :

– Tu as toujours de ce baume magique qui aide à lâcher prise ?

– Pourquoi ? Quelque chose te pèse ? Je croyais que tu étais enfin libre grâce à la contemplation des pinces à tétons…

– Je me sens libre là, et de mieux en mieux le reste du temps, mais parfois mon passé avec Derek vient me polluer, surtout en dormant alors je me demandais… Enfin tu vois…

– Oui je vois, mais mes élixirs floraux ne te seront d'aucune aide. Ton cas est trop sérieux.

– Merci, Soraya, pour ta franchise, je lui rétorque, décontenancée.

– Non il te faut quelque chose de plus puissant, mais oui je peux t'aider à te défaire définitivement de ton passé si tel est ton souhait, reprend-elle.

– Oui ! je la presse. Je veux être aussi légère que ce soir tous les jours.

– Bien, dans ce cas va t'allonger sur le canapé et laisse-moi procéder à un rituel de purification, m'ordonne-t-elle sérieusement.

– Là tout de suite ? je baragouine.

– Oui.

– Bon d'accord. Après tout pourquoi pas.

Clairement nous avons fait le tour des sextoys et il est temps de passer à autre chose. Soraya se rend dans la cuisine d'Olivia où elle farfouille dans son sac puis dans des tiroirs. Pendant ce temps, les filles me rejoignent au salon, hormis Judith qui est toujours suspendue à sa balançoire sexuelle et semble y somnoler, bourrée. Je leur explique ce que Soraya traficote et le but de la manœuvre.

– Tu es entre de bonnes mains avec ma cousine, me rassure Dakota. Elle va pouvoir t'aider.

J'acquiesce mais je ne lui réponds pas, je m'étends sur le sofa et lorsque Soraya revient, elle tient des sortes de bâtonnets de plantes entre ses doigts. Elle en dispose un peu partout dans le salon et les allume.

– C'est de la sauge blanche, me précise-t-elle. Avec quelques ingrédients secrets de ma composition… J'en ai toujours sur moi au cas où… Je vous demande à toutes d'être silencieuses. Liv, va baisser la lumière s'il te plaît.

Cette dernière obéit sur-le-champ et Soraya ôte son serre-tête. L'ambiance dans la pièce a changé mais je me laisse faire, rendue lasse par l'alcool et la fatigue accumulée dans la semaine.

– Tu es prête, Judy ? me demande Soraya.

– Oui, je murmure. Vas-y.

Lorsque Soraya allume le dernier bâton de sauge entre ses mains, elle commence à faire des gestes maîtrisés et répétitifs au-dessus de mon corps tout en psalmodiant dans une langue que je ne connais pas. C'est beau, envoûtant et rapidement je me sens emportée dans un état second agréable. J'ai la sensation de flotter au-dessus du canapé, plus légère que jamais. Mon environnement disparaît et je perds la notion du temps. Des volutes de fumée odorantes saturent l'air autour de moi.

Soudain, tout s'arrête, et une alarme stridente retentit dans la maison. Le retour à la réalité est brutal lorsque de l'eau s'abat sur moi. Je ferme les yeux par réflexe et j'entends Olivia crier :

– Le système incendie ! J'avais complètement oublié !

Je rouvre les yeux et découvre le chaos ! Et les choses s'aggravent lorsque toutes les lumières de la pièce s'éteignent…

36

IT'S RAINING WOMEN, HALLELUJAH !

Max

Le retour à Colorado Source depuis Atlanta me paraît long, et ce malgré la halte d'une nuit dans le Missouri. Il me tarde d'arriver tout en redoutant la souffrance qui m'y attend, car retrouver Judy sans m'autoriser à l'embrasser ni à la caresser sera une véritable torture.

Cette fois je dois vraiment m'y tenir tant que je ne lui ai rien avoué au sujet d'Ellie.

Seulement, ce sera comme marcher pieds nus sur des braises incandescentes. Comme une lente et longue brûlure pénétrant ma chair, rongeant mes muscles et effritant mes os.

Nous avons mis les voiles un jour plus tôt que prévu sur notre planning initial et notre cortège de motos approche de Colorado Source ce samedi soir, à la nuit tombée.

Ce que j'aime ça !

J'aime rouler entouré de mes frères de clan, à la droite de Rock, et voir ma Triumph engloutir l'asphalte. Si une petite blonde ne m'empoisonnait pas l'esprit constamment ces derniers temps, je n'aurais pas vu le trajet passer.

Nous sommes revigorés par le sentiment du devoir accompli après avoir débarrassé mon père de la bande de dealers qui rôdait autour du garage. Ils se sont révélés être de parfaits amateurs et nous avons saisi puis détruit toute leur came sans trop de difficultés.

En revanche nous devons faire un dernier stop avant de nous rendre chez Rock pour célébrer notre retour. Ce dernier, à la tête de notre convoi, bifurque pour se diriger vers une station essence et nous suivons le mouvement. Je songe avec ironie que c'est dans cette station que j'ai rencontré Olivia pour la première fois alors qu'elle semblait paumée au volant de sa vieille Ford…

Je dois avoir un truc pour les nanas égarées au bord des routes car c'est aussi de cette façon que je suis tombé sur Blondie et son vélo cette fameuse nuit au lac. Sauf que mon *crush* pour Liv me paraît fade à présent au regard de ce que je ressens en pensant à Judy. J'ai cette impression à la fois agréable mais dérangeante qu'elle remet mon monde en mouvement petit à petit. Elle y insuffle de la couleur et de nouvelles perspectives alléchantes… J'entrevois un futur simple où je pourrais enfin apprendre à la connaître dans les moindres détails et où on irait faire des virées à moto, laissant le quotidien derrière nous.

C'est pour cela que je redoute tant de lui dire la vérité au sujet de sa grand-mère. J'ai peur de tout perdre avant même d'avoir pu profiter de quoi que ce soit avec elle. Je me dois de faire les choses bien, pour une fois.

Pensif, je regarde mes frères faire le plein d'essence chacun leur tour, quant à Rock il fixe son téléphone avec agacement.

– Un souci ? je lui demande.

– Ouais ! Comment ça se fait qu'au vingt et unième siècle, dans ce putain de pays soi-disant première puissance mondiale, il y ait encore des endroits où l'on ne capte pas !

– C'est toujours le cas ici. Mais si tu avances là-bas tu devrais pouvoir appeler Olivia. Y a un peu de réseau.

Je lui pointe du doigt l'angle du vieux bâtiment où Vince va payer l'ensemble de nos pleins.

– De toute façon, je tombe directement sur sa messagerie depuis plus de deux heures. Je me demande ce qu'elle fout. J'ai envoyé Harvey vérifier que tout allait bien.

– Et ?

– Et j'en sais rien ! Je ne capte plus !

Énervé, Rock descend de sa moto et se dirige vers l'endroit que je lui ai indiqué. Son téléphone se met alors à biper dans tous les sens au bout de quelques secondes.

– Merde ! crie-t-il.

– Quoi ? m'inquiété-je en le rejoignant précipitamment.

– J'ai des appels manqués de Harvey et il m'a laissé un message.

Mais Rock n'a pas le temps de l'écouter que l'arrivée d'un dernier SMS l'interrompt. Cette fois son visage devient livide lorsqu'il le lit. Son souffle se stoppe net et je devine que quelque chose de grave s'est produit.

– On repart ! hurle-t-il à tous.

– Qu'est-ce qui se passe ?!

Sa terreur est palpable et me percute de plein fouet. En attendant qu'il me réponde, nous courons vers nos motos pour les enfourcher à toute vitesse.

– L'alarme à incendie de ma baraque s'est déclenchée il y a presque un quart d'heure ! Bougez-vous ! Et Eddy, appelle le Doc qu'il nous rejoigne là-bas !

Ce dernier a fait la route en voiture avec sa femme Mary et devrait être arrivé à Colorado Source depuis une bonne demi-heure si ce n'est plus, car il est parti bien avant nous.

Le cœur battant la chamade, roulant le plus rapidement possible, nous avalons les derniers kilomètres qui nous séparent du centre-ville de Colorado Source. Le bruit de nos motos dans la nuit est assourdissant et tant pis si nous réveillons les habitants à notre passage. En approchant de la maison de Rock et Liv, je m'attends à découvrir de la fumée dans le ciel noir ou pire, à entrevoir des flammes léchant les fenêtres et à sentir une odeur de brûlé dans l'air. Je suis passé en mode automatique et relègue mes émotions au second plan afin de garder l'esprit clair le moment venu. Mais lorsque nous arrivons enfin, il n'y a rien de tout ça. La maison est plongée dans le noir, sans mouvement de panique à l'extérieur. La seule chose qui rompt la quiétude de la rue est le son aigu d'une alarme provenant de l'intérieur.

Rock bondit de sa moto, nous nous ruons sur la porte d'entrée et je suis juste derrière lui pour la franchir. Difficile alors de deviner quoi que ce soit dans la pénombre une fois entrés. En revanche, dès que nous pénétrons je me retrouve aspergé d'eau depuis le plafond et nous entendons Olivia hurler des ordres à plusieurs ombres mouvantes autour de nous.

– Liv ! Qu'est-ce qui se passe ?! éructe Rock en se déplaçant à l'aveugle vers la voix de sa femme.

Clairement il n'y a aucun feu, je me demande donc ce qui a pu déclencher ce fichu système à incendie.

D'ailleurs qui installe ça chez lui ? Rock et son instinct de protection excessif apparemment…

Mon stress se désamorce illico d'un cran.

– Rocky ?! s'exclame Olivia.

– Je suis là. Ne bouge plus, j'arrive !

– Tout va bien, c'est une fausse alerte ! Fais taire cette alarme et coupe l'eau, je t'en supplie !

Je me dirige à mon tour vers Olivia pour aller la rassurer pendant que Rock gère ce merdier, lorsqu'une petite voix sur ma droite se fait entendre.

– Max, c'est toi ? me demande Judy.

Je pivote et devine sa silhouette dans le noir. Je tends alors le bras et j'attrape sa main cherchant la mienne. Je noue mes doigts aux siens et sans réfléchir je l'attire contre mon torse. Elle est trempée jusqu'aux os.

– Que s'est-il passé ? lui soufflé-je au creux de l'oreille.

– On a eu un souci avec le détecteur de fumée… Ta sœur est là aussi.

– Elle va bien ?!

– Oui, oui. Ne t'inquiète pas.

– OK.

Puis le silence se fait et l'eau se coupe avant que Blondie n'ajoute quoi que ce soit d'autre. Je sens son corps pressé au mien, tout particulièrement ses seins, et elle a agrippé mes bras. Ses vêtements mouillés lui collent à la peau si bien que j'ai l'impression qu'elle est plaquée nue contre moi.

Nue et trempée… Parfait…

Quand je pensais que le retour serait dur, jamais je n'aurais imaginé CE scénario.

– Donc il n'y a pas le feu ? s'étonne Rock, en partie soulagé.

– Absolument pas ! Et les petites sont chez Eddy avec deux baby-sitters, lui répond sa femme.

– Olivia, j'ai failli crever dix fois après avoir reçu l'alerte ! Mais comment… ?

Rock interrompt sa phrase, encore sous le coup de l'émotion. Plus rien d'autre n'a d'importance maintenant que l'on sait que nos femmes et nos filles vont bien.

– Bon, je vais prévenir le Doc et Mary de faire demi-tour… Et aller chercher un projecteur sur batterie dans le garage. Je ne peux pas encore remettre le courant avec toute cette flotte dans la maison, reprend Rock.

Mes autres frères entrent dans la cuisine à leur tour et appellent après nous, ou presque…

– Susan, t'es là ?! crie Ed.

– Oui, je suis près de la table à manger du salon !

– OK, bouge pas, *chérie* ; j'arrive.

Entendre Eddy l'appeler ainsi me fait bizarre même si je sais à présent qu'ils sont ensemble. D'ailleurs, Vince ne tarde pas à réagir dans mon dos :

– Chérie ? Attendez une minute, j'ai loupé un épisode ? Pourquoi Ed appelle Susie « chérie » ?

Vince parle suffisamment fort si bien que tout le monde l'entend et qu'un long blanc suit sa déclaration. Nous sommes toujours dans un noir total, le corps de Judy se réchauffe progressivement contre le mien. C'est une véritable torture et j'en serre les dents, me concentrant sur la question de Vince.

– Max, je suis désolée, je voulais te le dire… Ed et moi… entame ma sœur maladroitement.

– Je sais, je suis au courant, je la coupe. Louise a tout balancé pendant que nous étions à Atlanta. On en parlera plus tard.

J'entends ma sœur approuver et Vince en rajoute une couche :

– Eh bien, ! Susie et Ed ? Je ne l'ai pas vu venir !

– J'y crois pas ! Bande de petits cachottiers ! Ça fait combien de temps ?! s'enquiert Liv en attendant le retour de Rock avec le projecteur.

Apparemment nous avons switché sur la fréquence « radio potins ». C'est typique des miens, on s'adapte et plus rien ne nous surprend : pas même de se retrouver trempés dans le noir.

– Plus tard, Olivia, lui rétorque Ed calmement.

– OK, OK, mais laisse-moi te dire que « chérie » c'est un surnom de vieux, ne peut s'empêcher d'ajouter Liv.

– Eddie est vieux. Il a bientôt 40 ans, intervient Bounce, sorti de nulle part.

– Sauf que si Ed est vieux, ça fait quoi de Loris ? Un homme préhistorique ? ricane Vince à son tour.

– Je t'emmerde ! gronde alors la voix rauque de Loris, resté jusque-là silencieux. Un peu de respect pour vos ancêtres. Et

Olivia, t'es mal placée pour balancer ça. Toi et Rock utilisez les surnoms les plus ridicules qui existent…

Ce type est vraiment la sagesse incarnée.

– Non, c'est faux, piaille Liv et j'entends le sourire dans sa voix avant qu'elle poursuive. C'est juste que Rocky et moi nous aimons les propos imagés. Comme quand il me dit des trucs cochons au lit. Tout de suite je visualise mieux où il veut en venir !

– On sait tous où Rock veut venir, Liv… Il veut venir en toi et pas besoin d'images pour le comprendre, surenchérit Vince, avec classe.

Cette fois, je sens Judy rigoler contre moi.

– Ça te fait rire ? je lui demande, amusé également.

– Oui, me répond-elle de façon espiègle. Vous êtes tous complètement givrés. C'est officiel.

– Et sinon quand vous aurez fini de faire un point sur les dernières infos cœur et cul du Clan, ce serait cool qu'on règle la situation. Parce qu'il fait toujours aussi noir que dans le trou de balle d'un rhinocéros et j'ai froid, marmonne Soraya.

– D'ailleurs peut-on m'aider à sortir de là ? ajoute au loin une voix que je connais, sans pour autant remettre un visage dessus.

– Oh, Judith, désolée ! Attends, j'arrive, répond une nouvelle voix.

Celle-ci en revanche je la reconnais, il s'agit de Dakota.

– Mais c'est quoi ce bordel ? Y a qui encore de planqué dans le noir ? demande Bounce, m'ôtant les mots de la bouche.

– Seulement Olivia, Susie, Soraya, Judith, Dakota et moi. Mais on va bien ! explique Blondie entre mes bras.

– Parle pour toi ! Perso, j'ai des crampes utérines à force d'avoir les jambes écartées de la sorte depuis une demi-heure !

Mais qu'est-ce qu'elle raconte !?

Aux propos de Judith, les filles explosent de rire, mais Rock les interrompt en revenant du garage.

– Pourquoi vous riez ? J'ai loupé un truc ? demande-t-il.

– T'as même pas idée, je lui lâche. Mais laisse tomber pour le moment, faut qu'on bouge de là et qu'on aille chercher les petites chez…

Un énorme fracas retentit dans le salon et m'empêche de finir ma phrase. Puis Soraya se met à jurer de toutes ses forces avant de terminer par :

– Fait chier, j'ai glissé sur Hulk ! Je crois qu'il ne vibrera plus jamais pour moi, le pauvre.

Rock enclenche alors le projecteur qui illumine la pièce comme un soleil, nous révélant enfin l'état du salon. Ce que nous découvrons nous laisse sans voix, même Vince.

– Liv… Mais qu'est-ce que c'est que… bégaye Rock, sidéré.

Il y a trop d'informations pour que je les assimile en une seule fois alors je cligne des yeux, balayant la pièce du regard. Les filles sont affublées de grosses bites violettes qui gigotent dans tous les sens sur leurs têtes, à l'exception de Soraya. Cette dernière est d'ailleurs encore étalée par terre avec un énorme gode vert fluo dans la main. Mais ce n'est pas le seul, car il y a des sextoys partout. Littéralement partout. Et de la bouffe aussi.

Médusé, je me tourne vers Olivia et remarque une paire de menottes pendouillant à son poignet. Cependant, je renonce à la questionner lorsque je surprends Susie - ma petite sœur - arborer un collier de soumission en velours rouge. Pire, une laisse de métal lui descend le long de la poitrine, entre les seins…

OK. Faites-moi oublier cette vision !

Pour finir nous découvrons la fameuse Judith saucissonnée dans le harnais d'une balançoire sexuelle au beau milieu du salon, entre le canapé et la table à manger. Dakota, affublée d'un énorme gode-ceinture, tente de l'en extraire sans succès, tandis que Judith se retrouve plus écartelée que jamais devant nous.

J'ai l'impression de vivre un cauchemar où je me retrouve projeté au beau milieu d'un plateau de tournage de film porno à petit budget, et dont les acteurs sont des membres de ma famille…

Je veux crever.

– Mais vous avez fait une orgie ou quoi ? gronde Rock, abasourdi.

– Ne dis pas n'importe quoi. On a juste fait une petite soirée en tout bien tout honneur pour apprendre à survivre en votre absence. Je te l'ai dit le week-end dernier !

– Non, Poucelina, tu m'as dit que tu allais faire un apéro entre copines. Ça là, c'est d'un autre niveau !

– Peu importe. Vous ne deviez rentrer que demain ! lui rétorque Liv.

– Ouais bah heureusement qu'on s'est pointés plus tôt que prévu finalement…

– Vous faites des soirées godes sans m'y convier ?! Je me sens trahi, s'insurge faussement Vince.

Je sens Judy rire à nouveau contre mon torse et je me joins à elle.

– Et du coup, comment s'est déclenchée l'alarme à incendie ? Parce que je ne savais pas qu'on pouvait foutre le feu à une maison avec un *strap-on*. Ou alors j'ai loupé un truc, je m'enquiers, en rigolant.

Il y a une demi-heure à peine, j'étais sur ma moto, n'imaginant pas un seul instant assister à *ça*. Olivia s'est surpassée ce soir et je ne peux m'empêcher de sourire comme tout le reste de mes frères de clan, sauf Rock qui est encore sous le choc.

– Tout se passait bien, reprend Liv pour se justifier. Puis Soraya a décidé de brûler de la sauge. Beaucoup de sauge, ça a fait de la fumée et…

– Hey, c'est pas ma faute ! J'avais aucune idée que ton mec était barge au point d'installer une alarme à incendie chez lui ! Et tu ne m'as pas prévenue non plus, je te signale ! se défend-elle.

– Sinon on fait quoi maintenant ? Car je ne compte pas dormir là, j'interviens afin de clore ce débat stérile.

Même si tout ça est très drôle, l'idée n'est pas de choper la crève, or je sens Judy grelotter contre moi.

Rock expire bruyamment puis déclare :

– On ne pourra rien faire de plus ce soir dans le noir et je ne peux pas remettre le courant comme ça. Le mieux reste d'aller se coucher et d'aviser demain quand on y verra quelque chose. Ça vous va ?

Nous approuvons en chœur puis Rock reprend :

– Bounce, aide Dakota à sortir Judith de ce truc.

– Je te ramène à moto ? je murmure alors à Judy tandis que les autres se mettent en mouvement.

Me détacher d'elle est un supplice à bien des niveaux…

– Ne t'embête pas, je peux rentrer à pied, ce n'est pas si loin.

– OK, alors laisse-moi marcher avec toi jusqu'au CSB.

– D'accord, répond-elle en souriant.

Sans lui demander son avis, je retire mon cuir pour le lui passer sur les épaules. Il est certes trempé sur l'extérieur mais l'intérieur demeure sec. Je le ferme jusqu'en haut et Judy semble avoir disparu dessous.

Parfait ! Elle y sera au chaud.

Je l'aide à récupérer son sac à main, mouillé lui aussi, puis elle ôte son serre-tête et nous nous dirigeons vers la sortie, lorsque Bounce crie :

– Je viens de me faire bifler !

Il se tourne alors vers le réfrigérateur à ses côtés, d'où Soraya lâche nonchalamment :

– Ah, c'est le gode ventouse que j'ai accroché tout à l'heure. Je n'arrive plus à l'enlever du frigo.

Sur cet échange improbable, Judy et moi nous mettons en marche.

Une fois que nous nous retrouvons seuls, notre trajet se fait en silence jusqu'à l'entrée de service du bar, sur le côté du bâtiment. Dur de trouver un sujet de conversation après une telle scène de… chaos.

– Merci pour l'escorte, chuchote-t-elle.

Je détaille une dernière fois son beau visage, ne sachant quoi répondre. J'y découvre une trace de chocolat au coin de sa bouche alors, par réflexe, je porte ma main à sa joue et essuie de mon pouce cette salissure au creux de ses lèvres. Judy se blottit instinctivement contre ma paume en fermant les yeux puis en poussant un doux soupire de satisfaction.

Qu'on me vienne en aide !

– Bonne nuit, susurre-t-elle.

– Toi aussi, Blondie.

Il me faut lutter contre moi-même de toutes mes forces mais je finis par ôter ma main de sa joue. Elle me tend ensuite mon cuir avant de se retourner vers moi au dernier moment :

– J'allais oublier. Peux-tu me donner le numéro de Bounce ? J'aurais une question un peu personnelle à lui poser.

Je suis surpris par sa requête et mille et une interrogations m'envahissent l'esprit. Je sens la jalousie s'inviter au passage au milieu de ce marasme. Je meurs d'envie de savoir ce qu'elle veut demander à Bounce et en quoi il pourrait l'aider sur un sujet « perso » plus que moi. Puis je me souviens que je n'ai aucun droit sur elle, au contraire, alors je ronge mon frein douloureusement.

– Je te l'envoie une fois rentré.

– Merci beaucoup, Max.

Judy se penche vers moi et m'embrasse chastement la joue avant de disparaître derrière la porte.

Contre toute attente, je n'aime pas ce baiser. Il pue le baiser amical comme ceux qu'Olivia peut me donner. Ce n'est pas ce que je veux pour Judy et moi, mais je n'ai pas le choix pour le moment. La rage au bide, je repars d'un pas hargneux chercher ma moto chez Rock et Liv. Finalement je ne rentre pas tout de suite me pieuter, je roule encore une heure dans le coin, histoire de faire redescendre la pression et de me raisonner.

37

SAUVETAGE

Max

Rock a déployé les grands moyens cette semaine pour faire disparaître toutes traces du carnage provoqué par la soirée des filles. Personnellement je trouve que les dégâts sont modérés, je m'attendais à bien pire. La plus grosse victime dans cette histoire s'avère être le home cinéma flambant neuf… Le reste, quant à lui, a pu être sauvé, ou est en cours de séchage grâce aux gros ventilateurs à air chaud dégotés par Loris.

Ce sujet est donc clos lorsque nous attaquons notre réunion du vendredi matin.

Clos, ou presque…

– Avant que nous passions aux sujets sérieux, je souhaite vous annoncer un truc, déclare Olivia sur ma droite.

Nous sommes attablés dans la grande salle du QG des Evil's Heat. Comme d'habitude, seul Shawn manque à l'appel, mais nous lui faisons un retour systématique en fin de séance et il reste joignable depuis New York au besoin.

– Je crains le pire, s'exclame Vince en riant.

– Rien ne peut être pire que d'avoir inondé sa baraque en brûlant des herbes aromatiques, surenchérit Eddy.

– Pour la millionième fois, je me répète, il s'agissait de sauge blanche pour le rituel de purification de Judy ! C'était sérieux !

– Votre grande copine rousse était enfilée dans une balançoire sexuelle en plein milieu du salon, alors désolé de remettre en doute la crédibilité du truc… D'ailleurs, c'est quoi son numéro de téléphone ? ajoute Vince.

Olivia ignore sa question et se tourne vers Rock en quête de soutien, en vain.

– Cette alarme n'aurait jamais dû se déclencher pour ça, reprend Liv. Le capteur était trop sensible !

– Oui, et je l'ai fait changer, lui rétorque Rock, impassible.

Il a encore du mal à digérer la mort prématurée de son écran 4K gigantesque, ou alors est-ce le fait que Liv ait envisagé de remplacer sa queue par un équivalent plastique vert fluo en son absence ?

– D'ailleurs, pourquoi vous vouliez purifier Judy ? j'interviens, intrigué.

– C'est elle qui l'a demandé à Soraya. L'aura malveillante de Derek la hante encore la nuit…

Entendre ça me tord le bide et je sens mon humeur s'assombrir davantage. Je n'arrête pas de croiser Blondie depuis cinq jours et à chaque fois la pression monte d'un cran entre nous.

Désir, frustration, culpabilité, envie, addiction…

Le mélange est toxique, menaçant de me faire imploser le crâne et la poitrine. C'est bien plus dur à gérer que je ne l'imaginais car Judy me lance à chaque fois cet immense sourire chargé d'espoir. Ses yeux bleus magnifiques sondent les miens en quête de réponses que je ne peux pas encore lui offrir. Elle me fait comprendre désirer plus, et il est aussi évident qu'elle souhaite poursuivre ce qui a débuté dans le grenier.

Et je suis avide de lui donner.

Je crève d'envie de la retenir par sa fichue tresse dorée lorsqu'elle passe à côté de moi en me demandant ce que je vais faire de ma journée, ou si je suis libre le soir… Je la soupçonne même de faire exprès de me toucher à la moindre occasion.

Sans compter que je rumine depuis plusieurs jours au sujet d'elle et Bounce. J'ignore pourquoi Blondie a souhaité son numéro de téléphone, et lui refuse de me le dire ! Apparemment il a promis de garder leur petit secret, secret.

Nous jouons donc avec le feu en testant nos limites.

Judy n'a aucune idée de ce qu'elle risque de provoquer si j'abdique…

À cet instant je dévisage Bounce assis face à moi. Je trouve que plus les jours passent, plus il a une tête de con. J'ai envie de lui faire ravaler son petit sourire en coin narquois lorsqu'il me regarde, comme s'il savait ce qui se tramait en moi.

– J'ai l'impression que tu as envie de me faire souffrir, lâche Bounce en me fixant de son regard vert étrange.

– Peut-être bien…

– Ça ne me dérangerait pas forcément. J'aime avoir mal.

– T'inquiète, je peux trouver un moyen de faire en sorte que ce ne soit pas agréable, je grommelle.

– Whooo, c'est quoi le souci entre vous deux ? s'étonne Vince. C'est pas Bounce qui se tape ta sœur pourtant…

– VINCE !

Mon cri se joint à celui d'Eddy et les autres explosent de rire.

– Susie et moi, c'est du sérieux. Je la respecte et Max le sait, explique Ed.

J'opine du chef car il n'a pas besoin de se justifier sur ce point puis je me tourne vers Olivia qui prend la parole, plus espiègle que jamais :

– Dire que vous avez réussi à nous cacher ça… Je n'en reviens toujours pas. D'habitude je devine tout. Enfin bref, je voulais juste vous annoncer qu'avec les filles, nous avons décidé de monter notre propre clan !

– Liv, je me remets à peine de votre soirée de samedi qui a viré au chaos. Qu'est-ce que tu nous racontes ? s'indigne Rock face à sa femme pleine d'énergie.

– Ce n'est pourtant pas dur à comprendre, reprend-elle, malicieuse. Avec les filles, nous créons notre propre sororité et nous nous ferons appeler The Dark Roses.

– D'accord… tenté-je de comprendre. Et ?

– Et nous nous réunirons toutes les deux semaines, le samedi soir, chez moi. Donc notez les dates dans vos agendas de gros bikers car vous n'aurez pas le droit de débarquer. Pas de nichons, pas de réunion !

– Attends une minute, intervient Rock sidéré. D'un, chez toi c'est aussi chez moi, donc je pense avoir mon mot à dire. De deux, tu fais quoi de notre fille ? Et de trois, vous faites déjà partie d'unc clan. Tu comptes même parmi nos membres décisionnaires !

– Hey, tout doux, Brutus ! On se calme. T'invites tout le temps tes potes sans me demander donc je fais pareil. Et sois content car moi au moins je te préviens. Puis notre fille a un père… Il a bien su la faire alors je suis certaine qu'il saura s'occuper d'elle un samedi soir sur deux. Enfin, rien n'empêche d'appartenir aux Evil's Heat et aux Dark Roses. Sauf si tu as un service trois-pièces entre les jambes bien sûr. Je répète, pour être sûre d'avoir été correctement comprise par l'ensemble de vos cerveaux reptiliens : si tu pisses debout, ne viens pas chez nous.

Rock la fixe bouche bée sans parvenir à lui répondre quoi que ce soit, alors Olivia ajoute avec un grand sourire :

– T'as peur de quoi ? Qu'on te fasse de la concurrence ?

Je ne peux m'empêcher de rire et de lui demander :

– Et votre sororité, elle consistera en quoi ?

– À passer du temps entre filles et rétablir l'équilibre hormonal de cette ville qui empeste la testostérone et le cambouis de motos.

Cette fois nous rigolons tous.

– OK, je vote pour. Je n'y vois aucun inconvénient, au contraire, dis-je.

Après tout, plus Judy se sentira intégrée parmi nous, plus elle restera longtemps et ne voudra pas partir de Colorado Source. Aussi je disposerai de davantage de temps pour lui apprendre la vérité sur Ellie, et ce, de la meilleure façon possible.

– D'accord, Poucelina, se résigne Rock. Mais par pitié, évitez d'inonder la baraque à chaque fois.

– Promis ! On sera sages comme des images.

– Pourquoi ça ne me rassure absolument pas ? intervient Loris.

Je partage ses craintes et nous échangeons un regard complice. Aujourd'hui je travaille en binôme avec lui à la carrière car nous avons une énorme livraison de grès à assurer.

– Ed, du coup ça te dérange qu'on se rabatte chez toi, un samedi soir sur deux, vu que nos nanas me foutent dehors ? demande Rock.

– Non, et puis les petites seront contentes de jouer ensemble.

La conversation sur ce sujet se termine et nous embrayons sur le reste. C'est moi, ce matin, qui prends le lead car Rock n'a rien pu préparer cette semaine puisqu'il s'occupait de faire sécher sa maison… Je briefe Olivia, redevenue parfaitement sérieuse, sur notre virée à Atlanta et notre rencontre avec la fameuse Cory.

– Mon père sera vigilant et nous alertera si les trafics reprennent autour du garage mais ça m'étonnerait, indiqué-je.

– Vous avez assuré, nous félicite Olivia. Du coup vous avez fait quoi de la drogue trouvée dans leur voiture ?

– On a tout détruit.

– Parfait ! Incident clos ! résume-t-elle.

– À voir... Ces merdeux ne semblaient affiliés à aucun cartel. Pourtant je ne sais pas. J'ai un mauvais pressentiment. Ils avaient une sacrée cargaison dans leur coffre pour des petits dealers à la sauvette, je reprends.

– Je m'en occupe, intervient alors Loris. Je suis en contact avec notre chapitre d'Atlanta. On creuse la question plus profondément. Ils ont pris deux mecs en filature et nous verrons bien si ça nous mène ailleurs ou plus loin.

– C'est parfait, merci Loris, lui rétorque Rock. En parlant de filature. Max, a-t-on eu un premier rapport de Mike et de sa surveillance sur Derek ?

Je savais que nous finirions par ce sujet alors j'ai justement du nouveau à apporter. Je prends sur moi pour répondre car la déception m'échauffe le sang :

– Ouais. Mike m'a laissé un message hier. Derek se tient à carreau pour le moment. Il continue de rendre visite aux parents de Judy et va à la messe le dimanche matin lorsqu'il n'est pas de service. Et comble du truc, il donne de son temps libre pour faire la lecture aux petits vieux dans une maison de retraite les mercredis soir. Perso, je n'y crois pas une seconde. Il se doute qu'on le surveille.

– Et pour le seau de sang ? me questionne Olivia.

– Mike a obtenu la preuve formelle que Derek bossait bien quand ça a eu lieu. Ce n'était pas lui.

L'admettre me brûle la langue et j'inspire profondément.

– Peut-être que ce n'était pas lui sur le toit du CSB mais il peut très bien avoir commandité le truc, fait remarquer Eddy.

Nous approuvons tous et Vince reprend :

– Du coup, on fait quoi ? On laisse Mike sur le coup ? Car je vais pas mentir, il manque sur les chantiers. On ne va pas non plus mobiliser une ressource pour coller au cul de ce type constamment. Judy a déménagé et il n'y a pas eu de nouvel incident. On doit apprendre à faire avec car Derek ne va pas disparaître du jour au lendemain.

– Le faire disparaître pour de bon serait pourtant une solution... suggère Bounce avec froideur.

– Non ! intervient Rock. On ne fonctionne pas comme ça ici. Je propose que Mike continue de le pister deux semaines de plus et s'il n'y a rien à signaler, il retourne bosser à la carrière.

– Et pour Judy ?! Ce mec est dangereux, m'agacé-je.

– Je sais ça, Max. Mais ce n'est pas le seul mec dangereux du coin. Atlanta m'a fait réfléchir et c'est la vie que nous nous sommes choisie. On sera toujours sur le qui-vive. Vous avez voulu que Judy emménage ici, alors maintenant faut assumer. Tu m'as dit qu'elle avait déposé une plainte après l'incident au motel, ça en est où ?

– Elle n'a eu aucune nouvelle. Ils font volontairement traîner le truc. Je sais déjà comment ça va se terminer. La plainte ne sera pas retenue et l'affaire va être étouffée habilement…

– OK. Eh bien, je propose qu'Eddy la forme en *self-defense*, ça lui sera toujours utile. Elle doit comprendre ce que ça implique de vivre parmi nous. Pour Derek, ce type reste un flic. Il est limité dans son champ d'action. Il n'y a pas de raison qu'on ne parvienne pas à le tenir à distance. Des milliers de gens se séparent. Et comme eux, il se fera une raison.

Je ne suis pas entièrement convaincu mais je comprends aussi son nouveau positionnement sur le sujet, alors nous votons cette décision à l'unanimité.

Soudain, Bounce se lève bien que notre réunion ne soit pas tout à fait finie, et il déclare :

– Je dois partir. Je passe mon vote à Vince si vous avez encore des choses à décider. Judy m'attend pour un truc perso urgent. À tout'.

Puis, il me lance un clin d'œil provocateur et sort de la pièce. J'en reste sidéré tandis que les autres me dévisagent avec malaise, attendant ma réaction. C'est Vince qui finalement rompt le silence en premier :

– Tu sais ce qu'il va faire avec Judy ?

– Non ! je crache, bouffé par la jalousie.

– Bounce n'oserait jamais, murmure Olivia. Ni Judy… Ils vont sûrement déjeuner ensemble, rien de plus.

– Depuis quand Bounce *déjeune* avec qui que ce soit ? s'étonne Vince.

– Il est bizarre depuis qu'il a croisé cette Cory, fait remarquer justement Loris.

Je demeure muet et l'atmosphère de la pièce s'alourdit davantage.

– Tout ce que tu crains en ce moment pourrait être évité, me dit Rock avec un regard entendu.

– Ah oui et comment ? je lui rétorque, la voix chargée d'ironie.

– Revendique-la. Officiellement, j'entends…

– Hors de question tant que je ne peux pas lui dire la vérité au sujet d'Ellie.

– Max. Tu nous les brises avec ça ! Quand on sort avec quelqu'un, on n'est pas obligé de tout lui dévoiler d'entrée de jeu. Judy comprendra.

– Non, affirmé-je catégorique.

– Bien… Dans ce cas, mettons ça au vote. Qui accepte que Max dise la vérité à Judy au sujet de sa grand-mère ? déclare haut et fort Rock.

À ma grande surprise, tous lèvent la main sans hésitation, même Rock.

– Vous acceptez ? Juste comme ça ? je leur demande ahuri. C'est quoi ce revirement de position au sujet de Judy ?

– Oui, j'ai aussi réfléchi à ça pendant Atlanta. J'ai confiance en toi et je m'en remets à ton jugement. Je sais que tu feras le bon choix pour les Evil's Heat. Tu nous as toujours fait passer en premier, alors aujourd'hui ce sera l'inverse, pour une fois.

Chacun acquiesce aux propos de Rock et j'en suis profondément touché. Si un poids s'envole de ma poitrine, rapidement je déchante. Certes, je peux avouer la vérité à Judy. J'ai enfin l'autorisation des miens ; pourtant mon problème reste entier car je ne maîtrise pas la réaction de Blondie à cette révélation. Je dois donc encore trouver le bon moment et le bon endroit pour tout lui dire.

Cette fois la réunion est officiellement terminée alors je me rends sur la carrière de grès où je passe le reste de la journée en compagnie de Loris, sans cesser de me demander ce que Bounce et Judy peuvent bien faire ensemble de si perso et secret.

***

Loris et moi revenons de la dernière livraison de grès en silence. Il n'est pas un grand bavard, ce qui me convient très bien. Cela me permet de me perdre dans mes pensées en admirant le paysage pendant qu'il conduit le camion. J'observe le décor changer à mesure que nous retournons vers le sud de l'État. Nous laissons derrière nous les forêts, les rivières, les montagnes pour retrouver nos vastes plateaux rougeoyants et secs. Le Colorado, c'est une multitude de climats, de couleurs et de paysages réunis en un seul État. D'ailleurs le printemps à présent bien installé réchauffe l'air, et la poussière omniprésente est soulevée par le vent de saison. Je ne vais pas tarder à ne plus supporter mon cuir d'hiver épais à longues manches et j'ai hâte de reprendre les virées à moto le week-end maintenant que le temps se stabilise.

– À quoi tu penses ? me demande Loris soudainement, rompant le silence.

– Qu'on vit dans un bel endroit et que j'ai hâte qu'on reprenne nos motos le week-end pour profiter du coin.

– Carrément, acquiesce-t-il avec un grand sourire. Et c'est tout ?

– C'est tout quoi ?

– Ne me fais pas croire que tu ne penses pas à une certaine personne blonde avec une longue tresse et de grands yeux bleus récemment débarquée en ville.

Je reste muet et me tourne vers lui pour le dévisager. Son bandana lui retient les cheveux en arrière et dégage son profil brûlé par l'explosion lors du voyage en Russie où il a perdu un œil.

Face à mon refus de parler de Blondie, Loris insiste :

– Tu comptes lui dire quand la vérité à propos de sa grand-mère maintenant que tu as notre feu vert ?

– J'hésite encore, je veux faire ça bien. Ce sera un coup dur pour elle…

– Hmmm. Plus vite tu le fais, plus vite tu n'auras plus besoin de rester à distance. De quoi t'as peur ?

– J'ai pas peur. C'est pas ça… tenté-je de me justifier.

– Bien sûr que si c'est ça. Je te connais Max. Tu es persuadé qu'elle ne voudra plus de toi quand elle saura la vérité. Tu penses qu'elle va te repousser, comme Liv…

Loris tape dans le mille comme toujours et je ne peux qu'expirer bruyamment de contrariété.

– Sérieux, Loris, je maugrée.

– Quoi ? Tu la veux oui ou non ?

– Oui mais…

Mais nous sommes interrompus par la sonnerie de mon téléphone dans ma main et le numéro de Bounce s'affiche sur l'écran. J'ai un mauvais pressentiment. J'échange un regard inquiet avec Loris avant de décrocher en basculant sur haut-parleur. Bounce n'appelle que lorsqu'il a des ennuis...

– Qu'est-ce qu'il y a Bounce ?

– On a un braquage en cours chez Alfred !

– Quoi ?! je m'exclame.

L'adrénaline se déverse dans mes veines et mon cœur accélère.

– Deux hommes dans le magasin, armés a priori. Vous êtes loin de la ville ?

– Non, on arrive, là ! Putain mais comment ça se fait ? T'as prévenu Rock ?

– Ça ne sert à rien. Lui et Liv sont allés négocier des prix avec un acheteur d'or potentiel à Denver. Ils rentrent demain soir.

C'est vrai, j'ai oublié ce détail pourtant capital dans la panique. Inutile donc de les informer pour le moment alors qu'ils ne pourront rien faire de là où ils sont.

– OK. On fonce et on se rejoint à côté de chez Alfred. Mais Bounce, tu n'entres pas dans le magasin sans nous. Tu nous attends.

– Ouais mais...

– Mais quoi ? je lui demande, tout en étant déjà en train de réfléchir à un plan d'action.

– Judy est à l'intérieur.

– QUOI ?!

Cette fois j'éructe à m'en faire péter les cordes vocales et je ne parviens plus à garder mon calme, pourtant il le faudrait pour être efficace.

Je n'entends pas la réponse de Bounce car j'ai les tympans qui bourdonnent de rage et mon cœur tambourine derrière mes côtes. J'en vibre de colère et de peur.

– N'essaye pas de l'appeler, Max. Si jamais ils entendent son téléphone... On se rejoint et on passe à l'action, ajoute simplement Bounce.

Même si ça me fait chier, je sais qu'il a raison. Je raccroche et jette violemment mon téléphone sur le tableau de bord pour ne pas être tenté de faire un truc stupide. Loris, lui, enfonce l'accélérateur et pousse le camion dans ses retranchements pour atteindre au plus vite le parking de la carrière où sont garées nos motos.

J'ai mille questions, à commencer par savoir comment Blondie s'est retrouvée au cœur d'un braquage et pourquoi Bounce est le premier au courant.

Est-il resté toute l'après-midi avec elle ?

Pourtant elle travaille. Je n'y comprends plus rien.

Mais les réponses devront attendre, car l'urgence est de les sortir, elle et Alfred, de ce merdier.

Je redoute ce que je serais capable de faire si je découvre que ces types lui ont fait du mal…

Arrivés sur le parking, nous abandonnons le camion et j'enfourche ma Triumph sans mettre mon casque. Je le glisse simplement au creux de mon coude.

Pas le temps !

L'air frais qui me fouette le visage me retient d'exploser de rage ou de perdre pied. Je ne servirai à rien si j'ai un accident, laissant Judy à la merci de ces mecs, mais cette sensation d'impuissance est terrible. Elle menace de me rendre fou.

En moins de dix minutes, Loris et moi avons le magasin en vue. La voiture bleu ciel de Blondie et la fourgonnette d'Alfred sont garées devant mais il n'y a pas d'autres véhicules, ce qui me laisse perplexe.

Comment ces ordures sont-elles venues jusqu'ici ?

Alors que je m'imagine un énième scénario catastrophe, Bounce apparaît sur son Indian noire depuis un croisement avec la route principale. Il se joint à nous en se positionnant sur ma droite tandis que Loris est sur ma gauche. D'un regard bref, nous nous comprenons et ralentissons l'allure pour faire moins de bruit à notre approche, puis je leur fais signe de bifurquer pour quitter l'asphalte gris.

Nous allons rouler dans la terre battue et accéder au magasin par-derrière le plus discrètement possible. L'idée est de forcer l'issue de secours pour prendre ces connards par surprise en espérant qu'il ne soit pas trop tard. L'inconvénient majeur de ce plan, hormis le fait que nous y allons au talent, est que nous n'avons aucune visibilité sur ce qui se passe à l'intérieur. Il n'y a pas de fenêtre de ce côté-ci du bâtiment, seulement une issue de secours ne servant que très rarement… Ce n'est pas idéal mais nous n'avons pas le temps ni les moyens d'être exigeants. L'effet de surprise sera notre avantage.

Tiens le coup, Blondie…

Le soleil rougeoyant est en train de se coucher. D'ordinaire, j'aime cette lumière qui donne l'impression que le ciel s'embrase, mais ce soir j'espère que cette couleur n'est pas le signe d'un mauvais présage.

Nous nous garons à une dizaine de mètres de la supérette, dans la jachère sèche et sableuse qui l'entoure, puis nous coupons le contact pour finir à pied jusqu'à la porte en tôle de l'issue de secours.

Sans un mot, j'ouvre la marche avant de me mettre à courir, gagné par l'angoisse. Nous n'avons pas besoin de nous concerter ni de parler car nous avons l'habitude de nous entraîner ensemble. Chacun sait ce qu'il aura à faire une fois à l'intérieur.

Je tiens mon casque dans ma main gauche et de la droite, je tâte la poche intérieure de mon cuir. Je suis rassuré d'y sentir mon Glock. J'espère simplement que mes doigts et mon cerveau ne me trahiront pas ce soir. Ce n'est pas le moment d'être incertain ou imprécis dans mes gestes. Cela ne m'est jamais arrivé, pas depuis que je suis le bras droit de Rock en tout cas, mais je ne peux m'empêcher de le redouter. Si avec l'âge j'ai dompté ma dyspraxie, le stress demeure mon pire ennemi…

Une fois face à la porte nous échangeons tous les trois un dernier regard avant de nous jeter dans la gueule du loup. Les yeux verts de Bounce ou celui marron de Loris sont comme les miens : emplis de fureur.

On ne touche pas à cette ville. On ne touche pas à ses habitants et encore moins à nos femmes.

Loris empoigne son arme mais Bounce et moi gardons la nôtre au chaud pour l'instant. Nous préférons les corps-à-corps comme premier contact.

Tout paraît calme lorsque j'entends des voix d'hommes puis un cri aigu retentit.

Un hurlement féminin.

Son hurlement.

Ma rage contenue jusque-là explose dans tous les sens et j'ai la sensation de prendre feu, dévoré par une peur incandescente pour Judy. Sans plus attendre, aidé de Bounce, nous enfonçons la porte de l'issue de secours.

Elle cède sur le coup et la tôle du bâtiment vibre sous le choc. Le bruit de l'impact et l'appel d'air qui s'ensuivent donnent l'impression qu'il vient d'y avoir une explosion.

Après ce que j'ai entendu, c'est à présent ce que je vois qui me fait disjoncter. Judy est allongée au sol, un homme cagoulé a placé un pied sur sa poitrine et y appuie de toutes ses forces. Elle est terrorisée et ne parvient plus à bouger. Il la maintient ainsi alors qu'un deuxième enfoiré est agenouillé près d'elle à se défaire le pantalon. Cet idiot a laissé son arme par terre pour y arriver. Les deux types se tournent vers nous lorsqu'ils entendent le bruit provoqué par notre entrée fracassante, et ils se figent le temps de quelques secondes. Ma vision capture l'ensemble de la scène se réduisant à présent en un seul point : le regard bleu de Blondie cherchant désespérément le mien. Lorsqu'elle le trouve, une connexion muette s'établit entre nous. Elle me supplie de la sortir de là. Ses yeux s'emplissent de larmes et ses belles lèvres articulent mon prénom.

Ces gros porcs lui ont fait du mal. Ils vont le payer…

Je romps le contact visuel entre nous à contrecœur mais non sans lui avoir fait comprendre que j'allais la protéger de ces ordures. Puis sans réfléchir davantage, je me jette sur l'homme qui la maintient pendant que Bounce s'occupe du deuxième. Loris quant à lui court vers le pauvre Alfred, recroquevillé contre son comptoir et le visage plein de sang.

38

CHEZ ALFRED

Judy
Quelques minutes plus tôt

– Désolée, miss Judy, je n'ai pas cette crème ici. J'ai seulement en vente quelques médicaments[1] de première nécessité pour dépanner, guère plus, m'explique Alfred, le gérant de l'unique supérette de Colorado Source.

– Mais j'en ai absolument besoin pour ce soir… je l'implore.

J'ai conscience que mon ton suppliant est aussi inutile que ridicule. Alfred ne va pas faire jaillir miraculeusement de la crème anesthésiante de derrière son comptoir, malgré tout j'insiste et cela lui décroche un doux sourire paternaliste. Lui et moi, nous nous connaissons assez bien à présent car je viens régulièrement faire mes courses chez lui depuis mon emménagement. C'est un vieil homme bedonnant et grisonnant qui porte toujours la même blouse blanche brodée de son prénom en haut à gauche, à la place du cœur.

Comme si quelqu'un dans cette ville ignorait qu'il s'appelait Alfred ?

– Vous auriez dû l'acheter tant que vous étiez à Newton City, reprend-il.

– Je sais bien mais j'ai oublié… Je suis directement rentrée du travail.

Depuis cet après-midi mon stress monte en flèche et me fait perdre la mémoire. J'avais pourtant peu de choses à retenir : acheter une crème anesthésiante et rejoindre Bounce devant le CSB à dix-neuf heures précises pour nous rendre chez une de ses vieilles connaissances.

---

1. Aux États-Unis, les médicaments sans ordonnance peuvent être vendus en supermarché.

En effet, j'ai décidé sur un coup de tête de me faire percer les tétons. Soraya n'est d'ailleurs pas complètement étrangère à ce choix… À cause de notre discussion pendant la soirée sextoys, l'idée n'a fait que se renforcer dans mon esprit. J'ai besoin de faire quelque chose d'un peu fou pour marquer cette transition vers la nouvelle Judy libre que je deviens : un acte ultime de rébellion vis-à-vis de l'éducation oppressante de mes parents.

Et comme me l'a indirectement suggéré Soraya, j'ai demandé conseil à Bounce afin d'entériner ma décision. L'homme couvert d'encre de la tête aux pieds m'a surprise par son écoute. Je pensais qu'il rirait de mon choix mais au contraire, il a répondu à chacune de mes questions avec patience, même aux plus stupides. Bounce a été tatoueur-perceur dans une autre vie avant de travailler pour les Evil's Heat et il a encore de nombreux contacts fiables dans le milieu. Afin que je ne change pas d'avis ou me dérobe à la dernière minute, il m'a obtenu un rendez-vous dès ce soir et m'y accompagnera en personne.

Bref, tout allait pour le mieux jusqu'à ce que j'oublie d'acheter cette fichue crème anesthésiante.

Je décide donc d'abandonner Alfred à son comptoir pour appeler Bounce, et le biker tatoué décroche dans la seconde :

– Prête ? Je vais partir, je serai là dans moins d'un quart d'heure.

– Non, je ne suis pas prête ! J'ai oublié d'acheter la crème en sortant du travail… Comment vais-je faire ?

– T'es où là ?

– Chez Alfred, j'espérais qu'il en aurait.

Bounce rit un peu à ma déclaration et je me dirige, vexée, vers le fond du magasin.

– Tout ce qu'Alfred a ce sont des capotes et du baume du tigre… raille Bounce.

– Oui il me l'a dit. Enfin pas tout à fait avec ces mots… Et ça ne répond pas à ma question, ironisé-je.

– Qui était ?

– Comment vais-je faire pour le piercing sans crème ?

– Bah justement tu feras sans. Ce sera moins agréable mais possible, m'assène-t-il d'une voix monocorde.

Un blanc suit sa déclaration et je commence à prendre peur.

– Je ne suis plus certaine de vouloir le faire finalement, je bredouille.

– Si, tu vas le faire.

– …

– Je sais qu'au fond t'en as envie, reprend-il plus gentiment.

– Pas si ça fait trop mal ! je proteste à demi-voix.

– Ce sera hyper rapide. Je te le promets.

– Vraiment ?

– Vraiment. Je te l'ai déjà expliqué tout à l'heure.

Effectivement, Bounce m'a rejointe ce midi le temps de ma pause déjeuner pour me réexpliquer une ultime fois en quoi consistera ce piercing dont j'ai très envie, mais pour lequel j'ai besoin d'être rassurée constamment. Je m'apprête à le remercier lorsque je suis interrompue par l'arrivée de quelqu'un dans le magasin, faisant tinter la clochette de la porte d'entrée. Résonne alors dans la foulée une voix menaçante qui me glace le sang :

– File l'argent de ta caisse, le vieux, ou on te bute !

Je parviens à me retourner vers le comptoir et j'y découvre deux hommes cagoulés, dont un qui pointe une arme sur ce pauvre Alfred. À cette scène, ma vue se trouble et mon sang me bat les tempes. Je n'entends plus rien d'autre que les percussions sourdes de mon cœur dans ma poitrine, tétanisée au fond du magasin.

– Qu'est-ce qu'il y a, Cul-nu ? T'as perdu ta langue ? me demande Bounce.

Sa voix me paraît lointaine, tel un écho, et je réalise que cela fait plusieurs secondes qu'il me parle mais que je ne lui réponds plus.

– Je… Il y a… bredouillé-je à voix basse en me cachant précipitamment derrière un rayonnage sur ma droite.

Mon ton est affolé et j'en perds mes mots.

– Judy, qu'est-ce qui se passe ?! tonne Bounce cette fois-ci.

L'entendre m'appeler par mon prénom pour une fois me fait sursauter et je me ressaisis.

– Deux hommes sont en train de braquer Alfred ! Ils sont armés ! Bounce, viens !

– Tu es certaine qu'ils ne sont que deux ? s'enquiert-il.

Je me penche discrètement pour voir au-delà de l'étagère qui me protège et lui confirme mes propos dans un murmure :

– Oui, ils ne sont que deux. Et seul un des deux a l'air d'avoir une arme, mais je ne suis pas sûre.

– Toi, t'es où ?

– Je me suis cachée dans un rayon, ils ne m'ont pas vue.

– Parfait, ne bouge plus. J'arrive, je ne suis pas loin !

Sur ce, il raccroche et je me sens coupée du monde, comme abandonnée… Avec une violence extrême, je prends la mesure de ce qui se déroule à quelques mètres de moi seulement. J'en tremble et les larmes me montent aux yeux car j'ai peur pour ma vie et celle d'Alfred. Ce dernier semble d'ailleurs faire de la résistance et ne cède pas aux menaces des deux voleurs cagoulés pourtant armés.

Les minutes s'écoulent ainsi, ponctuées d'insultes envers le vieil homme qui, je ne sais comment, parvient à gagner du temps. Du moins c'est ce dont j'ai l'impression. Quant à moi, je retiens mon souffle dans l'ombre d'un angle, l'esprit fusant à mille à l'heure.

J'espère que Bounce n'est plus très loin…

Je redoute que les deux hommes l'abattent à l'instant même où il franchira la porte d'entrée alors je réfléchis à la meilleure façon de faire diversion le moment venu.

Rassemblant mon courage, je m'accroupis et m'avance jusqu'à l'allée centrale pour vérifier discrètement ce qui se passe au comptoir. Alfred est toujours aussi récalcitrant aux menaces qu'il subit. L'un des deux voleurs cagoulés finit par perdre patience. Sans prévenir, il se jette sur le vieil homme et l'attrape par le col, avant de lui asséner un coup de poing dans le ventre d'une brutalité inouïe. Le râle de souffrance lâché par Alfred me fend le cœur. Il s'effondre derrière son comptoir et je crains qu'il ne soit mort sur le coup. Heureusement il finit par se relever, puis réapparaît en crachant du sang.

– Donne-moi le fric ! lui hurle son agresseur.

À cet instant je réalise un détail capital qui m'a échappé : le second homme n'est plus là, ou du moins, je ne le vois plus.

Où est-il passé ?

J'obtiens ma réponse dans la seconde suivant cette pensée lorsque l'on saisit ma tresse avec force pour me tirer en arrière. Déstabilisée, je me retrouve sur les fesses, mon crâne lui est en feu et je me mets à hurler de douleur en regardant le deuxième homme cagoulé se pencher au-dessus de moi. Il me surplombe, tout de noir vêtu, puis crie alors à son comparse :

– J'ai trouvé une petite souris ! Elle se cachait, la vilaine !

Il plonge son regard brun dans le mien, sa bouche se tord dans un sourire mauvais tandis qu'il reprend :

– J'espère pour toi que tu n'as prévenu personne.

L'homme ne lâche pas ma tresse, au contraire il tire encore plus fort dessus, m'arrachant une plainte et quelques larmes. Je suis paralysée au sol, à sa merci, le carrelage froid contre mon dos.

– Donne-moi ton téléphone ! m'ordonne-t-il.

Mais je n'arrive pas à parler, ma langue me trahit et il prend cela pour de la provocation.

Il lâche ma tresse et saisit mon cou cette fois en posant un genou à terre, juste à côté de mon oreille, rendant ma respiration difficile.

– Je vais chercher par moi-même dans ce cas.

Mon agresseur me palpe de sa main libre et je tressaille. J'en ai des haut-le-cœur. Il touche mon corps à travers mes vêtements, cherchant mon téléphone, mais pas seulement. Il s'attarde volontairement sur mes seins puis plus bas sous mon ventre...

La terreur d'être violée me donne la force de pointer du doigt mon portable qui a glissé dans l'allée centrale lorsque l'homme m'a surprise.

– Là... lâché-je, la voix éteinte, les cordes vocales compressées par sa prise puissante sur mon cou.

Au loin, j'entends Alfred se faire frapper, puis insulter sans répit. À croire que ces deux monstres prennent plaisir à tout ça et qu'ils ne sont pas venus dans le seul but de braquer la supérette. Ils auraient déjà pu en finir depuis bien longtemps.

Celui qui me maîtrise se redresse, lâche ma gorge et réagrippe ma tresse, puis il recommence à tirer dessus pour me faire glisser au sol derrière lui tel un vulgaire sac de pommes de terre. L'angoisse que je ressens, additionnée au feu de douleur à la racine de mes cheveux, me tétanise complètement et je me déteste pour cela. Je n'arrive même pas à me battre ni me débattre pour sauver ma propre vie. J'aurais imaginé réagir autrement dans une telle situation, or me voilà à laisser cet homme ignoble faire de moi sa chose comme une poupée de chiffon. Il me traîne au sol par ma natte et hormis hurler de souffrance, je ne sais rien faire d'autre. Il me ramène près du comptoir, ramassant mon téléphone au passage.

– Regarde ce que j'ai là, lance-t-il au premier homme qui a maîtrisé Alfred de son côté.

Depuis le sol dont je n'ose bouger, je vois Alfred penché sur son comptoir, sa joue plaquée au formica et nous échangeons un regard de terreur.

– Laissez-la, articule le vieux marchand avec difficulté.

En vain, ses mots meurent dans le vide et mes espoirs avec.

– Le vieux ne veut pas déverrouiller la caisse, crache son agresseur.

– Va falloir qu'on parte. Je pense que cette salope les a alertés, ajoute l'autre type. Tant pis pour le fric.

– Hors de question qu'on dégage sans rien ! On doit faire passer un message à ces bikers. C'était le but. Il nous l'a demandé.

Alors joignant le geste à la parole, le premier monstre relâche Alfred qui s'effondre au sol à peine conscient, puis il s'agenouille à côté de mon visage.

– Maintiens-la ! ordonne-t-il à mon agresseur. Je vais m'occuper d'elle. Ce sera une autre façon de leur faire passer un message : chose volée, chose due.

Son comparse s'exécute. Il tire encore plus fort sur mes cheveux et je hurle. Puis il vient poser sa Ranger sur ma poitrine pour y appuyer lourdement. Je suis surprise de ne pas sentir mes côtes se briser sous cette pression intolérable qui embrase mes poumons. Rapidement je manque d'air à nouveau et je ne peux plus respirer. Je suffoque sous leurs regards noirs et fous.

Ces deux hommes sont satisfaits de la peine qu'ils infligent. Ils y prennent du plaisir…

Le premier, celui qui a agressé Alfred et qui est maintenant agenouillé près de mon visage, commence à défaire sa braguette pendant que le second m'empêche de bouger. J'écarquille les yeux d'effroi en comprenant ses intentions. Tout mon corps me fait mal. Privée d'oxygène, je me sens partir lorsque soudain un énorme fracas retentit sur la gauche. On aurait dit une explosion et un souffle d'air froid puissant balaye mon visage.

Grâce à un ultime effort, je tourne la tête vers la source du bruit pour découvrir trois grandes silhouettes dans l'encadrement de l'issue de secours du magasin à moins de cinq mètres de nous. Je les reconnais immédiatement, il s'agit de Loris, Bounce et…

– Max, tenté-je de dire.

Ses yeux gris s'accrochent aux miens et je ne les lâche plus. Je sais ce qu'il voit. Je devine ce qu'il pense. Max compte nous sortir de là à n'importe quel prix. Son regard acier trahit chacune de ses émotions lorsqu'il me découvre retenue ainsi, au sol, impuissante. Il passe de la colère à la tristesse pour revenir à la fureur avant de s'élancer vers moi à toute vitesse, suivi de Bounce et Loris. L'impact sur le monstre qui me maintient est rude. Je vois Max lui asséner un coup au visage de toutes ses forces avec son casque de moto. Cela fait un horrible bruit de craquement tandis que l'homme se met à crier de douleur.

– Ça, c'est pour elle ! hurle Max.

L'homme cagoulé recule loin de moi, et je suis alors libre de reprendre une grande bouffée d'air frais salvatrice. Je halète comme une noyée, puis je rampe pour m'éloigner un peu, hors d'atteinte des coups échangés, car Bounce est en train de se battre au sol avec le second type à quelques centimètres à peine de mon visage. Loris, quant à lui, est penché sur Alfred et prend son pouls.

Rapidement mon attention revient sur Max. Après avoir eu peur pour Alfred et moi, je meurs de trouille pour lui. Il a beau avoir frappé l'homme avec son casque, le type à la cagoule est toujours conscient et lui rend coup pour coup à présent. La lutte entre mon biker et le monstre est violente, j'ai du mal à savoir qui a l'avantage. Max se fait agripper par son blouson de cuir, ce qui limite ses mouvements et le met en difficulté dans le corps-à-corps.

Soudainement l'homme tombe au sol un peu trop facilement à mon goût et lorsqu'il se relève, il est armé d'un imposant couteau qu'il a sorti de je ne sais d'où. Mon cœur fait un bond à la vue de la longue lame épaisse et je me redresse en hurlant :

– Max ! Attention !

Ils sont surpris par mon intervention, mais Max se révèle être le plus rapide des deux pour prendre l'avantage suite à ce moment de distraction. Dans un ultime élan de survie, il chasse les jambes de l'homme qui, lui, chute en avant de tout son poids et vient bêtement s'empaler sur son propre couteau. Je retiens un cri. La scène finale est horrible. L'homme gît à plat ventre tandis que la pointe de la lame ressort à l'arrière de son crâne, trouant sa cagoule. Son corps est alors saisi de convulsions, puis plus rien, il se fige.

Cet homme vient de mourir trépané devant mes yeux.

Je reste paralysée d'effroi jusqu'à ce qu'un coup de feu éclate, me rappelant où je suis et avec qui. Je pivote pour découvrir Loris debout, près de Bounce et du deuxième homme cagoulé. Loris a une arme à la main et a tiré sur le second monstre qui est étendu mort à son tour. Une flaque de sang commence à se former sous lui à une vitesse folle.

– Il avait récupéré son flingue. Il allait te faire sauter la cervelle, explique Loris à Bounce.

Bounce reste silencieux en se remettant sur ses pieds. Il paraît en colère et époussette son pantalon treillis comme s'il venait de faire de simples roulades dans l'herbe.

– Ils sortent d'où ces types ? J'ai été pris de court. Ils savaient se battre, finit-il par cracher à l'attention de Loris et Max.

– Ouais, ce n'étaient pas de simples petits cons qui ont décidé de braquer un magasin paumé sur un coup de tête, lui répond Max, soucieux.

– Clairement pas, confirme Loris. Mais on aura plus aucune réponse de leur part...

Tous trois fixent la scène sanglante et les deux corps inertes de leurs assaillants, interrogatifs. De mon côté, je suis encore trop choquée pour articuler le moindre mot. Je n'avais encore jamais subi, ni vu, de telles violences, et encore moins des morts... Je ne sais pas trop quoi en penser, après tout, ces hommes ont tabassé Alfred, ils m'auraient peut-être tuée par la suite et sûrement violée.

Max redresse alors la tête et son regard gris épingle le mien. Il me dévisage avec inquiétude, me jauge... Il attend ma réaction qui tarde à venir car je ressens tellement de choses d'un coup que je ne sais pas ce que je dois exprimer en premier.

De la gratitude pour être en vie ? De l'effroi ? De la culpabilité ? De la colère ? Du soulagement ?

– Hey, c'est bon. C'est fini, me murmure Max.

Je reste debout, statufiée, et il s'approche lentement pour ne pas m'effrayer davantage.

– Judy... me murmure-t-il en attrapant mes mains.

Il y va en douceur mais je ne parviens toujours pas à esquisser le moindre mouvement. Max replace une mèche de cheveux arrachée à ma tresse derrière mon oreille et ce geste doux me reconnecte à moi-même. Je peux sentir sa grande main trembler contre ma joue. Lui aussi est encore sous le coup de ses émotions. Sa mâchoire aux lignes brutes se contracte sous sa légère barbe blond cendré, témoignant de la fureur qui l'a habité un peu plus tôt. Quant à ses yeux, ils ont viré à l'orage et ne me lâchent plus. Il a eu aussi peur que moi. Tout ce que je ressens est normal dans une situation qui ne l'est absolument pas…

Alors j'explose en sanglots sous ses doigts, laissant mes émotions m'envahir et tout emporter sur leur passage.

– Alf… Alfreeeed, je baragouine difficilement.

– Ça va aller pour Alfred. Loris s'est occupé de lui et il va appeler le Doc.

Je lance un coup d'œil à Loris qui me le confirme en hochant la tête. J'expire de soulagement de savoir le vieil homme en vie. Max me prend encore un peu plus dans ses bras, déployant tout autour de moi son aura protectrice et chaude, puis m'embrasse sur le front. Je m'imprègne au passage de son odeur et de celle de son blouson en cuir. Il ôte d'ailleurs ce dernier pour me couvrir avec tandis que je tremble de froid à en claquer des dents, ce dont je ne m'étais même pas aperçue.

– Je suis là, me rassure Max. On s'est occupés de ces enfoirés. Ça va aller.

Il me le répète en boucle et je commence à y croire. Véritablement y croire, puis mes yeux se posent de nouveau sur ces deux corps sans vie et je me remets à pleurer.

J'ai failli mourir…

– Faut la bouger de là, Max. Ou bouger ces types, ça l'effraie. De toute façon, ils ne nous apprendront rien, lâche Bounce.

– Ouais, je te laisse gérer les corps. Tu sais quoi en faire… Loris, occupe-toi d'appeler le Doc et reste avec Alfred. Je prends Judy.

Les deux bikers approuvent et s'exécutent sur-le-champ. Max et moi, nous nous éloignons et effectivement, ne plus avoir la vision de corps baignant dans leur propre sang m'aide à reprendre contenance.

– Ils vous connaissaient, parvins-je enfin à dire à Max, la voix tremblante.

– Comment ça ? s'étonne-t-il.

– Ces deux types, ils ont un peu parlé avant que vous arriviez. Le braquage n'était qu'un prétexte. On avait l'impression qu'ils connaissaient le Clan et voulaient vous faire payer quelque chose, je tente d'expliquer.

– D'accord. Je vais le dire aux autres. C'est notre problème à présent. On va s'en charger.

Sur ces mots Max attrape mon menton pour que je redresse la tête et le regarde dans les yeux.

– Je suis désolé, susurre-t-il.

– De quoi ? m'étonné-je à mon tour.

– T'aurais jamais dû vivre ça…

Je ne trouve rien d'intelligent à lui répondre et préfère me taire. Je m'accroche au concret comme la sensation de sa peau chaude sur la mienne.

Je suis en vie. Il est en vie et c'est tout ce qui compte dans l'instant.

Après cela les choses vont vite. Le Doc arrive et prend le relais de Loris auprès d'Alfred. En attendant que ce soit mon tour, Max reste à mes côtés, savourant cet instant de calme. Hormis ma gorge et mon crâne douloureux, le reste semble aller.

Une fois qu'il a fini avec Alfred, après lui avoir administré un puissant antidouleur, le Doc s'occupe de moi en me posant toute une série de questions. Son auscultation minutieuse dure puis il passe de longues minutes à écouter mes poumons au stéthoscope. Il termine avec un sourire encourageant dans ma direction qui me surprend. Il est d'ordinaire plutôt austère mais efficace avec sa coupe en brosse et sa posture d'ancien médecin de l'armée comme me l'a expliqué Olivia. Lui et sa compagne Mary sont des membres indispensables du Clan à ce que j'ai compris. Ils vivent discrètement dans un ranch à quinze minutes du centre de Colorado Source.

– Bon, je vais devoir emmener Alfred avec moi au hangar. Ses contusions sont sérieuses et je dois lui faire des examens complémentaires. Il sera très certainement hospitalisé pour être surveillé dans les prochaines heures. En revanche ça devrait aller pour toi, Judy. Tu as surtout besoin de repos. Par contre, si quoi que ce soit change, qu'une douleur apparaît ou que tu te sens mal, tu m'appelles immédiatement. Et ma femme est là aussi si tu ressens le besoin de parler de ce qui vient de se passer… N'hésite surtout pas.

Je hoche la tête et je sens Max se détendre à côté de moi. Il est vrai que Mary, en plus de s'occuper du bétail au ranch, est psychologue. Je ne sais pas encore si j'aurai besoin de lui parler mais c'est bon de savoir que cela est possible.

– Merci, je murmure au Doc.

– Mais et moi ? Ma boutique ?! Comment je vais faire pour tout remettre en ordre ? s'inquiète alors Alfred, pris de panique assis sur sa chaise.

Je crois qu'il lui manque plusieurs dents et il a le visage barbouillé de sang. Sa blouse blanche immaculée ressemble à présent davantage à celle d'un boucher…

– On va s'en occuper, Al. On va tout réparer et ranger, c'est promis. Toi, tu dois te soigner, lui rétorque Max sans laisser place à un quelconque débat.

Le vieil homme se calme et opine du chef. Il remercie Max une dizaine de fois avant d'accepter de suivre le Doc dans l'ambulance détenue par le Clan.

Décidément cette ambulance sert souvent depuis mon arrivée dans le coin…

Cela me brise le cœur de voir Alfred ainsi, prostré, boitillant, et les yeux pleins de larmes en jetant un dernier regard à sa boutique.

– Hey, Al ? l'interpelle Max.

– Oui ?

– Tu as été très courageux de tenir tête à ses hommes.

– C'est normal. Je savais que vous finiriez par arriver. C'était juste une question de temps, lui répond le vieil homme assorti d'un sourire édenté.

Alfred disparaît dans l'ambulance avec un petit signe de la main et je me retrouve donc seule avec Max, enveloppée dans son cuir. Il m'aide à retrouver mon sac à main, mon téléphone et mes clés de voiture, puis nous abandonnons la supérette sans un regard derrière nous. Sur le chemin jusqu'à ma voiture nous croisons deux vétérans à moto, un homme et une femme, qui nous saluent et je reconnais le fameux Harvey de la soirée sextoys.

– Ils vont surveiller le magasin le temps que l'issue de secours soit réparée, m'explique Max.

Et sur ce, il m'aide à m'installer dans ma propre voiture côté passager pour la première fois de ma vie.

39

SOME SAY

Judy

Le trajet jusqu'à mon appartement me semble infini tandis que je ressasse ma fin de journée chaotique. Je ne parviens pas à maintenir sous clés ces souvenirs violents si frais. Ils me polluent l'esprit jusqu'à ce que nous arrivions chez moi et même après. L'odeur de ces hommes me tourmente. Celle de leur sueur, de leur peau... Le contact de leurs mains sur mon corps, mes cheveux, et le son de leurs menaces à mes oreilles.

Alors je lutte, je me raccroche au beau profil de Max, concentré sur la route. Lui aussi rumine ce qui vient de se produire, je le devine à son regard fixe, à ses traits de visage tendus, et à ses mains crispées sur le volant de ma voiture.

– Et ta moto ? parvins-je à demander.

– J'irai la chercher plus tard... me rétorque-t-il.

Il réalise que son ton dur me fait ciller et il me jette un regard d'excuse.

– Désolé. Je suis encore furieux pour ce qui vient de se passer, ce n'est pas de ta faute.

– Ni la tienne, je murmure.

Mais Max ne répond pas et nous finissons le trajet dans ce lourd silence étouffant. Nous pénétrons dans mon appartement, anciennement le sien, et avant même que je lui demande de rester cette nuit, il me devance :

– Je préférerais ne pas te laisser seule ce soir.

– Je ne préférerais pas non plus... lui avoué-je en retour.

– Je dormirai sur le canapé. T'as faim ?

– Non pas vraiment, je rêve de me doucher et d'aller me coucher, mais...

– Oui ?

– Je ne veux pas que tu dormes sur le canapé…

Il me faut du courage pour oser lui faire cet aveu. Max demeure muet puis me dévisage longuement, semblant tiraillé par une sorte de conflit intérieur dont j'ignore la teneur. Il y a entre nous une étrange alchimie. Un mélange d'attraction brûlante contrebalancée par un malaise latent.

Cette alternance de chaud et de froid qu'il souffle me met les nerfs à vif.

Peut-être est-ce dû à ce que nous venons de vivre ?

J'ai subi un enfer, j'ai eu si peur et à présent j'aimerais exorciser ce qui me hante : ces monstres en cagoules noires dont je n'ai pas vu les visages.

À défaut de pouvoir enfermer sous clés ces atroces souvenirs, je peux les remplacer le plus vite possible par de belles choses.

J'ai cru mourir, alors je veux me sentir vivante grâce à lui : ce grand biker blond, aux cheveux mi-longs et au visage brut dont les yeux gris orage sondent mon âme à cet instant précis.

Je me demande bien ce qu'il cherche à lire en moi.

Qu'importe, je veux que Max me fasse oublier *leurs* odeurs, *leurs* voix, *leur* contact.

Je soutiens son regard sans faiblir et réalise une chose complètement folle. Cette nuit-là au lac, alors que je n'avais que 16 ans, Max est devenu un point d'ancrage dans mon existence et le voilà à nouveau présent dans chaque étape cruciale de ma vie.

Ma confiance en lui après ce soir est totale, même si j'ai conscience que c'est irrationnel et très certainement dangereux…

– Et tu voudrais que je dorme où, Blondie ? finit par dire Max.

Je sens bien que sa question n'en est pas vraiment une. Il veut me l'entendre dire sans ambiguïté possible.

– Avec moi. Dans mon lit, je lui souffle.

Max garde encore ses distances comme si j'étais fragile, prête à me briser en mille morceaux s'il m'effleure. D'ailleurs, lorsque j'y songe, sa retenue remonte à plus loin que l'incident de ce soir. Cela a démarré le lendemain de notre nuit dans le grenier et ça s'est accentué par la suite. Il vient puis repart sans cesse à mon contact depuis des semaines. J'en ai assez, cela doit prendre fin ici et maintenant car ce soir j'ai besoin de lui.

– Merci.

– De ? s'étonne-t-il alors que j'ôte son blouson et le dépose sur le canapé.

– D'être intervenu. De nous avoir sauvés, Alfred et moi.

– J'aurais préféré que tu ne vives jamais ça…

Je sens que je dois le soulager de cette culpabilité injustifiée qu'il s'inflige. Il porte sur ses épaules des choses ne lui appartenant pas :

– Ce sont ces monstres qui ont choisi de rentrer armés dans le magasin ce soir. Et Dieu seul sait ce qu'ils allaient me faire. Alors oui, j'ai été secouée. Oui, j'aurais préféré ne pas vivre ça car je n'avais encore jamais vu quelqu'un mourir devant moi aussi violemment… Mais je vais être honnête quitte à te choquer : je préfère qu'eux soient morts plutôt qu'Alfred, que moi ou toi… ou Loris et Bounce.

– Tu ne me choques pas, me souffle Max en s'approchant cette fois-ci.

– Pas même un peu ?

– Je t'ai dit qu'on n'attaquait jamais les premiers. En revanche, on se défend par tous les moyens possibles… Peux-tu vivre avec ça ?

– Pourquoi ne le pourrais-je pas ? le défié-je.

– Je ne sais pas, ta religion qui dit : « Tu ne tueras point. »

– Je suis avant tout américaine. Et dans ce pays, la légitime défense est un droit inaliénable. Tout le monde le sait, même ces hommes lorsqu'ils ont choisi de faire ça… Je prierai pour leurs âmes égarées dimanche lorsque j'irai à l'église, je lui rétorque, amère.

– Olivia a peut-être raison finalement, me murmure Max, en faisant un nouveau pas dans ma direction.

– À quel sujet ? je m'enquiers, curieuse.

– Tu as en toi ce qu'il faut pour vivre ici.

– Tu sais, Max, cette vie en société que j'avais avant de venir habiter à Colorado Source n'était pas moins violente d'une certaine façon.

– Je sais ça, Blondie. Pourquoi crois-tu que nous la reniions tant…

La vérité, c'est que rien n'est tout noir ou tout blanc dans ce monde et j'accepte de revoir certains de mes principes s'il s'agit de survie. Nous naviguons sur un océan de gris se mêlant les uns aux autres. Gris comme les yeux de Max qui ne m'ont pas lâchée depuis que j'ai franchi la porte.

À présent, ma peur s'est mue en colère et cette colère se change en un feu picorant ma peau. Nous gérerons les conséquences de la soirée demain matin, l'essentiel ce soir c'est que nous ayons survécu.

– Je vais me doucher. Tu peux rester près de moi, s'il te plaît ? je lui demande alors.

Max accepte d'un hochement de tête puis il me suit jusque dans la salle de bains au fond de l'appartement, à côté de mon lit. Il est vingt heures passées et, en me déchaussant, je l'observe s'appuyer contre le mur de la petite pièce, les bras croisés sur son large torse. Cela fait saillir ses biceps sous son tee-shirt blanc d'où s'échappe un curieux tatouage. Je l'ai déjà remarqué à plusieurs reprises par le passé mais je n'ai pas encore osé lui en demander la signification.

Max, silencieux, ne me quitte toujours pas des yeux, détaillant le moindre de mes gestes dans cette pièce exiguë. Le feu sous ma peau s'intensifie d'un cran supplémentaire tandis qu'une faim nouvelle me prend au ventre. C'est une sensation récente que je n'éprouve qu'en sa présence et elle me donne le sentiment de rayonner. Autour de moi, tout est décuplé : l'intensité de la lumière dans la salle d'eau, le bruit de sa respiration au rythme de la mienne, le frottement des vêtements sur ma peau…

Alors, sous son regard lourd de sens, j'allume l'eau de la douche en espérant qu'il osera m'y rejoindre car je vois bien qu'il en meurt d'envie autant que moi. Rapidement, de la buée nous enveloppe mais Max ne semble pas décidé à décoller de ce fichu mur. Du coup, j'entre seule dans la douche à l'italienne puis tire le rideau avant de me déshabiller prudemment dans un angle.

Cela me permet de souffler un peu car je menace de perdre pied.

Il me faut quelques secondes pour réaliser ce que je viens de faire. Je suis à présent totalement nue à quelques centimètres à peine de lui, séparée par un rideau de douche bien trop fin. J'aperçois son ombre au travers et l'humidité de la pièce se charge en électricité. La sensation est grisante et je compte bien faire céder Max. Je suis certes novice à ce jeu mais pas complètement démunie d'idées. Côtoyer Liv et Soraya ces dernières semaines m'a permis de gagner en confiance et de glaner des conseils utiles…

Je diminue le débit de l'eau, qui m'éclabousse un peu, mais aussi afin que Max puisse m'entendre bouger et me savonner en même temps qu'il me voit en ombre chinoise de l'autre côté de ce maudit rideau de douche. Je surmonte mes complexes et me raccroche aux compliments qu'il a pu faire sur mon corps les fois précédentes. Je me penche, cambrée, pour récupérer au sol mes vêtements avant de passer un bras tremblant le long du mur, et de les lui tendre.

– Peux-tu les mettre au sale dans la panière sur ta gauche, s'il te plaît ?

Pas de réponse. En revanche, je vois Max bouger puis s'approcher enfin. Son ombre devient plus nette et sa main touche la mienne lorsqu'il attrape mes vêtements. Le contact me fait l'effet d'une décharge électrique me donnant la sensation de flamboyer, mais une fois de plus, à mon plus grand désespoir, Max se retire.

Je n'abdique pas pour autant et me place enfin sous le jet d'eau chaude puis je commence à lentement me savonner le corps. Je prends tout mon temps en choisissant un gel douche à la fleur d'oranger qui vient embaumer la salle de bains. J'imagine que ce sont ses mains et non les miennes qui remontent le long de mes cuisses, de mon ventre, de mes côtes, de ma poitrine… Je délie mon cou encore un peu endolori. Il me semble entendre Max émettre une sorte de grognement de frustration.

– Tout va bien ? je lui demande non sans un petit sourire.

Aucune réponse.

– Est-ce que tu repenses parfois à notre première vraie rencontre ? Au lac…

Toujours zéro réponse de sa part mais il se tourne face au lavabo. Je devine qu'il prend appui sur le meuble et regarde dans ma direction. Je peux le sentir, tout comme lui sait que je l'observe aussi. Doucement je lève les bras pour défaire ma tresse et dénouer mes longs cheveux. Cela soulage instantanément mon crâne et j'en soupire de contentement.

– Peux-tu me passer ma brosse à cheveux, s'il te plaît ? je lui souffle. Elle est dans le pot devant toi.

– T'as défait ta tresse ? me demande-t-il d'une voix rauque.

– Oui, pourquoi ?

– Je ne t'ai jamais vue sans.

Le désir saturant sa voix fait battre mon cœur à toute vitesse mais avant que je puisse rétorquer quoi que ce soit, ma brosse à cheveux apparaît derrière le rideau de douche. La main de Max quant à elle disparaît dès l'instant où j'attrape ce qu'il me tend. Cependant il ne reprend pas appui sur la vasque cette fois-ci. Je devine qu'il reste debout face à moi juste de l'autre côté du rideau. Sans ce bout de tissu imperméable nous serions nez à nez. Je me mets à démêler mes longs cheveux et j'ai du mal à respirer calmement, consumée par un désir de plus en plus puissant.

J'imagine Max ouvrir ce rideau… Je m'imagine me retrouver nue devant lui…

– Ne t'arrête pas de chanter, gronde alors Max, la voix cassée presque inaudible.

Je n'avais pas remarqué que j'avais commencé à fredonner quelque chose et encore moins que j'avais cessé, alors je reprends plus distinctement, espérant obtenir ce que je désire.

« I will find the time, we will find the timing
'Cause you are on my mind, I hope that you don't mind it
You know that I want you, you know that I want you next to me
But if you need some space, I will step away »

Sans résultat, je poursuis encore un peu.

« And I know it might sound stupid but for me, yeah
I just gotta keep believing and I've heard
Some say you will love me one day
And I will wait, I will wait to get your loving one day »[1]

Cette fois l'ombre de Max esquisse un mouvement brusque et je m'arrête aussi sec.

– Continue… gémit-il.

– Pourquoi ? parvins-je à articuler difficilement.

– Parce que c'est la seule chose qui me retient…

– Qui te retient de quoi ?

Un silence, puis :

1. « Some Say » de Nea.

– D'arracher ce rideau de douche.

Mon souffle se coupe net et je suspends mon geste. Max quant à lui se penche en avant, son visage effleurant le rideau… Je vois ses doigts en agripper le bord mais il ne fait rien de plus. Alors j'ose faire de même de mon côté pour poser mon front contre le sien. Nous sommes seulement séparés par ce bout de tissu que je souhaite tant voir disparaître.

– Je veux que tu me fasses oublier cette soirée, Max… Arrête de me tenir à distance, imploré-je.

– Blondie…

Il appuie plus durement son front au mien. Je l'entends bloquer sa respiration et je tremble d'appréhension sous l'eau pourtant brûlante.

– Aide-moi à ne pas faire de cauchemars cette nuit… je lui murmure.

Brusquement le rideau s'ouvre.

Je recule, ma brosse à cheveux me tombe des mains et je me redresse, prête à ce qu'il me découvre entièrement nue pour la première fois. Mon cœur bat la chamade et mon souffle devient saccadé. Son regard acier croise le mien et le désir que j'y lis me fait chanceler.

Serai-je à la hauteur de ce que je viens de provoquer ?

Là, tout de suite, je n'en suis plus certaine mais je le laisse parcourir mon corps de bas en haut à plusieurs reprises…

Une fois.

Deux fois.

Trois f…

Sans prévenir, Max entre habillé dans la douche puis il attrape mon visage entre ses deux immenses mains et m'embrasse. C'est l'explosion de sensations suite au choc de ses lèvres contre les miennes. J'ai à peine le temps de reprendre ma respiration que Max moule son corps au mien et me plaque contre le mur. Je rends alors les armes et le laisse prendre le contrôle de ce baiser qui n'a plus rien de doux ou de prévenant.

Haletante contre lui, je sens ses mains descendre le long de ma nuque, de mes épaules, de mes côtes et enfin passer sous mes fesses qu'il agrippe. Puis il donne une impulsion avec ses cuisses, me soulève et je remonte le long du mur avant de venir nouer mes jambes autour de sa taille et mes bras derrière sa nuque. Le frottement de ses vêtements mouillés sur ma peau nue est un véritable supplice. Je voudrais être au contact direct de la sienne et pouvoir l'explorer de la même façon que lui le fait. Nos bouches ne se quittent plus pendant qu'une de ses mains saisit mes cheveux. Max joue avec quelques minutes, prenant plaisir à les découvrir détachés pour la première fois. Si j'étais un chat, je ronronnerais sous ses caresses impérieuses. C'est à contrecœur que je le laisse rompre notre baiser pour détailler mon visage.

– Accroche-toi, souffle-t-il ensuite au creux de mon oreille.

J'obéis à cet ordre en resserrant ma prise sur ses hanches et je n'arrive pas à le quitter des yeux, pas même lorsqu'il m'emporte dégoulinante d'eau vers le lit baigné par la pénombre. À cet instant je me fiche que nous trempions mon matelas, mon oreiller ou mon parquet, j'ai d'autres préoccupations hautement plus intéressantes. Max m'étend alors sur le matelas où je reste immobile, incertaine.

– J'aime cette nouvelle déco, affirme-t-il en souriant.

Ma confiance en moi grimpe en flèche et je me redresse sur les coudes.

– Ah oui ?

– Oui… Ne bouge pas, Blondie, je reviens.

Sur ce il court éteindre l'eau de la douche et la lumière de la salle de bains. Pour ma part, j'étais à mille lieues de ces considérations environnementales… Lorsqu'il est de retour, Max revient avec une de mes serviettes de bain dans les mains et me la tend pour que je me sèche un peu. J'obtempère en silence et l'observe se déchausser puis ôter son tee-shirt sans prévenir, me laissant captivée par ce que je découvre. Je remercie la lune d'éclairer ma chambre à cet instant précis. Le corps de Max est parfaitement dessiné, musclé mais pas à l'excès, tout en lignes droites et brutes là où je ne suis que courbes et formes arrondies. Ses abdos tracent un V parfait disparaissant sous la ceinture de son jean, porté comme toujours beaucoup trop bas…

– Je ne peux pas aller dans ton lit avec un tee-shirt souillé, explique-t-il avec son fameux sourire en coin.

– Non, en effet. D'ailleurs ton jean aussi est taché et mouillé, j'ajoute, espiègle.

– Ah… Je vais donc devoir l'enlever, me rétorque-t-il en se rapprochant doucement.

– Ce serait préférable…

Ce petit jeu léger est exactement ce dont j'ai besoin pour booster ma confiance face à sa perfection inhumaine. Max ôte alors son jean lentement et finit en boxer au pied de mon lit.

Bien, bien, bien…

Il n'y a pas l'ombre d'un doute sur l'effet que je lui fais et j'en rougis au point de me provoquer de la tachycardie.

Calme, Judy. Vous êtes compatibles. Il a envie de toi. Tu as envie de lui… Laisse-toi aller.

Max me vole des mains ma serviette de bain avec un sourire provocateur puis s'essuie à son tour. Je ne loupe pas une miette de ses gestes, subjuguée, alors qu'il prend tout son temps.

Cette serviette finira au panthéon du linge de maison, plus jamais je ne la mettrai à la machine…

Enfin, après de trop longues secondes il s'en débarrasse et se remet en mouvement pour s'étendre lentement dans le lit au-dessus de moi.

Il me recouvre entièrement, me permettant de savourer la sensation de sa peau nue contre la mienne avec un plaisir non dissimulé. Je m'agrippe à lui désespérément puis nous reprenons là où nous nous étions arrêtés sous la douche. Il prend possession de ma bouche et nous ondulons ainsi l'un contre l'autre pendant de longues minutes. Je ne veux pas que cela cesse car je suis déjà sur le fil du rasoir. J'ai la sensation de vibrer sous lui alors que ses mains guerrières partent à la conquête de ma silhouette.

Son souffle se saccade tandis que le mien est complètement erratique, attendant la suite.

Soudain Max se redresse et je geins de contrariété malgré moi, ce qui lui arrache un sourire.

– Dis-moi si c'est trop, murmure-t-il.

Je reste interdite, ne comprenant pas où il veut en venir jusqu'à ce qu'il se mette à tracer une ligne de baisers au départ de mon cou avant d'entamer une lente descente. Il lèche avec application les quelques gouttes d'eau qui perlent encore sur ma peau par endroits. Puis il s'attarde sur ma poitrine et vient sucer mes tétons au passage pendant plusieurs minutes.

Cette fois je ne peux retenir des gémissements de plaisir et j'attrape ses cheveux légèrement humides. Max reprend alors son chemin langoureux et je le regarde faire. D'ailleurs lui aussi ne me quitte pas des yeux tandis qu'il dépose des baisers sur mon ventre à chaque fois un peu plus bas. Je retiens ma respiration lorsqu'il franchit mon nombril sans intention manifeste de s'arrêter…

Il arrive plus bas.

Encore plus bas…

Toujours plus bas…

Juste avant mon pubis, Max marque un stop et me lance un regard interrogateur synonyme de demande de permission. Sauf que je suis dans l'incapacité physique de prononcer le moindre mot alors j'appuie légèrement sur sa tête et resserre ma prise dans ses cheveux. Max comprend le message qui lui arrache un petit rire.

Je devrais être gênée de m'offrir ainsi à lui pour la première fois mais la curiosité est plus forte que tout, je ne peux m'empêcher de regarder ce qu'il va faire et lui ne peut s'empêcher de plonger ses yeux des miens.

Après une attente qui me semble interminable, la bouche de Max entre en contact avec mon sexe et cette sensation est un choc pour moi. Un choc agréable mais un choc tout de même car personne ne m'a encore fait ça. Ses lèvres et sa langue me caressent d'abord doucement puis progressivement leur baiser s'intensifie. Je me tortille sous le visage de Max qui lui s'applique à la tâche, imperturbable, même lorsque j'enfonce mes ongles dans ses épaules en gémissant.

C'est divin. Je n'avais jamais ressenti quelque chose d'aussi intimement intense. Max vient écarter davantage mes cuisses de sa poigne puissante pour m'ouvrir complètement à lui. Il lèche, suçote, aspire, embrasse mon clitoris et tout autour. Il ne me laisse aucun répit, dévoué à mon seul plaisir.

C'est aussi torride à regarder qu'à éprouver, ce que je n'aurais jamais cru possible.

Alors que je pense ne rien pouvoir endurer de plus, ses doigts se présentent à l'entrée de mon vagin. Il caresse mes lèvres plusieurs fois jusqu'à ce que je l'implore de poursuivre. Et sous ma supplique désespérée, il me pénètre lentement sans jamais cesser de me lécher. Cette sensation d'être physiquement comblée, de le sentir partout en même temps me fait fermer les yeux pour la première fois.

Je flotte ainsi quelques minutes, suspendue au-dessus du vide sans aucune réflexion cohérente. Toute la noirceur de ce monde, de mes pensées et de mes souvenirs a disparu. Je me sens vivante. Insouciante. Il n'y a que Max et moi.

Puis sa main libre se crispe sur l'intérieur de ma cuisse et je rouvre les yeux, intriguée. Je croise à nouveau son regard gris et je comprends que Max prend autant de plaisir que moi à me voir perdre pied sous lui. Ça aussi c'est tout nouveau mais tellement, tellement enivrant... Une connexion intense s'établit entre nous tandis qu'il jauge l'effet de ses lèvres et de ses doigts sur mon corps, répétant inlassablement les gestes qui m'arrachent des cris. Son regard flamboie lorsque mon souffle s'accélère, que je murmure son prénom ou que je pousse un nouveau gémissement. Mon excitation devient la sienne et son désir nourrit le mien, nous portant toujours plus haut. Je veux qu'il perçoive ce que j'éprouve à son contact alors je m'offre davantage à lui et remonte l'une de mes jambes pour poser mon pied sur son épaule. Je sens Max grogner contre mes chairs et le regard qu'il me lance est incendiaire, presque animal...

Je n'avais encore jamais vécu une telle symbiose avec un homme auparavant.

Je crois bien que je vais m'effondrer sur moi-même incessamment.

Le mouvement de sa bouche et de ses doigts se synchronise en une danse impitoyable, me faisant bouillir de l'intérieur. Ma raison a déserté mon corps. Je ne suis plus que sensations. Je suis tiraillée de partout et j'entends mes gémissements revenir en écho. Chaque caresse, chaque point de contact entre nous est un supplice exquis, m'approchant un peu plus près du précipice. J'essaye de tenir, de faire durer avant de basculer et j'y parviens un long moment jusqu'à ce que Max entre encore plus profondément ses doigts en moi. Cette pression agit comme un détonateur et je ne peux plus rien contrôler. Tout s'emballe. J'explose en criant sous sa bouche et mon orgasme me surprend par sa violence. Il dure d'autant plus que Max ne s'arrête pas immédiatement et continue quelques secondes supplémentaires jusqu'à ce que je me transforme en poupée de chiffon sous lui, le souffle court.

Enfin, face à mon silence, il se redresse sur les genoux et me lance un air interrogateur assorti de son habituel sourire. Pour ma part, je n'ai pas encore retrouvé le contrôle de mes muscles alors je demeure pantelante, réalisant à peine ce qui vient de se passer et où je suis. Je me reconnecte peu à peu avec la réalité et Max en profite pour s'éclipser dans la salle de bains. Je le regarde traverser ma chambre dans son boxer gris… Après l'avoir vu de face, j'ai tout loisir de contempler le verso à ma guise et je ne suis pas déçue de ce que j'entrevois. J'entends l'eau du lavabo couler de brèves secondes puis, rafraîchi, Max revient avec la même nonchalance s'allonger dans le lit. Il y a un petit moment de flottement dans l'air où je me demande ce qu'il va se passer ensuite car si je me sens satisfaite et légère, en revanche lui ne l'est *absolument* pas. Depuis le début, il s'occupe de mon plaisir sans se préoccuper du sien or j'ai envie que cela change. Je veux à mon tour lui démontrer ce que je ressens pour lui. Je me blottis donc entre ses bras et colle mon visage à son torse, juste là où bat son cœur dont le rythme s'accélère. Je commence à caresser son ventre doucement puis de façon plus appuyée mais tandis que je me dirige vers le bas pour franchir l'élastique de son caleçon, sa grande main se referme sur la mienne et me stoppe.

– Tu ne veux pas ? je lui demande, surprise car son corps indique le contraire.

– Bien sûr que si, Blondie… C'est juste que…

Je croise son regard gris et je le découvre chargé de culpabilité. L'ambiance sensuelle du début s'étiole et je ne comprends plus ce qui se joue entre nous.

– C'est juste que quoi ? j'insiste.

Malgré moi, je me sens peinée et vexée. Je vis cela comme un nouveau rejet de sa part.

Pourquoi ne me laisse-t-il pas lui faire du bien à mon tour ?

– Il y a quelque chose que je dois te dire avant d'aller plus loin et ce soir n'est pas le bon moment… finit par m'avouer Max.

Je recule, étonnée, le cerveau empli de questions à cause de cette simple phrase puis il ajoute :

– Quand je te l'aurai dit, tu n'auras plus jamais envie de me toucher…

Cette fois je me redresse pour mieux le dévisager. Le dégoût de lui-même émanant de son regard tourmenté me fait oublier mes propres interrogations et doutes.

– Tu dis n'importe quoi, je lui assène avec force. Parle-moi, et tu verras que rien ne changera entre nous. Tout comme la nuit que nous venons de vivre n'a rien changé, bien au contraire. Je me sens en sécurité avec toi.

Max me fixe, silencieux, impassible. Pour lui prouver ma sincérité, je me penche avant de l'embrasser. Je mets toute la passion que je ressens dans ce baiser. Mes seins frôlent son torse nu et mes cheveux encore humides tombent en cascade autour de son visage. Là, il ne parvient pas à rester indifférent et s'agrippe à moi comme si j'étais sur le point de disparaître… Puis Max retire sa bouche de la mienne avant de me souffler :

– Blondie… Pas ce soir.

À contrecœur, je recule à mon tour, et sans comprendre ce qui le ronge à ce point je me rallonge à ses côtés, épuisée. J'ai déjà livré suffisamment de batailles pour ce soir mais demain je me fais le serment de lui tirer les vers du nez. Il n'aura plus le choix sinon…

– Ça aussi, c'était une première fois, je finis par lui confier pour alléger l'atmosphère et changer de sujet en luttant contre le sommeil qui m'engourdit.

– De ? murmure-t-il.

– Ta bouche, ici, lui expliqué-je en pointant mon sexe.

– Aucun autre homme ne t'a jamais…

– Non, je le coupe. Première fois.

Un immense sourire lui fend alors le visage et Max m'attire à lui avant de rabattre les draps sur nous.

– J'aime être le premier pour certains trucs, me glisse-t-il à l'oreille. Ça t'a plu ?

Je lâche un petit rire à cette question espiègle :

– Tu trouves que j'avais l'air de ne pas apprécier ? je lui rétorque sur le même ton.

Son sourire s'agrandit encore plus, Max vient me voler un baiser puis ajoute contre mes lèvres de sa voix grave :

– Je recommence quand tu veux, j'aime te voir lâcher prise…

Cet homme aura ma peau. Si seulement il me laissait lui rendre la pareille…

– Je t'autoriserai à recommencer lorsque je pourrai t'en faire autant. Désormais ce sera donnant-donnant.

– Je l'espère, murmure-t-il.

Après quelques secondes je soupire en souriant :

– Je dois admettre. Dakota avait raison…

– Quoi ? Qu'est-ce qu'elle t'a raconté ? s'étonne Max, un brin inquiet.

– Rien, rien, éludé-je. Des trucs entre filles, tu sais…

Nous retrouvons le silence, profitant du contact de l'autre. Je fais le vide dans ma tête et laisse courir mes doigts sur le tatouage ornant son biceps :

– Ça veut dire quoi ? je finis par le questionner.

– Il représente un rite de passage. Là au centre, c'est une rune cheyenne. Elle est symbole de loyauté et de respect envers mon clan, et surtout envers la réserve du père de Soraya qui nous partage ses terres. Chaque membre en a un.

– C'est magnifique…

Il me reprend dans ses bras et je glisse mon visage dans son cou. Je retrouve son odeur, la chaleur de sa peau et c'est tout ce dont j'ai besoin pour l'instant, loin des tourments. Max m'enserre et je me moule encore un peu plus à son corps. Le contrecoup émotionnel de tout ce que j'ai vécu d'intense en l'espace de seulement quelques heures me rattrape. Je sens le sommeil me gagner, bercée par les battements du cœur de Max et des caresses de ses doigts le long de mon dos.

***

Lorsque je me réveille, le jour est en train de se lever et les rayons du soleil éclairent timidement le plafond. Je me tourne, pensant découvrir Max allongé près de moi, mais la place à ma gauche, bien qu'encore chaude, est vide. Je me redresse brusquement et le trouve de dos, assis au pied du lit, la tête dans les mains, toujours simplement vêtu de son boxer. Il est immobile mais sa respiration trahit son trouble profond.

– Tout va bien ? je m'inquiète, avançant vers lui avec le drap pour seul vêtement.

Max ne bouge pas ni ne répond.

– Hey… Qu'est-ce qui se passe ? insisté-je doucement en venant toucher son épaule.

Je suis perdue. Nous nous sommes certes endormis sur un goût d'inachevé mais en bons termes et là il tressaille sous mes doigts avec un mouvement de recul.

Est-ce encore à propos du braquage et de ces hommes ? Des choses qu'il a dû faire pour défendre les siens ?

Je patiente et Max finit par se tourner, plongeant son regard gris tourmenté dans le mien. Puis sans préambule il me lâche :

– On ne t'a pas dit toute la vérité…

– De quoi tu parles ?

– Ellie… Ta grand-mère…

– Oui, eh bien, qu'y a-t-il ?

– Elle est morte à cause des Evil's Heat…

– Qu'est-ce que tu racontes ?! Ma grand-mère est morte dans son sommeil, c'était une vieille dame, je lui rétorque, sentant un début de panique m'envahir.

– Non, Ellie a été assassinée chez elle. Dans sa cave…

– Qu… ? je bredouille avec douleur.

– *Ils* s'en sont pris à ta grand-mère et on n'a rien vu venir ni rien pu faire…

Max lâche cette phrase d'une traite, sans reprendre sa respiration. Quant à moi j'ai soudainement froid face à lui et je me répète ses derniers mots en boucle car je ne suis pas certaine de bien les comprendre.

– Je suis désolé, Blondie. J'ai voulu te le dire dès le premier jour, je te le jure ! reprend Max pour combler mon absence de réaction à cause de la sidération.

Il semble sincère et brisé par ce qu'il vient de m'avouer.

Personnellement, je suis trop ébranlée par cette confession brutale pour arriver à réagir. Je le jauge un long moment avec torpeur avant de lui poser une seule question parmi les centaines qui me foudroient le crâne.

– C'est qui *ils* ? lance ma voix désincarnée.

40

DOMMAGE COLLATÉRAL

Judy

– C'est qui *ils* ? je répète plus fort, n'ayant toujours pas obtenu de réponse.

Max pose doucement sa main sur ma cuisse avant de prendre une profonde respiration. Ses yeux sondent les miens, puis il se résigne à parler :

– Olivia t'a-t-elle raconté comment elle a atterri ici, à Colorado Source ?

– Un peu.

Sous le choc de sa révélation, je suis passée en mode pilote automatique. J'ai l'horrible sensation d'être en apnée, me noyant dans mes propres émotions devenues troubles.

– Sunny, tu sais, ma…

– Oui, ta demi-sœur, celle de Rock et de Susan sauf que vous l'ignoriez jusqu'à ce que vos parents accouchent de la vérité, eh bien, quoi Max ? le coupé-je.

Mon ton véhément trahit mon incapacité à gérer la tristesse et la panique qui m'étreignent soudainement.

Je me sens sur le point de craquer et il me faut le fin mot de cette histoire au plus vite. Heureusement, Max le comprend lui aussi et poursuit :

– Elle avait trouvé refuge à Paris où elle a rencontré Liv. Elles sont devenues meilleures amies avec le temps et malgré leurs différences. Alors quand Sunny est morte brutalement, Olivia a débarqué ici comme une fleur avec une montagne de questions à propos du passé. Elle cherchait à donner du sens à quelque chose qui n'en avait pas. Et nous, nous avons fini par apprendre toute la vérité au sujet de Sunny grâce à elle.

– Oui, je sais déjà tout ça, mais c'est quoi le lien avec la mort de ma grand-mère ? je le presse, impatiente.

Je sens que Max a du mal à se confier et cela n'augure rien de bon pour la suite alors mon angoisse s'intensifie au point que je m'en ronge l'intérieur de la joue.

– Sunny était en France illégalement. À cause de ça, elle a accepté un boulot précaire dans un bar glauque appartenant à un gang de la mafia russe nommé les Aigles rouges de Moscou. Ce bar n'offrait pas uniquement à boire à la clientèle. Il y avait des « extras » de la part des danseuses… ajoute Max, la mine détruite.

– Je vois, balbutié-je.

– Olivia a bien tenté d'aider ma sœur à trouver un autre boulot, à régulariser sa situation, sans succès.

Son chagrin me touche en plein cœur alors que nous échangeons un long regard. Après s'être passé la main sur le visage dans un geste d'abattement, il se ressaisit :

– Pour faire court, Sunny a fini par se mettre à dos ses « employeurs » et ce sont eux qui l'ont assassinée. Elle a servi d'exemple pour les autres filles de leur business dégueulasse.

Son ton est à présent chargé de haine, tout comme son regard incendiaire et moi, je suis suspendue à ses mots, dans l'expectative de la suite. Mon cœur bat la chamade et je vois flou à cause des larmes qui me montent aux yeux. Cette histoire est déjà bien trop triste, mais j'ai terriblement peur de la fin… Peur de ma réaction que je sens poindre en mon for intérieur.

– Puis Liv est entrée dans le viseur des Aigles rouges à son tour car elle a décidé d'enquêter sur la mort de Sunny face à l'inaction de la police française. En faisant ça, elle s'est accroché une cible géante dans le dos, parce que Liv est Liv et ne fait pas les choses à moitié. Lorsqu'elle a traversé l'océan Atlantique jusqu'ici, ils ont fini par la retrouver et avant qu'on ne sache quoi que ce soit, ils ont tué ta grand-mère…

La voix de Max se rompt et ses doigts se crispent sur ma cuisse toujours nue. Quant à moi, je suis prise de court par la chute que j'attendais tant.

– Qu… Comment ? je bredouille, tétanisée.

– Olivia logeait chez Ellie lors de son arrivée à Colorado Source. Et un soir où Liv était absente, un tueur envoyé par les Aigles rouges s'est introduit dans la maison. Il a utilisé ta grand-mère pour faire passer un message : plus Olivia tarderait à se rendre, plus les gens qu'elle aimait en paieraient le prix. Elle et Ellie avaient développé un lien fort au fil des mois de leur cohabitation…

Max marque une longue pause, appréhendant ma réaction, et cette fois je suis anéantie. Je saisis enfin l'ampleur de ce qu'il vient de me révéler. Je ne peux me retenir de lâcher un sanglot, rattrapée par mon chagrin.

– Que… Que lui ont-ils fait ? parvins-je à articuler.

– Écoute, je ne pense pas qu'il faille que tu saches tout à ce sujet…

La voilà l'étincelle que je redoutais autant que j'espérais.

Après de longues minutes de sidération, j'explose sous les yeux de Max et bondis hors du lit, entraînant le drap avec moi.

– COMMENT EST-ELLE MORTE ?! je hurle.

C'est à son tour de se figer, puis de se lever avant de s'avancer lentement dans ma direction comme si j'étais un animal sauvage. Après plusieurs secondes qui me paraissent interminables, Max attrape son grand tee-shirt au passage et approche pour me l'enfiler, car nue et vulnérable devant lui, je tremble d'effroi.

– Tiens, mets ça, me dit-il doucement.

Si j'accepte le vêtement d'un geste vif, je refuse catégoriquement son aide pour le mettre.

– Ne me touche pas, lâché-je.

Max me jette un regard blessé et reprend ses distances. J'ai beau le sentir sincèrement désolé, j'ai besoin d'espace car je peine à respirer.

C'est trop. Beaucoup trop…

Tout tourbillonne autour de moi. J'ai l'impression d'avoir été passée à tabac, sans compter les événements violents de la veille qui toquent à la porte de ma mémoire pour se joindre à la fête.

– Comment Ellie est morte ? je reprends, plus calme.

– Vraiment, je ne pense pas que…

– Max ! le coupé-je. J'ai besoin de savoir !

Le temps se suspend entre nous puis il finit par avouer, yeux dans les yeux :

– Ils l'ont décapitée.

S'il y a un état au-dessus de l'horreur, je viens de l'atteindre en un claquement de doigts. Le tee-shirt de Max, imprégné de son odeur que j'aime tant, n'est pas suffisant pour me garder au chaud ni ancrée dans cette réalité. Je viens de basculer dans une dimension où la violence dépasse l'entendement. Si je peux concevoir la légitime défense d'hier soir, je ne conçois pas que l'on assassine une vieille dame innocente qui n'avait rien demandé à personne et voulait seulement vivre en paix.

– Pardon ? je murmure, effrayée autant qu'effarée.

– Je suis navré, Blondie, s'excuse Max.

– Je me sens mal…

En deux enjambées précipitées, il parvient jusqu'à moi pour me prendre entre ses bras mais je refuse à nouveau son contact et me rue dans la salle de bains. Mes mains sont engourdies lorsque je me penche, tremblante, sur le lavabo. Quant à mon reflet dans le miroir, je n'ai jamais été aussi maladivement pâle qu'à cet instant. J'agrippe fermement le rebord du meuble, et tandis que mes cheveux dégringolent de part et d'autre de mon visage, je suis prise de violents haut-le-cœur. La douleur des spasmes est salutaire, elle me distrait de celle déchirante qui m'enserre la poitrine.

J'entends Max approcher et retenir sa respiration avant de toucher mon dos. Voyant que je ne le repousse pas une troisième fois, il se place sur le côté. Son torse nu me frôle l'épaule dans la manœuvre, puis il saisit de ses deux mains ma cascade de cheveux blonds pour me dégager le visage.

Une nouvelle crise arrive, puis une autre.

J'ignore combien de temps nous restons ainsi, lui me tenant silencieusement les cheveux, et moi, pliée en deux à tenter de recracher ma souffrance, en vain.

Ellie a agonisé seule, abandonnée par mes parents, par moi… Je suis en partie responsable des monstruosités qui lui sont arrivées en étant absente de sa vie, trop préoccupée par la mienne. Ma tristesse ainsi que ma culpabilité sont incommensurables et j'ignore comment je vais reprendre le dessus après cette ignoble révélation. D'ailleurs j'ai du mal à y croire. Des images horribles des derniers instants de vie de ma grand-mère m'apparaissent devant les yeux, ou du moins ce que j'en imagine…

J'hyperventile.

– Je suis là, me souffle Max.

J'ai de nouveau envie de vomir.

– Parle-moi, Judy.

Mais aucun mot ne franchit mes lèvres, seulement des sanglots à m'en fendre l'âme. La dernière fois que j'ai ressenti une pareille tristesse, c'était au pied de la tombe de mes grands-parents et encore… j'ignorais alors l'ignominie de la situation.

– Dis-moi quelque chose. N'importe quoi.

Sans réponse de ma part, Max comble le vide comme il peut :

– Je suis vraiment, vraiment désolé. Tout le Clan l'est. On a jamais voulu ça. On se retranche ici pour échapper à la folie de ce monde mais parfois c'est la folie qui vient à nous.

J'ai toujours senti au fond de moi qu'il y avait quelque chose que l'on ne me disait pas depuis mon arrivée à Colorado Source. Quelque chose d'important… La colère refait surface et interrompt mes crises. Libérant mes cheveux des doigts de Max, je parviens à me redresser pour le regarder droit dans les yeux.

– Tout ça, c'est la faute de vos parents ! Sans eux, Sunny n'aurait jamais été malheureuse ici et elle n'aurait jamais fui pour finir dans les pattes de cette mafia ! Sans eux, ma grand-mère serait toujours en vie ! J'aurais pu la revoir et renouer avec elle, l'accusé-je avec désespoir.

– Je sais.

– Non tu ne sais rien ! je lui crie, le cœur brisé.

C'est mon désarroi qui hurle pour moi.

– Si, crois-moi, Judy, je sais ce que c'est… souffle Max, approchant son visage du mien.

Puis il ajoute :

– Pourras-tu me le pardonner un jour ?

Sa question reste sans réponse tandis que je le fixe de longues minutes, dévorée par mes émotions et particulièrement par cette colère qui me brûle. J'ai moi aussi mon lot d'interrogations à présent… Mes larmes se remettent à couler et expriment ce que j'échoue à dire.

Max en essuie une au coin de ma bouche avec son pouce avant que je réussisse à lui demander :

– Pourquoi m'avouer la vérité maintenant ?

Max ne lâche pas mon regard du sien, ni ma joue de sa grande main avant de me souffler :

– Parce qu'après ces dernières semaines près de toi, il est clair que tu mérites la vérité, aussi dure soit-elle. J'ai eu la preuve hier soir que tu saurais l'encaisser. Je ne suis ni Derek ni tes parents et certainement pas les miens. Je ne veux pas te mentir, même par omission.

Sa réponse honnête me prend de court et agit sur moi comme un électrochoc.

J'ai voulu la vérité, je l'ai eue. Du moins en partie…

Cette fois Max me relâche et je fonce vers ma penderie pour m'habiller et pleurer en silence.

– Qu'est-ce que tu fais ? me demande-t-il, surpris, et après m'avoir suivie hors de la salle de bains.

Je me retourne en enfilant mon jean et lui lance :

– Réunis tout le monde chez Liv et Rock. Faut qu'on parle.

– Ils sont partis à Denver pour affaire hier, ils ne rentrent que ce soir.

Avant que je puisse lui répondre quoi que ce soit, son téléphone sonne et il décroche sur-le-champ sans me quitter des yeux :

– Oui, Ed, qu'est-ce qu'il y a ?

Max n'ajoute rien d'autre et écoute, concentré, son interlocuteur. C'est une conversation à sens unique et il finit par raccrocher sans avoir prononcé le moindre mot.

– Rock et Liv sont en chemin, ils seront là dans une heure. Ils ont fait demi-tour quand ils ont su à propos du braquage. Je dois me rendre au QG pour une réunion de crise, m'explique-t-il.

– Eh bien, c'est parfait. Je viens avec toi.

– Le QG n'est accessible qu'aux membres du Clan, Blondie…

– Sérieusement ? C'est ça ton excuse ?

– Ce sont nos règles, on pourra parler ensuite chez Rock et Liv après que…

– Après que quoi Max ? Après m'avoir laissée poireauter ici sagement en sachant que ma grand-mère a été décapitée dans sa cave par des fous furieux ?! Ou peut-être après avoir failli être violée pendant un braquage ? Je ne crois pas. Je ne veux plus subir… Donc tu vas faire une exception à la règle et m'amener à votre QG pour qu'on parle tous ensemble.

Max me jette un regard surpris. À vrai dire, je suis moi-même étonnée de mon audace et de mon ton directif, puis j'ajoute :

– Vous me devez bien ça.

***

Une fois habillée et coiffée, je nourris Miss Fluffy puis lui ouvre la fenêtre pour qu'elle aille faire un tour dehors en mon absence. J'ai enfilé un jean brut trop grand, ainsi qu'un sweat à capuche mauve informe, car la simple idée d'être engoncée dans des vêtements me redonne la nausée. L'unique touche de coquetterie à ma tenue est donc cette sempiternelle tresse blonde. Je l'ai soigneusement refaite, assise sur mon canapé… Ce geste anodin pour le commun des mortels est devenu avec les années un toc qui m'apaise.

Et puis c'est Ellie la première à m'avoir un jour natté les cheveux.

Max pendant ce temps-là a pris une douche mais cette fois le savoir nu sous l'eau chaude n'est pas parvenu à me faire oublier ce que je viens d'apprendre. Toutes mes pensées et émotions sont tournées vers ma grand-mère. Je suis comme une lionne en cage et l'heure qui s'écoule me paraît interminable car j'ai besoin de davantage de réponses de la part de Rock, de Liv… En effet, une partie de moi refuse de croire cette histoire et pourtant, je ne peux nier la réalité après avoir été témoin du braquage chez Alfred hier soir : il se passe des choses affreusement violentes à Colorado Source. Ce n'est peut-être pas forcément de la faute de Max et de ses frères, néanmoins ils doivent en subir les conséquences et les dommages collatéraux, dont je fais partie à présent.

Tout comme ma grand-mère.

En colère, je ne fais donc que ressasser ces dernières semaines à la lumière des aveux de Max. D'ailleurs, alors que nous sortons enfin de l'appartement l'un derrière l'autre pour nous rendre au QG, je brise le silence et lui demande :

– C'est à cause de la vérité sur la mort d'Ellie que tu mettais cette distance étrange entre nous ?

– Oui. J'avais l'impression de te mentir à chaque fois que je te touchais. J'ai essayé de lutter, de rester droit avec toi tant que tu ne savais rien mais j'ai échoué. Toi et moi, c'est…

– Irrationnel ?

– Complètement, admet-il avec un regard perdu.

– Tu aurais pu me le dire dès mon arrivée ici.

– Non. Je n'ai pas le droit de décider seul pour le Clan. Nous devons tous être d'accord car cette vérité peut nous détruire. Si tes parents l'apprennent…

– Ils feront de votre vie un enfer, j'admets à contrecœur.

– Ou pire. Imagine notre surprise en te voyant réapparaître comme ça un soir après plus de dix ans d'absence. Je sais qu'on a été méfiants mais tu dois comprendre qu'il nous fallait être certains de tes intentions avant de révéler la vraie raison du décès d'Ellie.

– Et verdict ? demandé-je avec sarcasme.

– Je suis convaincu que tu n'es pas là pour nous nuire.

– Mais Rock, Bounce, Liv et les autres ?

– Liv partage mon avis, quant aux autres ils ont décidé de s'en remettre à ma décision et de me libérer de ce non-dit entre nous.

– Je vois… Donc, en somme, ils ont accepté que tu me dises la vérité pour que tu te sentes enfin libre de coucher avec moi. Je ne sais pas si je dois me réjouir.

Sur ce, je dévale rageusement les escaliers jusqu'au couloir menant au CSB mais Max me rattrape sur la dernière marche et me fait pivoter face à lui.

– Hey, c'est pas pour ça ! Ils veulent simplement que je sois heureux, et quand je suis avec toi c'est le cas, qu'importe ce qu'on fait ou ce qu'on ne fait pas, toi et moi.

J'ai beau être encore horrifiée par les événements de la veille, en colère à cause de la révélation de ce matin ou tiraillée par toute cette situation, je ne peux rester insensible à son aveu. Certainement pas lorsqu'il me regarde ainsi.

– Mais tu veux quand même coucher avec moi ? je lui demande de but en blanc, ce qui le déstabilise.

– Euh… Oui mais… lance-t-il, un peu perdu.

– Bien, car je commençais à croire le contraire.

Il me jette un nouveau regard à moitié paumé, à moitié admiratif et sur ce je le plante là. Je repars en direction de la grande salle du bar avant que Max ne m'interpelle à nouveau :

– C'est pas par là !

Je me tourne et il me pointe du doigt la réserve sous l'escalier où je viens moi-même faire mes lessives avec son autorisation. Il s'agit d'une pièce aveugle, sans issue et remplie d'un stock de spiritueux en tous genres, donc je ne suis pas certaine de comprendre.

Dubitative, je le suis et nous y pénétrons, puis sans prévenir Max verrouille la porte derrière moi.

OK...

– Je sais qu'on vient de se mettre d'accord sur le fait que tu avais envie qu'on couche ensemble, pour autant, là tout de suite, je ne suis pas vraiment dans le *mood*, je lui balance.

Ma réflexion a le mérite de le faire rire.

– Rassure-toi, Blondie, j'ai fantasmé de nous de nombreuses fois mais ce n'est pas mon but, *là tout de suite.*

– D'accord. Dans ce cas, on fait quoi ? Une lessive de blanc, un inventaire peut-être ? le provoqué-je, toujours animée par cette colère sourde qui ne me quitte plus.

Max m'ignore et sous mes yeux ébahis, je le vois déplacer une lourde étagère avec une facilité déconcertante. Certes il est costaud mais à ce point... Puis je réalise que cette étagère dispose de petites roulettes. Il la glisse sur le côté, ce qui dévoile à mon plus grand étonnement une trappe dans le sol avec un clavier numérique.

– La ville est construite sur une ancienne mine de cuivre. Quand Rock et moi avons repris la gérance du Clan on a remis en service les vieux tunnels qui quadrillent le secteur. On les a sécurisés et rendus praticables pour relier les points stratégiques du QG. Ça nous permet d'être discrets dans nos déplacements. Comme tu le sais à présent, on a régulièrement des ennuis.

Je suis sans voix en le regardant s'accroupir, puis pianoter sur le boîtier de la trappe pour l'ouvrir.

– C'est une autre preuve que je te fais confiance. Seules quelques personnes connaissent leur existence.

41

UNE LOUVE DANS LA BERGERIE

Max

Lorsque je déverrouille la trappe menant au QG, je ne suis absolument pas serein concernant mon choix d'y amener Judy et je redoute la réaction des autres. Cependant j'assume mes actes car je suis d'accord avec elle sur deux points essentiels : nous lui devons des réponses et je ne peux pas la laisser seule après ce que je viens de lui avouer. Elle pourrait de nouveau craquer lorsque la colère qui l'anime se dissipera pour faire place au chagrin…

Loris avait d'ailleurs raison dans le camion. Ce qui me noue les tripes depuis le début, c'est la peur viscérale qu'elle me rejette et ne me revienne jamais cette fois-ci. Tout comme j'ai cru la perdre pendant le braquage de la veille. Je ne la quitte donc plus des yeux ni ne m'éloigne d'elle, vigilant à chacun de ses mouvements comme un satané *stalker* érotomane.

En moins de vingt-quatre heures, je suis passé par tellement d'émotions intenses que ni la douche brûlante de ce matin ni la nuit d'hier n'ont été suffisantes pour récupérer.

Et quelle nuit…

Le souvenir de Judy s'abandonnant à moi sous ma bouche restera gravé dans ma mémoire pour toujours et, grâce à elle, les taches souillant mon âme s'estompent.

Passé la surprise, Judy me suit sans poser de questions dans la trappe que j'ai ouverte et je l'aide à descendre le long de l'échelle en métal pour atteindre le sol ferme. L'éclairage automatique se déclenche et lui permet de détailler les lieux avec curiosité. Il n'y a pas grand-chose à voir, hormis des mètres de tunnel bétonnés se déroulant devant nous mais elle observe tout ça en s'extasiant :

– C'est incroyable ! Et cela va nous mener jusqu'à votre QG qui se trouve aussi sous terre ?

– Oui.

– Et, il y a d'autres tunnels ? D'autres entrées ? s'enquiert-elle.

– Oui…

Le silence et la fraîcheur des lieux nous entourent puis nous nous mettons en marche l'un à côté de l'autre. Je ne peux m'empêcher de vouloir remplir le vide entre nous pour éviter qu'elle ne reprenne trop ses distances :

– Les autres te font confiance aussi à présent, pas seulement moi, je lui explique.

– Même Rock ? me demande-t-elle avec ironie.

– Oui, même lui. C'est vrai qu'il a été dur au début, mais reconnais qu'avoir Derek comme ex n'a pas joué en ta faveur.

– C'est vrai… D'ailleurs cette coïncidence est folle. J'y songe souvent tu sais, me confie-t-elle.

– Moi aussi. Ce type ne t'a jamais méritée…

Y repenser me donne des envies de violence comme face aux deux enflures cagoulées d'hier. Heureusement pour Derek, je n'en use que pour me défendre et jamais pour attaquer. Mais lui aussi a blessé Judy et lui a fait vivre un enfer psychologique. Je le vois à son regard bleu ou à certaines de ses réactions quand je la touche. C'était vraiment une ordure à tous les niveaux en plus d'être apparemment un mauvais coup au lit. Pour me calmer, je fixe sa longue tresse dorée osciller dans son dos alors qu'elle me passe devant en pressant le pas. J'ai déjà envie de reprendre là où nous nous sommes arrêtés hier mais me laissera-t-elle faire… ?

J'ai clairement un souci, ça frise l'obsession.

– D'ailleurs pourquoi vous vous détestez autant avec Derek ? reprend-elle en me jetant un regard par-dessus son épaule.

Le sujet Derek a le mérite de me faire débander sur-le-champ !

– Je te l'ai dit, c'était un connard au lycée. Tu as bien vu ce dont il est capable.

– Oui… et je me demande comment j'ai pu croire en être amoureuse un jour. Mais bon au début c'était différent. Il était quelqu'un d'autre et moi aussi.

– Tu n'es plus sûre de l'avoir aimé ? je m'enquiers, intrigué.

– Je l'ai cru, mais maintenant j'en doute.

– Pourquoi ?

Judy me lance un nouveau coup d'œil, me jauge, puis hausse les épaules avant de rebondir sur autre chose :

– Derek semble vraiment vous haïr…

– Ça, c'est peut-être à cause de la façon dont on s'est dit au revoir au lycée.

– Vraiment ?

Judy ralentit pour se repositionner à mes côtés et elle me jette un regard m'incitant à développer. Face à ses beaux yeux mouchetés, j'abdique :

– Derek avait une fois de plus dépassé les bornes et avec Rock, on a décidé de marquer le coup avant qu'il parte pour l'université et qu'on ne le revoit plus jamais. Je ne dis pas qu'on a eu raison mais ça nous a fait un bien fou sur le moment !

Repenser à cette histoire me fait sourire et allège l'atmosphère alors je poursuis :

– Il buvait ces espèces de boissons protéinées pendant ses entraînements de natation…

– Il le fait toujours ! s'exclame Judy.

– Ouais, eh bien, avant une compétition, on a mis dedans un laxatif hyper puissant.

Judy se stoppe net et me lance un regard plein de stupeur mais aussi animé d'un brin de malice. Cela me fait du bien de retrouver notre complicité car depuis le réveil je vis avec le sentiment d'avoir tout gâché entre nous. Elle m'a déjà repoussé plusieurs fois comme si mon contact la dégoûtait à présent.

– Ne me dis pas que… demande-t-elle en riant doucement.

– Si… Il s'est chié dessus dans la piscine devant tout le monde. Ils ont dû interrompre la compétition et vider le bassin pour nettoyer, enfin tu vois le truc… Quand il a su que c'était nous, le père de Rock a dû intervenir.

– Il ne m'en a jamais parlé.

– Tu m'étonnes !

Nous finissons le reste du chemin en silence puis nous arrivons enfin devant le sas permettant l'accès au QG et où débouchent les autres tunnels. À nouveau je le déverrouille à l'aide d'un code d'accès, sous le regard toujours aussi émerveillé de Judy.

– J'ai l'impression d'être dans un *James Bond*, murmure-t-elle.

– Ce type d'équipement est plus courant que tu ne le penses.

– Pas là d'où je viens…

Sa phrase se meurt lorsqu'elle découvre l'immense open space dans lequel nous pénétrons. En semaine, une trentaine de personnes s'affairent ici pour assurer la gestion de nos différents business. Et ce sans compter notre bureau géré par Shawn depuis New York, ou encore nos activités éparpillées ailleurs dans le pays telles que le garage de mes parents. L'endroit ressemble davantage aux locaux modernes d'une start-up qu'au cliché du QG d'un club de bikers et Judy en devient muette.

– Tu ne t'attendais pas à ça ? je la charrie.

– Non en effet. Et on oublierait presque être sous terre. Cet éclairage est vraiment incroyable, ça fait si… réel. On se croirait chez Google.

Face à son engouement, je lui fais rapidement visiter le reste des locaux. J'aime l'entendre s'extasier ou rire, comme lorsqu'elle découvre le bureau de Liv et sa collection de mugs licornes.

– Je pense que j'avais sous-estimé vos activités, me confie Judy sur la fin.

– Comme beaucoup de gens et cela nous va très bien. On se veut discrets.

– Je me trompe ou vous ne faites pas qu'extraire de la roche et des cailloux ?

– Effectivement… Je tiens aussi le bar de la ville, éludé-je.

– Tu ne m'en diras pas davantage hein ?

– Chaque chose en son temps, Blondie, tu vois déjà là bien plus qu'on ne le permet à quiconque.

Elle semble se satisfaire de ma réponse et reprend une observation plus silencieuse de ce qui l'entoure.

Nous sommes les premiers arrivés alors je l'installe dans la salle de réunion avec une pointe d'appréhension en espérant sincèrement que les autres comprendront mon choix de la faire venir ici. L'attente ne dure pas longtemps, car à peine cinq minutes plus tard la porte s'ouvre sur le reste des Evil's Heat. Apparemment ils sont venus en meute, Rock et Liv en tête du Clan.

Ces derniers marquent un temps d'arrêt en découvrant Judy debout, près de la place que j'occupe habituellement.

Rock me jette un regard atterré mais Olivia, une fois la surprise passée, se rue sur Blondie pour la prendre dans ses bras :

– Je suis si heureuse que tu ailles bien ! Ce qui t'est arrivé hier soir...

– Ça va, la rassure Judy.

– Tu es sûre ? Tu as le droit de craquer, ce serait compréhensible tu sais.

– Vraiment je vais bien. J'ai été secouée et je le suis encore, mais je suis vivante et c'est tout ce qui compte.

– Tu es plus coriace que tu ne le crois, lui assure Liv en souriant. Je l'ai tout de suite senti quand je t'ai rencontrée !

– Enfin, c'est aussi grâce à Max, Loris et Bounce, alors merci à eux.

– De rien, Cul-nu, lui retourne ce dernier, affable.

– Mouais, en attendant la sécurité du QG n'est plus ce qu'elle était, intervient Vince sur le ton de la plaisanterie. On n'était pas censés garder cet endroit secret pour ceux qui ne font pas partie du Clan ?

– Si. Effectivement. Tu nous expliques, Max, ce que Judy fait parmi nous ? me questionne Rock, sarcastique au possible.

Au contraire de Vince, Rock ne rigole pas et me lâche un nouveau regard désapprobateur. Ce doit être le dixième en moins de cinq minutes mais à une époque, il aurait réagi encore plus durement : avant que sa propre femme n'arrive à s'infiltrer ici sans son consentement. Olivia a montré la voie et nous nous sommes rendu compte que malgré les précautions prises, les ennuis savaient nous trouver.

– J'ai avoué à Judy pour Ellie ce matin.

Un silence suit ma déclaration et tous pivotent vers elle pour jauger son état d'esprit alors que Blondie me surprend en énonçant :

– J'ai demandé à Max de m'amener ici pour vous parler. J'ai des questions et vous me devez des réponses. C'est la moindre des choses quand on sait ce qui est arrivé à ma grand-mère.

– Il était hors de question que je la laisse seule après ça et après hier soir, j'ajoute.

– Au fond, je m'y attendais, se résigne Rock avant de s'asseoir en bout de la table de réunion.

Nous l'imitons en silence et je prends place face à Judy pour pouvoir l'observer à ma guise, puis Rock reprend avec sérieux à son attention :

– J'aurais préféré que Max me demande mon avis avant de te faire venir ici mais je suis content que t'ailles bien. Et désolé pour Ellie, on a jamais voulu ça.

Rock est maladroit mais son effort pour être moins agressif reste à saluer, d'ailleurs Judy lui lâche en retour un demi-sourire contrit.

– Quelles sont donc tes questions ? lui demande-t-il, moins sur la défensive.

Je suis soulagé que cela se passe bien car j'avais redouté pire à cause de Rock et de ses instincts protecteurs pathologiques. Instincts que je commence à comprendre de plus en plus malgré moi en regardant Judy prendre la parole.

Sa voix tremble d'émotions lorsqu'elle s'exprime mais elle garde le cap :

– Je suis au courant du pourquoi et du comment ma grand-mère est morte. Mais j'ai besoin de savoir autre chose.

– Tout ce que tu voudras, lui murmure Liv, émue de reparler de ça.

Olivia est la première à avoir découvert le corps de la vieille dame dans la cave… Une vision d'horreur qui me rend toujours nauséeux quand j'y repense.

– Ma grand-mère a-t-elle obtenu justice ? reprend alors Judy plus assurée.

– Seules les personnes ici présentes savent de quoi est vraiment morte Ellie. Tu dois comprendre qu'on ne pouvait rien dire et qu'on ne peut toujours rien dire, lui avoue Liv peinée.

Rock intervient à son tour pour expliquer ce que sa femme tente de dire à Judy :

– Si une enquête avait été ouverte, c'est le Clan qui aurait plongé pour l'assassinat d'Ellie et non les vrais coupables. Les flics du comté attendent depuis toujours l'occasion de nous coffrer une bonne fois pour toutes en nous collant un sale truc sur le dos. On ne pouvait pas faire intervenir la justice bancale de ce pays, ou alors il n'y aurait plus eu personne pour protéger Olivia et le reste de nos membres. Les Russes ne comptaient pas s'arrêter à ta grand-mère. Ce n'était que le début…

– Oui, je me doute mais ce n'est pas ce que je vous demande, l'interrompt Judy, animée d'une vive émotion.

– Tu nous demandes quoi alors ? je m'enquiers, incertain.

— J'ai vu hier soir de quoi vous étiez capables pour protéger ou venger les vôtres et cette ville... Je veux savoir seulement si vous avez fait la même chose pour ma grand-mère ?

Elle marque une pause, fixe le plafond, puis nous regarde à nouveau droit dans les yeux en nous demandant :

— L'avez-vous vengée, elle aussi ?

Je dévisage Judy, pris de court, un feu que je ne connais que trop bien brûle dans son regard bleu. La rage y a remplacé la peine et c'est Bounce qui lui répond avant que je ne puisse le faire.

— Oui. J'ai été en Russie avec Loris et Shawn. Nous avons tué ces sales chiens à la source pour être sûrs que plus personne n'en soit jamais victime. On a rendu justice nous-mêmes à Ellie et Sunny.

Nous retenons notre souffle en fixant Judy car il est dur de savoir ce qu'elle pense de cet aveu de la part de Bounce. Contre toute attente elle se lève et se dirige vers lui, puis s'en prévenir vient le prendre maladroitement dans ses bras. Je m'attends à ce qu'il la repousse mais il nous surprend encore plus en se tournant vers elle pour lui faciliter la manœuvre. Ils échangent même quelques mots à voix basse et je sens le feu de la jalousie me brûler la peau de façon déraisonnable.

Le silence qui règne dans la salle de réunion est pesant. Vince se garde bien de commenter l'attitude étonnante de Bounce, surtout lorsque son regard croise le mien.

Enfin Judy s'écarte puis va vers Loris avec qui elle a plus de retenue, ce qui est ironique quand on y pense. Bounce est selon moi le plus effrayant d'entre nous.

— Merci Loris, souffle Judy.

— Je le referais sans hésiter. Ta grand-mère et Sunny ne méritaient pas ça...

Judy acquiesce puis retourne s'asseoir sans rien dire ni me regarder alors que moi, je ne peux détourner les yeux d'elle.

Pourquoi me suis-je assis si loin d'elle déjà ?

C'est Liv qui reprend la parole en versant quelques larmes au passage :

— Ta grand-mère m'a accueillie chez elle à bras ouverts quand je suis arrivée à Colorado Source. Elle a été adorable et aimante. Je m'en voudrai toujours... Sans moi, elle serait toujours là.

– Non, ce n'est pas de ta faute, la rassure Judy avec un sourire triste. Tu as été la petite-fille qu'elle n'avait plus. Pour ça, je te serai éternellement reconnaissante. Sans vous, elle serait morte sans famille près d'elle.

– Nous avons enterré ta grand-mère en paix et avec dignité près de son mari comme elle l'a voulu, la rassure Liv.

– Je sais. Je suis contente qu'elle t'ait légué tous ses biens.

– Judy, j'ignorais vraiment qu'elle avait une petite-fille ou même des enfants. Si j'avais su, jamais je n'aurais accepté la maison. Je t'aurais prévenue… reprend Liv en nous jetant à chacun un regard réprobateur.

Olivia nous en veut de ne pas lui avoir dit, mais ce n'était pas notre secret ni notre histoire de famille. Je me souviens encore de la dernière fois où j'ai demandé des nouvelles de Judy à la vieille femme. Son chagrin était si lourd à porter que j'ai cru qu'il était peut-être arrivé quelque chose de grave à Judy et ses parents. J'ai ravalé mes questions, et nous n'avons plus jamais abordé le sujet. Nous avons respecté son choix de laisser sa fille, son gendre et sa petite-fille tranquilles. Je suis passé à autre chose, après tout, il ne s'agissait que d'une soirée près d'un lac. Du moins c'est ce que je croyais, jusqu'à ce que Judy réapparaisse enfin…

– Liv, je le répète, je comprends et je ne vous en veux pas. D'ailleurs pourquoi avoir prévenu mes parents du décès d'Ellie ? Au final le mieux aurait été de ne rien leur dire du tout vu comment ils s'en souciaient…

Cette fois j'interviens, espérant ainsi que Judy me regarde enfin, sans succès :

– Ellie avait gardé contact avec une cousine dans l'Oregon. Elle venait d'ailleurs d'y passer un mois avant son décès. Ça nous semblait correct de la prévenir. Je pense que c'est elle qui a ensuite prévenu tes parents car nous ne leur avons rien dit et ils n'ont jamais cherché à nous joindre.

– Je vois, peu importe à présent. Je ne doute pas que vous ayez fait au mieux au vu de la situation passée, me répond-elle en fixant ses mains.

Cette distance entre nous me tue. Je savais qu'en apprenant la vérité elle ne voudrait plus rien avoir à faire avec moi…

Amer, je lui laisse le temps de digérer ces informations puis Rock lui pose une question qui me retourne le bide :

– Que comptes-tu faire à présent que tu as les réponses à tes questions ? Tu vas rester ici ? Comme tu l'as constaté, le coin peut être dangereux. Tu en sais beaucoup sur nous…

Judy tarde à répondre. Et lorsque je pense finir par crever d'appréhension, elle se tourne vers Rock :

– Oui… J'aimerais beaucoup rester ici, si j'y suis toujours la bienvenue. Je vous promets de protéger vos secrets de ceux qui cherchent à vous nuire, particulièrement Derek… Je sais que certains d'entre vous me voient encore comme une louve dans la bergerie mais je saurai vous prouver le contraire si vous m'en donnez l'occasion.

Rock hoche la tête tandis qu'une vague de soulagement me submerge. Puis, Judy se tourne enfin vers moi et plonge ses yeux dans les miens avant d'ajouter :

– Je ne veux plus jamais retourner à la vie que j'avais avant et je n'ai pas peur des conséquences de ce choix…

Si je m'écoutais, je la subtiliserais à leurs regards pour être seul avec elle, mais non, je reste assis comme un con sur ma chaise, le souffle coupé. Je ne suis pas encore certain de tout ce qu'elle sous-entend et j'ai besoin d'en parler avec elle en privé car son attitude me déstabilise.

J'ai besoin de savoir si elle me pardonne pour Ellie et si nous deux ça peut continuer.

À cause de mon absence de réaction, c'est Eddy qui, jusque-là silencieux, intervient :

– Je propose qu'on vote à nouveau à la lumière des récents événements. Qui est pour donner l'occasion à Judy de nous prouver sa loyauté ?

Sans hésitation les mains de chacun se lèvent une à une.

– Mention acceptée à l'unanimité, cette fois-ci, Cul-nu, lui lance Bounce avec un clin d'œil.

Judy rayonne et nous regarde avec un sourire immense, surprise par ce dénouement.

– Cela veut dire qu'à terme je pourrai faire partie des Evil's Heat à ma façon ? ose-t-elle demander timidement.

– Peut-être bien si tu nous prouves ta loyauté, lui lance Rock. À voir avec le temps et ce qu'en pensera Max…

– Je ne suis pas certain d'être vraiment impartial, je rétorque.

– On est bien d'accord ! Ta queue a déjà choisi son camp, et à ce que je vois elle ne pointe pas dans ma direction, intervient Vince en riant.

– VINCE ! nous hurlons tous en chœur, sauf Bounce qui lui se marre.

Rock attend que le calme revienne puis poursuit sur un sujet beaucoup plus sérieux en s'adressant à Judy :

– Je sais que ce sera douloureux, mais j'ai besoin que tu nous racontes ce qu'il s'est passé hier chez Alfred. Le moindre détail qui te revient pourrait nous être utile. Tu as dit que ces hommes semblaient nous connaître ?

Blondie acquiesce :

– Je vais essayer si cela peut vous aider. D'ailleurs, Alfred va bien ?

– Il va s'en sortir et aura un tout nouveau sourire, la rassure Loris.

Judy lâche un soupir de soulagement puis nous retrace la soirée du braquage dans les moindres détails. Je sens à quel point il est dur pour elle de revenir sur ces événements traumatisants malgré la force dont elle fait preuve depuis hier. Mais elle est courageuse en poursuivant son récit de bout en bout sans flancher et nous impressionne.

Blondie est une guerrière à sa façon…

Suite au récit de Judy, nous établissons un plan d'action et il est convenu de maintenir nos investigations sur ces dealers d'Atlanta mais aussi la surveillance auprès de Derek. Quant à Bounce, il confirme avoir fait le nécessaire avec l'aide de Vince et d'Eddy pour tout « effacer », ce dont je ne doutais pas un instant.

Après ça notre réunion touche à sa fin et chacun entame des conversations en aparté. Olivia s'approprie Judy, et les deux femmes se remettent à parler d'Ellie avec émotion. De mon côté, muet, je les observe en rongeant mon frein. Je suis hanté par mes peurs à la con car je sens Judy différente…

Mais qui ne le serait pas après hier et ce matin ?

– C'est assez dingue… me souffle Eddy sur ma droite, m'arrachant à mes pensées torturées.

– De ?

– Que Judy se plaise ici. Je vais être franc, j'aurais pas misé sur elle au début. Je pensais qu'au bout de deux semaines elle serait retournée chez ses parents en courant et en brisant ton pauvre petit cœur fragile au passage. Imagine donc ma surprise de la voir ici après ce qu'elle a vécu.

– C'est une battante, je lui rétorque.

– Ouais, mais ce n'est pas facile de remettre sa vie en question comme elle le fait. Certaines personnes n'y arrivent jamais. Derek et ses parents semblaient avoir une sacrée emprise sur elle. J'espère qu'elle n'aura pas de regrets.

– Je pense que son seul regret aujourd'hui c'est de ne pas l'avoir fait plutôt et d'être passée à côté de retrouvailles avec sa grand-mère.

– Pas faux. Du coup, toi et elle…

– Quoi, moi et elle ?

– Y a quoi entre vous ? Car de l'extérieur ça me paraît très flou tout ça.

– Je viens de lui apprendre que sa grand-mère s'est fait décapiter à cause de nos emmerdes. Je pense que ça risque de rester flou encore un moment.

– Eh bien, bon courage, mon pote. Ne tarde pas trop à la revendiquer haut et fort ou un autre le fera à ta place.

Sur ce, il me donne une claque dans le dos assortie d'un sourire narquois. En retour je me retiens de lui hurler au visage de fermer sa grande bouche balafrée ou je risque de lui faire ravaler ses conseils à la con. Dans le genre « je déblatère des évidences » merci de demander Eddy Floyd, alias *captain* Obvious !

En effet, je n'ai pas besoin de lui pour savoir que Blondie ici présente suscite l'intérêt de plusieurs membres célibataires du Clan… Il faut dire qu'elle a su faire une première entrée « fracassante » au CSB où elle a marqué de nombreux esprits.

Malheureusement, je ne peux pas mettre Judy sur mon épaule pour la ramener chez elle et nous y enfermer, loin du monde et de toute la folie qui l'habite.

Pourtant j'en crève d'envie, notamment en voyant Bounce s'asseoir à côté d'elle pour lui parler. Je me renfrogne un peu plus comme un abruti, jusqu'à ce que Liv propose :

– On se retrouve toujours au CSB ce soir ? Tu viendras, Judy ? Dakota et Soraya seront là aussi.

– Avec plaisir, lui répond cette dernière.

– Tu pourras laisser Jenna gérer le bar ? me questionne Olivia, m'obligeant à prendre sur moi.

– Ouais, ça devrait le faire. Je l'aiderai à lancer la soirée car les samedis sont toujours chargés puis je vous rejoindrai.

– Susan a proposé de garder Nini avec mes filles, reprend Eddy. Elle veut se coucher tôt.

– Oui, elle me l'a dit, conclut Liv avec un sourire. Je vais voir avec elle dans la journée pour l'organisation.

Je suis surpris que ma sœur ne se joigne pas au reste des filles.

– Susie va bien ? je m'enquiers, inquiet.

– Oui, oui, elle est juste un peu fatiguée en ce moment. Mes filles l'adorent mais elles ne sont pas toujours faciles, surtout Maddison. Sa mère lui manque… m'explique Eddy, coupable.

Je comprends le ressenti d'Eddy… Son ex était une salle garce qui a trahi le Clan et l'a payé de sa vie, mais elle demeure la maman des petites malgré nous.

– Ta sœur est un ange, elle est incroyable avec les filles. Elle sait trouver les mots.

Le regard d'Eddy en parlant me conforte dans l'idée qu'il prend soin de ma sœur et vice versa. Je n'ai pas vu venir leur couple mais qu'importe, leur bonheur fait le mien, du moins en partie.

– Judy, tu veux passer à la maison ce midi ? Histoire qu'on poursuive nos papotages, lance Liv par-dessus les discussions des uns et des autres.

Mais Judy n'a pas le temps de répondre car Bounce, à ses côtés, intervient :

– Pas possible. Cul-nu est prise ce midi.

– Ah bon ?! je lance en chœur avec Judy, qui semble tout aussi étonnée que moi.

– Ouais, j'ai pu décaler notre rendez-vous d'hier soir à aujourd'hui, explique-t-il alors.

Un blanc suit sa déclaration tandis que mon sang se met à battre dans mes tympans. Je pivote alors vers Judy qui écarquille les yeux puis rougit jusqu'à la racine des cheveux. Cette fois, je ne peux plus me retenir de leur demander :

– C'est quoi et où ce rendez-vous ?

Mon ton est plus dur que souhaité, tandis que Bounce me lance un clin d'œil et pour seule réponse :

– Tu verras, tu me remercieras, mon pote.

Quant à Blondie, elle bafouille en évitant mon regard, ce qui ne me rassure absolument pas. Elle fixe Olivia, mais cette dernière, ahurie, ne lui est d'aucun secours. Le bourdonnement dans mes oreilles s'intensifie…

– C'est juste un truc sans importance entre moi et Bounce au sujet d'une idée que j'ai eue, bredouille Judy. Mais je ne suis plus sûre de vouloir le faire. Je dois prendre en compte un nouvel élément important…

– Si, tu vas le faire. C'est une très bonne idée. D'ailleurs faut qu'on parte maintenant, lui indique-t-il en jetant un coup d'œil à son téléphone.

– Bounce… le supplie-t-elle, rouge et honteuse.

Intérieurement je bous, et cela me demande une énergie inimaginable pour ne pas perdre pied. Je muselle mes émotions puis tente de reprendre le plus posément possible :

– Dis-nous tout, Judy, on pourra te donner notre avis. Bounce est rarement de bon conseil.

Ce dernier me fait un doigt d'honneur et Judy se redresse sur sa chaise comme pour se donner du courage :

– Non, c'est bon. L'avis de Bounce est suffisant. Il est le meilleur dans son domaine… Je lui fais entièrement confiance, lâche-t-elle d'une petite voix en évitant mon regard.

– Là tu me flattes. Le meilleur ? Carrément…

Je vais devenir fou.

Personne n'ose parler, pas même Liv qui a laissé échapper un rire étouffé en entendant la réponse de Judy et de Bounce. Je sens leurs regards silencieux posés sur moi et intérieurement c'est le chaos. Rock, Loris, Vince et Ed semblent amusés par toute cette situation et laissent faire. De mon côté, ma jalousie devient impossible à contenir mais faire une scène serait ridicule car je n'en ai aucun droit.

Je le sais.

Ma raison le sait.

Mon cœur en revanche…

– Bounce… grondé-je.

– C'est une question de doigté mec, reprend Bounce toujours aussi provocant en faisant jouer ses dix doigts devant son nez. Mais promis, je regarderai ailleurs quand Judy enlèvera son soutif.

Cette dernière phrase a raison de moi et je me lève de ma chaise d'un coup…

– OK, ça suffit ! intervient Judy en se levant à son tour. On y va !

Puis elle me jette un coup d'œil rapide et ajoute :

– Tout de suite, Bounce ! Et Liv, je te rejoins chez toi en fin d'aprèm vers dix-sept heures, on se préparera ensemble, ça te va ?

– C'est parfait, lui répond Olivia.

Je suis à un minuscule rien de contourner la table pour choper Bounce par le col de son cuir. Si Judy n'avait pas suffisamment vécu de choses traumatisantes en moins de vingt-quatre heures, je l'aurais déjà fait…

– Allez, Bounce, lève-toi. On part… Max, promis ce soir je t'explique, c'est juste que là… Devant tout le monde ça me gêne un peu, s'excuse-t-elle contrite en tirant ce crétin par le bras.

Je me doute qu'il y a une explication sensée à tout cela mais je suis tellement consumé par ma jalousie que lui répondre quoi que ce soit m'est impossible. Le contexte de fatigue et de tensions depuis ce matin n'aide en rien alors je sens que la journée va être longue et merdique jusqu'à ce que je puisse discuter seul à seul avec Blondie.

Muet, je les fixe tous les deux d'un regard noir. Bounce finit par se lever en riant, ce qui ne lui arrive normalement qu'une fois par an, à Halloween, lorsqu'il découvre nos têtes face à son costume pour l'occasion. L'année dernière, il a choisi de débarquer complètement à poil dans le QG avec écrit sur son torse tatoué : « *Grab a pussy!* »[1]

– Max ? murmure Judy, attendant une réponse.

Elle veut me parler, c'est déjà ça, pensé-je.

Son beau regard bleu m'apaise un peu et je lâche à contrecœur :

– Ouais. On en parle ce soir. Pas de soucis.

Décernez-moi un oscar.

---

1. « Attrapez une chatte ! » Slogan de l'organisation PETA qui a fait scandale aux États-Unis. Ils sont connus pour leurs photos choc avec des célébrités posant complètement nues pour défendre la cause animale.

42

À TORT OU À TÉTONS…

Judy

En sortant du QG des Evil's Heat sous les regards lourds des uns et des autres, mais surtout sous celui perçant de Max, j'ai encore du mal à croire que ma matinée fut bien réelle. Je me pince discrètement l'intérieur de la main pour être certaine de ne pas halluciner.

Le braquage, Ellie, cet endroit, le Clan… Tout est complètement dingue !

Heureusement, le trajet du retour avec Bounce se passe dans le calme et me permet de réfléchir au virage pris par ma vie ces derniers mois.

– Tu n'étais pas obligé de le provoquer à ce point, je lance tandis que nous atteignons le bout du tunnel et l'échelle.

– Qui ? s'étonne Bounce.

– Max ! De qui d'autre veux-tu que je parle ?

– Ah, ouais… Bah, je trouve que ça lui fait du bien d'être jaloux.

– Et pourquoi ça ?

– Pour qu'il se sorte plus vite les doigts du cul te concernant.

Si poétique dit ainsi…

– Max avait ses raisons de me maintenir à distance. Je le comprends à présent.

– Non. La vie peut être courte par ici. Tu l'as bien vu hier. Y a pas le temps pour jouer au chevalier servant.

– Max ne joue pas au chevalier servant, je rétorque en repensant à la scène de la veille dans mon lit.

Je sens mes joues s'échauffer et mon cœur s'accélérer lorsque les souvenirs brûlants affluent…

– En plus mes futurs piercings, c'est un sujet hyper perso, je reprends sur la défensive.

– Max finira par voir tes tétons percés…

– Pas forcément !

Je le contredis juste pour la forme car, au fond, Bounce a entièrement raison.

– Oh que si ! Et y a même intérêt qu'il les voie le plus vite possible !

– Pourquoi ? lâché-je, étonnée.

– Parce qu'il est temps que vous baisiez enfin ! Il en va de notre santé mentale à tous ! me crie alors le biker en se stoppant net.

Je reste coite, le regarde avec des yeux ronds et il reprend :

– Cette tension sexuelle entre vous, c'est insupportable. Alors fini, le touche-pipi. Va falloir passer à l'étape suivante, histoire qu'on passe nous aussi à autre chose.

– OK… je bredouille, ne sachant quoi ajouter d'autre.

– Toi et Max, vous êtes pires que ce film pour ado que Liv adore et qu'elle nous force à regarder deux fois par an.

Ébahie, je vois alors Bounce se lancer dans des imitations de voix plutôt convaincantes :

– « Dis-le, Bella ! Quoi Edward ? Qu'est-ce que je suis, Bella ? Un vampiiiire… » Sérieux, butez-moi si je dois le revoir une fois de plus cette année.

Ses imitations sont assez réussies même si Bounce a clairement pris des libertés au niveau des dialogues. D'ailleurs, son expression désespérée, associée à cette parodie version biker de *Twilight*, me fait exploser de rire.

– Liv regarde ça ?!

– Elle en est fan, ouais. Et elle nous l'impose tous les ans mais on est devenus trop mous ces derniers temps. On ne sait rien lui refuser, moi y compris ! Le plus dur c'est quand elle te fixe de son regard suppliant… et Nini est comme sa mère. Un démon, cette gamine.

– Je compatis, Bounce… je lui réponds, amusée par son ton exaspéré mais empreint d'une touche de douceur à l'encontre de la mère et de sa fille.

Je sais à présent pourquoi il parle peu d'ordinaire : lorsque Bounce se laisse emporter, il fend l'armure solide qu'il s'est créée pour se protéger du reste du monde.

Il le réalise, marque un mouvement de recul et se ressaisit :

– Ne leur dis pas que j'ai dit ça, m'ordonne-t-il.

– Promis…

Je fais mine de me coudre la bouche et Bounce hausse un sourcil.

– Et arrête de me faire parler autant, ajoute-t-il en se renfrognant.

– J'aime bien parler avec toi, fais-je, doucement. Même si souvent ça part dans tous les sens et que je ne comprends plus rien au final.

– Eh bien, moi je n'aimais pas parler autant avant.

– Avant quoi ?

– De te rencontrer. Tu es pire que Liv sur ce point.

– Ce n'est pas forcément à cause de moi. Il arrive simplement que l'on change, tu sais.

– J'aime pas le changement non plus.

La réponse de Bounce m'arrache un petit rire et il me fait penser en un sens aux élèves difficiles dont j'ai la charge.

– Tu n'aimes pas *Twilight* et pourtant tu acceptes de le regarder, parce qu'au fond tu sais que cela fait plaisir à Olivia… C'est un acte altruiste, Bounce. Voir les gens à qui l'on tient être heureux nous rend aussi heureux.

Bounce me lance un regard qui veut clairement dire « c'en est trop pour moi », se retourne et grimpe à l'échelle pour déverrouiller la trappe en silence.

Il m'aide ensuite à en sortir et nous nous retrouvons dans la réserve du CSB.

– En tout cas, je ne vois pas le rapport entre Max, moi et *Twilight*, je reprends pour relancer une discussion plus légère.

– Vous regarder vous tourner autour est frustrant et me provoque les mêmes pulsions violentes que le film, me lâche Bounce de but en blanc après plusieurs secondes de réflexion.

– OK… je bredouille, incertaine. Dois-je craindre pour ma vie ?

– Non. Je sais me contrôler un minimum quand même…

– Tu m'en vois ravie, je réponds avec ironie.

– Dormir dans un cercueil m'aide à prendre sur moi. Mary me dit que j'ai vachement fait de progrès sur mon self-control.

– Un cercueil ?!

Je tente de garder un esprit ouvert depuis mon arrivée ici, mais là je crains atteindre mes limites.

– Quoi ? Tu me juges ?

Oui, et j'ai honte à présent. Qui suis-je en effet pour le juger sans comprendre ? Cet homme est clairement singulier mais aussi dévoué. Il m'a donné de son temps pour répondre à mes questions au sujet des piercings, il m'accompagne aujourd'hui, m'a sauvé la vie hier. Il est loyal à son clan et se débat avec son passé. Mieux encore, il est d'une honnêteté sans faille, parfois presque trop car il ne mâche pas ses mots, néanmoins j'aime cette facette de sa personnalité après avoir vécu avec quelqu'un comme Derek. Curieuse, je me demande quelle est son histoire ainsi que celle de son frère jumeau, Shawn.

– Je suis désolée, Bounce, tu m'as prise de court. Libre à toi de dormir dans un cercueil ou suspendu par les pieds au plafond si tu en as envie.

– T'excuse pas. J'aime bien choquer les gens.

– Alors c'est réussi…

– C'est aussi pour ça que je déteste ce navet de *Twilight*, reprend Bounce très sérieusement. Ils ont ruiné le mythe des vampires. Un vampire ça tue, ça boit le sang de ses victimes et ça se fait des colliers avec leurs boyaux. Un vampire, ça ne va pas au lycée disséquer des grenouilles et jouer au baseball pour tomber amoureux d'une nana parce qu'elle sent trop bon la papaye.

Je ne sais plus quoi répondre à cela et hoche bêtement la tête. Cette conversation insensée est à l'image de ma vie dernièrement. Depuis que j'ai quitté Colorado Springs après avoir dit haut et fort « non » à la demande en mariage de Derek, mon quotidien ressemble davantage au scénario d'un film d'action qu'à la réalité. Je vais de révélation en révélation, de péripétie en péripétie aux côtés de personnages différents, parfois étranges tels que Bounce.

Mais j'aime ça, tout comme je m'attache à cet endroit et à ceux qui y vivent.

Ici je repousse mes limites, mes préjugés et je me surprends à être plus forte que je le croyais.

Ici je me sens vivante et sincère pour la première fois de ma courte existence.

Bounce redevient mutique et nous sortons de la réserve du CSB en prenant soin de remettre en place derrière nous l'étagère cachant la trappe. Traverser le bar vide est étrange et me surprend à chaque fois. C'est si différent lorsque tombe la nuit, comme si le jour, l'âme du lieu disparaissait en l'absence des clients mais surtout, en l'absence du patron des lieux…

– Je dois passer à mon appartement prendre mon sac. Attends-moi là, je propose à Bounce.

– OK.

Je rebrousse chemin, me rue à l'étage et lorsque je reviens je ne peux m'empêcher de lâcher un petit rire en le découvrant près de la porte d'entrée du CSB : ce type tatoué, portant un cuir aux couleurs de son clan, a regardé *Twilight*.

Non vraiment cette journée est improbable et je préfère me raccrocher au positif…

Ressasser les causes de la mort de ma grand-mère ou le braquage d'hier ne m'aidera en rien pour vivre jusqu'à demain. Je suis forte à présent, je peux encaisser les épreuves qui m'attendent et savourer les instants plus légers comme celui-là.

– Tout va bien ? s'inquiète-t-il.

– Oui pourquoi ?

– Tu souris bizarrement. Tu vas craquer ? Ça se comprendrait avec hier et ce matin.

– Non, ça va. J'ai juste l'impression d'avoir atterri dans une autre dimension depuis quelques mois, mais je crois que ça me plaît, aussi fou que cela puisse être.

– Cool. Bienvenue chez les tarés. Maintenant presse-toi, mon pote nous attend.

Je m'exécute en accélérant le pas et nous nous dirigeons vers ma voiture garée en face. La journée s'annonce radieuse, il fait doux et je me souviens alors m'être habillée comme un sac ce matin. Je décide là encore de n'en avoir rien à faire même si ma mère désapprouverait totalement ma tenue. Isabella Myers sort de chez elle uniquement tirée à quatre épingles afin d'être le meilleur faire-valoir possible pour mon père.

Ce que je préfère ma vie depuis que je ne les ai plus sur le dos !

Je refuse d'ailleurs toujours leurs appels téléphoniques et ne réponds pas aux messages.

– Le mieux est de prendre ta voiture, me lâche Bounce. Je ne suis pas garé ici, on est arrivés au QG par l'accès de Rock et Liv, ce matin.

– D'accord, mais je te préviens, c'est moi qui conduis, interdiction de fumer, et fais attention à ne pas accrocher mes sièges avec les poches de ton jean ou ton blouson.

– Tu veux pas que j'enlève mes pompes avant de monter non plus ? râle-t-il.

– Maintenant que tu le dis…

***

Après un trajet silencieux mais agréable, je me gare devant le *tattoo shop* de l'ami de Bounce. J'ai beaucoup cogité pendant l'heure de voiture jusqu'à Newton City et je suis arrivée à une conclusion qui risque de lui déplaire fortement.

– Bounce ? murmuré-je.

– Quoi ?

– Je ne veux plus me faire percer les tétons.

– Hein ?! Et tu me dis ça maintenant, une fois arrivés ?

– Pour ma défense, j'ai essayé de te le dire ce matin au QG mais tu n'étais pas très réceptif.

– C'est parce que t'as peur ?

– Non, je me suis mal exprimée. Je veux toujours le faire mais plus maintenant. Je pensais plutôt le faire à l'automne prochain.

– Pourquoi ?! J'y comprends plus rien.

– Tu m'as dit qu'il y en a pour quatre à six mois de cicatrisation…

– Ouais, et ?

– Quatre à six mois sans qu'on puisse… enfin tu vois…

– Nan, je ne vois pas. Développe.

– Bah tu as dit que je devrais passer quatre à six mois sans que personne ne puisse me toucher à cet endroit…

– Effectivement, mais qu'est-ce qui a changé depuis hier soir ?!

– Max a changé… Il n'y a plus de secret entre nous, j'ai pu le sentir. Ce soir on doit parler, seul à seul… Et si enfin on doit faire « tu sais quoi », je n'ai pas envie d'avoir mal à cause des piercings.

Puis, je prends mon courage à bras-le-corps et conclus d'une voix nette et claire en pointant mes seins :

– Je veux pouvoir être touchée par Max à *cet endroit*, et de nombreuses fois…

– Satan, achève-moi, lâche Bounce en levant les yeux au ciel et en joignant ses deux mains tatouées devant son visage.

– Hey ! N'invoque pas l'Antéchrist ici dans ma voiture ! je lui ordonne en lui donnant une tape sur les doigts.

Cette fois, Bounce rigole un peu puis expire longuement :

– Toi et lui, vous me fatiguez sérieux. J'ai jamais vu autant d'indécision et de contradictions depuis…

– Depuis *Twilight*, oui, j'ai compris, je le coupe avec un sourire.

– J'allais plutôt dire depuis l'élection de Donald Trump, mais ouais, *Twilight* ça marche aussi.

– Je pensais que tu serais content de savoir qu'on compte enfin coucher ensemble mais bon…

– OK. Pas de piercing aux tétons pour aujourd'hui ! T'as gagné, abdique Bounce en levant les mains.

– On repart du coup ? je lui demande. Parce que tant qu'à être là, j'avais pensé faire un peu de shopping et manger un morceau…

Son silence soudain et son regard noir me font regretter instantanément ma question.

– Tu peux rester dans la voiture ! Je serai rapide… je lui précise.

– Non. Mon pote a booké un créneau pour nous sur sa pause déjeuner, on va y aller et honorer le rendez-vous.

– Euh, alors j'ai déjà les oreilles percées et hormis les tétons je ne compte rien trouer d'autre de mon anatomie donc…

– Donc je vais en profiter pour terminer un de mes tatouages, finit Bounce.

– Oh d'accord, mais tu as encore des endroits vierges quelque part ? Parce que là comme ça, à part ton visage, je ne vois pas.

Sans me répondre, Bounce me lance un clin d'œil puis sort de la voiture et je n'ai d'autre choix que de le suivre dans le *tattoo shop*.

Le lieu est un repaire typique de tatoueur et la sonnette retentit lorsque nous y pénétrons. Les murs bruns sont entièrement recouverts de projets de l'artiste qui a clairement un franc penchant pour les ténèbres, les forces occultes et la mort. Je ne devrais pas être surprise car il s'agit là d'un ami de Bounce, après tout. L'entrée faisant office de salle d'attente est plus spacieuse qu'elle le laissait paraître à travers la vitrine depuis l'extérieur, et bien que sombre, la décoration est soignée. D'ailleurs, l'endroit est d'une propreté chirurgicale.

Curieuse, je marche dans les pas de Bounce et reste derrière lui, attentive aux moindres détails qui m'entourent comme ces squelettes d'animaux sur une étagère lorsqu'un homme apparaît au fond de la pièce.

– Bounce ! lâche une voix grave. T'es en avance !

L'homme en question est jeune et finalement moins tatoué que je ne l'aurais pensé pour quelqu'un exerçant son métier. À croire qu'ils ne sont pas tous comme Bounce. En revanche, il est bien plus percé… Il a deux énormes écarteurs aux oreilles, un anneau au nez puis à la lèvre, et en approchant, je devine que son crâne rasé n'a pas une forme « normale ». On dirait qu'il s'est glissé deux boules sous la peau du front juste au-dessus des sourcils.

– Judy, je te présente Ash, lance Bounce en se décalant sur la droite.

– Enchantée, je bredouille, un peu impressionnée par ce nouvel environnement et l'apparence singulière d'Ash.

L'homme me sourit en retour et dévoile des dents taillées en pointes…

– Donc c'est toi qui veux te faire percer les tétons ?

– Euh… Alors en fait…

– Elle a changé d'avis, intervient Bounce.

– Oh et pourquoi ça ? demande Ash, surpris.

– Elle a plutôt pour projet de se les faire lécher par Max.

– BOUNCE ! je crie en lui donnant un coup de pied dans le tibia qui ne le fait même pas ciller.

Ash quant à lui explose de rire et se tourne vers moi :

– Je comprends, y a des priorités dans la vie…

– C'est ça, je murmure, rouge comme une pivoine et en colère après ce fichu biker sans filtre.

– Du coup on pourrait finir le dernier tatouage qu'on a commencé si t'es OK, reprend Bounce le plus naturellement du monde.

– Ouais, il ne manquait plus grand-chose en plus. Laisse-moi retrouver les croquis sur ma tablette, lui répond Ash en se dirigeant vers un bureau où trône un iMac flambant neuf.

– Tu voudras regarder ? me demande alors Bounce très sérieusement.

Ses yeux verts me fixent et je m'entends répondre avant d'y avoir vraiment réfléchi :

– Oui, carrément !

Car au fond je suis curieuse de voir comment se déroule un tatouage et surtout hyper curieuse de savoir où et quoi Bounce va se faire tatouer.

Il faut vingt bonnes minutes à Ash pour préparer son poste de tatouage dans une pièce voisine. Pendant ce temps, assise confortablement au creux d'un fauteuil noir vintage, je joue sur mon téléphone et lis l'avalanche de SMS que j'ai reçus de la part de Liv un peu plus tôt.

Elle me harcèle pour que je lui avoue la raison de mon escapade avec Bounce mais je ne cède pas et l'ignore :

11 h 30 : [Tu es partie faire quoi avec Bounce ?!]

11 h 37 : [Je te promets de ne rien dire à Max.]

11 h 49 : [En échange d'aveux, je m'engage
à te livrer des cookies tous les week-ends
pendant deux mois.]

11 h 53 : [OK. Pendant quatre mois alors ?]

12 h 11 : [Judy ? T'es là ? T'es toujours vivante ?!]

12 h 13 : [Envoie-moi une émoticône hache
si tu as des ennuis et que tu ne peux pas parler !]

12 h 14 : [Je vois…]

12 h 18 : [Je pensais que nous étions amies,
toi et moi. J'ai le cœur brisé.]

S'ensuit alors une série de GIF sur le thème de la supplication et des regards larmoyants.

Puis :

12 h 21 : [Brûle !]

Le tout accompagné d'une ribambelle d'émoticônes doigt d'honneur.

Ces derniers me font exploser de rire avant que Bounce ne m'invite à le rejoindre dans la salle de tatouage. Je reste alors figée lorsque je le découvre… en boxer au centre de la pièce.

Son torse est entièrement tatoué à l'exception d'une zone : celle du cœur. Il y a à cet endroit un carré de peau parfaitement vierge tandis que des tatouages lui remontent dans le cou puis noircissent ses bras et son ventre. En revanche ils se raréfient en dessous de sa ceinture abdominale et ils sont plus disparates sur ses jambes. Le tout est harmonieux, Bounce a transformé son corps en véritable œuvre d'art et je ne peux m'empêcher de l'observer un long moment. Je constate par la même occasion qu'il est particulièrement bien fait de sa personne derrière l'encre sur sa peau, mais contrairement au corps de Max, le sien ne me fait ressentir rien d'autre qu'un intérêt curieux.

– T'as fini de me mater ? lâche-t-il alors.

– Oui, enfin non, je ne te matais pas, c'est juste que…

– T'inquiète. Je fais souvent cet effet-là. Pas vrai, Ash ?

Le tatoueur esquisse un sourire puis acquiesce avant d'enjoindre Bounce à s'allonger nu et à plat ventre sur la table de tatouage. Je n'ai pas le temps de comprendre l'ordre d'Ash que Bounce retire son caleçon sans la moindre gêne face à moi.

– On va finir son tatouage à l'arrière de la cuisse et de la fesse, m'explique Ash gentiment.

– D'accord, je réponds, le feu aux joues et fixant le plafond le temps que Bounce prenne place sur cette fichue table de tatouage.

– C'est bon, tu peux regarder, Judy, je suis allongé, ricane Bounce.

– Sur le ventre ?

– Sur le ventre, me confirme-t-il. Et promis je ne me retournerai pas sans te prévenir.

– C'est vraiment trop gentil à toi, je lui rétorque avec sarcasme.

– Au moins on est quittes à présent…

– À quel sujet ?

– Toi aussi, tu m'auras vu cul nu…

– Pff, t'es bête, répliqué-je en rigolant.

Sa remarque finit de me détendre, après tout j'ai déjà vu une paire de fesses et il s'agit là d'un intérêt purement scientifique pour celle de Bounce. Je vais voir quelqu'un se faire tatouer pour la première fois de ma vie, et finalement l'endroit importe peu. L'excitation me gagne, éclipsant ma pudeur. Bounce est à l'aise, Ash également, alors j'approche doucement pour l'observer préparer la zone qui va être tatouée.

– Ça fait mal à quel point ? je m'enquiers auprès de Bounce.

– Rien d'insupportable.

Il sait que tout ça m'est complètement inconnu et que je suis dévorée par la curiosité alors il s'en amuse. Puis sans prévenir, tandis que je suis penchée au-dessus de lui pour regarder Ash s'affairer sur sa cuisse (et ses fesses...), j'entends le bruit de l'appareil photo d'un téléphone. Surprise, je redresse la tête et découvre que Bounce vient de prendre une photo de moi avec son Smartphone par-dessus son épaule.

– Mais qu'est-ce que tu fais ? je lui demande dubitative.

– Je partage ce moment intime avec mes frères, m'explique-t-il en rigolant. Elle est parfaite, on dirait que tu m'embrasses le cul.

– NON ! je crie en lui volant le téléphone des mains.

Mais il est trop tard, la photo est bel et bien partie par SMS et je ne sais pas comment la rappeler. Loris, Vince, Shawn, Eddy, Soraya, Susie, Olivia, Rock et... Max viennent de la recevoir dans leur groupe de discussion.

Punaise, c'est vrai en plus. On dirait que je lui embrasse véritablement les fesses avec l'effet de perspective !

Je lui rends rageusement son Smartphone tandis que Bounce se félicite de sa petite blague.

– Ash ? je gronde, sentant la colère m'envahir.

– Oui ?

– Tu peux me montrer comment on tatoue « Twilight » sur une surface rebondie ?

Lorsque Bounce croise mon regard noir et sérieux, il arrête de rire instantanément.

– Même pas en rêve... me prévient-il.

À cet instant nos téléphones respectifs se mettent à vibrer et sonner dans tous les sens puis je reçois à nouveau une avalanche de textos d'Olivia :

[JUDY ! Décroche ! C'est quoi
cette photo que Bounce a envoyée ?]

[Vous êtes où ???]

[Max est en train de vriller
alors fais quelque chose !]

[P.-S. : T'as vu, Bounce a de belles fesses…
Je les ai aperçues, moi aussi, une fois.]

Je n'ai pas le temps de réfléchir à cette révélation que Max m'appelle…

Je décroche ? Je ne décroche pas ?

Je décroche puis m'éloigne de Bounce et d'Ash pour plus d'intimité conversationnelle.

– Hey toi, je murmure dans mon téléphone.

– Blondie…

Sa voix est plus grave que jamais et me provoque un truc puissant dans le ventre.

J'en ai le souffle coupé. C'est complètement fou l'effet qu'il me fait juste en prononçant ce surnom.

– Oui ?

– T'es où ?

– Chez un ami tatoueur de Bounce, c'est pas ce que tu crois…

– J'espère bien.

Un silence étouffant s'étire alors entre nous. Il dure, dure, puis j'entends sa lourde respiration dans le téléphone tandis que la mienne s'affole en retour. Le sentir si possessif provoque un truc bestial en moi. J'ai envie de lui, de le rassurer, de lui prouver qu'il est le seul à obséder mes pensées depuis des semaines…

– On y est allés pour moi au départ, je susurre. Mais j'ai changé d'avis sur mon projet et Bounce en a profité pour finir un de ses tatouages. Je ne savais pas qu'il voudrait se faire tatouer *là*…

– Ça ne t'a pas empêchée de regarder de très près apparemment.

Je perçois une pointe d'humour dans sa voix et je souris en lui répondant :

– Simple curiosité scientifique et effet de perspective de la photo.

– Je vois… Et toi tu voulais faire quoi au départ chez Ash ?

– Hum, je pensais me faire percer les tétons…

Un blanc suit mon aveu, je crains que l'appel ait coupé.

– Max ? Tu es toujours là ?

– Oui.

– Tout va bien ?

– Non.

– Qu'est-ce qu'il y a ?

– Ne sois pas en retard au bar ce soir, Blondie.

Et sur cette injonction l'appel coupe et Ash allume sa machine à tatouer qui émet un bruit strident puis un son plus sourd lorsque le stylo entre en contact avec la peau de Bounce.

43

COLLISION

Judy

– Tu es obligé de m'accompagner faire les magasins, Bounce ! C'est la moindre des choses après le coup de la photo, je râle en sortant du *tattoo shop* deux heures plus tard.

– J'ai une gueule à faire du shopping ? En plus j'ai la cuisse qui tire, je peux pas marcher longtemps.

– Je m'en fiche ! Tu ramperas au sol derrière moi si nécessaire.

– Eh bien, je vois que tu ne te laisses plus faire. J'aime ça… approuve-t-il en souriant.

En réalité, je perds patience car cette journée me semble interminable. Le temps s'écoule au ralenti et mon esprit n'a de cesse d'en revenir au même point, ou plutôt à la même personne…

– Avoue que tu as aimé regarder, reprend Bounce tandis que nous parvenons à la voiture.

– De… comment… ? je bafouille en me souvenant ô combien j'ai effectivement adoré observer Max faire ce qu'il a fait entre mes cuisses.

Les souvenirs affluent et avec eux toutes les sensations ardentes éprouvées la veille sous sa bouche. Je vacille et mes pensées dérapent, encore.

– Bah, regarder Ash me tatouer. Quoi d'autre ?

– Aaaahhh, oooh… euh…

– Je connais mes voyelles, Cul-nu. Tu fais un AVC ou quoi ?

– Oui ! Enfin, non. Enfin je veux dire, bien sûr que j'ai aimé regarder ! C'était HYPER intéressant. Ash est vraiment trèèèès doué, concédé-je exagérément pour me rattraper, ce qui rend Bounce suspicieux.

Il me lâche un regard torve mais ne creuse pas davantage le sujet lorsque je fais mine de chercher mes clés de voiture dans mon sac.

Pourvu qu'il ne remarque pas mes mains trembler.

– Bon… tu dois acheter quoi en ville ? reprend-il en s'appuyant nonchalamment sur le toit décapotable de Skye.

– Une tenue.

Je ne peux aligner plus de mots car mon cerveau, ce traître, vogue en solo pour m'inonder d'images de Max et moi sous la douche, sur le lit, dans le grenier, et dans un million de lieux inconnus !

– Une tenue pour ce soir ? précise Bounce.

– Oui.

– Un truc qui fera péter les plombs à Max ?

– Je l'espère…

– Bien ! Dans ce cas, j'accepte de te suivre, mais à une seule condition.

– Laquelle ?

– On mange un truc avant. J'ai une dalle intersidérale.

– OK.

– T'es sûre que ça va ? s'inquiète à nouveau Bounce. On dirait vraiment que t'es en train de faire un malaise. Tu respires fort.

– Ça va !

– Alors prouve-le-moi. Fais une phrase de plus de trois mots ou je refuse que tu reprennes le volant. J'ai pas envie de crever dans ta voiture de « Barbie fait du surf en Californie ». Si je dois mourir sur la route, c'est sur ma moto, la peau arrachée par le bitume.

Sympa…

Cette image a le mérite de me ramener les pieds sur terre et je lui demande, la voix chargée de sarcasme :

– Je vois. Sais-tu où tu voudrais déjeuner, Bounce ? Une envie particulière peut-être ?

– Ouais…

Son inquiétude précédente laisse place à un sourire en coin carnassier qui n'augure rien de bon.

– Je crains le pire, murmuré-je.

– Que penses-tu d'un drive au Wendy's ? En souvenir du bon vieux temps, ricane-t-il.

– J'adore l'idée ! lui rétorqué-je en le prenant de court.

Puis, fébrile, je me précipite derrière le volant de ma New Beetle bleu nuage et j'inspire profondément à la recherche de mon self-control porté disparu depuis treize heures douze, heure à laquelle Max Summerland m'a ordonné d'une voix grave, mais sensuelle, de ne pas être en retard au CSB ce soir…

***

– Tu es sûr que j'ai fait le bon choix ? je demande à Bounce, inquiète.

– Pour la centième fois, ouais ! râle-t-il. Je te garantis que Max va pisser du sang par le nez en te voyant habillée comme ça ce soir. Et pas que lui d'ailleurs… Bon, on y va maintenant ?

– Parfait, j'ai hâte, fais-je en souriant alors que nous grimpons dans ma voiture.

Les emplettes sont terminées, au plus grand soulagement de Bounce, et nous reprenons la route pour aller chez Liv et Rock où cette dernière m'attend impatiemment au vu de la quantité de GIF dont elle m'arrose. Je sais déjà qu'elle va me noyer de questions puisque je n'ai pas répondu à son flot incessant de SMS cet après-midi.

Je romps d'ailleurs enfin mon mutisme digital en la prévenant de notre départ :

[On décolle de Newton City
Je serai là vers 16 h 30.]

[T'es sérieuse ????]

[Quoi ?]

[Tu réapparais comme ça,
l'air de rien après m'avoir ghostée
pendant des heures.]

[:-)]

[J'espère que tu as une
bonne excuse, Judy Myers !]

[Je t'ai pris un cadeau
pour me faire pardonner.]

[Tu ne t'en tireras pas si facilement !]

[C'est un carnet pour tes croquis de bijoux.]

En effet, j'ai découvert il y a peu de temps qu'Olivia adorait dessiner et se débrouillait vachement bien. Elle m'a avoué avoir toujours voulu être orfèvre dans une autre vie mais a finalement opté pour des études de finances en France. Aujourd'hui elle gère la comptabilité des différents business du Clan la semaine et s'adonne au dessin de bijoux sur son temps libre le week-end.

Mon téléphone reste silencieux quelques secondes puis vibre à nouveau et le message de Liv m'arrache un sourire :

[Il est de quelle couleur ?
Il a des spirales comme j'aime ?]

Je lui réponds que oui en rigolant puis fais démarrer la voiture.

Après trois quarts d'heure de trajet en silence, nous nous garons enfin devant l'ancienne maison de mes grands-parents. Bounce récupère sa moto puis part de son côté, cheveux au vent, en me lançant un au revoir bref mais efficace.

– À ce soir.

– À ce soir, Bounce, encore merci…

– Pas de quoi. Hâte d'aller me pieuter.

Je serais curieuse de savoir comment est son chez-lui maintenant que je sais dans quoi il dort…

Alors que je me dirige pensive vers le coffre de ma voiture pour y récupérer mes achats, la porte d'entrée s'ouvre brusquement et une tornade brune en jaillit.

– Toi ! crie Liv en courant dans ma direction et en me pointant du doigt.

– Euh, oui ? dis-je en rigolant.

– Dis-moi enfin ce que tu faisais avec les fesses de Bounce sous le nez !

– Est-ce que j'ai le droit de rentrer boire un grand verre d'eau, d'abord ? Je meurs de soif et je sens que cet interrogatoire va durer un long moment donc…

– Je ne sais pas. L'idée de te voir t'assécher comme un vieux pruneau devant mes yeux est une vengeance alléchante ! À la hauteur de la torture silencieuse que tu m'as fait subir cette aprèm !

– Carrément ? demandé-je en riant.

– Carrément, ouais ! râle-t-elle sans décolérer.

– Juste un petit verre d'eau et après promis, je te dis tout et je t'offre ton cadeau. Il est vraiment très beau ce carnet. Y a des petites licornes dessus, il brille et sent bon…

Olivia hausse un sourcil, puis l'autre. Je peux voir son esprit tourner à plein régime avant de finir par céder :

– Bon. D'accord, mais un seul verre d'eau, pas deux. Je te boude encore.

Elle me fait signe de façon autoritaire de lui passer devant avec mes sacs et son regard mutin me met au défi d'oser faire demi-tour. J'obtempère sagement puis me dirige droit vers l'entrée en rigolant.

– Susie est déjà là ? je m'étonne en apercevant sa voiture garée dans l'allée.

– Oui, elle et les petites sont venues en avance pour prendre le goûter avec Nini. Heureusement que certaines de mes amies sont encore joignables et disponibles, contrairement à d'autres… Enfin bref.

Me voilà donc dix minutes plus tard, abreuvée et assise au fond du canapé face à Olivia mais aussi Susan. Les filles d'Eddy dessinent sagement sur la table du salon, tandis que la petite Nini joue sur le tapis à nos pieds. Elle empile des cubes colorés avant de shooter dedans en riant sous les yeux attendris de sa mère, quand ces derniers ne sont pas braqués dans ma direction tels deux AK-47 prêts à faire feu. De son côté, Susie, bien que souriante, me semble fatiguée. Elle a le teint pâle et n'a pas pris le temps de se coiffer contrairement à d'habitude.

– Bon, Judy, maintenant accouche ! Toi et Bounce, c'est quoi ces cachotteries des derniers jours ?!

Lasse mais amusée, j'abdique et je leur raconte tout depuis le début jusqu'à cet après-midi chaotique au *tattoo shop*. Ou comment j'ai finalement abandonné l'idée de me faire percer les seins pour me retrouver à regarder Bounce, lui, se faire tatouer la fesse.

– Tu veux te faire percer les seins ?! s'exclame Olivia.

– Oui… tu crois que j'ai tort ?

– Non, non ! Au contraire ! Je m'attendais juste à tout sauf à ça !

– Du moment que tu le fais pour toi, ajoute Susie gentiment.

– Je le fais pour moi oui, mais je reporte le projet de quelques mois… Parce que…

– T'inquiète, on a très bien compris pourquoi, me rétorque Susan avec un sourire en coin.

Puis sans prévenir Olivia se met à rigoler :

– Ceci étant, Bounce n'en loupe pas une.

– Non en effet… je confirme, un peu désabusée.

– Et ceci explique l'état de tension extrême de mon frère, conclut Susie.

Tension que je partage car à la moindre occasion je pense à lui, à nous, à ce soir. Je veux le voir, lui parler, le toucher. C'est la première fois que je ressens ce manque brûlant pour une personne et j'ai l'impression que l'univers se joue de moi en étirant les minutes en heures.

– Bon, quel est le programme ? je reprends avec un entrain feint dans le seul but de me changer les idées.

– Soraya ne devrait plus tarder à arriver. Rock et les garçons sont chez Ed en attendant de bouger au CSB de leur côté. Judith ne sait pas encore si elle peut venir et Dakota nous rejoindra directement au bar. Apparemment elle vient accompagnée… ajoute Liv avec un clin d'œil.

– Oh, cool ! Et toi ? je demande à l'attention de Susie.

– Moi je reste ici avec les petites, je ne me sens pas de sortir.

– C'est vrai que tu n'as pas l'air super en forme, lui avoué-je.

– Ça va passer, je suis juste un peu barbouillée, tente-t-elle de me rassurer avec un second sourire qui n'atteint pas ses yeux cette fois-ci.

– Je t'ai préparé la chambre d'amis et tout ce qu'il faut pour coucher les petites. Votre repas aussi est prêt au frigo, il n'y aura qu'à le réchauffer, pour le reste, tu connais la maison. Alors allume la télé ou sers-toi dans mes livres, prends un bain, bref, fais comme chez toi, reprend Liv pour Susan.

– Merci, c'est gentil.

– Tu plaisantes, c'est la moindre des choses. Mais tu es certaine de ne pas vouloir l'aide de la baby-sitter ? Je peux encore l'appeler.

– Non ça va le faire. Les petites ont leurs habitudes ici. Tout va bien se passer, lui répond Susan.

– Bon d'accord, concède Liv.

C'est le moment que choisit Soraya pour faire une entrée fracassante dans la maison sans frapper ni sonner :

– HELLO LES COCHONNES GLOUTONNES !

– So ! J'ai failli avoir une attaque ! lui crie Liv en retour depuis le salon.

Et justement, la petite Nini, apeurée par l'irruption tonitruante de Soraya, se met à pleurer. Les filles d'Eddy, quant à elles, nous fixent avec de grands yeux jusqu'à ce qu'elles reconnaissent l'intruse. Cette dernière jette son blouson, ses sacs et ses chaussures un peu partout sur son chemin jusqu'à nous, avant de venir s'effondrer comme une masse dans le canapé d'angle.

Olivia a pris sa fille dans les bras et lance un regard courroucé à Soraya qui ne remarque rien et déclare sobrement :

– J'ai besoin d'alcool.

– Il est à peine dix-sept heures, lui fais-je remarquer.

– Et alors ? s'offusque-t-elle en arquant un sourcil.

– Tout va bien ? s'enquiert Susie inquiète.

– C'est plutôt à toi qu'il faudrait demander ça. T'as vu ta tête dernièrement ? Chez les miens, les gens aussi pâles que toi sont déjà morts.

– OK, ça suffit, So ! gronde Liv. Tu es apparemment de mauvaise humeur mais on n'y est pour rien. Donc vas-y mollo ou sinon…

– Ou sinon quoi ? la provoque Soraya, amusée.

– Ou sinon je te confisque Robert !

– C'est peut-être ça le souci. Il n'a plus de piles et ne la fait plus vibrer… j'interviens.

Liv s'apaise puis nous rions toutes ensemble, ce qui redonne également le sourire à la petite Nini. De son côté, Soraya se lève pour embrasser la joue potelée de la fillette dans les bras de sa mère et lui murmure :

– Désolée de t'avoir fait peur, j'ai eu une sale journée.

– Que se passe-t-il ? je reprends.

– La cohabitation avec mon père et mes frères est compliquée. Ça me rappelle pourquoi je suis partie travailler à New York avec Shawn.

– La famille peut parfois être étouffante… je lui confie.

– Et encore, tu n'as pas un père cheyenne, chef de la réserve de Golden Water qui a pour habitude qu'on le consulte à la moindre prise de décision.

– Oh que si… Il n'est juste pas cheyenne mais pour le reste je connais très bien, soufflé-je à Soraya qui se rassoit à mes côtés.

Nous échangeons un regard complice assorti d'un sourire puis j'ajoute :

– Tu retournes quand à New York ?

– Dans deux semaines si je tiens le coup jusque-là.

– Et tu y fais quoi exactement ? je m'enquiers.

Soraya a toujours été vague sur ses activités aux côtés du jumeau de Bounce : Shawn. Elle hésite brièvement avant de me confier :

– J'assiste Shawn. On se partage un grand bureau dans le sud de Manhattan. La gestion des actifs du Clan génère pas mal de paperasse et il n'avait plus le temps de s'en occuper. J'ai aussi d'autres missions à côté en lien avec Liv. On a lancé une marque de bijoux artisanaux dont une grande partie des bénéfices reviennent à Golden Water, puis au Clan.

– Oh ! Super, bande de cachottières ! Je l'ignorais ! Donc finalement tes croquis du week-end prennent vie ? je demande à Olivia en me tournant vers elle.

– Oui, répond-elle avec un sourire. La boutique en ligne est disponible depuis six mois mais on vend également dans des magasins de petits créateurs à New York. C'est Soraya qui gère tout ça directement sur place.

– Et j'adore ! Je fais parler de nous dans la Grosse Pomme pendant que Liv gère la fabrication ici avec l'aide de Dakota. Je n'aurais jamais cru que ça me plairait autant !

– Soraya est littéralement sur tous les fronts, m'explique Liv. Je l'ai d'ailleurs obligée à faire une pause pour revenir se ressourcer parmi nous quelques semaines car on n'a pas touché terre depuis plus d'un an.

– C'est vrai que ça m'a fait du bien. Merci d'avoir insisté.

Olivia lui sourit mais n'ajoute rien.

– Donc si je résume, le Clan vit de l'excavation de minerais, de ses placements financiers et… de la fabrication de bijoux, m'étonné-je.

– C'est à peu près ça, acquiesce Liv. Certains des membres des Evil's Heat tiennent aussi d'autres business divers et variés en dehors de Colorado Source. Te faire une liste exhaustive nous prendrait la journée.

– Comme les parents de Max et leur garage ? m'informé-je.

– Exactement comme mes parents, intervient gentiment Susie, jusque-là silencieuse.

– Ouais et la gestion de tout ce petit monde nous demande une sacrée organisation, sans compter l'investissement humain derrière, car le Clan a cette volonté de tendre la main à des personnes en marge de notre société. On essaye de rester fidèles à nos valeurs mais ce n'est pas toujours évident, je ne te le cache pas, me confie Olivia. Comme tu l'as malheureusement constaté par toi-même, de temps à autre, et malgré notre discrétion, on attire les problèmes…

– Oui, j'ai vu, soufflé-je.

Je repense à ma première discussion sur le sujet avec Max. J'avais alors présumé à tort qu'ils vivaient de la vente d'armes ou de drogues… Un vrai cliché !

– Tu aurais dû voir la tête des mecs quand Olivia leur a présenté l'idée de faire des bracelets et des colliers, reprend Soraya, amusée.

– Oh que oui, ajoute Liv en rigolant. On aurait dit que je venais de leur demander de repeindre leurs précieuses motos en jaune fluo…

– J'imagine bien, dis-je en riant. Et donc les bijoux sont faits ici ? À Colorado Source ?

– Tout à fait. Les bijoux sont confectionnés au sein de la réserve de Golden Water dans un atelier que nous avons créé spécialement pour. Le but est de croiser la créativité de Liv avec le savoir-faire artisanal et ancestral de mon peuple, détaille Soraya.

– J'adore l'idée. Vous m'enverrez le lien de votre e-boutique que j'aille y faire un tour ?

– Bien sûr ! Je te ferai même visiter l'atelier où mes croquis prennent vie si tu veux, conclut Olivia avec enthousiasme.

J'accepte vivement lorsque Soraya me coupe la parole pour changer de sujet :

– Bref, trêve de blablas, nous avons un sujet hautement plus important à aborder là tout de suite…

– Ah bon lequel ? je m'étonne naïvement.

Son sourire devient immensément machiavélique puis elle me lance :

– Pourquoi as-tu embrassé le cul de Bounce à midi ?!

Et allez, c'est reparti…

Je me retrouve donc à raconter une fois encore l'histoire de ces maudits piercings aux tétons qui n'ont pas eu lieu ! Les réactions de Soraya ne se font pas attendre…

Au moins mes aventures ont le mérite de divertir mes amies.

Nous montons à l'étage nous préparer car avec toutes ces discussions nous sommes déjà en retard sur le planning. Les petites sont quant à elles laissées aux bons soins de Susie qui se lance dans une activité pâte à modeler dans le salon.

Soraya et Olivia, fidèles à elles-mêmes, sont déchaînées et plus complices que jamais. Je passe donc la fin d'après-midi à rire en leur compagnie, même si Max n'est jamais très loin dans ma tête.

À mesure que la nuit tombe, cette sensation lourde et étrange dans mon ventre s'intensifie. Je suis là sans être là, à la fois actrice et spectatrice de ma vie.

Je décide alors d'aller dans la salle de bains attenante à la chambre de Liv pour peaufiner ma coiffure et enfiler ma tenue achetée cet après-midi avec l'aide de Bounce. Lorsque j'en sors, je suis incertaine du résultat…

– Oh bordel, Judy ! s'exclame Olivia en me découvrant.

– C'est trop ? je murmure.

– Tu rigoles ? renchérit Soraya. Tu es une bombe atomique !

– Vraiment ?

– Tu me fais presque douter de mon orientation sexuelle, insiste So.

– Là tu exagères, dis-je en riant, rassurée.

– Tourne sur toi-même, m'ordonne Liv.

J'obéis et elle proteste :

– Judy, avec ces pantalons moulants en similicuir tu ne peux pas mettre ce genre de culottes…

– Je sais, mais je n'ai pris que ça.

– Je vais te prêter un string, attends.

– Non ! intervient Soraya en la coupant dans son élan vers sa commode. J'ai une meilleure idée. Si j'étais elle, je ne mettrais rien. Tu voulais faire un truc un peu fou, Judy ?

J'opine silencieusement puis elle reprend :

– Alors c'est le moment ou jamais ! À défaut d'avoir les tétons percés, porte ce legging à même ta jolie peau dorée.

– Tu crois ? Je n'ai déjà pas mis de soutien-gorge…

– Raison de plus ! Allez, ose, tu risques quoi ? me défie-t-elle.

– Une mycose, vu que je vais le porter neuf sans l'avoir lavé au préalable… je rétorque, dubitative.

– Pourquoi tant d'excès ? râle Soraya. Allez, Judy, aie un peu de cran ! Lâche prise !

– Moi, j'aimerais tellement pouvoir ne pas porter de soutif mais avec mes seins, impossible, se plaint Olivia de son côté.

J'avoue que ma poitrine est quelque chose que j'aime particulièrement chez moi. Elle n'est ni trop grosse ni trop petite, même sans maintien elle a une jolie forme et reste ferme.

– Bon… Mycose *or not* mycose, telle est la question… Je relève le challenge ! lancé-je alors à Soraya.

– Yeah ! crient-elles en chœur alors que je frappe leurs mains tendues en riant.

– Sinon, les filles, parlons peu mais parlons bien. Je nous ai dégoté l'accessoire parfait pour nos tenues de ce soir, reprend Liv. Il est temps de révéler notre identité au monde entier !

De là, elle part fouiller dans son placard et en sort un gros sac en plastique.

– J'ai fait faire ça sur un site Internet. Il y en a une pour chaque membre des Dark Roses. Voici les vôtres ! nous explique-t-elle en dépliant de jolies petites vestes en jean clair sur son lit.

J'en retourne une et découvre que le dos du vêtement a été personnalisé au nom de notre toute nouvelle sororité.

– J'adore ! m'extasié-je en enfilant la mienne sur ma tenue. Combien je te dois ? Tu as dû débourser une fortune.

– Tu ne me dois rien du tout ! C'est un cadeau de bienvenue de la part de votre Présidente[1], déclame Liv.

---

1. Dans les clubs de motards, le Président désigne le leader du groupe.

– Comment ça, tu es la Présidente ? On ne devrait pas voter ces choses-là ? Pourquoi ce serait toi notre Présidente d'abord ? s'offusque faussement Soraya.

– Parce que j'en suis à l'origine. Sans ma soirée sextoys les Dark Roses n'existeraient pas, je te rappelle. Et parce que je suis la femme de Rock, meneur des Evil's Heat.

– Argument de despote irrecevable ! s'esclaffe la belle Cheyenne avant d'attraper un des blousons à son tour.

Tandis que Soraya essaye sa veste en jean en s'extasiant, je fonce me regarder dans la psyché près de la porte. Face à mon reflet, je marque un temps d'arrêt, surprise, et je dois admettre que le résultat me plaît malgré mes irrécupérables insécurités.

J'ai choisi de porter un pantalon noir taille haute en similicuir, assorti d'un crop-top blanc qui dévoile mes épaules ainsi qu'un petit bout de mon ventre, là où quelques abdos sont encore miraculeusement visibles. Avec la veste en jean de Liv par-dessus l'ensemble, le résultat est vraiment canon et j'ai un regain de confiance en moi. Il ne manque plus que j'enfile mes chaussures, une paire de boots à talons, et je serai fin prête à conquérir le CSB ce soir, ou a minima, attirer l'œil de son patron…

Dans cette tenue, mes atouts tels que ma poitrine, mes longues jambes et mes hanches « voluptueuses » sont mis en valeur. Je fais plus élancée et fine malgré ce popotin bien en chair que j'apprends à apprécier.

– Tu veux que je te tresse les cheveux ? me propose Liv.

– Non, j'ai décidé de les garder lâchés pour une fois. L'heure du changement a sonné.

Ma crinière blonde cascade dans mon dos en toute liberté et la sensation est grisante. J'ai l'impression de rompre avec l'image lisse que je véhicule constamment.

Ce soir, bad Judy est de sortie !

– On valide, intervient Soraya. Vraiment tu es magnifique.

– Vous trouvez ? m'inquiété-je une dernière fois.

– Oui, Max n'est pas prêt pour ce qui l'attend, je pense. Il va devenir fou… me sourit Liv.

– Parfait, c'est le but, je leur réponds, espiègle.

– Faut qu'on accélère les filles, on est à la bourre, râle Soraya en regardant l'heure.

Sur ce, je finis de me préparer en vitesse. Je mets un peu de rouge à lèvres, un trait de liner et du mascara. Puis, afin de parfaire le tout, j'enfile quelques bijoux dorés dont un sublime collier prêté par Olivia.

– Il vient de votre boutique ? je lui demande.

– Exactement, me confirme-t-elle en m'aidant à l'accrocher. Je trouve celui-là à ton image. L'opale Welo a de multiples reflets que l'on perçoit davantage si l'on s'approche. Elle t'apportera espoir et apaisement.

– C'est beau, je lui murmure.

– Tout comme toi, alors n'en doute plus, Judy. Tu es une belle personne, aussi bien à l'intérieur qu'à l'extérieur.

Ses paroles me réchauffent le cœur et nous échangeons un dernier regard complice avant de descendre dire au revoir aux petites et à Susie. Ces dernières ont déjà dîné et attendent sagement que nous partions pour aller se mettre en pyjama.

– Tu es superbe, Judy. Mon frère ne va pas s'en remettre, me glisse Susan à l'oreille sur le pas de la porte, Nini dans ses bras.

J'ai à nouveau du mal à lui répondre car le moment que j'attendais tant est enfin arrivé : direction le CSB et direction Max…

Si j'appréhende l'instant où il me verra, je ne peux m'empêcher de compter les minutes qui nous séparent. Je ne réfléchis plus correctement. Je ne respire plus correctement.

Ce soir il n'y aura plus aucun obstacle ni non-dit entre lui et moi. Plus de secret ou de passé trop lourd à porter.

Je regarde Olivia attraper son sac puis embrasser tendrement sa fille sur la joue tandis que Soraya rit aux éclats en s'engageant dans l'allée.

Je vis et vois la scène au ralenti. Les bruits me parvenant sont comme assourdis. Une sorte de halo s'est déployé sur le monde qui m'entoure, alors je me laisse guider dans cet état second pendant que nous remontons la rue jusqu'au CSB. Les quinze minutes de marche dans la nuit fraîche n'aident en rien. J'ai de plus en plus chaud, de plus en plus faim… de lui.

Je ne me reconnais pas. Ces sensations dans ma poitrine sont si nouvelles pour moi, comme si je prenais un peu plus vie à chaque foulée me rapprochant du bar.

Liv et Soraya parlent, chantent et je crois que je leur réponds, parfois.

Enfin nous arrivons.

Il y a déjà beaucoup de monde agglutiné dehors et se frayer un chemin parmi les blousons de cuir et les motos garées n'est pas chose facile. Je garde la tête haute tandis que certains hommes me dévisagent lorsque je franchis la porte du CSB d'un pas conquérant.

C'est son regard à lui que je cherche.

Et je le trouve, à l'instant même où j'entre, ses yeux gris croisent les miens puis ils montent et descendent le long de mon corps à plusieurs reprises. C'est une caresse indécente me faisant frissonner d'avance. Mon pas assuré ralentit et devient lourd, au rythme des puissants battements de mon cœur.

Le temps lui s'arrête et le monde autour n'a plus d'importance. Je ne sais même plus ce que les filles font car sans réfléchir, je me dirige droit vers le comptoir derrière lequel Max s'est stoppé net. Il a suspendu son geste sans jamais me quitter du regard.

L'espace entre nous se réduit.

Encore.

Et encore…

Collision annoncée dans moins de vingt secondes.

Un…

Deux…

Trois…

Et vingt !

Le bois du comptoir heurte mes genoux, mettant un terme à ma progression. Je me penche lentement et y prends appui pour garder une contenance feinte. Il me faut paraître sûre de moi tandis que je souffle du bout des lèvres :

– Désolée, je suis un peu retard…

Max abandonne son torchon, déglutit, deux fois, puis tout comme moi se penche à son tour par-dessus le bar. Il finit de réduire la distance entre nos deux visages avant de murmurer de façon que moi seule puisse l'entendre :

– J'ai cru que j'allais devoir venir te chercher moi-même par la peau des fesses…

44

LEÇON N° 2

Judy

– J'ai cru que j'allais devoir venir te chercher moi-même par la peau des fesses…

À cette phrase, je n'ai qu'un souhait : faire disparaître chaque personne ici présente car je crève d'envie d'être contre lui, et le regard incendiaire qu'il me lance exprime un sentiment violemment partagé.

– Pas besoin. Je suis là, je chuchote.

– Je vois ça… Difficile de te louper.

– Ah oui ? demandé-je, feignant la naïveté.

– Oui…

Max se rapproche encore un peu plus et nos mains se frôlent sur la surface du bar. Mon cœur loupe un battement.

– Zut ! Je savais que ce rouge à lèvres était trop voyant. On ne remarque que ça.

Il lâche un rire nerveux en se raclant la gorge. Lorsqu'il reprend, sa voix est encore plus rauque que précédemment :

– Je ne crois pas que ce soit le rouge à lèvres, Blondie…

– Oh, alors c'est le reste ?

Max esquisse un sourire en coin, mais n'ajoute rien.

– Tu n'aimes pas ma tenue ? je m'inquiète.

– Si…

Son souffle se saccade alors que son regard plonge vers ma bouche à quelques centimètres de la sienne, puis furtivement vers ma poitrine.

– Donc comme ça, t'as passé l'après-midi avec Bounce ? reprend Max en me fixant à nouveau droit dans les yeux.

– Juste quelques heures, le temps de terminer son tatouage. Il est étrange mais de bon conseil.

– Des conseils pour te faire percer les…

– Tétons, le coupé-je.

– Blondie… Arrête… grogne Max.

– Quoi ? Je vais le faire, j'en ai vraiment envie.

– Je sais.

– Alors c'est quoi le souci ?

– Y a aucun souci, c'est carrément l'opposé… me répond-il, avec un regard chargé de sous-entendus.

– Ah !

– …

– Par contre je reporte le projet à cet automne, je précise.

– Pourquoi ?

– Parce que.

– Parce que quoi ? insiste Max.

– Parce que la cicatrisation est longue.

– Et donc ?

– Et donc Bounce a dit que mes tétons doivent rester tranquilles au moins quatre mois après avoir été percés.

– Hum… C'est contraignant…

Max est là, tendu vers moi, dans l'expectative de ma réplique qui tarde à venir pendant que mon cœur s'affole et m'entraîne avec lui dans sa course folle.

– Oui, très contraignant… je reprends avec un sourire espiègle. J'ai des projets urgents, vois-tu. Des projets incompatibles avec les recommandations de Bounce…

Le regard gris de Max vire à l'orage, comme à chaque fois qu'une émotion intense le saisit, mais il n'a pas le temps de me répondre car un bras lourd me tombe brusquement sur les épaules.

– On parle de moi ? lâche une voix grave sur ma gauche.

– Absolument pas ! je rétorque.

Mais le mal est fait, Max reprend ses distances, il est à nouveau hors de portée derrière son bar et je maudis Bounce pour cette intervention inopinée. Il a brisé notre moment d'intimité avec son tact légendaire.

– Bizarre. J'ai pourtant entendu mon prénom, persiste le biker trop tatoué à mes côtés.

– T'as mal entendu. Et depuis quand vous êtes devenus aussi « proches » ? crache Max, en fixant amèrement le bras de Bounce sur mes épaules.

– Depuis qu'elle a vu mes fesses de près. Et surtout depuis que je l'ai aidée à choisir la tenue sur laquelle tu baves.

Max me lance un regard surpris et je marmonne :

– Ce n'est pas tout à fait ça…

– Bien sûr que si c'est ça, reprend Bounce. Judy et moi on a mangé au Wendy's en souvenir du bon vieux temps, puis on se l'est joué *Pretty Woman* dans les magasins. J'ai juste dit stop quand elle a essayé de m'entraîner de force dans cette boutique de soutifs sexy où moins y a de tissu plus tu payes cher.

– Bounce ! Tais-toi, je grogne.

– C'est vrai quoi, poursuit-il en m'ignorant royalement. Qui payerait cent balles pour une ficelle à moins d'avoir des penchants pour le bondage ? Autant ne rien mettre sous son pantalon à ce prix-là, hein, Judy…

– Max, c'est faux ! Il exagère ! je le coupe avant qu'il ne poursuive plus loin.

Max est devenu livide, immobile, il ne prononce pas un son pendant que Bounce, lui, rit à gorge déployée. Il est méconnaissable ce soir. Je tente de me défaire de son bras mais il ressert sa prise, me gardant coincée contre son blouson de cuir. Si j'apprécie de plus en plus cet étrange biker, à l'instant, j'ai surtout envie de lui arracher la langue !

Ou de lui écraser le pied avec mes talons…

– Tiens, mec, prends ça… Pour essuyer la bave que t'as au bord des lèvres, lance Bounce en rigolant, tout en tendant de sa main libre une serviette en papier attrapée sur le bar.

– Va te faire foutre ! lâche Max.

Agacé, il repousse vivement cette main tendue, ce qui fait rire Bounce de plus belle.

– Oh là, qu'est-ce qui se passe ici ? s'inquiète alors une nouvelle voix masculine sur ma droite.

En jetant un coup d'œil, je réalise que Loris, Eddy et Vince nous ont rejoints. Au loin derrière moi, Olivia est quant à elle assise à notre table habituelle, sur les genoux de Rock… Il est aussi grand qu'elle est petite. Elle est blottie contre lui, ils sont dans leur bulle, coupés du monde. Pendant une fraction de seconde je les envie, car eux personne ne vient les déranger. Lorsqu'il n'embrasse pas sa femme, Rock la dévore du regard comme si elle était tout son univers. Rien ne peut le détourner d'elle et vice versa. Pas même Soraya qui rit et parle avec un inconnu sur la chaise d'à côté.

Je veux la même chose… Retourner dans ma bulle avec Max.

– Ouais ils sont énervants, me souffle Eddy dans l'oreille. C'est pour ça qu'on est venus se joindre à vous. Ça a l'air plus animé ici…

– À mon grand désespoir, je lui rétorque, désabusée.

– Judy ?

– Quoi, Vince ? je réponds en me retournant vers lui et vers sa touffe de dreadlocks.

Au passage je croise le regard incendiaire de Max et un frisson me court le long du dos.

– Cette tenue est en train de me rendre fétichiste des pantalons en cuir.

– Oh… Euh… C'est un compliment ?

– Carrément ouais, me répond-il en souriant.

– C'est grâce à moi, intervient Bounce fièrement. Je l'ai aidée à choisir.

– Beau travail, mec, le félicite Eddy.

Ahurie, je les vois se faire un check victorieux. Leur attitude est vraiment trop bizarre ce soir, comme surjouée… Puis je comprends enfin de quoi il retourne lorsqu'ils échangent un sourire de connivence tous les quatre.

Bande de petits… de petits « je ne sais pas quoi », mais je vais trouver !

Ils cherchent à rendre Max jaloux, à le faire sortir de ses gonds, tandis que ce dernier demeure figé de son côté du bar, l'œil mauvais, les lèvres pincées et la main agitée d'un tic nerveux.

– Je veux devenir ce pantalon, reprend Vince avec un grand sourire.

– Et moi j'aime beaucoup cette nouvelle coiffure, ajoute Loris. Ça change de ta tresse.

– D'ailleurs, je peux toucher ? Ils ont l'air doux, demande Bounce en levant la main en direction de mes cheveux.

– STOP ! explose soudainement Max.

Le silence se fait et avant que les garçons puissent répondre quelque chose, il contourne le bar pour me rejoindre.

– Hey du calme, s'exclame Bounce en riant, satisfait de son petit jeu.

– Viens, Blondie, me dit Max en attrapant fermement mes doigts et en l'ignorant. Suis-moi.

Ravie, j'obtempère car à cet instant précis je n'ai absolument plus envie de passer ma soirée au CSB à boire en compagnie de mes amis… Amis qui s'amusent de la situation à nos dépens.

– Pourquoi elle te suivrait ? s'indigne faussement Eddy. Judy, reste avec nous encore un peu…

Je vais pour intervenir quand Max implose une seconde fois et plus durement que la première :

– Parce qu'elle est avec MOI ! OK ?!

Un blanc suit cette déclaration d'homme préhistorique puis il reprend, moins fort mais toujours aussi sérieusement :

– Donc si l'un de vous, ou le moindre type dans ce bar, la frôle à nouveau, je l'enterre vivant… Vraiment, Judy, suis-moi. On doit parler toi et moi.

– …

– S'il te plaît ? ajoute-t-il plus doucement en réalisant qu'il a perdu le contrôle l'espace d'un instant.

J'opine du chef en souriant, trop heureuse de m'échapper d'ici si rapidement et en sa compagnie. Mon esprit est déjà en roue libre, imaginant tous les trucs sauvages que ce Max-ci pourrait me faire…

– Bah vas-y, pisse-lui sur les chevilles tant que tu y es, conclut magnifiquement Bounce sous les rires de Vince et Eddy.

Je crois que Loris leur répond un truc, mais je n'entends plus car Max m'entraîne vers le fond du bar d'un pas décidé, ses doigts entrelacés aux miens. Hypnotisée, je fixe simplement son large dos et ses épaules carrées se mouvoir sous son tee-shirt blanc. En passant devant Rock et Liv, des applaudissements et des hourras me parviennent malgré tout aux oreilles, alors je garde la tête haute et les ignore en esquissant un sourire victorieux.

Mon cœur accélère ses battements à mesure que nous nous éloignons du reste du monde.

De crainte de rêver cet instant, je resserre ma main sur celle de Max pour ne jamais rompre le lien entre lui et moi. J'ai la sensation qu'un courant électrique circule le long de nos doigts entremêlés, synchronisant nos gestes et nos pensées.

Si ce petit point de contact me rassure, il est aussi extrêmement frustrant car je veux plus.

Je veux tout.

Mon désir pour Max a atteint des sommets difficilement supportables à force d'avoir passé tant de semaines à nous tourner autour, à nous repousser, autant qu'à nous découvrir, lentement…

Nous franchissons une première porte qui donne sur le long couloir menant à la réserve ou encore à mon appartement. Max est toujours aussi décidé dans sa démarche et demeure muet depuis la dernière réflexion de Bounce à mon sujet. Sans surprise, mais à mon plus grand soulagement, il prend la direction de l'étage vers mon nouveau chez-moi. En grimpant les marches l'un derrière l'autre, j'anticipe la suite : j'attrape mes clés dans la poche de ma veste en jean puis les lui glisse dans sa main libre. Alors, pour la première fois depuis cinq minutes, il se retourne et nous échangeons un long regard brûlant valant mille mots…

Max se tient là, deux marches au-dessus de moi, le souffle court mais les lèvres serrées. Il me surplombe au point que je dois rejeter la tête en arrière pour le regarder correctement dans les yeux.

Son visage est si près du mien. Son corps aussi.

Je sens qu'il crève d'envie de glisser sa main dans ma cascade de cheveux pour m'attirer à lui.

Je le désire tout autant…

Le temps s'arrête, aucun son ne franchit nos bouches, seuls nos yeux se parlent.

Fais-le ! pensé-je de toutes mes forces. *Ici, maintenant, je m'en fiche, du moment que tu me fais tienne.*

Mais Max ne m'obéit pas, il se retourne pour déverrouiller la porte d'entrée ; et gardant ses doigts bien agrippés aux miens, il m'entraîne à l'intérieur de la pièce plongée dans le noir.

La suite est confuse. Max finit par rompre l'unique contact nous liant l'un à l'autre et s'éloigne de plusieurs pas. Alors, en silence, je hurle de frustration puis j'entends qu'il referme à double tour derrière nous. Incertaine, un peu perdue, je recule à l'aveugle jusqu'à ce que mes épaules heurtent un mur.

Ni lui ni moi n'allumons la lumière. Pas le temps, ni l'envie.

Malgré l'obscurité épaisse qui nous entoure, je finis par deviner les contours anguleux de sa silhouette massive et athlétique. Max reste ainsi quelques secondes, dos à moi, me laissant le temps de remarquer que sa respiration est aussi chaotique que la mienne ; puis il pivote dans ma direction avant de s'approcher dangereusement.

Ses yeux gris brillent dans la pénombre, et je n'arrive plus à bouger ni à parler.

Il m'a prise en chasse, et me voilà captive de mon propre appartement.

Mais je n'ai aucunement peur, au contraire, chacune de mes pauvres petites cellules corporelles jubile. Elles bouillonnent d'impatience, me donnant l'impression de prendre littéralement feu.

Je sens son visage s'approcher irrémédiablement du mien et je hume son odeur devenue si familière au fil des semaines et de nos précédents baisers.

À moi.

Cette pensée me prend aux tripes et me coupe le souffle.

Puis, comme pour abattre mes dernières réticences pourtant déjà inexistantes, la chaleur de son corps m'enveloppe, me procurant un profond sentiment de sécurité. En se penchant, les lèvres de Max caressent ma joue et me provoquent des frissons de plaisir.

– Dis-moi que tu me pardonnes, murmure-t-il de sa voix rauque près de mon oreille.

– Pour ? je rétorque, surprise.

– Pour Ellie, pour ne t'avoir rien dit plus tôt, et pour avoir laissé ces enfoirés te faire du mal chez Alfred.

– Non.

– Non quoi ? insiste-t-il.

– Non je ne te pardonne pas.

– Je vois… Je peux le compren…

– Je ne te pardonne pas, Max, car il n'y a rien à pardonner. Tu n'as rien fait de mal, je lui susurre.

Max retient sa respiration avant d'avouer :

– J'ai envie de toi.

Mon souffle s'accélère. Je désire Max comme je n'ai encore jamais désiré personne auparavant, au point qu'il est douloureux de me tenir si près de lui, coincée contre ce mur. Je peux sentir l'impatience contracter les muscles de ses bras lorsqu'il pose ses mains de part et d'autre de mon visage.

Dans cette pénombre frustrante, Max plonge ses yeux dans les miens, effleure ma bouche de la sienne. Il est sur le point de rompre, alors j'ôte ma veste en jean pour la laisser tomber à ses pieds dans un geste de pure provocation.

– Moi aussi, j'ai envie de toi, je chuchote contre ses lèvres.

Pas de réponse, je pousse donc l'audace plus loin et ose :

– T'attends quoi ?

Max jure, et la seconde suivante, il se jette enfin sur moi. La collision est âpre, elle soulage mon manque de lui avant de le rendre encore plus ardent, parce que ce n'est toujours pas suffisant. Je brûle pendant qu'il envahit ma bouche sans douceur. Je rends coup pour coup, sa langue contre la mienne, mes mains sous son tee-shirt pour le lui ôter le plus vite possible.

– Putain, Judy… feule-t-il.

À moi, pensé-je de nouveau.

Avec urgence, Max vire mon crop-top et lâche un premier râle en découvrant que je n'ai pas de soutien-gorge. Sans cesser de m'embrasser, sa main s'abat sur ma poitrine dénudée tandis que la seconde fouille mes cheveux détachés. Il s'y accroche, joue avec mes tétons et expose ma gorge à sa bouche affamée. Mon corps réagit instinctivement en se cambrant vers l'avant pour aller à la rencontre de son entrejambe.

Max grogne lorsque je me mets à onduler sur son jean. En retour, je suis gratifiée d'un puissant coup de reins que j'encaisse, attendant le suivant. Je veux le rendre fou, qu'il perde le contrôle, car c'est déjà mon cas.

– Encore, je le supplie.

Il obtempère, solidement arrimé à ma hanche et son poing toujours serré dans mes cheveux. Son bassin percute le mien, encore, encore et encore… Nous réitérons le mouvement au point de ne plus supporter le reste de nos vêtements, faisant barrière entre nos deux corps avides de contact.

C'est si intense. Je suis à deux doigts de le supplier de me prendre comme ça, contre ce mur ou à même le sol.

Une dernière pensée lucide me traverse l'esprit, alors je la verbalise avant de l'oublier :

– Comment vont-ils faire sans toi en bas ?

– Qu'ils se démerdent.

Parfait.

Penché, son torse contre mes seins, Max dévore mon cou et je m'embrase sous ses caresses qui n'en sont plus. Je le griffe lorsqu'il me mord, il me lèche lorsque je le cajole. Le froid du mur contre mon dos contraste avec la chaleur de sa peau sur ma poitrine, c'est divin. Sa grande main quitte alors ma hanche, l'évite, puis glisse le long de mon ventre, vers le sud jusqu'à ce que ses doigts finissent par passer sous l'élastique de mon pantalon. Il se stoppe net lorsqu'il réalise que je ne porte pas de culotte non plus.

– T'as rien mis ? mugit-il dans mon cou, le souffle court.

– Non…

Ma réponse est un détonateur ; le peu de retenue qu'il lui restait vole en éclat. Max lâche tout pour me baisser mon legging et m'attraper par les fesses. Volontaire, je l'aide en retirant mes talons au passage.

Une fois que je suis complètement nue, ses mains repartent en guerre sur ma peau. L'une prend en coupe mon sein droit tandis que la seconde s'insère entre mes cuisses. Je m'agrippe comme je peux à Max car mes jambes menacent de céder.

– Écarte, m'ordonne-t-il d'une voix saturée de désir.

Alors que j'obéis, mon ventre se serre d'impatience.

L'instant suivant, ses doigts me pénètrent d'un seul coup pour adopter un rythme insupportable dès la première seconde. Mes gémissements de plaisir l'encouragent. Ses va-et-vient rudes frappent avec la juste force cet endroit si sensible au plus profond de mon intimité.

– Penche-toi.

Max obtient ainsi un meilleur accès à mon corps et un meilleur angle pour me rendre folle. Je sens son regard sur mes seins, mon ventre… et ses doigts en moi.

Mes murmures de plaisir le galvanisent et je ne reconnais absolument pas la voix qui s'échappe de ma gorge.

– Plus ? me demande-t-il.

J'acquiesce sans prononcer un mot intelligible et Max ajoute un doigt supplémentaire alors que son pouce se met à caresser mon clitoris.

– T'es si belle.

Mon cœur a un loupé, ma confiance s'envole pour atteindre des sommets. Je sens que Max lutte encore pour ne pas m'effrayer avec cette version de lui rude et exigeante que je suspectais, mais que je n'avais encore jamais vue en action.

Rapidement, cette vague de chaleur précédant l'orgasme menace de déferler, mes cuisses tremblent et je laisse échapper son prénom à plusieurs reprises…

– Non, pas encore.

Sans prévenir, quand il en a assez de jouer avec moi de cette façon, Max s'arrête alors brutalement et je geins de frustration. J'en ai presque les larmes aux yeux tellement le vide qu'il laisse est douloureux lorsqu'il retire ses doigts. Il arbore ce sourire en coin redoutable, fier de lui.

S'il veut la guerre…

Avec défi, je le repousse puis attrape d'un geste vif la boucle de sa ceinture. Pour une fois, il ne cherche pas à m'arrêter, il écarte même les bras en murmurant :

– Tu crois aller où comme ça, Blondie ?

Je l'ignore, souriant à mon tour car je suis plus rapide qu'il ne le supposait. Mes doigts se sont déjà faufilés sous son jean et plus précisément sous son boxer…

– Put… retient-il dans un souffle lorsque ma main se referme sur son érection dure et épaisse sans hésitation.

Je ne lui laisse pas l'opportunité de recouvrer ses esprits et entame de longs va-et-vient appuyés. Sa respiration s'alourdit puis s'accélère dans mon cou. Max pose son front contre le mien avant de m'embrasser comme si cette nuit était la dernière.

Il grogne contre mes lèvres tandis que mes gestes perdent en douceur. Il chuchote mon prénom encore et encore, et je vois qu'il baisse la tête pour m'observer le caresser entre deux baisers passionnés. Sous ses encouragements saccadés, mon audace n'a plus de limite alors je tombe à genoux, entraînant au passage son jean et son boxer.

– Qu'est-ce que… ? murmure-t-il.

– Chut, je souffle contre son sexe.

Lentement, je caresse du bout des doigts la peau douce et chaude de ses cuisses puissantes, dont les muscles se contractent au fur et à mesure que je monte, toujours plus haut… Avant de rebrousser chemin au dernier moment pour mieux recommencer ce petit jeu aussi sensuel que cruel, jusqu'à ce que Max supplie :

– S'il te plaît…

Prenant un malin plaisir à le faire languir, j'ajuste ma position entre ses jambes et repousse mes longs cheveux derrière mon épaule. Il ne me quitte pas des yeux, la respiration coupée tandis que je me penche sans hâte. Enfin, après plusieurs secondes, je le prends en bouche.

Max lâche un râle de satisfaction profonde lorsque je commence à jouer de mes lèvres, puis de ma langue sur lui. Partout. Il attrape ma tête à deux mains et crispe les doigts dans mes cheveux. Je veux le sentir lâcher prise sous mes caresses. Je veux qu'il oublie toutes les autres filles qui se sont invitées dans son lit en dix ans.

À présent, Max est à moi et je compte bien rattraper les années volées.

Alors je m'y applique. Je m'aventure et ose des choses contre son corps tendu de plaisir. Petit à petit, je gagne la partie. Max se met à seriner mon prénom puis à bouger par à-coups contre mon visage en accompagnant mes mouvements. Lorsqu'il tressaille brusquement, je recommence ce que je viens de lui faire mais plus vite, plus fort, plus longtemps…

Je le dévore comme lui a su si bien le faire.

De longues minutes s'écoulent quand il lâche, dans un cri douloureux :

– Stop ! Judy stop !

J'hésite à continuer, à finir ainsi, mais me ravise car j'aspire à autre chose là tout de suite. Je suis essoufflée quand mes lèvres le libèrent. Je me redresse et Max en profite pour retirer complètement ses chaussures et son Levi's.

Il récupère un truc dans sa poche au passage puis m'entraîne vers le canapé avec urgence en m'embrassant. Je m'accroche à lui si bien qu'il finit par me porter avant de s'y laisser tomber.

Debout face à lui, je le devine enfiler un préservatif sans me lâcher des yeux.

Nous y sommes…

Max saisit alors mon poignet pour m'asseoir sur lui à califourchon. J'obtempère, impatiente.

Une main posée sur ma hanche, la seconde sur son sexe, il accompagne ma descente. Je prends appui sur ses épaules puis place mes genoux de part et d'autre de ses cuisses. Lorsque je sens son pouls battre la chamade sous mes paumes, le mien s'emballe et je halète.

– Ça va ? murmure-t-il.

– Oui.

Je l'embrasse pour le faire taire et savourer l'instant. Cette toute première fois de lui en moi.

Sa peau nue contre la mienne est une évidence tandis que plus rien d'autre autour n'a d'importance. Son torse frotte le bout de mes seins, me procurant des frissons de plaisir. Je me consume de l'intérieur et brûle de l'extérieur. Je ne suis plus que sensation de chaleur là où nos corps se frôlent puis se heurtent.

Sans rompre notre baiser, mes iris rivés aux siens, nous finissons par ne faire qu'un. Max grogne contre mes lèvres et j'expire de satisfaction. C'est trop bon.

– Blondie…

Je m'accroche à lui, pendant qu'il explore ma poitrine, mon dos ou encore mes fesses. Passionnée, je moule mon corps au sien, ne laissant aucun espace libre entre nous. Je hume son odeur au creux de son cou pour ne rien oublier de ce moment, puis, du bout de la langue, je goûte sa peau avant de le mordre, mue par un instinct primaire qui me décontenance.

Entendre Max gémir mon prénom m'enflamme de plus belle tandis que nous bougeons l'un sur l'autre.

– Tu m'as manqué sans que je le sache. Dix ans c'est trop long, je lui chuchote.

Max ne me répond pas sur l'instant mais ses doigts s'enfoncent durement dans la chair tendre de mes fesses. La tête rejetée contre le dossier du canapé, il se laisse aller tandis que je monte et descends sur lui.

J'ai beau réfléchir, il n'y a rien de comparable à l'émotion de le sentir enfin au plus profond de moi, mais je désire davantage alors j'intensifie la cadence.

Max fait de même, il approfondit ses coups de reins déjà puissants, m'arrachant des cris de plaisir.

Son corps me percute, me comble. Avec ce nouveau rythme, plus brutal, nos souffles se transforment en râles, ma peau se couvre de sueur et ses murmures deviennent des cris contre la courbe de mes seins dont il lèche les tétons.

Encore.

Aucun de nous ne faiblit, au contraire, nos corps se font la guerre. D'un simple regard brûlant, Max me défie d'en supporter davantage. Il accélère encore un peu plus, me soulève puis me repousse en arrière sur ses cuisses pour mieux me ramener à lui ensuite. Le combat est rude mais divin.

J'abdique.

Max perd totalement le contrôle face à ma reddition, et dans un geste rapide et fluide, il me retourne. Dos à lui dans ce canapé, j'ai pris sa place et lui la mienne. Il me pénètre alors à nouveau par-derrière en embrassant ma nuque, le poing dans mes cheveux. Ses baisers n'ont plus rien de doux, ils sont voraces tandis que son bassin percute le mien toujours plus vite, toujours plus fort. Ainsi offerte à lui, cambrée, je n'ai d'autre choix que de me soumettre. Je m'agrippe pour absorber et rendre ce qu'il m'inflige. À présent accroché à mes fesses des deux mains, Max guide notre étreinte jusqu'à son paroxysme, jusqu'à ce que le plaisir devienne insupportable, quasi douloureux.

Les prémices d'un orgasme dévastateur envahissent progressivement mon bassin, encouragé par les râles de plaisir de l'homme juste derrière moi. Je le supplie de ne pas arrêter car j'y suis presque... Je suis sur le fil, prête à basculer dans le vide lorsqu'il glisse subitement ses doigts entre mes jambes pour faire pression sur mon clitoris. C'est trop, ma vue se trouble et le plaisir me foudroie.

Ma respiration se coupe net tandis que mon corps encaisse les vagues successives de cet orgasme d'une violence inouïe.

Ma chute provoque celle de Max dans la foulée et après un ultime coup de reins, je sens son corps trembler contre le mien alors qu'il rugit mon prénom.

45

FLUFFY

Max

Judy respire fort, endormie au creux de mes bras, tandis que je fixe, pensif, le plafond au-dessus du lit. Nous sommes allés nous coucher après avoir mangé deux pizzas décongelées pas trop dégueulasses et après avoir maté *Die Hard*, sous-titré en chinois pour une raison que j'ignore. À vrai dire je ne me souviens même pas de la fin du film car la situation a de nouveau dérapé entre elle et moi et nous avons fini l'un sur l'autre dans la minuscule salle de bains…

Meilleure douche de ma vie ! pensé-je en souriant comme un con.

Cette seconde fois en elle fut plus douce que la première mais tout aussi intense. Nous avons pris le temps de nous redécouvrir et je dois dire que Judy est devenue experte en préliminaires au point de me rendre complètement dingue.

Ouais…

À ce rythme-là, Blondie aura ma peau car avec elle c'est instinctif. Me perdre en elle a dépassé tous mes fantasmes et y céder n'a rien apaisé, si bien que j'appréhende déjà le moment où il faudra sortir de ce lit pour survivre au lendemain.

D'ailleurs personne n'a essayé de me joindre cette nuit ; ils réussissent donc à faire tourner seuls le bar plus facilement qu'ils ne le laissent entendre.

Tu m'as manqué sans que je le sache, m'a murmuré Judy plus tôt dans la soirée.

Ses mots résonnent encore en moi d'une étrange manière, ils remuent des trucs bizarres dans mon bide. Désormais je sais ce que ça fait d'être avec elle sans retenue et je ne veux plus que ça s'arrête.

Tant qu'elle le voudra et peu importe ce qu'elle voudra, je serai là.

Alors je l'attire davantage à moi puis moule mon corps au sien en embrassant son épaule. Sa respiration régulière me berce tandis que je me rendors en souriant toujours comme un con et avec la sensation d'avoir à nouveau 17 ans.

Je rêve de notre dernière conversation sous l'eau brûlante de la douche.

– Je me comporte comme un vieux macho possessif avec toi. C'est pas dans mes habitudes, Blondie.

Puis je reprends :

– Je ne peux pas te demander…

– Me demander quoi ? murmure-t-elle.

– Je ne sais plus quoi faire… Aide-moi.

– Me demander quoi, Max ? répète Judy, ses cheveux humides plaqués sur son visage poupin.

– D'être à moi. Rien qu'à moi.

– …

– Parce que te concernant, peu importe où ce truc entre nous nous mènera, je sais déjà que je ne pourrai pas te partager.

En disant cela, je pose mon front contre le sien et mon cerveau n'arrive plus à fonctionner correctement.

– Tu veux dire être sex friends comme avec Dakota ? lâche-t-elle innocemment.

– Non, surtout pas ! Je veux plus que ça.

– Ah…

– Tu comprends ce que ça implique ?

Judy hoche la tête vigoureusement et me susurre :

– Que toi et moi, personne d'autre.

– Ouais. Que toi et moi, Blondie. Donc, si t'as pas envie de ça, dis-moi d'aller me faire foutre et je te laisserai tranquille.

– Et si c'est exactement ce dont j'ai envie ?

Un blanc. Le bruit de l'eau qui s'étire entre nous puis je la supplie :

– Alors, embrasse-moi.

***

Je ne saurais dire ce qui me réveille en premier : la faible lumière de l'aube perçant à travers les fenêtres ou ses pleurs. Brusquement, je me redresse sur les coudes dans le lit pour découvrir Judy assise face à la table, la tête dans les mains. Elle a enfilé mon tee-shirt et son dos sursaute par à-coups, secoué de sanglots.

– Judy, ça va ? l'interpellé-je en bondissant hors des draps pour la rejoindre.

Tant pis si je suis à poil, là n'est pas ma priorité.

Je n'obtiens aucune réponse de sa part mais lui attrape le bras pour la faire lever et l'attirer à moi. Judy se laisse porter, posant sa joue humide contre mon torse.

– Qu'est-ce qui se passe ? je réitère, inquiet.

– Je repense à Ellie. À ses derniers instants et ça me broie le cœur. À côté, le braquage chez Alfred me paraît bien dérisoire… finit-elle par m'avouer du bout des lèvres.

– Je suis là.

– Je sais.

– On l'a vengée.

– Oui… Pff, je me sens nulle, je m'étais promis de ne pas repleurer, d'être forte comme elle a dû l'être.

– Pleurer n'est pas un aveu de faiblesse, Judy.

– Mais toi tu ne pleures pas, si ?

– Certaines personnes en ont besoin, d'autres non et cela dépend du contexte. Mais oui, j'ai déjà pleuré, avoué-je.

– Quand ?

– Pour Sunny. En comprenant que je ne la reverrais plus jamais me sourire.

Un silence nous enveloppe pendant que je la berce maladroitement car le simple fait d'être ainsi dévêtu contre elle me tend…

– Miss Fluffy n'est pas rentrée, murmure alors Judy après de longues minutes à nous étreindre.

– Hein ?

– Mon chat. Je lui ai ouvert la fenêtre hier matin car en journée elle aime se balader, mais elle n'est toujours pas revenue et n'a pas mangé ses croquettes.

– Peut-être a-t-elle tenté de rentrer dans la nuit mais nous l'avons effrayée. On faisait pas mal de bruit… je réponds en souriant.

Ma remarque a le mérite de détendre l'atmosphère en arrachant un petit rire à Judy.

– Oui, peut-être. Je vais aller faire un tour dehors, voir si elle est dans le coin. Fluffy répond à son prénom quand je l'appelle, reprend-elle.

– D'accord mais laisse-moi enfiler un truc d'abord, je veux t'aider.

– Merci c'est gentil. Juste…

– Juste quoi ? m'étonné-je.

– Juste, j'aimais bien cette vue de toi « dégagée »…

Amusée, Judy me vole un baiser avant de foncer vers la salle de bains puis de me lancer mon tee-shirt au visage lorsque je l'y rejoins. Je la rattrape facilement par les hanches, et ce, avec de très mauvaises intentions en tête la concernant…

***

Enfin décemment rhabillés, nous traversons le bar complètement vide et propre. Le CSB a été nettoyé avec application par Jenna, effaçant ainsi toutes traces de la nuit passée pour mieux recommencer lundi prochain. Puis le suivant. Et encore celui d'après…

Côte à côte, Judy et moi gagnons la rue déserte dans la lumière chatoyante du jour qui se lève. Elle a troqué sa tenue sexy de la veille contre quelque chose de bien plus confortable, cependant elle n'a pas tressé ses longs cheveux blonds et j'aime ça. De cette façon, je peux y plonger mes doigts librement.

L'air frais finit de nous remettre les idées en place pendant que Blondie, inquiète, appelle son chat.

Nous remontons quelques pâtés de maisons, vérifions les ruelles adjacentes et même le petit parc face au bar pendant presque une heure. Malheureusement aucun félin ne se profile à l'horizon. La ville est morte, horriblement silencieuse comme chaque jour à cette heure si matinale.

– On appellera les vétos du coin lorsqu'ils auront ouvert, je lui suggère.

Judy opine avec tristesse, accepte ma main tendue puis nous rebroussons tranquillement chemin vers le CSB lorsque tout à coup un miaulement douloureux se fait entendre. Il semble provenir de l'impasse à droite du bar. Blondie lâche alors mes doigts et se met à courir dans cette direction en hélant le nom de son chat à pleins poumons. Soucieux, je lui emboîte le pas en me disant que les râles de l'animal n'annoncent rien de bon mais en espérant sincèrement me tromper. Après quelques mètres nous découvrons la fameuse Fluffy, étendue sur le flan au pied de la seconde entrée du CSB destinée au personnel. Je suis certain que le chat n'y était pas, il y a une heure, lorsque nous sommes partis à sa recherche.

– Oh, mon Dieu ! hurle Judy en s'agenouillant près de l'animal.

Elle pose alors une main tremblante sur le ventre de la bête qui respire trop vite et trop fort. Fluffy quant à elle pousse des plaintes de souffrance de plus en plus intenses maintenant qu'elle a repéré sa maîtresse et cette vision de détresse de l'une et l'autre me serre le cœur. Judy panique et m'interpelle :

– Max, faut faire quelque chose ! Appelle le Doc !

En m'agenouillant à mon tour, je constate que le chat ne semble pas avoir quoi que ce soit de cassé ou d'abîmé, il a simplement le museau maculé de sang. D'ailleurs, à cet instant, il en recrache par terre dans un soubresaut et Blondie l'attire contre elle tout en murmurant son prénom pour l'apaiser. De mon côté, j'ai déjà composé le numéro du Doc sans trop savoir s'il pourra intervenir. Il soigne habituellement les humains, pas leurs compagnons à quatre pattes. Notre échange est bref mais le Doc me promet malgré tout de venir au plus vite avec sa femme, Mary. Cette dernière possède un ranch, en plus d'être psy, et elle s'y connaît davantage en bien-être animal.

Malheureusement, l'état de Fluffy se dégrade à vitesse grand V sous nos yeux. Je ne suis peut-être pas vétérinaire, pour autant je sais reconnaître un être vivant à l'agonie. Elle est mourante dans les bras de sa maîtresse, qui, désespérée, implore son Dieu. Personnellement je me sens désœuvré, ne sachant rien faire d'autre qu'étreindre Judy à mon tour. Le vieux chat crache de plus en plus de sang en miaulant atrocement de douleur. J'en viens à songer qu'il serait sûrement plus humain d'abréger ses souffrances. Le regard larmoyant de Blondie m'informe que la même idée lui traverse l'esprit, mais elle y renonce. Alors, elle serre encore plus fort sa petite protégée contre son ventre tout en récitant une prière et en la couvrant de caresses rassurantes.

Après de longues minutes qui me paraissent durer une éternité, les cris de l'animal faiblissent, s'espacent puis s'éteignent.

Fluffy ne bouge plus et ne respire plus.

C'est fini.

Judy quant à elle, en larmes, semble anéantie par la mort cruelle de son animal.

– Non, non, non, répète-t-elle impuissante.

– Judy… tenté-je, sans trop savoir quoi faire ni dire.

– Max… Pourquoi ?

– Je sais pas. Je suis désolé.

Je la laisse pleurer son chat tout en restant près d'elle le temps que le Doc et sa femme nous rejoignent. Bien qu'il soit trop tard, la douce Mary saura trouver les mots pour aider Judy avec sa peine. À eux deux, ils nous diront quoi faire, enfin je l'espère.

Moins de vingt minutes plus tard le bruit d'une voiture roulant à vive allure se fait entendre dans la rue. Elle se gare dans un bruit de freinage aigu et les portières claquent violemment.

– Max ?! Judy ?! crie le Doc.

– On est là ! Près de l'issue de secours ! je hurle en retour sans jamais lâcher Judy.

Il accourt, une sacoche à la main et accompagné de Mary.

– C'est trop tard, je leur explique lorsqu'ils arrivent à notre hauteur.

Blondie fixe son chat en silence à présent, les yeux remplis de larmes.

– Laisse-nous regarder, chuchote Mary à l'attention de Judy.

Cette dernière libère l'animal mort tandis que le médecin et sa femme s'agenouillent près de nous.

– Ton chat allait-il bien ce matin ? demande le Doc.

– Je ne sais pas… Je l'ai vu pour la dernière fois hier en début de matinée. Elle était en pleine forme, sanglote alors Judy, dévastée.

Minutieusement, avec douceur et respect, ils auscultent le félin. Ce n'est pas évident avec sa fourrure dense et touffue de chat persan mais ils semblent rapidement parvenir à une conclusion. Je le devine lorsqu'ils échangent un long regard chargé de sous-entendus.

– Quoi ? Qu'est-ce que c'est ? demandé-je, inquiet.

– Il y a énormément de sang au niveau des muqueuses des yeux, de la bouche et de l'anus, mais aucune trace de contusions externes, nous explique le Doc.

– Et ? m'impatienté-je. Ça veut dire quoi ?

– Cela ressemble à un empoisonnement.

– Un empoisonnement ?!

– Oui, et plus particulièrement un empoisonnement à la mort-aux-rats. À haute dose ce produit empêche le sang de coaguler et provoque des hémorragies fatales sans soins appropriés.

Et merde !

J'utilise de la mort-aux-rats autour du bar pour éviter d'être infesté par ces bestioles. Ceci dit je n'ai jamais pensé que cela pourrait être un danger mortel pour un chat.

– À quoi penses-tu, Max ? me demande le Doc.

– C'est de ma faute. J'en utilise pour tenir à distance la vermine. Jamais j'aurais cru que…

– Alors là, je t'arrête de suite, intervient Mary. Tu n'es pas responsable.

– Et comment tu le sais ? je crache.

– Parce que Miss Fluffy a eu une hémorragie massive et horriblement rapide. Hier matin, encore, elle allait bien selon Judy.

– Et donc ?

– Et donc de tels symptômes ne sont pas dus à un empoisonnement accidentel, Max. Quelqu'un a forcé ce chat à ingérer une très grande quantité de mort-aux-rats.

46

SEULS AU MONDE

Judy

C'est lui.

J'ignore comment, mais je suis convaincue depuis les tréfonds de mon âme que Derek a tué Fluffy avec pour unique but de se venger de notre rupture. Son odieuse manœuvre a parfaitement fonctionné, je viens de passer deux semaines avec le cœur brisé, attendant que mon chat pointe le bout de son museau par la fenêtre de la cuisine, avant de me souvenir que cela ne se produira plus jamais.

Fluffy était une véritable amie à mes yeux, un compagnon de route fidèle et ensemble nous avons traversé les épreuves de la vie côte à côte depuis mes 16 ans. Désormais je ne pourrai plus la caresser ni me pelotonner contre elle pour y trouver du réconfort, et bien qu'elle se fît vieille, elle ne méritait pas de mourir ainsi.

Alors ma peine fluctue comme la marée, se retirant par vagues successives pour faire place à une colère explosive envers Derek. Je rêve de vengeance et espère une certaine justice, en vain, pour le moment.

Au milieu de ce marasme d'émotions, Max me tempère comme il peut. Il parvient à me changer les idées car nous nous voyons régulièrement depuis quinze jours, sans trop réfléchir à ce que cela implique. Penser à lui me fait automatiquement quitter cette réalité morose, me laissant pressée de le retrouver à la tombée de la nuit…

En attendant de le revoir ce soir, la journée m'a semblé interminable au boulot, en grande partie à cause de mes élèves qui ont rivalisé d'ingéniosité pour me faire tourner en bourrique. Ils sont toujours excités comme des puces la veille des week-ends, mais cet après-midi a été particulièrement chaotique et usant.

Heureusement, j'ai une heure de cours de chant après le boulot, je vais pouvoir calmer mes nerfs à vif avant que Max ne vienne me chercher pour m'emmener… quelque part.

J'ignore où, c'est une surprise.

***

Dès l'instant où je pose le pied dans la salle de répétition ma peine se dissipe, faisant place à un sentiment de paix éphémère. Comme d'habitude, mon chat, le braquage, Ellie et Derek sont relégués au second plan le temps de mon cours, me permettant de souffler un peu. Seul Max ne quitte jamais vraiment mes pensées, au contraire, il y prend davantage de place. Grâce à la musique j'exprime ce que je ne comprends pas ressentir au creux de mon ventre.

– Tu es encore trop dans la retenue, Judy. Embrasse ta folie, lâche prise ! Je veux une version moins lisse, m'interpelle Ethan, mon professeur. Allez, on reprend un ton en dessous.

Cela fait bientôt une heure que je donne de la voix sans réussir à trouver la juste interprétation de la chanson « The One That You Love » de LP, pourtant les paroles font écho à mes états d'âme du moment après ces quinze derniers jours.

Peut-être trop justement, et je suis déstabilisée par mes propres émotions que je cherche à dompter. J'ai peur de me laisser aller, au risque d'être submergée…

Appuyé contre son piano, Ethan relance l'instru, l'intro débute et je ferme les yeux pour tenter de lâcher prise comme il me l'a demandé. Je vais puiser en moi ce qui me fait vibrer pour me laisser envahir par cette rage de vivre, d'aimer, et de brûler de l'intérieur. Je me raccroche à toutes les sensations que Max m'inspire depuis nos retrouvailles.

J'entonne le premier couplet un ton en dessous et laisse ma voix naviguer au travers du feu intérieur que je commence à ressentir. Petit à petit, comme je le redoutais, je ne maîtrise plus rien, mon timbre se charge en aspérités. Il oscille mais ne faiblit pas.

– C'est ça ! me félicite Ethan. Je veux ressentir ce que tu ressens. Lâche-toi, Judy !

Forte de ses encouragements, j'entame alors le second couplet avec encore plus de détermination. J'expose mes secrets, me mets à nu, faisant comme si mon prof n'était plus là et qu'il s'agissait de ce maudit biker aux yeux gris. Je chante ici tout haut ce que je n'ose lui murmurer tout bas, lorsque nous sommes seuls dans mon lit. Les choses vont vite entre nous, je le sais mais je pense que nous cherchons à rattraper les années perdues.

« Try to be the fire for you, try to be the sun,
Try to be your home and the place that you come to »[1]

Mes lèvres expulsent les paroles comme une thérapie, je ne m'arrête plus à présent. Cette fois, c'est différent, je le sens. Mon interprétation est à fleur de peau. Elle devient cathartique. La chanson touche à sa fin, tandis que ma voix atteint des sommets en répétant le refrain en boucle.

« Tell me,
How,
How to be the one that you love »

À cet instant je relève la tête et mon regard plonge de façon inattendue dans celui de Max, braqué sur moi. Il est entré dans la pièce sans que je m'en aperçoive et se tient discrètement près de la sortie, bras croisés. Il ne me quitte plus des yeux, pas même lorsque Ethan l'interpelle vivement en le repérant à son tour. Ma voix se brise, les dernières notes résonnent puis la musique se termine, laissant place à un lourd silence.

– Vous êtes qui ?! répète Ethan.

– Je viens chercher Judy.

– Nous n'avions pas fini. La prochaine fois, attendez dehors.

– J'avais envie de la voir chanter. C'est interdit ? répond sèchement Max, agacé.

---

1. « Pour toi, je tente d'être le feu, d'être le soleil. Je tente d'être ton foyer et l'endroit où tu reviens. Dis-moi. Comment, Comment être celle que tu aimes », extrait de « The One That You Love » de l'album *Churches* de LP (paroles : LP, Mike Del Rio, Nate Campany).

– Euh… non… mais, enfin bref, laissez tomber, marmonne mon prof soudainement intimidé alors que Max approche pour me rejoindre.

Une fois à ma hauteur, il saisit ma hanche, puis m'embrasse sans aucune gêne avant de me souffler à l'oreille :

– Tu m'as manqué.

– Toi aussi.

Tout est dit. Je remercie Ethan et remballe mes affaires rapidement, encore sous le coup de l'émotion.

– À mardi, Judy.

– À mardi, Ethan. Merci pour tes conseils.

– Tout le plaisir était pour moi… Mais essaye de travailler sur ton vibrato ce week-end. Tu dois faire tes vocalises consciencieusement, ajoute-t-il.

– Vous inquiétez pas, je l'y aiderai… lâche alors Max avec un sourire en coin à mon intention.

Son sous-entendu fait mouche et mon prof de chant vire au rouge tandis que je me contiens de rire avec difficulté. Une fois installée dans le pick-up et pour briser ce silence étouffant entre Max et moi, je lui demande :

– Je me trompe ou tu n'aimes pas Ethan ?

– Tu ne m'avais pas dit qu'il était à ce point beau gosse.

– Parce que ça change quelque chose ? je demande en souriant.

– Non, mais je n'aime pas comment il te regarde. Il veut faire plus que te donner des cours de chant si tu vois ce que je veux dire.

– T'exagères, il est seulement super investi dans son métier.

– Je crois plutôt qu'il veut super investir ta petite culotte, Blondie.

– Bah c'est dommage pour lui, j'en porte pas ce soir…

– Pardon ? s'étouffe Max.

– Oui, j'ai décidé de l'enlever en prévention après ma journée de travail. Tu m'en as déjà déchiré deux cette semaine, alors j'anticipe ou tu vas me ruiner à ce rythme-là… Ça te pose un problème ?

– Non.

– Parfait ! En tout cas tu n'as aucun souci à te faire. Ethan est quelqu'un de respectueux, et surtout il ne m'intéresse pas.

– Heureux de le savoir. Donc tu chantais cette chanson pour qui ?

Je le dévisage en clignant des yeux, puis peu courageuse, j'élude sa question avec une autre :

– Tu m'écoutais depuis longtemps ?

– Je ne te le dirai que si tu me réponds d'abord.

Son sourire en coin triomphant m'agace autant qu'il me fait fondre et je me retiens de lui pincer la joue, où saille une fossette sexy. Je croise les bras et décide de l'ignorer ouvertement.

Amusé, Max démarre et nous prenons la route dans le calme pour je ne sais où, sans que cela soit gênant ou bizarre entre nous. J'ignore combien de temps durera le trajet alors je me mets à l'aise et ôte mes chaussures puis mes chaussettes pour étendre les jambes sur le tableau de bord. Une fois confortablement enfoncée dans le siège, j'entremêle mes doigts à ceux, libres, de Max. Instinctivement son pouce trace des cercles réconfortants sur le dos de ma main.

Nous avons déjà nos rituels en voiture, pensé-je.

– On va prendre un itinéraire bis. Ne sois pas surprise, me rassure-t-il alors que nous quittons la route principale pour nous engager vers l'ouest, sur une route secondaire aux allures de chemin de terre.

– Je te fais confiance, je lui réponds en souriant.

Rapidement, en fixant le soleil couchant droit devant nous, mes pensées s'égarent puis ruminent des sujets épineux, douloureux...

Avec Max, je suis à des années-lumière de ma précédente relation, toxique, rien que nos premières semaines sont plus... équilibrées. Lui et moi sommes dans l'échange et le partage, là où Derek, dès le début, me rabaissait. Or à l'époque j'étais trop jeune, trop naïve, et sans véritable expérience amoureuse pour capter les signaux d'alerte pourtant déjà bien présents. Et ce ne sont certainement pas mes parents qui m'ont protégée, leur propre couple étant basé sur un rapport de force et de soumission perpétuelle...

C'est grâce à mes rendez-vous réguliers avec Mary dans son cabinet depuis quinze jours que j'ai pu comprendre autant de choses en si peu de temps et avancer.

Cependant, amère, je m'en veux encore d'avoir gâché huit ans de ma vie ainsi que de précieuses années aux côtés de ma grand-mère, mais petit à petit j'apprends à panser mes plaies. Chaque jour vécu à Colorado Source, je me sens de moins en moins abîmée et de plus en plus entière, grâce à Liv, Susie, Max et tous les autres. D'ailleurs, fini l'apitoiement, j'ai besoin de prendre ma revanche après la nouvelle toute fraîche concernant mon dépôt de plainte contre Derek…

– Je veux me venger ! j'interviens, brisant le silence dans l'habitacle.

– De quoi ? marmonne Max alors perdu dans ses pensées.

– Derek ! Il ne peut pas continuer ainsi en étant impuni ! On doit l'arrêter et lui donner une bonne leçon ! Sinon il continuera et ira de plus en plus loin.

– Ouais, mais…

– Quoi ? Tu ne veux plus ?

– Si bien sûr, mais pas n'importe comment, Blondie ! On ne peut pas agir sans un plan solide. Tu voulais d'abord des preuves, non ?

– Oublie ce que j'ai dit. Je n'ai plus besoin de preuves, je sais que c'est lui. Derek a empoisonné Fluffy et c'est aussi lui qui a jeté ce seau de sang de porc sur Liv et moi à la sortie du CSB. C'est toi qui avais raison, on aurait dû intervenir sur le moment. Là il se sent tout-puissant et risque de ne plus avoir de limites. Parce qu'après mon chat, ce sera quoi ? Ou pire, qui ?

– Et d'où te vient ce soudain revirement de stratégie ?

– De nulle part. Je vois seulement enfin clair concernant Derek et son esprit tordu ! Depuis deux semaines, je n'arrête pas de refaire le film de ma vie à ses côtés et il y avait tellement de signes, Max. J'ai vraiment été aveugle et trop conne !

– Ne parle pas de toi comme ça. C'est lui, le connard et il finira par avoir ce qu'il mérite… gronde-t-il.

– Moui… Je vais devoir faire justice seule car il a la meilleure planque qui soit : il est policier !

– Faux, Blondie, personne n'est intouchable, pas même un flic.

– Eh bien lui l'est, figure-toi ! je grogne, laissant enfin jaillir la colère bouillonnante que je contiens depuis deux jours.

– OK, il s'est passé un truc que tu ne m'as pas encore dit. Vas-y, crache le morceau, m'ordonne Max en se garant brusquement sur le bas-côté de la route cabossée.

Il défait sa ceinture de sécurité puis se tourne vers moi, me faisant comprendre que toute tentative d'esquive sera vaine. Cette conversation aura lieu ici et maintenant. J'ignore pourquoi je ne lui ai rien confié sur le moment lorsque je l'ai appris, d'ailleurs là encore les mots rechignent à franchir mes lèvres closes :

– Judy, ne m'oblige pas à utiliser la force, insiste-t-il en souriant face à mon mutisme.

– Tu oserais ?

– S'il le faut, oui. Je me verrais même contraint d'employer certaines techniques assez cruelles…

– Oouhouuuu, j'en tremble… Et tu ferais quoi exactement ? Car tu ne fais pas peur avec ton cuir et tes tatouages, *Blondinet*.

Max rit, ignore volontairement ce surnom qu'il déteste et ma provocation est un échec cuisant. L'air autour de nous se fait lourd pour devenir difficilement respirable.

– Tu veux plutôt dire ce que je ne ferais plus… insinue-t-il.

J'arque un sourcil et me penche vers lui dans une nouvelle tentative futile d'intimidation :

– Comme quoi par exemple ? je lui souffle.

– Eh bien, par exemple, je n'embrasserai plus cette jolie bouche jusqu'à ce qu'elle m'avoue ce qui la met en colère.

Sur ce il vient me caresser les lèvres du bout du pouce puis arrête aussi sec et l'effet est immédiat sur mon corps, officiellement accro au sien.

– Ah… bredouillé-je.

– Et je ne toucherai plus cette magnifique petite poitrine tant que sa propriétaire ne m'aura pas révélé ce qu'elle a derrière, sur le cœur.

De nouveau, Max approche ses doigts de mon corps puis d'un geste rapide il pose sa main sur mon sein avant de l'en ôter. Au passage il pince mon téton pointant sous mon tee-shirt moulant et la sensation de vide est un vrai supplice. Avec lui je veux toujours davantage, je ne suis jamais rassasiée. En quelques mots, il a réussi à faire refluer ma colère, la transformant en désir lancinant.

– Tu ne tiendras pas, je lui murmure, toujours plus proche de lui.

– On parie ?

En disant cela, il avance son visage à moins d'un centimètre du mien et nos regards ne se lâchent plus pour se défier longuement. Au fond de moi je dois admettre qu'il a raison. Je craquerai avant lui car j'ai déjà envie de passer au-dessus du frein à main pour me glisser sur ses genoux.

– Parle-moi, Judy. Tu peux tout me dire.

– Tu vas être furieux…

– Tu sauras me calmer…

– Peut-être pas cette fois-ci.

– J'ai confiance. Allez crache le morceau.

– OK, bon. Alors voilà j'ai enfin eu un retour au sujet de ma plainte contre Derek, articulé-je.

– Et ?

– Elle a été jugée irrecevable. On m'a donné une raison mais je n'ai rien compris à leur charabia. Ça sent surtout l'explication bidon.

– T'avais raison. Maintenant, je suis furieux, gronde Max toujours si près de ma bouche.

– Et ce n'est pas tout… En retour, Derek porte plainte contre moi, car selon lui, je lui ai causé du tort et j'ai sali son image au travail.

– T'es pas sérieuse ?!

– Si… Et figure-toi que sa plainte, elle, a été acceptée. Derek me réclame trente mille dollars de dommages et intérêts pour diffamation. J'ai une audience préliminaire mercredi prochain…

– Attends deux minutes ?! Comment c'est possible ?

– Son réseau, ses contacts, le père Noël, bref j'en sais rien ! En tout cas, je dois trouver quelqu'un pour me représenter. Le procureur devra statuer s'il y a matière pour un procès ou prononcer un non-lieu.

– Derek est vraiment une ordure. Il peut pas faire ça !

– Si et il l'a fait… Alors ? Tu veux toujours des preuves ou on passe à l'action ?

– Faut que j'appelle Rock. Que je vois comment faire.

– Je suis vraiment désolée, Max…

– Pour ? s'étonne-t-il.

– D'avoir mêlé le Clan à ça… Rock avait raison. Je ne vous apporte que des ennuis et maintenant j'ai besoin de vous pour les résoudre. J'aurais dû rester loin de Colorado Source.

– Non ! Arrête de dire des conneries et viens là.

Joignant le geste à la parole, il me saisit le bras et m'attire à lui pour que je m'assoie sur ses genoux. J'obtempère, trop heureuse, et après avoir maladroitement enjambé le frein à main, je me place à califourchon sur ses cuisses. Heureusement que nous sommes dans son énorme pick-up et non dans ma petite New Beetle…

– Tu as raison, Blondie, je suis furieux. Je suis à deux doigts de faire démarrer cette bagnole pour aller lui casser la gueule, mais je sais aussi que ça a de grandes chances de te retomber dessus.

– Oui… Mais dans ce cas, qu'est-ce qu'on peut faire ? On est coincés.

– On va profiter de notre soirée comme prévu, et ne pas laisser Derek nous pourrir davantage la vie, me susurre-t-il en m'étreignant.

– D'accord, accepté-je en hochant la tête près de la sienne.

Max passe ses mains dans mon dos, sous mon tee-shirt, et son contact me rassure.

– Ensuite, un de mes hommes, Mike, piste Derek depuis qu'il t'a frappée au motel. Jusqu'à présent il n'avait rien obtenu de concret car ton ex faisait profil bas mais Mike est le meilleur à ce petit jeu. Il est patient et déterminé.

– Un peu comme toi, dis-je en souriant.

– Non, Mike est à un *level* bien au-dessus. C'est un traqueur né, Derek n'avait aucune chance.

– Avait ? Donc il a obtenu quelque chose, ton super Mike ?

– Oui, il a demandé de nous parler lundi en réunion au QG. Apparemment c'est du lourd, mais, Judy…

– Oui ?

– À l'instant où ce connard a levé la main sur toi au Cactus Lodge, j'ai décidé de le mettre hors d'état de nuire, car les types comme lui ne s'arrêtent jamais…

– Je sais. J'ai fini par le comprendre.

– Bien.

– Tu crois que le braquage chez Alfred c'est également lui ? m'inquiété-je en faisant le lien tout à coup.

– Non, ça, c'est encore un autre souci que Loris gère. C'est lié au business de mes parents à Atlanta. T'aurais jamais dû être mêlée à ça.

– OK. Donc faut croire qu'on est faits pour semer la zizanie dans la vie de l'autre… je lui souffle avec humour pour détendre l'atmosphère pesante.

– Ouais… Faut croire… Et tu vas faire comment pour trouver un avocat en moins de cinq jours ?

– J'en ai discuté avec Mary, elle a des contacts. Elle va m'aider.

– Ah, et tu as vu Mary en tant qu'amie ou en tant que psy ?

– En tant que psy comme tu me l'avais conseillé. Elle est vraiment douée pour nous faire causer.

– C'est la meilleure et si ça t'aide alors je suis content.

– Oui, cela me fait beaucoup de bien. Plus que je ne l'aurais imaginé. Mary m'a ouvert les yeux sur pas mal de choses. On parle de toi aussi… j'avoue.

– Vraiment ? À quel sujet ?

– Tous les sujets… Mais surtout des barrières que je me mets.

– Je vois. Et que te conseille-t-elle ?

En disant cela, Max entreprend de jouer avec ma tresse et de me caresser la cuisse.

– Hum, de faire ce qui me rend heureuse et de vivre au maximum dans le présent. Le passé est passé. Il ne peut plus être changé et le futur est un poison pire encore que les regrets. Il fait miroiter des choses qui n'arriveront sûrement jamais.

– Je suis entièrement d'accord avec elle. Et tu sais ce que je veux faire là, à cet instant présent ?

– Éclaire-moi, je lui chuchote en passant une main dans ses cheveux et l'autre le long de sa joue.

– Je veux qu'on oublie nos problèmes… Qu'on soit juste toi et moi.

– Oui mais on ne devait pas aller quelque part ?

– Changement de programme de dernière minute. Cas de force majeure… me confie-t-il avec un sourire mais le regard enflammé.

– Tu es toujours aussi furieux ?

– Toujours…

– Parfait… J'aime quand tu es furieux.

Je me rue alors sur sa bouche et il fait de même, sauvage et affamé.

La nuit est tombée, le temps de notre discussion, et l'obscurité a gagné l'habitacle. Seule la lune nous éclaire pendant que le calme silencieux du désert au-dehors contraste avec notre étreinte passionnée.

Les mains de Max descendent d'abord vers mes fesses puis pressent durement mon bassin contre le sien.

Perdus sur cette petite route, nous sommes comme seuls au monde. Rapidement, mon tee-shirt puis le sien disparaissent tandis que j'ondule sur Max, le souffle court. Notre étreinte est brouillonne et sans aucune subtilité. Je le veux en moi et contre moi le plus rapidement possible cette fois-ci. Les préliminaires attendront.

Ceux qui disent qu'on partage la vie d'une personne mais qu'on ne la possède pas n'ont jamais connu Max Summerland…

Je défais sa braguette avec empressement alors qu'il s'affaire sur celle de mon jean.

– Capote. Boîte à gant, grogne-t-il lorsque je libère enfin son sexe de son boxer.

Mais je n'ai pas le temps de me pencher qu'un bruit sourd sur le carreau côté conducteur se fait entendre suivi d'un ordre et de la lumière aveuglante d'une lampe torche :

– Police ! Veuillez sortir du véhicule, les mains en évidence.

47

SECRET VOLÉ

Max

Mon premier réflexe n'est pas de ranger ma queue exposée à la vue de ce flic dont je discerne mal le visage, mais de protéger Judy encore seins nus face à moi. Bien qu'ébloui par la lampe torche collée au carreau, je lui enfile mon tee-shirt et la repasse sur le siège passager. Pétrifiée de honte, elle bégaye des sons inintelligibles.

– Allez sortez, dépêchez-vous ! hurle à nouveau l'officier de police. Et je veux voir vos mains !

– C'est bon, je sors, laissez-moi me rhabiller ! je rétorque.

Il est con ou quoi ?

Il a bien dû comprendre ce qu'il se passait dans ce pick-up, non ?

– Dépêchez-vous ! répète-t-il.

Ce timbre de voix me hérisse le poil, comme un réflexe de survie instinctif en présence d'un danger imminent. Je jette alors un nouveau coup d'œil à travers ma vitre pour constater qu'il s'agit bien d'un véhicule de police garé à côté de nous, et non celui d'un taré jouant au flic. Le gyrophare bleu et rouge sur le toit de la voiture blanche et noire ne laisse aucune place au doute.

Fait chier !

Trop hypnotisé par Judy, je ne l'ai même pas vu arriver…

Quinze secondes plus tard, mon jean est solidement refermé sur mes hanches, et torse nu, j'ouvre la portière pour sortir, mains levées, tandis que Blondie fait de même côté passager. Je peux enfin détailler le policier qui nous a interpellés une fois dehors, dans la lumière des phares de mon pick-up, et ce que je découvre me laisse pantois.

Comment ?!

– Derek ?! crie alors Judy en découvrant son ex face à nous.

– Tiens, quelle coïncidence, rétorque-t-il avec un faux et grand sourire.

En vrai, Derek n'est absolument pas surpris de tomber sur nous ici, au milieu de nulle part et à une heure pareille.

Son sourire d'enfoiré s'efface rapidement lorsqu'il nous détaille de la tête aux pieds l'un après l'autre. À l'instant, j'enrage trop pour parvenir à parler. Je crains qu'en bougeant, ne serait-ce que les lèvres, je succombe à la tentation de lui sauter à la gorge.

– Mais comment tu peux être là ? s'exclame Judy, en s'enroulant dans ses bras.

Je me pose exactement la même question…

La nuit est fraîche, elle est pieds nus et porte mon grand tee-shirt noir qui bâille sur sa poitrine. En la voyant si mal à l'aise puis terrifiée, mon envie de meurtre à l'encontre de ce type grimpe d'un cran supplémentaire et je regrette amèrement ce qu'il a pu entrapercevoir quelques minutes plus tôt.

– JE pose les questions, pas toi, Judy ! lui crache-t-il en rangeant sa lampe torche.

– Nan mais tu t'es cru où ? j'interviens enfin, le sang me battant les tempes.

– C'est plutôt à moi de vous le demander ! Vous êtes sur une voie publique… Ce que vous faisiez dans ce pick-up s'appelle de l'atteinte à la pudeur et je peux vous embarquer pour ça.

Pour imager ses propos, Derek pose lentement la main sur son flingue et je suis surpris qu'il ne l'ait pas déjà dégainé de sa ceinture. Il a vraiment l'air d'un clown dans son uniforme, je ne pourrais pas le prendre au sérieux même si je le voulais très fort. D'ailleurs il oublie un détail important…

– Tu ne peux rien nous faire, je lui oppose avec un sourire suffisant à mon tour.

– Bien sûr que si ! Vous alliez copuler comme deux animaux en rut à la vue de tous. C'est interdit, nous sommes dans un pays civilisé, pas un zoo !

Ma colère diminue un peu et j'explose de rire, car ce mec m'amuse malgré lui. Un vrai comique.

– Tu ne pourras rien faire, Derek, je reprends en approchant.

Je viens le défier en pénétrant son espace personnel, les mains toujours en évidence.

– Max, ne fais pas ça… chuchote Judy non loin derrière moi.

– Recule, Summerland. Ne me cherche pas ou je n'hésiterai pas à te descendre. Je n'ai pas peur. Tes abdominaux l'impressionnent peut-être elle, mais pas moi.

– Au contraire, Taylor, je pense même que tu te chies dessus. Comme à l'époque…

– OK, tu l'auras cherché. Je vous coffre ! Vous êtes tous les deux en état d'arrestation ! éructe-t-il.

– Certainement pas, je proteste en lui barrant le chemin.

– Max, intervient Judy. On devrait peut-être…

– On ne doit rien du tout, Blondie. Reste où tu es. Derek ici présent est largement en dehors de sa juridiction. Il ne peut légalement rien nous faire. Et je parierais même qu'il n'est pas en service ce soir. Monsieur fait du zèle et des heures sup, n'est-ce pas ?

Le tic nerveux subtil au coin de ses lèvres pincées de frustration me confirme que j'ai raison.

– C'est bien ce que je pensais, je reprends avec un nouveau sourire triomphant. Maintenant, Derek, explique-moi comment tu as su nous trouver ici, au milieu de nulle part ? Mon petit doigt me dit que c'est quelque chose de pas très légal. J'ai encore raison ?

– Allez vous faire foutre !

– Bah on y était presque mais tu nous as interrompus… Alors réponds, comment t'as fait pour nous suivre ? je m'agace.

Fini de rire.

– Laisse tomber, Summerland. Je ne te dois rien.

– Si, et pas qu'un peu, insisté-je en faisant un pas de plus dans sa direction.

– Non ! Maintenant cassez-vous avant que j'appelle le collègue en charge du secteur !

– Hum… Si quelqu'un doit se barrer d'ici en premier, c'est toi.

– Max, laisse tomber, on part, intervient Judy en m'attrapant par le bras.

À son contact je m'apaise instantanément et oui elle n'a peut-être pas tort. Tout cela ne rime à rien, ce type ne mérite même pas ma colère, c'est déjà beaucoup trop de considération. Et alors que je me tourne et rebrousse chemin en direction du pick-up, Derek rouvre la bouche pour cracher une dernière fois son venin :

– C'est ça. Écoute ta sale pute !

Judy accuse le coup en lâchant une exclamation de stupeur pendant que l'insulte à son encontre agit sur moi comme un détonateur. Je perçois parfaitement le moment où tout part en vrille, la scène se joue au ralenti devant mes yeux. Mon self-control m'abandonne, et avant même de réaliser ce que je suis en train de faire, je me jette vers Derek pour le percuter de plein fouet. Il chute lourdement en arrière, comme le déchet humain qu'il est.

– Ne parle pas d'elle comme ça ! Jamais !

Debout, je lutte de toutes mes forces pour me contenir. Judy est déjà muette et suffisamment horrifiée à mes côtés. Cependant elle me prend par la main et ensemble nous regardons Derek se redresser, rouge de colère. Il époussette son uniforme et je m'attends à une riposte immédiate de sa part mais il n'en est rien. Il se contente de nous fixer d'un regard noir.

Par sécurité, je me place devant Blondie et réitère :

– Vois ça comme un dernier avertissement, Derek. Ne t'approche plus d'elle, ni des miens. Ne lui adresse plus jamais la parole, pas même pour lui demander l'heure. Et retire ta plainte contre elle !

– Ou quoi, Summerland ?

– Ou je te retrouverai et je t'enterrerai dans le désert pour t'y laisser lentement crever de soif et de faim en plein soleil.

– Hum… J'admets que tu sais être convaincant. Soit. Si c'est ce que tu veux comme vie, Judy, prends-la…

Je reste sur mes gardes, Derek n'a pas reculé d'un pouce et il abdique bien trop facilement à mon goût.

– Oui, c'est ce que je veux, lui répond-elle. Et je veux aussi que tu me laisses enfin tranquille. Promets-moi que tu vas retirer ta plainte !

– Je ne promets rien. Tu verras bien lundi… Au fond, je ne suis pas surpris. Tu as toujours eu pitié des chiens galeux, lui rétorque-t-il avec un sourire n'annonçant rien de bon. Et quoi de mieux que de t'occuper d'un handicapé, ajoute-t-il.

– Mais qu'est-ce que tu racontes ? s'étonne-t-elle.

– Derek… le menacé-je.

– Oh, il ne t'a toujours rien dit ? Peut-être parce qu'il a honte…

– Tais-toi !

Mais Derek n'en fait rien et poursuit en riant :

– Il n'a jamais su lire correctement. D'ailleurs il savait tellement faire peu de choses qu'il a dû abandonner le lycée. Un vrai raté. Mais si c'est ce que tu aimes : t'envoyer en l'air dans une voiture avec un mec incapable d'écrire son propre prénom correctement, alors grand bien te fasse. Après tout, tu es instit. Qui sait ? Tu parviendras peut-être par finir à lui apprendre l'alphabet.

Droit comme un i, je n'arrive plus à bouger, figé sur place. La haine que j'éprouve à l'égard de ce type verrouille mes muscles et m'embrouille le cerveau. Je me revois au bahut, moqué par tous sauf par Rock et mes proches. Mes pensées se mélangent, et je ne parviens à formuler aucun ordre cohérent. Je tente de dire à Judy de remonter dans le pick-up pendant que je règle cela une bonne fois pour toutes mais c'est un échec cuisant ; comme dans le passé les mots s'entrechoquent puis meurent sur le bout de ma langue.

– Tu vois, Judy ? Tu l'entends bégayer comme un gosse de 3 ans ? Ce type est un raté, je te dis, raille Derek.

– Je m'en fiche ! Et c'est faux, Max réussit des choses du premier coup, rétorque-t-elle.

– Comme quoi ? Laisse-moi rire.

Judy met un peu trop de temps à répondre, ce qui fait apparaître un sourire victorieux sur la tronche de Derek ainsi qu'une certaine tension autour de nous. J'ai envie de souffler à Blondie de laisser tomber. Au fond cette enflure n'a pas complètement tort et cette vérité me brise davantage de l'intérieur jusqu'à ce que la petite voix de Judy s'élève dans la nuit, chargée de malice :

– Max m'a donné un orgasme du premier coup, lui… Et ce, sans les mains. Comme quoi, pas besoin de savoir lire ou écrire quand on sait écouter.

J'ai les jambes sciées pour la seconde fois de la soirée. Je ne m'attendais pas à cette riposte, ni à ce qu'elle soit si à l'aise avec le sujet, mais j'en savoure pleinement l'effet : le sourire victorieux de Derek Taylor a disparu.

– Tu sembles constamment intéressé par ma vie sexuelle, donc voilà, sache que non je ne suis pas frigide, tu étais juste nul au lit, précise Blondie. Allez viens, Max, on s'en va.

Sur cette dernière phrase, elle pivote puis m'attrape la main, lorsque Derek balance, mauvais :

– Comment va Fluffy ? Toujours parmi nous ?

– Qu'est-ce que… ? hoquette Judy.

– Elle se fait vieille, tu devrais surveiller son alimentation…

Je n'ai le temps de rien, Blondie lâche alors mes doigts, avant de se jeter sur son ex pour le secouer par le col de la veste. Brisée par le chagrin, elle perd pied à son tour.

– C'est toi qui l'as tuée ! Je sais que c'est toi ! hurle-t-elle en pleurant.

Et moi, comme un con, je ne parviens toujours pas à bouger correctement. Je voudrais m'élancer mais mes jambes désobéissent.

À cet instant précis je méprise autant l'homme devant moi dans son uniforme de flic que celui que je suis, incapable de protéger la femme à laquelle je tiens déjà beaucoup trop. Si je peux encaisser les coups, il n'a fallu que quelques moqueries pour me mettre au tapis ce soir.

Blondie, quant à elle, continue de s'agripper à Derek telle une furie en l'insultant de tous les noms, dont certains que je n'aurais pas osé employer moi-même. Puis sans prévenir, il lève la main sur elle et lui assène une violente gifle pour qu'elle le lâche.

Au cri de douleur de Judy, je retrouve enfin mes moyens.

– Judy ! hurlé-je, en me précipitant vers elle.

Déséquilibrée, elle tombe à genoux tandis que Derek, sans un regard pour celle qui a partagé sa vie, court vers son véhicule. Il s'y enferme lâchement puis démarre en trombe, nous aspergeant de poussière au passage.

– Judy ! Ça va ?! crié-je en m'agenouillant.

– Ça fait mal, articule-t-elle difficilement, tout en se tenant le visage dans les mains.

– Montre-moi.

Doucement, j'ôte un à un ses doigts, du sable, des cheveux emmêlés et je dévoile sa joue meurtrie.

– Putain.

– C'est si moche que ça ? s'inquiète-t-elle.

Sa paupière est déjà en train d'enfler.

– Je t'emmène chez le Doc et ensuite je pars rattraper Derek. Redonne-moi ton ancienne adresse !

– Non, Max !

– Quoi, non ?

– Ça suffit pour cette nuit. Je veux juste rentrer, miaule-t-elle entre deux râles de douleur.

– Judy…

– Max… S'il te plaît… Aïe !

– OK, mais laisse-moi au moins appeler le Doc, et s'il estime qu'il doit passer il passera.

– C'était juste une gifle, un peu de glace et ça ira.

– Tu plaisantes, j'espère ? grondé-je. C'est non négociable.

– D'accord, d'accord, appelle le Doc, mais ne pars pas à la poursuite de Derek, concède-t-elle en se relevant.

La nuit est redevenue silencieuse autour de nous.

– Ce n'est pas la soirée que j'avais imaginée… je lâche, dépité, en l'aidant.

Au moindre signe d'aggravation de son état, je prends la direction du hangar et demande au Doc de nous y retrouver, que Judy le veuille ou non, car cette gifle ressemblait davantage à un coup de poing.

– Je me doute. Tu avais prévu quoi ?

– On devait aller voir *Die Hard 3* dans un cinéma de plein air où ils projettent des vieux films.

– J'aurais adoré !

– Je te promets qu'on y retournera. Judy, pour ce soir… Ce que tu as appris… Je…

– On en parlera demain, Max. Je veux juste m'endormir contre toi. Est-ce que ça c'est négociable ?

– Oui.

Sans ses chaussures, elle trébuche plusieurs fois et je l'aide à remonter dans le pick-up avant de faire pareil. Le temps qu'elle renfile ses bottines, de mon côté, je remets mon cuir à même ma peau nue. Judy semble vouloir garder mon tee-shirt, et c'est très bien ainsi car pour le moment mon inquiétude éclipse ma colère, mais demain…

Demain j'irai retrouver cette raclure !

– Je sais à quoi tu penses, chuchote-t-elle alors que je fais démarrer la voiture.

– Ça m'étonnerait…

– Tu veux aller retrouver Derek demain et nous venger.

Je me tourne vers elle, surpris.

– Je le sais car je pense la même chose, me confie-t-elle.

Rongé par la culpabilité, je réalise à présent que Judy a également la lèvre fendue mais elle reprend avec détermination, faisant fi de sa douleur :

– On va être plus malins que lui désormais, Max. À chaque fois, Derek parvient à nous atteindre et à nous faire sortir de nos gonds en appuyant là où ça fait mal. Il nous prend au dépourvu et on tombe dans le panneau systématiquement, moi la première… Ce qui vient de se passer, ce n'est pas nous. On vaut mieux que ça.

– Judy…

– Non, laisse-moi finir. Pense à Sunny, pense à Ellie. Tu avais raison tout à l'heure, la vengeance aveugle n'apporte rien, pire elle prend tout sur son passage. Il faut garder notre sang-froid et stopper cette escalade de violence avant qu'il ne soit trop tard.

– Et tu proposes quoi ?

– Je propose qu'on ne fasse rien ce soir ni demain ou même après-demain même si on en a terriblement envie. C'est trop prévisible. Derek sera sur ses gardes car il s'attend à ce que tu ripostes.

Je me tais, réfléchis à ce qu'elle vient de me dire avant de reconnaître qu'elle marque un point, du moins en partie.

– T'as raison, mais il vient aussi de commettre une erreur et je compte en tirer profit sur-le-champ, j'admets.

– Laquelle ?

– Regarde-toi dans une glace, Blondie…

Judy s'exécute et ouvre le pare-soleil pour s'observer dans le petit miroir rétroéclairé. Elle lâche une exclamation de stupeur en découvrant son visage. Un large coquard noir s'est formé autour de son œil gauche enflé. Il descend bas sur sa pommette tandis que sa lèvre meurtrie se remet à saigner à chaque fois qu'elle parle.

– Dès qu'on arrive à l'appartement, je te reprends en photo. Et demain à la première heure, tu retournes porter plainte pour demander une ordonnance restrictive à l'encontre de Derek.

– Je doute qu'on puisse me la refuser cette fois-ci avec une telle tête.

– Exactement, et je serai là.

– Merci, Max… murmure-t-elle en refermant le miroir puis le pare-soleil.

– Judy, laisse le Doc venir t'examiner ce soir. Juste ça, s'il te plaît, retenté-je, coupable.

– D'accord, soupire-t-elle. Mais en échange je veux pouvoir assister à la réunion de lundi au QG. Je veux vous aider à mettre Derek hors d'état de nuire, intelligemment, je précise.

– Vendu.

– Cet homme ne devrait plus pouvoir être policier.

Sur ce, j'essuie du pouce une larme qui coule sur sa joue intacte, puis je prends la route pour rentrer le plus vite possible.

En chemin, j'appelle le Doc, puis Rock. Le premier nous rejoint d'ici une heure chez Judy afin de l'ausculter, quant au second, il m'écoute raconter nos péripéties de la nuit dans un silence glacial.

– Vous êtes où à présent ? gronde Rock, inquiet.

– En chemin pour l'appart de Judy. À environ trente minutes à l'ouest de Colorado Source, vers Branson. Le Doc va passer la voir.

– Bien. On avance la réunion à demain matin. Je vais demander à Garrett de nous y rejoindre, comme ça, il nous expliquera comment Derek parvient à la localiser constamment…

– Merci. Tu te charges d'appeler les autres pour les prévenir ?

– Oui, toi tu t'occupes de Judy. D'ailleurs si elle a besoin de quoi que ce soit…

– Non ça ira. Il lui faut seulement du repos et les bons soins du Doc dans l'immédiat.

– OK.

– Ce Derek est vraiment une enflure de première… je lâche, amer.

– Ouais mais il ne s'en tirera pas ! crache Rock. On va régler ça une bonne fois pour toutes, je te le promets, Max. Judy est des nôtres à présent. Dis-lui.

– Je lui dirai. À demain.

J'accélère tandis que Judy commence à se plaindre de la douleur. Je donnerais tout pour échanger nos places. Je suis hors de moi, j'aurais dû être celui qui encaisse les coups, pas elle, mais Blondie est une guerrière…

Vingt minutes plus tard et avec quelques ecchymoses en sus, nous nous garons donc devant le CSB exceptionnellement fermé ce week-end et pour les deux prochaines semaines car nous repeignons la grande salle. Les phares de mon pick-up éclairent alors l'entrée du bar mais surtout une silhouette inconnue assise sur un banc public non loin de la porte.

C'est qui ça encore ?

– Qu'est-ce que ma mère fait ici ?! s'exclame Judy, abasourdie, avant de râler de douleur à nouveau.

Parfait… De mieux en mieux.

48

SECRET DÉVOILÉ

Max

– Ils se sont tous donné le mot ou quoi ce soir ? râle Judy en descendant du pick-up.

– Va savoir, marmonné-je. On peut toujours l'esquiver en passant par l'entrée de service si tu veux…

– Non, ça ira. Ce n'était pas prévu, je l'évite depuis mon départ mais maintenant qu'elle est là autant qu'elle me voie dans cet état de ses propres yeux.

– Tu crois ?

– Oui. Ainsi, elle finira peut-être par comprendre pourquoi j'ai quitté Derek et arrêtera de m'envoyer une montagne de textos me suppliant de me remettre avec lui.

– Dans ce cas, allons lui parler, grincé-je en enfilant mon cuir.

L'idée, même purement fictive, de Blondie retournant avec Derek me file la gerbe. Quant à mon détecteur d'embrouilles, il s'excite dans tous les sens à mesure que nous avançons vers sa mère. Si ça ne tenait qu'à moi, je ferais demi-tour car la nuit a été suffisamment mouvementée comme ça.

– Judy ? C'est toi ? demande la femme sur le banc en se levant à notre approche.

Elle agrippe son sac à deux mains telle une naufragée, et sous l'éclairage public orange, je reconnais celle qui hurlait de façon hystérique sur sa fille, dix ans plus tôt. La mère de Judy est toujours aussi blonde, toujours aussi austère et toujours aussi antipathique que dans mes souvenirs.

– Qu'est-ce que tu fais ici, maman ?

– J'ai bien cru que tu ne viendrais jamais, j'allais finir par partir. Je… En fait, je veux te parler, et comme tu ne réponds à aucun de mes appels depuis ton départ, j'ai décidé d'aller à ta rencontre.

– Oui, je n'avais pas envie de te répondre, contre-attaque Judy, en restant à bonne distance dans la pénombre. Et tu as de la chance, nous n'avions pas prévu de rentrer ce soir.

– Judy… Voyons, sois gentille, la réprimande sa mère.

– Nan mais pour qui…

Blondie ne finit pas sa phrase, elle inspire profondément, souffle, puis reprend plus calmement :

– Bref, tu veux quoi ?

– Simplement de tes nouvelles.

Je n'y crois pas une seconde.

– Tu as fait tout ce chemin, puis poireauté sur ce banc seule dans la nuit pour avoir *simplement de mes nouvelles* ?

– Oui.

– Hum, et comment as-tu su où je vivais ?

Je me pose la même question mais préfère rester silencieux.

Pour le moment.

– C'est Derek. Il m'a dit que tu habitais ici désormais, au-dessus de ce *bar*.

La façon dont elle prononce le mot *bar* indique à quel point cette femme méprise l'endroit où crèche sa fille.

– C'est étrange, je n'ai jamais dit à Derek où je vivais… D'ailleurs à propos de lui, reprend Blondie en s'approchant enfin de sa mère.

Faisant ainsi un pas dans la lumière du réverbère, elle lui dévoile son visage tuméfié.

– Judy ! Que t'est-il arrivé ?!

– On va y venir, maman, mais…

– C'est lui qui t'a fait ça ?! s'exclame la femme en me pointant de doigt.

– Non, absolument pas ! Et lui, c'est Max ! Il a un prénom.

Je lutte de toutes mes forces pour rester zen et invoque l'esprit du vent comme dirait Soraya, afin qu'il m'insuffle le calme…

– Max, je te présente ma mère : Isabella. Tu te souviens d'elle ? Vous vous étiez croisés chez mes grands-parents à l'époque, poursuit Judy dans une vaine tentative de calmer le jeu.

– Je me souviens très bien… je gronde.

D'ailleurs la situation ce soir a le goût amer de cette nuit où j'ai rencontré Judy pour la première fois, avant de ne plus jamais la revoir à cause de l'esclandre de sa génitrice. J'ai donc une désagréable impression de déjà vécu.

Pense à tes pieds ancrés dans le sol. Ne fais rien de regrettable. Invoque le vent. Invoque le vent…

La fameuse Isabella me détaille avec attention et ses yeux s'écarquillent lorsqu'elle se remémore à son tour notre seule et unique rencontre. Je vois bien qu'elle s'attarde sur mon jean, mes boots et mon cuir noir sur mon torse nu, cherchant une possible évolution… C'est peine perdue, je décultive mon look depuis dix ans.

Ni elle ni moi n'esquissons un geste de politesse, nous nous contentons de nous jauger du regard, puis elle rompt le silence la première :

– C'est ce que je redoutais, tu traînes avec ces *horribles* motards ! Quelle impudeur ! Faut qu'on parle, Judy, la situation est plus grave que je ne le craignais… Je suis sûre que c'est lui qui t'a fait ce coquard ! Ne me mens pas.

Le vent, mon cul ! Qu'il lui blaste les organes internes !

– Non. Judy a besoin de repos. Nous, nous rentrons et vous, vous partez, j'assène alors durement.

– Je parle à ma fille si je le décide !

– Maman, ne commence pas, s'il te plaît. Je suis fatiguée de tout *ça*.

– Mais… intervient Isabella Myers.

– Y a pas de « mais », *madame*. Soit vous descendez d'un ton, soit vous retournez d'où vous venez, tranché-je sèchement en luttant de toutes mes forces pour rester poli.

Pas de réponse, si ce n'est le regard de remerciement muet de Judy.

– Et pour parler, ce sera à l'intérieur de *mon bar*, en ma présence, je conclus.

Isabella me dévisage à nouveau longuement puis accepte avec réticence, apparemment la mort dans l'âme au vu des soupirs exaspérés qu'elle pousse. Nous pénétrons ensemble dans le CSB dont le mobilier est protégé de grandes bâches en plastique blanc.

Ces dernières seraient d'ailleurs parfaites pour enrouler le corps refroidi de Mme Myers, si elle décide de me pousser un peu trop à bout, remarqué-je avec un humour noir douteux.

J'allume la grande salle, déhousse trois chaises et une table, avant d'inviter Judy et sa mère à s'y installer.

– Je vais chercher de l'eau, lancé-je.

Ainsi je leur permets de se retrouver seules le temps de briser la glace car l'atmosphère entre elles est plus gelée que les plaines sibériennes, mais lorsque je reviens avec de quoi boire, les deux femmes sont lancées dans une conversation déjà houleuse…

– Puisque je te dis que c'est Derek qui m'a fait ça ! râle Judy en pointant son visage.

– Je ne te crois pas ! réfute sa mère tout aussi vivement. Derek n'oserait jamais !

– Oh que si, et il a fait beaucoup d'autres choses. Il a empoisonné mon chat !

– Non. Impossible. Derek n'est que l'ombre de lui-même depuis ton départ et il est terrorisé depuis qu'il a découvert que tu vivais dans ce trou pourri, ici, au milieu de ces… de ces…

Elle ravale ses mots *in extremis* mais me lance un coup d'œil dédaigneux depuis sa chaise.

– De l'eau. Et elle est potable, même dans ce trou pourri, craché-je méchamment.

La carafe en verre frappe la table et éclabousse le bois, faisant sursauter cette femme insupportable.

– Merci, Max, me murmure Judy, reconnaissante autant que désolée.

Je jette un coup d'œil appuyé à Blondie, lui faisant comprendre que je m'inflige cela uniquement pour elle, alors vivement que le Doc arrive et mette fin à cette entrevue nocturne aux allures de torture ! Judy m'attrape la main, puis laisse courir ses doigts sur mes abdos dans un geste automatique tandis que je m'approche d'elle. Son contact m'apaise, néanmoins je refuse de m'asseoir à mon tour, préférant demeurer debout face à sa mère. Avec des personnes telles qu'Isabella Myers, l'intimidation physique plus ou moins subtile est une arme de dissuasion efficace.

– Est-ce que toi et lui, vous êtes… hum… ensemble ? s'enquiert alors cette dernière.

– Oui, je réponds sèchement.

– Non, rétorque en même temps Judy.

OK… Ça, ça fait mal.

Blessé, je lui lance un regard interrogateur tandis que sa mère nous observe silencieusement.

– J'espère bien, intervient-elle. Tu mérites mieux, ma fille !

Avant que je puisse parler pour l'envoyer chier une bonne fois pour toutes, Judy me devance :

– Et la faute à qui ?! Hein ! Et si, je suis bien en couple avec Max. Ce que je voulais dire, c'est que non, cela ne te regarde pas ! Je vis ma vie ici, heureuse. Du moins j'essaye car Derek ne me lâche pas et met toute son énergie pour me pourrir l'existence.

– Judy…

– Non ! À toi de m'écouter religieusement pour une fois, *maman* ! Peu importe la raison pour laquelle tu es venue ici ce soir, je m'en moque. Mais je ne te laisserai plus manquer de respect à Max chez lui, ni à moi par la même occasion. Je reprendrai contact avec papa et toi quand j'aurai enfin digéré vos mensonges à propos d'Ellie, en attendant tu as pu voir mon visage… Tu es témoin de ce dont Derek est capable de faire. Alors je vais porter plainte contre lui pour demander une ordonnance restrictive et j'espère que s'il le faut, j'aurai ton soutien dans cette démarche. Et pour la dernière fois : je ne retournerai jamais avec lui. C'est fini !

– Je veux juste ton bonheur, ma chérie, lui répond Isabella plus doucement.

– Eh bien, je suis heureuse. Vraiment. Tu peux le répéter à papa et à quiconque te posera la question.

– Mais tu vas rester ici pour toujours ? l'interroge sa mère, clairement inquiète.

– Peut-être, j'en sais rien. Le temps qu'il faudra ou pourquoi pas pour toujours si j'en ai envie.

C'est parfaitement répondu. Je suis fier de Blondie, et n'ai rien à ajouter hormis des insultes alors je m'abstiens dans un élan de mansuétude éprouvant. Affronter sa mère est son combat, pas le mien. Ce que cette femme peut dire, je m'en cogne le cul par terre même si je déteste voir Judy blessée par son venin.

– Alors je dois te mettre en garde… reprend Mme Myers.

– Non, abstiens-toi. Je suis une grande fille.

– Écoute-moi pour une fois, Judy ! Je connais les endroits comme celui-ci ! Je sais de quoi je parle !

– Ah oui ? raille Blondie. Toi, qui n'as jamais quitté ta banlieue huppée de Colorado Springs ? Tu veux me faire croire que tu as des conseils d'intégration à me donner ?

– Oui ! Car j'y ai vécu un jour, moi aussi !

– Ici ?! s'étonne Judy.

– Non, pas ici précisément, mais dans un endroit similaire, entourée de gens… *similaires*.

Cette rengaine devient usante à force.

– Ce que tu dis n'a aucun sens, maman.

– Si, ça en a. Moi aussi, j'ai fui de chez mes parents étant jeune. J'ai fait ma crise d'ado, comme toi.

– J'ai 26 ans. Je ne fais pas une crise d'ado… Tu me fatigues.

– Peu importe, appelle ça comme tu veux, là n'est pas le sujet, reprend sa mère agacée. Ce que je veux dire, c'est que tes grands-parents et moi étions en conflit sur de nombreux sujets. Alors je suis partie de chez eux à ma majorité et j'ai atterri dans l'Arizona, dans une sorte de pseudo-communauté comme ici… J'y ai côtoyé des gens peu fréquentables pendant plus de trois ans. Ils m'ont fait faire des choses dont je ne suis pas fière et je suis devenue une moins-que-rien.

– Nous ne sommes pas des moins-que-rien ! j'interviens, perdant patience.

– Ah oui ? Et vous êtes quoi alors ?! me rétorque-t-elle. Vous êtes des motards vivant d'activités illégales sans jamais rien construire de durable sur cette terre. Vous profitez de la vilenie de ce monde pour en faire un commerce et vous remplir les poches. En fait, vous avez raison, vous n'êtes pas rien, vous êtes pires ! Vous êtes des sangsues ! Vous êtes une honte pour ce pays où nos ancêtres ont tout bâti à la sueur de leur front et de leurs propres mains !

– Ouais, ancêtres qui au passage ont décimé tout un peuple avec ces mêmes mains pour y parvenir. Maintenant ça suffit, j'en ai assez entendu. Sortez de chez moi !

Mon ton est dur, sans appel. Il est hors de question que je me justifie ou me défende auprès de cette femme qui a dépassé les limites de l'acceptable depuis trop longtemps. Je lui ai donné une chance, maintenant ce dialogue stérile ne fait que blesser davantage sa fille et insulte ma famille au passage.

– C'est pour ça que tu as toujours détesté cette ville, murmure alors Judy en prenant la parole, sidérée face à sa mère. Je ne comprenais pas, c'était si irrationnel. Du jour où grand-mère et grand-père ont pris leur retraite ici, tu les as haïs pour ça et tu m'as insufflé ton ressentiment comme un poison.

– Ils auraient pu partir s'installer en Floride ou je ne sais où, mais ils n'avaient pas à venir habiter ici !

– Pourquoi ? Parce que ça te rappelait trop tes propres échecs ?

– Parce que c'est dangereux, Judy ! Et je regrette de t'avoir laissée y venir un été ! Regarde où on en est aujourd'hui. Je ne veux pas qu'il t'arrive la même chose qu'à moi !

– Je pense surtout que tu as terriblement honte de ce que tu as été. Mais je vais te dire un truc, maman, tu devrais avoir encore plus honte de ce que tu es devenue ! Et papa encore plus…

– Non. C'est faux. Je suis une meilleure version de moi-même, et ce grâce à ton père. Il m'a remise dans le droit chemin.

– Tu parles de ton mari comme si c'était Dieu…

– Est-ce mal ? C'est lui qui m'a sortie de cet horrible endroit en Arizona. Sans lui, je serais sûrement morte d'une overdose ou dans un règlement de comptes entre gangs. C'est ça que tu veux, Judy ? Mourir en pauvre fille, oubliée de tous, comme ta grand-mère !

Le silence tombe brutalement autour de nous, lourd et oppressant. Blondie fixe en silence la femme qui l'a mise au monde pendant plusieurs secondes puis se lève pour me rejoindre. Je la vois réfléchir à toute vitesse derrière le bleu moucheté de son œil intact, cherchant quoi répondre à tant de méchanceté. Je décide donc de lui venir en aide, sentant mon sang bouillir pour défendre celle à qui je tiens un peu plus chaque jour :

– Dégagez de chez nous !

Mon poing frappe la table et Isabella Myers lâche une exclamation de frayeur avant d'attraper son sac à main puis de se lever à son tour.

– Judy ? tente-t-elle.

– Pars ! lui ordonne sa fille pour seule réponse.

– Tu le regretteras, Judy, et alors il sera trop tard…

– Non. Je ne suis pas toi. Et Colorado Source n'a rien à voir avec l'endroit foireux où tu as atterri en Arizona.

– Derek a raison, ces gens t'ont fait un lavage de cerveau.

– Derek l'a frappée ! Il lui a fait ça ! j'enrage en pointant le coquard de Judy.

À chaque fois que je pose mes yeux sur ses plaies, je revis la scène de ce soir en bord de route et j'en ai le cœur qui tombe dans l'estomac.

Je reprends de plus belle :

– À quel point êtes-vous stupidement aveugle pour ne pas voir l'évidence : Derek Taylor est une sale ordure ! Et vous n'avez rien d'une mère si vous le défendez plutôt que votre propre fille !

Mme Myers se dirige vers la sortie à mesure que je parle, titubante et effrayée. Elle me lance des regards apeurés par-dessus son épaule pour s'assurer que je ne lui bondis pas dessus.

À force de crier, Blondie a refait saigner sa lèvre, alors je me calme, puis trouve un mouchoir pour l'essuyer doucement. Une fois que nous serons tranquilles, j'irai lui chercher de la glace pour son œil.

Sur le pas de la porte du CSB, dans un dernier regard mêlant dédain et inquiétude en nous voyant enlacés au centre de la pièce, Isabella dit à sa fille :

– Tu es aussi têtue que ta grand-mère. Je prierai dimanche à la messe pour que tu ne connaisses pas la même fin sinistre qu'elle...

– Tant que je meurs loin de toi, ça me va, lui souffle Judy en retour.

Je doute que sa mère ait entendu. La porte claque derrière elle puis la nuit avale Mme Myers.

49

RACONTE-MOI UNE HISTOIRE

Judy

Du vide.

Voilà ce que j'éprouve en me tenant entre les tables bâchées du CSB. Je suis complètement épuisée dans les bras de Max, bancale à l'image de ma vie. Je ne ressens même plus la douleur ni la peine.

Depuis mon départ de Colorado Springs, je perds une à une mes couches de protection face aux embûches rencontrées.

C'en est trop.

Discuter avec Mary m'a certes aidée ces deux dernières semaines à tenir le cap mais elle n'est pas là ce soir et la réalité me rattrape brutalement. Je n'arrive plus à tenir ni à être forte.

Le Doc arrive à cet instant, pénétrant dans le bar d'un pas rapide tandis que je jette un regard perdu à Max. En retour, je capte le sien, soucieux.

J'ai si mal au crâne… et froid. Je tremble. Je veux dormir.

Ses lèvres se meuvent devant mes yeux mais je n'entends rien d'autre qu'un bourdonnement sourd derrière mes oreilles, puis son visage devient flou avant de virer au noir complet.

Je crois qu'il crie mon prénom mais le néant m'absorbe.

***

Lorsque je rouvre les yeux, je suis allongée sur un grand lit, inconnu, comme le reste de la pièce. La lumière artificielle y est douce, éclairant la chambre moderne et épurée. Le mobilier en bois brut, de belle facture, trouve appui contre des murs en béton ciré aux couleurs naturelles. Un seul détail me chagrine et affole mes sens : je ne vois aucune fenêtre.

Depuis combien de temps suis-je couchée ici ?

Paniquée, je me redresse sur les coudes, le souffle court.

– Hey, Blondie. Vas-y doucement, me chuchote la voix familière mais inquiète de Max.

Je le découvre assis sur une chaise face au lit dans un jean noir, assorti d'un tee-shirt blanc des plus basiques. Si la tenue est simple, elle met en valeur sa large carrure aux muscles épais et parfaitement dessinés. Préoccupé, Max ne me lâche pas des yeux. De toute évidence il a pris une douche puis s'est changé durant mon « absence ».

Ses cheveux humides tombent en cascade autour de sa mâchoire carrée mal rasée tandis que la douceur de son regard gris contraste avec la dureté du reste de son anatomie. Max est à l'image du Colorado qui l'a vu grandir : abrupte, massif, comme taillé à même la roche dorée de la région.

Dans un geste rapide, il approche la chaise avant de s'y rasseoir, tout près de mon visage. Je peux ainsi voir une goutte d'eau perler du bout de l'une de ses mèches cendrées, puis tomber, et enfin couler le long de son avant-bras. Sans difficulté, elle suit le chemin tracé par les veines saillant sous sa peau bronzée.

C'est inhumain d'être aussi beau, pensé-je.

– On est où ? je baragouine, le souffle court à nouveau, mais pour des raisons bien différentes cette fois-ci.

– Dans ma chambre.

Mon cœur s'emballe. Effectivement je sens son odeur masculine partout autour de moi et notamment dans les draps sur lesquels je suis étendue…

– Que m'est-il arrivé ? je chuchote.

– Tu as fait une sorte de black-out puis tu t'es endormie.

– Hum. Je ne me souviens de rien.

– Normal. C'est le concept quand on perd connaissance, me répond-il en souriant.

– Certes. Tu m'as ramenée ici tout seul ? Je veux dire, soyons honnêtes, je ne pèse pas quarante kilos…

– Le Doc m'a aidé à te porter. Il vient de repartir.

– Il était encore en vie après ?

Max rit puis reprend plus sérieusement :

– T'exagères.

– Ouais. Va dire ça à ma balance. Enfin bref, remercie le Doc de ma part. Et Max…

– Oui, Blondie ?

– On est loin du CSB ?

– Non. Mais je t'ai amenée là pour que tu puisses te reposer en toute tranquillité. Personne ne te trouvera ici. Tu peux souffler.

– Merci. Vraiment. Car ma mère et Derek ont réussi à aspirer toutes mes forces vitales ce soir.

– Je sais, j'ai vu. Tu m'as fait peur… Alors arrête de t'agiter comme ça ! Qu'est-ce qui te tracasse ?

– Les fenêtres. Il n'y en a pas dans ta chambre, je murmure en me rallongeant.

– Cet appart est un peu particulier. J'espère que tu n'es pas claustrophobe.

– Pourquoi, toi aussi tu vis dans un cercueil ? je m'entends demander de but en blanc.

Max rigole à nouveau puis ajoute :

– Non pas de cercueils ici, mais ouais, on est enterrés vivants d'une certaine façon…

– Donc nous sommes bien dans une crypte. Vas-y, bois mon sang qu'on en finisse ! m'exclamé-je faussement mélodramatique en lui tendant mon bras.

Les doigts de Max saisissent mon poignet offert. Avec un sourire carnassier, il y dépose un long baiser avant de me mordre sans douleur puis il me relâche. Ce simple contact suffit à me faire hyperventiler.

– Non plus, Blondie, ce n'est pas une crypte, me dit-il calmement. Nous sommes dans l'ancien appartement de Rock, avant qu'il n'emménage avec Liv dans la maison d'Ellie. Il était un peu parano sur les bords à l'époque.

– Plus qu'aujourd'hui ? raillé-je.

– Bien plus ! Alors on lui a aménagé un des tunnels de la vieille mine en lieu de vie souterrain avec un accès direct au QG. J'y habite depuis mon retour, c'est devenu mon nouveau chez-moi. L'avantage c'est que je n'ai pas à me plaindre du voisinage. Olivia l'appelle la Batcave.

– OK. Je pense que j'hallucine encore…

– Absolument pas. Tu es bel et bien réveillée dans un bunker quatre étoiles, réplique Max en souriant.

– Magnifique, m'exclamé-je en riant. Hâte de visiter ça alors… Oh, et le Doc a dit quoi pour mon visage ? me souviens-je, inquiète, tandis que la douleur se ravive.

– Il a dit que hormis un beau coquard et une lèvre fendue, tu vas bien et ne devrais avoir aucune séquelle. Il t'a laissé une ordonnance sur la table de nuit pour une crème et des antidouleurs au besoin.

– Remercie-le une seconde fois.

– Je le ferai, mais, Judy…

– Oui ?

– Il a dit que psychologiquement c'était une autre histoire. Ce n'est pas anodin de s'effondrer comme tu l'as fait. Tu es à bout de nerfs. Il te faut du repos aussi. Mary passera te voir ce soir si tu es d'accord ?

– Je… Je… Je le suis, opiné-je. Il est quelle heure ?

– Deux heures du matin.

– Ah…

Ma bouche est sèche et la soif me brûle la gorge.

– J'aimerais me lever, je lui susurre.

– Bien sûr. Laisse-moi t'aider.

Grâce à Max je me mets debout et le suis hors de la chambre, attentive au moindre détail qui m'entoure malgré mon œil enflé. Je découvre alors une immense cuisine moderne et épurée, ouverte sur un salon encore plus grand. C'est d'un minimaliste déconcertant mais très beau. Je comprends mieux pourquoi Liv appelle cet endroit la Batcave. Bien qu'il n'y ait pas de fenêtres, la lumière diffuse semble totalement naturelle et solaire. Ici aussi les murs sont en béton ciré sauf un, le plus grand de tous, qui lui est taillé directement dans la roche irrégulière du sous-sol terrestre.

Le temps de mon inspection minutieuse, je finis par percevoir le bruit de fond de la ventilation nous prodiguant un air sain et j'imagine, constamment renouvelé. On dirait vraiment un de ces appartements incroyables, propres aux magazines de décoration. Il y a même un écoulement d'eau naturel le long de la paroi rocheuse faisant office de fontaine d'intérieur, et des fausses plantes disposées çà et là.

– Ce canapé est indécemment gigantesque, je murmure en fixant le sofa en question.

– Ouais… Jadis, il y a fort longtemps, en l'An 1 avant O. K., on avait encore pour habitude de tous se retrouver ici. Il nous fallait de la place.

– Avant O. K. ? C'est qui O. K. ?

– Olivia Kincaid… Il y a eu un avant et un après elle, et j'aime appeler ce moment charnière de la vie du Clan : l'an zéro.

– Je vois… Et c'est mieux après ou avant ? demandé-je, amusée.

– Après, sans hésitation.

– Parce que Rock a trouvé la paix ?

– Non. Enfin si, mais pas que… se rattrape Max en se frottant la nuque nerveusement.

– Pourquoi alors ?

– Parce que toi aussi t'es là à présent. Tu es revenue.

Mon cœur fond, trop même, si bien que je ne trouve rien d'intelligent à lui répondre. Je le fixe en clignant des yeux stupidement, raide mais fragile et le ventre agité de fourmillements étranges que je fais mine d'ignorer.

J'ai peur de m'engager sur cette voie…

Peur d'admettre ce que je commence à ressentir pour cet homme au-delà de notre attirance physique indéniable. Décontenancée, je m'éclaircis la voix avant de reprendre plus ou moins subtilement :

– Donc toi, Rock et le reste des garçons, vous vous retrouviez ici avant Liv ?

– Oui.

– J'imagine bien les soirées pizza dans un tel lieu, m'amusé-je.

J'embrasse du regard une dernière fois l'espace et cette hauteur sous plafond démentiels puis lui demande un verre d'eau fraîche.

– De ce côté, il y a une salle de musculation avec un sauna au bout du couloir, m'explique Max.

– C'est surréaliste, je réponds, sidérée.

En buvant, je finis la visite et découvre la seconde chambre encore plus grande que celle où j'étais allongée quelques minutes plus tôt. Chacune possède sa propre salle de bains dont la taille des douches me donne le tournis. Je m'imagine alors toutes les possibilités offertes par un tel espace si j'étais nue et humide contre Max…

Alerte incendie ! Bois !

Mais, revenant à des préoccupations plus pragmatiques, je me questionne :

– Et on sort par où ?

– Pourquoi ? Tu veux déjà me quitter ? me demande Max en s'approchant dangereusement.

Une fois près de moi, il glisse sa main sous mes cheveux défaits et m'attire à lui dans un geste terriblement possessif.

– Non. Je suis bien ici. Merci de m'y avoir amenée, je murmure dans son cou, humant son parfum.

– J'aurais juste aimé que ce soit dans d'autres circonstances.

– Je m'en fiche. Je suis contente de découvrir enfin ton chez-toi.

– Moi aussi, Blondie…

– Même si l'endroit a des airs de crypte sacrificielle ultra-moderne pour jeunes vierges, dis-je en rigolant.

Max rit à son tour puis ajoute :

– Parfait, tu ne risques rien donc…

– Non en effet… Mais tu n'as toujours pas répondu à ma question. Où est la porte de sortie ? questionné-je en relevant la tête pour accrocher son regard.

Max m'embrasse délicatement, en prenant soin de ne pas refaire saigner ma lèvre fendue.

– Il y a un accès là-bas pour rejoindre la surface, m'explique-t-il en pointant le doigt. Et de ce côté, la porte blindée ouvre sur un tunnel amenant au QG.

– D'accord… chuchoté-je.

Je suis de nouveau fatiguée mais je ne me sens plus vide contre lui. Sa chaleur m'enveloppe tel un cocon de sérénité. Nous restons ainsi enlacés de longues minutes avant que je lui demande de retourner nous coucher.

– Est-ce que je peux me doucher avant qu'on ne se rendorme ?

– Tu fais comme chez toi, Blondie. D'ailleurs je me suis permis de prendre quelques affaires dans ton appart avant de venir ici. J'espère que ça ira, sinon je peux y retourner.

Cet homme est parfait et je l'embrasse un peu trop fort pour le lui faire comprendre.

– Aïeuh ! râlé-je.

***

Une fois dans la salle de bains, j'ai tout le loisir d'observer à nouveau mon reflet en détail et ce n'est pas fameux… J'ai un pansement strip au niveau de la lèvre pour éviter qu'elle ne se rouvre, ainsi qu'un énorme bleu autour de l'œil gauche.

Génial…

Max a assuré, comme à son habitude. Il m'a pris deux tenues dont mon jean préféré, des sous-vêtements propres, ma trousse de toilette et mon chargeur de téléphone !

Après une douche rapide mais appréciable, je le rejoins dans le lit avec empressement et constate qu'il n'a gardé sur lui que son boxer.

D'un claquement de doigts, il diminue l'intensité lumineuse.

– Domotique, lâche-t-il en guise de seule explication.

Je ne cherche plus à comprendre davantage et me pelotonne contre son torse nu sous les draps. Je hume son odeur, écoute sa respiration et parcours sa peau chaude du bout de l'index. Je sens qu'il est tracassé par quelque chose.

– Je vais mieux, vraiment, je lui promets. Et merci pour les vêtements.

Aucune réponse n'arrive.

– Max ? m'inquiété-je.

– Cette soirée a viré au fiasco…

– Ce n'est pas de ta faute.

– J'ai laissé Derek te frapper. Je n'ai pas réussi à…

Sa voix devient rauque et gronde dans mon oreille posée sur sa poitrine. Je ne le vois pas en étant allongée ainsi mais je perçois à quel point il est bouleversé, alors je patiente.

– Blondie ?

– Oui ?

– Ce que Derek a dit à propos de mon handicap. Voilà, y a un dernier truc que je ne t'ai pas avoué…

– Et tu ne me le dis que si tu en as envie. Ne t'y sens pas obligé à cause de mon crétin d'ex.

– Si, j'en ai envie.

– Alors je t'écoute.

Les caresses prodiguées par mes doigts lui arrachent un grognement et sa main se contracte sur ma fesse moelleuse qu'il ne lâche plus depuis que nous nous sommes blottis l'un contre l'autre.

Il embrasse le haut de mon crâne puis reprend :

– Depuis que je suis gosse, j'ai du mal avec certaines choses. Au début mes parents ont pensé que j'étais simplement un peu long à l'apprentissage mais cela s'est aggravé avec le temps et mon entrée à l'école. J'ai vu une dizaine de médecins jusqu'à ce qu'enfin l'un d'eux trouve de quoi j'étais atteint.

Je patiente, attendant la suite :

– J'ai des troubles dys. Le plus prononcé chez moi est la dyspraxie accompagnée d'une dysphasie dans certaines conditions stressantes… Les calculs aussi ont pu me poser souci. Bref ma scolarité a été compliquée et j'ai fini par abandonner le bahut en dernière année. Les petits cons comme Derek s'en sont donné à cœur joie pour se foutre de ma gueule à la moindre opportunité, alors la situation de ce soir a ravivé de vieilles blessures.

– Oh, Max… susurré-je en me redressant dans le lit.

– Non, Judy. Remballe ta pitié. Je ne suis plus ce gamin malmené. Mon bug de ce soir ne se reproduira plus, il ne me prendra plus de court, je te le promets.

Son ton est dur mais je ne m'en formalise pas, préférant lui expliquer le vrai sens de ma réaction.

– Ce n'est pas de la pitié, Max. C'est de la compassion parce que je comprends. J'étais loin d'être la nana populaire au collège ou au lycée. Certes, je n'avais pas tes problèmes mais j'en ai eu d'autres et eux aussi ils m'ont paralysée, et me paralysent parfois encore…

– Quoi comme problèmes ?

– Eh bien, sache qu'il est très dur de s'intégrer quelque part quand tes parents t'obligent à porter des salopettes en jean jusqu'à tes 18 ans, expliqué-je avec humour pour détendre un peu l'atmosphère.

– Ta salopette était hyper sexy… Je m'en souviens très bien, me souffle-t-il.

Je ris malgré moi puis reprends plus sérieusement, me sentant également d'humeur loquace :

– Tu sais, à part toi cette nuit-là au lac, puis Derek plus tard, personne ne s'est jamais vraiment intéressé à moi, pas même amicalement.

– Ah bon ?

– Oui… J'ai toujours été une grande solitaire, mais pas par choix. Aujourd'hui encore, j'aime les gens, mon métier, et malgré cela j'ai du mal à nouer des relations plus profondes qu'une simple relation de travail, de voisinage ou de prof envers son élève.

– Pourtant tu as Olivia, ma sœur, et même Soraya ou Bounce. Ils ne comptent pas plus que ça pour toi ?

– Si justement. Enfin. Depuis mon retour ici, c'est la toute première fois où je me dis : peut-être que j'y arrive, peut-être que j'y ai le droit…

– Tu as le droit à tellement plus, Blondie…

– Tu crois ?

– Oui. Tu sais, quand je t'ai aperçue cette nuit-là au bord de la route avec ton vélo, je n'ai pas eu d'autre choix que de te parler et j'ai tout fait pour que tu me suives. Je voulais te connaître davantage. C'était vital. Je ne voyais que toi.

– Vraiment ? m'étonné-je. J'ai pourtant eu l'impression d'être toujours si… effacée, presque invisible aux yeux des autres.

– Je t'assure que tu ne l'es pas, ou alors ce sont les autres qui sont aveugles.

– Tais-toi, murmuré-je en fixant mes doigts.

– Pourquoi ? C'est la vérité et il est temps que toi aussi tu en prennes conscience.

Max saisit alors mon menton et m'invite à relever la tête :

– Regarde-moi.

Je lui obéis et plonge mon regard dans le sien tandis que mon cœur bat la chamade de sensations multiples et parfois contradictoires. Je tente de m'expliquer davantage :

– Du point de vue des autres enfants, j'ai toujours été la fille étrange avec des parents hyper bizarres que l'on ne voit qu'à la messe le dimanche. Bob et Isabella dégagent une aura si froide que lorsqu'on les croise dans la rue, sans savoir pourquoi, on préfère se tenir loin d'eux.

– Oui mais tu n'es pas eux et tu n'es plus une enfant.

– Je sais, mais un jour, au primaire, j'ai entendu une fille dire que lorsqu'elle n'était pas sage, son père la menaçait de l'envoyer passer la nuit chez les Myers… Ma maison était celle que les enfants surnommaient le manoir de la terreur et au fond ils avaient raison.

– Les gosses et même les adultes peuvent être très cons. Nous aussi, nous étions craints par les autres à cause du Clan et de sa réputation. Mais je l'admets, tes parents sont un sacré bagage à porter.

– Oui… Et tu sais si peu de choses sur eux.

– Du genre ?

– Du genre, j'ai cru jusqu'à mes 14 ans qu'il était normal pour un mari de punir sa femme.

– Quoi ?! Tu veux dire que ton père bat ta mère ?! s'exclame Max, en s'asseyant dans le lit à son tour.

– Non. C'est plus subtil que ça. Il a une sorte d'emprise psychologique malsaine sur elle. Lorsqu'elle fait quelque chose qui lui déplaît, au mieux il ne lui adresse plus la parole pendant des semaines, au pire il l'enferme chez eux en ayant le droit de ne rien faire, pas même de regarder la télé ou de lire un livre. Ma mère reste assise de longues heures dans la cuisine en repensant à ses actions avant de demander pardon à son mari. Elle doit se repentir. Enfant, je l'ai souvent vue pleurer, suppliant mon père de ne plus l'ignorer.

– Blondie, c'est sacrément tordu…

– Je sais, et il faisait pareil avec moi.

– Jure-moi qu'il ne le fait plus… gronde durement Max, menaçant de sortir du lit cette fois-ci.

– Non. Il a arrêté pour s'en prendre deux fois plus à ma mère.

– Pourquoi ça ?

– Grâce à Ellie… Elle est intervenue pendant un repas de famille. C'était la première fois que je la voyais aussi furieuse. Je pense qu'elle se doutait déjà de quelque chose mais n'avait jamais pu en avoir le cœur net auparavant. Puis le jour de mes 14 ans, le soir de mon anniversaire, elle a surpris mon père me forcer à manger la totalité du gâteau simplement parce que j'avais taché ma robe avec du coulis de framboise un peu plus tôt dans la journée. À la première part, j'étais déjà repue mais il a insisté pour que j'avale les huit parts restantes au point de me faire vomir.

– Bordel de m… commence-t-il à dire, avant de ravaler ses paroles. Qu'a fait ta grand-mère ?

– Elle l'a menacé de le dénoncer aux services sociaux et auprès de la paroisse s'il ne me laissait pas tranquille. C'était un ultimatum efficace. Pour mon père, les apparences comptent plus que tout. En revanche, concernant ma mère, Ellie ne pouvait rien faire. Ma mère est la première à défendre mon père corps et âme, et ce depuis toujours. On ne peut pas aider quelqu'un qui ne le veut absolument pas. C'est à partir de ce moment-là que mes parents et ma grand-mère sont entrés ouvertement en conflit puis se sont éloignés.

– Moi qui croyais que seule ma famille était foireuse… susurre Max.

– Non, bienvenue dans la mienne !

– Et tu n'as jamais parlé de tout ça avec qui que ce soit avant ?

– Pas vraiment. Je m'ouvre seulement depuis peu à Mary. Elle m'aide beaucoup à entrevoir ma vie sous un angle nouveau…

– Alors continue. N'arrête pas.

– Je sais mais le pire dans tout ça, c'est que j'aime toujours mes parents. Ils ne le méritent sûrement pas mais oui, je les aime autant que je peux les haïr. Mary me dit qu'il s'agit davantage d'une dépendance affective plus que d'amour véritable, mais comment faire la différence ?

À cet aveu, ma voix se brise tandis que Max me reprend dans ses bras, m'attire à lui et respire de longues secondes profondément avant de me répondre :

– J'en sais rien foutrement rien, Blondie, mais on va trouver. Ensemble.

Les minutes s'étirent et, pensive, je repasse un à un les événements de la soirée, voire de ces dernières semaines. Tout fait sens à présent.

– Si Derek n'avait rien dit, jamais je ne me serais aperçue de ton handicap. Et quand bien même, ça n'aurait pas eu d'importance, je promets à Max dans un murmure.

– J'ai appris à compenser avec les années. C'est devenu instinctif. Je cache cette partie de moi que plus personne ne voit sauf quand je bugue grave… comme ce soir.

– Et tu n'as pas à en avoir honte !

– Je sais, j'essaye mais c'est difficile quand des choses telles que celles de cette nuit se produisent et que je faillis…

– Max, Derek est expert pour pousser les gens à bout. Pour appuyer là où ça fait mal. Il a élevé ça au rang d'art. Même moi, il parvient à me faire péter les plombs. Et puis comme ça, ça change un peu…

– De quoi ?

– Cette fois, c'est la femme qui est venue au secours de l'homme pour encaisser les coups. Secouer Derek m'a fait un bien fou. L'injurier aussi était assez jouissif. C'est moche, mais voilà, je l'avoue.

Son rire résonne sous ma joue :

– T'étais une vraie furie ! Où t'as appris toutes ces insultes d'ailleurs ?

– Hum… Dans des livres…

– Attends, tu lis quoi comme livres pour apprendre des trucs pareils ?! s'étonne-t-il.

– Liv m'a fait découvrir un nouveau genre de littérature un peu moins sage que mes précédentes lectures…

– Développe.

– Des histoires de bikers plutôt explicites, je rougis. Enfin bref, j'ai étoffé mon vocabulaire et j'en suis fière. Fini, la Judy nunuche.

Max rit à nouveau et une idée me vient, j'espère seulement qu'elle n'est pas mauvaise :

– J'aimerais que tu me lises une histoire, je lui souffle.

– Blondie… Je peux pas. J'ai l'élocution d'un gamin de 8 ans.

– Ça n'a pas d'importance pour moi. J'aimerais que tu le comprennes. Alors s'il te plaît, lis-moi une histoire. Celle que tu veux. Il y a quelques livres sur ta commode.

Il se fait silencieux, et les secondes passent, puis les minutes. Je finis par croire qu'il ne le fera jamais lorsqu'il rallume la lumière, s'étire du lit pour ouvrir la table de chevet et en sortir un vieux livre tout corné. Il s'agit d'un exemplaire de *Moby Dick* d'Herman Melville.

Max inspire profondément, ajuste sa position sur son coussin pendant que je l'enlace et place mon oreille sur son torse à nouveau. Il commence doucement à lire, d'abord de façon laborieuse puis au fur et à mesure il gagne en fluidité. Ce n'est pas parfait mais qu'importe, son timbre profond me berce, collant parfaitement à l'histoire. Lorsque je l'encourage à continuer après le premier chapitre, je le sens se détendre et prendre davantage d'assurance. Max poursuit sa lecture en choisissant un passage vers la fin du livre. Sa voix grave, bien qu'irrégulière et hachée, me transporte en pleine mer, sur cet océan déchaîné où le héros chasse le monstre à l'origine de son obsession.

Sans m'en apercevoir je m'endors, rêvant de combattre les démons de ma propre existence.

50

UNE ÉVIDENCE

Judy

Nous sommes les derniers arrivés au QG des Evil's Heat ce dimanche matin afin d'assister à la réunion de crise provoquée par Derek. Mon entrée, pourtant discrète dans l'ombre de Max, entraîne un silence parmi le groupe déjà présent, composé de Loris, Liv, Bounce, Vince, Rock, Eddy, ainsi que deux autres hommes inconnus.

Il y a quelques mois, de tels regards curieux m'auraient mise mal à l'aise mais ce n'est plus le cas. La tête haute, je tiens bon face à ces armoires à glace en cuir noir.

– Judy… miaule Olivia, impressionnée par mon coquard et ma lèvre fendue.

– Ce connard ne t'a pas loupée, gronde Rock en se levant à son tour, suivi de Bounce.

Les deux hommes s'approchent pour m'observer de plus près puis Rock me demande, inquiet :

– Comment tu te sens ?

– Ça va mieux…

Dans un geste de réconfort malhabile, le mari de Liv me tapote l'épaule de son immense main puis Bounce me caresse la joue, tout aussi maladroitement. Son visage est partagé entre un sourire sincère et une grimace de dégoût involontaire. Je ne peux m'empêcher de rigoler face à cette marque d'affection aussi étrange que son propriétaire, laissant les autres interloqués.

– Elle doit prendre des cours de self-defense, conclut Bounce à l'attention de tous, le regard noir.

– C'est prévu, lui rétorquent alors Max et Eddy en chœur.

– Ah bon ? m'étonné-je.

– J'allais t'en parler à la fin de la réunion, me souffle Max.

En soi l'idée ne me déplaît pas, bien au contraire, car je me suis levée ce matin animée d'une énergie féroce.

– Lequel de vous est Mike ? je lance fermement de but en blanc aux deux inconnus du groupe.

– Moi, me répond un grand barbu sur la droite.

– Parfait. Qu'as-tu de concret sur Derek Taylor ?

L'homme est surpris par mon aplomb et jette un coup d'œil interrogateur à Rock. Ce dernier lâche un rire grave puis se rassoit, m'invitant à faire de même. J'obtempère de bon gré, tout comme Max.

– Va droit au but, Mike. Tu peux parler sans crainte devant Judy, elle est la principale concernée, explique Rock à son pisteur.

Mike s'éclaircit alors la gorge et se met debout avant de déclarer :

– Ça a été long. Le type se doutait de quelque chose au début et il suivait une routine parfaite. Trop parfaite pour être vraie. Je savais que je finirais par avoir quelque chose. Et enfin, la semaine dernière, il a baissé sa garde et s'est rendu dans le quartier rouge de Colorado Springs.

– Le quartier rouge ? je m'interroge.

– Le quartier de la prostitution, m'explique Vince le plus normalement du monde.

– Oh, eh bien… Je ne m'attendais pas à ça.

– Nous si, crache Bounce.

– Et tu es certain qu'il n'y était pas pour des raisons, disons… professionnelles ? demande Max à Mike. Il est flic après tout.

– Certain à cent pour cent. J'ai mené mon enquête auprès de plusieurs filles là-bas. C'est un habitué des lieux… Il *couche* avec plusieurs d'entre elles régulièrement depuis quelques années déjà, révèle Mike en me lançant un regard contrit.

– Pas très malin de sa part… Mais ce ne sera pas suffisant pour lui faire perdre son boulot. Derek a forcément des connexions qui le protègent pour agir aussi impunément, intervient très justement Loris.

– Moi je parie que Mike a plus à son sujet, déclare Eddy avec une suffisance narquoise.

Le biker barbu se fend ainsi d'un immense sourire et opine du chef, me provoquant des frissons de dégoût. Pas contre Mike ni Eddy, mais contre Derek et ce que tout cela implique.

Y a-t-il un truc dans ma vie qui ne soit pas basé sur la tromperie ou les mensonges ?

Je détourne le regard, abattue, et croise celui de Max, flamboyant. En un clin d'œil, il devine mes émotions intenses. Alors, discrètement, il vient me prendre la main sous la table pour entrelacer ses doigts aux miens.

Lui n'est pas un mensonge.

Max est vrai.

Ma seule évidence depuis le jour où nous nous sommes rencontrés et ce malgré les années qui nous ont tenus éloignés l'un de l'autre. Je m'y raccroche donc de toutes mes forces puis inspire profondément pendant que Mike poursuit ses révélations fracassantes :

– Derek use de son insigne de policier pour arrêter des filles et une fois qu'elles sont dans sa voiture, il leur fait du chantage. Soit elles couchent avec lui, gratos, soit il les coffre. Ensuite, lorsqu'il a fini ses petites affaires il les abandonne à l'autre bout de la ville, dans des endroits bien craignos. Ils les laissent sans thune ni téléphone. L'une d'elles ne serait d'ailleurs jamais revenue selon mon indic. Elle a disparu depuis un an environ mais le reste du monde s'en branle. Ce n'est qu'une « pute » après tout !

Mike crache la dernière phrase, ne retenant plus rien de la colère qu'il éprouve.

De mon côté, j'ai la nausée, et le réconfort de Max ne suffit pas. Chaque mot de Mike a eu l'effet d'un uppercut dans l'estomac, si bien que je menace de rendre mon petit déjeuner.

Je manque d'air.

Ma respiration saccadée résonne dans la pièce devenue horriblement silencieuse. Ils meurent d'envie d'intervenir, je le vois bien, mais ils se retiennent tous en me voyant hyperventiler.

– C'est du viol, finis-je par articuler, la gorge douloureuse.

– Complètement, approuve Mike.

– De l'abus de pouvoir dégueulasse ! renchérit Olivia. Avec ça, pas de doute, on peut le faire plonger. C'est quoi le plan ?

Mike fait glisser un énorme dossier bleu jusqu'à Rock tandis que je tente de garder contenance. J'ai envie de hurler pour évacuer très égoïstement ma haine mais je relativise en me disant que ce n'est rien comparé à ce que subissent ces filles.

J'ai vécu avec un monstre… J'ai partagé sa vie, son lit…

Soudain, je crains pour ma santé puis je me souviens que le Doc a tout checké en long, en large et en travers suite au seau de sang de porc.

Tout va bien.

– Vous trouverez dans ce dossier les infos que j'ai pu récupérer. J'ai retranscrit chaque discussion, chaque journée de planque. J'ai aussi pris pas mal de photos. J'ai un contact au FBI qui saura le faire atterrir sur le bon bureau. Il me doit un service. Ça peut permettre l'ouverture d'une enquête en interne. De mon côté, je propose de chercher la disparue, en espérant qu'elle soit toujours vivante… termine Mike.

– Faut en discuter. En tout cas, très bon boulot, le félicite Rock.

– Ouais car cette histoire risque de retomber sur les filles concernées. On sait comment les flics les traitent… tempère Vince.

– Je n'ai pas cité leurs noms dans les documents pour le moment, seulement des pseudonymes. Il faudra pouvoir garantir leur anonymat si l'on veut que ça débouche sur quelque chose de concret pour ce flic véreux.

– Tu crois qu'elles accepteraient de porter plainte ? s'étonne Eddy.

– Je pense, oui. Je leur ai promis qu'on les protégerait. Les choses doivent bouger, ça a trop duré.

– Comment a-t-il pu rester impuni tant d'années ? murmuré-je, mais tous m'entendent.

– Ces femmes sont des hors-la-loi. Elles exercent une activité illégale, certaines sont sans papiers. Que vaut leur parole contre celle d'un flic respecté, intégré et qui va à l'église tous les dimanches ? Quelques-unes ont tenté de porter plainte par le passé, sans succès. Il faut que ça remonte plus haut. Mon dossier doit finir entre les bonnes mains, je m'en charge, m'explique Mike.

J'ai encore du mal à saisir l'ampleur de ses révélations. Il n'avait pas menti : c'est du lourd. Le Clan, bien qu'en colère, ne semble pas surpris par cette histoire, comme s'ils avaient l'habitude de se frotter fréquemment à ce versant pestilentiel de l'humanité.

C'est ce moment de silence que choisit le deuxième inconnu, une sorte de geek à lunettes, pour intervenir :

– Vous vouliez que je vérifie quoi au juste ?

J'avais complètement occulté sa présence, pourtant, avec son style adulescent, le jeune homme détonne autant que moi parmi le reste de l'assemblée.

– Judy, je te présente Garrett. Il est en charge de notre réseau informatique et de sa sécurité, développe Rock.

– Enchanté, baragouiné-je, le regard dans le vide, toujours sous le choc des dernières révélations.

À l'instant, je lutte contre l'envie de me jeter sur le dossier bleu face à Rock pour constater de mes propres yeux la vérité au sujet de Derek. Malheureusement mes mains tremblent et mes jambes semblent rivées au sol.

– Ça va, Blondie ? s'inquiète Max.

– Non.

– C'est bientôt fini. Je te le jure, ensuite on part.

Je hoche mécaniquement la tête avant de plonger mon regard dans celui du fameux Garrett.

– Derek me traque. Il arrive à savoir où je suis constamment. Comment fait-il ? je l'interroge.

– J'aurais besoin de ton téléphone. Tu peux me le laisser une heure ou deux ?

– Oui.

– Merci. As-tu d'autres appareils connectés ?

– Du genre ?

– Du genre : ordinateur, tablette ou même une montre connectée ?

– Non. Je n'ai que mon téléphone. Ah si… j'ai une liseuse, je peux aller sur Internet avec.

– OK. Il me la faudra également. Et je pourrai faire un tour de ta voiture et de ton appart le plus rapidement possible ? s'enquiert Garrett.

– Bien sûr… Mais…

– Mais quoi, Blondie ? me demande Max.

– Imagine si Derek m'a suivie jusqu'ici ? je panique, repensant à tous les endroits que j'ai fréquentés depuis mon installation à Colorado Source.

– Impossible, me répond Garrett. Seuls les appareils autorisés captent dans nos souterrains. Le tien n'en fait pas partie. Au pire,

Derek te voit te rendre à nos entrées de tunnels, c'est-à-dire au CSB, chez Rock et Liv, ou encore à l'église.

– D'accord, soufflé-je. Attends une minute, à l'église ?

– L'entrée principale de la Batcave est sous la petite chapelle de Colorado Source, m'indique Liv en souriant.

Ma bouche s'ouvre en grand mais aucun son n'en sort, je suis trop abasourdie pour songer à respirer.

– Le père Matthew était d'accord, lâche Max en haussant les épaules, comme seule justification.

Ce matin nous avons emprunté l'accès sécurisé au fond de la cuisine pour nous rendre directement au QG et je n'ai pas encore eu l'occasion de découvrir « l'entrée principale » de l'appartement.

Enfin, je suis sûrement passée par là hier mais j'étais inconsciente…

– Raison majeure pour dormir souvent chez Max maintenant qu'il t'a fait voir son antre. Tu es au plus près de Dieu, lance Eddy en rigolant.

– Juste en dessous précisément, complète Bounce.

– Et tu peux demander pardon pour tes péchés de chair en dehors du mariage quasi instantanément ! Il te suffit de lever les yeux vers le plafond, conclut Vince, dans un rire communicatif.

– Je ne sais même quoi vous répondre, je leur admets, encore sidérée mais amusée.

– En tout cas, ne t'inquiète pas pour Derek. On gère. Bientôt il ne sera plus un problème, je t'en fais le serment, intervient Rock, recadrant la discussion par la même occasion.

Il me semble entendre Vince me souffler un « amen » mais je n'en suis pas certaine. Quant au reste du groupe, il redevient sérieux puis Max ajoute calmement à mon attention :

– Je propose que tu laisses tout ce qu'il faut à Garrett cet aprèm et pendant ce temps, je t'emmène porter plainte.

– Et dès que tu vas mieux, on attaque les cours d'autodéfense ! surenchérit Eddy.

– Je vais t'apprendre à faire pleurer ce fils de chien, déclare Bounce, placide.

– Tu ne méritais pas ça, Judy, déclame simplement Loris, et ce sont ses mots si justes qui me touchent le plus.

– Ça va aller, Judy. On est avec toi, tente de me rassurer Olivia. Tu n'es plus seule.

Malgré leurs encouragements sincères, je tangue, saisie de vertiges, car c'est un nouveau pan de mon passé qui vient de voler en morceaux. Les éclats tranchants des mensonges de Derek me lacèrent le cœur, ne laissant plus grand-chose d'intact en mon sein.

Jusqu'où pourrai-je encaisser sans craquer ?

***

L'après-midi a été longue autant qu'éreintante. Max et moi sommes d'abord passés à mon loft où Garrett nous a rejoints. Je lui ai alors donné champ libre pour tout vérifier et il est à présent en possession de mes clés d'appartement, de voiture, mais aussi de mon téléphone et même de ma liseuse.

Pendant ce temps, Max m'a accompagnée dans un commissariat différent du premier pour de nouveau porter plainte avec mon visage abîmé comme preuve irréfutable de mon agression. Espérons que cette fois l'issue soit elle aussi différente…

Il est dix-huit heures passées lorsque nous reprenons enfin la route pour rentrer à Colorado Source.

– Tu peux rester dormir chez moi le temps qu'on mette Derek hors d'état de nuire, me lance Max en démarrant le pick-up.

– Merci.

– Ça veut dire que tu acceptes, Blondie ?

– Oui… J'accepte, confirmé-je en souriant. Je veux bien vampiriser ton lit jusqu'à nouvel ordre.

Max semble enchanté de ma réponse et nous échangeons un regard amusé car cela fait plus de deux semaines qu'il ne quitte pas le mien. Je m'endors chaque nuit dans ses bras, alors il est hors de question que le cas Derek vienne perturber ce nouvel équilibre.

– J'espère ne jamais le recroiser, soufflé-je après plusieurs minutes de silence.

– Il le faudra peut-être dans le cadre de ta plainte.

– Le moins possible alors !

– Judy… T'as plus à avoir peur de lui. Rock a mobilisé trois de nos hommes pour lui coller aux basques. Mike va le faire tomber grâce à ses infos et Garrett s'occupe de te rendre ton anonymat. Le cas Derek Taylor est quasiment refermé. TU as gagné.

– Je sais… Ce n'est pas de Derek que j'ai peur.

– De quoi alors ?

– Je redoute ma réaction si je le croise ! J'ai envie de lui faire du mal. Je veux le voir souffrir autant que je souffre à cause de lui. J'ai la sensation d'être sur le point d'imploser ! Je crois que je pourrais être capable du pire, Max, et cela me terrifie. J'ai peur de cette partie en moi qui a soif de vengeance…

– Je vois. T'as besoin de redescendre en pression, Blondie. Ce que t'as appris ce soir ferait vriller n'importe qui.

– Tu proposes quoi ? soupiré-je, exténuée.

– J'ai ma petite idée sur la question. Tu me fais confiance ?

– Évidemment…

Max s'insère alors dans le flot de voitures de la voie rapide et sans tarder, la fatigue me gagne. Bercée par la route, je m'assoupis pendant le reste du trajet sans jamais vraiment m'endormir profondément. Je suis trop tourmentée pour cela, hantée par les actes odieux de Derek.

Je me sens salie et trahie.

Derek m'a tout pris : mon temps, mes souvenirs et mon intégrité. Je pensais être quelqu'un de bien à défaut d'être drôle, avenante ou encore sociable, mais puis-je toujours le croire ? J'ai partagé la vie de cet homme sans rien voir ni savoir, trop aveuglée ou trop égocentrée pour réaliser la triste vérité.

Je me dégoûte.

Lorsque je rouvre mon œil valide, absolument pas apaisée, le soleil est en train de disparaître à l'horizon et je ne reconnais pas l'endroit où nous sommes. De nouveau, Max a emprunté une voie secondaire pour m'emmener au milieu de nulle part et s'est garé sur le bas-côté.

– On est arrivés, Blondie.

– Nous sommes où ? demandé-je en m'étirant.

– Là où tout a commencé…

– Je suis trop épuisée pour les devinettes, râlé-je gentiment.

J'ai eu mon lot de surprises pour les deux prochaines décennies, néanmoins Max ne me répond pas. Il se contente de me sourire en arborant un air mystérieux, puis se détache et sort du pick-up avant de venir m'ouvrir la porte.

– Fais-moi confiance et suis-moi, insiste-t-il, une main tendue dans ma direction.

Je la saisis, parcourue d'une sensation de déjà-vu réconfortante puis saute de la voiture à mon tour.

Nous marchons l'un à côté de l'autre plusieurs minutes quand, soudain, je le vois poindre dans l'horizon rougeoyant du coucher de soleil.

Au milieu de nulle part, avec pour seule compagnie un arbre défraîchi, se dessine un lac si calme qu'il est un parfait miroir du ciel, reflétant la lune et les étoiles naissantes.

– Max…

– Ici on sera tranquilles. Tu vas pouvoir souffler.

Je n'ajoute rien, subjuguée, tandis que mes pensées sombres s'estompent. C'est exactement ce dont j'avais besoin pour reprendre pied car revenir ici après tant d'années me prend aux tripes, de la bonne manière cette fois.

Les souvenirs m'assaillent, et malgré moi, un sourire niais met en mouvement mes lèvres.

À cette période de ma vie, je ne connaissais pas encore Derek, Ellie et Roger étaient vivants et j'avais également mis une distance salutaire avec mes parents pour l'été.

J'étais légère et indépendante.

Mais surtout il y a eu Max, qui pour la première fois a provoqué ce truc cataclysmique dans mon ventre d'adolescente… Ce soir fatidique, il m'a marquée à jamais au plus profond de mon être, telle une morsure indélébile. Une douce blessure qui se ravive à chaque fois qu'il me touche, me regarde, me parle, me caresse ou m'embrasse.

Alors, en me tenant de nouveau face à ce lac, qui plus est en sa présence, j'ai la sensation poignante de remonter le temps et de renouer avec mes émotions passées. Cela soulage mes maux.

Brusquement, la sonnerie du téléphone de Max rompt la solennité de ce moment et je tends l'oreille pour essayer de saisir la conversation qui s'amorce :

– Je t'écoute. T'as trouvé quoi ?

– …

– Hum. OK.

– …

– Et rien d'autre ?

– …

– T'es sûr ?

– …

– Merci, Garrett. Oui je suis avec Judy. OK, je lui dis. À demain.

Max raccroche puis range son Smartphone avec une lenteur alarmante. Lorsqu'il plonge son regard acier dans le mien, je comprends que ça n'augure rien de bon.

– Garrett a trouvé comment Derek faisait pour te suivre, dit-il.

– Et ?

– Il a jumelé vos téléphones.

– Jumelé ?

– Il les a clonés.

– Je ne suis pas sûre de comprendre, Max. Je n'y connais rien.

Ce dernier se gratte le cou, mal à l'aise, puis me saisit la main fermement, alors mon angoisse grimpe en flèche.

– Quoi ?! Explique-moi, je panique.

– Derek a installé une application sur vos deux téléphones et en gros il a pu « copier » le tien. Il voit donc ce que tu fais en temps réel. Où tu es, à qui tu parles, tes SMS et tout le reste.

– … Mes… Mes photos également ?

– Oui.

– Nos conversations privées ?!

– Tout, Judy. Son téléphone est une image parfaitement identique du tien. Un clone.

Je reste sans voix le temps de réaliser l'ampleur de cette violation d'intimité.

– Mais Garrett a pu tout stopper. Et il n'a rien trouvé de malveillant ailleurs ! tente de me rassurer Max en me voyant blêmir.

Merde !

C'est le coup de trop. Celui qui met K.-O.

Sans prévenir je tombe à genoux, essoufflée. Max tente pourtant de me rattraper mais en vain, alors il s'agenouille à son tour face à moi pour m'aider à garder mon calme.

– Parle, Blondie. Dis quelque chose.

Je ne sais par où commencer, traversée par de violents vents contraires qui mettent le bazar dans ma tête. Rien ne fait plus sens, je me trouve sale et vide. Désarroi, perdition et besoin de vengeance noircissent mon âme. Je crains que ce soit irréversible.

Ici, je me créais quelque chose de précieux, de nouveau, telle une seconde chance loin de tout. Un truc rien qu'à moi dont je pouvais être fière et chérir, mais voilà que Derek a réussi l'exploit de le souiller, d'y apposer sa marque et de me l'arracher.

Je repense à mes conversations avec Liv, avec Max ou même Bounce. Ce que j'y ai avoué, dévoilé en pensant être à l'abri, loin de mon ancienne vie. Et les photos…

Je vais vomir, la bile me brûle la gorge.

À ma grande surprise, c'est un son qui sort de ma bouche et non le contenu de mon estomac. Je crie à l'instar d'un animal meurtri tandis que les larmes salées me piquent la peau du visage. Mon œil abîmé me fait mal, ma lèvre également. D'ailleurs le goût du fer envahit ma bouche.

– Judy, doucement, t'as rouvert ta plaie, me murmure Max.

Rudement, il vient l'essuyer de son pouce.

– Il m'a tout pris, soufflé-je.

– C'est faux.

– Si, Max. Je n'ai plus rien. Mes souvenirs sont faux et mon présent tout neuf ici est souillé. Alors que je me pensais en sécurité, Derek était toujours là. Il a tout vu et lu de nous. C'était notre histoire, nos retrouvailles et il m'a pris ça aussi ! Qui sait ce qu'il en a fait ?!

Je perds pied, je glisse…

– On peut encore tout recommencer. Repartir de zéro. Regarde !

Joignant son geste à la parole, Max attrape son téléphone d'une main agitée et tape un SMS que je ne verrai qu'une fois mon portable récupéré.

– On reprendra des photos et cette fois, je te promets qu'elles ne seront qu'à nous.

Mon chagrin repart de plus belle à ses mots et je tombe vers l'avant, mains au sol. Ce contact avec la terre froide a le mérite de me donner un regain de ferveur.

– Je me dégoûte ! J'ai passé huit ans en couple avec ce type sans rien voir ! Ça dit quoi de moi, hein ? Je n'étais pas assez courageuse pour rompre ma routine ! Sortir de ma zone de confort et le larguer ! Je pensais que ça n'impactait que moi, que c'était MON problème, MA vie, mais pendant ce temps il violait des femmes vulnérables à l'autre bout de la ville en toute impunité. Et qui sait ce qu'il a fait d'autre ! Je deviens folle, Max, je m'imagine tellement de choses ! Je ne sais plus ce qui est vrai ou faux. Ce qui est vérité ou mensonge ! Je me sens si bête ! Sacrément conne même ! Et maintenant, il m'a aussi volé mes premiers mois ici avec vous après m'avoir pris Ellie et mon chat…

Certes c'est la mafia russe qui a tué ma grand-mère, mais Derek a fait partie du mensonge pour me dissimuler sa mort. Je n'ai pas pu l'enterrer. Il a également nourri les tensions avec Ellie si bien que j'ai perdu des années précieuses avec elle.

– Judy, regarde-moi ! m'ordonne Max en attrapant mon menton, mais je refuse.

Honteuse, je n'arrive plus à poser mes yeux sur lui.

– Rock avait raison, je ne vous apporte que des ennuis, je dois partir. Vraiment loin cette fois.

– Tu dis n'importe quoi parce que tu es blessée…

– Non, je le pense vraiment. Je pourrais tout effacer. Tout recommencer. Plus aucun lien avec ce passé maudit qui me poursuit ! Car même ici Derek et mes parents trouvent le moyen de me harceler !

– Et ça te servirait à quoi, hein ?! me rétorque Max, peiné.

– À vivre libre et dans le vrai en laissant tous ces mensonges derrière moi une bonne fois pour toutes.

Max marque un temps de pause où il reprend ses distances, assis sur ses talons. Je sens le poids de son regard qui me jauge, et me juge, sûrement. M'imaginer loin de lui me brise le cœur mais c'est peut-être la seule solution pour arriver à me reconstruire durablement. Après tout, lui aussi fait partie de mon passé, il est lié à Derek, à Ellie et même à ma mère…

– Parce que tu penses que ce sera différent en étant à mille bornes d'ici ? finit-il pas cracher, amer.

– Peut-être.

– Eh bien, je vais te décevoir, mais non. Là, c'est toi que tu essayes de fuir. Je le sais car je suis passé par là. Et Sunny aussi. Regarde où elle est maintenant ! Six pieds sous terre, parce qu'elle a fui et qu'on était trop loin pour l'aider !

Je reste mutique en fixant mes doigts.

– Tu crois quoi, Blondie ? La vie est cruelle ! On a tous des choses dont on n'est pas fiers. Moi le premier. J'ai du sang sur les mains, comme bon nombre de mes frères de clan et même si c'est pour des causes justes, ça n'enlève pas le poids des remords ou des regrets ! On ne peut pas se laisser abattre, c'est soit ça, soit renoncer et crever la gueule ouverte. Ouais, Derek est un enculé de première. Ouais, tu as mis du temps à t'en rendre compte, mais ce qui compte c'est que tu sois là à présent. Tu veux changer, alors ne le laisse pas t'atteindre et gagner ! Judy, ne laisse pas ses actes à lui te définir toi, ne lui donne plus ce droit. Tu l'as dit toi-même, il t'a suffisamment pris de choses déjà. Alors ce soir, c'est la dernière fois qu'il te vole. La vérité, tu la connais. Au fond de toi, je sais que tu sais…

Je redresse la tête, impactée par ses mots qui font mouche et me rassérénèrent. Lorsque je croise son regard acier, Max se penche pour coller son nez au mien, puis après de longues secondes interminables, il saisit mon visage de ses deux mains et m'embrasse. Mon râle de douleur meurt sur sa langue au contact de la mienne. Si ma lèvre et ma pommette me font souffrir, je lui rends tout de même son baiser au centuple car lui ne me vole rien, au contraire, Max me donne sans compter. Par ce baiser incendiaire, il m'offre sa passion, sa force et sa hargne. Celles qui lui ont permis de surmonter son handicap, la trahison et le deuil. Je sens la noirceur de mes songes refluer loin dans ma poitrine. Sa chaleur apaise mon âme blessée et mon désir explose, enflammant ma peau. Je viens alors me glisser sur lui à califourchon pour m'accrocher à ses épaules, avide de contact. J'ai envie de lui maintenant, tout de suite.

Max a eu raison encore une fois. Au diable mes parents. Au diable Derek et ce qu'il a fait.

Jour après jour, à mesure que je me fonds dans le décor de ma nouvelle vie avec parfois difficulté, le Clan devient mon point de repère, ma nouvelle famille, celle que j'ai choisie.

Ils sont mon évidence.

Sans nous lâcher, nous nous levons et nous nous dirigeons maladroitement vers la voiture. Dans un enchevêtrement de gestes précipités et brusques, Max parvient à ouvrir la portière pour me basculer sur le siège. L'instant d'après, je suis à moitié nue et son regard gris capture le mien. J'y lis de la faim mais aussi de la colère teintée de peur.

– Toi et moi, c'est vrai, n'en doute plus jamais !

51

L'AUDIO BOOK

Judy

Appuyée contre la barrière avec mes écouteurs dans les oreilles, je patiente pour ma séance quotidienne de self-defense. Cela fait quinze jours que je n'en loupe aucune et qu'elles s'intensifient à mesure que je gagne en expérience et que mes blessures cicatrisent.

En ce moment mon coquard tire sur un jaune verdâtre me donnant l'air malade mais il y a du mieux.

Au bout de dix minutes, un nuage de poussière finit par apparaître à l'horizon, m'indiquant que Max, Loris, Vince, Bounce et Eddy sont en approche. Le bruit de leurs motos devient rapidement assourdissant et m'empêche de poursuivre l'écoute de mon livre audio.

Me redressant, je les observe se garer au bord du champ désertique où ils m'entraînent après leurs journées de travail respectives. Pour ma part, je suis en repos forcé jusqu'à la semaine prochaine car l'école où j'exerce a estimé que mes blessures au visage perturberaient les élèves.

Soit…

Les cinq bikers m'impressionnent toujours autant lorsqu'ils débarquent ainsi en bande sur leurs monstres de métal.

Cela me semble surréaliste, sorti tout droit d'un film ou d'une série télé…

Ça ne peut pas être ma vie, si ?

Max ôte alors son casque et j'en profite pour détailler son beau profil, du sommet de son crâne à la pointe de ses boots noires. Cet homme est un appel constant à la luxure alors mon corps réagit en conséquence, et mon ventre se serre. J'ai faim de lui.

Il est encore assis sur sa Triumph, qu'il chevauche nonchalamment. Le tissu rêche de son jean se tend au maximum, épousant parfaitement la ligne de ses cuisses puissantes, pour mon plus grand plaisir.

– Ferme la bouche, Judy, tu baves, me balance Vince, provoquant les rires d'Eddy et de Loris au passage.

Je ne trouve rien de mieux que de leur adresser une moue dédaigneuse et quitte Max des yeux à contrecœur.

– Tu as une nouvelle moto ? m'étonné-je.

– Ouep, me répond le biker aux dreadlocks. C'est une Vieira Ferreira, directement importée du Portugal. Leur confort de conduite est inégalable. Cette couleur rouge est magnifique, non ?

– Oui. Elle est superbe, Vince.

Satisfait de ma réponse, il flatte la croupe de son bolide comme s'il s'agissait des fesses d'une femme avant d'ajouter :

– Je pense que je vais la surnommer Sarah. Ouais, ce sera son petit nom.

Je souris en repensant aux réflexions de Liv qui compare régulièrement ces motos à des maîtresses, finalement elle a plutôt raison.

– Ignore-le, me souffle Loris, amusé. Comment toi, tu vas ?

– Bien. Vraiment.

– J'en suis heureux alors.

Loris et moi échangeons un regard de connivence silencieux. Ces deux dernières semaines, j'ai pu apprendre à le connaître davantage en partageant nos vies et nos galères lors des entraînements. Sans trop de difficultés, les siennes surpassent les miennes… Et grâce à ces moments de connivence, j'ai aussi pu apprivoiser son visage brûlé. À présent je parviens à soutenir son regard sans être impressionnée, et il en va de même pour le sourire tordu d'Eddy.

Après tout, nos blessures, qu'elles soient visibles ou non, ne nous rendent que plus humains.

– T'as encore une sale gueule, Judy, me balance Bounce avec désinvolture.

– Oui comme hier, et comme avant-hier… Mais merci pour cette remarque quotidienne adorable.

– De rien. T'aurais dû accepter ma proposition.

– Laquelle ? Il y en a eu tellement…

– Je pourrais te tatouer un truc autour de l'œil pour cacher ce coquard.

– Bounce…

– Quoi ? s'étonne-t-il.

– Pourquoi veux-tu que… Nan laisse tomber, j'abandonne ! dis-je en riant.

– Donc tu acceptes ?

– Certainement pas !

– Dom…

La conversation se stoppe net lorsque Max s'impose face à moi pour envahir mon champ visuel et reléguer Bounce au second plan derrière lui. Sans un mot il s'approche, me saisit le visage et en scrute chaque trait afin de vérifier l'avancement de ma cicatrisation. Ce petit rituel dure entre nous depuis quinze jours maintenant, et je me laisse faire en y prenant un certain plaisir. Le tout se conclut par un baiser brûlant, et je comprends que je lui ai manqué ; beaucoup manqué…

– Ta pommette te lance toujours ? me demande-t-il ensuite.

– Non. La douleur est enfin partie.

– Bonne nouvelle ! intervient Eddy. On va pouvoir monter d'un cran. Aujourd'hui je veux que tu apprennes à rendre les coups. Fini, l'évitement.

– Tout doux, Ed. JE décide de son entraînement, gronde Max.

– Il a raison, je veux savoir me battre ! râlé-je. Je veux passer au niveau supérieur !

– Blondie…

– Je suis sérieuse.

– Moi aussi.

– Elle peut le faire, Max. Fais-lui confiance, intervient Loris calmement.

– Ouais, fais-lui confiance, Max, insiste Vince avec humour.

Deux yeux gris acier me jaugent longuement, puis leur propriétaire expire avant d'abdiquer :

– OK. Dans ce cas, Vince, tu commences avec elle.

Enjouée, je lance un immense sourire auquel Max répond, non sans une pointe d'hésitation.

Malheureusement, dans ma précipitation pour franchir la barrière et rejoindre le centre de l'enclos, j'arrache la paire d'écouteurs de mon Smartphone.

Instantanément, l'audio book que j'écoutais en les attendant se fait entendre suffisamment fort pour tous nous surprendre :

« Je viens me rasseoir sur lui, doucement et avec son aide. Nos regards sont verrouillés et ne se détachent plus. Il me guide et je retiens mon souffle à mesure qu'il me pénètre, pour au final ne faire plus qu'un. Je gémis de contentement et… »[1]

Non, pitié non !

« Son bassin frotte contre le mien, la sensation est divine et le plaisir monte en flèche. »

Je me fige, atterrée, pourtant persuadée de l'avoir mis en pause.

Seigneur faites-moi disparaître !

D'une main tremblante, brûlante de honte, je m'empresse de l'arrêter mais je galère et cela me prend du temps. Trop.

« Quinn vient saisir mes fesses et accompagne mon bassin de haut en bas. Il me donne à présent de violents coups de reins, qui résonnent dans toute la pièce. »

Loris se racle la gorge en souriant, Eddy et Vince rigolent franchement, quant à Max je n'ose le regarder.

Mais tu vas t'éteindre, oui !

Enfin…

– Tu écoutes des choses intéressantes, déclare alors Eddy tandis que je respire fort, les yeux fermés.

– Mec, soit t'es un putain de chanceux, soit t'assures pas au pieu, s'exclame Vince en donnant une tape dans le dos de Max.

Lentement, après un temps qui me semble infini, je me tourne vers ce dernier et découvre un Max mutique me dévisageant avec intérêt, bras croisés. Soudain son inimitable sourire en coin apparaît et je suis partagée entre l'envie de fuir loin et celle de me cacher au creux de son cou.

1. Extrait de *Scottish Bastard*, aux éditions Addictives, de la même autrice.

J'opte pour la justification fumeuse qui ne fait que m'enfoncer davantage :

– Hum… D'habitude je ne lis pas vraiment ça, je suis plutôt développement personnel, tout ça, tout ça. Mais bon… Olivia m'a conseillé ce livre. En vrai, je suis la première surprise, c'est hyper sympa.

– Tu m'étonnes… raille Vince.

– Ça se passe en Écosse, c'est une comédie romantique ! je reprends.

– Ça m'a plutôt l'air d'être un porno, intervient Bounce.

– Non ! C'était le seul passage !

– Mais bien sûr…

– On peut oublier ce moment, s'il vous plaît ? tenté-je penaude.

– Jamais ! déclarent-ils d'une seule et même voix.

Évidemment…

– Franchement vous devriez aussi le lire, ça vous plairait, j'en suis certaine, insisté-je.

– J'en doute pas, réplique Vince en riant.

– Ça dépend, y a des orgies dans ton truc ? me demande Bounce très sérieusement.

– Euh… Non.

– Alors laisse tomber. Chui pas intéressé.

Bien, bien, bien…

– Allez, finie la pause lecture. Passons aux choses sérieuses, la nuit arrive ! conclut Max en riant à nouveau, puis il frappe des mains pour donner le go.

Encore rouge de honte, je ne me fais pas prier davantage et range mon maudit téléphone le plus loin possible dans mon sac.

De leur côté, les Evil's Heat ôtent leurs cuirs pour se mettre à l'aise ; à l'image de gladiateurs ils entrent dans l'arène, non sans chahuter entre eux.

Et bien que l'ambiance soit bon enfant, Max et ses frères de clan redeviennent rapidement sérieux.

– Max, tu peux me garder mes clés ? Mes poches sont trouées ! crie Vince en jetant lesdites clés au visage de Max qui les rattrape au vol *in extremis*.

Au cours de l'heure qui suit, aucun d'eux ne m'épargne, me faisant répéter les mêmes gestes encore et encore, jusqu'à ce qu'ils soient parfaitement exécutés. Chacun possède des techniques différentes et de précieux conseils à partager que je tente d'assimiler au mieux. Néanmoins, la difficulté augmente au fur et à mesure pour finir avec le plus expérimenté de tous en combat rapproché : Eddy.

À mon grand regret, Max est resté en retrait durant la totalité de l'entraînement afin d'observer et de corriger ma posture. Secrètement, j'aurais aimé l'affronter juste pour le plaisir de le toucher.

– C'est ça ! Voilà, Judy. Allez, on le refait. Tu le tiens cette fois ! me crie Ed.

Il se déplace d'une façon féline lorsqu'il combat, arborant un sourire carnassier difforme du fait de sa cicatrice. Telle une véritable panthère, il est rapide, vif et diablement précis. Pour ma part je commence à fatiguer au point de manquer lamentablement mon dernier enchaînement avec la grâce d'un pachyderme.

– OK. Stop, intervient Max.

– Non, je peux continuer ! Je vais y arriver !

– Tu te débrouilles déjà très bien, me rassure Eddy. J'ai même un peu transpiré aujourd'hui, ajoute-t-il amusé.

– Laissez-moi juste récupérer et on peut repartir, supplié-je, suffocante.

– J'ai dit stop, Judy, répète Max.

– Et donc ?

– C'est assez pour ce soir.

– Mais Max…

– Arrivé à un certain point ça devient contre-productif. Tu vas te blesser, me coupe-t-il.

Certes, son argument tient la route, pour autant la colère qui m'anime depuis ma dernière altercation avec Derek m'empêche de lâcher prise car je me suis juré de ne plus jamais me sentir vulnérable face à lui.

Je maugrée donc en allant chercher ma gourde dans mon sac, lorsque Max se glisse dans mon dos. Agacée autant qu'assoiffée, je choisis de l'ignorer ostensiblement ce qui semble l'irriter à son tour. Les autres, témoins de la tension naissante entre Max et moi, préfèrent s'éloigner et ainsi nous laisser régler notre différend de notre côté.

– Tu m'as impressionné aujourd'hui, Blondie, me souffle Max chaudement au creux du cou dans une tentative d'apaisement.

Résiste !

– J'en ai bien l'impression, en effet. Tu n'as pas voulu te battre contre moi ce soir.

– Hum, et ça t'a vexée ?

– Non.

– Moi je pense que si, me murmure-t-il en approchant davantage.

– J'apprends face aux meilleurs, c'est l'essentiel… Eddy est vraiment doué.

Max lâche un rire sensuel qui vibre le long de ma nuque et m'empêche de déglutir correctement.

– C'est seulement que nous avons chacun nos spécialités…

– Ah oui ? Et quelle est la tienne alors ? je demande, trop curieuse.

– Le corps-à-corps…

Je peux sentir son sourire victorieux derrière moi ; je suis tombée dans le panneau si facilement.

– Le corps-à-corps est ma spécialité, Blondie, me répète-t-il la voix chargée de sous-entendus.

Cela est suffisant pour me faire définitivement perdre pied, mon imagination dérivant à toute vitesse. J'ai le manque de lui depuis ce matin et la proximité, doublée de cette tension électrique entre nous, est une véritable torture.

– Et puis j'ai aimé regarder, pour une fois. Ce legging est sympa, reprend-il.

– Il est surtout pratique, miaulé-je, le souffle rapide.

– C'est ce que je dis.

Je peux alors sentir son regard lourd sur mes fesses puis l'entendre inspirer profondément à trois reprises. Après tout, l'attirance est mutuelle, il est autant en équilibre que moi sur ce fil nous reliant l'un à l'autre. Si je tombe, il tombe…

Sournoisement je me baisse, pose ma gourde à terre et l'objet de toute son attention frôle son bassin.

– Et ça consiste à quoi le corps-à-corps ? je minaude en me redressant.

Cette fois mes fesses le touchent franchement et l'effet est immédiat. Max plaque son torse contre mon dos puis m'enserre dans ses bras. L'une de ses mains attrape durement mon visage tandis que la seconde se referme sans douceur sur ma gorge pour me faire prisonnière. D'un geste sec, il tire ma tête en arrière, contre son épaule. S'il s'agissait d'un autre homme que lui, je hurlerais à l'aide en me sentant si démunie.

– Je peux t'apprendre à te libérer, me chuchote-t-il au creux de l'oreille.

En disant cela, sa bouche picore ma gorge mise à nue et mon souffle se saccade.

– Et si je ne veux pas ?

Pour preuve, j'appuie davantage contre son bassin, ondulant des hanches. Sa vengeance est immédiate ; Max me mord l'épaule et grogne :

– Donc tu me laisserais te faire tout ce que je veux ?

– Oui.

Max n'ajoute rien à mon oui, en revanche l'horizon pivote devant mes yeux et je me sens soulevée. Dans un geste rapide, il a déplacé sa prise et m'a fait basculer en se laissant tomber au sol. Je suis son mouvement sans retenue, de toute façon je n'en ai même pas le temps. À l'instar des meilleurs catcheurs de MMA, il vient de m'allonger par terre pour se placer au-dessus de moi et verrouiller sa prise en capturant mes poignets. Son corps pèse sur le mien, et ma chaleur se mêle à la sienne. Qu'importe les cailloux qui me meurtrissent le dos, ou le sable qui m'envahit la bouche, je reste immobile, plongeant mes yeux dans les siens.

– Tu es vachement habile pour un dyspraxique.

– Je te l'ai dit, Blondie, j'ai appris à compenser…

– J'ai envie de toi, je lui murmure.

J'espère qu'en mettant des mots sur ce que je ressens, ce feu au creux de mon ventre diminuera d'intensité ; mais c'est compter sans l'homme qui me surplombe. Je m'embrase sous son regard qui parcourt mon visage puis s'arrête, pour fixer mes lèvres entrouvertes.

– Passe la nuit avec moi, ce soir.

– Je ne peux pas, je te l'ai déjà dit.

– Pourquoi ?

– Olivia m'a invitée.

– Annule.

– Je lui ai promis.

Cette fois c'est lui qui me donne un coup de bassin vengeur puissant, avant de répéter :

– Annule.

– Max...

– Vous vous êtes déjà vues samedi dernier pour les Dark Roses.

– Olivia a une urgence. Réunion de crise apparemment. Je ne sais pas à quelle heure nous finirons.

– Tu avais accepté de dormir chez moi jusqu'à nouvel ordre...

– Accepté mais pas promis...

Résister à Max me demande une énergie surhumaine qui me fait monter les larmes aux yeux. J'ai envie de lui à en mourir. Cela me prend au ventre, me comprime la poitrine et mon désir inassouvi se transforme en douleur lancinante. Alors, rageusement je l'embrasse en enroulant mes jambes autour des siennes. Je conquiers sa bouche lorsque lui part à l'assaut de mon corps.

Nous oublions où nous sommes ; nous oublions qui nous sommes.

Enfin, jusqu'à ce qu'une voix près de nous nous lance :

– On est toujours là vous savez.

Max rugit de frustration contre mon front puis se redresse avec difficulté.

– Il vous suffisait de partir, Vince !

– J'aurais bien voulu mais les clés de ma chère Sarah sont dans ta poche de jean...

52

SURPRISES

Judy

Froid. Chaud. Froid. Chaud…

J'alterne le thermostat de ma douche afin de récupérer un semblant de contrôle sur mon corps. L'eau fraîche apaise le feu déclenché par Max et lorsqu'elle devient intolérable, j'augmente la température puis recommence la manœuvre encore et encore. Ce petit jeu dure jusqu'à ce qu'il ne reste plus aucune trace de l'entraînement sur ma peau, que ce soit de la sueur, du sable ou sa satanée odeur addictive.

Mes mains descendent le long de mon ventre humide, je suis tentée de soulager moi-même cette tension au creux de mes reins mais cela n'égalera jamais *ses* doigts, ni *sa* bouche. Frustrée, je peste et décide de sortir pour rejoindre les filles comme promis. Espérons qu'elles arrivent à me distraire et que la crise urgente de Liv en vaille la peine.

Une fois habillée, parée de ma veste en jean aux couleurs des Dark Roses, je remonte la rue principale de Colorado Source d'un pas pressé. Olivia m'aperçoit approcher par la fenêtre de sa cuisine et court m'ouvrir, toujours pleine de vie comme à son habitude.

Les filles sont déjà là, y compris la petite Nini et les deux filles d'Eddy. Toutes trois jouent sagement sur le tapis du salon aux pieds de Susie, Soraya, Judith, Mary et Dakota. Mon arrivée calme les éclats de rire et les conversations animées le temps que chacune me salue chaleureusement.

– Contente que tu aies pu venir finalement, sourit Liv.

– Je suis curieuse de connaître la raison de cette convocation impérieuse, dis-je en riant, puis j'ôte ma veste et mon sac pour les jeter près de la porte.

– *J'en* suis la raison ! me lance alors Soraya depuis le canapé.

– Oh… D'accord.

– Je repars demain pour New York.

– Mais tu avais promis de rester encore deux semaines ! m'exclamé-je.

Sur ce, je les rejoins précipitamment au salon et accepte la bière que me tend Dakota avec un sourire.

– Je sais mais Shawn a besoin de moi finalement. Travailler à distance a des inconvénients, notamment le décalage horaire. Il m'a appelée en panique hier soir.

– Rien de grave, j'espère ? m'inquiété-je.

– Je ne sais pas. Je crois surtout qu'il s'est laissé déborder par les tâches administratives en mon absence…

– Je vois.

– Et puis j'ai adoré passer du temps près de vous mais la cohabitation avec mon père est devenue insupportable. On s'est encore méchamment engueulés ce matin. Alors pour le bien de ma famille, il est l'heure de vous dire au revoir.

– Arrête, tu vas me faire pleurer, murmure sa cousine.

– Tout doux, ce ne sont pas des adieux ! On reste en contact, la conforte Soraya.

– Ouais mais les Dark Roses seront incomplètes… râle Susie.

Cette dernière me semble moins fatiguée que les précédentes semaines bien que toujours un peu ailleurs. J'ai mes suspicions sur le « mal » qui la « ronge », néanmoins je m'abstiens de les exprimer à haute voix. Susie sera bien obligée de finir par le dire avant que cela ne soit trop visible de toute façon…

– Tu reviendras quand ? je m'enquiers auprès de Soraya.

– Pas avant trois mois, au moins.

– Eh bien, je propose que nous rendions cette soirée mémorable ! À ton retour dans trois mois ! clame Liv. Et essaye de faire descendre Shawn un peu. Je sais qu'il manque aux garçons… Ne serait-ce que pour une semaine.

– Compte sur moi ! lui promet So.

Prise d'un élan d'émotion pour cette femme qui m'a elle aussi accueillie parmi les siens, sans retenue, je laisse tomber la mienne et viens la prendre dans mes bras en serrant très fort. Mon câlin maladroit lui arrache un rire puis elle m'étreint en retour.

– Tu vas me manquer, So, lui chuchoté-je.

– Toi aussi, Judy. Reste forte. Ne laisse plus Derek ni quiconque te faire du mal. Je veux un rapport chaque semaine sur ta vie parmi nous.

– Promis.

– Même les détails croustillants avec Max… En fait, surtout les détails croustillants avec Max ! Laisse-moi vivre votre passion par procuration. Pitié !

– D'accord, dis-je en riant.

– Oh et j'allais oublier, j'ai un cadeau pour toi, reprend-elle.

– Ah bon ?

– C'est pas grand-chose mais j'ai pensé que cela te ferait plaisir. Tiens.

Soraya farfouille dans la poche de son jean slim et en sort en petit paquet brillant qu'elle me tend. Touchée, je l'accepte puis romps le sachet avec précaution.

Un joli collier doré se déploie alors dans la paume de ma main, agrémenté d'un pendentif rond et gravé d'un symbole étrange.

– Le pendentif s'ouvre et dessus il s'agit d'une rune de protection, la même que celle cachée dans le tatouage de Max, m'explique-t-elle avec un grand sourire.

– Oh merci, Soraya ! C'est adorable, il est hyper beau, mais ce n'est pas mon anniversaire…

– Je sais et alors ? Attention en ouvrant le pendentif, il y a déjà quelque chose à l'intérieur.

– Ah ?

– J'ai demandé à Max de récupérer discrètement quelques poils de ton chat avant qu'il ne soit enterré. Liv m'a également aidée à faire le collier puis j'y ai apposé le charme de protection.

Les larmes me montent aux yeux tandis que les mots me manquent. J'ai tant regretté de n'avoir rien gardé de Miss Fluffy ; emportée par le chagrin, j'ai voulu qu'elle soit en paix le plus rapidement possible avec ses affaires. Je prends alors chacune des filles dans les bras et les inonde de gratitude à tour de rôle.

– Nous n'avons pas fait grand-chose, s'excuse Mary, penaude.

– Peu importe. Et puis c'est faux. Tu m'écoutes me plaindre chaque semaine de ma vie passée avec la plus grande des patiences… rétorqué-je en riant entre deux sanglots. Vraiment un million de mercis, les filles.

– Tu veux que je te l'accroche ? me propose alors Dakota.

– Oui, s'il te plaît.

Elle et moi ne sommes pas les meilleures amies du monde, nous avons toujours une certaine retenue l'une envers l'autre mais je ne la déteste pas.

Enfin si, un peu.

Je hais ses longues jambes et ses cheveux soyeux mais je ne lui souhaite plus de s'étrangler avec pendant son sommeil…

– Tu arrives à redormir chez toi ? s'enquiert-elle gentiment. Soraya m'a dit que tu avais du mal à être seule.

– Oui. Ça va mieux. Merci.

– C'est à cause de ton ex ?

– Oui. Cette histoire de clonage de téléphone m'a rendue paranoïaque.

– Garrett a sûrement tout vérifié. Tu peux lui faire confiance.

– Je sais, mais c'est irrationnel. Mon appartement me paraissait hostile, surtout sans mon chat. Enfin bref, j'arrive à y rester à nouveau.

– Mince, mais tu vivais où alors ? s'étonne Dakota.

– Bah, chez Max.

– Oh… Et c'est lui qui te l'a proposé ?

– Euh… oui, le temps que la situation avec Derek se règle. Pourquoi ?

– Non, non. Comme ça. Je n'avais jamais vu Max inviter quiconque à vivre chez lui auparavant. Du moins pour faire plus qu'y passer la nuit.

– Pour une fois que je suis la première… ironisé-je.

Ma phrase est sortie toute seule. Je me fige puis Dakota reprend :

– Tu sais, Judy, je pense que tu es la première pour davantage que ça aux yeux de Max…

– Tu crois ? murmuré-je.

– Oui. J'ai fini par le comprendre quand je vous ai vus ensemble la semaine dernière. En revanche, je ne suis pas certaine que lui s'en soit encore rendu compte…

– De quoi ?

– Ni moi ni une autre n'avons jamais réussi à occuper cette place spéciale dans son cœur car elle n'est plus vacante depuis longtemps.

– Non, je crois pas… Tu te trompes…

– Si, Judy. Ce soir-là, au lac, il y a dix ans, tu lui as volé bien plus qu'un simple baiser.

Cette révélation me fait un effet étrange ; elle trouve écho dans un recoin de mon propre cœur. J'en ai les doigts qui fourmillent et le ventre noué. Un lourd silence s'installe entre nous qu'aucune des filles n'ose briser, jusqu'à ce que Dakota change elle-même de sujet :

– En tout cas, concernant Derek ce sera bientôt terminé.

Elle parvient enfin à accrocher le délicat collier autour de mon cou puis me libère.

– Je l'espère. C'est juste que ça prend plus de temps que ne le pensait Mike. Derek n'est toujours pas poursuivi pour les atrocités qu'il a commises. Les preuves sont pourtant édifiantes !

– Le contact de Mike au FBI a accepté de se pencher sur le dossier. C'est une première victoire. Encore un peu de persévérance, Judy, et le karma finira enfin par rattraper Derek. J'en suis convaincue, intervient Olivia.

J'ai déjà posé ces mêmes questions à Max et ce plusieurs fois, mais je perds patience, ayant soif de justice. Tant que cette dernière ne sera pas rendue pour moi et pour ces inconnues du quartier rouge, ma rage ne pourra être apaisée. À ce souvenir, je ressens une haine viscérale envers mon ex, ainsi qu'un profond mal-être, alors en attendant je me défoule durant mes entraînements.

– Oui tu as raison, concédé-je au prix d'un très gros effort d'autopersuasion.

– Et ta plainte, ça a donné quelque chose ? reprend Liv.

– Non, toujours pas de nouvelles. C'est affligeant. Je me demande ce qu'il leur faut pour agir ! Que je sois battue à mort ?

– Ne dis pas de telles choses, murmure-t-elle, les yeux humides. On ne laissera personne te faire du mal ! Je ne veux plus enterrer ceux que j'aime… Jamais.

Pendant quelques secondes le fantôme de ma grand-mère surgit entre nous et je lui attrape la main.

– Bref, changeons de sujet ! À Soraya ! reprend la petite brune en forçant un sourire.

– À Soraya ! clamons-nous toutes en chœur.

La soirée se passe à merveille ; profiter de mes amies me fait un bien fou et participe à mon nouvel équilibre ici. Lorsque les trois fillettes sont enfin au lit, nos langues se délient davantage au point de ne plus voir les heures défiler.

Soudain, quelqu'un toque à la porte et nous échangeons un regard étonné.

– Tu attendais une dernière personne ? s'exclame Soraya.

– Absolument pas, lui rétorque Liv en se levant pour aller vérifier l'identité de l'inconnu dans le judas.

– Ah. J'aurais dû m'en douter, finit-elle simplement par grogner.

La porte s'ouvre alors sur Rock, accompagné bien évidemment de Loris, Vince, Eddy, Bounce et… Max. Son regard gris capture le mien mais notre échange est interrompu par un Vince survolté se ruant sur Soraya et criant :

– Donc tu comptais vraiment te barrer à New York sans me dire au revoir !

– Non, répond-elle en riant. Mais mes amies d'abord !

– C'est une soirée filles. Remballez vos pénis et partez ! bougonne Liv.

– Mon *pénis* est parfaitement emballé en toutes circonstances, merci de t'en soucier, plaisante Bounce.

– Ce n'est pas ce qui a été convenu, Poucelina, surenchérit Rock à l'attention de sa femme. Vos soirées sont un week-end sur deux. Vous vous êtes déjà vues la semaine dernière… Pas vrai, Max ?

– Complètement d'accord, chacun son tour, dit-il en ne me lâchant pas des yeux.

Son regard victorieux me file des frissons, surtout assorti de ce sourire carnassier. Immobile, il laisse le reste des hommes lui passer devant puis pénétrer dans le salon pour nous rejoindre. Le savoir si près mais encore hors de portée menace de me rendre folle.

S'il veut jouer au chat et à la souris, il va être servi…

– En tout cas, heureux de voir que la maison n'a pas pris feu ou un truc du genre, taquine Loris.

– Eh bien, vous n'avez pas perdu votre temps. Vous empestez l'alcool ! intervient Susie, retenant un haut-le-cœur à côté de Bounce.

– Ouais, on a commencé la soirée au CSB pour fêter sa réouverture et puis on s'est dit qu'on allait venir vous chercher, reprend Vince qui lance un clin d'œil à Judith.

Cette dernière rougit jusqu'à la racine des cheveux, sous le regard amusé de la discrète Mary.

– Ah oui, et qui va garder les petites ? rétorque Liv, très justement.

Malheureusement, personne n'a le temps de lui répondre car Susie vient de vomir son repas sur les chaussures de Bounce.

– Putain de merde, Susan ! hurle-t-il.

Eddy accourt auprès d'elle, inquiet, tandis que nous sommes tous sidérés par ce revirement de situation improbable.

– Je suis désolée, marmonne Susie. Pardon, pardon, pardon !

– C'est rien, ma chérie. Assieds-toi, ça va passer. Le Doc a dit que ça irait mieux d'ici deux semaines.

– Le Doc ?! T'es malade, Susan ?! s'exclame Max.

Il tente de s'approcher de sa sœur pour apporter lui aussi son soutien mais l'odeur et la vue du vomi aux pieds de Bounce le font hésiter.

– Je ne pense pas que ce soit une maladie. Pas vrai ? intervins-je.

Elle hoche la tête, retenant un nouveau haut-le-cœur. Vince me jette un regard suspicieux puis se rue sur Susie et attrape son verre pour le boire cul sec.

– Non, mais ça va pas ! Doucement, Vince ! gronde Olivia qui revient déjà avec de quoi nettoyer le sol.

– C'est du jus de fruits multivitaminé !

– Et donc ? demande Max.

– Et donc je pense que notre chère Susie est en cloque. Ah, Eddy, tu tires vraiment plus vite que ton ombre, vieux.

Vince claque une tape amicale dans le dos d'Eddy puis se tourne vers Max :

– Bravo, mec, tu vas être tonton !

Susan lance un sourire contrit à son frère confirmant les dires de Vince ; Eddy quant à lui rayonne de bonheur maintenant que l'information est divulguée. Olivia et moi échangeons un regard complice par-dessus l'îlot de la cuisine car nous nous en doutions, mais pour le reste de l'assemblée cela semble être un véritable choc.

– Comment ?! s'écrie Max, ahuri.

– Alors il paraîtrait qu'un mec en toge blanche avec des ailes est descendu du ciel un soir de pleine lune. Il a mis son doigt divin dans le nombril de ta sœur en chantant un truc en latin et paf, elle est tombée enceinte ! Nan je déconne, c'est bien une histoire de trou mais pas de nombril ni de doigt… raille Vince.

– Je sais comment on fait un gosse ! Ce n'est pas ma question.

– Quelle est ta question alors, Max ? intervient Susie calmement.

Un silence s'abat, suivi d'un malaise car nous savons où cette conversation va mener…

– Comment… ? Ça ne fait même pas un an que vous êtes ensemble, répète Max après plusieurs longues secondes.

– En effet. Et pour répondre à ta question implicite : non, cette grossesse n'était pas prévue. On a été autant choqués que toi quand on l'a découverte, mais maintenant on en est heureux.

– Tu es enceinte de combien ?

– Bientôt trois mois…

– Susie… Vous ne pouvez pas… C'est trop t…

– Je compte garder ce bébé, Max, et j'espère avoir le soutien de mon frère parce que je flippe à mort, le coupe-t-elle, la voix tremblante.

Ses yeux gris s'embuent de larmes, alors Max se ressaisit pour rejoindre puis étreindre sa sœur.

– Pardon, bien sûr que je serai là, lui souffle-t-il.

Nous les laissons ainsi quelques minutes puis Eddy les rejoint en posant sa main sur l'épaule de son frère de clan.

– Quoi qu'il arrive, tu sais que j'assume toujours mes responsabilités. Et j'aime ta sœur. Sincèrement.

Max lâche alors Susan, puis sans prévenir vient étreindre Eddy à son tour. Cette accolade-ci est plus virile, moins douce ou enveloppante que la précédente. Elle témoigne des liens invisibles qui les unissent, et résonne dans la pièce telle une promesse.

– Félicitations, murmure Max à l'oreille d'Ed.

Ainsi la tension contenue jusque-là se meut en joie, en rires et en éclats de voix. Nous félicitons les futurs parents tour à tour, sauf Bounce, qui lui fixe encore ses chaussures d'un air dégoûté.

– Judy ?

La voix douce mais ferme de Mary interrompt brusquement notre enthousiasme collectif. Je lui jette alors un regard interrogateur et elle poursuit, son téléphone entre les mains :

– J'ai reçu un texto de mon amie avocate.

– Oui. Et ?

– Elle essaye de te joindre. Tu devrais la rappeler, ça semble urgent…

En effet, après vérification je remarque que Nina, l'avocate et amie de Mary, qui m'aide dans mes démarches face à Derek, m'a appelée six fois pour finir par me laisser un bref message vocal à vingt-deux heures dix.

L'heure tardive, l'insistance des appels et le visage soucieux de Mary font que mon cœur s'arrête lorsque j'appuie sur « Écouter ». Je sens ma main trembler contre ma joue, néanmoins je tiens bon et tends l'oreille.

Le message, bref, est on ne peut plus explicite, alors interloquée, je redresse la tête pour constater que l'ensemble de mes amis me fixent, suspendus à mes lèvres.

– Elle te veut quoi ? me presse Max, anxieux.

Prise de court, je bégaye :

– Ma plainte contre Derek est recevable. Il va pouvoir être poursuivi. L'ordonnance restrictive sera active dès lundi. Elle me dit d'être prudente d'ici là.

C'est un poids énorme qui s'envole de ma poitrine, me laissant néanmoins démunie. Les bras ballants le long de mon corps, je reçois à mon tour des accolades de félicitations et d'encouragements sans trop savoir quoi en faire. Les émotions qui me traversent sont étranges ; elles laissent place à un vide dans mon ventre avec au centre une seule question : et après ?

– Tu vois, le vent est en train de tourner ! me lance Olivia.

– On doit aller tous fêter ça au CSB ! hurle un Vince survolté.

À cet instant, les pleurs d'une fillette se font entendre à l'étage puis, une seconde plus tard, elle se met à crier : « Papaaaaaaaaaaa ! »

– Elles sont réveillées, marmonne Rock. Bravo, Vince.

– Hey, je suis pas le seul à faire du bruit ici. C'est même étonnant qu'elles ne se soient pas manifestées avant !

– Allez profiter. Susie et moi, on va s'en occuper, intervient Eddy. On a besoin de calme.

Nous tentons de négocier, Olivia se propose même de rester à la place d'Ed mais ce dernier se montre intransigeant :

– Dégagez de ma vue et allez boire à la santé de mon futur enfant !

J'essaye à nouveau de capter le regard de Max, de recréer cette connexion entre nous car je perds pied mais il est en train de discuter une dernière fois avec sa sœur avant de la quitter. Les autres bourdonnent et s'excitent tel un essaim d'abeilles autour de moi.

Alors, rassérénée après cette annonce, j'enfile ma veste en jean et attrape mon sac en vue de notre sortie imminente.

53

PRAYING

Judy

J'ai encore du mal à réaliser l'avalanche de nouvelles qui s'est abattue sur nous en si peu de temps ; au point de me tenir en retrait pour observer notre groupe, songeuse.

Liv et Rock, accrochés l'un à l'autre, rient aux blagues de Soraya dont les bras s'agitent dans tous les sens afin de donner vie à son récit. Vince quant à lui discute plus posément en aparté avec Judith ; Mary et Loris également. Bounce, de son côté, semble satisfait de sa solitude, ouvrant la marche en direction du CSB. Enfin, Dakota et Max, épaule contre épaule, avancent en silence quelques mètres devant moi. Bien qu'ils n'échangent encore aucune parole, leur proximité corporelle me nargue vicieusement, et tandis que mon cœur devrait battre de légèreté, je me sens gagnée par des états d'âme houleux, où ressurgissent mon manque de confiance, mes parents et Ellie.

Je commence à ruminer mes pensées, ce qui n'est jamais bon.

Pourquoi Max ne se retourne-t-il pas pour me rejoindre ou ne serait-ce que me jeter un regard ?

Il lui suffirait de ralentir ; mais il n'en fait rien.

– Ça fait tout drôle de venir le soir au CSB et de ne plus te voir derrière le comptoir, lui glisse finalement Dakota, en lui donnant un coup de coude.

– Ça me fait bizarre aussi de me retrouver de l'autre côté…

– Tu m'étonnes ! Et ça ne te manque pas trop ?

– Non. Moins que je l'aurais cru. Jenna assure et j'aime de plus en plus ce que je fais à la carrière de grès avec Loris. Gérer le CSB de loin me va bien.

– Donc t'es heureux ?

– Ouais…

– Alors je suis heureuse pour toi.

– Et toi ?

– Quoi, moi ? s'étonne Dakota.

– Que se passe-t-il dans ta vie ? Je ne sais plus grand-chose maintenant qu…

– Qu'on ne couche plus ensemble ? demande-t-elle en riant.

– J'allais plutôt dire maintenant que je suis avec Judy, lui rétorque Max en se grattant la nuque.

– Oui j'ai cru comprendre qu'elle et toi, c'était assez sérieux. Dommage…

Nan mais j'hallucine ! Alors même que je commençais à l'apprécier ! Va manger du crottin de cheval, Dakota !

Le large dos de Max se redresse, et les couleurs du Clan sur son cuir ondoient au rythme de sa démarche. Malgré mon agacement, je ne peux m'empêcher de l'admirer se mouvoir ainsi parmi les siens, conquérant l'espace qui lui est offert.

Au fond de moi, je sais pertinemment ce qui provoque ces émotions violentes mais je suis encore trop fière ou apeurée pour les admettre à haute voix. Pour le moment, les non-dits se transforment en un sentiment de possession brûlante envers cet homme, puis, sournoisement, ils me murmurent d'attraper la belle Cheyenne par les cheveux et de la traîner sur le sol comme un vulgaire chiffon usagé.

Luttant contre ces pulsions, que je sais puériles, j'enfonce mes mains dans les poches, augmente l'allure pour dépasser Dakota par la droite et rejoindre Bounce en tête de cortège.

J'entends Max m'interpeller, mais je l'ignore sciemment.

– Hum, me lance Bounce une fois à sa hauteur.

– Hum quoi ?

– Je ne suis pas le seul à être contrarié visiblement.

– Je ne suis pas contrariée.

– Judy, tu irradies tellement de colère que j'en ai les fesses qui claquent. Et peu de gens me font cet effet…

Je lui jette un regard ahuri.

– Toi aussi, tu as peur de ce futur gosse ?

– Non ! Je suis heureuse pour Eddy et Susan. Et tu aimes Nini,

Bounce, tu aimeras aussi le leur.

– J'attends de voir. Nini est mignonne mais avec les bébés, on ne sait jamais à quoi s'attendre tant qu'ils n'ont pas été expulsés des entrailles de leur mère. C'est quitte ou double.

– Magnifique... Au fond, c'est le changement que tu redoutes, c'est normal.

– Non.

– Si...

– OK, si. J'aime pas quand les choses changent et... admet-il.

– Et quoi ?

– Et si la grossesse de Susie se passe mal, hein ? T'as vu dans quel état elle est déjà ? Il lui reste plus de six mois à tenir ! Liv a failli mourir enceinte.

Cette conversation a l'avantage de me changer les idées. L'aveu de Bounce m'émeut et je lui attrape le bras :

– Tout va bien se passer. Le Doc et Eddy prennent soin de Susan, et nous aussi maintenant qu'on sait. Liv n'est pas morte et Susie ne mourra pas non plus.

– Tu le jures ?

– Je le jure.

– OK. Merci. Je ne veux plus enterrer quelqu'un avant très longtemps.

Et dire qu'il a été croque-mort...

– Alors c'est quoi, toi, la raison de ta colère ? reprend Bounce plus léger.

– Les juments en chaleur...

– Hein ?

– Dakota, lui soufflé-je, agacée. Elle remue son arrière-train chargé de phéromones sous le nez de Max dès qu'elle pense que je suis loin. Elle sympathise avec moi pour mieux me poignarder ensuite dans le dos.

Bounce explose de rire, ce qui est rare, et il vient passer son bras sur mes épaules pour m'attirer à lui. Le biker démesurément tatoué est en train de changer depuis quelque temps mais ce n'est pas désagréable, il fait moins peur en étant plus accessible.

– Chattechattelecheleche, me susurre-t-il bizarrement à l'oreille.

– Mais qu'est-ce que tu fais ?

– Fais semblant de rire pendant que moi je fais semblant de te murmurer des trucs sexy. Je suis certain que Max nous regarde. Il préfère parler avec Dakota ? Alors fais-lui regretter.

– Non, je ne suis pas sûre, Bounce, que…

– Chattechattelecheleche, répète-t-il au creux de mon oreille.

Et cette fois je rigole, sans avoir besoin de me forcer. Ce type est fou.

***

La soirée au CSB se passe très bien, même si l'ambiance survoltée de la réouverture rend difficiles les discussions plus approfondies. Le bar est plein à craquer, il n'y a plus aucune place assise ni debout ; je ne l'avais encore jamais vu ainsi. L'équipe de serveuses est sous pression, tout comme le service de sécurité assuré par Mike et ses hommes.

Les gens vont et viennent en jouant des coudes dans la foule. La plupart sont ceux de gros bikers aux voix tonitruantes et aux rires gras, mais pas seulement, car tout Colorado Source s'est donné rendez-vous ici ce soir. L'air ambiant est lourd, l'atmosphère électrique et les commandes s'enchaînent dans un brouhaha indicible sur fond de musique rock jouée par le groupe engagé pour l'occasion.

Jamais je n'aurais cru qu'un tel endroit devienne mon univers au point que je m'y sente parfaitement confortable. Assise à cette table, je suis ici chez moi, parmi ma nouvelle famille, alors je bois ma bière tranquillement, profitant de l'effet grisant de l'alcool pour dissoudre mes pensées sombres.

– La nouvelle déco est chouette ! C'est plus lumineux, tu ne trouves pas ?! me crie Dakota sur ma droite.

– Si. Très.

En vrai, il est dur d'admirer quoi que ce soit avec ce monde, c'est à peine si je discerne le visage des gens, alors la décoration des murs encore moins. Quant à la lumière, elle est tamisée…

– Ils ont pu réinstaller la scène pour les concerts live ! J'adore !

Au même moment le groupe entame une nouvelle chanson et la salle s'enflamme de plus belle.

– Tout va bien, Judy ?! insiste-t-elle en captant mon regard torve.

L'alcool aidant, je décide de lui cracher ce que j'ai sur le cœur sans préambule :

– Non…

– Mince, qu'est-ce qui se passe ?!

– Si tu crois que je ne vois pas ton petit manège avec Max dès que j'ai le dos tourné, tu te trompes. Donc lâche l'affaire, ça t'évitera de te rendre ridicule !

– OK… Du calme ! Il est avant tout mon ami, on se connaît depuis toujours. Tu dois l'accepter. *No stress*, Judy !

– Oh mais je l'accepte très bien. Ce que j'accepte moins ce sont tes allusions peu subtiles à vos vieilles parties de jambes en l'air. Toi et lui, c'est fini à ce niveau-là. Accepte-le aussi et alors tout ira bien !

La moue qu'elle laisse échapper me prouve que je viens de marquer un point, puis son regard noir se voile de tristesse et sans un mot, elle se lève pour quitter la table. Mon sentiment victorieux se teinte de culpabilité en la voyant se diriger vers les toilettes le dos voûté.

Fait suer !

Je redresse la tête d'un mouvement sec pour chasser ma sensation de malaise, lorsque mes yeux plongent directement dans ceux de Max, braqués sur moi. De l'autre côté de la table, comme hors du temps et de l'espace, il me scrute tout en buvant lui aussi une bière. Je ne saurais dire exactement à quoi il pense mais je peux le ressentir.

C'est viscéral. Ça me prend aux tripes.

Ma peau se couvre d'un léger voile de transpiration qui n'est plus dû à la moiteur du lieu. D'ailleurs le monde autour de nous a simplement cessé d'exister comme cet après-midi pendant l'entraînement…

Assaillie de souvenirs intenses de notre corps-à-corps à même le sable, je détaille son beau visage, dont la mâchoire carrée se crispe de frustration sous sa légère barbe. De la main gauche, Max pianote sur le bois de la table tandis que de la droite, il porte sa bière à la bouche. Le goulot de la bouteille entre en contact avec ses maudites lèvres sensuelles et je le regarde déglutir à mesure qu'il boit, sans jamais me quitter des yeux. Le mouvement de sa pomme d'Adam est hypnotique, tout comme ce fichu tee-shirt noir qui lui colle au torse. Souvent, le voir habillé est encore plus dur à gérer que de le découvrir nu car j'ai tout le loisir d'imaginer les choses… De les appréhender sans limites ni retenue. Max empoisonne mon esprit, chassant toutes pensées cohérentes. Sans prévenir, j'ai le goût de ses baisers sur ma langue, et la sensation de ses caresses sur ma peau.

C'est à mon tour de déglutir difficilement sans le lâcher des yeux.

Le gris de ses iris est chargé de questions autant que de promesses alors je renonce aux miennes sans même lutter. J'avais envisagé de dormir chez moi cette nuit pour en reprendre l'habitude, mais le regard brûlant de Max torpille cette résolution. Il ne me laisse aucune échappatoire, pas alors que je prends feu de la sorte et que mon manque de lui se réveille, me coupant le souffle au passage. Je veux combler ce vide atroce que je ressens au creux du ventre depuis plusieurs heures maintenant…

– On fait une pause, la scène est à vous ! Qui vient en profiter ?! hurle alors le chanteur au micro à plusieurs reprises.

Sa voix perce la bulle dans laquelle je suis et je recouvre en partie mes esprits. L'idée est même alléchante, car à cet instant la musique serait l'unique moyen pour moi de calmer les tensions qui m'animent. J'ai des choses à dire à une certaine personne… J'en ressens le besoin.

En privé, c'est bien aussi, me souffle ma conscience.

– Allez, un ou une courageuse ?! réitère le chanteur. Je suis certain qu'un véritable artiste se cache parmi nous ce soir.

Tu te prouverais un truc en osant, me murmure ma folie.

– Et puis zut, lâché-je en me levant d'un coup.

J'échange un dernier regard avec Max, qui, lorsqu'il comprend ce que je m'apprête à faire, me fixe, sidéré. Je finis ma bière d'une traite, la repose un peu trop violemment sur la table puis me glisse derrière Soraya et Liv pour me frayer un chemin jusqu'à la scène. Je dois faire vite avant de changer d'avis.

– Tu fais quoi, Judy ? me demande Olivia, surprise.

– Je vais chanter.

Ma brève réponse reçoit un accueil assourdissant à la table, Vince se met même à scander mon prénom les mains en porte-voix. Renoncer sans passer pour une idiote n'est officiellement plus envisageable, tant pis pour mon trac qui transperce le plafond à présent.

– Il semblerait que nous ayons une volontaire ! crie le chanteur en pointant dans ma direction.

Une partie de la foule m'aide alors à monter sur la petite scène où j'échange rapidement avec le groupe :

– Ça va ? me demande Josh, le bassiste.

– Pas vraiment.

– Tu t'appelles comment ?

– Judy.

– T'es vachement courageuse, Judy. C'est la première fois qu'on a une volontaire… D'habitude on finit par lancer une playlist en désespoir de cause.

– Courageuse ou folle, j'hésite encore, baragouiné-je.

– Mais tu sais chanter au moins ?

– Je me débrouille.

– Parfait. Alors tu te sens de tenir la scène pendant trois, quatre chansons, le temps qu'on souffle un peu ?

– Je vais essayer, mais si ça vire au fiasco je décline toutes responsabilités. Tant pis pour vous.

Josh, qui croit que je fais de l'humour, rit, puis connecte en Bluetooth son téléphone à l'une des énormes enceintes avant de m'expliquer :

– Il te suffit de chercher dans cette application l'instru d'une chanson. Tu la sélectionnes et ça la lancera. Tu peux même choisir la tonalité de départ, le tempo, etc.

– Je connais l'application, je vais me débrouiller, c'est gentil.

– Bon bah dans ce cas, nickel ! Le micro est là, il est branché et n'attend plus que toi. Bon courage ! Tu vas assurer et au pire, sache que se taper la honte n'a jamais tué personne.

Sur cette belle tirade pleine d'encouragements sincères, Josh, puis les autres membres du groupe viennent me tapoter l'épaule avant de sauter de la scène pour foncer vers le bar, assoiffés.

Mais qu'est-ce qui m'a pris ?

Je réalise désormais que tous les regards sont braqués sur moi, qu'un certain calme a gagné la grande salle du CSB et que je suis ici, tremblante, à scroller des morceaux de musique sur le téléphone de Josh sans savoir par lequel commencer.

Puis par hasard je tombe dessus : « Somewhere Only We Know » de Keane.

J'ai dû la chanter des milliers de fois dont cette nuit-là au lac, face à Max alors que nous étions ados. La chanson parle directement à mon cœur sans que je sois consumée par l'émotion pour autant. Elle m'aidera à me mettre dans le bain et déstresser.

Parfait.

Je lance la musique ; l'intro débute avec force, transformant rapidement mon trac en sensation d'excitation parce qu'au plus profond de moi, chanter me fait vibrer à un point inimaginable. J'entre dans un état second où mon cerveau lâche prise et où mon corps se meut de lui-même. Mes mains saisissent le pied du micro et ma voix se pose en rythme le plus naturellement du monde. Les cours de chant hebdomadaires m'ont redonné pleinement confiance ; et qu'importe si je n'ai pas fait de ma passion mon métier, j'adore ça et j'adore le faire face aux gens que j'aime.

J'entame le dernier couplet lorsque je croise un regard familier au premier rang, juste à mes pieds. Ces deux yeux noirs me déstabilisent et me font manquer ma reprise. Je cille un instant, pensant d'abord être victime d'une hallucination visuelle car il me paraît impossible qu'*il* soit là.

Derek n'oserait pas se pointer au cœur même des Evil's Heat alors que l'ordonnance restrictive a été validée. Si je suis au courant, lui doit l'être encore plus.

Pourtant il est bien ici, devant la scène, habillé en civil et droit comme un « i ». Je redresse la tête, paniquée et le cœur battant la chamade face à son sourire mauvais. Difficilement, je termine ma chanson ; son regard malveillant pèse sur moi et me colle à la peau de la plus désagréable des manières. Dès que je le pourrai, je ferai signe à l'aveuglette car je ne vois que du noir au-delà de la troisième rangée de personnes.

Max comprendra que quelque chose ne va pas.

L'éclairage m'éblouit ; chanter les dernières minutes de la chanson comme si de rien n'était me semble interminable.

Sans son uniforme de policier, Derek est on ne peut plus banal, se fondant dans la foule agitée et compactée. Moi-même je l'aurais manqué s'il ne m'avait pas fixée avec insistance, mais bien sûr, monsieur voulait que je le repère… L'affluence exceptionnelle de ce soir lui a peut-être permis d'entrer sans se faire repérer, mais ressortir entier du CSB sera une tout autre histoire.

Arrête d'avoir peur de lui, tu n'es pas faible. Tu n'es plus seule.

Et c'est vrai.

Une fois la surprise passée, je réalise que hormis m'intimider comme à son habitude, Derek ne peut rien faire de plus sans risquer de gros ennuis ; alors je décide de ne pas le laisser m'atteindre.

Son ère de terreur est sur le point de s'achever.

Jeu, set et match.

Derek l'ignore encore, mais il sera bientôt K.-O., le compte à rebours est lancé grâce à Mike.

Cette certitude me rassérène, et je renonce à l'envie de faire signe à Max de là où je suis. Pire, je redoute à présent les conséquences pour les miens si je provoque une panique générale dans un bar bondé de personnes alcoolisées, et ce, à cause d'un pauvre type qui n'attend que ça.

C'est alors que ma petite voix intérieure me souffle une idée intéressante… Si je la mène à bien, non seulement Derek quittera le CSB en rasant les murs mais je lui ferai également passer un sacré message.

Je termine donc ma chanson le sourire aux lèvres, savourant les dernières notes sous les applaudissements de la foule. Lorsque je recroise volontairement le regard sombre de mon ex, cette fois-ci, j'y surprends un flash d'incompréhension voilée de colère.

– Une autre ! Une autre ! hurle un inconnu au fond du CSB.

Il est l'heure de faire à nouveau preuve de courage pour dire haut et fort ce que j'ai sur le cœur depuis de trop nombreuses années. Un sentiment d'exaltation m'électrifie les bras puis les mains, mais je l'accueille avec plaisir, tandis que mon public s'apaise, sentant que je souhaite parler :

– La prochaine chanson veut dire beaucoup pour moi. Elle résume les années aux côtés de quelqu'un qui m'a mise plus bas que terre. Mais ce soir, je me suis relevée, et je la dédie à toutes celles et ceux qui un jour ont vécu la même chose.

Ma déclaration solennelle provoque un silence de plomb dans la salle, alors je m'empresse de trouver l'instru de la fameuse chanson, puis c'est parti, je me lance.

Dès les premières notes de « Praying », je suis parcourue de violents frissons. Chaque mot, chaque phrase de ce titre semble écrit spécialement pour moi ; et sur cette modeste petite scène, je compte bien leur donner vie :

« Well, you almost had me fooled
Told me that I was nothing without you
Oh, but after everything you've done
I can thank you for how strong I have become »[1]

J'y insuffle ma souffrance, mes blessures. Ce n'est peut-être pas ma version la plus juste d'un point de vue technique mais ce soir, c'est la plus authentique de toutes.

Elle m'arrache l'âme au passage, m'écorche la voix et me met les nerfs à vif.

Puissante autant que vulnérable, je prends la parole après m'être tue pendant huit ans…

Car toi et moi, Derek, nous connaissons la vérité, et à la fin de cette chanson, eux aussi sauront.

Ils sauront à quel point tu m'as fait traverser l'enfer ou comment il a fallu que je me batte pour parvenir à te dire adieu.

Enfin libre, je suis fière de celle que je suis devenue.

Je revis, infinie, te prouvant à quel point tu t'es trompé, et ô combien le meilleur m'attend.

Ne me traite pas en victime, je suis une survivante, une combattante.

Je ne m'attarderai plus sur le pire. Je ne t'offrirai plus une seule seconde de mon temps ni de mes pensées.

Finalement, j'ai vaincu mes démons et obtenu la paix.

Je n'ai plus besoin de toi, seulement de me respecter et de m'aimer.

Alors je danse sous l'orage pour laver tes sévices, pour apaiser mes cicatrices, si bien qu'à la fin, plus personne ne se rappellera qui tu es.

Et du piédestal dont tu as chuté, j'espère sincèrement que tu pries pour le salut de ton âme ; car seul Dieu pourra pardonner tes péchés.

---

1. « Tu seras presque parvenu à me duper. Me disant que je n'étais rien sans toi. Après tout ce que tu as fait. Je ne peux que te remercier de m'avoir rendue si forte. » Paroles de la chanson « Praying » de Kesha (paroles : Kesha Sebert, Andrew Joslyn, Ben Abraham, Ryan Lewis, 2017).

Voilà ce que j'avoue au travers de cette chanson dont je scande le refrain avec émotion.

Ainsi mise à nu, c'est tout mon corps qui tremble en exorcisant mes maux devant une salle silencieuse. La musique touche à sa fin ; doucement ma voix s'éteint, étirant les dernières notes au maximum pour les rendre aussi fragiles et cassantes que je le suis à cet instant.

Finalement l'émotion a raison de moi et je retiens difficilement des larmes, non pas de tristesse mais de soulagement. Je baisse la tête vers Derek et constate qu'il n'est plus là.

Parfait, il a enfin compris le message.

54

BREAKING NEWS

Judy

Le bruit strident du réveil retentit dans la chambre et je l'éteins d'un coup sec tandis que le corps masculin enroulé contre moi m'attire de nouveau vers lui.

– Pourquoi si tôt, Blondie ? On est dimanche… La soirée a été rude, grogne Max dans mes cheveux défaits.

– Je vais à la messe ce matin. Ça fait longtemps, marmonné-je.

– Hum, moi qui pensais être ton nouveau Dieu. Je suis déçu.

– Et qu'est-ce qui t'a fait croire une chose pareille ?

– Tu l'as dit.

– Non.

– Oh que si…

– Non, je n'ai jamais dit ça ! Tu affabules, ma parole !

– Ah ouais ? Pourtant, il me semble bien que tu criais un truc du genre : « Oh, mon Dieu, Oh, mon Dieu, Max… », toute la nuit pendant que je te léch…

– C'est une expression ! le coupé-je en plaquant mes mains sur sa bouche trop bavarde, l'empêchant ainsi de finir sa phrase.

Il vient me mordre doucement la chair des paumes, puis reprend dans un grand éclat de rire :

– Je vois, eh bien, la prochaine fois, précise-le car j'y ai vraiment cru !

Je rigole à mon tour, et c'est à contrecœur que je quitte ses bras et la chaleur de notre lit pour aller me doucher.

Sous le jet d'eau brûlante, je repense à la soirée d'hier tout en me savonnant.

Après avoir chanté « Praying », et malgré une ovation digne

d'une superstar, j'ai été incapable de poursuivre, alors le groupe a repris en main l'animation de la soirée sur une note émotionnellement plus légère…

Quant à Max, il m'a fait descendre de scène sans poser de question, puis a suggéré que nous rejoignions mon appartement à l'étage ; chose à laquelle je ne me suis pas opposée…

– Je sais que tu ne crois pas en Dieu, mais c'est un sujet sérieux à mes yeux, je reprends gentiment, en revenant près du lit pour m'habiller sous son regard scrutateur.

– Qui t'a dit que je ne croyais pas en Dieu ? s'étonne-t-il.

– Euh, je… Eh bien, je l'ai supposé par rapport à certaines de tes remarques passées.

– Mauvaise déduction, Blondie, tu te trompes.

– Donc tu crois en Dieu ?

– J'imagine… À ma façon. Je n'ai pas ta foi chrétienne, mais oui, je crois en quelque chose qui nous dépasse et transcende le cœur des hommes.

– Ah oui ?

– Oui, parce que si ce n'est pas le cas, alors ce monde est bon à jeter et sans espoir.

– C'est une vision singulière des choses…

– Exactement. Ce point de vue m'appartient. Tout comme ta foi t'appartient et même si je te taquine parfois, je la respecte.

– Je sais et j'apprécie.

En disant cela, je lui dépose un doux baiser sur les lèvres et Max en profite pour me faire tomber sur lui. Prise au piège contre son torse nu, je n'essaye même pas de lutter.

– Tu vas aller où ? me murmure-t-il, bouche contre bouche.

– À la petite église de Newton City, sur la 8e avenue.

– Tu veux que je t'y dépose ?

– Non, je me débrouille, mais merci.

– OK, Blondie.

– Et toi, tu as prévu quoi ce matin ?

– Me rendormir, faire du sport et je dois gérer un truc avec le Clan au sujet d'Atlanta.

– Oh… À cause du braquage chez Alfred ? demandé-je, sentant mon sang se glacer.

– Non, on a une nouvelle recrue au garage. Elle s'appelle Cory.

– Ah oui ! Celle qui rend Bounce encore plus fou qu'il ne l'est déjà… J'ai hâte de la rencontrer.

– Bah sache que ton souhait risque de se réaliser rapidement.

– Pourquoi ? Elle va venir ici ?! m'exclamé-je.

– Oui, comme tous nos nouveaux membres. Elle doit passer plusieurs mois parmi nous à Colorado Source avant de repartir définitivement pour Atlanta.

– Je vois. C'est une sorte de stage d'intégration.

– Ouais, ça nous permet de la tester et de nous assurer que nous sommes en phase. Nos valeurs sont primordiales, notre façon de vivre aussi.

– Je pense que c'est une excellente idée.

– Je sais, c'est moi qui l'ai suggérée pour assurer un maximum de cohésion au sein du Clan.

Max vient jouer avec mes cheveux que je n'ai pas encore coiffés, puis couvre mon cou de baisers. Et si je les savoure un à un, ce n'est pas suffisant pour me faire oublier la question qui me hante.

– Sinon, concernant le braquage chez Alfred, vous avez plus d'infos ? je reprends, anxieuse.

– Oui.

– Oui et ?

– Et tu n'as pas à t'en soucier. Loris gère la situation, me répond-il un poil sèchement.

– Max, c'est injuste. J'ai le droit de savoir après ce que j'ai vécu. Être dans l'ignorance ne m'aide pas à tourner la page. Mary m'encourage à vous poser des questions, alors voilà, je les pose et tu me dois bien des réponses.

Il me libère pour s'asseoir dans le lit, pensif, puis finit par se résoudre :

– Le braquage a été commandité par un gang qui deal près du garage de mes parents, à Atlanta. On pensait qu'il s'agissait d'amateurs mais non. On s'est plantés, et maintenant ils sont furieux.

– Vous leur avez fait quoi ? je m'enquiers, inquiète.

– Peur…

– Mais encore ?

– On a saisi toute la came que leurs revendeurs avaient sur eux ce soir-là, et on l'a détruite. Voilà, tu sais tout.

– Je vois… Donc, ils vont sûrement vous attaquer, encore, jusqu'à obtenir vengeance…

« Chose volée, chose due », avait murmuré l'homme cagoulé près de mon visage.

Un immense sentiment de crainte me foudroie, dont Max prend conscience. Il tente alors de me rassurer comme il peut :

– Judy, ce qui s'est passé chez Alfred cette nuit-là a étouffé leurs envies de vengeance. Deux de leurs hommes ne sont jamais revenus… En plus ils ont la DEA[1] sur le dos depuis. Crois-moi, ils ont d'autres préoccupations.

– La DEA ? Vous y êtes pour quelque chose ?

– Peut-être… Loris et Mike sont doués, me répond Max avec un sourire de conspirateur.

D'une certaine façon ses explications m'apaisent, mais d'un autre côté, la conversation ravive mes souvenirs de cette nuit affreuse. Je ne sais donc pas ce qui est le mieux : affronter mes cauchemars ou les enfouir le plus profondément possible ?

Max, sensible au stress provoqué par ce dilemme, se lève pour me prendre dans ses bras :

– Je laisserai personne te refaire du mal, Blondie. Tu le sais.

Je hoche la tête et en plongeant son regard dans le mien, il ajoute :

– D'ailleurs, t'aurais pas un truc à m'avouer…

– Euh… non. À propos de quoi ?

– Cherche bien, tu vas trouver.

– Vraiment, Max, je ne vois pas, je réponds, sincèrement.

– OK, je te mets sur la voie. C'est à propos d'hier soir…

– Et ?

– Et de Derek ! Tu sais ton ex…

– Aaaaaah ça ! je m'exclame.

– Oui, *ça*…

– Mais comment tu l'as su ?

– T'es sérieuse ? T'as vraiment cru qu'il avait réussi à entrer dans le CSB sans qu'on le sache ? Et t'as vraiment cru que je n'avais pas remarqué le moment où t'as paniqué en le voyant ? Tu me sous-estimes.

---

1. Drug Enforcement Administration : agence fédérale américaine qui lutte contre le trafic de drogue.

– Non, je ne te sous-estime pas. Je me suis simplement dit qu'il y avait beaucoup de monde, que l'ambiance était folle et que même les meilleurs n'ont pas des yeux partout.

– Nous, si. Mike nous a prévenus à l'instant même où il a franchi la porte…

– Je vois, pourtant vous n'avez rien fait. Pourquoi ? je m'étonne.

– Pour les mêmes raisons qui t'ont poussée à ne pas nous faire signe. Il se serait fait tabasser à mort sous tes yeux… Vu l'ambiance d'hier soir, il n'aurait pas fallu grand-chose pour que la situation parte en couille.

– Oui. Et ça vous serait retombé dessus. Le Clan n'a pas besoin de ça en ce moment. Le karma va rattraper Derek. C'est imminent. Je le sais.

– Exactement, Blondie. Et je te promets qu'on sera alors aux premières loges pour regarder cet enfoiré chuter.

Sur ces mots je me blottis davantage contre lui, sa respiration et la chaleur de sa peau nue me calment.

– Même si je t'avoue que le voir se tenir face à toi sans pouvoir intervenir était insupportable. J'ai cru devenir dingue, reprend Max, dont les doigts se crispent sur mes fesses.

– Je me doute, mais tu as pris sur toi… Je suis fière.

Pour le lui prouver, je l'embrasse, puis il me murmure :

– Tu lui as donné une sacrée leçon de vie hier. Tu as su gérer ça seule avec brio. Toi aussi, tu peux être fière de toi.

Nous restons ainsi plusieurs minutes à profiter de l'autre en silence jusqu'à ce que Max recule et me regarde droit dans les yeux :

– J'aimerais que tu rencontres mon grand-père. En ce moment il va un peu mieux, je me suis dit qu'on pourrait passer le voir dans la semaine.

– Bien sûr, avec plaisir.

Prise de court par cette demande qui me touche énormément, je n'ose rien dire de plus de peur de paraître totalement mièvre. Cela semble suffisant pour Max, dont le sourire illumine son visage.

– Mardi, ce serait bon pour toi ? me demande-t-il.

– Euh, non, pas mardi par contre. Plutôt jeudi ou vendredi.

– OK, va pour jeudi alors.

– Oui, en fait j'ai décidé de profiter de ma dernière semaine de repos forcé avant ma reprise pour aller voir mes parents mardi…

Voilà, l'info est balancée. Je rumine cette idée depuis plusieurs jours maintenant et hier soir, face à Derek, elle est devenue une évidence. Je dois crever l'abcès avec mes parents, non pas pour recoller les morceaux ni pardonner quoi que ce soit, mais pour avancer.

– Attends, je suis pas sûr d'avoir bien compris. Tu veux aller voir tes parents ?! s'étonne Max, ahuri.

– Oui…

– Pourquoi, Blondie ? Ces personnes nous méprisent, toi y compris.

– J'ai des choses à leur dire, Max, et qu'ils le veuillent ou non, ils devront écouter.

– C'est peine perdue.

– Je veux essayer pour ne pas avoir de regrets.

– Après tout ce qu'ils t'ont fait ? grogne-t-il.

– Justement à cause de ce qu'ils m'ont fait !

Le ton monte entre nous rapidement, je déteste avoir à me justifier et en même temps je comprends, un peu, sa prise de position.

– OK, alors je viens avec toi.

– Non, je suis désolée mais je pense que c'est mieux si tu n'es pas là.

– Je vois, se braque-t-il en attrapant son jean aux pieds du lit pour l'enfiler avec colère.

– Ce n'est pas contre toi, Max, mais ma mère sera sur la défensive dès qu'elle te verra. Quant à mon père, ce sera pire… Seule, chez eux, je pense pouvoir amorcer un début de dialogue.

– J'ai un très mauvais pressentiment. Un très très mauvais pressentiment…

– Il ne m'arrivera rien de grave, tu exagères ! Au pire quoi ? J'aurai perdu mon temps ! Je m'en remettrai, je me justifie, énervée.

– Cette idée est merdique, je la sens pas.

– Ouais bah au moins j'aurai essayé ! J'en ressens le besoin pour avancer, toi plus que personne devrais comprendre, mais merci pour ton soutien dans ma démarche !

– T'avances, Blondie, t'as pas besoin d'eux ni de personne d'ailleurs ! Tu l'as prouvé hier par A + B. Tu l'as même chanté haut et fort devant tout le monde !

– Exactement, donc j'irai voir mes parents avec ou sans ton approbation, Max. Fais avec ! Car je refuse de devenir comme eux ! Je refuse de faire ce qu'ils ont fait à Ellie en coupant les ponts, parce qu'un jour j'aurai des enfants moi aussi et il est hors de question que je leur inflige ce que j'ai vécu : tous ces mensonges, ces non-dits, ces drames familiaux qu'on transmet de génération en génération comme une espèce de tare génétique parce que chacun est trop con ou fier pour faire le premier pas !

Ma tirade impose le silence tandis que nous nous défions du regard, le souffle court. Quand Max aura dépassé sa colère, je sais qu'il comprendra mon point de vue. Après tout, lui-même n'a jamais renié ses parents malgré l'histoire de Sunny. Il sait que lorsqu'on fait ce choix il n'y a pas de retour en arrière possible. Pour ma part, je veux me laisser une dernière chance d'avoir une relation, quelle qu'elle soit, avec mes parents. Si eux ne veulent plus me voir ni me parler, ce sera leur choix et alors je serai en paix avec moi-même pour avoir été au bout de ma démarche. Je n'aurai pas honte de ma famille, et je ne transmettrai pas ce fardeau à mes propres enfants.

Car, pendant toute mon enfance, j'ai vécu dans ce climat familial lourd, étouffant, chargé de tensions entre mes parents et mes grands-parents, et cela m'a blessée bien plus que tout le reste.

J'ajoute une dernière chose pour que Max comprenne l'entièreté de ma position :

– Bien sûr que j'en veux à mes parents, pour ce qu'ils ont fait, pour ce qu'ils n'ont pas fait, mais je suis la première abîmée par cette rancœur. Il ne s'agit pas de pardonner en claquant des doigts, juste de rétablir le dialogue, car s'il y a la moindre chance qu'ils fassent partie de ma vie, même de très loin alors je saisirai cette opportunité. Regarde ce que ça a apporté à ma grand-mère de décréter qu'elle n'avait pas de famille…

Le visage de Max se détend et il inspire profondément mais lorsqu'il prend la parole, nos sonneries de téléphone respectives l'interrompent.

– Rock essaye de m'appeler, dit-il.

– Moi, Olivia.

– Attends, j'ai reçu un message de Bounce aussi, il nous dit d'allumer la télé tout de suite et de mettre les infos.

Nous ignorons donc les appels pour obéir à ce dernier texto. Là, le visage de Derek, mais également ceux de trois autres hommes inconnus apparaissent sur la moitié de l'écran de la télé tandis que le présentateur parle d'une voix empreinte de gravité :

« … D'après nos sources, trois policiers respectés du comté de Colorado Springs viennent d'être arrêtés chez eux, à l'instant, par le FBI. Cette arrestation résulterait des conclusions d'une enquête ouverte par le Bureau des affaires internes, il y a déjà plusieurs mois, contre les quatre policiers en question. Les charges exactes retenues à leur encontre sont encore inconnues, mais les autorités locales, elles, nous ont informés que le quatrième policier, Derek Taylor, demeure introuvable à ce jour. L'individu est pour le moment considéré comme étant en fuite, armé et hautement dangereux selon le FBI. Nous appelons donc la population à la plus grande vigilance. Et surtout, si vous avez la moindre information sur cet homme, veuillez contacter le numéro spécial qui s'affiche en bas de votre écran. »

Jeu, set et match…

– Mes parents vont peut-être enfin me croire, je murmure, sous le choc.

Je viens de passer plus de deux semaines à attendre ce moment ou quelque chose d'approchant, mais la violence de la réalité surpasse mon imagination. L'homme qui a partagé ma vie est un menteur, un manipulateur, un violeur et sûrement davantage. Désormais, tout le monde le sait.

55

THE UNFANTASTIC FOUR

Judy

Je n'ai pas renoncé à aller à la messe ce dimanche matin après le flash info sur l'affaire de ceux que l'on surnomme déjà The Unfantastic Four[1]. En quelques heures, la nouvelle a envahi les chaînes d'informations locales et nationales pour passer en boucle à la télévision, à la radio… À l'heure actuelle, les journalistes disposent de peu de renseignements sur le sujet mais trouvent le moyen de broder dessus à l'infini. Les spéculations vont bon train, notamment en sachant que le FBI prend part à l'enquête, ce qui laisse supposer un crime grave de nature fédérale. À cela s'ajoute la cavale en cours d'un des quatre policiers suspectés, apportant davantage de sensationnalisme à toute cette histoire.

Il n'y a rien de mieux que la peur des gens pour faire du buzz et nager dedans.

Pour ma part, j'angoisse. Je redoute la divulgation dans la presse de mon identité, ou celle de mes proches, car je ne suis pas naïve, cette histoire va également bouleverser ma vie. C'est une question de jours…

Raison supplémentaire pour profiter de mon quotidien tant que je le peux encore et ainsi me préparer à affronter la tempête.

Espérons que mes prières soient entendues.

Après la messe, Max a insisté pour m'emmener faire un tour à moto et nous échapper une dernière fois loin de tout. Me voilà donc accrochée à son large dos, appréciant l'air frais qui me fouette le visage. Je hume l'odeur de son cuir contre ma joue, savoure la

1. Les quatre non-fantastiques.

sensation de mon corps moulé au sien. La vitesse est ivresse, elle a un goût de liberté perdue me donnant l'impression de respirer correctement pour la première fois depuis ce matin.

Je souhaiterais que Max ne s'arrête jamais ; que nous roulions ainsi jusqu'à atteindre l'océan, à l'ouest.

Cependant, au bout d'un temps trop court selon moi, il finit par ralentir avant de s'arrêter définitivement. Je rouvre les yeux et découvre le paysage qui nous entoure pour demeurer bouche bée. Nous sommes face à un lac immense et magnifique. Il est si grand que je n'en discerne pas les rives opposées. L'endroit ici est plus vert et moins aride que Colorado Source.

Max m'aide alors à descendre de son énorme moto et ôte mon casque avec précaution.

– Attention au pot d'échappement. Ne te brûle pas.

– On est où ? m'étonné-je.

– À l'extrême nord de la réserve de Golden Water. Ça fait partie de leur territoire.

– C'est magnifique.

– Oui. L'endroit est sacré pour eux. On y vient parfois pour certaines cérémonies ou fêtes.

– Ah bon ? Lesquelles ?

– Eh bien... chaque année nous faisons une grande fête pour célébrer la confiance que nos deux communautés s'accordent. Les Evil's Heat ne seraient rien sans Golden Water.

– C'est beau. Et quoi d'autre ?

Max me lance un sourire en coin avant de reporter son regard sur l'horizon :

– On a aussi un rituel pour ceux qui intègrent définitivement le Clan et qui sont de ce fait liés à Golden Water.

– Oh... Je vois. Et ce rituel consiste en quoi ? je lui demande, encore plus curieuse.

– Ah ça, Blondie, tu le découvriras par toi-même le moment venu...

Cette phrase me provoque des frissons, son regard acier également.

– Enfin si tu le souhaites, ajoute-t-il. On n'oblige à rien car ce n'est pas un acte à prendre à la légère. C'est une promesse pour laquelle je serai ton guide lorsque tu recevras ton nouveau nom.

Puis, sans me donner le temps d'ajouter quoi que ce soit, me laissant l'esprit empli d'un million de questions, il me saisit la main et m'entraîne vers le bord du lac.

– Lorsque je mourrai, je veux qu'on vienne disperser mes cendres ici.

– Max…

– Je suis sérieux. Rock le sait. Je ne me vois pas ailleurs. Pendant longtemps, l'eau a été le seul endroit où je ne me suis pas senti limité par mon corps ; où mon handicap n'avait plus de poids ni d'importance. Alors, à l'eau je reviendrai.

***

Le retour à la réalité est brutal.

L'échappée sauvage à moto, bien que belle, est passée beaucoup trop vite, et me voilà à nouveau assise avec Max dans mon canapé, face à Mike et Loris.

– T'a-t-on déjà contactée au sujet de l'affaire ? me demande Mike.

– Non. Pas même mes parents. Mais j'ai changé de numéro de téléphone il y a moins de deux semaines à cause de Derek, alors j'imagine que ceci explique cela.

– Ouais, c'est sûr. Mais sache qu'on fera tout pour te protéger de cette histoire. T'as rien à voir avec ça, tu as le droit à la tranquillité, déclare Loris.

– Je sais, mais…

– Mais quoi, Blondie ?

– Si je dois m'exposer pour que ces femmes obtiennent justice, alors je le ferai. Qu'importent les conséquences.

– Et c'est tout à ton honneur, me répond Mike.

– Judy, fais-nous confiance. Ces quatre ordures auront ce qu'elles méritent. Tu dois penser à toi. Concentre-toi sur ta plainte afin qu'elle aille au bout car tu mérites aussi justice. C'est comme ça que tu aideras ces autres femmes.

J'acquiesce aux propos de Loris avant de reprendre la parole :

– Est-ce qu'on doit prévenir que Derek était au CSB hier soir ?

– Non ! lâchent-ils tous en même temps.

– Cela ne servirait à rien, me souffle Max.

– Il a raison. J'ai pu obtenir quelques informations sur l'avancement de l'enquête grâce à mon contact au FBI. Rien d'énorme car l'affaire est verrouillée de partout tant qu'ils n'ont pas mis la main sur Derek. Mais j'ai appris deux, trois trucs intéressants, nous explique Mike.

– Lesquels ?

– Derek et ses potes sont en réalité dans le collimateur du FBI depuis plus d'un an et le dossier que j'ai fourni a accéléré les choses. Les viols sur ces femmes sont avérés, mais pas seulement. Certaines sont en réalité mineures, ce qui aggrave les chefs d'accusation, sans parler de leur position en tant que flics et représentants de la loi.

– Mineures ?! m'exclamé-je.

– Oui… Deux des filles qui se prostituaient et qu'ils ont violées n'avaient pas 17 ans.

– Je n'ai pas les mots…

– Ces types sont finis de chez finis. Les seules choses que le FBI ignore encore sont l'endroit où se cache Derek et l'endroit où se trouve la fille qui aurait disparu. Est-elle toujours en vie ? J'ai moi-même aucune info à son sujet pour le moment.

– Ça explique l'omerta sur l'enquête, murmure Loris.

– Ouais. Les journalistes sont sur les dents mais doivent faire avec car si quoi que ce soit fuite et compromet la bonne résolution de cette affaire, ils seront poursuivis en justice, puis lynchés par l'opinion publique.

– Ou alors ils veulent laisser Derek aveugle, car le mec, peu importe où il est, suit forcément les infos. Mieux vaut qu'il en sache le moins possible ! crache Max.

– Aussi… admet Mike.

– Blondie, ne va pas voir tes parents tant que Derek rôde.

– Je dois y aller. Je dois leur parler et savoir comment ils vont.

– Non ! C'est trop dangereux, gronde Max.

– Au contraire, c'est le dernier endroit où Derek sera. Mes parents vivent dans le quartier à côté de chez lui ! Quartier qui est bouclé et encerclé d'agents du FBI à l'heure actuelle. C'est l'œil du cyclone là-bas, je ne crains rien.

– Elle n'a pas tort, intervient Mike.

– OK, mais laisse-moi t'y déposer. Je resterai en retrait. Tes parents ignoreront que je suis là.

– D'accord, concédé-je.

– Merci…

– Et maintenant je dois m'attendre à quoi ? m'inquiété-je auprès de Mike.

– Le FBI va forcément prendre contact avec toi en tant qu'ex-compagne de Derek. Et tes parents aussi. Je suis même surpris qu'ils ne l'aient pas déjà fait. Sois coopérative et prends un avocat. Juste au cas où, on ne sait jamais.

– J'en ai déjà un, Nina, l'amie de Mary. Elle m'aidera.

– Parfait, conclut Mike.

– Comment tu te sens ? ajoute Loris.

– Mal. Fatiguée. J'ai l'impression d'être passée sous un train… Cette situation est irréaliste.

– Non, elle est on ne peut plus réelle, mais on est là. Tu n'es pas seule.

En disant cela, Loris pose sa main sur mon bras et je le serre fort en retour :

– Merci.

– Allez, on va vous laisser. Repose-toi, Judy, et surtout si t'as besoin de quoi que ce soit, n'hésite pas, lâche-t-il.

– Si j'ai de nouvelles infos, je te tiendrai au courant.

– Merci, Mike, je réponds, abattue.

Les deux hommes ont à peine franchi le pas de la porte que j'explose en sanglots dans les bras de Max. Il me faudra plus de temps que je ne le pensais pour digérer tout ça. Tandis que je suis blottie contre son torse, il me berce sans parler, car il n'y a rien à ajouter, cette situation laisse sans voix.

56

RETOUR AUX SOURCES

Judy

Je ne sais pas à quoi je m'attendais en me rendant chez mes parents, mais certainement pas à ce calme olympien. J'imaginais découvrir des voitures de police partout, entendre des sirènes résonner dans la rue et voir des agents contrôler la circulation comme dans les films ou les séries.

En réalité il n'en est rien. Le quartier, pourtant non loin de la maison de Derek, est vide. Le monde a déserté les trottoirs et les jardins.

– Quel silence, murmuré-je à Max tandis qu'il se gare dans l'allée.

– Les gens se terrent chez eux, Blondie. Ils ont peur.

– Mais dans ce cas où est la police, où sont les journalistes ?

– Les journalistes, j'en sais rien, mais le FBI lui est bien là…

– Ah bon ?

– Oui, on a croisé au moins trois véhicules banalisés. La maison de tes parents est surveillée, m'explique-t-il.

– Bien. Parfait, comme ça, tu es rassuré.

– Non. Je serai rassuré quand tu seras couchée ce soir contre moi dans notre lit.

– Max, vraiment, ça va aller.

– On verra, sans message de ta part toutes les heures, je débarque ici, que ta mère le veuille ou non.

– OK, OK.

Sur ce, je l'embrasse longuement et attrape mon sac avant de sortir de son pick-up. Max attend que je parvienne à la porte pour repartir puis je lui fais signe de la main une dernière fois, avec un grand sourire pour apaiser ses craintes.

Un brin anxieuse cependant, je sonne à plusieurs reprises, n'étant pas attendue et ayant préféré opter pour l'effet de surprise.

Ma mère est toujours chez elle.

Ce n'est pas Derek la source de mon stress à cet instant, mais bien les retrouvailles avec mes parents. Pourtant je sais exactement ce que je vais leur dire, mais m'en laisseront-ils le temps ? Au bout d'une minute j'entends enfin des bruits de pas discrets de l'autre côté du battant, puis la porte s'entrouvre à peine.

– Qui est-ce ? miaule ma mère.

– C'est moi.

– Judy ?! Que fais-tu là ?

– Je voulais savoir comment vous alliez depuis... hum... depuis toutes ces *révélations*. Et j'aurais aimé qu'on parle. Calmement si possible cette fois. Je peux entrer ?

– Oh, euh, oui bien sûr.

Elle ouvre alors grand la porte, se décale pour me laisser passer puis jette un dernier coup d'œil inquiet par-dessus mon épaule.

– J'ai cru que c'étaient encore ces vautours de journalistes, crache-t-elle. Ils nous harcèlent alors que nous ne savons rien !

Une fois à l'intérieur, je constate que la maison n'a pas bougé d'un iota depuis mon départ, mais je remarque également que ma mère a les yeux rouges d'avoir trop pleuré et sa tenue n'est plus aussi soignée qu'à son habitude.

Pire, elle a revêtu un bas de jogging gris informe, chose qui ne lui est jamais arrivée depuis ma naissance.

– Assieds-toi, j'allais faire du thé, me souffle-t-elle, l'air fatigué.

L'atmosphère entre nous est pesante, car nous ne savons comment agir l'une envers l'autre. Il faut admettre que nos dernières conversations ont laissé de profondes séquelles, alors je tolère le silence, et prends place à la table de la cuisine.

– Papa n'est pas là ? je finis par demander.

– Non, ton père est parti hier soir se changer les idées au chalet. Il doit revenir demain. Lui et moi... Bref nous nous sommes disputés.

– Oh, à propos de Derek ?

– Non, à propos de toi, Judy. Mais ça revient au même j'imagine, vu les circonstances actuelles.

– En effet...

– Tu sais, j'ai essayé de te joindre dimanche, mais ton numéro n'est plus attribué.

– Oui, j'ai dû en changer… à cause de Derek.

– Comment ça ? s'inquiète-t-elle.

– J'ai découvert qu'il m'espionnait avec mon ancien téléphone, mais qu'importe, tu ne me croiras pas de toute façon.

– Je vois. Judy, écoute… Pourquoi es-tu réellement là ? Qu'attends-tu de nous ? Ta position était très claire lorsque nous nous sommes vues la dernière fois.

– Je te l'ai dit, savoir comment vous alliez.

– Eh bien, on va très mal. Notre fille nous a rayés de sa vie, les journalistes nous harcèlent, nous sommes convoqués demain pour être entendus par le FBI, et notre gendre est un fugitif sans que nous sachions ce qu'il a fait pour en arriver là.

– Ex-gendre, maman.

– Oui, ex-gendre, pardon, consent-elle à admettre.

Surprise, je discerne de l'empathie dans le regard bleu de ma mère et j'ai l'espoir d'être enfin écoutée, alors je reprends :

– Je ne vous ai pas rayés de ma vie. J'avais besoin de temps pour digérer vos mensonges à propos d'Ellie. J'étais tellement en colère ! Et je le suis toujours ! Vous m'avez brisée ce jour-là. Rien n'est encore pardonné, mais j'ai aussi pris le temps de réfléchir loin de vous. Je souhaite me reconstruire. Je souhaite avancer. Alors je fais le choix de ne pas vous faire subir ce que, vous, vous avez fait subir à ma grand-mère. Je vaux mieux que ça. Je vaux mieux que vous.

Ma mère me fixe, bouche ouverte, sans trouver quoi répondre. C'est bien la première fois que je la réduis au silence, si bien que j'en profite pour poursuivre :

– Nous avons des visions de la vie diamétralement opposées mais je nourris l'espoir que nous parvenions à trouver un terrain d'entente, même infime…

– En ce qui concerne ta vision de la vie, c'est certain, je ne la partage pas. Je me demande même parfois si c'est moi qui t'ai élevée.

Sa phrase n'est pas aussi agressive qu'il n'y paraît, au contraire Isabella esquisse un timide sourire dans ma direction puis me sert une tasse de thé.

– Peut-être que je te ressemble plus que tu ne veux l'admettre. Après tout tu as fugué de chez tes parents à 18 ans…

– Oui et cela ne m'a rien apporté de bon !

– OK, je ne souhaite pas en redébattre ! Notre dernière conversation à ce sujet m'a suffi, je la tempère.

– Bien, dans ce cas mettons-nous d'accord sur le fait que nous ne serons jamais d'accord sur ce point.

Cette fois, c'est moi qui lui souris, car je trouve que c'est une jolie façon de résumer les choses.

– Judy, si tu es là pour obtenir des excuses ou quelque chose du genre, tu perds ton temps. Je ne regrette pas mes choix, ajoute-t-elle alors.

Le revers est rude mais j'encaisse.

– Je ne quémande rien et certainement pas vos excuses. D'ailleurs c'est à Ellie qu'elles devraient revenir, pas à moi, je rétorque aussi sec.

Ma mère ne répond pas à cela ; elle se lève et part chercher un paquet de gâteaux à la cannelle dans le cellier pour accompagner le thé.

– Tiens, il me semble que ce sont tes préférés, dit-elle en me tendant la boîte.

– Oui, merci.

Le silence se réinstalle de longues minutes entre nous jusqu'à ce qu'Isabella le brise à son tour :

– Sais-tu pourquoi Derek est recherché par le FBI ? Personne ne nous a rien dit pour le moment.

– Pourtant lui et vous êtes proches… Il est comme votre fils. C'est étonnant qu'il ne se soit pas confié… je marmonne avec sarcasme.

– Détrompe-toi, je ne l'ai pas vu depuis plus de deux semaines. Il ne prend pas mes appels et ne répond plus aux SMS. J'étais morte d'inquiétude. Depuis ton départ, il laisse la maison à l'abandon et on l'a vu sombrer. Avec ton père, on a bien essayé de l'aider mais il a refusé. Judy, explique-moi ce qu'il se passe. Qu'a fait Derek ?

– Ça dépend. La dernière fois que j'ai essayé de te parler de lui, tu ne m'as pas crue…

– Judy…

– Non, y a pas de Judy qui tienne. Tu dois me jurer de m'écouter et de me croire cette fois-ci.

– D'accord, je le jure, lance-t-elle un peu trop facilement à mon goût.

– Je suis sérieuse, maman. Le décès d'Ellie n'est pas la seule raison de ma colère envers vous. Je vous en veux car vous dites vouloir le meilleur pour moi, vouloir me protéger mais vos actes me prouvent plutôt l'inverse. Notamment quand il s'agit de me croire.

– Je sais que tu n'es pas une menteuse, je ne t'ai pas élevée comme ça.

Sa réponse me prend au dépourvu et j'explose :

– Alors pourquoi ?! Pourquoi avoir réagi ainsi quand j'ai essayé de me confier à toi des centaines de fois, au sujet de Derek, de sa méchanceté, de ses manipulations ? Ça fait des années qu'il me rend malheureuse, qu'il a cette espèce d'emprise psychologique sur moi qui m'a presque tuée de l'intérieur sous vos yeux. Et quand enfin je suis parvenue à m'en sortir, vous m'avez rejetée pour le croire, lui.

– J'en sais rien, Judy. Je ne sais pas quoi te répondre. Ton père n'arrêtait pas de dire que c'était l'homme qu'il te fallait... bredouille ma mère sur la défensive.

Évidemment qu'elle ne sait pas ! Elle est également dans ce genre de relation avec un mari abusif et autoritaire depuis des années. Il est logique pour elle qu'un couple fonctionne de la sorte.

– Mais au début, tu semblais heureuse, vous étiez amoureux tous les deux, non ? s'enquiert-elle.

– J'étais surtout stupide car je n'y connaissais presque rien aux garçons ni à l'amour, alors comment aurais-je pu me protéger de quelqu'un comme Derek ? C'était à vous de le faire, à vous de m'apprendre ces choses de la vie.

– Et on l'a fait ! Crois-moi ! On t'a protégée ! s'emporte-t-elle.

– Ah oui et comment hein ? En me mettant sous cloche ?

Ma mère ouvre la bouche à plusieurs reprises pour parler mais se ravise, le regard perdu. Elle rassemble ses pensées, semble sur le point de dire quelque chose qui lui pèse alors j'insiste :

– Dis-moi. Comment m'as-tu protégée ?

– Tu ne comprendrais pas.

– Essaye.

– Non. Laisse tomber, Judy.

Et la voilà qui se replie sur elle-même à nouveau pour mon plus grand agacement. Je dois changer d'angle d'attaque...

– Bien, dans ce cas j'ai une autre question pour toi. Es-tu heureuse avec papa ?

Isabella me fixe, les yeux ronds, visiblement prise de court.

– J'aime ton père, on a nos différends, c'est vrai, notamment en ce moment. Mais oui, j'aime ton père.

– Ce n'est pas ce que je te demande.

– Je ne comprends pas, elle maugrée.

– Pourtant c'est une question simple.

– Judy…

– OK, je veux savoir si tu trouves normale la façon dont papa te traite depuis toutes ces années ? j'articule.

– Je… Je… C'est vrai qu'il est dur parfois, mais il est toujours présent quand j'en ai besoin.

– Eh bien moi je te le dis, la façon dont il te traite n'est pas acceptable, et la façon dont Derek m'a traitée ne l'était pas non plus. Un jour, j'espère que tu le comprendras.

– Ça suffit, je ne veux plus parler de ça. Je me suis assez disputée sur le sujet avec ta grand-mère, murmure-t-elle, acculée.

– Je sais.

– Bien, alors maintenant dis-moi ce que Derek a fait. Je te promets de t'écouter.

– Et de me croire ? j'insiste.

– Et de te croire.

Pendant les vingt minutes suivantes, je raconte à ma mère tout ce que Derek m'a fait endurer, depuis les premiers signes d'abus psychologiques il y a des années de ça à la violence physique de ces derniers mois. Je ne lui épargne aucun détail et à ma plus grande surprise, elle ne m'interrompt pas une seule fois. Pas même lorsque je lui explique la raison de l'arrestation de Derek et des trois autres policiers.

Ma mère me fixe sans ciller ni réagir. Je vois qu'elle prend le temps d'assimiler toute l'histoire car bon nombre de ses croyances au sujet de Derek viennent de voler en éclats.

– Voilà, tu sais le monstre qu'il est, à présent, je conclus.

– Il a violé ces femmes puis les a abandonnées loin de chez elles ? finit-elle par murmurer.

– Oui, et l'une d'elles est portée disparue. Elle n'est jamais revenue.

– Oh, mon Dieu, Judy ? Est-ce qu'il t'a… Est-ce qu'il t'a violée, toi aussi ?

– Non, mais parfois j'ai vraiment cru qu'il pourrait le faire.

– Tu dois aller voir le médecin, faire des examens, qui sait ce qu'il a pu te refiler ! s'emporte-t-elle alors.

– C'est déjà fait. Je vais bien. Je n'ai rien, maman.

Je lis un vrai soulagement sur son visage, et contre toute attente, les yeux embués de larmes, elle se lève, contourne la table et me prend dans les bras.

– Judy…

Au creux de cette étreinte bancale, je ne sais pas quoi ressentir. D'un côté, je ne suis pas insensible à son inquiétude, la trouvant sincère, mais de l'autre, il y a encore tellement de choses que je lui reproche. Cependant j'ai fait le choix d'avancer, de me libérer. Alors le temps fera son œuvre et je suis persuadée qu'en faisant ce premier pas, nous parviendrons à nous comprendre davantage.

Petit à petit.

– Reste dormir ici ce soir, ça me ferait plaisir. On pourrait continuer de parler et il y a cette courtepointe que tu n'as jamais fini de coudre.

– Je n'ai pas pris de vêtements, je… je bégaye.

– Tu as des vêtements propres dans ta chambre. Je les lave régulièrement au cas où.

– Maman…

– S'il te plaît. Juste une nuit.

– D'accord, abdiqué-je. Laisse-moi prévenir Max.

– Alors c'est sérieux entre vous ?

– Je crois, on verra.

Je m'attends à une remarque désobligeante de sa part mais elle n'en fait rien, se contentant de pincer les lèvres.

– Est-ce que tu l'aimes ? s'enquiert-elle.

– Lui et moi n'en avons encore jamais parlé et je voudrais qu'il soit le premier au courant…

– Bon, dans ce cas appelle-le, je vais mettre des lasagnes à décongeler. Mais ne l'invite pas à dîner ! Je ne suis pas encore prête pour ça.

– Moi non plus, je te rassure.

Bien entendu, Max n'est pas enchanté de mon changement de plan pour la soirée, mais il est heureux que ma discussion avec ma mère ne se soit pas soldée d'entrée de jeu par un échec cuisant. Il trouve même que c'est un début encourageant. Nous convenons donc qu'il viendra me chercher demain soir, après sa journée de travail, puis nous raccrochons.

– J'ai prévenu ton père que tu dormais ici. Il sera là pour le petit déjeuner demain matin.

– Je ne suis pas certaine d'être ravie par la nouvelle, j'avoue à ma mère.

– Sois indulgente, Judy, il traverse également un moment compliqué. Derek et lui étaient très proches.

– Hum, et pourquoi vous êtes-vous disputés d'ailleurs ?

– Parce que je lui ai dit qu'il faudrait peut-être que nous écoutions ce que tu avais à dire au sujet de Derek. Mais lui n'est pas encore prêt pour ça. Ça viendra, gardons espoir.

– Magnifique, je sens que le petit déjeuner sera animé demain…

– Pas forcément, allez viens, j'ai quelque chose à te montrer, murmure-t-elle.

Ma mère et moi passons le reste de la soirée à coudre ma courtepointe inachevée et à parler de son enfance. Elle accepte de se livrer pour la première fois de façon sincère sur le sujet. Elle me raconte comment les relations avec ses propres parents se sont dégradées au fil du temps et pourquoi elle a fini par fuguer. Ma mère a encore clairement du mal à se remettre en question mais je dois reconnaître que Roger et Ellie ont peut-être eu leur part de responsabilité dans notre drame familial.

– Tes grands-parents étaient tellement fusionnels que même en étant leur fille, je me suis toujours sentie de trop entre eux et à la maison, m'avoue-t-elle. Réfléchis-y quand tu auras des enfants.

J'ai envie de lui rétorquer une bonne centaine de choses mais j'y renonce, préférant garder cette discussion pour une autre fois.

Nous finissons par aller nous coucher lorsque nos yeux et nos doigts hurlent au supplice. Retourner dans cette chambre de gamine me provoque un sentiment très étrange mais il est moins oppressant que dans mes souvenirs. Désormais j'ai ma vie, celle que je mène avec conviction à Colorado Source, alors ce qui se passe dans cette maison ne m'atteint plus. Ma mère fait ses choix, moi les miens. J'espère simplement pour elle qu'elle finira par ouvrir les yeux à propos de mon père, tout comme j'ai ouvert les miens.

Au fond, je lui souhaite le meilleur, car je n'oublie pas non plus toutes ces fois où elle a habilement manœuvré pour me protéger de son mari à sa façon, en essuyant sa colère à ma place.

J'envoie un ultime SMS de bonne nuit à Max, assorti d'un selfie dans mon vieux pyjama Grosminet, puis le sommeil me cueille sans prévenir.

Cette journée a eu raison de moi.

***

Je rêve de Max. Ce sont de beaux rêves remplis de couleurs et d'émotions, sans formes bien précises mais chargés de toutes les sensations que j'éprouve avec lui : plénitude, désir, plaisir, joie…

Brusquement cela change, les couleurs vives du départ foncent et noircissent. Je me sens secouée. J'étouffe. Ma gorge me fait souffrir le martyre, elle est prise en étau. Un hurlement lointain me parvient comme si j'étais sous l'eau, on dirait la voix de ma mère.

– I…

Je ne peux pas parler alors j'ouvre les yeux pour découvrir un visage déformé par la colère et penché au-dessus du mien. Le manque d'air dans mes poumons est un supplice horrible. Je suffoque.

– T'es une sale menteuse ! hurle la bouche tordue à quelques centimètres de mon nez.

Paniquée et ne pouvant toujours pas respirer, je me débats sous mon agresseur. Je le griffe pour libérer mon cou de sa puissante prise qui me broie la trachée. En vain.

– Bob, arrête ! Tu vas la tuer ! hurle alors ma mère à mon père.

57

LE DÉMENT

Judy

– Bob, arrête ! Tu vas la tuer !

Ma mère tente elle aussi de lui faire lâcher prise. Elle attrape ses bras, cherche à le bousculer et ose même le frapper dans le dos mais sans succès ; j'agonise. Son mari est bien trop fort et animé d'une rage inébranlable.

– Bob, je t'en supplie. Calme-toi !

– Reste en dehors de ça, Isabella !

– C'est notre fille !

– C'est une sale fouteuse de merde !

Pendant ce temps je suis toujours allongée dans mon lit, les jambes coincées entre les draps et la gorge prisonnière des mains robustes de mon père. Je ne mourrai pas sans me battre pour ma vie, alors j'essaye de lui griffer le visage.

Cela ne sert à rien, au contraire, j'épuise encore plus rapidement le peu d'oxygène qu'il me reste.

Au moment où de petits points noirs m'apparaissent devant les yeux, il dessert légèrement sa prise, et je réussis à prendre une goulée d'air salvatrice. Le soulagement est douloureux, m'arrachant de longs sanglots entrecoupés de hoquets.

– Avale ça ! gronde-t-il en forçant des cachets dans ma bouche.

Ma raison me hurle de ne pas obéir, de recracher ce qui est inséré avec tant de violence entre mes lèvres, mais à bout de souffle, mon réflexe de déglutition me trahit.

– Qu'est-ce que tu lui as donné ? s'inquiète ma mère.

– De quoi l'emmener à l'hôpital sans résistance, répond-il en capturant mes poignets pour m'immobiliser de tout son poids.

Hein ?!

– Non ! Elle n'est pas folle !

– Pourtant tu disais le contraire il n'y a pas si longtemps. Tu as même signé les papiers pour la faire interner.

– J'avais tort ! Pitié, Bob, écoute-moi !

– Non ! Toi, tu m'écoutes. Elle a réussi à te retourner le cerveau. Reste là, je m'en occupe, avec ou sans ton aide.

– Et que crois-tu obtenir comme ça, par la force ?

– Je vais me pointer aux urgences psychiatriques, leur dire qu'elle a fait une nouvelle crise et pris elle-même les cachets. Avec tous les éléments et preuves que j'ai rassemblés, ils seront obligés de l'admettre.

Tétanisée par leurs propos, je lance un regard suppliant à ma mère mais la terreur dans ses yeux finit de m'achever.

– Maman. Aide-moi, murmuré-je, sidérée dans mon lit.

– Lâche-la maintenant ! pleure ma mère en se jetant une nouvelle fois sur son mari.

Mon père lui obéit pour se tourner vers elle, et avec une violence inouïe, il projette sa femme contre l'armoire. Il y a d'abord le bruit sourd de son crâne heurtant le bois, puis Isabella perd connaissance et s'effondre au sol.

– Merde, merde et merde ! psalmodie-t-il, sans pour autant aller l'aider.

– Maman !

Je cherche à crier mais ma voix n'est qu'un filet d'air ridicule ayant la puissance d'un miaulement de chaton. Sous le choc de ce qui vient de se produire, je ne parviens pas à me relever pour fuir. Mon corps meurtri et alourdi n'obéit plus, tandis que mon esprit s'embrume.

Le soleil levant inonde la pièce d'une lumière diffuse irréelle, à moins qu'il ne s'agisse déjà de l'effet croissant des cachets.

Après une bonne dizaine de minutes, Bob me sort du lit et me prend dans ses bras mais je chute aussitôt au sol car mes jambes se dérobent.

– Marche. Aide-moi, m'ordonne-t-il en me retournant sur le dos.

– Non, soufflé-je.

– Tu l'auras cherché.

Sans aucune hésitation, il attrape mes chevilles puis commence à me traîner par terre jusqu'au garage. À ce stade, je ne perçois plus vraiment la douleur, uniquement les vibrations des chocs répétés qu'encaisse mon corps de tous les côtés. Ma tête cogne les marches de l'escalier, les angles de portes puis le coin des meubles. Je tente de m'y agripper, en vain.

Face à moi, plié en deux, je devine mon père avec son regard fou. Il a toujours eu une forme de violence sous-jacente en lui, je l'ai toujours sentie, mais jamais je n'aurais cru qu'elle pourrait s'exprimer de la sorte. Pas sur moi.

– Je fais ça pour ton bien, Judy. Tu es instable. Ces médecins vont te soigner. C'est aussi arrivé à ta mère plus jeune et je l'ai sauvée.

Je songe qu'il est hautement ironique de me faire traiter de folle par celui qui l'est réellement dans cette maison. Mon père a pété les plombs et ne réalise même plus à quel point ses actes sont ceux d'un dément. Cependant, je ne peux que les subir, mon corps est devenu une prison de chair amorphe et flasque, au point de ne même plus pouvoir parler.

Seules mon ouïe et ma vue fonctionnent encore difficilement, alors je lutte pour me repérer dans l'espace ; quand le téléphone de mon père sonne :

– Allô ? crache-t-il en décrochant.

– …

– Oui, c'est fait. Tu avais raison, ces cachets agissent vite. Elle ne bouge déjà plus.

– …

– Non, Derek, ce n'est pas ce que nous avions convenu. Je l'emmène aux urgences psychiatriques !

– …

– Non ! Là-bas, ils verront qu'elle est folle et tout ce qu'elle a dit sur toi ne tiendra plus. Ils seront obligés de te blanchir. Le FBI ne pourra pas l'interroger et son témoignage n'aura aucune valeur face à un jury.

C'est donc ça leur plan complètement absurde ?!

Derek a entraîné mon père dans sa fuite désespérée.

– …

– J'en sais rien !

– …

– On fait quoi alors ?

– …

– OK, OK, je te l'amène, mais une fois que tu auras parlé à Judy, j'irai aux urgences. Le docteur Hoffman a signé l'ordre d'internement forcé et, avec mon accord et celui d'Isabella, ils seront obligés de l'accepter.

Non !

Intérieurement je hurle de désespoir, ne sachant quoi redouter : me retrouver face à Derek ou dans un asile à me crier saine d'esprit, comme tous les patients qui y résident…

Max…

Il est mon seul espoir de survie. Lorsqu'il arrivera ici ce soir et qu'il ne m'y trouvera pas comme convenu, je sais qu'il s'inquiétera.

– Je ne suis pas débile, Derek ! reprend mon père. J'ai remarqué que la maison était surveillée, et je sais les semer, ça fait quatre jours que je le fais.

– …

– Parfait, je suis là dans une heure, conclut-il en raccrochant.

Bob recommence à me tirer à reculons sur le sol jusqu'au garage avant de me charger dans le coffre de la voiture sans même un regard.

Le goût salé de mes larmes m'accompagne durant ce trajet interminable et étouffant. Épuisée, je finis par perdre le fil de la direction prise et malgré ma volonté de rester consciente, je me sens sombrer.

58

CHASSE, PÊCHE ET TRADITIONS

Judy

Lorsque je reprends connaissance, je suis assise sur un lit, bâillonnée, pieds et poings liés. Il me faut plusieurs secondes pour retrouver un esprit alerte et je constate avec soulagement que l'effet des cachets a diminué. Je ne suis peut-être pas encore en pleine possession de mes moyens, mais je parviens à bouger les orteils puis à relever la tête.

Je reconnais alors immédiatement l'endroit où je me trouve. Il s'agit du petit chalet de chasse de mon père, à une heure au sud de chez mes parents. La déception est énorme, jamais Max ne saura me trouver ici et je ne vois pas comment le prévenir. Je n'ai également aucune notion de l'heure qu'il est car la seule paire de volets est fermée.

Combien de temps suis-je restée inconsciente ? Deux heures ?

Sûrement davantage si la drogue qui empoisonne mon organisme commence à s'estomper.

La pièce est plongée dans la pénombre, faiblement éclairée par quelques vieilles lampes à huile et leur version plus moderne sur batterie.

Je balaye du regard l'espace unique faisant office de chambre, de salon et de cuisine. C'est une cabane sommaire, sans eau courante ni électricité. Mon père vient ici quand il veut se couper du monde et vivre à la dure, comme il aime le dire. Les seuls conforts au sein de ce maudit taudis sont une table, deux chaises, le lit sur lequel je suis assise et un poêle.

Enfin, pour parfaire la décoration des lieux, des armes et des trophées de chasse glauques recouvrent les quatre murs de bois sombre.

C'est encore pire que dans mes souvenirs ; je n'ai jamais aimé cet endroit qui me terrorisait déjà gamine.

– Enfin, elle se réveille.

Je sursaute en entendant la voix doucereuse de Derek sur ma gauche. Il se tient dans l'ombre d'un angle, parfaitement immobile, si bien que je ne l'ai pas remarqué de prime abord, puis il avance pour s'asseoir sur une chaise près de moi. Notre soudaine proximité me donne des frissons et finit de me désembrumer l'esprit.

– Oh, tu trembles, chérie ? Tu as froid ? Ou alors je te fais peur ?

Maintenant que je ne suis plus complètement droguée, ma haine afflue, et sans ce bâillon, je lui cracherais au visage.

À mon père également.

Je destitue Bob Myers, plus jamais je ne le considérerai comme mon père car ce qu'il m'a fait subir aujourd'hui ne peut être pardonné. Si je sors vivante de cet enfer, je me jure d'envoyer ces deux monstres en prison en espérant qu'ils y subissent les pires sévices à leur tour…

Derek s'approche davantage et tend la main vers mon visage, puis face à mon mouvement de recul il se met à rire.

– Je vais t'enlever ce bout de tissu. Ne fais rien de stupide.

Alors, doucement, je le laisse libérer ma bouche non sans avoir envie de le mordre jusqu'au sang. Il pue, ses vêtements sont poisseux et en le détaillant une seconde fois, je réalise que ce sont ceux de samedi soir. Il ne s'est donc pas changé depuis plus de quatre jours et semble exténué.

– Tu ne pourras pas te cacher ici indéfiniment, murmuré-je.

– Je n'y compte pas.

– Et votre plan stupide d'internement ne marchera pas. T'iras quand même en prison dès qu'ils t'attraperont, avec ou sans mon témoignage car je n'y suis pour rien si tu as le FBI aux trousses. L'enquête sur toi et tes petits copains est en cours depuis des mois !

– Je sais…

– Je n'y comprends plus rien, où est Bob ?

– Il n'est plus là.

La façon dont Derek prononce cette phrase est très étrange, laissant supposer que quelque chose de grave est arrivé à mon géniteur.

– OK, c'est du délire cette histoire, soufflé-je.

– Pas vraiment, je peux te l'expliquer si tu veux. C'est une histoire passionnante.

– Bah, vas-y ! Tu en crèves d'envie ! Je t'écoute…

Je lutte pour garder mon calme et gagner du temps en le faisant parler. J'ignore si cela a une quelconque utilité ou si quelqu'un sur cette terre me recherche, mais dans le doute je dois essayer.

– Voyons voir, par où commencer ? reprend Derek. Ah oui, le point de départ de tout ce drame – car on peut parler de drame – c'est quand tu m'as quitté après m'avoir humilié devant toute l'église. T'avais pas le droit de me rejeter comme ça, Judy, pas après tout ce que j'avais fait pour toi. Alors ce jour-là, je me suis juré de faire de ta vie un enfer. Et je me suis dit que t'interner de force pour folie passagère serait un bon moyen de me venger, mais j'avais besoin de l'aide de tes parents pour ça, ils devaient y croire…

– Espèce d'ordure.

– Une ordure intelligente, reconnais-le. Je t'ai poussée à bout dans l'ombre et je t'ai regardée craquer à chaque fois. Tu m'as même facilité la tâche en renouant à ce point avec ces marginaux de Colorado Source. Le pire scénario de tes parents se produisait : leur petite fille chérie vivant au-dessus d'un bar miteux et baisant un peu partout avec ce chien de la casse ! Après ça il n'était plus dur de les convaincre que tu avais besoin de soins spéciaux… Pour ton bien, tu comprends.

– Je suis sûre que tu y as pris un plaisir fou ! craché-je.

– Oui je l'avoue, je me suis bien amusé. J'ai d'abord payé deux ados paumés pour te balancer des seaux de sang de truie, j'ai aussi joué de mes relations pour faire annuler ta première plainte contre moi – pas facile ça – puis j'ai empoisonné ton chat, j'ai épié tes moindres faits et gestes. Parfois, je me suis manifesté et parfois non.

– Comme samedi dernier au CSB… C'était osé après ma seconde plainte et l'ordonnance restrictive, le félicité-je faussement pour flatter son ego démesuré.

– Faut croire que j'aime le risque ! Mais j'ai été déçu, je pensais que ces grosses brutes réagiraient davantage à la provocation et qu'il y aurait de l'action.

– Ils sont plus intelligents que tu ne le crois. Ils ont senti le coup foireux à des kilomètres et moi aussi.

– D'ailleurs, sympa ta petite chanson à cœur ouvert…

– Heureuse que tu aies compris qu'elle t'était destinée.

– Ceci étant, tes réactions ont surpassé mes espérances par moments, cette dispute avec ta mère dans le bar, un soir… Waouh, grandiose. Digne d'une tragédie grecque ! C'est ce qui a fini de la convaincre car elle est longtemps restée réticente sur cette idée d'internement. Ton père, lui, en revanche, boit mes paroles depuis toujours. Je suis le fils qu'il n'a jamais eu. On a un lien fort.

– Vous vous méritez tous les deux.

– Enfin je devrais dire : nous avions un lien fort… ajoute Derek en souriant affreusement.

– Qu'est-ce que tu lui as fait ?

– Parce que tu t'en soucies encore ?

Il n'a pas tort et face à mon silence, Derek reprend le plus calmement du monde :

– Il a eu un bête accident en franchissant cette porte tout à l'heure.

– Je vois.

Je dois rester forte, ne pas montrer qu'il me fait peur, car je ne vais pas mentir, je me sens vulnérable ainsi ligotée et seulement vêtue de mon pyjama de gamine. Je suis terrorisée en réalisant que Derek a sûrement tué Bob, qu'il a franchi cette ligne sans afficher le moindre remords ou scrupule. Pire, il s'en amuse ouvertement. J'ai face à moi un parfait inconnu, cruel, capable de m'ôter la vie pour parvenir à ses fins. Rien ni personne ne semble plus pouvoir l'arrêter, et cette réalité glace le sang. Alors j'utilise ma colère brûlante envers cet homme pour tenir, et lutter contre le froid humide de la pièce et de mon corps.

– Bref, mon plan se déroulait à merveille. J'étais à deux doigts de réussir à te faire interner pour de bon quand mes petits secrets m'ont rattrapé. Ça devait arriver, j'imagine, souffle-t-il faussement désabusé.

– Quel coup du sort, raillé-je. Comment as-tu réussi à échapper au FBI d'ailleurs ?

– Tu sais, tout le monde ne me déteste pas, Judy, contrairement à ce que tu crois. J'ai encore des amis, et ils m'ont prévenu lorsque le mandat de perquisition est tombé. J'ai juste eu le temps de m'habiller et de fuir. Ces idiots du FBI ont presque réussi leur coup en faisant ça un dimanche matin aux aurores, c'était très malin de leur part, je l'admets.

– Donc si je résume, tu savais qu'on enquêtait sur toi mais tu es resté dans le Colorado plutôt que de te mettre à l'abri.

– J'avais une vengeance à accomplir, j'ai pris ce risque !

– C'est insensé et complètement tordu !

– Les gens peuvent faire des choses dingues par haine. T'as même pas idée…

– Maintenant si…

– Car je te hais tellement, Judy Myers. Je hais ce que tu me fais ressentir ! répète-t-il, le regard fou en avançant vers moi.

Derek est en train de perdre pied, il me faut vite changer de sujet et calmer le jeu.

– Donc mon père t'a caché ici ? je lui souffle.

– En effet, il m'a aidé spontanément. Je n'ai pas eu besoin de le convaincre de quoi que ce soit. J'avais si bien travaillé les mois précédents pour te faire passer pour folle qu'il s'est mis en tête que tu étais responsable de toute cette histoire. Il s'est persuadé de mon innocence et de celle de mes collègues. Apparemment, il a préféré croire que sa fille était une menteuse manipulatrice plutôt que d'accepter le fait qu'il déjeunait tous les mercredis midi avec des flics ripoux. Il s'est dit qu'en arrivant à te faire interner comme prévu, tout le monde saurait que je n'y étais pour rien. Il espérait même me voir innocenté. Hier soir, il cherchait encore un moyen de te faire sortir de ton trou paumé pour t'éloigner de cette meute de bikers, puis il a reçu ce SMS providentiel de ta mère disant que tu étais chez eux à boire le thé ! Alors, il a sauté sur l'occasion et est venu te cueillir au petit matin dans ton sommeil. Honnêtement, jusqu'au dernier moment, je ne pensais pas que son plan foireux fonctionnerait, mais les planètes se sont alignées…

– Tu lui as menti !

– Judy, tu n'écoutes pas ! T'es agaçante comme toujours. Non, je n'ai pas menti à Bob, seulement je ne l'ai pas contredit dans son délire. Nuance. C'est lui, le menteur. Il a de lui-même caché les choses à ta mère car elle commençait à douter de moi. Elle voulait entendre ce que tu avais à dire.

– Je sais, elle m'a crue, soufflé-je.

– Un peu tardivement, tu ne trouves pas ?

– Mieux vaut tard que jamais ! Elle m'a crue, c'est tout ce qui compte !

– C'est certain.

– Mais je n'irai jamais dans cet hôpital à présent, n'est-ce pas ?

– Non en effet, j'ai changé d'avis. Car comme tu l'as fait si justement remarquer tout à l'heure, ce n'est qu'une question de temps avant qu'on me retrouve. Je suis fait comme un rat ici. Je suis parti sans rien, ton père a fait ce qu'il a pu, il m'a acheté un téléphone prépayé pour qu'on puisse échanger et m'a donné un peu d'argent mais ça ne me sauvera pas. Donc je me suis dit, et si Judy me rejoignait ? Et si je persuadais Bob de faire un crochet par sa cabane sur le chemin de l'hôpital ? Et nous voilà enfin tous les deux réunis une dernière fois, en tête à tête. Sans personne pour nous déranger... C'est inespéré.

– Et tu vas faire quoi ? Me violer moi aussi ? Me tuer ? Ou alors mieux, nous tuer tous les deux ?!

– Peut-être...

Je me fige et face à la menace bien réelle, je craque. Autant partir en beauté...

– Tu n'es qu'un lâche, jamais tu ne te suicideras ! Tu vas croupir en prison ! Tu fais croire que tu as le contrôle sur tout mais c'est faux ! La vérité est que tu as perdu pied depuis longtemps ! Dès l'instant où tu as senti que toi et moi ça se finirait ! Dès l'instant où tu m'as sentie t'échapper pour de bon ! Alors tu m'as pourri la vie jusqu'à ce que je craque pour ensuite dire que tout était de ma faute, comme d'habitude !

– Tais-toi !

– Non, à mon tour de parler ! Me voir partir t'a rendu désespéré et me savoir avec Max t'a fait péter les plombs ! Je ne suis pas la seule à m'être donnée en spectacle, toi aussi, t'as dérapé et t'as commis des erreurs.

– Absolument pas ! éructe-t-il.

– Oh que si ! Tu m'as giflée, tu te souviens ? Tu m'as salement amochée, et cette fois ma plainte a été entendue ! Tu ne pouvais rien faire ! Même sans cette enquête pour viol, j'aurais gagné... Alors arrête de dire que tout était voulu, parce qu'on sait, toi et moi, que ce n'est pas vrai.

– Tu mens !

Brusquement Derek se lève et approche son visage du mien, nos nez se frôlent.

– T'es qu'une salope ingrate ! hurle-t-il.

Son haleine fétide me donne envie de vomir.

– J'ai fait tout ce que j'ai pu pour sauver notre couple ! Tout, t'entends ! reprend-il.

– Question de point de vue... Moi je trouve que tu as surtout tout fait pour que je te haïsse.

– Non, c'est faux ! J'ai cherché des solutions !

– Tu veux dire comme le chantage affectif ? Ou les manipulations perverses en tous genres ? Tu sais, comme cette fois où tu m'as fait culpabiliser d'avoir mes règles le jour de ton anniversaire ! Ou encore cette fois où je n'avais pas mis la tenue qu'il fallait pour aller voir tes parents. À moins que tu ne parles de cette fois où tu as dit ne plus reconnaître avec qui tu couchais parce que j'étais devenue grosse ? Non, mieux encore, il y a toutes ces fois où j'ai fini par pleurer en silence dans le jardin car je pensais être une personne horrible, responsable de tes malheurs, avant de découvrir que tu me trompais, espèce de chacal hypocrite !

– Ça suffit !

– Ah oui ? Dommage car j'ai encore un million d'exemples. Et sache que maintenant la culpabilité, le chantage, les mensonges ne fonctionnent plus sur moi. Je te vois pour ce que tu es Derek ! Une pauvre merde !

Je choisis ce moment pour succomber à la tentation et je lui crache entre les deux yeux avec une précision qui me surprend moi-même.

– Espèce de... ! rugit-il en me giflant.

Qu'il me frappe autant de fois qu'il en a envie, cela n'a plus d'importance à présent, rien ne peut me faire plus mal que ces huit ans avec lui.

– Tu me dégoûtes, murmuré-je.

– Non, toi tu me dégoûtes ! J'ai vu les photos et les messages que t'as envoyés à ce connard de biker ! Une vraie chaudasse, ma parole ! Qui aurait cru qu'une *porn star* se cachait en toi ? D'ailleurs si tu m'avais baisé avec autant de conviction que tu le baises lui dans sa caisse, peut-être que je me serais montré plus gentil.

– Va au diable, Derek. Je te l'ai dit, tes insultes ne m'atteignent plus.

C'est faux, me rappeler qu'il a vu des choses n'appartenant qu'à Max et moi m'ébranle, mais Derek ne doit pas le savoir. Hors de question que je lui fasse ce cadeau.

– Petite Judy est devenue grande, dis donc, raille-t-il. Finalement je vais peut-être remercier Max pour t'avoir rendue si teigneuse, ça m'excite.

– Fais donc, et dis-lui où nous sommes au passage !

– Bien tenté mais non, je ne suis pas stupide. D'ailleurs je n'ai qu'un seul regret…

– Lequel ?

– Si je te tue, puis que je me tue, je ne verrai pas la souffrance de cet idiot lorsqu'il comprendra que t'es morte, me susurre Derek en se penchant à nouveau vers moi.

Cette fois je n'hésite plus, prise d'un élan de courage – ou de folie désespérée –, je tente ma chance et lui mords le nez de toutes mes forces. Son cartilage craque sous mes dents, s'enfonçant dans sa peau, ma bouche se remplit de sang chaud et Derek vocifère de douleur contre mes lèvres.

Le goût ferreux et la sensation sont atroces, je retiens de violents haut-le-cœur à présent. Malgré cela je me sens puissante, car il est hors de question que je meure sans l'avoir fait lui aussi souffrir.

Derek, hurlant toujours, recule puis plaque ses mains sur son visage maculé de rouge. La scène est irréelle.

– Tu vas me le payer cher !

En prononçant ces mots, il saisit au mur une paire de gros ciseaux de chasse pour découper le gibier et se rue sur moi.

59

URGENCE

Max

Je choisis de gérer mon stress ce mercredi midi en bossant sur ma bécane avec Loris et Rock. Depuis que j'ai déposé Judy chez ses parents hier, j'ai le besoin viscéral d'y retourner et de la charger de gré ou de force sur ma Triumph pour l'éloigner au maximum de ces gens qui ne la méritent pas.

La savoir au cœur même du cyclone me noue le bide, mais elle est adulte et libre de ses choix. Elle a suffisamment souffert par le passé de l'oppression exercée par Derek, alors je prends sur moi pour que jamais plus elle ne se sente prisonnière d'un homme.

Et si elle ne revient pas, comme il y a dix ans ?

– Des nouvelles de Judy ? s'enquiert Loris, perspicace et lui-même affairé sur sa moto.

– Aucune depuis hier soir.

– Laisse-lui du temps. Elle renoue avec ses parents, c'est pas évident vu leur ouverture d'esprit… déclare Rock posément.

– Je sais.

– Tu vas la chercher après le boulot de toute façon ?

– Ouais, elle m'a promis qu'on irait voir mon grand-père demain.

– Houhou, tu la présentes au Vieux Maxime. C'est donc sérieux à ce point entre vous ? me taquine-t-il.

– Je l'espère, murmuré-je, inquiet.

Rock, le visage plein de cambouis, me lance un grand sourire chargé de sous-entendus mais alors que je vais pour l'envoyer chier, mon téléphone sur le sol sonne, affichant le prénom de Judy. Mon stress se dissipe instantanément et je décroche à toute vitesse sous les regards amusés de mes frères.

– Hey, Blondie, la nuit s'est bien passée ?

Pas de réponse, si ce n'est en retour une respiration douloureuse accompagnée de pleurs.

– Judy ? Qu'est-ce qu'il y a ? m'inquiété-je, sentant mon sang se glacer.

Rock et Loris se figent également, puis approchent tandis que je bascule l'appel sur haut-parleur.

– Judy, parle-moi !

– C'est Isabella, sanglote alors sa mère dans le téléphone.

– Passez-moi votre fille !

– Elle n'est plus là. Il l'a emmenée de force. Il est devenu fou…

– Qui ? Derek ?!

– Non, son père !

– Que s'est-il passé ? Et ne me mentez pas !

Je lutte afin de conserver mon sang-froid car si je perds pied maintenant je serai inutile pour venir en aide à Judy, malheureusement les révélations de sa mère me compliquent la tâche.

– Il est arrivé très tôt ce matin. Il l'a surprise dans son sommeil pour la droguer de force, pleurniche-t-elle.

– QUOI ?!

– J'ai tenté de l'en empêcher, mais il m'a poussée et je me suis cognée. Quand j'ai repris connaissance, il n'y avait plus personne.

– Et vous ne m'appelez que maintenant ?! m'insurgé-je.

– Je ne savais pas quoi faire. Je vois trouble… Je viens seulement de trouver son téléphone ! Heureusement, elle n'a pas mis de code. Je me suis dit que vous, vous pourriez aider…

– Et appeler immédiatement les secours ne vous a pas traversé l'esprit ?

– Ce n'est pas si évident, Bob a une ordonnance d'internement approuvée par notre médecin de famille et signée par… nous. Il a le droit de l'emmener aux urgences psychiatriques. La police ne pourra rien faire.

– Aux urgences psychiatriques ?! Mais Judy n'est pas folle ! explosé-je.

– Je sais ! Je sais ! Et je regrette tellement d'avoir signé ce maudit papier. Je vous le jure ! Faites quelque chose, Max ! Elle ne peut pas rester là-bas.

– Ça c'est clair ! Savez-vous où Bob l'a emmenée ?

– Oui… Au Cedar Springs Hospital. J'ai si mal à la tête, j'ai envie de vomir… Max, allez la récupérer. Par pitié !

– Je m'occupe de Judy et vous, appelez le 911. Votre blessure paraît sérieuse.

– Mer…

Je lui raccroche au nez et plonge mon regard ahuri dans ceux de Loris et Rock, également sous le choc. À l'instant, ma colère envers Bob Myers me pousse à mettre ce monde à feu et à sang et il va me falloir beaucoup de volonté pour ne pas passer à l'acte.

Focus, Max. Étape un : récupérer Judy.

– On y va, je préviens Olivia ! lance Rock.

– Y en a pour au moins trois heures de route, et il est déjà midi ! craché-je.

Je m'attrape les cheveux puis les joues en fixant mes pieds dans l'optique d'ordonner mes idées et de mettre en place un plan d'action efficace.

– Raison de plus pour partir sur-le-champ. On va la sortir de là, Max. J'appelle le Doc pour qu'il nous y rejoigne. Ils ne pourront pas la garder s'il y a le moindre doute que cet internement est injustifié, intervient Loris.

– Je vais appeler les urgences psy pour être certain qu'elle a été admise là-bas et qu'on n'y aille pas pour rien, expliqué-je.

– Tu ne fais pas confiance à sa mère ? soupçonne Rock.

– Non, ni à son père.

Mon intuition me donne malheureusement raison et après de nombreux appels, nous devons accepter qu'aucune Judy Myers n'a été admise aux urgences psychiatriques des hôpitaux du comté de Colorado Springs, ou des alentours.

– On fait quoi ? marmonne Loris.

– Laisse-moi rappeler sa mère.

Isabella décroche sur le téléphone de sa fille dans la seconde.

– Oui ?

– Vous m'avez menti, Judy n'est dans aucun service psychiatrique de l'État du Colorado !

– Si, je vous jure. Il était convenu qu'on l'amène là-bas !

– Réfléchissez, Isabella ! Y a-t-il un autre endroit où votre mari a pu l'amener ? Un endroit qui aurait du sens pour lui ?

– Non, non, aucun.

– Fait chier ! éructé-je, à bout de nerfs, la peur au ventre.

Un lourd silence résonne dans le téléphone entre nous et alors que je vais raccrocher, Isabella reprend :

– Bob a bien un abri de chasse près du réservoir de Taylor Park mais y a aucune raison pour qu'il l'ait emmenée là-bas. Il y va seulement pour se changer les idées.

– L'adresse.

– Quoi ?

– Envoyez-moi l'adresse de cet abri par SMS. Vite !

Et je lui raccroche au nez à nouveau. Mon monde est sur le point de s'effondrer alors je me débats pour tenir bon. Judy est en danger, certainement effrayée, voire blessée et cette idée me révulse. Je ne peux pas la laisser tomber, je ne peux pas la perdre… D'aucune façon.

– On va se rendre à cette cabane, je crache.

– Tu crois ? me demande Rock.

– Ouais. Une intuition. Pendant ce temps, tu envoies Vince et Eddy revérifier les hôpitaux de Colorado Springs et pas que les urgences psy.

– Et le Doc, et Bounce ? Ils pourraient aussi nous aider, ajoute Loris.

– Qu'ils nous rejoignent avec l'ambulance au réservoir de Taylor Park, au cas où… Derek est en fuite, il n'a pas pu aller bien loin mais il est proche de son ex-beau-père.

– Au point de le protéger des fédéraux ? s'étonne Rock.

– Carrément ouais, et Derek ne lâcherait pas Judy aussi facilement. Je me demande si cette histoire d'internement n'est pas un prétexte. Je le sens dans mes tripes, grondé-je.

– Alors, allons-y, ordonne Rock.

– Vous êtes armés ? s'inquiète Loris.

– J'ai mon couteau, ça fera l'affaire, je rétorque.

– Et moi, mon Glock, tranche Rock.

À cet instant je reçois l'adresse de la part d'Isabella, et nous prenons la route sans plus attendre en direction du lac de Taylor Park. La peur me broie les entrailles, la colère aussi car si jamais il manque ne serait-ce qu'un cheveu à Judy, je ne réponds plus de rien.

Cette situation affreuse et douloureuse aura au moins un avantage… Celui de m'obliger à admettre que j'aime Judy Myers.

Il y a dix ans, elle m'a marqué au fer rouge près de ce lac et depuis j'erre le cœur en berne, cherchant à éprouver la même chose.

Il est donc hors de question que quoi que ce soit nous vole notre seconde chance.

60

PRÈS D'UN LAC

Max

Nous roulons bien au-dessus des limitations de vitesses autorisées, faisant fi des risques, et moins de trois heures plus tard, nous débarquons enfin près du fameux lac, sur un parking où une seule voiture est garée. Nous l'inspectons rapidement mais rien ne nous permet de confirmer qu'il s'agit de celle de Bob Meyers et malheureusement, la localisation GPS envoyée par la mère de Judy indique qu'il nous reste encore trente bonnes minutes de marche pour parvenir à l'abri de chasse. Nous abandonnons donc nos motos à couvert sous des épicéas sans perdre davantage de temps, puis nous nous enfonçons dans la forêt bordant l'immense réservoir d'eau.

Au fur et à mesure de notre progression, la végétation se fait de plus en plus dense, et le chemin de moins en moins praticable. À cela s'ajoute le début d'un orage ; il gronde au loin mais le vent se lève déjà ici, accompagné d'une fine pluie rendant le sol glissant.

– Je préviens le Doc et Bounce qu'ils ne pourront pas se garer près de la cabane ! lance alors Rock derrière moi.

– Dis-leur aussi que le temps vire à l'orage là où nous sommes. C'est la merde, je rétorque.

Après ce bref échange nous pressons le pas dans un silence absolu, chacun priant pour que Judy se trouve au bout de ce satané sentier.

Pour ma part j'ai peu de doutes, comme si ce lien invisible entre elle et moi me guidait dans la bonne direction. D'ailleurs mon angoisse grimpe en flèche car je la devine en grave danger, luttant pour sa survie. Là encore je ne saurais expliquer comment je le sais, ni comment je le sens, mais j'en suis persuadé et cela me suffit pour ne rien lâcher.

Une intuition détestable me colle à la peau depuis que j'ai abandonné Blondie sur le pas de la porte de ses parents. J'aurais dû insister, la raisonner ou trouver un moyen de la garder auprès de moi, en sécurité.

Sans difficulté, j'imagine sa terreur face à la folie de son père. J'entrevois son incompréhension tandis qu'il l'a violentée au réveil pour la traîner de force jusqu'ici.

Comment peut-on faire ça à sa propre fille ?

Rien ne justifie une telle inhumanité, en revanche ma vengeance sur Bob Myers, elle, sera on ne peut plus légitime.

Je suis à bout de nerfs, les minutes me donnent l'impression de devenir des heures, s'étirant sur ce chemin boueux qui n'en finit plus. Mes pensées sombres me hantent, elles nourrissent mon désarroi alors je puise dans mes dernières ressources pour ne pas sombrer.

Touchant enfin au but, au creux de la forêt, nous pourrions croire que la nuit est en train de tomber car les arbres sont si hauts qu'ils filtrent les rayons du soleil.

– Je le vois, chuchoté-je, en apercevant un abri à moins de quinze mètres sur notre droite.

Mon cœur s'emballe alors dans ma poitrine et mon sang me bat si fort les tempes que la réponse de Rock me parvient étouffée :

– Y a un truc à côté de ce tronc, là sur la gauche, on dirait…

– Un corps, finit Loris.

Le plus silencieusement possible nous nous ruons sur la masse inerte, effondrée près d'une vieille souche. Au vu de la corpulence de l'individu, je sais déjà qu'il ne s'agit pas de Blondie mais je le retourne quand même avec appréhension.

– C'est le père de Judy, Bob, murmuré-je en récupérant ses clés de voiture au cas où.

Il est inutile de préciser que l'homme est mort ; son visage enflé, ses lèvres violettes et ses yeux fixes exorbités sont sans appel. Il n'est plus de ce monde depuis un petit moment déjà. Il a très certainement été étranglé comme le suggèrent les traces rouges de ligatures autour de son cou. Pour lui, le karma aura frappé presque immédiatement.

– Je doute que Judy ait fait ça elle-même. Il y a forcément une troisième personne, me souffle Rock.

– Oui. Et je parie ma vie que c'est Derek.

– Mais pourquoi tuer son unique allié ici ? s'étonne Loris.

– Parce qu'il est désespéré. Il veut être seul avec Judy pour…

À cet instant le cri aigu d'une femme, hurlant de douleur, électrise l'air humide autour de nous. J'ai la sensation que l'on m'arrache les entrailles. Sa souffrance est ma souffrance. Sa peur, ma peur.

– On y va ! ordonné-je.

– Max, attends ! Il nous faut au minimum un plan d'action, gronde Rock.

– Il est seul contre nous trois, c'est ça le plan !

– Et je préférerais que ça ne tourne pas en bain de sang s'il est armé, rétorque-t-il.

– Bien sûr qu'il est armé. On parle d'un flic fou en fuite dans une cabane de chasse ! surenchérit Loris.

– OK. Dans ce cas, j'y vais en éclaireur. Vous, vous restez dehors incognito. Derek croira que je suis seul. Il se sentira moins menacé et, j'espère, ne fera rien de stupide. Mieux, il baissera sa garde. Lorsque je vous donne le signal, vous intervenez et on se débrouille pour le maîtriser. Ça vous va comme *plan* ?

– J'imagine, me répond Rock un brin sarcastique.

– Et c'est quoi le signal ? ajoute Loris.

– « Blondie ». Dès que j'appelle Judy comme ça, vous entrez.

Chacun acquiesce, puis nous approchons discrètement de l'abri, étrangement calme désormais.

Je prends une profonde respiration pour ne pas laisser l'urgence désarticuler mes gestes. Mon handicap, réveillé par la peur, ne doit pas me faire échouer ni trébucher cette fois-ci.

J'espère simplement qu'il n'est pas déjà trop tard et repousse les images associées à cette idée loin dans mon esprit ; c'est inenvisageable.

Judy est vivante et dans quelques minutes, si j'assure, je pourrai la serrer contre moi pour ne plus jamais la lâcher.

Il pleut à verse désormais, ce qui amortit nos pas et camoufle le bruit de nos chuchotements mais me brouille aussi la vue.

Rock et Loris se positionnent de part et d'autre de la porte, puis après un ultime échange de regards, j'enfonce le battant d'un violent coup d'épaule.

Le bois craque, cède, et ce que je découvre dans cette cabane me laisse sans voix l'espace d'un instant.

Derek est penché au-dessus de Judy, elle-même recroquevillée sur un vieux lit miteux. Il y a du sang partout sur le drap sale, mais pas seulement : le sol est jonché d'un étrange sable doré.

– Max ?! hurle Blondie en m'apercevant sur le pas de la pièce.

Derek, tout autant surpris qu'elle, desserre sa prise et bondit hors du lit pour se placer devant en position défensive. Libérée, Judy peut alors se redresser et je distingue avec effroi qu'il ne s'agit pas de sable par terre…

Tandis qu'elle me fixe de ses grands yeux bleus terrorisés, je comprends que sa magnifique tresse n'est plus. Derek a fait un véritable carnage dans sa chevelure, en coupant à ras grossièrement l'ensemble de ses beaux cheveux blonds.

– N'approche pas ou je lui tranche la gorge, cette fois-ci ! beugle-t-il en brandissant une paire de ciseaux de chasse.

Je mets les mains en évidence, preuve que je ne suis pas, en apparence du moins, armé. Analysant rapidement la situation, je remarque le visage blessé de Derek, comme s'il avait été attaqué par un animal sauvage, puis je constate ensuite que la bouche de Judy est elle aussi cernée de sang séché.

L'animal sauvage, c'est elle.

Cette déduction m'arrache un sourire de satisfaction perverse, je suis fier de la rage de vivre dont elle a fait preuve. En revanche, moi, je ne serai pas si clément…

– Laisse-la partir. Réglons ça comme au bon vieux temps, juste nous deux, proposé-je à Derek.

– Dans tes rêves !

J'effectue un pas sur la droite et il fait de même instinctivement pour conserver la distance entre nous. Il tente alors de s'essuyer le visage d'un revers de manche mais ne fait qu'étaler davantage le sang suintant de son nez blessé.

– Judy, ça va ? lui demandé-je.

Ses lèvres tremblent mais elle ne me répond pas, au contraire elle presse davantage sa main gauche contre le haut de son pyjama, lui aussi sale et taché.

– Judy, es-tu blessée ? Je dois savoir, répété-je.

– Recule ! insiste Derek en jetant un coup d'œil suspicieux au vieux fusil accroché au mur.

– Je n'ai rien de grave, ça va, finit par gémir Judy.

Mon instinct me souffle le contraire mais pour le moment mon objectif premier est de pousser au maximum Derek vers la porte, ainsi Rock et Loris auront plus de facilités à le maîtriser.

– OK, je recule. Regarde !

Tout en faisant un pas en arrière, j'en esquisse également un sur la droite, puis je réitère le mouvement plusieurs fois. Sans s'en rendre compte, l'autre taré bouge en miroir face à moi, augmentant ainsi la distance entre lui et Judy, et réduisant celle qui le sépare de l'entrée.

Encore un peu… Juste un peu.

Mon cœur tambourine contre mes côtes dans un mélange de peur et de colère. Ce cocktail explosif est le stimulant dont j'ai besoin pour rester concentré sans me précipiter. Judy est si proche de moi désormais ; à moins de trois enjambées, mais je ne serai rassuré que lorsqu'elle et Derek ne seront plus dans la même pièce.

– Comment t'as su où nous trouver ?! gronde alors Derek.

– Qu'importe, je suis là maintenant. Lâche ces ciseaux. Tu peux encore choisir de ne pas empirer ton cas.

– Va chier, Summerland !

Puis Derek éclate d'un rire cruel et sans prévenir il s'élance vers le mur près de la porte où est accroché le vieux fusil de chasse.

– Blondie, couche-toi ! hurlé-je de toutes mes forces.

Cette dernière obéit tandis que Rock et Loris font irruption dans la pièce en entendant le signal.

Je me jette alors sur le lit pour protéger Judy le temps que mes frères de clan, de leur côté, maîtrisent Derek. Allongé sur elle, je fais écran. Je la recouvre de tout mon corps et nos regards se noient l'un dans l'autre.

– Je suis là, lui murmuré-je. C'est fini.

Le bleu de ses beaux yeux se voile et elle se met à pleurer sous mon torse puis me presse contre elle dans un soupir de soulagement si intense qu'il me fend le cœur en deux. Tout en lui chuchotant à l'oreille des paroles réconfortantes, je caresse ses cheveux saccagés puis son visage baigné de larmes.

Pressé par l'angoisse d'avoir failli la perdre pour toujours, je manque de lui avouer certains de mes sentiments, mais pas ici, pas maintenant.

Judy love sa joue au creux de ma paume tel un chat quémandant de la tendresse, elle me respire, s'assurant de ne pas rêver.

– C'est bien moi, je réitère en embrassant son front.

– Pour de vrai ?

– Pour de vrai.

Soulagé, je réalise à mon tour qu'elle est sauve dans mes bras et en essayant d'apaiser ses tremblements erratiques, je me souviens de sa main gauche étrangement enroulée dans un bout de drap déchiré.

– Qu'est-ce qu'il t'a fait ? grincé-je.

– Ça n'a plus d'importance.

– Montre-moi ! C'est plein de sang…

– Non… dit-elle en grimaçant.

Mais j'insiste, parvenant à défaire son pansement de fortune, et parmi des lambeaux de chairs meurtries je découvre avec horreur que son annulaire gauche a été sectionné à la base même de sa paume. Judy, livide, détourne le regard.

– Putain ! craché-je.

– C'est pour avoir refusé sa demande en mariage. Mais je ne sens plus rien et je crois que ça a déjà arrêté de saigner, chuchote-t-elle encore sous le choc.

– Le Doc est en chemin. Continue de faire pression dessus, lui intimé-je en me relevant.

Animé d'une fureur sans nom, je me tourne, puis traverse la pièce jonchée des cheveux dorés de Judy. Ma vision se réduit à un seul point : le visage de ce connard.

Plaqué sous Rock et Loris, Derek se débat toujours au sol avec l'énergie du désespoir, on dirait même qu'il cherche à les provoquer mais ni l'un ni l'autre ne cèdent. Contrairement à moi, ils parviennent à garder leur calme face à ce monstre.

– Tuez-moi ! leur crie-t-il.

– Pour me salir les mains de ton sang ? Jamais ! rétorque Rock.

– Ce serait trop facile. Je préfère te voir croupir en prison… surenchérit Loris, victorieux.

Je sais qu'ils ont raison, mais à cet instant ce n'est plus la raison qui guide mes actes. Mon bon sens a disparu et je ne suis que douleur, rage et rancœur. Ces derniers mois me rattrapent si violemment que j'arrête de respirer, pris d'une frénésie vengeresse incommensurable. Elle me brûle de l'intérieur, impérieuse et séductrice.

Derek ne répand que souffrances autour de lui depuis toujours, il s'en délecte, s'en nourrit.

J'entends Judy me crier quelque chose sans en discerner le sens, rendu sourd par la fureur me martelant le crâne de l'intérieur.

– Poussez-vous ! ordonné-je à Rock et Loris.

– Non, m'oppose Rock. Tu n'arriveras pas à t'arrêter et il n'attend que ça…

– Il lui a coupé un doigt ! Il lui fait vivre un enfer depuis des mois, et ensuite il la traîne ici pour la torturer. Il l'aurait tuée si on n'était pas intervenus à temps !

– Je sais. Mais Judy est vivante et c'est grâce à toi, Max. Reste focus !

Pendant ce temps Derek me fixe toujours, un sourire de provocation vissé aux lèvres, alors c'est plus fort que moi, je vrille… Je lui décoche un premier coup de pied là où je peux, puis un second, puis un troisième.

Il braille de douleur sans perdre connaissance pour autant, il me semble même l'entendre rire entre deux insultes.

Ce type est le mal incarné, je dois y mettre un terme, maintenant.

– Max ! Il en vaut pas la peine ! crie Loris en me voyant chercher mon couteau.

Alors il bondit pour me stopper, libérant de ce fait les poignets de Derek qui en profite pour saisir le fusil de chasse au sol. Rock se penche, tente de le lui arracher et s'ensuit une nouvelle lutte acharnée pendant laquelle un coup de feu assourdissant retentit dans la pièce.

– Putain ! grogne Rock.

Il parvient enfin à ôter l'arme fumante des mains de Derek puis à le maîtriser de nouveau, empêchant un second tir, mais c'est trop tard, le mal est déjà fait…

Je vis la scène au ralenti lorsque Loris s'effondre dans mes bras, haletant de douleur.

– Non ! je crie.

– Je ne peux pas t'aider, Max. Trouve où il a été touché. Vite ! m'ordonne Rock.

Pendant que je m'exécute, Judy se lève à son tour et vient ramasser le fusil, s'assurant cette fois qu'il est hors de portée de ce fou furieux de Derek. Mieux encore, malgré sa main abîmée, elle le met en joue telle une vraie GI Jane.

– Si tu bouges, je te vise les couilles et ferai en sorte que t'y survives ! lui crache-t-elle au visage.

Sous son regard flamboyant de colère, Derek prend la menace au sérieux, permettant ainsi à Rock de le maintenir plus aisément. De mon côté j'assois Loris contre l'un des murs et cherche frénétiquement sa blessure. J'ouvre son cuir puis palpe son jean mais ne constate rien d'anormal sur son ventre, sa poitrine ou ses cuisses.

– Dans mon dos, me murmure alors Loris. Je ne sens presque plus mes jambes.

– OK, laisse-moi te tourner pour voir.

– Non. Ne me touche pas !

D'un grand geste du bras il me repousse brutalement, ce qui lui arrache un nouveau cri de douleur. Son visage a perdu toutes couleurs, il sue à grosses gouttes et sa respiration devient sifflante. J'y entends ce crépitement caractéristique lorsqu'il inspire par la bouche et cela n'augure rien de bon.

– Fait pas chier, Loris ! Laisse-moi regarder.

– Non ! Recule !

– Je dois faire compression sur la plaie le temps que le Doc arrive !

– N'essaye même pas. Mon sang transporte le mal.

– Mais tu vas crever si je ne fais rien !

– Hors de question que je prenne le risque de te refiler cette merde.

– Loris, t'es plus contagieux ! Ta charge virale est trop faible. Le Doc nous l'a encore répété le mois dernier.

– Je m'en fous. Reste loin de moi, Max !

À présent du sang est apparu sous lui, s'écoulant de façon abondante le long de ses jambes.

Il est impossible qu'il meure ainsi, en partie par ma faute ; alors je m'approche de nouveau pour accéder à sa blessure, mais bien que mal en point, Loris trouve la force de me filer un violent coup de poing dans l'épaule. J'échange un regard désemparé avec Rock puis avec Judy, l'un comme l'autre me font comprendre d'insister jusqu'à réussir.

Désespéré, je repars à l'assaut pour secourir cet idiot borné qui finit par abdiquer après ma sixième tentative, non sans m'insulter copieusement au passage. Enfin, je parviens à l'allonger sur le côté et découvre l'ampleur de sa blessure, retenant de justesse un juron. Le coup de fusil a perforé sans difficulté son blouson de cuir pourtant épais, puis a fait de même avec sa peau, en plein milieu du dos pour le réduire en une bouillie de chairs et d'os.

Je ne suis pas médecin mais la situation me paraît mal engagée, alors je n'ose plus regarder Rock ni Judy, de peur de lire dans leurs yeux ce que je refuse encore d'admettre.

Loris ne mourra pas !

Perdant mon calme, je tente de limiter l'hémorragie en comprimant maladroitement la zone d'impact.

– Non, non, non, scandé-je.

En vain, je sens littéralement la vie de mon frère blessé me filer entre les doigts… Sa respiration s'alourdit puis ralentit, tandis qu'il ferme les yeux pour chercher l'une de mes mains à tâtons.

– Reste avec moi, Loris. Je te jure, si tu crèves ici, je viens personnellement te botter le cul de l'autre côté !

Un sourire amusé se dessine sur ses lèvres :

– Ne sois pas pressé, t'as Judy à présent. Elle a besoin de toi et toi d'elle, souffle-t-il.

Cette dernière retient un sanglot étranglé, Rock lâche une flopée d'insultes trahissant sa peine et Derek, fort heureusement, ferme sa grande gueule, pour une fois.

– Promets-moi une chose, Max, reprend Loris avec difficulté.

– Tout ce que tu veux.

– Ne te sens pas coupable. Mon heure était venue.

– Tais-toi ! Tu peux encore tenir. Le Doc va arriver.

– Ce fut un honneur de rouler à vos côtés.

– Arrête de parler ! Garde tes forces, Loris !

– Ça me manquera, mais je sais qu'on se retrouvera.

Loris fatigue, ses expirations s'espacent et sa main dans la mienne se relâche alors je m'y agrippe davantage, avec l'espoir fou de l'empêcher de nous quitter à jamais.

C'est trop tôt !

On a encore tant de choses à se dire, tant de choses à partager.

– Comment on va faire sans toi, Chuck Loris ? murmuré-je, anéanti.

Cette fois, je n'obtiens pas de réponse.

Dévasté par l'irréalité du moment, je tente le tout pour le tout et le place sur le dos pour débuter un massage cardiaque. Les sanglots de Judy redoublent d'intensité tandis que je compte jusqu'à trente, puis insuffle deux fois avant de recommencer à zéro. Je me sens devenir fou, contrairement à un Rock sidéré. Je devine à son regard hagard que lui non plus n'arrive pas à y croire. L'instant d'avant Loris se tenait debout à nos côtés et désormais il n'est plus, mais qu'importe, je poursuis mon massage, lui ordonnant de revenir parmi nous :

– Ouvre les yeux, Loris. Tu m'entends ! Accroche-toi !

Mes larmes se mêlent au sang de mon frère alors que mon souffle devient le sien et que mes mains font battre artificiellement son cœur, en vain.

Je ne saurais dire combien de temps je reste là, à m'acharner sur son corps inerte mais encore chaud pour tenter de lui redonner vie.

Je refuse d'abandonner ni d'admettre que c'est fini.

Loris n'est pas mort.

Les minutes s'écoulent une à une, mes bras me font souffrir le martyre à présent sans que je faiblisse pour autant.

Après un sentiment d'éternité, je devine que l'on bouge autour de nous. La porte de la cabane s'ouvre puis se ferme à plusieurs reprises. Finalement, une main se pose doucement sur mon épaule et la voix brisée de Bounce traverse mon désespoir pour m'atteindre en plein cœur :

– Max, stop. Loris est parti.

– Non.

– Laisse-nous prendre le relais.

– Non.

Car si je parviens à étirer cet instant alors la réalité ne nous rattrapera pas. Loris continuera d'exister ici et là-bas…

– Amenez-moi Derek, finis-je par lâcher d'une voix désincarnée.

61

AU FOND DU TROU

Derek

Summerland est le premier à me frapper en plein estomac suite à *l'incident*. Son visage est déformé par la haine tandis que le cadavre de son pote gît à ses pieds.

Je suis enfin parvenu à le briser, alors j'exulte en retenant un juron de douleur.

Voir cet imbécile tenter un massage cardiaque désespéré sous le regard de Rock et Judy était jouissif : le cadeau parfait avant de quitter ce monde merdique… Car cette fois-ci, Max ne pourra pas retenir sa vengeance et tout sera rapidement terminé, me permettant d'échapper aux conséquences de mes choix.

Il m'a pris Judy, je lui ai pris un frère, on est quittes à présent, mais il est hors de question que je croupisse en prison pour le restant de mes jours.

Au milieu des cris des uns et des autres, je reçois un second coup me fendant le crâne en deux. La douleur aiguë ricoche le long de ma mâchoire puis m'aveugle avant de me faire perdre connaissance pour de bon.

Inconscient, je me sens flotter au-dessus de mon propre corps sans parvenir à rouvrir les yeux. Cette fois la violence du choc m'a envoyé directement dans un autre monde : celui de souvenirs si vivides qu'ils me paraissent réels.

***

Neuf ans plus tôt

– Cette ville est le trou paumé qu'elle prétend être. Des gens vivent vraiment là ? raille mon père tout en conduisant à vive allure.

– Ouais, plus que tu ne le crois ! Beaucoup allaient au même lycée que moi.

– Parce qu'ils sont éduqués ?

– Ils essayent de l'être… Ce n'est pas très concluant, ricané-je à ses côtés dans la voiture.

L'air chaud et poussiéreux s'engouffre par la vitre baissée et me cingle le visage.

– Heureusement que tu rentres à l'université de Colorado Springs dans deux semaines ! me crie mon père, pour couvrir le bruit.

– C'est clair, c'étaient de vrais demeurés. J'ai besoin de changer d'air !

– Ça ira, fils. Tu n'auras plus à les côtoyer au lycée ni ailleurs. Tu vas te faire de nouvelles connaissances à l'UCCS qui elles façonneront ton futur. Choisis-les bien.

– Je sais. D'ailleurs j'ai été approché par les Kappa Gamma Tau[1] hier. Faut croire que ma réputation me précède déjà !

– Parfait. Je compte sur toi pour faire des prouesses dans l'équipe de natation. Les sélections nationales débuteront en janvier. T'as un peu plus de quatre mois pour te faire remarquer.

– Oui, j'ai compris, tu me l'as rabâché tout l'été…

Mon paternel ralentit en pénétrant dans la ville, puis se gare alors le long du trottoir, devant un cimetière plus accueillant que le reste de ce patelin prénommé Colorado Source. J'ai presque de la peine pour ces abrutis de Rock et Max qui vivent là.

Presque…

– Bon, que ça ne dure pas des heures ton affaire ici, j'ai autre chose à foutre un dimanche après-midi, s'agace mon père en coupant le contact.

– Je sais ! Tu me l'as dit vingt fois !

– Et toi tu viens de me redire que ces gens ne valent rien, alors pourquoi persistes-tu à donner tant d'importance à l'accident de cet été ? Passe à autre chose !

– Parce que ce n'était pas un accident. Max Summerland a mis un truc dans mon shaker de protéines pour se venger. Résultat, je me suis chié dessus en pleine compétition devant tout le monde ! Ça ne peut pas rester impuni.

---

1. Nom de fraternité américaine.

– Et ce Max aurait voulu se venger de quoi déjà ?

– Je te l'ai expliqué ça aussi ! Tu m'éccutes parfois ou tu fais semblant ?

– Je t'écoute, Derek. Je suis juste un peu fatigué !

– Ouais bah fais un effort, l'invectivé-je en ouvrant la portière pour sortir.

– Change de ton, fils, ou je te jure qu'on repart d'où on vient illico ! s'énerve alors mon paternel.

Penché au-dessus du frein à main, il me retient fermement par l'épaule.

– Pardon, c'est juste que parler de ce type a le don de me mettre sur les nerfs.

– Je vois... Maintenant, répète-moi poliment ce qu'il te reproche.

– Max Summerland a abandonné le lycée à la rentrée dernière. Il est persuadé que c'est de ma faute.

– Et c'est de ta faute ?

– Non ! Il était juste trop stupide pour poursuivre ses études mais depuis son échec, il ne me lâche pas et m'en veut à mort. D'ailleurs prête-moi ton arme de service au cas où.

– Certainement pas ! Tu m'as dit que vous alliez seulement discuter d'homme à homme !

– Ça va, je déconne. Attends-moi là et lis ton journal comme prévu, le rassuré-je avec un faux sourire.

– C'était une mauvaise idée, remonte dans cette voiture, Derek, on rentre !

– Non. Je ne serai pas long et me comporterai en véritable gentleman, promis !

Sur ce je sors de la voiture sans attendre puis claque la portière derrière moi, sachant que mon père ne me suivra pas car ce vieux con se ramollit avec l'âge. À une autre époque, il m'aurait proposé de casser la gueule de celui qui avait bafoué mon honneur, mais à présent il préfère que je discute « d'homme à homme » en bon fils civilisé.

Crétin.

Vivement qu'il achète la voiture qu'il m'a promise, ainsi je serai libre de faire ce que je veux, quand je le veux.

Je laisse donc mon paternel sans regret puis remonte la rue principale en suivant à la lettre les instructions de Summerland.

Ce dernier m'a donné rendez-vous dans un parc de son fief pourri pour résoudre nos différends seul à seul avant de ne plus jamais nous revoir, ainsi nous saurons une bonne fois pour toutes qui a le dessus sur qui.

Selon ses indications, le parc devrait se trouver sur la droite après dix bonnes minutes de marche. De mon côté, j'ai fait en sorte d'être largement en avance à notre petit rendez-vous musclé car je compte bien repérer les lieux pour ne pas laisser l'avantage du terrain à l'ennemi. Mais tandis que je passe devant une maison peinte en bleu vif, les cris d'une dispute me parviennent. Alors, intrigué, je stoppe et tends l'oreille :

– Il est hors de question que Judy revienne passer du temps ici, maman !

– Isabella, Judy est grande. Elle rentre à l'université l'année prochaine, tu dois lâcher du lest. Tu dois lui faire confiance.

– Non !

– Cela nous fait un peu de compagnie à ton père et moi...

– Il s'agit de l'avenir de ma fille !

– Et de celui de ma petite-fille ! Elle me manque !

– Alors déménagez et rapprochez-vous de Bob et moi ! Quittez cet endroit.

– Non merci. Ton mari te traite mal... Si toi tu le cautionnes, moi je ne veux pas en être témoin. Cela me brise le cœur.

– N'importe quoi. Bob m'a sauvé la vie ! Sans lui je serais encore droguée et abusée parmi ces fous en Arizona. Et il est hors de question qu'il arrive la même chose à Judy ici.

– Là où tu as fugué ado n'a rien à voir avec Colorado Source. Nous sommes en sécurité grâce au Clan. Ils nous protègent.

– Raconte ça à d'autres, maman ! Je n'y crois pas et je sais pertinemment pourquoi ma fille tient tant à revenir ici. Elle s'est entichée de ce garçon. Et c'est de votre faute ! Il a suffi d'une seule soirée avec ces sauvages pour qu'elle tombe amoureuse de ce moins-que-rien.

– Maxime Summerland est un brave jeune homme, il est loin d'être un moins-que-rien, Isabella. Il aime beaucoup Judy et me demande constamment de ses nouvelles, rétorque la vieille dame à sa fille, qui elle ne décolère pas face à sa mère.

Quant à moi, tapis dans l'ombre d'un arbre, j'espionne cette conversation se révélant fort passionnante mais surtout providentielle.

Ainsi la fille de cette femme, Judy, connaît Max. Mieux encore, il tient suffisamment à elle au point de venir déranger la vieille grand-mère pour avoir des infos.

Plusieurs nouveaux plans tordus de vengeance me traversent l'esprit et me font douter de mon envie première de casser la gueule de Summerland, malheureusement je n'ai pas le temps de creuser le sujet, la voix grave de mon père retentit dans mon dos :

– Qu'est-ce que tu fabriques, planté là ?

– Rien, je me défends, honteux.

– Tu espionnais ces dames ?!

– Non ! N'importe quoi !

Notre échange peu discret n'échappe pas aux deux femmes qui cessent immédiatement de parler tout en nous jetant un regard outré.

– Désolé, mon fils est parfois trop curieux, leur lance mon père depuis le trottoir.

La plus jeune des femmes, âgée d'une quarantaine d'années, abandonne alors sa vieille mère sur le pas de la porte puis approche d'un pas vif, mais une fois arrivée à notre niveau, son air pincé se meut en surprise :

– Shérif Taylor ? C'est bien vous ?! s'étonne-t-elle.

– Isabella ?! Que fais-tu ici ?! s'exclame mon père sur le même ton.

– Je rends visite à mes parents qui vivent là, explique-t-elle.

– Je l'ignorais. Bob n'en a jamais rien dit.

– C'est quelque chose que nous évitons d'ébruiter, vous voyez...

En disant cela, elle embrasse du regard les environs avec un air de dégoût qui ne laisse aucun doute sur ses sentiments à l'égard de l'endroit. Mon père comprend, tout comme moi, que creuser le sujet ne serait pas une bonne idée.

– Je vois... Je ne dirai rien à personne, se contente-t-il de répondre avec un clin d'œil, avant de maladroitement changer de sujet : Et comment va Bob ? Hum... Il n'est pas venu aux dernières réunions des anciens élèves de Newton City High[2].

– Bob va bien. Il s'est lancé dans un nouveau projet. Il construit une cabane de chasse près du réservoir de Taylor Park. Ça lui prend tout son temps libre pour le moment, désolée...

---

2. Lycée de Newton City.

– Oh, ne t'excuse pas, Isabella. J'étais simplement curieux. En tout cas, si Bob a besoin d'aide qu'il n'hésite pas à demander.

Mon père propose cela uniquement par politesse car lui comme moi savons pertinemment qu'il n'ira jamais aider cet homme sur son propre temps libre, mais en tant que shérif, il aime se montrer faussement serviable.

Mon père est le roi du paraître et je tiens ça de lui…

– C'est gentil, je lui ferai passer le message. Et vous, shérif, pourquoi êtes-vous dans le coin ? Nous sommes loin de votre juridiction, s'enquiert Isabella en retour.

C'est une très belle femme, grande, svelte et blonde, au regard bleu intense alors je me demande à quel point sa fille lui ressemble. Je dois admettre que Summerland a plutôt bon goût en matière de nanas et s'il a jeté son dévolu sur cette petite Judy inconnue, je suis prêt à parier qu'elle est hautement baisable.

– Oh, je ne suis pas en service. Déplacement personnel pour nous aussi, élude mon père.

Se faisant, il me pousse subtilement vers l'avant et j'en profite pour reprendre contenance afin de me montrer sous mon meilleur jour. Je lance un sourire poli, un brin charmeur, à Isabella tout en approchant davantage.

Sa mère, quant à elle, trotte jusqu'à nous, curieuse, mais garde une distance raisonnable. Son attitude revêche indique qu'elle n'a pas l'intention de participer à notre conversation pour le moment. Cette vieille bique se contente d'observer, son regard perçant passant de sa fille à mon paternel pour finir par m'épingler et ne plus me lâcher. J'ai le sentiment désagréable qu'elle peut lire dans mes pensées et y découvrir ce que j'y cache de plus secret.

Regarde ailleurs, morue !

– Donc tu dois être Derek. Ton père parle beaucoup de toi à Bob, mon mari, intervient Isabella en ignorant l'attitude hostile de sa mère à mon encontre.

– Oui, c'est bien moi. Quelle drôle de coïncidence de nous retrouver ici, madame… ?

– Madame Myers, mais s'il te plaît, appelle-moi Isabella.

– Enchanté, Isabella, dis-je en souriant de nouveau tout en acceptant sa main tendue.

– Et tu rentres à l'université dans quelques semaines si je ne me trompe pas ?

– Tout à fait.

– À l'UCCS de Colorado Springs, précise fièrement mon paternel. Derek va faire partie de l'équipe universitaire de natation. Il est très doué et il a obtenu une bourse.

– Ça se voit, il a le physique d'un sportif, laisse alors échapper Isabella en me jaugeant de haut en bas peu subtilement.

– Un esprit sain dans un corps sain, ajouté-je en forçant l'humour dans ma voix.

Cela fait rire Isabella et mon père mais pas la vieille femme qui demeure silencieuse à nos côtés, les bras croisés sous sa poitrine flasque.

– J'aimerais tellement que Judy aille à cette université l'année prochaine. Ma fille a un an de moins que toi, me confie Isabella.

– Elle ne veut pas ? l'interrogé-je, curieux.

– C'est un peu compliqué. Disons qu'elle appréhende beaucoup l'avenir. Elle est anxieuse de nature. Dommage qu'elle ne soit pas là, vous auriez pu échanger sur le sujet...

– Elle n'est pas là car tu ne veux pas que Judy mette les pieds ici ! rétorque alors la grand-mère, agacée.

Sa fille lève les yeux au ciel, exaspérée, et je me contente de sourire, prêt à déployer mon nouveau plan de vengeance. L'opportunité est trop belle. À défaut de casser la gueule de Summerland, j'aspire désormais à m'immiscer dans ses histoires de cœur et voir où cela peut me mener.

Loin, j'espère...

Après tout, la vengeance est un plat qui se mange froid.

– J'échangerais volontiers avec votre fille, madame Myers.

– Isabella, me reprend-elle gentiment.

– Isabella, dis-je en souriant. En attendant, dites-lui de ne pas s'inquiéter, c'est une très bonne université et si elle stresse toujours, Judy peut s'inscrire au programme d'intégration des nouveaux élèves pour l'année prochaine.

– Oh, de quoi s'agit-il ?

– C'est tout simple, lui expliqué-je. Des élèves plus âgés se portent volontaires pour prendre les nouveaux arrivants sous leur aile. En tant qu'ancien, on vous attribue un filleul ou une filleule.

Vous l'aidez à s'intégrer, à répondre à ses questions ou encore à se repérer sur le campus…

– Vraiment ? Je l'ignorais.

– Toi et Bob n'avez pas pris la documentation de l'université ? Tout y est très bien détaillé, intervient mon père.

– Non, je dois absolument le faire cette semaine, concède Isabella, agacée envers elle-même.

– Et si je passais vous déposer la mienne cette semaine ? proposé-je innocemment.

Isabella me regarde à présent comme si j'étais un saint puis elle bredouille :

– Ce… Ce… Ce serait adorable de ta part, Derek, mais je ne veux pas te distraire juste avant ta rentrée.

– Ça ne me dérange absolument pas. Bien au contraire. Et je pourrai aussi échanger avec Judy, apaiser ses craintes, ajouté-je en posant ma main sur celle de Mme Myers.

Elle ne la retire pas, et je sais à cet instant que je la tiens dans mes filets.

– Oui. J'en serais ravie, et Bob également.

– Alors je passerai mercredi prochain, à dix-sept heures. Cela vous va ?

– Non ! lance la vieille dame avant que sa propre fille ne puisse répondre par l'affirmative comme le laisse suggérer son hochement de tête approbateur.

– Maman, ça suffit ! C'est quoi ton souci encore ?

– Isabella… On vient juste d'en parler, Judy voulait venir ici la semaine prochaine, marmonne mamie grincheuse.

– Et je te l'ai dit, ça n'arrivera pas. Judy ne reviendra plus ici. Elle doit penser à son avenir et ce jeune homme serviable va l'y aider.

Les yeux de la vieille femme s'emplissent de larmes et sans prévenir elle tourne les talons puis se rue vers sa maison sans rien ajouter.

– Merci, Derek, reprend Isabella.

– Mais de rien, lui susurré-je.

– Et qui sait, peut-être que tu pourras prendre Judy comme filleule l'année prochaine, conclut mon père de façon enjouée.

Oui crétin. C'est même tout le projet…

***

Retour au présent

J'ignore combien de temps je suis resté inconscient tandis que je recouvre progressivement la vue. Une douleur sourde meurtrit mon corps et je réalise avec effroi que je ne suis plus dans la cabane de chasse de Bob, mais dans le désert, perdu au milieu de nulle part.

Pire, en voyant une paire de boots noires juste devant mon visage je comprends rapidement que j'y suis enterré jusqu'au cou. Le poids de la terre sur ma poitrine exerce une pression si forte que j'ai du mal à respirer et je halète, à bout de souffle, sans pouvoir faire le moindre mouvement.

Je ne peux que rejeter la tête en arrière avec difficulté pour découvrir à contre-jour Max, debout face à moi, tenant une pelle et accompagné d'un autre biker tatoué. Les deux me fixent, le regard plein de haine. Une profonde panique s'empare alors de moi et je me débats, encore, afin de m'extraire de ce trou !

Mais ma tentative est vaine, il n'y a rien à faire, je suis coincé ici, avalant un paquet de poussière au passage en essayant de les insulter.

– Regarde-le s'agiter comme une pauvre larve, balance le tatoué.

Ce type a un regard sadique qui me fait frissonner d'appréhension.

– Sortez-moi de là, craché-je enfin avec difficulté.

– Je croyais que tu voulais mourir, ducon.

Oui mais pas comme ça…

Cela devait être rapide, je comptais sur la rage de Summerland qui arbore à présent un sourire mauvais, parfaitement maître de lui-même. Ce dernier vient d'ailleurs poser un genou à terre devant moi, puis il se penche pour me murmurer à l'oreille :

– Tu vas crever de soif et de faim ici, espèce d'enfoiré. Lentement. Les animaux viendront te bouffer vivant. Tu pourras crier à l'aide autant que tu veux, personne ne t'entendra…

Nos regards se croisent alors : le mien le supplie de ne pas me laisser ainsi mais le sien ne faiblit pas, puis Max se remet debout.

Ma panique se transforme en terreur lorsque je comprends qu'il ne renoncera pas à son projet, si bien que plus aucun son ne sort de ma bouche. Mes cordes vocales ne vibrent plus, je suis tétanisé par la peur.

Soudain, le tatoué avance à son tour aux côtés de son pote attardé et ouvre sa braguette.

– Qu'est-ce que tu fais, Bounce ? s'étonne Summerland.

– Je l'hydrate une dernière fois avant de le laisser crever de soif. Ça aurait fait rire Loris…

– Non, non, non ! Ne me laissez pas là ! les imploré-je, en vain.

Pour seule réponse, je reçois un jet de pisse chaude et âcre sur le visage.

62

RESTE

Judy

Loris est mort.

À cause de moi.

J'ai introduit Derek dans leurs vies et il y a semé le même chaos que dans la mienne, comme Rock l'avait si justement prédit.

Avec effroi, je vois Max perdre à nouveau pied en frappant Derek jusqu'à ce que ce dernier finisse inconscient sur le sol de la cabane.

Tant de souffrance.

La peine que j'éprouve pour Max et ses frères de clan me scie les jambes alors je m'effondre à mon tour en lâchant le fusil qui me brûle les doigts. Brusquement, je ressens ce déclic, ce moment où mon corps et mon cerveau se mettent en pause afin de survivre aux heures passées et futures.

On m'attrape par les épaules.

On me soulève.

On me parle.

– Accroche-toi, Blondie.

Il devrait me haïr ; s'occuper de Loris avec Bounce tandis que Rock surveille Derek, mais Max est là, toujours présent. Il me prend dans ses bras puis me sort de cet endroit après m'avoir passé son blouson de cuir sur les épaules. Aidé du Doc, il me ramène près du lac non sans difficulté. Le sol boueux est glissant ; le chemin étroit entre les arbres.

– Comment va ta main ? me murmure-t-il.

– Bien, je réponds sans pouvoir le regarder dans les yeux.

Et c'est vrai, je n'ai même plus froid.

Là encore je ne ressens plus rien, ou alors la souffrance est infime en comparaison de celle endurée lorsque Derek m'a tranché le doigt. Sur le moment, je l'ai supplié de m'achever rapidement avant de retomber inconsciente, foudroyée par la douleur. À présent éveillée, je fais tout pour enfouir loin dans mes souvenirs ces dernières vingt-quatre heures traumatisantes…

– Ma mère ? parvins-je à articuler.

– On s'en occupe. Elle est vivante.

Soulagée, j'expire en me laissant aller contre le torse chaud de Max puis m'agrippe à son cou jusqu'à ce que nous atteignions enfin l'ambulance du Doc.

– Allonge-toi là, m'ordonne Max, une fois à l'intérieur.

Je m'exécute pour m'asseoir sur le brancard et laisse le Doc prendre le relais :

– Je vais te sédater puis vérifier ta plaie.

– Mon doigt ? Est-ce qu'il est perdu ? je demande stupidement.

– Je crains que oui Judy et je ne sais pas encore les faire repousser malheureusement…

Sa pointe d'humour et sa gentillesse m'arrachent un sourire maladroit.

– Mais je peux m'assurer que la cicatrice soit la plus jolie possible. Es-tu blessée ailleurs ? reprend-il.

– Non. Enfin je ne me souviens plus… je… je…

– OK, pas de panique, on va vérifier, faire les premiers soins urgents ici puis se remettre en route pour le hangar. D'accord ?

– Oui… mais Loris ? murmuré-je toujours sans regarder Max.

Je perçois sa présence imposante, toute proche, sur ma droite, telle une aura chaude et protectrice que je ne mérite pas.

– Il n'y a plus rien que je puisse faire pour lui… Bounce et Max vont s'en charger, quant à toi, tu dois te reposer, m'explique tristement le Doc.

Le trémolo dans sa voix trahit son émotion et à ces mots, la panique prend le dessus sur ma peine car je me sens terriblement coupable. Égoïstement, j'ai peur que Max m'en veuille. Je redoute qu'il m'abandonne pour toujours sans jamais me pardonner…

Hantée par cette unique pensée, j'ai la sensation d'avoir la poitrine transpercée puis le cœur arraché.

Alors, le souffle court, je me redresse en sursaut, osant enfin plonger mon regard dans celui de Max, et l'implore :

– Je suis désolée. Tellement désolée !

Ses yeux gris sont empreints d'un chagrin indicible, son beau sourire a disparu et son visage porte les stigmates d'un deuil impossible : celui d'un frère parti trop tôt, injustement.

– Max, jamais je n'ai voulu ça. Jamais je n'aurais cru… explosé-je en sanglots intarissables.

Il s'avance davantage vers moi, se penche, puis sans prévenir m'embrasse tout en saisissant mon visage au creux de ses mains. J'aimerais être soulagée par ce contact inespéré, mais ce baiser brutal a le goût amer d'un adieu. Mes larmes inondent ses joues et après de longues secondes il libère ma bouche puis quitte l'ambulance, silencieux, sans même un dernier regard ni une dernière caresse.

***

Je passe le reste de la journée et de la nuit sédatée au hangar sous la surveillance du Doc, oscillant entre conscience et inconscience. Parfois, j'entends quelqu'un approcher, parler puis repartir mais mon corps est lourd et mon esprit si loin. Je ne cherche pas à lutter car j'échappe ainsi aux émotions et aux souvenirs traumatisants qui, je sais, me rattraperont violemment au réveil.

Il me semble que mes amies viennent me rendre visite plusieurs fois. Je suis même certaine qu'Olivia a promis de me goinfrer de gâteau au chocolat lorsque je serai de retour parmi les Dark Roses.

– Comment elle va ?

Au son de cette voix grave si familière mon corps engourdi réagit instantanément. Mon cœur s'emballe puis menace d'exploser après tant d'heures à ne plus rien vouloir ressentir.

Cependant Max n'approche pas, il ne me touche pas ni ne m'embrasse à nouveau.

– Déclarer qu'elle va bien serait un mensonge mais on va l'aider à s'en sortir, répond le Doc. Mary passera la voir. Pour le moment, je lui donne de quoi se reposer un peu.

– Lorsqu'elle se réveillera, dis-lui que je ne regrette rien entre nous, seulement la fin.

– Tu lui diras toi-même, Max.

– Non.

– Et pourquoi ça ? s'étonne le Doc.

– Car elle et moi on ne se reverra plus.

Cette fois mon cœur s'arrête pour de bon, brisé en pleins battements frénétiques. Des larmes chaudes s'échappent de mes paupières closes. Je tente de les rouvrir, je lutte pour bouger, pour parler, pour tendre la main et attraper Max avant qu'il ne reparte, mais sans succès. Mon corps inerte fait le mort de dehors tandis qu'il se consume de l'intérieur. Alors je pousse un hurlement de souffrances qui ne résonne que dans ma tête sans jamais franchir mes lèvres.

***

Se sentir morte tout en étant vivante est un concept que je n'avais encore jamais éprouvé mais c'est à présent chose faite.

Lorsque je me réveille tel un zombie sur un lit du hangar, le Doc est là, aux aguets, accompagné de sa femme Mary. L'un comme l'autre me couvent d'un regard compatissant, la mine anxieuse.

– Il est quelle heure ? balbutié-je, la bouche sèche, en fixant le plafond.

– Environ quinze heures, me répond Mary.

Face à mon incompréhension le Doc précise :

– Quinze heures du jour d'après.

Je n'ai pas la force d'ajouter quoi que ce soit, seuls les derniers mots de Max me viennent à l'esprit et ils sont toujours aussi dévastateurs. Mon unique projet à cet instant est de pleurer pour évacuer en paix ce qui me ronge ; malheureusement je n'en ai pas l'opportunité car Rock surgit dans mon box, sans frapper ni s'annoncer, déclenchant l'indignation du Doc :

– Rock, non ! Je t'avais dit d'attendre mon feu vert.

– Pas possible, y a urgence !

C'est la première fois que le biker brun immense semble à ce point ébranlé par quelque chose ; même face à Derek il avait su conserver un certain sang-froid efficace. Ici, Rock fait nerveusement les cent pas, me transmettant ainsi son urgence.

– Qu'est-ce qui se passe ?! m'exclamé-je en repoussant ma couverture de survie.

– C'est Max et Bounce, lance-t-il.

– Quoi Max et Bounce ?!

Sa peur est palpable, elle envahit l'espace restreint du box, me provoquant un shoot d'adrénaline. Je me redresse immédiatement, l'esprit clair. Je tente alors de sortir de mon lit au grand désespoir du Doc et de Mary qui eux m'ordonnent de me rallonger pour ne pas arracher ma perfusion. Peu importe ma tenue dégueulasse, ou ma coupe de cheveux déplorable, ou encore ma main mutilée, je suis désormais alerte et attentive.

– Rock, que se passe-t-il ? insisté-je.

– On ne les trouve pas. On les a cherchés partout et on ne les trouve pas, bordel ! Ils ont coupé leurs téléphones. J'ai peur qu'ils fassent une connerie !

– Max est passé ici cette nuit pour prendre des nouvelles de Judy et récupérer son blouson. Si j'avais su, je l'aurais retenu, intervient le Doc, coupable.

– Quoi ?! Il était seul ? gronde Rock.

– Non, Bounce l'attendait à l'entrée du hangar.

– Ils avaient l'air comment ?! panique Rock.

– Abattus, comme nous tous... J'ai mis ça sur le compte du décès de Loris et l'état de Judy, s'excuse le Doc à nouveau.

Atterré, Rock se laisse tomber lourdement sur une chaise près de mon lit, la tête dans les mains, puis il finit par se redresser et déclare sans me lâcher de ses yeux noirs :

– J'ai déjà perdu Loris, je ne veux pas les perdre eux aussi... J'essaye de gérer ce merdier au mieux mais la situation m'échappe. Aide-moi, Judy.

– Je... Oui, bien sûr mais comment ? balbutié-je.

– Tu sais peut-être où Max est allé ? Tu es proche de Bounce aussi, tu as réussi à créer un lien spécial avec chacun d'eux.

– Certes, mais tout ce que je sais, vous le savez. Avez-vous vérifié leurs apparts ?

– Oui.

– Le lac ?

– Oui !

– Le QG ou même le CSB ?

– Ouais ! Mes gars sillonnent tout le comté en ce moment et rien !

– Vous n'avez aucun moyen de les géolocaliser ? tenté-je.

– Non ! Je te dis, ils ont éteint leurs téléphones ! Putain de merde ! éructe Rock.

Je le sens en équilibre sur un fil prêt à rompre, ce qui peut se concevoir. Au vu de ses cernes, Rock n'a clairement pas dormi depuis la veille et il gère comme il peut les conséquences des dernières vingt-quatre heures.

– OK. Reprenons du début. Qu'est-ce qui s'est passé après mon départ en ambulance ? je demande.

– Max est revenu à l'abri de chasse. Il était dans un état second, ce que je comprends car moi-même je n'arrive toujours pas à croire à cet enfer !

Ma culpabilité se ravive, elle me broie le ventre alors je lutte pour passer outre et me rendre utile afin de me racheter un peu.

– Et ensuite ?

– Vince et Eddy nous ont rejoints. Ils ont pété les plombs quand ils ont découvert Loris dans cet état sur le sol. Bounce a suggéré qu'ils repartent dans le pick-up d'Ed avec moi pour s'occuper de Loris et ne pas le laisser pourrir là. J'ai accepté car ça permettait de les canaliser.

– D'accord, et… pour Derek, vous avez fait quoi ? Il est où en ce moment ? m'inquiété-je.

– Il est dans le coffre d'une voiture, vivant, enfin je l'espère. Il était inconscient, alors Max et Bounce en ont profité pour l'attacher. Ils ont proposé qu'on se rejoigne au QG pour décider ensemble de la suite…

– Je vois… murmuré-je.

– Ils ont utilisé la voiture de ton père, reprend Rock. Désolé, Judy, mais on a dû laisser son corps sur place, on le récupérera quand on ira chercher nos motos.

– Bob n'est plus mon père. Il a perdu ce droit, laissez-le pourrir là-bas.

– OK, si c'est ce que tu veux.

– Oui.

Je redoute malgré tout l'instant où ma mère apprendra que son mari est mort car tout son monde va s'effondrer et elle avec.

– J'imagine que Bounce et Max ne sont finalement jamais arrivés au QG avec Derek comme convenu, je reprends, sentant l'angoisse monter.

– Ouais. Exactement. Ils sont je ne sais où, faisant je sais quoi au mec le plus recherché du Colorado par le FBI… Cette affaire nous dépasse. Ça pue, Judy. Pour eux, pour le Clan et pour toi… conclut Rock gravement.

– Tu crois que Max et Bounce pourraient tuer Derek ?

Son silence et son regard sombre sont une réponse suffisante à ma question stupide. Je ne sais même pas pourquoi je l'ai posée car j'ai déjà vu les deux hommes à l'œuvre dans la supérette d'Alfred : ils ne reculeront devant rien pour rendre justice à Loris.

Je dois retrouver Max avant qu'il ne soit trop tard.

63

AVEUX

Max

Les rayons du soleil traversent les vitraux modernes de l'église complètement vide et projettent des couleurs chatoyantes au sol. Elles captivent mes pensées ; détournent mon chagrin. Assis sur ce banc, j'entrevois désormais ce que l'on vient chercher ici, au-delà même de l'espoir. C'est un espace en dehors du monde, en dehors de soi et de ses problèmes.

Soudain, le cri d'un oiseau me sort de ma léthargie, me rappelant que je ne peux pas rester terré là indéfiniment, car la réalité à l'extérieur ne change pas : Loris est mort.

Comment les choses ont-elles pu sombrer à ce point en si peu de temps ?

Après avoir enterré Derek dans le désert hier, Bounce et moi avons roulé sans but toute la nuit, ne faisant qu'une halte rapide au hangar, puis il m'a déposé ici avant de repartir seul de son côté.

Les images de Loris agonisant dans les bois me tourmentent, elles sont un supplice qui me laisse démuni mais c'est encore pire lorsqu'elles se superposent à mes cauchemars. J'imagine alors Judy morte elle aussi aux côtés de mon frère de clan, parce que j'ai été incapable de les protéger.

Cette vision est insoutenable, d'où ma volonté de lui rendre sa liberté ; pour son bien. Judy doit désormais impérativement quitter Colorado Source au plus vite et refaire sa vie loin de nos problèmes maintenant que Derek ne peut plus lui nuire.

J'aurais dû prendre cette décision après l'attaque chez Alfred mais j'ai été trop égoïste, me servant de la menace de son ex comme prétexte pour la garder près de moi encore un peu.

Je dois me rendre à l'évidence : elle ne sera jamais en sécurité ici non plus, alors je préfère la savoir vivante et inaccessible que dans mes bras, morte, comme Loris ou sa grand-mère.

À cette pensée ma peine ressurgit avec le besoin viscéral de retourner dans le désert pour finir Derek de mes propres mains.

Heureusement pour lui je n'ai pas le temps de succomber à ma soif de vengeance, la porte de l'église grince puis des pas précipités résonnent dans mon dos :

– Max ! C'est toi ? crie Blondie.

Je ne me retourne pas car je redoute de perdre toute volonté en la voyant.

– Max ? réitère-t-elle plus doucement, une fois parvenue à mon niveau.

Son regard lourd brûle ma nuque et je ne parviens pas à parler, les mots sont devenus eux aussi trop douloureux.

– Tout le monde te cherche depuis hier soir ! Rock est sur le point de devenir fou et Olivia…

– Je n'étais pourtant pas loin.

Cette petite église est littéralement bâtie à l'entrée du tunnel pour rejoindre mon appartement sous-terrain.

– Oui mais ton téléphone était éteint, et tu n'as donné aucune nouvelle.

– Bounce savait où j'étais.

– Sauf qu'il avait aussi disparu de la surface de la Terre ! Heureusement, je suis tombée sur lui par hasard au cimetière et il a craché le morceau.

– Je vois.

– Max, la situation est grave, tu dois…

– Et toi tu devrais être au hangar sous la surveillance du Doc ! la coupé-je.

– Il m'a donné une permission de sortie exceptionnelle pour partir à votre recherche ! s'agace-t-elle alors.

Je continue de fuir son regard et de fixer les vitraux loin devant.

– À quel prix ? Le Doc n'accepte jamais aussi facilement.

– En effet… J'ai dû promettre de dormir sous surveillance au hangar toute la semaine, reprend-elle plus doucement, un brin amusé.

– OK.

– Max, écoute, je suis vraiment désolée pour Loris, si je pouvais, je remonterais le temps. Dis-moi ce que je dois faire pour…

– Arrête de t'excuser, Judy ! la stoppé-je à nouveau.

Elle sursaute, recule d'un pas puis revient à la charge car Blondie a toujours été tenace sous ses airs angéliques. Lentement, elle pose sa main sur mon épaule, et j'inspire profondément, n'ayant en réalité qu'une envie : l'attirer à moi afin de m'assurer qu'elle est bel et bien vivante.

Je me déteste déjà pour ce que je m'apprête à lui faire subir…

– Recule, grondé-je.

– Je pensais que toi et moi… bredouille-t-elle.

– Il n'y a plus de toi et moi, Judy.

Prononcer ces mots finit de m'achever.

– Non, Max…

– Si. Pars.

– Pourquoi ? murmure-t-elle la voix brisée.

– Parce que…

– Tu me dois au moins une réponse.

– D'accord, soupiré-je.

Sur ce je me retourne puis plonge mon regard dans le sien en camouflant mes émotions réelles derrière un masque de colère :

– Ta place n'est plus ici, Judy. Croire que tu peux être des nôtres est une erreur.

– Mais je me sens bien à Colorado Source, vous êtes devenus ma famille.

– Non. Ta mère est ta famille et elle va avoir besoin de toi ! Va la rejoindre.

– Tu te soucies de ma mère maintenant ? C'est nouveau ça ! lâche-t-elle avec sarcasme.

Je déteste la voir ainsi, les yeux pleins de larmes et le visage défait, mais il le faut.

– Ta mère nous a aidés à te retrouver. Sans elle, tu serais morte…

– Sans toi et le Clan, je serais morte aussi !

– Là n'est pas la question, Judy !

– Alors explique-moi car je n'y comprends plus rien et tes pseudo-réponses sont à chier ! crie-t-elle enfin.

C'est dur. Terriblement dur de percevoir son désarroi faisant écho au mien.

– Tu m'en veux, c'est ça ? Tu me tiens pour responsable de la mort de Loris ? reprend-elle.

– …

– Si c'est pour ça, je comprendrai. Moi aussi je m'en veux terriblement mais ne me chasse pas de la ville. S'il te plaît… C'est devenu ma maison ici…

Je ne peux pas la laisser croire une telle connerie non plus.

– La mort de Loris n'est pas de ta faute, personne ne t'en tient pour responsable.

– Alors pourquoi veux-tu me rayer de ta vie tout à coup ? susurre-t-elle en ravalant un sanglot.

– Parce que tu n'es pas en sécurité dans ma vie non plus ! Je l'ai toujours su mais j'ai été trop égoïste pour l'admettre. Regarde ce qui est arrivé à Ellie ou chez Alfred…

– Tu n'es pas égoïste, Max.

– Peu importe. Tu seras mieux ailleurs. Loin de Colorado Source. Loin de moi !

– Mais j'en ai pas envie !

– Il le faut, les ennuis nous poursuivent ici !

– C'est ma vie, mon choix.

– Blondie…

– Non Max, y a pas de « Blondie » qui tienne. Tu ne me feras pas changer d'avis. Je prends le risque d'affronter ce que mon avenir me réserve ici, près de toi, même si c'est dangereux ! déclare-t-elle en approchant, le visage brouillé de larmes.

La savoir si désinvolte avec sa propre vie me fait perdre le peu de self-control qu'il me reste et j'explose :

– Ne dis pas ça ! J'ai cru que tu étais morte, Judy. M.O.R.T.E ! Tu comprends ?!

– Oui je comprends et… tente-t-elle d'intervenir, en vain.

– Pendant plusieurs heures, j'ai cru devoir vivre dans un monde où tu n'existais plus ! Et cette souffrance…

Ma voix se brise et ne pouvant prononcer la suite, je me lève puis me frappe la poitrine au niveau du cœur avec violence.

Un silence brutal s'ensuit pendant lequel nous nous jaugeons tels deux fauves prêts à se jeter l'un sur l'autre et c'est Judy qui m'assène le coup fatal :

– Fuir d'ici a-t-il sauvé ta sœur, Sunny ?

– …

– A-t-elle été plus en sécurité loin de toi ? réitère-t-elle sans réponse de ma part.

– …

Ses questions siphonnent l'air de mes poumons et me laissent à l'agonie. Je manque de tomber à genoux.

– Non. Au contraire, tu regrettes de ne pas avoir pu la protéger chaque jour que Dieu fait, reprend Judy en attrapant mes mains tremblantes.

– …

– Max, je peux mourir demain ou dans soixante ans. Ici ou ailleurs. Avec ou sans toi… Et j'ai fait mon choix. Je veux que ce soit avec toi, à mes côtés, comme Loris. Comme lui, comme chacun des Evil's Heat, je veux vivre ici, qu'importe la suite.

– Pourquoi ? murmuré-je, perdu.

– Parce que je t'aime, chuchote-t-elle, les lumières des vitraux dansant sur son doux visage.

Moi aussi, je l'aime, et ce au point d'y sacrifier mon bon sens car Blondie a raison, le monde en dehors de Colorado Source n'est pas moins dangereux qu'au-dedans.

Alors, sans prévenir, Judy agrippe mon cou puis m'embrasse à en perdre le souffle et la notion du temps. Je ne résiste pas, je n'en ai plus envie. Peu importe où nous sommes, son ultime aveu du bout des lèvres provoque une onde de chaleur parmi les ruines de mon âme en peine. Pour la première fois, cet aveu d'amour fait écho en moi. Il est réciproque, partagé.

Une vague brûlante me submerge, pansant mes plaies de l'intérieur. Elle m'apaise. Je me sens enfin entier et un peu moins abîmé qu'hier, mais surtout, je réalise aujourd'hui que je suis digne d'être aimé à mon tour pour ce que je suis, ou pour ce que je ne suis pas. Qu'importe, Judy, m'accepte ainsi.

Notre baiser n'a rapidement rien de chaste. J'envahis sa bouche, comme elle a envahi mon cœur, avec passion.

***

Nous regagnons mon appartement sous-terrain en silence sans jamais rompre le contact entre nous. Je ne la lâche plus à présent car j'ai peur qu'elle m'échappe et que cette dernière heure soit irréelle.

– Ce sont les vêtements et les chaussures d'Olivia, elle me les a déposés au hangar. Mon pyjama Grosminet déchiré faisait mauvais genre, m'explique Judy en souriant.

Depuis le lit, je l'observe et détaille chacun de ses traits. Je la trouve magnifique au naturel même avec sa coupe de cheveux hirsute et sa main bandée. Blondie est une guerrière que rien n'arrête, hier encore elle était dans cette cabane vivant l'enfer et aujourd'hui elle trouve l'énergie de me ramener dans le droit chemin.

– Viens par là, lui dis-je en me levant.

Judy obtempère puis je l'entraîne dans la salle de bains attenante à la chambre à coucher.

– Assieds-toi sur le rebord de la baignoire, jambes à l'intérieur, lui ordonné-je à nouveau.

– Pourquoi ?

– Fais-moi confiance.

Une fois qu'elle est correctement installée, je pars chercher ma tondeuse électrique sous le lavabo et en règle le sabot. Lorsque Judy comprend ce que je m'apprête à faire, elle redresse le dos et acquiesce.

– Je ne vais pas te raser à blanc, juste égaliser le temps que ça repousse ou que tu puisses aller chez le coiffeur, expliqué-je.

– Merci.

Je m'exécute en silence, faisant de mon mieux, seul le bruit de la tondeuse résonne dans la pièce. Judy frissonne au moindre contact de mes doigts sur sa peau, elle soupire, se tortille sous l'effet de cette tension immuable entre nous qui rend l'air de la salle de bains difficilement respirable. Quant à moi, je ne vaux pas mieux, livrant un véritable combat pour rester concentré. Je suis à la limite de me stopper net et de jeter Blondie sur notre lit tel un héroïnomane en manque de sa dose.

Si je n'arrive pas encore à lui dire à quel point je l'aime moi aussi, je veux lui montrer en la faisant mienne.

– J'ai fini, lâché-je, la voix enrouée, au bout de trente minutes.

Face au miroir, nous sommes tous les deux agréablement surpris du résultat final. J'ai réussi à dégrader proprement la nuque et les tempes malgré mes pensées parasites si bien que cette nouvelle coupe de cheveux met en valeur le visage fin et parfaitement symétrique de Judy.

Blondie ne peut s'empêcher d'être prise par l'émotion en se découvrant ainsi, elle essuie d'un revers de main une larme sur sa joue puis réprime un sanglot.

– Tu es très belle et toujours aussi sexy, la rassuré-je en la prenant dans mes bras.

– Tu as les cheveux plus longs que moi maintenant…

– C'est ça qui te dérange ?

– Non pas vraiment, c'est simplement un sacré changement que je n'ai pas voulu mais je vais m'y faire.

– Oui.

– Ma grand-mère m'a appris à me tresser les cheveux. C'était notre truc à nous, chuchote-t-elle, émue. Ça me faisait sentir femme…

Je vois qu'elle fixe mes cheveux avec une certaine envie, alors sans réfléchir, je récupère la tondeuse sur le bord de la baignoire et la rallume.

– Max, qu'est-ce que tu…

Avant qu'elle puisse terminer sa phrase, je commence à me raser le crâne à mon tour sous son regard ahuri.

– Tu n'étais pas obligé de faire ça, murmure Judy une fois que j'ai fini, mes cheveux gisant au sol entre nos pieds.

– Que veux-tu, on fait des trucs stupides par amour.

Ma réponse lui décroche dans un premier temps un sourire immense puis elle se met à rigoler. Judy ne semble pas parvenir à s'arrêter, prise d'un fou rire incontrôlable me laissant perplexe, quand, soudain, cela se transforme en profonds sanglots.

– Blondie ? m'inquiété-je.

– Où est Derek, Max ? lâche-t-elle alors de but en blanc.

– Pourquoi veux-tu savoir ça ?

– Est-ce que tu l'as tué par amour pour Loris et moi ?

– Non…

– Alors par vengeance ?

– Non plus ! Il est bien vivant malheureusement, je comptais dire à Rock où il est ce soir en rentrant.

– Ne me mens pas, je peux l'entendre, insiste-t-elle.

– Je ne te mens pas.

– Alors où est-il ?

– On l'a enterré jusqu'au cou dans le désert avec Bounce. On voulait qu'il passe la pire nuit de sa vie. Qu'il pense y crever de faim et de soif, bouffé par les animaux sauvages… On ne pouvait pas le ramener aussi facilement au QG puis débattre de son sort comme si de rien n'était. Il a tué Loris et ton père, il a violé ses femmes, il t'a pourri la vie !

– D'accord, d'accord, je comprends.

– Vraiment ? je m'étonne.

– Oui, mais Derek ne peut pas y rester, cela engendrerait trop de problèmes pour le Clan. Il doit être remis au FBI.

– Je sais.

– Parfait. Dans ce cas, rallume ton téléphone et appelle Rock, le mien est toujours chez mes parents.

64

ADIEUX

Max

Ces deux derniers jours m'ont semblé interminables entre l'organisation des funérailles de Loris et la gestion du cas « Derek Taylor ». J'ai l'impression d'avoir pris dix ans dans la gueule en moins de quarante-huit heures, au point de ne plus me reconnaître dans le miroir ce matin.

– Il faut y aller, Max.

Tandis que je m'appuie sur le lavabo, deux bras fins se glissent sous les miens, enserrent mon torse puis un corps chaud se love contre mon dos. D'un geste rapide, je me retourne pour faire face à Blondie et me perdre dans son regard au bleu si singulier.

– Tu es soucieux, souffle-t-elle en passant son pouce sur mes sourcils froncés.

– Qui ne le serait pas, je vais dire adieu à l'un de mes frères.

– Bien sûr, mais il y a autre chose…

J'expire, me repositionne confortablement contre la vasque et l'attire davantage à moi car j'ai besoin de son contact.

– J'arrive pas à croire que tu doives abandonner ta plainte contre Derek, lui expliqué-je.

– Il le faut si je veux me reconstruire en paix ici. Les journalistes sont à l'affût.

– Quelle bande de charognards !

– Je sais, soupire Judy.

– C'est injuste, et ça me rend dingue…

– Oui moi aussi, mais je me dis que Derek ne sera plus jamais libre de toute façon. C'est fini pour lui.

– Doucement, Blondie, attendons la fin du procès avant de crier victoire.

– Non, Max, il ne fera plus jamais de mal à personne. Les preuves contre lui et ses collègues sont accablantes. Ces femmes vont obtenir justice et moi aussi d'une certaine manière.

– Sauf Loris, lâché-je plus durement que souhaité.

Judy attrape alors mon cou pour approcher son visage du mien, nos nez se touchent et nos bouches se frôlent.

– Il aurait approuvé. C'était le seul choix possible… murmure-t-elle, le regard triste.

– Je ne sais pas, parfois j'en doute.

– Vous ne pouviez pas faire autrement.

– Redis-moi pourquoi. J'ai besoin de l'entendre encore une fois, j'insiste.

Blondie ne me lâche pas, au contraire elle saisit mes joues et moule nos corps l'un à l'autre. J'agrippe rudement ses hanches en retour, elle est mon point d'ancrage dans ce monde merdique et je me fous royalement d'avoir l'air désespéré à l'instant. Je renifle son odeur tel un animal puis viens goûter la peau sensible de son cou du bout de la langue.

Sa gorge vibre sous mes lèvres lorsqu'elle se remet à parler, le souffle court :

– Si vous aviez rendu public que Derek a tué Loris alors le Clan se serait retrouvé sous le feu des projecteurs. Le procès et sa médiatisation auraient débarqué ici. Fini, la discrétion et bonjour, les problèmes puissance mille. Pire, le corps de Loris aurait été considéré comme un élément de preuve. Ils l'auraient réquisitionné, autopsié et gardé un temps indéfini, à l'instar de Bob…

– Je sais mais…

– Loris a toujours été clair sur ce qu'il souhaitait s'il venait à mourir, continue-t-elle.

– Oui.

– Il ne veut pas pourrir dans une morgue, découpé en petits morceaux. Vous avez respecté ses dernières volontés. Grâce à vous, il peut reposer en paix.

– J'aime quand tu parles de lui au présent, chuchoté-je.

– Parce qu'il est avec nous pour toujours.

Blondie a raison bien sûr mais je ne peux m'empêcher de me sentir coupable dans cette histoire car si j'avais su garder mon sang-froid, Loris serait peut-être encore parmi nous.

– De toute façon, Rock a signé l'accord du FBI. Maintenant on doit trouver le moyen d'avancer, ensemble, conclut Judy.

En effet, au vu de la situation particulièrement pourrie dans laquelle nous nous trouvions, peu de solutions viables se présentaient. Mike a donc fait appel à son contact chez les fédéraux après que Rock lui a donné le feu vert pour jouer cartes sur table. Rapidement, ils sont parvenus à une proposition acceptable.

Le FBI nous garantissait une immunité totale si nous leur rendions Derek Taylor vivant, et en capacité de s'exprimer.

En contrepartie, peu de questions nous seraient posées, notre implication dans cette affaire serait entièrement passée sous silence, et l'identité de Judy ainsi que celle de sa mère seraient protégées.

Nous n'avons pas réfléchi longtemps pour accepter de façon unanime cet accord nous permettant de nous en tirer sans trop de problèmes ou de publicité. Malheureusement cela signifie aussi qu'il n'y aura jamais de justice publique pour Loris ou Blondie. Tous deux victimes de Derek, ils sont les sacrifiés de ce deal inédit dans l'histoire des Evil's Heat afin de préserver notre avenir, loin du monde.

À situation désespérée, solution désespérée.

Rock et Eddy sont donc allés déterrer ce connard de Derek au cœur du désert sous mes indications, puis ils ont procédé à sa restitution près de l'abri de chasse.

Ainsi tout est bien qui finit bien pour les fédéraux : ils s'octroient le mérite de la capture rapide d'un fugitif hautement recherché et peuvent réécrire le scénario en leur faveur. Derek Taylor va être poursuivi pour de multiples viols, pour le meurtre de Bob Myers et pour d'autres chefs d'accusation secondaires tandis que de notre côté nous pansons nos plaies.

Alors oui, cet accord était le meilleur choix mais il me laisse tout de même un goût amer en bouche.

– Et si Derek mentionne notre implication pendant le procès ? On aura fait tout ça pour rien, m'inquiété-je contre Blondie.

– Le contact de Mike a dit que le FBI s'engageait à gérer ce point, ça fait partie du deal. On doit leur faire confiance.

– C'est trop me demander…

– Dans ce cas il te faudra patienter et t'en remettre au destin. Tu ne peux pas toujours tout contrôler, Max…

En disant cela, Judy passe ses mains sous mon tee-shirt puis m'embrasse. Ce simple contact m'allège de mes tourments le temps d'un instant que j'étire au maximum avant de retourner affronter la réalité.

***

Les adieux à Loris se déroulent ce soir près du lac immense au cœur de la réserve et en présence de nos deux communautés. Ce même lac où je souhaiterais voir mes cendres dispersées un jour. L'ensemble du Clan a répondu présent, ainsi un cortège d'une centaine de motos remonte la route pour rejoindre le lieu de cérémonie. En tant que chef de Golden Water, mais aussi pour illustrer notre lien fraternel fort, le père de Soraya a organisé quelque chose d'unique selon les dernières volontés de Loris.

Les uns derrière les autres, nous nous dirigeons donc vers l'ouest, chassant le soleil qui a amorcé sa descente pour embrasser l'horizon rougeoyant.

La présence de Judy à mes côtés ces derniers jours est précieuse, elle m'aide à ne pas céder sous le poids de la culpabilité. Sans un mot nous nous comprenons, car Blondie traverse également des heures sombres en épaulant sa mère dans le deuil d'un homme qu'elle a renié. Bob Myers était peut-être son père mais il est mort deux fois à ses yeux : lorsqu'il s'en est pris à elle au réveil, et plus tard dans les bois. Judy n'aura jamais d'explications ni d'excuses de sa part, il ne lui aura légué que regrets et rancœur.

Je jette un coup d'œil rapide sur ma droite par réflexe, là où Loris se mettait souvent lorsque nous roulions ensemble. À sa place, il n'y a plus que des paysages arides défilant à toute vitesse désormais, comme si le monde l'avait simplement effacé d'un revers de manche.

Je hurle de douleur en silence.

Blondie perçoit ma tension soudaine et se plaque davantage à mon dos, glissant ses mains chaudes sous l'avant de mon cuir.

J'ai besoin d'elle comme de l'oxygène que je respire.

Après un trajet qui me paraît interminable, nous parvenons enfin près du vaste lac, véritable poumon de la réserve, et je constate que nous sommes parmi les derniers garés. Rock et Olivia, Vince,

Bounce, Eddy et ma sœur, le Doc et Mary sont déjà tous là, la mine défaite et le regard grave. Soraya et Shawn sont également revenus en urgence de New York.

Aucun d'eux ne nous a reproché quoi que ce soit concernant la tournure tragique des événements, au contraire cette épreuve nous a tristement réunis et soudés plus que jamais.

J'ai une chance inestimable de les avoir, ils sont les racines m'empêchant de perdre pied lorsque nos vies deviennent tempêtes.

Rock fait un pas dans ma direction mais Olivia lui coupe la route en se jetant dans mes bras et elle y explose en sanglots. Je m'octroie le temps de la calmer, de la bercer, avant de prendre la direction du lac où les membres de Golden Water nous attendent. Ce sont eux qui mèneront la cérémonie de bout en bout pour nous permettre de pleurer notre frère comme il se doit.

Le père de Soraya, en véritable chef cheyenne, a revêtu son habit traditionnel ce qui témoigne du respect et de l'amitié sincère qu'il portait à Loris.

Notre assemblée hétéroclite, faite de cuir et de plumes, se déploie en deux files distinctes, créant ainsi un chemin entre elles menant à l'eau sombre du lac. Les tambours autochtones se mettent alors à résonner en rythme pour faire vibrer l'air de la nature sous un ciel couleur de feu.

Judy, secouée par le chagrin, vient glisser sa main valide dans la mienne et s'accroche à mon bras tout comme Susan sur ma droite. Ma sœur et moi échangeons un long regard de souffrance car nous connaissons Loris depuis que nous sommes enfants. Ce dernier a souvent joué le rôle d'une figure paternelle lorsque nos propres parents n'étaient plus là.

Étendu sur une civière artisanale faite de bois, Loris apparaît en bout de file, porté par plusieurs hommes dont les frères de Soraya et de Dakota. Ils avancent doucement vers les rives du lac, et lorsqu'ils passent devant moi avec la dépouille de mon défunt frère, je ne peux retenir mes larmes.

Le visage abîmé de Loris est pourtant serein, toutes traces de douleur ont disparu, et son corps nu a été recouvert d'un drap de feuilles.

Soudain les chants de Soraya et des siens s'élèvent au-dessous de nous, invoquant le grand Wakan Tanka et l'implorant d'accueillir l'âme libre de Loris. Leurs voix ricochent sur les troncs immenses des pins tandis que la nature, elle, se fait silencieuse, solennelle.

– Loris, tu marches parmi nous, tu veilles sur nous car la mort est une renaissance, une vie après la vie, déclare alors le père de Soraya de sa voix grave.

Puis il entame une profonde lamentation dans une langue dont je ne comprends pas les mots mais dont je perçois le sens. Il dit adieu à Loris, lui enjoint de trouver la paix de l'autre côté du voile.

De l'encens est brûlé pour purifier le corps de Loris en suivant des gestes rituels bien précis, telle une danse primale autour de son corps, avant que le père de Soraya ne le marque du sceau des siens sur le front avec un onguent rouge.

Je laisse les chants et les cris cheyennes m'envelopper pendant que nous nous approchons tour à tour de la civière déposée sur la rive sablonneuse. Lorsque c'est à moi de faire en dernier mes adieux à Loris, j'avance avec difficulté, le cœur brisé et les jambes lourdes. À cet instant, je hais le monde d'avoir été conçu de la sorte.

Pourquoi devons-nous voir partir ceux que nous aimons ?

Chaque pas est un supplice, et malgré moi je tombe à genoux pour lui chuchoter :

– Tu étais l'un des plus anciens membres des Evil's Heat. Tu étais Chuck Loris. Celui vers qui nous nous tournions lorsqu'il fallait prendre conseil. Aujourd'hui je perds mes repères, tu as été un père pour moi lorsque le mien a déclaré forfait. Pardonne-moi. Je te jure de tenir ma promesse, j'irai de l'avant.

J'attrape sa main froide et rigide dans la mienne, ravalant des larmes à ce constat.

Loris est mort.

Cette fois j'exprime de vive voix ma souffrance puis Rock m'aide à me remettre sur mes deux pieds. Ensemble nous poussons Loris et son lit de fortune dans l'eau jusqu'à ce qu'il puisse flotter librement. Bounce, Vince, Shawn et Ed nous rejoignent ensuite équipés de torches incandescentes. Avec l'aval du père de Soraya ils mettent feu au drap de feuilles et de brindilles autour de Loris, avant de le laisser dériver seul vers le centre du lac : sa dernière demeure.

Au revoir, vieux pirate, nous nous retrouverons de l'autre côté.

Le vide dans ma poitrine est immense. Le chagrin, brûlant. Soudain une petite main chaude se pose sur mon bras. Judy m'a rejoint, n'hésitant pas à se mouiller pour me soutenir dans cette épreuve.

– Je suis là, me chuchote-t-elle tandis que nous regardons Loris s'embraser sur son radeau de fortune, les pieds dans l'eau et des vagues à l'âme.

Mes doigts agrippent les siens, je me tourne vers elle pour lui avouer mes sentiments, sans y parvenir car les gens que j'aime ont tendance à quitter ce monde trop vite…

– Je sais, je me contente donc de lui répondre.

Judy m'apparaît encore plus belle après les épreuves endurées. Ses cheveux courts mettent en valeur son regard téméraire et son joli visage.

Bientôt je lui avouerai ce que je ressens pour elle.

Car, oui, je l'aime d'être à mes côtés, je l'aime de ne pas m'avoir abandonné lorsque je l'ai repoussée, je l'aime d'être elle, tout simplement.

65

LE MANQUE

Judy
Cinq mois plus tard

– Du coup, Nini et les filles d'Eddy sont où ce soir ? je demande à Olivia, pendant que nous sommes assises sur son lit.

– La mère d'Eddy les garde toutes les trois. D'ailleurs elle va rester chez lui jusqu'à l'accouchement de Susie.

– Sage décision, leur petit garçon peut arriver à tout moment maintenant.

– Ouais carrément. Et sinon, toi ?

– Moi, quoi ? demandé-je en souriant.

– Tu te sens comment par rapport à la condamnation de Derek la semaine dernière ? s'enquiert-elle l'air de rien.

– Soulagée ! Je ne le reverrai plus jamais, c'est officiel. Il va passer le restant de ses jours en prison et y mourir seul.

– Et sûrement plus vite que tu ne l'imagines… Les flics taulards ne sont pas très bien acceptés là-bas.

– Pas trop vite non plus, je veux qu'il paye pour ce qu'il a fait. Je veux qu'il passe de nombreuses années à dépérir dans ce trou à rats, déclamé-je, prise par les émotions.

Promptement, je remets sous cloche le cas Derek, j'essaye de ne lui accorder ni temps ni pensées.

Olivia approuve avec vigueur puis m'interroge à nouveau après quelques secondes de silence :

– Ta mère va mieux ?

– Un peu, c'est encore compliqué pour elle de vivre dans la maison. Je lui ai conseillé de la vendre mais elle n'est pas prête.

– Ça viendra, me rassure-t-elle.

– Je l'espère, il lui faudrait un nouveau départ…

– Et vos relations ?

– Elles s'arrangent doucement. Isabella est différente sans Bob, elle a accepté de venir ici le week-end prochain. C'est étrange mais agréable.

– Je suis contente pour toi, Judy, vraiment. Tu mérites la paix après ce que tu as enduré, me souffle Liv.

Je lui souris dans le miroir face à nous tandis qu'elle tente de coiffer mes cheveux indisciplinés en pleine repousse.

Ces cinq derniers mois ont été particulièrement éprouvants à cause du procès, de la mort de Loris et du deuil de ma mère… Je ressens toujours beaucoup de colère et parfois même de l'incompréhension envers tout cela, mais j'avance dans la bonne direction grâce à ma nouvelle famille d'adoption.

– J'ai un cadeau pour toi, reprend Olivia en se levant.

Elle sort alors furtivement un petit paquet de sa table de nuit avant de me le tendre. Je l'ouvre timidement en la remerciant puis découvre un entrelacs de chaînettes délicates faites d'acier doré.

– Soraya et moi l'avons créé exprès pour toi, m'explique-t-elle.

– C'est adorable.

– Donne-moi ta main.

– Il ne fallait pas, Liv, vraiment…

– Si, c'est un jour spécial dont tu te souviendras toute ta vie, crois-moi, dit-elle en souriant de façon espiègle.

– Tu ne veux toujours pas m'en dire plus sur ce qui m'attend ce soir ?

– Ton autre main, répond-elle en ignorant sciemment ma question.

Hésitante, je lui tends ma main gauche abîmée dont la vue m'est difficile à supporter. Olivia, quant à elle, ne semble nullement gênée par mon moignon d'annulaire et elle m'enfile le bijou avec douceur. Il s'agit d'un fin bracelet relié par une chaîne à une bague pour index, le tout orné de petites pierres rouge foncé.

– Ce sont des grenats de Bohême.

– C'est magnifique.

Je le pense réellement, le bijou attire le regard, au point que mon doigt absent ne se remarque plus autant.

– Parfois il suffit de détourner l'attention, murmure-t-elle.

En effet, cette blessure me rappelle sans cesse ce que j'ai dû endurer, alors émue aux larmes, je prends Liv dans les bras et la remercie un million de fois encore.

– Ouh là, doucement Judy, tu me serres trop fort, souffle-t-elle.

– Pardon, c'est juste que…

– Ne t'excuse pas, je sais ce que c'est, je suis passée par là.

– Vraiment ?

– Oui, je n'ai pas eu le droit de toucher Rock pendant six jours avant mon propre rituel. On finit sur les nerfs, au point d'apprécier n'importe quel autre contact humain.

– C'est parfaitement résumé, je réponds en riant.

– Rassure-toi, pour Max aussi c'est dur, mais cette distance entre vous rendra vos retrouvailles plus intenses…

– Liv, par pitié, comment ce sera ce soir ? Donne-moi juste un indice ! je la supplie.

– Même si je voulais te le dire je ne pourrais pas parce que chaque rituel est différent. Seul Max sait de quoi il retourne exactement. Fais-lui confiance, il sera ton guide.

Mon guide…

Ma curiosité atteint son paroxysme après avoir passé la semaine à mener l'enquête, en vain. L'ensemble du Clan s'est donné le mot pour me laisser dans le plus grand flou, s'amusant même gentiment de mon ignorance. J'ai dû me contenter de vagues textos de la part de Max, de ses regards chargés de sous-entendus ou de conversations futiles lorsque nous nous sommes croisés.

Je sais simplement qu'une cérémonie puis une fête sont prévues en mon honneur ce soir à la tombée de la nuit. Cela officialisera mon entrée au sein des Evil's Heat et, par extension, au sein de la réserve de Golden Water. Alors Olivia m'aide à me faire la plus jolie possible pour l'occasion, en espérant que Max regrette d'avoir été aussi distant ces derniers jours…

– Bon, je reconnais que Max est plus dur que Rock, reprend Liv en m'aidant à enfiler une petite robe rouge.

– Comment ça plus dur ?

– Brutus et moi dormions ensemble le soir, au moins. Sans rien faire ! ajoute-t-elle précipitamment face à mon expression outrée.

– C'est une blague ?! Max m'a envoyée vivre dans l'appartement au-dessus du CSB toute la semaine et il m'adresse à peine la parole. Il m'esquive !

– À sa décharge, j'ai fait vivre un enfer à son meilleur pote. J'ai employé les grands moyens pour que Rock craque avant la cérémonie, mais cette espèce de caillou a tenu le coup.

– Pour de vrai ? je m'enquiers, suspicieuse.

– Je te jure. Pas même un bisou. Rock n'a rien lâché jusqu'à ce que nous soyons enfin seuls sous ce tipi, et alors là…

Olivia prononce cette dernière phrase avec littéralement des paillettes dans les yeux et un sourire béat.

– Max veut sûrement éviter de subir le même supplice sexuel que Brutus, finit-elle par dire, la bouche en cœur.

À cela nous explosons de rire, quand, soudain, la porte d'entrée claque violemment au rez-de-chaussée. Un brouhaha de discussions s'ensuit mais une voix grave se distingue parmi les autres, me filant la chair de poule. Tout à coup, j'ai les mains moites et le cœur qui menace de jaillir de la poitrine.

– Max est venu ?! paniqué-je.

– Il faut croire…

– Non, Liv ! C'est Bounce qui devait passer me prendre. Seul !

– Je n'y peux rien, Judy, ils sont inséparables, pires que des lycéennes. Si l'un d'entre eux va aux toilettes, c'est toute la meute qui suit… Tu finiras par t'y faire.

– Mais je pensais avoir encore un peu de temps !

– Il y a deux minutes tu te plaignais de ne pas l'avoir vu suffisamment…

– Aaaargh ! Chut, ça ne devait pas se passer comme ça, je ne suis pas prête… m'affolé-je.

– Si, tu l'es, et tu vas faire le show ! scande-t-elle en frappant des mains.

Olivia me tire du lit par la force puis m'entraîne devant le miroir afin d'y découvrir mon reflet.

Qui est cette personne ?

Je dois admettre que je me trouve plutôt belle dans ma robe rouge satinée à fines bretelles ainsi qu'avec mon nouveau bijou et mes cheveux courts.

Une fois encore Olivia a fait des merveilles : son maquillage discret met en valeur mon regard de biche grâce à un trait de liner parfaitement tracé au-dessus des yeux.

– Merci, Liv, je me sens vraiment jolie…

– Tu es plus que jolie, Judy. Tu es à tomber donc dépêche-toi d'aller le retrouver et de lui en faire baver !

Sans plus attendre, fébrile, j'enfile ma paire de boots noires pour parfaire ma tenue puis attrape ma veste en jean des Dark Roses. Olivia quant à elle dévale les escaliers en hélant Rock, euphorique, et je la suis avec l'impression de me liquéfier de l'intérieur. L'atmosphère lourde de cette fin d'été semble s'inviter dans la maison.

Max est tout proche…

Les conversations cessent net lorsque j'apparais sur la dernière marche à mon tour et découvre qu'ils sont tous là pour m'accueillir : Ed, Vince, Rock, le Doc, Bounce et son jumeau Shawn, mais aussi Mary, Susan et Soraya.

– La reine de la soirée est arrivée ! déclare Eddy, joyeux.

– Tu es superbe, déclare Susan en souriant, le ventre encore plus rond qu'hier.

– Merci.

– On dirait une amazone, intervient Vince.

– Pas vraiment, rétorqué-je en riant, un brin gêné par tant d'attention.

– En tout cas, sache que si tu recherches un étalon, je me porte volontaire… plaisante-t-il en s'inclinant face à moi.

Je n'ai pas le temps de lui répondre cette fois-ci que la voix grave de Max s'élève du fond de la cuisine :

– Certainement pas.

Max sort lentement de l'ombre et avance dans ma direction, son regard gris défiant le mien… Mon pouls passe alors de zéro à cent en moins d'une seconde tandis que je détaille chacun de ses gestes.

Plus il approche, plus mon corps me trahit.

Il finit par se poster juste devant moi, envahissant mon espace vital de sa carrure imposante, et me bloque la vue sur le reste de la pièce. Je n'ai d'autre choix que de relever la tête vers lui, suspendue à ses lèvres bien qu'il n'ait encore rien ajouté d'autre, mutique. Ses beaux yeux parlent pour lui. Sa peau, dorée par l'été, me donne envie de venir le goûter du bout des lèvres.

Je résiste.

Depuis cinq mois, alors que je laisse pousser les miens, Max entretient ses cheveux courts et je dois dire que j'aime cette nouvelle coupe. Elle met en valeur les lignes brutes de son visage et sa mâchoire carrée. Elle lui confère un air encore plus sauvage et dangereux qu'avant…

Sa simple présence, après une semaine sans pouvoir le toucher ni le respirer, éclipse le monde autour de nous.

– Salut, murmuré-je, tandis qu'il ne me lâche pas des yeux.

– Salut, Blondie.

Le surnom qu'il m'a attribué pour la première fois dans le jardin de cette maison roule sur sa langue de la plus provocante des façons.

– Tu es venu finalement, je souffle.

– Oui.

– Je ne suis plus bannie ?

– Tu ne l'as jamais été, me chuchote-t-il en penchant la tête sur le côté de façon féline.

Les conversations autour de nous ont repris, mais là encore elles ne sont qu'un bourdonnement intempestif à mes oreilles. Max vient poser ses mains sur les rambardes de part et d'autre de l'escalier, me faisant ainsi prisonnière, puis lentement son regard monte et descend le long de mon corps. Je m'embrase davantage sous cette inspection, et plus particulièrement lorsqu'il marque un temps d'arrêt sur ma poitrine, où l'on devine mon piercing au téton sous le tissu moulant de ma robe.

– Il ne me fait plus mal… J'ai même pu jouer avec, susurré-je.

Max déglutit difficilement puis, tout en restant silencieux, porte la main à sa bouche dans un geste nerveux trahissant son trouble.

– Dommage qu'on ne se soit pas vus cette semaine, j'aurais pu te montrer… j'insiste en me penchant vers lui au point que nos nez se frôlent.

Sans prévenir, dans un mouvement vif, il me mord la lèvre, me vole un baiser, puis recule.

– Ne joue pas à ça avec moi, Blondie.

– Ou sinon quoi ?

Un sourire carnassier vient creuser sa maudite fossette en guise de réponse avant qu'il ne me plante là, sur cette marche d'escalier, le souffle court et le cœur battant la chamade.

– Il est l'heure d'y aller ! clame Rock à notre assemblée.

Dans un état second, je me résigne à suivre le mouvement lorsque Bounce me fait signe de le rejoindre pour m'emmener à la cérémonie comme convenu. Je passe alors devant Max, le dos droit, fière, arborant mon plus beau sourire provocateur mais il ne me laisse pas le temps de lui échapper et me rattrape par le bras :

– Judy...

Le contact de ses doigts sur ma peau nue, sa voix grave au creux de mon oreille et ses yeux gris rivés sur moi me mettent hors d'haleine.

– Ne monte pas sur cette moto, gronde-t-il.

– Et pourquoi ça ? je m'exclame en le défiant haut et fort devant tout le monde.

Chacun de nos amis demeure silencieux mais s'amuse du spectacle que nous leur offrons, Rock tout particulièrement. Ce dernier prend plaisir à me voir tester les limites de son frère de clan.

– Pas dans cette tenue... reprend Max.

– Je fais ce que je veux.

– Non, il en va de ta sécurité.

– Ma sécurité, vraiment ? C'est ce qui te préoccupe ?

– Ouais...

– Hum, moi je pense qu'il y a autre chose.

– Tu crois ça ?

– Oui. Avoue. Au fond ça te fait chier que je monte avec Bounce, sur SA moto, mes seins collés contre SON dos...

À cette phrase, son regard vire à l'orage et si Max n'était pas réellement jaloux jusque-là, il l'est sans l'ombre d'un doute à présent.

– Monte avec moi en voiture.

– ...

– S'il te plaît, ajoute-t-il.

Nous nous défions du regard de longues secondes, lorsque Soraya s'éclaircit la voix puis déclare de façon dramatique :

– Bon, j'y vais, on se retrouve au lac. C'est trop de tension sexuelle pour mon petit cœur fragile.

– Ouais je me tire aussi, ça pue le cul ici. Un peu plus et ils s'arrachent leurs vêtements devant nous, annonce Vince en ricanant.

– Parce que ça te dérangerait ? s'étonne Liv.

– Non, pas vraiment.

Le reste du groupe éclate de rire, rompant temporairement ce lien étrange entre Max et moi.

Mutique, j'accepte néanmoins de le suivre à l'arrière du 4x4 d'Eddy et Susie. Chacun de nous deux prend place, retranché de son côté, bras croisés, mais le regard accroché à celui de l'autre.

Le trajet me semble interminable, je suis frustrée de ne pouvoir étancher ma soif de Max alors qu'il se tient à moins de cinquante centimètres. Il me suffirait d'étirer le bras, me pencher, tendre les lèvres…

Ed et Susan tentent de faire la conversation mais je ne parviens pas à parler dans cet état et Max non plus. Nos regards en revanche le font pour nous. Je devine facilement ce qu'il me ferait sur cette banquette si nous étions seuls, loin de tous. Il me suffit pour cela de piocher parmi les souvenirs de ces cinq derniers mois…

– Tu peux mettre la clim, Ed, s'il te plaît ? je bredouille enfin, le souffle court.

– Elle y est. Au max.

Cette soirée va être longue.

66

LE RITUEL

Judy

Lorsque nous arrivons près de l'immense lac, celui-là même où ont eu lieu les obsèques de Loris, je comprends que l'ambiance sera différente. Point de chagrin cette fois-ci, ce soir l'heure est à la célébration. En revanche, je commence à paniquer en découvrant pas moins d'une centaine de véhicules, voitures ou motos, déjà garés.

– Prête à être au centre de l'attention ? me demande Susan en descendant du 4x4.

– Pas vraiment.

– Ça va aller, me rassure Eddy.

– Oui…

– Suis-moi, Blondie, je vais te présenter à ceux que tu ne connais pas encore, intervient Max.

Lui aussi a les nerfs à vif.

Mon cœur s'emballe et sans plus attendre nous nous enfonçons dans la forêt de pins, laissant Ed et Susie en tête à tête. Après quelques minutes de marche, nous débouchons dans une gigantesque clairière au centre de laquelle brûle un brasier incroyable. Je le fixe, captivée par les flammes dont la chaleur augmente à mesure que nous nous en approchons.

Une grande partie des habitants de la réserve de Golden Water sont déjà présents, riant et buvant avec les membres du Clan. Certains se sont lancés dans la préparation d'un énorme barbecue tandis que d'autres ravitaillent les plus assoiffés. La musique bat son plein.

– Mes parents arriveront plus tard dans la nuit, me lance Max par-dessus son épaule.

– Tes parents seront là ?

– Ouais.

– T'aurais dû me prévenir ! Je… Je… Oh, mon Dieu, je vais rencontrer tes parents !

– Hey du calme, c'est pas si important.

– Si, ça l'est, il s'agit de ta famille ! dis-je en paniquant.

– Non, ma famille tu la connais déjà. T'en fais partie maintenant.

Max s'approche, me jauge, puis me caresse la joue. Ce bref contact ravive mon manque de lui mais parvient à faire retomber mon stress d'un cran.

– Ils t'adorent tous, reprend-il.

– Même ton grand-père ? je lui murmure.

– Surtout lui ! Ce vieux brigand te réclame chaque vendredi soir.

Une fois rassurée, je laisse Max m'entraîner de nouveau dans la foule festive, et durant plusieurs heures nous voguons de discussion en discussion. Cependant aucune d'entre elles ne réussit à me distraire suffisamment longtemps pour éteindre le feu qui couve en moi, et mes pensées reviennent toujours au même homme.

À ce stade, mon désir frise l'obsession maladive. D'ailleurs j'en ai tous les symptômes : fièvre, vertiges, maux de tête…

Je me sens franchir un point de non-retour lorsque Max accepte une bière et commence à la boire lentement, trop lentement… À chaque gorgée, sa pomme d'Adam monte puis redescend dans un mouvement hypnotique. Je rêve d'y passer ma langue pour goûter sa peau à cet endroit précis ; là où je peux sentir son pouls s'accélérer sous mes lèvres lorsqu'il a envie de moi.

Comme à son habitude, son jean lui tombe bien trop bas sur les hanches et j'entrevois l'élastique du boxer noir que je lui ai offert le mois dernier.

Parfait…

À présent, je rêve de faire courir mes doigts sur les veines saillantes de ses bras pour atteindre ses épaules puis bifurquer vers son torse et finir sous son nombril, en plein milieu de ce V parfaitement dessiné.

Tout à coup, les yeux gris de Max m'épinglent, je me fige, le souffle court, prise en faute. Il comprend la nature indécente de mes pensées. Dès lors, nos échanges de regards se font de plus en plus fréquents, longs et explicites. Au point que je n'écoute absolument plus la femme sur ma droite parlant pourtant avec émotion de sa chienne à trois pattes prénommée Quill.

L'air lourd n'arrange rien à mon état qui s'aggrave au moment où Max attrape le bas de son tee-shirt puis le relève pour s'essuyer le front d'un geste désinvolte, dévoilant ainsi son torse…

Je cille trois fois, fixe l'objet du délit, puis craque :

– Ça suffit !

J'ai crié sans le vouloir, interrompant net le monologue de ma voisine et déclenchant des regards curieux. Honteuse, je fuis vers les arbres à la recherche de fraîcheur pour me remettre les idées en place.

Max m'interpelle à plusieurs reprises mais je l'ignore.

– Hey, ça va ? s'inquiète-t-il en me rattrapant enfin.

– Non !

– Qu'est-ce qui se passe ?

– Tu sais très bien ce qui se passe.

– Hmmm… T'as fait la connaissance de suffisamment de monde pour ce soir ?

– Exactement ! Un peu plus et j'étais à deux doigts de suggérer à cette femme de faire euthanasier son chien ! Or j'adore les chiens !

– OK, Blondie, du calme.

– Ne me dis pas de me calm…

– Alors suis-moi. Je vais te montrer un truc, m'interrompt-il.

Devant mon absence d'enthousiasme il ajoute :

– On ne sera que tous les deux.

– Promis ?

– Juré.

J'obtempère en râlant pour la forme car me retrouver enfin seule avec lui est une bénédiction. Max m'entraîne davantage dans la forêt jusqu'à ce que les rires de nos proches et la musique laissent place au silence. La pleine lune, haute dans le ciel, nous éclaire le chemin.

– Tu m'emmènes où ? je demande.

– Patience.

– Je n'en ai plus…

– J'ai bien compris, répond-il en riant face à mon air boudeur.

– Cela fait partie du rituel ?

– Peut-être… Tu me fais confiance ?

– Seulement si tu me dis enfin ce qui m'attend ce soir, je maugrée.

– Je voulais que ce soit une surprise.

– Max…

– OK. Bon… J'ai prévu qu'on passe du temps ensemble avant de rejoindre le père de Soraya pour la suite.

– Quelle suite ?

– Lorsqu'on intègre une nouvelle personne au sein des Evil's Heat, le père de Soraya et les siens doivent aussi l'accepter à cause des liens étroits entre nos deux communautés. Ce qui nous impacte les impacte. Le Clan et la réserve se font confiance depuis trois générations mais nous sommes sur leurs terres, et non l'inverse. Nous vivons ici uniquement parce qu'ils le permettent. Nous devons nous montrer dignes de leur confiance et les traiter avec respect. Lors de cette cérémonie, tu t'y engageras devant chacun de nous et je serai le garant de ta promesse…

– Rock l'a fait pour Liv ? je m'enquiers, curieuse, en évitant les racines d'arbres.

– Bien sûr, mais chaque cérémonie est unique, propre à celui ou celle qui nous rejoint.

– Je vois… En tout cas, tu as ma parole, jamais je ne leur ferai du tort, ni à toi.

– Je sais.

– Et ensuite ? j'ose, plus doucement.

– Ensuite il faudra être de retour près du feu juste avant le lever du soleil, le père de Soraya nous y attendra.

– D'accord, mais on va faire quoi pour patienter jusqu'à l'aube ? je murmure.

Le sourire de Max se dessine sous le clair de lune tandis que nous débouchons enfin sur une plage de sable gris au bord du lac, loin des autres.

– Je veux finir ce qu'on a commencé il y a dix ans, me répond-il en approchant dangereusement.

Par cette simple phrase, l'air chaud du soir crépite de nouveau entre nous. Max s'avance alors lentement jusqu'à ce que son torse effleure ma poitrine, puis pose son front contre le mien.

– Tu ignores à quel point j'ai regretté t'avoir laissée sur ce pas de porte à l'époque, me murmure-t-il.

Doucement, sans me quitter des yeux, il tend la main vers ma gorge, caresse mon épaule, et dénoue la première bretelle de ma robe.

– Ce soir, Blondie, toi et moi, on réécrit le passé.

Le souffle court, silencieuse, je le regarde alors défaire la seconde bretelle puis Max recule pour admirer son œuvre. Ma robe tient en équilibre précaire sur mes seins tendus et douloureux.

– Tu voulais me montrer quoi ici ? je chuchote en le voyant fouiller rapidement la poche de son jean.

– Selon les Cheyennes, cette plage est spéciale. Elle se trouve sur un nœud d'énergie chamanique.

Max sort alors un petit pot en verre et poursuit :

– Cet onguent est à base de peyotl, une espèce de cactus. Soraya l'a préparé pour nous.

– Comme le baume pour les lèvres qui rend léger ?

– Pas vraiment. Il est un peu plus fort cette fois-ci…

– Ça sert à quoi ?

– Soraya m'a parlé d'une expérience pour explorer les liens antérieurs unissant deux âmes. Elle a dit que cela marchait mieux si l'on était en manque de la personne. J'ai envie d'essayer avec toi…

– As-tu déjà fait ça avec quelqu'un d'autre ? je l'interroge.

– Jamais. Tu seras ma première fois, Blondie.

Ces mots finissent de me séduire et j'acquiesce pour lui donner le feu vert. Après avoir ouvert le pot, Max plonge ses doigts dans la pâte incolore puis me l'applique sur les lèvres. Il prend son temps, traçant et retraçant ma bouche de façon sensuelle, s'aventurant même un peu plus à l'intérieur. Le goût de cet onguent est étrange, presque désagréable, mais mon désir pour l'homme face à moi éclipse l'inconfort.

– Et toi, tu n'en mets pas ? je m'étonne, en le voyant lâcher le pot vide.

– Si…

Max capture alors ma bouche de façon possessive puis m'embrasse à perdre haleine durant de longues minutes. Enfin, d'un geste brut, il fait tomber ma robe à nos pieds.

– Laisse-toi aller, il n'y a que nous ici, gronde-t-il contre mes lèvres.

En sécurité aux creux de ses bras, j'obéis et rejette la tête en arrière afin de lui faciliter l'accès à mon corps avide de caresses.

Max en profite pour poursuivre son exploration, prenant un certain plaisir à me faire languir. Il vient picorer mon cou, ma gorge puis le haut de ma poitrine sans jamais descendre plus bas.

L'onguent qu'il dépose à chaque baiser en accentue la sensation de chaleur.

C'est trop bon et tellement plus puissant.

Pendant ce temps infini, ses mains se faufilent le long de mon dos pour saisir mes fesses et me plaquer contre son érection.

– Encore, je finis par le supplier, n'y tenant plus.

Je devine son sourire sur la peau fine de ma gorge puis il s'exécute et trace une ligne de baisers jusqu'à mes seins. Arrivé au niveau de mes tétons, il s'y arrête pour jouer avec mon piercing du bout de la langue. C'est la première fois en quatre mois qu'il ose et la sensation, divine, m'arrache un profond gémissement.

Je m'entends répéter son prénom d'une voix désincarnée.

Max, surpris mais satisfait de l'effet qu'il provoque, réitère le geste encore et encore. Il se délecte de me voir perdre ainsi le contrôle. Mon plaisir nourrit le sien, alors ses mains remontent vers ma poitrine pour l'agripper et ses doigts s'entremêlent aux caresses agressives de sa langue.

S'il continue, je vais jouir de cette façon, simplement grâce à sa bouche sur mes seins.

Max le sent, ralentit le rythme et repart à la conquête de mon corps en poursuivant vers le sud. Lorsqu'il arrive au niveau de mon sexe, il marque un nouveau temps d'arrêt puis me lance un dernier regard, agenouillé devant moi.

Cette vision de nous m'achève et je lui murmure d'enlever mon tanga. Il obtempère avec une lenteur folle, hésite à retirer mes boots, puis y renonce en souriant avant de m'intimer d'écarter les cuisses.

Le temps se suspend. Je halète, j'attends, l'observe se pencher…

Puis ses lèvres effleurent enfin mon clitoris au moment où ses doigts me pénètrent.

J'expire de soulagement.

Un soulagement très vite remplacé par un incendie car Max joue de mon corps à la perfection. Grâce à lui, j'adore me sentir dépassée par les événements en le sachant partout à la fois : en moi, sur moi, sous moi…

Tremblante mais comblée, j'agrippe ses épaules pour ne pas m'effondrer en accompagnant ses mouvements. Rapidement, je veux plus de lui et moins de délicatesse. Je veux qu'il me désire de façon féroce, presque bestiale.

L'onguent commence aussi à faire sérieusement effet, je n'avais encore jamais éprouvé cela. Il annihile mes peurs, ma pudeur, ma retenue…

Mes sens, décuplés, sont pris en otage par l'homme que j'aime. Je ne vois que lui, ne ressens que lui, n'entends que lui : son souffle, ses grondements de plaisir, le bruit de nos corps.

Max envahit chacune de mes cellules, investit le moindre recoin de mon âme.

Ses doigts vont et viennent en moi au rythme de sa langue sur mon sexe mais au bout de longues minutes d'extase ce n'est plus suffisant. Alors je me soustrais à son emprise, non sans difficulté, puis m'agenouille face à lui pour déboutonner son jean et lui retirer son tee-shirt. Max m'observe faire, silencieux, le regard lourd.

Je me moque de l'endroit où nous sommes, et même d'être surpris. Au contraire, l'idée de nous imaginer épiés fait exploser mon excitation. Je sens cette part animale de mon âme prendre définitivement le contrôle de mon corps.

Je le veux ici, à même le sol, sous le clair de lune et loin de tout.

Max capture ma bouche pendant que je glisse ma main dans son boxer et commence à le masturber rudement, comme il l'aime.

– Putain, Blondie…

– Ça te plaît ?

– Plus fort.

Son souffle se raccourcit davantage lorsque j'obéis et son grondement de plaisir roule sur ma langue, me provoquant des frissons. Je tiens littéralement cet homme puissant au creux de ma paume.

Enhardie par la sensation de pouvoir, je fais courir mes ongles sur son torse, le griffe et le mords sans retenue.

Le voile entre douleur et plaisir est mince et nous venons de le déchirer.

Max me rend chaque attaque, chaque morsure. D'une main, il joue avec mon piercing au téton et de l'autre il m'attrape par la gorge, me forçant à le regarder droit dans les yeux. J'y lis une faim identique à la mienne.

Ses coups de bassin accompagnent le mouvement de mon poignet et quand je le sens sur le point de jouir, je me dépêche de le relâcher pour venir m'asseoir sur lui à califourchon.

Nos corps couverts de sueur s'épousent à la perfection et nous reprenons où nous nous sommes arrêtés. Sans douceur ni patience. J'agrippe son cou et lui s'accroche à mes hanches.

Cette fois, je suis celle qui donne le tempo de notre étreinte en le chevauchant si fort que la ceinture de son jean me meurtrit les cuisses.

Grâce à Max je me suis découvert une sexualité plus sauvage et débridée. Il ne me juge jamais, au contraire il m'encourage à exprimer sans honte mes fantasmes. D'ailleurs à cet instant, sa main descend lentement le long de mes fesses. Je sais ce qu'il s'apprête à faire et je l'y autorise en me cambrant davantage.

Lorsque son majeur me pénètre à cet endroit, je retiens ma respiration avant de laisser échapper un gémissement de plaisir rauque.

Ce n'est pas une première fois entre lui et moi, mais cette sensation intense, interdite, ne cesse de me surprendre.

Mon corps est sur le point de rompre en me sentant comblée de toutes parts. Entendre Max grogner son plaisir contre ma joue me projette en équilibre au-dessus du vide. Nous essayons l'un comme l'autre de tenir le plus longtemps possible, d'étirer ces instants quitte à en perdre la raison. Mais le fil fragile sur lequel nous dansons finit par casser et je suis la première à en tomber.

– Max ! crié-je, emportée par un puissant orgasme.

Ma jouissance déclenche la sienne et il bascule à son tour, le corps pris de tremblements.

De mon côté je flotte. Je surnage sur les vagues d'un soulagement aussi intense que douloureux.

Max me retient contre lui avec force, enfouissant son visage dans mon cou et y murmurant mon prénom.

Essoufflée, je rouvre les yeux après de longues minutes pour chercher les siens mais il n'est plus là. Max a disparu et je suis seule au bord de ce lac, tiraillée par l'impression de ne plus être véritablement au même endroit.

Je suis pourtant certaine de ne pas avoir rêvé toute cette soirée et encore moins notre étreinte. Les sensations étaient bien trop puissantes.

Alors si je ne rêvais pas avant, c'est que je rêve à présent.

Soudain un énorme loup apparaît à l'orée des arbres puis il s'approche de moi. Je n'ai pas peur car je suis convaincue de le connaître. Cela se confirme lorsque je croise son regard gris si familier...

Les histoires autochtones de Soraya me reviennent brusquement en mémoire, hier encore elle me les contait pour m'aider à trouver le sommeil.

« Judy. Nos âmes s'incarnent sous forme d'animaux qui veillent sur nous depuis l'autre côté. »

Je comprends donc que je me tiens face à la partie la plus secrète de Max, dans une dimension au-delà de la nôtre, et j'ignore comment cela est possible.

Qu'importe.

Calme, je tends la main pour caresser le loup blanc aux yeux couleur orage qui me fixe sans bouger. Mais lorsque mes doigts entrent en contact avec sa fourrure douce et chaude, tout bascule à nouveau.

Chahutée de part en part, je me sens tomber sans fin tandis que des images défilent à vive allure devant mes yeux.

Elles me font revivre chaque instant, chaque émotion, aux côtés de Max depuis le moment où il m'a surprise sur le bord de cette route jusqu'à ce soir.

Subitement je ne suis plus spectatrice du film de notre histoire mais bien actrice. Je me retrouve projetée dans une église face à l'homme que j'aime, où nous sommes entourés de nos proches et inondés de leur amour. Je n'ai pas le temps de comprendre ce qui se passe que le décor change à nouveau pour m'envoyer cette fois dans une salle de bains inconnue, tenant ce qui ressemble à un test de grossesse devant les yeux écarquillés de Max. Je reçois sa joie telle une vague en plein visage et quand elle se retire je me découvre allongée sur un lit d'hôpital. Max est toujours là, ému aux larmes, mais lorsque je baisse la tête, j'aperçois au creux de mes bras une étrange petite chose rose et joufflue blottie contre mon cœur. Ce dernier se met à battre à tout rompre, animé d'un sentiment protecteur encore jamais ressenti.

J'en perds le souffle.

– Judy ? Judy, réveille-toi !

La voix de Max me parvient comme un écho lointain et instantanément le rêve incroyable dans lequel j'évolue se dissipe.

Max me retient toujours et nous sommes revenus près du lac, sans l'avoir jamais vraiment quitté, j'imagine.

– Est-ce que tu as vu... bredouillé-je, encore chamboulée par cette expérience.

– Ouais... C'était dingue, dit-il en expirant, lui aussi sous le choc.

Je suis submergée par un torrent d'émotions, celles que j'ai ressenties dans la vision de mon possible futur mais également celles que j'éprouve à présent en plongeant mes yeux dans ceux de Max.

– Je t'aime, murmure-t-il contre mes lèvres.

– Moi aussi, au-delà de tout.

– Je sais.

Prise de court, me sentant dépassée, j'explose en sanglots. Ce n'est pas de la tristesse, bien au contraire.

Oui. Je l'aime au-delà de tout. Au-delà du destin qui a conspiré pour nous séparer, avant de nous autoriser à nous retrouver, pour ne plus jamais nous quitter.

Je réalise que je ne me lasserai jamais de lui ni de ce qu'il me fait ressentir. C'est si intense que je ne ressens plus ce vide derrière mon cœur. Je suis pleine et entière pour la première fois, prête à affronter ce que la vie nous réserve.

Parfois, j'ai pu être amère en pensant aux dix années que le destin nous a volées. J'aurais souhaité connaître l'adolescent qu'il a été, faire partie de ses récits, de ses aventures, de chacun de ses souvenirs comme Dakota ou Rock mais je viens d'en faire le deuil car je sais être son avenir et lui, le mien.

Je l'ai vu.

Max Summerland sera mon demain, mon après-demain et chaque nanoseconde entre.

Autrice : Ana K. Anderson

Edisource – Éditions Addictives
1 bis avenue de la République, 75011 Paris
Imprimé par FINIDR – Lipova cp. 1965 – 73701 Cesky Tesin,
République tchèque
Dépôt légal : mai 2024 – Achevé d'imprimer : avril 2024
ISBN : 978-2-37126-665-0
Réf. contrat : ZUDY_001